D1731304

ullstein

Das Buch

Im Dschungel von Vietnam und am australischen Ayers Rock werden die Angehörigen verborgen lebender Urvölker niedergemetzelt. Das legendäre Delta-Force-Team von Jack Sigler, Codename »King«, kommt zu spät; wie beim Massaker im Reservat der Siletz-Indianer vor einiger Zeit wurden die letzten Sprecher fast ausgestorbener, uralter Sprachen getötet – von Kreaturen, gegen die keine Waffe hilft: meterhohe Golems aus Stein und Kristall. Damals in Oregon konnte King die zwölfjährige Fiona retten und als Pflegetochter zu sich nehmen. Doch jetzt wird Fiona bei einem Überfall auf den Militärstützpunkt entführt. Jack ist außer sich vor Sorge. Während er versucht, Fiona zu finden, muss sich sein Schachteam aufspalten, um die Golems aufzuhalten – und den Mann, der sie erschaffen hat …

Der Autor

Jeremy Robinson veröffentlichte seine ersten Romane im Selbstverlag und hatte bereits eine riesige Fangemeinde, als ihn ein großer amerikanischer Verlag entdeckte. Er lebt mit seiner Familie in New Hampshire. *Code Delta* ist das dritte Buch der beliebten Serie mit dem Delta-Team um Jack Sigler.
Mehr Informationen auf: www.jeremyrobinsononline.com

Von Jeremy Robinson sind in unserem Hause bereits erschienen:
Mission Hydra
Operation Genesis

Jeremy Robinson

Code Delta

Thriller

Aus dem Amerikanischen von
Peter Friedrich

Ullstein

Besuchen Sie uns im Internet:
www.ullstein-taschenbuch.de

Deutsche Erstausgabe im Ullstein Taschenbuch
1. Auflage November 2011
2. Auflage 2011
© für die deutsche Ausgabe Ullstein Buchverlage GmbH, Berlin 2011
© 2011 by Jeremy Robinson
Titel der amerikanischen Originalausgabe: *Threshold*
(St. Martin's Press, New York)
Umschlaggestaltung: ZERO Werbeagentur, München
Titelabbildung: © plainpicture/Arcangel
Satz: LVD GmbH, Berlin
Gesetzt aus der Sabon
Papier: Holmen Book Cream
von Holmen Paper Central Europe, Hamburg GmbH
Druck und Bindearbeiten: CPI – Ebner & Spiegel, Ulm
Printed in Germany
ISBN 978-3-548-28179-7

Für Norah, Solomon und Aquila,
denn ihr seid am besten, wenn ihr zusammen seid.

Satt hab ich die eitlen Worte, unversöhnlich bin ich,
Worte, die ermüden und verwirren, verführen und
verbergen,
Weckt die Klänge, die nicht lügen, um ihres süßen
Zaubers willen;
Sprache muss man nicht ergründen, sie nur hören, fühlen.

– GEORGE DU MAURIER (1834–1896)

[5]Da stieg der Herr herab, um sich Stadt und Turm anzusehen, die die Menschenkinder bauten. [6]Er sprach: Seht
nur, ein Volk sind sie und eine Sprache haben sie alle. Und
das ist erst der Anfang ihres Tuns. Jetzt wird ihnen nichts
mehr unerreichbar sein, was sie sich auch vornehmen.
[7]Auf, steigen wir hinab und verwirren wir dort ihre Sprache, so dass keiner mehr die Sprache des anderen versteht.

– GENESIS 11, 5–7

Mathematik ist die Sprache, in der Gott das Universum
schrieb.

– GALILEO GALILEI (1564–1642)

CODE DELTA

PROLOG
Vergangenheit

Gnadenlos und unerbittlich beherrschte er die Welt durch Furcht – heraufbeschworen mittels eines Völkermords in grauer Vorzeit. Er hatte die Erde gesäubert und nur eine einzige Blutlinie am Leben gelassen. Damit sie nie vergaß. Fürchtete.

Doch Nimrod durchschaute diese Angst, die den Verstand der Menschen trübte wie aufgewühlter Schlamm den Euphrat. Wenn der Regen kam und die Donner hallten, krümmten sie sich und wandten sich hilfesuchend an den geheimnisvollen Begründer. Wenn die Nahrung knapp wurde, zerrissen sie ihre Kleider und bettelten um Gnade.

Nichts weniger erwartete der Begründer, ungeachtet seines Versprechens.

Nimrod glaubte nicht, dass es dieses Versprechen je gegeben hatte. Genauso zweifelte er an der Legende vom Massenmord. Die hatte gewiss sein Urgroßvater in die Welt gesetzt, um die Menschen seinem Willen zu unterwerfen. Und Nimrod hatte keine Angst vor Dingen, die nicht real waren. Er ließ sich nicht kontrollieren.

Im Gegenteil verstand er sich selbst sehr gut darauf, mittels Furcht andere zu unterjochen. Mit Peitsche, Knüppel und Speer hatte er den Menschen mehr Angst eingejagt, als es der Begründer mit dem Märchen von einer Sintflut vermocht hatte, an die sich kaum noch jemand erinnerte. So war Nimrod an die Macht gelangt und hatte sein Königreich begründet. Die Städte Uruk, Akkad und Kalne blühten unter seiner Herrschaft auf und fanden Nahrung und Wasser in Hülle und Fülle an den Ufern der zwei mächtigen Ströme. Seine größte Errungenschaft, eingebettet zwischen Tigris und Euphrat, war Babylon.

Doch selbst diese glorreiche Stadt sollte bald übertroffen sein. Dann würde die störende Stimme des Begründers zu einem kraftlosen Flüstern verstummen und gemeinsam mit dem Zeitalter der abergläubischen Angst verschwinden. Als direkter Nachkomme des Gründervaters seines Volkes war Nimrod eingeweiht in die Geheimnisse jener Sprache, die angeblich der Begründer selbst die Menschheit gelehrt hatte. Ihre Worte konnten Herz und Hirn der Menschen mit Furcht erfüllen, aber auch Berge versetzen. Und genau das geschah im Augenblick. Denn mit Hilfe der alten Worte hatte er einen Turm errichtet, größer als alles, was die Menschheit je gesehen hatte, einen Turm, der sich höher zum Himmel erhob, als man es je für möglich gehalten hätte. Seine unheimliche Präsenz schüchterte jeden ein, der seiner ansichtig wurde.

Nimrod strich sich über den langen, drahtigen Kinnbart, der noch schwarz war, lediglich von einer dünnen grauen Strähne durchsetzt. Sein Gesicht, gefurcht und ledrig von langen Tagen in der Sonne, verriet allmählich sein Alter. Ungeachtet dessen fühlte sich Nimrod kraftvoll und vital. Mit seiner eindrucksvollen Gestalt und der Baritonstimme fiel es ihm leicht, den Menschen seinen Willen aufzuzwingen. Doch selbst auf Furcht war nicht immer Verlass. Denn am Vorabend der Vollendung seines größten Triumphs hatten ihn beunruhigende Nachrichten erreicht.

Verrat.

Wie es schien, war er nicht als einziges Mitglied der Familie resistent gegen die allgegenwärtige Furcht. Doch statt sie zu seinem Vorteil zu nutzen, hatte sein Großonkel Sem sich gegen ihn verschworen. Gegen *ihn*.

Hier, allein in der zentralen Kammer seiner neuerrichteten Zikkurat, sann er über die beste Lösung nach. Mit seinem Onkel zu verhandeln kam nicht in Frage. Milde verriet Schwäche, und Schwäche stärkte den Gegner. Doch er kannte die wahre Stärke und Anzahl seiner Feinde nicht und musste seine Strategie mit unbekannten Größen entwickeln. Ein gefährliches Unterfangen. Etwas Fundamentales musste geschehen. Etwas, das noch viele spätere Generationen in Furcht versetzen würde.

Nimrods Blick fiel auf die Hände der Statuen. Stark und unnachgiebig. Unempfindlich gegen Schwert und Speer, ihm treu ergeben – dem Schöpfer der Götter. Kreisförmig umgaben ihn die Standbilder in der großen zentralen Kammer, viereinhalb Meter groß, mit den Köpfen von wilden Tieren auf den Körpern von Menschen – Darstellungen alter Kulturheroen. Berühmte Männer, Götter, denen *seine* Hand Form verliehen und *sein* Wort Leben eingehaucht hatte.

Als wäre ein Stein aus einem Damm gebrochen, wurden seine Gedanken von Ehrgeiz überflutet und füllten sich mit Bildern einer großartigen Zukunft. Die wahren Möglichkeiten der in der Sprache verborgenen Macht reichten viel weiter, als er es sich je erträumt hatte.

Der Begründer, ob real oder nicht, hatte sie verlassen. Doch es würde ihn jemand ersetzen, der sich *wahrhaft* darauf verstand, wie man Furcht verbreitete und Loyalität gewann, während er sich gleichzeitig lobpreisen ließ.

Nimrod betrachtete die großen Statuen, deren mächtige Hände jetzt die Decke stützten. Noch vor ein paar Monaten hatten sie die Grundsteine zu dieser Zikkurat gelegt. Mit ihnen würde es beginnen. Zwar hatten sich die Menschen mittlerweile an den Anblick der Statuen gewöhnt, doch zitterten sie immer noch bei deren Auftauchen. Nun würden sie erleben, wie ihre schlimmsten Ängste Wirklichkeit wurden.

Nimrod erhob sich von seinem Thron und ging zur nächststehenden Figur. Er legte die Hand auf die glatte Marmoroberfläche, sah empor zu den blauen Augen und sagte in der Sprache seiner Vorväter, mit den Betonungen und Modulationen, die man nur ihn gelehrt hatte: »Versatu elid vas re'eish clom, emet.«

Bei der nächsten Statue wiederholte er den Satz. So umrundete er die ganze Kammer und sprach noch zehnmal zu den Steinen.

Dann kehrte er zurück auf seinen Thron, der sich plötzlich bequemer anfühlte, als die Verkrampfungen in seinem Rücken sich lösten. Die Ordnung würde wiederhergestellt sein, bevor die aufgehende Sonne den Schatten seines Turmes über die Ebene warf. Er entspannte sich.

Wenn auch nur einen Augenblick lang.

Die schwere hölzerne Tür zur inneren Kammer schwang auf und schlug gegen die massive Steinwand. Azurad, sein treuer Berater, stürzte herein, und die Worte sprudelten aus ihm heraus, dass sein Schnurrbart bei jeder Silbe zuckte.

»Beruhige dich, Azurad. Komm erst einmal wieder zu Atem. Und dann berichte mir, was dich bekümmert.«

Azurad stützte die Hände auf die Knie. Seine violette Tunika schleifte durch den Staub, den die Bauarbeiten des letzten Jahres hinterlassen hatten. Er tat einen langen, tiefen Atemzug, richtete sich schließlich wieder auf und verkündete: »Herr, Sem und seine Gefolgsleute nähern sich.«

Die Schmerzen in Nimrods Rücken kehrten mit Macht zurück.

»Wie viele sind es?«

»Hunderte.«

Nimrod spürte, wie seine Brust sich zusammenzog. *Hunderte* von Männern? Undenkbar.

Das wäre sein Ende ... ohne die Giganten, die hinter ihm zum Leben erwachten. Er konnte es nicht sehen, doch die schreckgeweiteten Augen seines Beraters sagten ihm genug.

»Du ... du würdest sie ... zum Töten?«

»Die alten Götter sind nicht gebunden an ...«

»Du wirst *seinen* Zorn auf uns herniederbringen!«

Nimrod sprang auf. »Was redest du da?« Er stieß den Zeigefinger gen Himmel. »*Sein* Zorn ist nichts im Vergleich zu meinem. *Seine* Stärke ist wie ...« Er verstummte. Etwas stimmte nicht. Azurads Miene hätte Schrecken ausdrücken sollen. Doch sie zeigte nur Verwirrung.

»Sprich, was quält dich?« Nimrod wartete eine Sekunde. »Sprich!«

Azurad sprach. Und Nimrod verstand kein Wort. Die Sätze glichen keinen, die er je zuvor gehört hatte, und doch klangen sie deutlich artikuliert und flüssig. Der Gesichtsausdruck seines Beraters dagegen war unmissverständlich. Die Angst ließ ihm das Blut zu Kopf steigen. Er stieß einen panischen Schrei aus und rannte davon.

Ein zuckender Schatten fiel im Fackellicht über Nimrod. Etwas bewegte sich hinter ihm. Nimrod sog scharf die Luft ein und erstarrte. Er hatte den stummen Giganten noch keine Befehle erteilt. Sie hätten auf sein Wort warten müssen, nur seinen Wünschen gehorchend. Langsam drehte er sich um und erblickte eine der Statuen unmittelbar vor sich.

Was tut sie denn da?, fragte er sich und richtete den Blick nach oben. Die Statue reckte die geballten Fäuste, jede von der Größe eines Männerkopfes, hoch über ihren Löwenschädel. Und obwohl dessen Miene so ausdruckslos blieb wie zuvor, war ihr Vorhaben unverkennbar.

Zum ersten Mal im Leben füllten sich Nimrods Augen mit Tränen. Die Fäuste sausten herab. Die Statuen umringten ihn, stürzten sich auf ihn wie wilde Tiere und rissen ihn Glied für Glied in Stücke.

Im Hintergrund stand Sem und sah mit vor der Brust verschränkten Armen zu. Nimrod war nie in den Sinn gekommen, dass auch andere Familienmitglieder in einige Geheimnisse der uralten Sprache eingeweiht sein könnten – Geheimnisse, die von Generation zu Generation weitergegeben, aber nie zur Gänze einem einzelnen Menschen anvertraut wurden. Die menschliche Sprache war ein zweischneidiges Schwert, das die Schöpfung korrumpieren konnte. Nimrod hatte das bewiesen.

Während das Blut seines Neffen sich in Rinnsalen über den staubigen Boden schlängelte und in den Spalten versickerte, sprach Sem ein schnelles Lebewohl. »Eliam vin mortast.«

Sein Herz schlug heftig. Er begriff den Satz, den er gerade gesagt hatte, als »Kehre zurück zum Begründer«, doch seltsame Laute drangen aus seinem Mund. Es war eine neue Sprache, eine, die er nie zuvor gehört hatte. Er versuchte, sich an den Klang seiner Muttersprache zu erinnern, doch nur Bruchstücke davon kamen ihm in den Sinn. Die meisten Worte und mit ihnen ihre Macht waren aus seinem Verstand getilgt.

Als Sem vor seine Männer trat, fand er sie desorientiert und kopflos vor. Wie er selbst sprachen auch sie alle eine neue Sprache, doch nicht jeder dieselbe. Sem hörte mindestens zehn verschiedene Dialekte heraus. Sich mit Gesten verständigend, teilte er die einzelnen Gruppen dem

Klang nach ein. Unter den mehreren hundert Männern fand er nur dreiunddreißig, die seine eigene, neue Sprache verstehen und sprechen konnten.

Er ließ den Blick über seine Armee gleiten, die sich zusammengefunden hatte, um die Heiligkeit der Sprache zu bewahren, welche nun aufgespalten war. Konnten sie jemals wieder zusammenarbeiten? *Dies ist Nimrods Werk*, dachte Sem. *Er hat die Worte des Begründers geschändet, und nun sind die Zungen der Menschen verwirrt.*

Seine Männer warteten auf Anweisungen, aber er wusste, dass nur dreiunddreißig seine Worte verstehen würden. Also hob er stattdessen die Hände in demütigem Flehen zum Himmel. Es war ein Zeichen, das alle begriffen. Wie ein Mann fielen sie auf die Knie und beteten in dreiundzwanzig unterschiedlichen Sprachen.

VERLOREN

1 2009

Während er floh, gerann das Blut auf seinem Körper. Der Geruch nach schmutzigen Kupferpfennigen überdeckte den Duft der Kiefernnadeln im Wald. Er stolperte voran, dankbar, noch am Leben zu sein, doch von furchtbaren Schmerzen gepeinigt. Seine verheilenden Verletzungen brannten, als ob sie in Flammen stünden.

Er kletterte einen Hügel hinauf, wobei er auf der dicken Schicht von Kiefernnadeln und feuchten Blätterresten immer wieder ausglitt und zurückrutschte. Er hatte bereits das Unmögliche überlebt, aber wenn ihn seine Verfolger erwischten, wäre das Leben nicht mehr lebenswert. Für sehr lange Zeit nicht.

Also rannte er trotz aller Schmerzen weiter.

Er setzte über die Kuppe hinweg, ließ sich auf der anderen Seite hinuntergleiten und hielt nach einem Fluchtweg Ausschau. Doch er sah nichts außer den Baumriesen, die ihn von allen Seiten umgaben und hoch in den strahlend blauen Himmel ragten.

Mit einem Mal bekam er wieder richtig Luft. Er hockte sich hin und fühlte sich gleich viel besser, allerdings konnte er immer noch nicht den Kopf drehen, um seine Verletzungen zu inspizieren. Das Brennen ließ nach, wurde nun aber von einem intensiven Jucken abgelöst.

Eine entfernte Explosion brachte ihn wieder auf die Beine. Die Schlacht ging ohne ihn weiter, doch sie würde bald zu Ende sein, und dann kämen sie ihn suchen. Bergab rennend schlängelte er sich zwischen den Bäumen hindurch, bis er eine Art Wildwechsel entdeckte. Er folgte dem Pfad durch die wuchernde Vegetation.

Minuten später sah er etwas Weißes in der Ferne schimmern und schöpfte neue Hoffnung. Beim Näherkommen erkannte er, dass es sich um einen Bretterzaun handelte, und lächelte. Dahinter erstreckte sich eine hellgrüne Rasenfläche, die lange nicht gemäht worden war, dann kamen ein großes Haus und eine fast ebenso große Garage. Er wartete, lauschte und beobachte die Umgebung so lange, wie er es wagte. Die Zeit lief ihm davon. Als er keinerlei Bewegung ausmachte, lief er am Zaun entlang und sah sich das Haus von der Seite an.

Die Einfahrt war leer. Auf einer langen, überdachten Veranda an der Vorderseite schwang eine von der Decke hängende Schaukel leise in der sommerlichen Brise. Sonst regte sich nichts. Am Straßenrand stand der Briefkasten, offen und mit Post vollgestopft.

Hier war schon eine ganze Weile niemand mehr gewesen. *Urlaub*, dachte der Mann und ging um die große Vierfachgarage herum. Durch eine unverschlossene Seitentür schlüpfte er hinein. Zwei Stellplätze waren leer, aber auf dem dritten entdeckte er, von einer Plane abgedeckt, eine dunkle Silhouette. Sein Puls beschleunigte sich, während er darauf zueilte. Die Plane glitt zur Seite und enthüllte einen auf Hochglanz polierten, schwarzen 57er Pontiac Star Chief, dessen Chromteile im Licht der Leuchtstoffröhren an der Decke bläulich funkelten. Es war kein schnelles Auto, aber niemand würde einen Fluchtwagen darin vermuten.

Er öffnete die Tür und schob sich mühsam hinters Lenkrad. Einen Moment lang befürchtete er, erst nach den

Schlüsseln suchen zu müssen, aber dann sah er sie im Zündschloss stecken. Eine Hasenpfote baumelte daran.

Anscheinend war heute doch sein Glückstag.

Er drehte den Zündschlüssel, und der alte Motor sprang dröhnend an. Lächelnd drückte er den Knopf der Garagentor-Fernsteuerung, die hinter der Sonnenblende klemmte. Die Tür glitt rumpelnd auf, und Sonnenlicht strömte herein. Der Mann schob den Wählhebel der Automatik nach vorne, rollte hinaus und drückte noch einmal auf die Fernbedienung.

Im Rückspiegel sah er, wie sich das Tor hinter ihm schloss. Es durften keine Hinweise auf seine Anwesenheit zurückbleiben. Er spähte aus dem Seitenfenster, ob er Spuren hinterlassen hatte. Doch seine Wunden hatten schon längst aufgehört zu bluten, und seine Kleider waren getrocknet. Leider blieb ihm keine Zeit, die stinkenden Fetzen zu wechseln, aber dazu würde sich unterwegs eine Gelegenheit finden, sobald er seine Feinde abgeschüttelt hatte.

Um sehen zu können, ob er die Seitentür der Garage zugemacht hatte, verstellte er den Rückspiegel, bewegte ihn allerdings zu weit, so dass die Hälfte seines eigenen Gesichts darin auftauchte. Er beugte sich vor, um die eingetrockneten Blutspuren zu inspizieren, und grinste zufrieden. Es waren keine offenen Wunden mehr vorhanden.

Als er sich wieder zurücklehnte, spürte er einen unangenehmen Druck im Rücken wie von einem zusammengeknüllten Kleidungsstück oder Handtuch, das zwischen ihn und den Sitz gerutscht war. Er wollte sich danach umdrehen, als sein Blick erneut in den Rückspiegel fiel. Diesmal sah er nicht nur sein eigenes Gesicht, sondern noch ein zweites, das sich hinter ihm erhob.

Hätten das dicke Blech und das Glas des klassischen

Fahrzeugs den gutturalen Schrei des Mannes nicht gedämpft – jeder in Hörweite hätte ihn wohl mit dem Röh-
ren eines der einheimischen Elche verwechselt. Tatsächlich jedoch hörte niemand den Mann, und er verschwand
wie vom Erdboden verschluckt.

2 2010

»Jack Sigler, bitte treten Sie in den Zeugenstand.«

Jack Sigler, Codename *King*, nach dem König im Schach, nahm im Zeugenstand Platz. Die ehrenwerte Richterin Samantha Heinz musterte ihn mit misstrauischen Blicken, seit er den Gerichtssaal betreten hatte. Unglücklicherweise ging es bei den meisten Sorgerechtsstreitigkeiten unter Militärpersonal darum, dass der im aktiven Dienst stehende Vater sich den einen oder anderen Fehltritt geleistet hatte. Letzten Endes, das wusste King, konnte man den Soldaten keinen Vorwurf machen – der Kampfeinsatz tat denjenigen, die nicht dafür geschaffen waren, schreckliche Dinge an. Und das galt für die meisten Menschen. Er erwiderte den Blick der Richterin, während sie ihn über ihre dicken Brillengläser hinweg anstarrte.

Während seiner Vereidigung dachte King an die Ereignisse zurück, die ihn, einen der besten Elitesoldaten der Welt, zu dieser Sorgerechtsverhandlung geführt hatten. Vor sechs Monaten hatte ihn, wie er damals dachte, ein Hilferuf seines lebenslangen Freundes und Verlobten seiner verstorbenen Schwester, George Pierce, erreicht, der ihn zur Siletz Reservation in Oregon rief. Wie sich herausstellte, war die Nachricht gefälscht gewesen, und als King im Reservat eintraf, fand er es in Trümmern vor. Der Ort stand in Flammen. Tausende von Menschen waren tot. Und dann tauchte auf mysteriöse Weise ein kleines Mädchen auf dem Rücksitz seines Wagens auf, an dessen Kleidung ein Zettel steckte:

King – Die hier überlasse ich Ihnen. Ich bin hinter
dem Rest her.

Das Symbol wies als Absender einen gewissen Alexander Diotrephes aus, von dem King glaubte, dass es sich um den historischen und heute noch lebenden Herkules handelte. Kings Team war dem Mann erstmals vor zwei Jahren begegnet, als sie nach einem Weg suchten, die legendäre Hydra zu besiegen – einen der alten Widersacher des Herkules, wiederauferstanden durch moderne Gentechnik. Alexander hatte sich ausgesprochen geheimnisvoll gegeben. Er verfügte über eine loyale Gefolgschaft, die sich die *Gesellschaft des Herkules* nannte, und bediente sich der Hilfe seltsamer Kreaturen, einer Art geisterhafter Schemen. Mit seiner Hilfe war es dem Schachteam gelungen, die Fähigkeit der Hydra, sich neue Gliedmaßen und Köpfe wachsen zu lassen, zu blockieren und sie schließlich zu töten. Danach war Alexander spurlos verschwunden. Alle Versuche, ihn aufzuspüren, mündeten in Sackgassen. Das Symbol auf dem Zettel war der einzige Hinweis darauf, dass der Mann überhaupt noch existierte.

Weil sie befürchteten, dass das Mädchen in großer Gefahr schwebte, hatten sie es in Fort Bragg untergebracht.

So stand sie nicht nur unter dem Schutz des Schachteams, sondern auch der anderen dort stationierten Spezialeinsatzkräfte. Außer im Falle eines Angriffs mit Nuklearraketen gab es wohl keinen sichereren Ort auf Erden. Doch den Sozialbehörden von North Carolina reichte das nicht. Sie zweifelten daran, dass ein zwölfjähriges Waisenkind erfolgreich von einem Team von Delta-Agenten großgezogen werden konnte.

King ließ den Blick durch den eichengetäfelten Gerichtssaal schweifen, in dem es trocken und staubig roch. Abgesehen von einem Beamten des Jugendamts, dem Gerichtsdiener, einem Schreiber und der Richterin, war er der einzige Anwesende.

Die Richterin räusperte sich. »Mr. Sigler, wie Sie wissen, ist diese Anhörung nur eine Formalität. Sie verfügen über sehr eindrucksvolle Empfehlungen, nicht zuletzt durch den Präsidenten der Vereinigten Staaten. Dass Ihnen das einstweilige Sorgerecht für Fiona Lane zugesprochen werden wird, steht daher außer Zweifel. Allerdings sollten Sie wissen, dass auch ich nicht ganz ohne Einflussmöglichkeiten dastehe. Sollte ich also auch nur einen Augenblick lang das Gefühl haben, dass Sie die Angelegenheit nicht ernst genug nehmen oder nicht vollständig aufrichtig sind, mache ich einen solchen Rabatz, dass Sie um Gnade winseln werden.«

Sie konnte sich kein rechtes Bild von King machen, wusste jedoch, was sein Beruf war, dass er mit dem Präsidenten auf gutem Fuß stand und ansonsten alles der Geheimhaltung unterlag.

»Ich verstehe«, sagte er.

»Gut.« Sie rückte ein paar Unterlagen auf ihrem Tisch zurecht und starrte einen Moment lang darauf hinab. »Dann werde ich Ihnen jetzt ein paar einfache Fragen stellen, und anschließend können Sie sich wieder auf den Weg machen.«

King nickte.

Die Richterin lächelte. »Wissen Sie, fast jedes Mal, wenn ich das zu einem Soldaten sage, lautet die Antwort ›Schießen Sie los‹.«

»Es freut mich, Sie in dieser Hinsicht enttäuscht zu haben.«

»Fiona Lane. Interessanter Name für eine amerikanische Ureinwohnerin.«

Das war eine Feststellung, keine Frage, doch King vermutete, dass die Frau sein Wissen über Fiona auf die Probe stellen wollte. »Viele Ureinwohner haben englische Namen angenommen. Fionas Großvater änderte den seinen in George Lane. Ihre Großmutter wurde zu Delores Lane. Ihr Vater hieß ebenfalls George und ihre Mutter Elizabeth. Fionas zweiter Vorname ist allerdings traditioneller. Apserkahar. Das bedeutet *Die ein Pferd reitet.*«

Die Richterin musterte ihn aus zusammengekniffenen Augen und fragte: »Ist Fiona Lane in Gefahr?«

»In großer«, erwiderte er.

»Durch wen?«

»Diese Information ist geheim, Ma'am.«

»›Euer Ehren‹, danke. Befindet sie sich momentan in Sicherheit?«

»So sicher, wie es überhaupt möglich ist, Euer Ehren.«

»Ist sie bei *Ihnen* in Sicherheit?«

»Ich würde mein Leben geben, um ihres zu beschützen.«

Die Augen der Richterin weiteten sich ein bisschen. »Ich bin nicht sicher, ob ich Ihnen das abkaufe.«

»Das ist mein Job, Euer Ehren. Ich würde auch zu Ihrem Schutz mein Leben geben.«

Das trug ihm ein Lächeln ein. »Steht das so in Ihrer Berufsbeschreibung, Mr. Sigler? Ihr Leben zu riskieren, um andere zu retten?«

»Das ist die Pflicht jedes aktiven Soldaten.«

Sie senkte den Blick wieder auf ihre Unterlagen und murmelte ein zustimmendes, aber unverbindliches: »M-hm.« Dann fragte sie: »Und was ist mit den speziellen Bedürfnissen des Mädchens?«

Verwirrung malte sich auf Kings Gesicht. Der Begriff »spezielle Bedürfnisse« ließ ihn an Menschen mit Entwicklungsstörungen denken, und in diese Kategorie gehörte Fiona zweifellos nicht. Sie war hochintelligent, hatte ein sonniges Gemüt, und weil sie darauf bestand, an vielen der Trainingsübungen des Teams teilzunehmen, bekam sie wesentlich mehr Bewegung als eine durchschnittliche Zwölfjährige. »Verzeihung?«

Die Richterin blickte mit in den Nacken gelegten Kopf auf ein Blatt Papier, um es durch die untere Hälfte ihrer Gleitsichtbrille lesen zu können. »Hier steht, dass sie an Diabetes Typ eins leidet.«

Seit wann ist Diabetes ein spezielles Bedürfnis?, schoss es King durch den Kopf. Laut sagte er: »Ja, Euer Ehren.«

»Erzählen Sie mir davon.«

»Von ihrem Diabetes?«

»Ja.«

»Wie Sie schon sagten, sie hat Diabetes Typ eins. Die Krankheit wurde vor drei Jahren diagnostiziert. Im Reservat hat sie sich Insulin gespritzt. Wir haben ihr eine Insulinpumpe besorgt.«

Die Richterin nickte und machte sich eine Notiz. »Letzte Frage, Mr. Sigler.«

Er sah zu ihr hoch und war dankbar, dass es fast vorbei war. Gewöhnlich trug er einen Kampfanzug oder T-Shirt und Jeans, und in seinem Anzug – extra für diesen Anlass gekauft – fühlte er sich heiß und unbehaglich. Seine schwarzen Haare waren, im Gegensatz zu ihrem üblichen, leicht zerzausten Zustand, sorgfältig gekämmt. Er hatte sich glatt rasiert. Ohne den leichten Stoppelbart wirkte sein Kinn kantiger, und man sah ein paar kleinere Narben.

Die Richterin beugte sich vor, sah ihm direkt in die Augen und fragte: »Werden Sie ein guter Vater sein?«

King erstarrte. Mit dieser Frage hatte er nicht gerechnet. Sein eigener Vater hatte ihn im Stich gelassen, als er sechzehn war, drei Monate, nachdem seine Schwester Julie bei einem Übungsflug als Air-Force-Pilotin ums Leben gekommen war. Und auch davor war Peter Sigler kein Mustervater gewesen. King hatte sich nie vorstellen können, selbst Kinder zu haben, und keinen Gedanken daran verschwendet, wie man sich als guter Vater verhielt. Wenn der Rest des Teams sich nicht gedrückt, wenn jemand anderes Fiona aus der Siletz Reservation gerettet, wenn sie sich nicht so schnell an ihn gewöhnt oder es jemanden gegeben hätte, von dem er glaubte, er könnte sie genauso gut beschützen – er wäre nie in diesem Gerichtssaal gelandet.

»Ja«, gab er zurück. »Das werde ich.«

Die Richterin sah ihn noch einen Moment lang an, dann lehnte sie sich zurück. »Also gut. Das Gericht befindet Mr. Sigler als Pflegevater von Fiona Lane für geeignet und erteilt ihm mit sofortiger Wirkung das einstweilige Sorgerecht.«

»Euer Ehren.« Der Vertreter des Jugendamts erhob sich. »Das Jugendamt beantragt ein Besuchsrecht, damit wir die Entwicklung von Miss Lane verfolgen und eine genauere Einschätzung ihrer Sicherheit innerhalb der Grenzen von Fort Bragg treffen können. Sobald die Verantwortlichen entscheiden, dass es für Fiona ohne den Schutz von Fort Bragg und Mr. Sigler wieder sicher genug ist, würden wir für sie gerne ein dauerhaftes Zuhause in einer stabilen Adoptivfamilie suchen.«

Die Richterin wandte sich an King. »Ist das für Sie akzeptabel?«

King nickte. »Ja.«

Der Hammer der Richterin fiel. »Die Verhandlung ist geschlossen. Sie können gehen, Mr. Sigler.«

»Erheben Sie sich!«, sagte der Gerichtsdiener laut.

Da King der Einzige war, der außer dem Schreiber noch saß, stand er auf und blickte der Richterin nach, die mit raschen Schritten hinausging. Dann trat er aus dem Zeugenstand und verließ den Saal, ohne jemanden anzusehen. Andernfalls hätte vielleicht jemand gesehen, wie ihm die Schamesröte ins Gesicht stieg.

Er hatte unter Eid gelogen.

Er hatte eine Heidenangst davor, Vater zu sein, denn er wusste, dass das genau der Job war, für den er nicht taugte. Aber hatte er eine Wahl? Fiona musste geschützt werden, Vatergefühle oder nicht, schließlich sie war die einzige Spur bei ihren Ermittlungen zu einem Vorfall, der Tausende von Amerikanern das Leben gekostet hatte. *Dieses* Problem zu lösen *war* sein Job, und somit gehörte auch Fiona dazu.

Fürs Erste, dachte King.

Nach der Anhörung ließ er ein paar Besprechungen über sich ergehen, dann ging er etwas trinken. Er redete sich ein, dass er nachdenken wollte, aber in Wirklichkeit fürchtete er sich davor, nach Hause zu gehen. Er, der Anführer des absoluten Eliteteams unter den Sondereinsatzkräften der US-Armee, hatte Angst vor einem zwölfjährigen Mädchen. In seinem Kopf überschlugen sich die widersprüchlichsten Gedanken, während er sich fragte, wie er mit dieser neuen und fremden Verantwortung umgehen sollte. War er fähig, ein Kind zu erziehen? Klar, er konnte Fiona beschützen, aber wie stand es mit all den anderen Dingen, die ein Kind brauchte? Anleitung? Zuneigung? Liebe?

Während er an seinem Sam-Adams-Bier nippte, dachte er, dass er es vielleicht bei der einen Flasche belassen sollte. Um sich abzulenken, sah er zum Fernseher hin. CNN übertrug wieder einmal die Tiraden eines gewissen Senators Lance Marrs aus Utah, der aussah wie ein verknittertes Michelin-Männchen mit pomadigem Haar und zornigen Augen. Seit der Wahlniederlage gegen Tom Duncan hatte Marrs sich darauf verlegt, Angstpropaganda zu verbreiten, indem er Präsident Duncan für alles verantwortlich machte, von 9/11 bis zur Finanzkrise, die vor zwei Amtszeiten über die Welt hereingebrochen war. Die Kabelsender sogen seine Reden begierig auf, fügten einen dicken Klacks einseitige Berichterstattung hinzu und spuckten sie für die Massen aufbereitet wieder aus. *Ich bleibe lieber bei PBS,* dachte King, bevor er darum bat, auf einen anderen Kanal umzuschalten.

Er nuckelte noch eine Stunde an seinem Bier, bis das Gebräu Zimmertemperatur angenommen hatte und er aufgab. Das Glas war noch halb voll, als er sich auf den Heimweg machte. Er wusste, dass Rook, der den Babysitter spielte, ungeduldig darauf wartete, Feierabend machen und das Wochenende einläuten zu können.

Lebt wohl, ihr Feierabendbiere, dachte King, während er in Fort Bragg vor seinem einfachen Haus im Ranchstil anhielt. *Seid gegrüßt, ihr Samstagmorgen-Zeichentrickfilme.*

Er öffnete die Tür. Von drinnen schlug ihm der Geruch von Popcorn und Lackspray entgegen, eine seltsame Mischung, aber sicher nicht unerklärlich. Was ihn irritierte, war, dass nirgendwo ein Licht brannte. *Warum hat Rook das Licht ausgeschaltet?*

Rook, der mit vielen Schwestern aufgewachsen war und daher mit Fiona umgehen konnte wie kein anderer, brachte sie meistens um neun ins Bett und wartete dann vor dem Fernseher auf Kings Rückkehr. King warf einen Blick in die amerikanische Küche. Nicht einmal die Uhr der Mikrowelle funktionierte. Er sah über die Schulter und fand seinen Verdacht bestätigt: Die Straßenlaternen brannten. Nur bei ihm war der Strom ausgefallen.

Er zog leise die Tür hinter sich zu und lauschte. Es war nicht das Geringste zu hören, aber er spürte einen Lufthauch. Im schwachen Schein des von der Straße hereinfallenden Lichts sah er die Hintertür weit offen stehen.

Hier stimmte etwas ganz und gar nicht.

Und er war unbewaffnet. Wegen der Anhörung vor Gericht hatte er keine Pistole mitgenommen. Er schob sich leise durchs Wohnzimmer in die Küche. Über dem Kühlschrank lag eine versteckte Sig Sauer. Er zog die Stahlkassette hervor, tippte den Code ein und klappte den Deckel auf. Die Waffe war verschwunden.

Scheiße, dachte King.

Eilig wandte er sich in Richtung Schlafzimmer, in dessen Schrank er noch ein ganzes Arsenal aufbewahrte. Vor der Zimmertür blieb er stehen. Sie stand offen. Er steckte den Kopf in den Raum und sah sich um. Alles schien in Ordnung zu sein. Dann bemerkte er einen Haufen auf seinem Bett, der sich vor dem hereinfallenden Licht der Straßenlaternen deutlich abzeichnete.

Sofort schossen ihm die entsetzlichen Bilder durch den Kopf, die er in der Siletz Reservation gesehen hatte. Er konnte den Leichengestank und den Rauch noch immer riechen. Zerstörte Wohnungen. Lodernde Feuer. Zuckende Hochspannungskabel. Er sah Fionas Großmutter vor sich, niedergetrampelt und zerquetscht. Und überall hatten diese Haufen aus seltsamem grauen Staub herumgelegen, als seien es Visitenkarten. Genau wie der auf seinem Bett.

Seine Brust zog sich zusammen, und sein Herz hämmerte schmerzhaft. »Fiona«, flüsterte er.

Er trat ins Zimmer und kauerte sich neben das Bett. Als er die Hand nach dem Haufen ausstreckte, erwartete er, den gleichen körnigen Staub zu fühlen, aber seine Finger fanden nur Stoff. King seufzte erleichtert. Es war bloß seine zerknüllte Bettdecke.

Da geschah es.

Das Klicken einer schnellen Dreiersalve.

Er wurde in den Rücken getroffen. Dann, noch im Herumwirbeln, in den Hals. Das dritte Geschoss erwischte ihn an der Stirn und blieb hängen. Er griff danach und erwartete, einen Betäubungspfeil vorzufinden, doch seine Finger schlossen sich um etwas Weiches, Gummiartiges. Während er noch an dem Saugnapf zerrte, rief eine helle Stimme irgendwo im Raum: »Ich hab ihn erwischt, Rook!«

Die Lampen flammten auf, und das Haus füllte sich mit dem grellen Licht von Hundertwattbirnen. King zwinkerte und suchte vergeblich nach dem Ursprung der Stimme.

»Hier oben«, sagte Fiona.

King wandte sich zur Schlafzimmertür um. Fiona, in einem schwarzen Pyjama und schwarzen Socken, balancierte auf der Oberkante und drückte sich mit dem Rücken in die Ecke des Zimmers. Sie hatte die dunklen Haare zu einem festen Knoten hochgebunden und sich ein schwarzes Tuch über Mund und Nase gezogen. In der Hand hielt sie eine Saugpfeilpistole. King erkannte sie als eine der zwei leuchtend orangefarbenen Spielzeugwaffen, die er ihr geschenkt hatte, allerdings mit schwarzer Tarnfarbe übermalt.

Stan Tremblay, Codename *Rook,* der Schachturm, rief aus dem Wohnzimmer: »Tut mir leid. Konnte sie nicht bremsen. Bin dann mal weg!«

»Wo ist meine Pistole?«, fragte King.

»Im Schrank, bei den anderen«, erwiderte Rook.

»Tschüs, Rook!«, rief Fiona.

»Bis später, Kleine! Ach, und King, tut mir leid wegen der Küche.« Die Eingangstür wurde geöffnet und klappte einen Moment später wieder zu.

King wusste, dass es tausend Dinge gab, die er als Vater jetzt hätte sagen sollen. *Du hättest dir den Hals brechen können, wenn du von der Tür heruntergefallen wärst. Ich habe mich zu Tode geängstigt. Man zielt nicht mit Waffen auf Menschen.* Und es gab genauso viele eher unkonventionelle Anpfiffe: *Was, wenn ich bewaffnet gewesen wäre? Ich hätte dich erschießen können. Ich hätte Rook erschießen können.*

Aber er sagte nichts dergleichen. Stattdessen sprach er aus, was er tatsächlich dachte: »Das war ziemlich gut.«

»Ziemlich gut?« Fionas Stimme klang entrüstet. »Du hast dich gerade von einem kleinen Mädchen umlegen lassen. Noch nicht mal ein Teenager. Ich würde sagen, das war phantastisch.«

Er erahnte ihr von Stolz erfülltes Lachen hinter der Maske. Es war ansteckend, und dafür war er dankbar, denn so konnte er seine wahren Gefühle unter Kontrolle halten. Er *hatte* sich gerade von einer Zwölfjährigen überlisten lassen. Dem Mädchen, das zu beschützen er geschworen hatte. Lenkte Fionas Anwesenheit in seinem Leben ihn so sehr ab, dass er nachlässig wurde?

Sie bemerkte seine Nachdenklichkeit und holte ihn ins Jetzt zurück. »Also, hebst du mich jetzt runter, oder was?«

»Du bist die Ninjakriegerin«, sagte King. »Sieh selber zu, wie du runterkommst.« Er wandte sich ab, um hinauszugehen.

»Aber Rook hat mich raufgehoben«, rief sie ihm empört nach.

King zuckte die Achseln, und ein Lächeln breitete sich auf seinem Gesicht aus. »Die Zielperson zu erledigen ist nutzlos, wenn man die Flucht nicht geplant hat.« Schon halb durch die Tür, fühlte er einen Griff an seinen Haaren. Dann hing ihm plötzlich eine Last an den Schultern. Fiona hatte sich von der Tür aus auf seinen Rücken fallen lassen. Sie klammerte sich schräg an ihn, einen Arm und ein Bein um seine Schultern geschlungen. Sein Protest ging in ihrem wilden Gelächter unter.

King packte sie und trat zurück ins Schlafzimmer. Rücklings ließ er sich aufs Bett fallen, achtete dabei aber darauf, dass er Fiona nicht zerquetschte. Er klemmte das kichernde Mädchen fest, bis es sich nicht mehr rühren konnte. »Erweise dem König den gebührenden Respekt«, forderte er.

»Wem?«, fragte sie zwischen Lachanfällen.

»Ich bin King. Dem König gebührt Ehrfurcht. Sag es!«

»Du spinnst wohl, Dad!« Ihr Lachen erstarb. Sie wusste, dass er nicht »Dad« genannt werden wollte, aber manchmal rutschte es ihr doch heraus. Ihre Arme erschlafften, und King setzte sich auf. Er wusste, was sie gleich fragen würde.

»Also«, drängte sie. »Wie lautet das Urteil?«

Er wandte sich langsam zu ihr um, und plötzlich fühlte er sich unbehaglich. Er fand keine passenden Worte. Zu seinem Glück war Fiona darin besser als er. »Bist du jetzt mein Pflegevater oder nicht?«

Er grinste. »Bin ich.«

Sie saß einen Moment ganz still da, mit feuchten Augen und fest zusammengepressten Lippen. Sie so von Freude und Zuneigung erfüllt zu sehen, so verletzlich, riss eine Lücke in Kings emotionale Abwehrmauer. Er stieß ein leises Lachen aus und streckte ihr die Arme entgegen. Sie warf sich in seine Umarmung und drückte ihn fester an sich, als er es einem Mädchen ihres Alters zugetraut hätte. Er legte den Kopf auf ihre zarte Schulter und wiederholte die Worte, von denen er wusste, dass sie sie hören wollte: »Ja, das bin ich.«

3 Fort Bragg, North Carolina 2011 – Ein Jahr später

»Es geht doch nichts über den Duft eines Schießstands an einem sonnigen Tag«, meinte Rook, während er an seiner Desert Eagle vom Kaliber .50 entlangspähte. Er betätigte den Abzug. Dem lauten Donnern der gewaltigen Pistole folgte ein entferntes *Pling*, als die abgefeuerte Kugel ihr Ziel traf. Er richtete sich auf, holte tief Luft und ließ sie mit einem genüsslichen »Aaaah« wieder ausströmen.

Neben ihm rang Fiona nach Atem und hustete. »Stinkt nach Schießpulver.«

King lachte leise und fuhr ihr mit der Hand durch die verstrubbelten schwarzen Haare. »Für Rook ist Schießpulver ein Aphrodisiakum.«

»Ein Afro-was?«

Er rief sich ins Gedächtnis, dass das Mädchen erst dreizehn war und außerdem seine Schutzbefohlene, und nahm sich vor, mehr auf die Wahl seiner Worte zu achten. »Vergiss es.«

»Jack Sigler, der ideale Vater«, meinte Zelda Baker, Codename *Queen*, die Schachkönigin, auf der nächsten Schießbahn. Sie reinigte gerade ihre UMP-Maschinenpistole. Ihr ölverschmiertes, ärmelloses Männerunterhemd stand in hartem Kontrast zu ihrem lockigen blonden Haar und ihrem äußerst weiblichen Gesicht, das selbst das knallrote Stirnbrandmal in Form eines Sterns mit einem Totenkopf in der Mitte nicht entstellen konnte.

Auf der benachbarten Bahn lag Shin Dae-jung, Codename *Knight*, der Springer, flach auf dem Boden ausgestreckt und visierte durch das Zielfernrohr seines Scharfschützengewehrs einen 800 Meter weit entfernten Apfel an. »Ohren«, sagte er.

Wer keinen Lärmschutz trug, hielt sich mit den Händen die Ohren zu. Ein Donnerschlag hallte über den Platz. Sekundenbruchteile später war der Apfel Geschichte. Knight stand auf und warf den anderen ein großspuriges Grinsen zu. »Böser Apfel tot.«

Fiona lachte und sagte: »Lasch.«

»Lasch?«, erwiderte Knight. »Das Ding war fast einen Kilometer weit weg!«

»Nicht der Schuss«, meinte Fiona. »Der Witz.«

Eric Somers, Codename *Bishop*, der Läufer, lachte in sich hinein, dass sein tonnenförmiger Brustkorb erzitterte. Er hatte seine Munition bereits verschossen und sah den anderen von der langen Holzbank am hinteren Ende des offenen Schießstands aus zu. Er sagte wenig und ließ lieber Taten für sich sprechen. Sein lautloses Gelächter verriet Knight, dass er sich über ihn lustig machte.

»Halt dich zurück, Bish«, sagte er warnend.

Während King eine der Waffen aus seiner Sammlung nachlud, hob Fiona seine ungeladene Sig Sauer auf. Sie richtete sie auf die Zielscheiben. King hatte sie noch nie schießen lassen, obwohl sie ganz wild darauf war, es zu probieren. »Also, wann darf ich auch mal ein paar Bösewichter abknallen?«

Das Team hielt den Atem an. Töten gehörte zu ihrem Beruf. Und sie waren gut darin. Aber sie nahmen den Waffengebrauch nicht auf die leichte Schulter, schon gar nicht, wenn es um Kinder ging. Es wurden mehr Menschen von Kindern erschossen, als die meisten Leute sich eingestehen wollten. King nahm ihr die Waffe aus der Hand. »Töten ist nichts, was einem Spaß machen sollte.«

»Aber wenn es Fieslinge sind …«

»Töten ist nur das allerletzte Mittel.«

»Aber ihr macht ständig Witze darüber.«

Das Schachteam wechselte schuldbewusste Blicke. Natürlich dachten sie manchmal mit rauem Humor an vergangene Missionen zurück. King hoffte, einer der anderen würde sich einmischen, aber sie blieben stumm. Schließlich war *er* der Papa.

»Man darf nie das Glücksgefühl, überlebt zu haben, mit dem Vergnügen am Tod eines anderen Menschen verwechseln.« Er sah ihr in die Augen. »Der Tod ist kein Spaß.«

Einen Moment lang dachte er, Fiona würde in Tränen ausbrechen. Ihre Augen wurden feucht, und ihre Lippen zitterten leicht, aber sie schluckte und biss die Zähne zusammen. King musste sich ein Lächeln verkneifen. Die Kleine ließ sich langsam ein dickes Fell wachsen.

Bevor das Schweigen unbehaglich werden konnte, läutete Kings Handy. Er klappte es auf. »Jack Sigler«, meldete er sich. Die Person am anderen Ende sprach nur zehn Sekunden lang, doch die Worte, die in diesen kurzen Zeitraum hineinpassten, ließen King erstarren. Nach weiteren fünf Sekunden ließ er den Kopf hängen. Er sagte leise: »Danke, dass Sie mir Bescheid gesagt haben«, klappte das Telefon zu und schob es in die Tasche. Als er sich umwandte, standen die anderen in einem stummen Halbkreis um ihn herum und warteten, dass er das Wort an sie richtete. Sie wussten, dass etwas Schlimmes passiert sein musste, denn was sie in Kings Miene lasen, kannten sie nicht von ihm: Niedergeschlagenheit.

»Was ist los?«, fragte Bishop.

King sah von einem zum anderen. Er wusste, dass sie nicht weniger Respekt vor ihm haben würden, wenn er jetzt weinte. Trotzdem kämpfte er gegen die aufsteigende Feuchtigkeit in seinen Augen – bis er Fionas Blick begegnete. Zwei Tränen lösten sich und rollten über Kings Wangen. Er wandte sich ab und sagte: »Meine Mutter ist tot.«

Drei Tage später

»Komm schon, Stan, du weißt es!«, sagte eine helle Stimme.

Rook lehnte sich in einen gelben Ledersessel zurück und stemmte die Fersen in den Boden, um nicht herauszurutschen. »Knight, diese Sessel müssen weg. Die sind ja schlimmer als verfickte Wasserrutschen.«

»Manieren, Rook«, mahnte Queen. »Es sind jungfräuliche Ohren anwesend.«

»Der Dreikäsehoch hat doch aus meinem Mund schon alles gehört, was es zu hören gibt«, wehrte sich Rook.

»Das heißt nicht, dass du es ständig wiederholen musst, bis sie selber wie ein Mini-Rook daherredet.« Knight kam mit einer Schürze um die Hüfte aus der Küche, das schwarze Designerhemd mehlgesprenkelt. Er lächelte, und seine braunen Mandelaugen, eine Mitgift seiner koreanischen Abstammung, verzogen sich zu fröhlichen Schlitzen. »Lenk nicht ab, Rook. Du willst dich nur darum drücken, die Frage zu beantworten.« Er machte kehrt und fügte hinzu: »Essen in fünf Minuten.«

Die Frage. Rook fuhr sich mit der Hand durch die blonden Haare, die fünf Zentimeter kürzer waren als sein langer Spitzbart, schloss die Augen und ließ Geschichtslektionen Revue passieren. Das Team hatte in den vergangenen zwei Jahren ein wissensmäßiges Upgrade bekommen. Nach all den Zusammenstößen mit Kreaturen, die direkt den finstersten Alpträumen der menschlichen Geschichte und den wildesten Mythen entsprungen waren, gewürzt mit einer Prise fortschrittlichster Gentechnik, Mikrobiologie und Linguistik, waren diese Nachhilfestunden dringend nötig gewesen. Ihr Agentenführer Tom Duncan, Codename *Deep Blue,* dessen wahre Identität als Präsident der Vereinigten Staaten nur dem Team und einer Handvoll anderer Menschen bekannt war, hatte ihnen ein ehrgeiziges Studienprogramm verordnet.

Professoren aus Harvard und Yale unterrichteten sie in Geschichte und Sprachen, während Fachleute vom MIT Physik, Astronomie und Robotik lehrten. George Pierce, der alte Freund ihres Teamführers King, den sie vor zwei Jahren aus der Hand seiner Entführer gerettet hatten, war für Mythologie zuständig. Sara Fogg vom CDC, dem Zentrum für Seuchenkontrolle, die gleichzeitig Kings Freundin war, unterrichtete Genetik und Mikrobiologie. Sie waren mittlerweile das am besten ausgebildete Team des US-Militärs, und da sie sich aufs Lernen mit demselben Ehrgeiz stürzten wie in den Kampf, entwickelten sie sich zu richtiggehenden Strebern. Nicht, dass es jemand gewagt hätte, ihnen das ins Gesicht zu sagen. Dem Schachteam eilte der Ruf voraus, aus hartgesottenen Kämpfern zu bestehen, und die Berichte von ihren Heldentaten waren bei den anderen Delta-Einheiten zu gern erzählten Legenden geworden.

Und sie würden weiterbüffeln, bis es zu einer Krise kam, die ihre einzigartigen Erfahrungen und Kenntnisse erforderte. Oder bis es einen Durchbruch in den Ermittlungen zu dem Anschlag auf die Siletz Reservation gab, der das Team um sein neuestes, kleinstes und lebhaftestes Mitglied bereichert hatte.

»Kommt da noch was zu unseren Lebzeiten, Großer?«, erklang wieder die helle Stimme.

Bishop lachte. Er saß im Schneidersitz auf dem Boden, eine beachtliche Leistung für einen Mann seiner Statur. Nicht, dass er fett gewesen wäre. Im Gegenteil. Er bestand aus 110 Kilogramm iranischer, in Amerika aufgewachsener Muskelmasse. Und während Queen ihre Narben für alle sichtbar trug, blieben die von Bishop verborgen. Innerlich. Dank einiger genetischer Manipulationen durch Richard Ridley und seine Firma Manifold Genetics heilte jede Verletzung, die Bishop erlitt, sofort ab – was allerdings auf Kosten seiner geistigen Gesundheit geschah. Nur der Kristall, den er um den Hals trug – ein Mitbringsel aus der uralten Neandertalerstadt Meru –, bewahrte ihn vor dem Wahnsinn. Ohne den Stein würde Bishop sich in einen irren, heißhungrigen »Regenerierten« verwandeln, der erst dann aufhörte zu töten, wenn man ihm den Kopf abschnitt. Aber solange der Kristall Bishops Geist im Frieden mit sich selbst hielt, konnte er hier auf dem Boden sitzen und sich der Gesellschaft seiner Freunde und eines dreizehnjährigen Mädchens erfreuen.

Fiona – Codename *Dreikäsehoch,* wenn es nach Rook ging – hatte das Schachteam zu ihrer Familie erkoren. Seit einem Jahr hatte sie jeden Tag mit ihnen verbracht, ihnen beim Nahkampftraining, Lernen und auf dem Schießstand zugesehen, jedes Detail in sich aufgesogen und versucht, die Lektionen an Mut und Disziplin auf ihre eigene Schulsituation zu übertragen. Allerdings fand sie die Studiengebiete des Schachteams wesentlich interessanter als Algebra I.

»Komm schon, Rook. Da ist ein Flugzeug mit einer Bombe darin. Wenn sie explodiert, wird es auf einen Zug voller schwangerer Frauen stürzen, die auf dem Weg zu

43

einer Konferenz über Ernährung und Stillzeit sind. Beantworte die Frage richtig, und du hast den Code zum Entschärfen der Bombe.«

Rook betrachtete das schwarzhaarige Mädchen mit den braunen Augen und musste lächeln. »Das ist aber eine vertrackte Situation.«

Sie zuckte die Achseln. »Du hast noch zehn Sekunden. Das ungeborene Leben zahlloser Kinder liegt in deiner Hand.«

Er spielte mit und konzentrierte sich, während er gleichzeitig hoffte, dass das Mädel daraus nicht das Recht ableitete, ihm jederzeit auf der Nase herumtanzen zu dürfen.

»Fünf Sekunden.«

Das Telefon klingelte, und Rooks Augen klappten auf. »Es ist Djet! Djet Horus war der dritte Pharao der ersten ägyptischen Dynastie, die von 2970 bis 2060 vor Christus regierte.«

Fiona formte die Hände zu zwei Revolvern und feuerte sie inklusive Soundeffekt auf Rook ab. Während sie die imaginären Waffen um die Zeigefinger wirbeln und in die Halfter zurückgleiten ließ, sagte sie: »Ganz kalt, Cowboy. Du hast noch …«

Sie legte den Kopf schief und lauschte in Richtung Küche.

Rook hörte Knight am Telefon, konnte aber keine Einzelheiten ausmachen. Er betrachtete Fionas konzentrierte Miene und fragte: »Du kannst verstehen, was er sagt?«

Fiona nickte. »Scharfe Ohren.« Sie sah Rook an. »Da stimmt etwas nicht.«

»Was …«

Fiona wedelte abwehrend mit den Händen, während ihr Gesicht immer ernster wurde. »Ich will wissen, ob es um King geht!«

King war vor drei Tagen abgereist, nachdem er vom Tod

seiner Mutter erfahren hatte. Sie waren alle bei der Beerdigung gewesen, hatten aber nicht viel von ihrem Teamführer gesehen, da er sich um Angehörige und Freunde der Familie kümmern musste, die er lange nicht gesehen hatte. Fiona wusste, dass er noch eine Woche Urlaub hatte, um den Nachlass zu regeln, hoffte aber, er würde früher zurückkommen.

Bevor sie jedoch mitbekam, worum es ging, legte Knight auf, schaltete den Herd aus und kam ins Wohnzimmer. »Abendessen fällt aus. Keasling will uns sehen, und zwar schnellstens.«

Fiona runzelte die Stirn.

»Hat er gesagt, worum es geht?«, fragte Queen.

Knights Blick glitt zu Fiona. Sie sprang auf. »King?« Als Knight keine Antwort gab, fragte sie weiter: »Dann haben sie eine Spur gefunden?«

Knight schüttelte den Kopf. »Anscheinend hat etwas *unsere* Spur entdeckt.«

»Und wann kommt Dad zurück?«

Einen Augenblick lang herrschte Schweigen. Sie hatten sich immer noch nicht daran gewöhnt, dass Fiona King »Dad« nannte. Tatsächlich mochte er das überhaupt nicht und erinnerte sie mehrfach daran, es nicht zu tun. In erster Linie, weil seine Erziehungsberechtigung nur so lange Bestand haben würde, bis Fiona außer Gefahr war und in eine richtige Familie mit echtem *Dad* kam. Aber da das Mädchen den größten Teil seines Lebens ohne echte Vaterfigur aufgewachsen war, hatte sie King schnell als ihren echten Dad adoptiert. Zwar gab sie sich alle Mühe, ihn Jack oder King zu nennen oder auch Siggy, wie es seine Schwester Julie vor ihrem Tod getan hatte, doch gerade wenn die Gefühle mit ihr durchgingen, rutschte ihr das Wort aus dem Mund, bevor sie es stoppen konnte.

Knight runzelte bedauernd die Stirn. Sie alle beteten die Kleine an, und es missfiel ihnen, dass ihr Leben so eine emotionale Achterbahnfahrt war. »King braucht noch etwas Zeit für sich allein.«

Bishop erhob sich, er ragte turmhoch über Fiona auf. Mit der dunklen Haut, die der ihren ähnelte, und dem tiefschwarzen Haar sah er am ehesten so aus, als könnte er ihr biologischer Vater sein, doch seine kantige Nase und die Augenwülste zeigten, dass er genetisch dem Nahen Osten näher stand als den Indianern Nordamerikas. Er hob das Mädchen hoch und setzte es sich auf die Schultern. »He, du hast doch uns.«

Fiona wuschelte über seinen kurzgeschorenen Kopf. »Klar. Ich wünschte nur, ich könnte bei ihm sein.« Ihr Lächeln erlosch. »Ich weiß, wie es ist, die engsten Angehörigen zu verlieren.«

4 Richmond, Virginia

King stand allein am Grab seiner Mutter. Grassamen lagen auf der frischen Erde verteilt, in der sie tags zuvor beigesetzt worden war. Es war eine schöne Beerdigung gewesen – so schön, wie es eben sein konnte, wenn man vom letzten geliebten Familienmitglied Abschied nahm. Das gesamte Team, einschließlich General Keasling, dem Computergenie Lewis Aleman und Fiona, war gekommen. Nur Deep Blue, dessen Anwesenheit unweigerlich Aufsehen erregt hätte, hatte sich entschuldigen müssen.

George Pierce war aus Griechenland angereist. Sara Fogg leistete King moralischen Beistand und blieb über Nacht. Sie wusste, wie es war, Seite an Seite mit dem Schachteam zu kämpfen, und ihre Gespräche beim Abendessen hatten sich um Mythologie und Genetik gedreht. Später hatten sie ihre Kampfesnarben verglichen …

Inzwischen war Pierce nach Rom geflogen, um dort eine Ausgrabung zu leiten. Sara hatte eigentlich länger bleiben wollen, da die Kombination ihrer anspruchsvollen Jobs sie viel zu selten zusammenbrachte. Aber auch diesmal war ihnen das Schicksal nicht wohlgesinnt gewesen: Eine unbekannte Seuche in Swasiland erforderte Saras Anwesenheit vor Ort. Seit sie im vergangenen Jahr das Heilmittel für die Brugada-Pandemie entdeckt hatte, war sie zum Aushängeschild des Seuchenkontrollzentrums CDC geworden und immer die Erste, die am Brandherd eintraf. So war King allein zurückgeblieben, und ohne Ablenkung kreisten seine Gedanken um seine Mutter.

Er erinnerte sich, dass Lynn Sigler ungeachtet der Umstände immer ein Lächeln auf den Lippen getragen hatte. Sie konnte aus dem Nichts einen Kuchen zaubern. Ihre Tür stand Freunden und Verwandten stets offen. Und sie hielt immer, *immer* einen frischen Krug selbstgemachter Limonade für Besucher bereit. King hatte den letzten Rest davon am Abend vor der Beerdigung mit seinen Freunden geteilt.

Doch die Fröhlichkeit seiner Mutter war seit Jahren nur Fassade gewesen. Der Absturz von Kings Schwester Julie bei einem Übungsflug mit ihrem Kampfjet hatte Lynn Sigler schwer getroffen. Und nur wenige Monate später folgte ein weiterer Schlag, als Kings Vater zu einer Geschäftsreise aufbrach und einfach nicht zurückkam. Während ihm Julies Air-Force-Karriere zeit seines Lebens ein Dorn im Auge gewesen war, hatte Lynn Sigler ihre Kinder stets unterstützt. Selbst dann, als King in die Fußstapfen seiner toten Schwester getreten war.

Es musste ihr schwergefallen gefallen sein, ihn loszulassen. Doch trotz aller Risiken, denen er sich aussetzte, hatte sie ihm den Rücken gestärkt.

Am Tag der Beerdigung war nach einer Woche Regen die Sonne durch die Wolkendecke gebrochen und hatte ihnen das stereotype Trauerwetter erspart. Das Laubkleid der großen Bäume auf dem Friedhof der St.-Mary's-Kirche leuchtete in sattem, frischem Grün. Die Blumenrabatten vor der schwarzen, schmiedeeisernen Einfriedung blühten in warmen Frühlingsfarben. Ein Tag, wie seine Mutter einmal gewesen war: lebendig.

Von einer Sekunde auf die andere war es damit vorbei

gewesen – ein Frontalzusammenstoß. Anscheinend war seine Mutter nach einem anstrengen Tag im Garten am Steuer eingenickt und auf die Gegenfahrbahn geraten. King schüttelte den Kopf und schob den Gedanken von sich.

Auch heute herrschte herrliches Sonnenwetter, doch der Tod seiner Mutter lag wie ein düsterer Schatten auf King. Er ließ sich auf die Knie nieder und hob mit den Fingern sieben flache Gruben in der lockeren Erde aus. In jede setzte er eine einzelne Schneeglöckchenzwiebel. Er wusste, dass er nicht oft Gelegenheit haben würde, hierherzukommen. Und so wollte er sichergehen, dass die Lieblingsblumen seiner Mutter jedes Frühjahr an ihrem Todestag blühen würden, auch wenn er sie ihr nicht persönlich aufs Grab legen konnte.

Er drückte die Erde mit den Fingern fest, über einer Zwiebel nach der anderen. Die meditative Tätigkeit beruhigte ihn, und einen friedvollen Augenblick lang gedachte er seiner Mutter. Dann spürte er, dass er nicht allein war.

Mit gesenktem Kopf ließ er den Blick über das Gelände schweifen. Nichts. Er blickte über die Schulter. Auch da war niemand. Er war ganz allein. Es lag an seinen Nerven. Deep Blue hatte recht gehabt, ihm eine Woche zusätzlichen Urlaub zu verordnen. Er war nicht auf dem Damm und sah schon Feinde, wo gar keine waren. Er legte die flache Hand auf die Erde, flüsterte ein Lebewohl und erhob sich.

Zu voller Größe aufgerichtet, hatte King freie Sicht über den Grabstein seiner Mutter hinweg – zehn Meter entfernt stand ein Mann im Schatten eines Ahorns. Das allein hätte den Teamführer der Schachtruppe nicht beunruhigt, doch als der Mann ihn bemerkte, schrak er zusammen und trat hastig zurück, als wollte er davonlaufen. Sofort stellten sich Kings Nackenhaare auf, und er ging einen Schritt auf den Mann zu.

Der ergriff die Flucht.

Einen Wimpernschlag später setzte King ihm nach. Er hatte keine Ahnung, wer der Kerl war, doch das war erst einmal nicht wichtig. Dass der Mann davonrannte, sagte King alles, was er über ihn wissen musste: Der Mann hatte etwas ausgefressen, denn nur Leute mit schlechtem Gewissen laufen einfach so davon. Außerdem schien er zu spüren, dass King gefährlich war, jemand, vor dem man sich besser in Acht nahm. Und sein Auftauchen am Grab von Kings Mutter bedeutete, dass er die wahre Identität des Schachteamführers kannte.

Nichts davon war akzeptabel.

Während King die Verfolgung aufnahm, analysierte der Kampfcomputer in seinem Kopf die Situation. Der Mann hatte schwarze Haare, glatt zurückgekämmt und gegelt. Er trug einen Trenchcoat, der nicht viel von seiner Statur erkennen ließ. Glänzende Schuhe. Elegant. Nicht ideal zum Laufen. Er hatte nicht erwartet, verfolgt zu werden.

Warum läuft er dann weg?, fragte sich King.

Als sie eine Lichtung erreichten, die von zwei Reihen von Grabsteinen gesäumt wurde, legte King einen Zwischenspurt ein und halbierte so den Abstand. Der Mann war nicht schnell, und im Näherkommen erkannte King graue Strähnen in seinem Haar. *Er muss zwischen fünfzig und sechzig sein*, dachte er.

Der Mann folgte einem gepflasterten Weg, der, wie King wusste, um einen kleinen, aber steilen Buckel herumführte. King stürmte geradeaus weiter den Abhang hinauf. Als er oben anlangte, sah er den Mann direkt unter sich. Er sprang, rollte sich bei der Landung ab und bekam zwei

Handvoll Trenchcoat zu fassen. Der Stoff rutschte ihm aus den Händen, doch der plötzliche Ruck brachte den Mann zum Stolpern. Er ruderte verzweifelt mit den Armen, verlor das Gleichgewicht und stürzte bäuchlings ins Gras.

King war nicht in Stimmung für einen Kampf oder eine längere Verfolgungsjagd, daher zog er einfach seine Sig Sauer und spannte den Hahn.

Der Mann musste das Geräusch erkannt haben, denn er richtete sich, ohne sich umzusehen, auf die Knie auf, hob die Hände und bat: »N-nicht schießen!«

King trat mit erhobener Waffe näher, zögerte jedoch, denn irgendetwas an dem Mann kam ihm bekannt vor. Er war ihm schon einmal begegnet, konnte ihn aber nicht einordnen. Die Ablenkung verlangsamte seine Reflexe.

Und der Mann war schneller, als er aussah. Er wirbelte herum, packte Kings Hand mit der Waffe und drückte den Lauf nach oben weg. Mit der freien Hand schlug er zu. Harte Knöchel streiften Kings Nase. Wenn er nicht zurückgezuckt wäre, hätte der Hieb ihm zweifellos das Nasenbein gebrochen.

Der Mann wurde von seinem eigenen, fehlgegangenen Schlag nach vorne gerissen. King setzte zu einem Ellenbogenstoß in den Rücken an. Doch bevor er dazu kam, warf sich der Mann herum und rammte ihm die Schulter in den Bauch, so dass King rückwärtsstolperte.

In der Sekunde, die es dauerte, bis sie beide auf das Pflaster knallten, vervollständigte King seine Einschätzung über die Kampfausbildung des Mannes. Es handelte sich um einen Kneipenschläger. Wuchtige Hiebe und weit ausholende Schwinger, die darauf abzielten, einen einzigen, vernichtenden Treffer zu landen. Alte Schule. Das funktionierte wunderbar gegen Amateure, aber King verstand mehr vom Kämpfen als die allermeisten.

Noch im Rückwärtsfallen ließ er seine Waffe los, packte den Mann mit beiden Händen am Trenchcoat und stemmte ihm die Füße in die Hüften. Mit vollem Gewicht hängte er sich an ihn und kontrollierte ihren Sturz. Als sie aufkamen, rollte King sich rücklings ab und stieß mit beiden Füßen nach oben, so dass der Mann durch die Luft gewirbelt wurde und platt im Gras aufschlug.

Nur mühsam richtete der Mann sich auf, und King nutzte die Zeit, um seine Waffe aufzuheben und sie auf den Rücken des Mannes zu richten.

Dieser hob die Hände und ergab sich. Der Kampf war vorüber.

»Drehen Sie sich um.«

Der Mann wandte sich mit gesenktem Kopf um, dann hob er langsam den Blick und starrte auf die Waffe, die King in Hüfthöhe auf ihn gerichtet hielt. Der Schachteamführer blinzelte, während Wiedererkennen und eine Flut von Erinnerungen und Emotionen über ihm zusammenschlugen. Der Mann, der vor ihm stand, war sein Vater, Peter Sigler.

»Nicht schießen«, sagte der.

King musterte ihn von Kopf bis Fuß. Unter dem Trenchcoat trug er einen abgewetzten Anzug. Er war genauso unrasiert wie King. Sein einstmals schwarzes Haar war inzwischen an den Schläfen grau meliert. Fünfundfünfzig Lebensjahre hatten sein Gesicht gefurcht, aber er wirkte gesund und kräftig. Einen Augenblick lang hatte King das Gefühl, durch einen Zeitspalt auf sein zukünftiges Ich zu blicken. Aber etwas stimmte nicht – die Angst in den Augen seines Vaters.

King ließ die Waffe sinken. »Ich werde doch meinen Dad nicht erschießen.«

Peters Blick glitt ungläubig nach oben. Er hatte King

gar nicht richtig angesehen, sondern nur auf die Waffe gestarrt. »Jack?«

Seine Hände begannen zu zittern. Er legte sie ineinander und presste sie zusammen. »Ich wusste nicht, dass du es bist. Ich dachte, es wäre …«

»Wer?«, fragte King.

»Ich weiß nicht, jemand von der Kirche. Ein Gärtner. Ich dachte, der Friedhof wäre geschlossen.«

King wollte fragen, warum sein Vater denn vor dem Gärtner davonrennen sollte, als er dachte: *Natürlich ist er weggelaufen, das ist schließlich das, was er am besten kann.* Das erklärte allerdings nicht, warum Peter gleich mit Fäusten auf ihn losgegangen war.

Er kehrte seinem Vater den Rücken zu und blickte zum Grab seiner Mutter zurück, bat sie stumm um Anleitung und die Willenskraft, Peter Sigler nicht zu verprügeln. »Du bist nicht gekommen, um mich zu sehen«, sagte er. Er schob die Waffe ins Halfter und wollte sich an seinem Vater vorbeischieben.

»Na ja, aber jetzt sehe ich dich doch, oder?«

Einen Moment lang wollte King sich hinter seine Wut zurückziehen, aber dann bröckelte seine Entschlossenheit. Das unverhoffte Wiedersehen mit seinem verschollenen Vater so kurz nach dem Tod seiner Mutter machte ihm zu schaffen, und er spürte, dass er den Schmerz nicht allein tragen wollte. Mit einer Kopfbewegung bedeutete er seinem Vater, ihm zu folgen. »Hast du Hunger?«

Er machte sich auf den Weg, ohne zu wissen, ob Peter Sigler ihm folgen würde. Einen Augenblick später hörte er das Scharren von Schuhen auf dem Pflaster. Sein alter Herr hatte anscheinend genug vom Weglaufen. Jedenfalls fürs Erste.

5 Fort Bragg – Decon

»Was hat sie hier zu suchen?«, fragte Keasling mit einem Blick auf Fiona, die es sich in dem normalerweise für King reservierten Sessel gemütlich gemacht hatte.

»Es geht doch um meine Großmutter«, hielt das Mädchen dem untersetzten, schroffen Brigadegeneral entgegen. »Und darum, wer sie umgebracht hat.«

Queen räusperte sich hastig. »Sir, jeder, der mit der Aufsicht über Fiona und ihrem Schutz betraut ist, befindet sich entweder in diesem Raum oder ist nicht verfügbar.«

Keasling blickte sich um. An dem langen Konferenztisch saßen Fiona, Queen, Knight, Bishop, Rook und Lewis Aleman, der ehemalige Außenagent des Teams, der inzwischen zum Computergenie und zur wandelnden Wikipedia aufgestiegen war.

Der Raum, der Decon oder Limbo – die Vorhölle – genannt wurde, je nachdem, mit wem man gerade sprach, war nichts Besonderes: ein simples Rechteck mit einer verglasten Seite zum Hangar hin, in dem die *Crescent* stand, der Stealth-Überschalltransporter des Teams. Sehr ausgefeilt war allerdings die Technologie, die sich im Tisch und in den Wänden verbarg. Versteckte Computer und ein riesiger Bildschirm gestatteten es dem Team, die riskantesten, technisch aufwendigsten und erfolgreichsten Delta-Einsätze zu planen, die es je gegeben hatte.

»Das gefällt mir nicht«, wiederholte Keasling. »Das Kind sollte nicht dabei sein.«

»Das geht schon in Ordnung, General.« Die Stimme, die jedem im Raum und den meisten Amerikanern bekannt war, kam von dem großen Bildschirm an der Stirnwand des Raums. Für das Team hieß der Mann einfach Deep Blue, ihr Agentenführer, benannt nach dem berühmten IBM-Computer, der den amtierenden Schachweltmeister geschlagen hatte. Für alle anderen war er der Präsident der Vereinigten Staaten. Sein Haar wurde langsam schütter, er hatte ein charmantes Lächeln und freundliche graue Augen. Lediglich ein paar kleine Narben an Wangen und Augenbrauen erinnerten an seine Jahre als Army Ranger und passten nicht ganz zu seinem staatsmännischen Image.

Keasling wandte sich zu dem Bildschirm um, der Deep Blue vor einem Ausschnitt des Oval Office zeigte. Er nickte. »Mr. President.«

»Sie hat ein Anrecht auf ein paar Antworten«, meldete sich Knight. »Es ist jetzt fast ein Jahr her.«

»Ich bin ganz Ihrer Ansicht«, meinte Deep Blue, »aber ich fürchte, es gibt lediglich ein paar offene Fragen mehr. Und vielleicht eine Spur.« Er sah Keasling an. »Zeigen Sie es ihnen.«

Keasling schlug einen auf dem Tisch liegenden Aktenordner auf und entnahm ihm einen Umschlag. Er war an Jack Sigler adressiert. »Wir haben Kings E-Mails und seine Post überwacht ...« Er bemerkte Rooks entsetzten Gesichtsausdruck. »Mit Kings Zustimmung. Das hier kam heute an. Der Brief wurde vor neunzig Minuten geöffnet und sofort mit der höchsten Prioritätsstufe versehen.« Er ließ Fotokopien herumgehen. Sie lasen sie rasch durch.

Schützen Sie sie.
25°21'5.17"S
131° 2'1.07"E
Akala Dugabu
Balun Ammaroo
Warrah Ammaroo
Elouera Kurindi
Jerara Mundjagora

14°49'51.03"N
107°33'41.22"E
Alle, die Sie am Leben gelassen haben.

»Ach du Scheiße.« Rook sah Fiona an. »Tut mir leid.«

Sie zuckte die Achseln. »Was ist denn?«

»Der zweite Satz Koordinaten«, antwortete Bishop und schüttelte langsam den Kopf. »Wir kennen ihn.«

»Wo ist das?«, fragte sie.

»Das Revier einiger alter Bekannter«, erwiderte Rook. »Mount Meru, Vietnam.«

Fiona bekam große Augen und sog scharf die Luft ein. Im letzten Jahr hatte sie reichlich von den Abenteuern des Schachteams und den seltsamen Kreaturen, Verrückten und erstaunlichen wissenschaftlichen Errungenschaften gehört, mit denen sie es zu tun bekommen hatten. Daher wusste sie auch, dass der Kristall, den Bishop immer um den Hals trug, aus dem Mount Meru stammte – dorther wo Queen die grellrote Narbe auf ihrer Stirn davongetragen hatte und Rook von der letzten lebenden Neandertalerkönigin zum Alpha-Männchen ernannt worden war. »Red. Die Rote.«

»Richtig«, sagte General Keasling und verschränkte die Arme vor der Brust, was in seiner Körpersprache bedeutete: *Keine Widerrede bei dem, was jetzt kommt.* »Rook. Queen. Sie kehren in die annamitischen Kordilleren zurück. Sie werden nach überlebenden Hybriden und Neandertalern suchen. Sollten Sie welche finden, betäuben Sie sie und bringen sie her. Der vietnamesischen Regierung sind die Ereignisse des letzten Jahres immer noch verdammt peinlich, daher bekamen wir problemlos die Genehmigung.«

Rook beugte sich vor und stützte die Ellenbogen auf den Tisch. »Und ich soll mit, weil …?«

»Weil Sie, mein Zuckerschnäuzchen, mit größter Wahrscheinlichkeit *nicht* getötet werden.« Keasling grinste. »Als ›großer Vater‹. Sie verstehen.«

»Wollte nur Bescheid wissen.«

»Und die anderen Koordinaten?«, fragte Bishop.

»Uluru, Australien.«

»Ayers Rock«, fügte Knight hinzu. »Das sind Aborigine-Namen.«

Keasling nickte. »Freut mich zu hören, dass wenigstens einer von Ihnen im letzten Jahr seine Hausaufgaben gemacht hat. Die Koordinaten befinden sich an der Südseite des Felsens. Dort hat seit zehntausend Jahren niemand mehr gelebt. Ayers Rock ist heute kaum mehr als eine bessere Touristenfalle, aber wir glauben, dass diese Personen bereits dort sind oder sich bald dort versammeln werden.«

»Hört zu, Leute«, sagte Deep Blue. »Wir alle wissen,

was letztes Jahr in der Siletz Reservation geschehen ist, daher müssen wir davon ausgehen, dass diese Menschen in Gefahr sind.«

»Warum rufen Sie nicht einfach ein paar Typen in der australischen Regierung an, damit sie die Leute einsammeln?«, fragte Fiona, wobei sie den Worten ›Typen in der australischen Regierung‹ einen Hauch von australischem Akzent verlieh.

Duncan lächelte. Die regelmäßigen Berichte, die er vom Team empfing, hielten ihn auch über das Mädchen auf dem Laufenden. Er wusste, dass sie intelligent, direkt und aufrichtig war. Er würde versuchen, sich ihr gegenüber genauso zu verhalten. »Angesichts der Identität des Absenders der Nachricht ...«

»Herkules«, sagte sie und verdrehte die Augen. »Klaro.«

Deep Blue räusperte sich. »Unter den ungewöhnlichen Umständen, die die Zerstörung des Reservats begleiteten, ganz zu schweigen von dem bürokratischen Aufwand, der nötig wäre, könnte das kontraproduktiv sein. Du verstehst?«

Fiona grinste. Es war ihr nicht entgangen, dass der Präsident, der Mann, für den ihre Großmutter bei der letzten Wahl gestimmt hatte, ihre Frage gerade sehr ernsthaft beantwortet hatte.

»Ja«, sagte sie.

»Noch Fragen?«, wollte Keasling wissen.

Aleman hob seinen langen Arm. »Ich wurde nicht in die Details dieser Angelegenheit eingeweiht, und es scheint keine offenen technischen Fragen zu geben.«

»Und ...?«

»Also, was tue ich hier?«

Keasling wies auf Fiona. »Einsatz als Babysitter.«

Aleman seufzte. »Aha. Gut.«

»Ich weiß, es ist ein verdammt gefährlicher Job«, meinte Keasling. »Versuchen Sie einfach, am Leben zu bleiben.«

Niemand im Raum konnte sich ein Lächeln verkneifen. Lewis Aleman war zu seiner besten Zeit ein gefährlicher Mann gewesen. Aber seit ihn eine Verletzung für den Außeneinsatz untauglich gemacht hatte, saß er die meiste Zeit am Computer. Auf Fiona aufzupassen war eine willkommene Abwechslung. Er wandte sich zu ihr. »Wie wär's, wir schleichen uns am Master Sergeant vorbei nach draußen und erlegen ein paar Aliens.«

Sie grinste und richtete den Daumen nach oben.

»Bewundernswert«, brummte Keasling, dann hob er die Stimme. »Start in dreißig Minuten. Auf der anderen Seite der Welt wird es gerade Nacht, und wir möchten, dass Sie bei Sonnenaufgang schon wieder auf dem Nachhauseweg sind.«

6 Richmond, Virginia

Kings Spiegeleier waren kalt und schlecht durchgebraten. Der Toast schmeckte wie ein Stück Karton. Der Orangensaft war verwässert. In der billigen Wurst steckte mehr Knorpel als Schweinefleisch. Aber das Frühstück im ehemaligen Stammimbiss seines Vaters war himmlisch im Vergleich zu dem Schweigen, das zwischen ihnen herrschte.

Was gab es viel zu sagen, wenn man einen Sohn im Stich gelassen hatte? Oder seinen Vater zu vergessen versuchte? *Eine Menge*, das war King klar, aber er war noch nicht bereit dazu. Noch lange nicht.

Zehn Minuten und eine hinuntergewürgte Wurst später hatte er es satt. Er hatte es mit den gefährlichsten Terroristen der Welt aufgenommen, mit der mythischen, wiedergeborenen Hydra und mit einer wilden Horde von Neandertalerweibern. Dagegen musste ein Gespräch mit seinem Vater doch wohl ein Kinderspiel sein. Er räusperte sich und fragte: »Warst du bei der Beerdigung?«

Peter Sigler sah kurz auf, bevor er den Blick wieder auf seine gummiartigen Pfannkuchen richtete, auf denen zwei Miniaturbällchen Butter schmolzen. »Nein.« Er zerquetschte die Butter mit der Gabel, so dass die Pampe zwischen den Zinken hervorquoll. »Ich habe erst vor zwei Tagen davon gehört, und der Bus war zu langsam.«

»Wo warst du denn?«

»Butner.«

King setzte sich aufrechter hin. »North Carolina?«

»Ja, kennst du es?«

King lachte leise und schüttelte den Kopf. »Ich bin in Fort Bragg stationiert. Du wohnst nur zwei Stunden von mir entfernt. Butner ... das muss ein besonders langsamer Bus gewesen sein.«

Die Tür des Imbisses knallte zu, als ein Gast hinausging. Kings Vater zuckte zusammen, sah zur Tür und ließ den Blick anschließend durch den Raum huschen. Schließlich entspannte er sich wieder und zwinkerte. »Was?« Als Kings Bemerkung nachträglich zu ihm durchdrang, holte er tief Luft und rang sich dazu durch, das Thema einfach zu ignorieren. »Wie geht's dir denn so? Beim Militär?«

»Man lebt.«

»Im Einsatz gewesen?«

»Ein paarmal.«

»In interessanten Gegenden?«

»Hab den Planeten noch nicht verlassen.« King wollte nicht über sich selbst sprechen, daher wechselte er das Thema. »Ich dachte, du wärst nach Kalifornien gegangen.«

»Hat nicht funktioniert.«

»Waren dir die kalifornischen Mädels nicht nett genug?« Innerlich zuckte King über seine eigene Bemerkung zusammen. Früher hätte sein Vater sich eine solche Beleidigung nicht bieten lassen, aber jetzt ...

»Du willst doch hier keine Seifenoper veranstalten, oder?«, fragte Peter ohne einen Funken Humor. Der Mann hatte sich kein bisschen geändert.

King schon. Niemand zwang ihn, hier herumzusitzen und seinem Vater zuzuhören. »War nett, dich zu sehen, Pop.« Er legte einen Zwanzigdollarschein auf den Tisch und stand auf. Einen Augenblick lang hielt er inne, um die

Elvis-Uhr des Imbisses zu bewundern, dann ging er zur Tür.

»Jack, warte«, sagte sein Vater.

King hatte seit dem Teenageralter keinen Vater mehr gehabt und sich daran gewöhnt. Kein Vater war besser als ein schlechter Vater. Er ging weiter. Das Wiedersehen mit dem Mann hatte seine Skepsis bezüglich der Verantwortung, die er für Fiona übernommen hatte, verstärkt. Wenn es genetisch bedingt war, ob man ein guter Vater wurde oder nicht, würde er das Mädchen irgendwann im Stich lassen. Sobald die Gefahr vorbei war, musste er dafür sorgen, dass sie in eine gute Familie kam.

»Jack. Stopp.«

King zögerte kurz, aber nicht, weil sein Vater ihn zurückrief. Etwas tief in seinem Inneren hatte klick gemacht. Ein Gefühl von Schuld, das zuvor nur ein leises Flüstern in seinem Hinterkopf gewesen war, trieb an die Oberfläche. Unbewusst war er dabei, *genau dasselbe* zu tun wie sein Vater. Er wollte Fiona im Stich lassen. Er wollte sie aufgeben. Von Übelkeit erfüllt, streckte er die Hand nach der Tür aus.

»King, warte!«

Er blieb ruckartig stehen, die Faust um die Griffstange gekrampft, die Tür gerade so weit geöffnet, dass sie die Glocke zum Bimmeln brachte. Er wandte sich um. »Was hast du gesagt?«

Sein Vater schreckte vor dem Ausdruck in Kings Augen zurück und rutschte unbehaglich hin und her, während King zu ihm zurückstampfte.

Die Serviererinnen, die eine Schlägerei befürchteten, zogen sich hinter den Tresen zurück. Andere Gäste kehrten ihnen den Rücken zu, um nicht in die Auseinandersetzung hineingezogen zu werden. King blieb vor dem Tisch stehen, stemmte sich mit den Fäusten darauf und beugte sich über seinen Vater. »Woher kennst du diesen Namen?«

Sein Vater lächelte unsicher. »Jack? Wir haben dich selbst darauf getauft.«

King griff unter den Mantel, zog sein Schießeisen heraus und legte es auf den Tisch. Es war das zweite Mal an diesem Tag, dass er seinen Vater mit der Waffe bedrohte, aber diesmal wusste er, wen er vor sich hatte. »Du … hast … mich … King … genannt.«

»Das ist wohl ein Spitzname, den ich von deiner Mutter gehört haben muss.«

»Mom kannte ihn nicht.«

»Nun, ich …«

Ohne die Waffe zu heben, spannte King den Hahn. »Wer bist du?«

»Ich bin dein Vater.«

»Und wer *noch*?«

Kings Vater räusperte sich. Er starrte auf die Tischplatte, als stünde er unter Schock, doch dann schmolzen Furcht und Unruhe dahin. Er hatte sich nur verstellt. Ein Grinsen stahl sich auf seine Lippen. »Weißt du was, du hast recht. Die Zeit für Spielchen ist vorbei. Warum gehen wir nicht nach Hause? Wir könnten ein Glas von der Limonade deiner Mutter trinken.«

»Sie ist alle. Ich habe sie ausgetrunken.«

»Keine Sorge, Jack. Ich bin sicher, es ist frische da.«

7 Annamitische Kordilleren, Vietnam

Der Geruch des Dschungels – feuchte Erde und verrottende Pflanzenreste – schlug Rook entgegen wie ein Alptraum aus Kindertagen, die Erinnerungen an Angst, Leiden und fleischgewordene Monster. Als das Schachteam zuletzt den Fuß in diese Gebirgsregion gesetzt hatte, wo die Grenzen von Vietnam, Laos und Kambodscha zusammenliefen – die annamitische Konvergenzzone –, war es von Angesicht zu Angesicht den letzten lebenden Urahnen der Menschheit begegnet, wahrhaftigen Neandertalern. Und nicht nur diesen, sondern auch ihrer hybriden Nachkommenschaft aus modernen Zeiten. Ganz zu schweigen von einer mittlerweile aufgelösten Spezialeinheit der vietnamesischen Armee namens ›Freiwillige des Todes‹.

Schwarze Tarnfarbe verdeckte Queens Brandzeichen aus Stern und Totenkopf, das sie von der Hand der Freiwilligen des Todes empfangen hatte. Die Rückkehr an den Ort ihrer Folter schien sie unbeeindruckt zu lassen. Natürlich, schließlich war sie *Queen*. Er erwartete nicht weniger von ihr.

Sie standen am Rand des Dschungels im Dunkel und betrachteten die verfallenden Überreste des Mount Meru im grünen Licht ihrer Nachtsichtgeräte. In diesem Berg hatte sich die letzte Stadt des Volks der Neandertaler verborgen; ein Meisterwerk antiker Baukunst, Vorbild für den Entwurf von Angkor Wat in Kambodscha, erleuchtet durch das magische, vielfach gebrochene Licht gigantischer Kristalle.

Alle Eingänge waren verschüttet. Gebüsch und Baumschösslinge ergriffen bereits wieder von der Lichtung Besitz, die einst das Arbeitsheer der Hybriden beherbergt hatte. Hier waren Rook und Queen halb nackt durch sintflutartigen Regen gehetzt, bevor sie den Kampf mit einem Hybriden und zwei ausgewachsenen Tigern aufnahmen. Nichts war mehr übrig außer in den Schlamm getretene Splitter von Speerspitzen.

Der Ort war tot.

»Seit uns ist keiner hier langgekommen. Hier wohnt niemand mehr«, sagte Queen.

Rook kniete sich hin und löste die Klinge einer Steinaxt aus dem Boden. Er prüfte ihre immer noch scharfe Schneide mit dem Daumen. »Vergiss nicht, dass diese Kerle beinahe unsere Nachfolge auf diesem Planeten angetreten hätten«, sagte er. »Sie hätten keinen Augenblick gezögert, uns auszulöschen.«

»Ich weiß …«

»Dann erinnerst du dich vielleicht auch, dass sie sich nicht nur auf dem Boden fortbewegt haben.« Rook machte eine Kopfbewegung nach oben.

Queen ließ den Blick am Stamm eines großen Baumes entlang bis zum Nachthimmel gleiten. Die dicken Äste nahe der Krone wiesen helle Kratzer auf. »Ja. Sie sind immer noch da.«

»Nicht hier«, meinte Rook, nahm die Nachtsichtbrille ab und sah Queen im Mondlicht an. Sie war von Kopf bis Fuß schwarz gekleidet und hatte ihre blonden Haare unter einer schwarzen Kappe verborgen. Ihre Bewaffnung bestand aus einer UMP-Maschinenpistole. Die Frau war ebenso schön wie tödlich, wie Rook sich jedes Mal ins

Gedächtnis rufen musste, wenn sein Blick auf ihre Kurven fiel. »Wir suchen am falschen Ort. Die Hybriden haben hier mit Weston gelebt, solange er der große Vater war. Meru, im Herzen des Berges, war unbewohnt. Aber jetzt ist Weston tot, und …«

»Und du hast dich aus dem Staub gemacht und sie verlassen, sobald du zum neuen Vater ernannt wurdest.« Queen ließ ein Lächeln aufblitzen.

»Niemand hat mich bis jetzt auf Unterhalt verklagt«, meinte Rook. »Egal, die alten Mütter haben nicht *hier* gelebt.«

Queen schloss die Augen und nickte, überlegte, was Rook, Knight und Bishop von der unterirdischen Welt der Neandertaler berichtet hatten. »Die Nekropole?«

»Genau dort.«

»Wo?«

»Südlich, jenseits des Flusses.«

Queen setzte sich in Marsch. »Worauf warten wir dann noch?«

Rook sah ihr nach. Seit sie den Dschungel von Vietnam im letzten Jahr verlassen hatten, waren sie auf keinem Einsatz mehr gewesen, und obwohl sie ständig gemeinsam trainierten, kam Queen ihm plötzlich verändert vor. Von jeher war sie detailversessen und voll konzentriert gewesen. Getrieben. Aber jetzt hatte sie ihre Schilde sinken lassen. Sie war nicht direkt fahrlässig geworden, aber unempfindlich gegenüber Leben und Tod.

Sie hatte nicht ein einziges Mal über die Narbe auf ihrer Stirn gesprochen, jedenfalls nicht mit einem aus dem Team, und Rook bezweifelte sehr, dass sie professionelle Hilfe gesucht hatte. Das Brandmal hatte ihr Generalmajor Trung aufgedrückt, Kommandeur der Freiwilligen des Todes. Eine derartige Folter überstanden nur wenige

Menschen ohne bleibende Schäden. Doch obwohl Queen kein Durchschnittsmensch war, *hatte* die brutale Tat sie verändert. Sie war darauf trainiert, dem Feind gegenüber ihre Gefühle zu verbergen, und das konnte sie normalerweise auch gegenüber dem Team. Aber Rook durchschaute sie.

Er fragte sich, ob er vielleicht zu genau hinsah. Er machte sich zunehmend Sorgen um sie, behielt diese Gedanken aber lieber für sich, weil er Angst hatte, seine eigenen Gefühle zu offenbaren. Beeinträchtigte seine Besorgnis sein Urteil über ihre Fähigkeiten? Eher das, als dass Queen weich wurde. Rook runzelte die Stirn. Nein, *er* wurde weich. Und das hier im Dschungel, wo sie diesen einen, schnellen Kuss getauscht hatten … Er schüttelte den Kopf und riss sich zusammen, bevor seine Geistesabwesenheit sie noch beide in Gefahr brachte.

8 10 000 Meter über Uluru, Australien

Nachdem die *Crescent* Rook und Queen über Vietnam abgesetzt hatte, drehte sie nach Süden ab und legte die 5000 km zum nächsten Ziel mit Mach 2 (2469,6 km/h) in zwei Stunden zurück. Bishop und Knight verbrachten die letzte Stunde mit »Voratmen« für ihren bevorstehenden HALO-Sprung, dem High Altitude – Low Opening, einem Ausstieg aus dem Flugzeug in großer Höhe, bei dem der Fallschirm erst im letzten Moment geöffnet wird.

Sie spürten eine Veränderung der Fluglage, als der Stealth-Transporter langsamer wurde und damit die letzte Phase des Anflugs auf Ayers Rock einleitete, der von den australischen Ureinwohnern Uluru genannt wurde. Es war eine 348 Meter hohe Sandsteinformation mit fast zehn Kilometern Umfang, die aus der flachen Wüste Zentralaustraliens herausragte wie ein umgedrehter Krater. Die Aussicht war großartig, 360 Grad zerklüftete Felsen, die zum Klettern einluden. Ayers Rock war seit Menschengedenken eine Tränke für Wüstenreisende und ein Ort von großer spiritueller Bedeutung gewesen, da einer der geheiligten Pfade der »Traumzeit« – jene Pfade, die die Schöpferwesen beschritten hatten, als sie über die jungfräuliche Erde zogen – direkt durch den riesigen Monolithen hindurchführte.

Knight und Bishop standen auf und gingen zur Heckluke. Beide hatten während des größten Teils des sechsstündigen Fluges von Fort Bragg nach Vietnam geschlafen und den Rest der Zeit fast schweigend verbracht – Bishop mit Meditieren, während Knight sich informierte.

Aus dem Lautsprecher drang die Stimme des Piloten. »Zwei Minuten. Sprungfertig machen.«

»Verstanden«, sagte Knight.

Nachdem das Voratmen zur Anreicherung des Bluts mit Sauerstoff abgeschlossen war und sie sich der Landungszone näherten, blieb Knight und Bishop nur noch die letzte Einstimmung auf den Sprung, was beim Schachteam ein paar persönliche Worte bedeutete, um das Zusammengehörigkeitsgefühl zu stärken.

Bishop, einen Kopf größer als Knight, sah auf seinen Teamkollegen herunter. »Wie geht's Großmutter Daejung?«

»Sie könnte ein bisschen von diesem Wundersaft von Manifold vertragen. Na ja, vielleicht nicht gerade das Zeug, das sie dir verpasst haben. Großmutter als Regenerierte, das ist keine schöne Vorstellung.«

»So schlimm, ja?«

»Sagen wir, ich fürchte, die Beerdigung von Kings Mutter wird dieses Jahr nicht die letzte gewesen sein.«

»Wir werden kommen.«

Knight lächelte. »Danke.«

»Bist du bereit, ein paar Aborigines einzusacken?«

Knights Lächeln wurde breiter, und er lachte. »Aborigines einsacken? Du verbringst zu viel Zeit mit Rook.«

Bishop hob den Kristall, den er um den Hals trug, an die Lippen, küsste ihn und schob ihn unter den schwarzen Sprunganzug. »Ich entdecke nur gerade meinen Humor wieder.«

Die Anzeige über ihnen schaltete von Rot auf Grün. Einen Augenblick später öffnete sich die Heckluke. Beide klappten die Visiere ihrer Helme mit eingebauten Nacht-sichtgeräten herunter. Knight gab Bishop das Okay-Zei-chen. Der nickte. Dann sprangen sie nacheinander in den peitschenden, eiskalten Wind über Uluru hinaus. Die *Crescent*, unsichtbar am Nachthimmel, schwenkte ab und verschwand.

Knight starrte zum Erdboden hinunter, dem sie mit Fallgeschwindigkeit entgegensausten. Die Zielpersonen waren während des ganzen Tages per Satellit beobachtet worden. Eine Gruppe von zwanzig Leuten, von denen fünf auf der Liste des Teams standen, hatte die Nacht am La-gerfeuer verbracht, um die Rituale, Tänze und Geschich-ten ihrer Vorfahren wieder aufleben zu lassen. Das Feuer, in fünfhundert Kilometer Umkreis die einzige Lichtquelle, war leicht zu erkennen, und das Delta-Duo richtete sich wie lebende Torpedos auf das lodernde Ziel aus. Die Gruppe von Aborigines hockte in einer tiefen Schlucht, so dass sie in der umgebenden Wüste landen und das letzte Stück laufen mussten. Das würde ihre Aufgabe nur um ein paar Minuten verlängern, aber da bereits Hubschrauber im Anflug waren und in zwanzig Minuten eintreffen wür-den, galt es, keine Zeit zu verlieren.

Als sie näher kamen, bemerkte Knight aus dem Augen-winkel eine Art seltsame Verschiebung im Zielgebiet. »Was zum …?« Da war definitiv eine Bewegung gewesen. Er kniff die Augen zusammen, doch sie wiederholte sich nicht.

»Was ist los?«, fragte Bishop. Seine Stimme ertönte klar verständlich in Knights Ohrhörern.

»Ich weiß nicht. Ich …« Wieder huschte etwas durch Knights Gesichtsfeld, doch diesmal erkannte er, worum es sich handelte. »Nichts Besonderes. Nur Kondenswas-ser auf dem Visier.«

»Knight, Bishop, können Sie mich hören?« Das war Deep Blue.

»Laut und deutlich«, erwiderte Bishop.

»Hören Sie zu, es gibt in der Gegend seismische Aktivitäten, die einigen unserer Analysten Sorgen machen. Sollte zwar kein Problem sein, aber die Schlucht besteht aus Sandstein und ist von zahllosen kleinen Spalten durchzogen, die über die Jahrtausende vom Regen ausgewaschen wurden.«

»Verstanden«, sagte Knight. »Auf Steinschlag achten.«

»Genau.«

»Danke für die Warnung, Blue, aber es ist Zeit, die Reißleine zu ziehen!«

Die Fallschirme entfalteten sich dreihundert Meter über der Wüste mit einem pistolenschussartigen Knall. Sekunden später rollte sich das Duo auf dem Boden ab, holte seine Schirme ein und rannte auf den schwachen Feuerschein im nächsten Taleingang zu, wo riesenhafte Schatten über die Felswände tanzten.

Nach einem HALO-Sprung stolperten Anfänger manchmal mit weichen Knien herum oder gingen trunken vor Adrenalin zu Boden. Aber Bishop und Knight hatten diesen »Sprung-Tatterich« schon lange hinter sich, daher wussten sie, dass etwas nicht stimmte, als sie plötzlich aus dem Gleichgewicht gerieten.

Sie blieben stehen.

»Das war aber ein ziemlich heftiger Stoß«, sagte Bishop.

Knight legte die bloße Hand auf den Boden. Der Sand bebte wie im Rhythmus eines bassgeschwängerten Hip-Hop-Songs. Entweder das, oder …

Knights Kopf flog hoch, als ein entfernter Laut durch die Wüste schallte. »War das ein Auto?«

Bishop schüttelte den Kopf. »Ich glaube nicht. Es klang eher wie …«

Abermals ertönte der Laut, schrill und diesmal deutlich erkennbar menschlich. Beide Männer rissen ihre Waffen vom Rücken und rannten, so schnell sie konnten, auf die Kakophonie von Schreckensschreien zu, die plötzlich aus dem Eingang der Schlucht drang. Sie beteten darum, dass bei ihrem Eintreffen noch jemand atmete.

9 Richmond, Virginia

King taten die Kiefer weh vor lauter Zähneknirschen. Der Verkehr war zäh, und die Fahrt zu dem Haus, in dem er seine Kindheit verbracht hatte, dauerte und dauerte. Er fragte sich, ob er seinen Vater, den er gerade erst wiedergefunden hatte, nicht lieber gleich in die Klapsmühle einliefern sollte. Nach zehn Jahren voll Zorn und Frustration, für die er noch kein Ventil gefunden und die er längst nicht verziehen hatte, hätte er es allerdings ungern gesehen, wenn sein Vater sich hinter einer diagnostizierten Geisteskrankheit hätte verstecken können.

Er musste sich ins Gedächtnis rufen, dass Peter Sigler geistig völlig gesund gewesen war, als er sie verlassen hatte. Das ließ den Zorn wieder aufflammen, und an den konnte King sich klammern. Er warf seinem Vater einen Seitenblick zu. Peter sah zum Fenster hinaus, während ihre Heimatstadt an ihnen vorbeirauschte. Sein Gesicht wirkte älter, tiefer gefurcht, aber er schien mit sich im Reinen zu sein.

Ein Tag nach Moms Beerdigung, und er ist kein bisschen bekümmert, dachte King. »Selig sind die Armen im Geiste ...«, murmelte er.

Zu seiner Überraschung hatte sein Vater ihn gehört. »Darum sind Verrückte immer so fröhlich.«

»Du nimmst mir das Wort aus dem Mund.«

Peter grinste ihn an. »Ich bin nicht verrückt.«

»Mom ist tot, Dad!«

»Wir haben sie gestern beerdigt.«

King nickte und warf seinem Vater einen misstrauischen Blick zu. Der Mann schien völlig durch den Wind. »Ich habe sie im Sarg liegen sehen.«

»Ist dir ihr Ehering aufgefallen?«

Kings Mutter hatte einen Ehering mit einem auffallenden roten Stein getragen. Ein Rubin. Ihr Vater, ein deutscher Juwelier, hatte ihn besorgt. King dachte zurück an die Beerdigung, an die über der Brust gefalteten Hände seiner Mutter. Er konnte sich nicht erinnern, den Ring gesehen zu haben.

»Ist er nicht, oder?«

»Das hat doch nichts zu sagen«, erwiderte King, den die Absurdität dieser Unterhaltung und die Respektlosigkeit gegenüber seiner Mutter zunehmend wütend machten.

»Dabei warst du immer ein intelligenter Junge. Ich dachte, du würdest den Unterschied zwischen deiner Mutter und einer Wachspuppe erkennen. War ein ganz schön teurer Spaß.«

»Halt … halt einfach den Mund, ja?«

Ein leises Läuten erklang aus der Hosentasche seines Vaters. King warf ihm einen schrägen Blick zu. »Ich dachte, du wärst pleite.«

Peter lächelte. »Hab ich das gesagt?« Er zog das Handy heraus. »Hallo.« Er sah King an, während er lauschte. »Wir sind fast da. Nein, noch nicht. Er ist okay. Ein bisschen durcheinander. Ja. Gut. Ich liebe dich auch, Babuschka.«

Kings Augen wurden groß, und sein Fuß rutschte vom Gaspedal. Babuschka. Er hatte den Ausdruck seit zehn Jahren nicht mehr gehört, und das Wort traf ihn wie ein

Schlag – der Kosename seiner Mutter. Seine Miene wurde finster, und Mordlust glänzte in seinen Augen. »Das ist überhaupt nicht komisch.«

Sein Vater hielt ihm das Telefon hin. »Du kannst sie zurückrufen, wenn du willst, aber ich denke, du solltest besser persönlich ...«

King riss das Lenkrad herum, bog in die Oak Lane ein und gab Vollgas. Die Hinterräder drehten durch und legten zwei schwarze Streifen Gummiabrieb auf die Straße. Fünfzehn Sekunden später fügte King einen Satz Bremsspuren hinzu, als er voll in die Eisen trat. Er knallte den Schalthebel mitten auf der Straße in Parkstellung und rannte zur Haustür.

Er warf sich mit der Schulter dagegen, als wollte er ein Ausbildungslager von Terroristen stürmen. Das Wohnzimmer war leer. Er hastete ins Esszimmer, dann in die Küche, wo seine Mutter die meiste Zeit ihres Lebens verbracht hatte. Entweder beim Kochen oder sie saß in der Frühstücksecke und betrachtete die Bäume und Vogelhäuschen im Garten.

Doch auch die Küche war leer. Mit wachsendem Zorn darüber, dass sein Vater ihm einen derart kranken Streich spielte, klammerte King sich an den letzten Strohhalm der Hoffnung und riss den Kühlschrank auf. Im obersten Fach stand ein voller Krug Limonade mit viel Fruchtfleisch. King glotzte ihn fassungslos an und fragte sich gerade, ob sein Vater sie selbst gemacht hatte, als eine sanfte, weibliche Stimme ihm fast das Herz brach.

»Es tut mir so leid, dass ich dir weh tun musste, Jack ...«

King drehte sich mit zitternden Knien und offenem Mund zu seiner Mutter um.

»Aber es sollte überzeugend wirken.«

Ein hohes Limonadenglas stand unberührt vor King. Er saß zusammen mit seinem wiedergekehrten Vater und seiner doch-nicht-toten Mutter in der kleinen Frühstücksecke und lauschte einer geradezu unglaublichen Geschichte. Die offensichtliche Zuneigung der beiden zueinander berührte ihn tief. Es war, als wäre sein Vater nie weg gewesen. Sie hielten sich die ganze Zeit mit glänzenden Augen an den Händen. King fühlte sich in die »Twilight Zone« versetzt, in die Welt der »Unwahrscheinlichen Geschichten«, und wie William Shatner in der Fernsehserie hätte er am liebsten irgendeine Tür aufgestoßen und irgendetwas erschossen. Stattdessen griff er nach seinem Glas, an dem Kondenswasser herunterlief, und trank einen großen Schluck Limonade. Er musterte seine Eltern. Sie waren keine Greise, aber die Jahre waren nicht spurlos an ihnen vorübergegangen.

»Spione«, meinte er kopfschüttelnd.

Seine Mutter schürzte die Lippen, nahm ebenfalls einen Schluck und nickte.

»Russische Spione«, ergänzte King.

»Langsam kommt der Junge dahinter, Lynn«, sagte sein Vater.

King sah ihn an. »Und du warst zehn Jahre in Butner im Gefängnis.«

»Ja, ich sagte doch, ich sei in Butner gewesen. Jetzt verstehst du wohl, warum ich dich nicht besuchen kommen konnte.«

King rieb sich das Gesicht. Das war ein bisschen zu viel auf einmal. »Und du bist ins Gefängnis gegangen, weil ...?«

»Wie schon gesagt, bereits bevor der Kalte Krieg endete, hatten deine Mutter und ich uns in dieses Land verliebt. Wir behielten unsere falschen Identitäten bei und brachen 1988 alle Verbindungen zur Sowjetunion ab.«

»Waren sie nicht hinter euch her?«, fragte King.

»Doch, einmal«, sagte Peter.

»Und?«

Lynn trank noch einen Schluck, die dunklen Augenbrauen fast bis zur Haarlinie hochgezogen. Als ihr klar wurde, dass ihr Mann nicht antworten würde, hüstelte sie, lächelte und sagte: »Ich habe den Mann über den Haufen geschossen. Du warst damals noch ein Baby.« Ihr Lächeln vertiefte sich angesichts von Kings schockierter Miene. »Keine Sorge, er hat's überlebt.«

»Dann«, fügte Peter hinzu, »endete der Kalte Krieg, und wir gerieten in Vergessenheit.«

»Warst du deshalb so dagegen, als Julie zur Armee wollte?«

Sein Vater nickte. »Ich wollte euch die ständige Angst ums eigene Leben ersparen. Aber diese Art von Abenteuerlust liegt anscheinend in unseren Genen.« Er seufzte. »Wenn deine Schwester nur auf mich gehört hätte …«

Lynn legte ihm die Hand auf den Arm. »Nicht.«

Er nickte beinahe unmerklich. »Als Julie starb, hatte ich den Verdacht, dass es vielleicht kein Unfall war. Ich fing an, am Stützpunkt herumzuschnüffeln. Aber ich war eingerostet. Stellte zu viele Fragen. Wurde ertappt. Bundesagenten durchleuchteten meine Vergangenheit und fanden die Wahrheit heraus. Ich legte ein umfassendes Geständnis ab und nannte ihnen jeden Namen und jede Kontaktperson, die ich kannte. Im Gegenzug blieb deine Mutter in Freiheit, und du durftest weiter glauben, dass ich euch lediglich verlassen hatte. Vor zwei Wochen hat man mich entlassen.«

»Warum habt ihr solange damit gewartet, es mir zu erzählen?«

Sein Vater setzte zu einer Antwort an, doch King unterbrach ihn. »Und warum musstet ihr Mutters Tod *vortäuschen*?«

»Es gibt Elemente in der gegenwärtigen russischen Regierung, die gerne zur Politik des Kalten Krieges zurückkehren würden. Unmittelbar nach meiner Entlassung nahm ein alter Führungsagent vom KGB Kontakt zu uns auf. Er nahm an, dass wir weiterhin Schläfer seien.«

Lynn sah aus dem Fenster und folgte mit den Augen dem Spiel des frischen Laubs im Wind. »Man hat uns reaktiviert.«

»Und darum habt ihr deinen Tod vorgetäuscht? Um die Russen abzuschütteln?«

Sie nickte. King lachte unterdrückt.

»Was ist daran so komisch?«, fragte sein Vater.

»Ihr hättet zu mir kommen sollen.« Er sah amüsiert zwischen seinen Eltern hin und her. »Ich habe Freunde, die euch hätten helfen können.«

»Du bist Soldat, mein Sohn. Hier geht es um Spionage«, meinte Peter. »Wer sollte uns da helfen? Das ist kein Schachspiel.«

King kniff misstrauisch die Augen zusammen. »Woher *kennst* du eigentlich meinen Codenamen?«

Lynn lächelte. »Du warst einmal unvorsichtig … und ich bin eine gute Spionin.«

Kings verblüfftes Schweigen wurde vom Klingeln seines Handys unterbrochen. Er ignorierte es, da ihm eine weitere Frage in den Sinn kam. »Wie ist mein wirklicher Name?«

»*Unser* Nachname lautete Machtcenko. Deiner war und wird immer Sigler sein.«

Das Telefon klingelte weiter.

»Sigler ist mein Mädchenname«, fügte seine Mutter hinzu. »Dein Großvater stammte tatsächlich aus Deutschland.«

»Und er war auch wirklich Juwelier?«

Sie nickte.

Als das Telefon nicht aufhörte zu läuten, sah King auf dem Display nach dem Anrufer und runzelte die Stirn.

»Wer ist es?«

»Nummer unterdrückt.« Was bei Kings Telefon praktisch unmöglich war. Dank Deep Blue wurde jeder Anrufer dieses Telefons auf dem Display angezeigt, egal was für Einstellungen er vorgenommen haben mochte. Wenn einer seine Identität geheim halten konnte, musste er über beeindruckende technische Möglichkeiten verfügen. King stand auf und nahm den Anruf entgegen. »Wer ist da?«

Die unbekannte Stimme am anderen Ende klang tief und kräftig. »Wo sind Sie, King?«

»Sie haben zehn Sekunden, mir zu sagen, wer Sie sind, dann werde ich ...«

»Kehren Sie sofort zurück nach Fort Bragg, King. Ich tue mein Möglichstes, aber ich bin nicht sicher, ob ich es allein schaffe.«

Die Verbindung brach ab.

King brauchte nur einen Moment, um zu begreifen, dann war schon unterwegs zur Tür.

»Was ist denn los?«, fragte seine Mutter.

»Sie steckt in Schwierigkeiten.«

»Wer?«

»Fiona.«

Seine Eltern eilten ihm nach bis zum Wagen, den King mitten auf der Straße stehengelassen hatte.

»Wer ist Fiona?«

King öffnete die Fahrertür. »Meine Tochter – meine Pflegetochter.«

Er sprang in den Wagen und ließ den Motor an. Noch bevor er den Rückwärtsgang einlegen konnte, klappten die hinteren Türen auf und zu, und seine Eltern glitten auf die Rückbank. »He, was soll das?«

Seine Mutter beugte sich über die Lehne des Beifahrersitzes. »Wir helfen dir.«

»Die Geschichte kann verdammt gefährlich werden.«

Sein Vater legte ihm die Hand auf die Schulter. »Mein Sohn, hör auf deine Eltern. Einmal im Leben.«

Einen Augenblick später wirbelte der Wagen herum und schoss die Straße entlang. Der Rückweg zum Stützpunkt dauerte normalerweise vier Stunden. King würde es in drei schaffen. Er hoffte inständig, noch rechtzeitig zu kommen.

10 Fort Bragg, North Carolina

»Runter, sie können dich sehen!«

»Wo denn?«

»Über dir. Flood-Infektion.«

»Oh nein … aah! Sie sind überall. Das überlebe ich nicht!«

»Lew. Lew! Sie haben Lew getötet. Oh weh!« Fiona hielt das Spiel an, legte die Fernsteuerung der Playstation weg und warf die Hände in die Höhe. »Immer dasselbe, Lew.«

Lewis Aleman stand lächelnd auf. »Tut mir leid, Kleines. Würden sie die Joysticks wie Schießeisen bauen, wäre alles in Butter. Ich war ein Ass bei der Moorhuhnjagd.«

»Moorhuhn? Im Ernst? Du musst ja *stein*alt sein.«

»Einundvierzig ist nicht alt«, sagte er und ging in die kleine Kitchenette der spartanisch ausgestatteten Lounge. Normalerweise war dies der Aufenthaltsraum der dienstfreien Soldaten, die hier Billard oder Karten spielten und fernsahen, doch Lewis hatte dafür gesorgt, dass sie allein waren. Eine Bande von Soldaten, die ihren Spaß haben und sich entspannen wollten, war nicht direkt der richtige Umgang für einen Teenager, egal, ob Junge oder Mädchen.

»Wenn du nicht in den 1980ern oder später geboren bist, bist du alt.« Fiona trug einen Pyjama und Slipper, alles in Schwarz – ihre Lieblingsausstattung, weil sie wie die nächtlichen Tarnanzüge der Spezialeinheiten aussah.

Eine kleine, rechteckige Ausbuchtung an ihrer Hüfte war das Einzige, was ihre schlanken, ebenmäßigen Linien unterbrach. Es handelte sich um die Insulinpumpe, die ihren Blutzuckerspiegel auf dem optimalen Wert hielt. Da ihr Gesicht hinter einem Vorhang aus schwarzen Haaren verborgen war, sah man nur ihre braunen Hände. »Popcornzeit?«

Das laute Knattern von springendem Mais in einem Heißluft-Popcornautomaten beantwortete ihre Frage. »Du kannst wirklich mit dem Ding umgehen?«, übertönte sie das Prasseln der Maiskörner.

»Popcorn ist meine Spezialität!«

»Du hast auch behauptet, du wärst gut bei Halo.«

»Ich nehme eine halbe Tasse Butter. Da kann nichts schiefgehen.«

»Vielleicht solltest du mal deine Cholesterinwerte checken lassen«, meinte sie leise.

»Was?«

»Nichts! Nichts.« Fiona trat an das große Fenster, das das ausgedehnte Gelände von Fort Bragg überblickte, ihrer neuen Heimat. Das bunte Treiben auf der Basis war eine Mischung aus Militär- und Zivilleben. Männer und Frauen in Uniform waren ebenso vertreten wie solche in Straßenkleidung. Jeeps teilten sich die Straßen mit SUVs und Minivans. Von ihrem Ausguck in der Lounge konnte sie über einen großen Parkplatz hinweg auch die anderen Baracken erkennen, deren rote Backsteinwände in der sinkenden Sonne glühten.

In ihrem von der Scheibe verzerrten Spiegelbild glich sie ein wenig ihrer Großmutter, die sich selbst im Alter noch ein jugendliches Aussehen bewahrt hatte. Fionas Augen füllten sich mit Tränen, als sie an die Frau zurückdachte, die sie aufgezogen hatte. Die ihr Lieder vorgesungen und sie Traditionen und Sprache eines Volkes gelehrt hatte, das nicht mehr existierte. Laut King war Fiona jetzt die letzte lebende Siletz-Indianerin. Sicher gab es irgendwo noch andere, aber die hatten längst die Verbindung zu ihrem Stamm verloren, waren in der amerikanischen Bevölkerung aufgegangen und hatten ihre eigene Kultur vergessen. King hatte ihr auch erklärt, dass sie die Alleinerbin der Siletz Reservation sei. Sobald sie alt genug war, konnte sie Anspruch auf das Land erheben.

Nachts im Bett gab sie sich oft Wachträumen darüber hin, was sie mit dem Reservat anstellen würde. Sie konnte natürlich nicht dort leben. Nicht allein. Nicht ohne den Stamm. Es gab zu viele Gespenster dort. Aber zwei Statuen wollte sie bauen, eine als Denkmal für ihr Volk, die andere für ihre Großmutter und ihre Eltern, vielleicht mit einer einzelnen Straße, die Besucher zu der Stätte hinführte. Der Rest sollte, wie ihre Großmutter es sie gelehrt hatte, der Natur gehören.

Die Popcornmaschine verstummte. Fiona wischte sich die Nase und wandte sich vom Fenster ab. Jeden Tag machte sie diese gefühlsmäßige Achterbahnfahrt durch, und sie war entschlossen, darüber hinwegzukommen. Weiterzugehen. Emotional gefestigt zu werden. Wie Dad. King.

Während sie vom Fenster zurücktrat, warf sie einen letzten Blick zurück in das Gesicht, das ihrer Großmutter so ähnelte. Aber diesmal sah sie durch das Spiegelbild hindurch, wie ein greller, orangefarbener Schein in der Ferne aufleuchtete. Sie hielt inne und legte die Hand auf die Scheibe.

Das Glas vibrierte.

»Lew?«

Sie hörte ihn zurückkommen und roch das gebutterte Popcorn.

Aleman registrierte die Besorgnis in ihrer Stimme und beschleunigte seinen Schritt. Inzwischen erkannte Fiona den sich aufblähenden gelben Ball als das, was er war – eine entfernte Explosion. »Lew!«

Aleman blieb nur eine Sekunde Zeit, nachdem er den Feuerball gesehen hatte. Die Erde bebte unter seinen Füßen, und er erkannte die näher kommende Schockwelle, die das Gras auf dem Baseballfeld hinter dem Parkplatz platt zu Boden drückte.

Das Popcorn fiel zu Boden, während er Fiona packte und sich mit ihr hinter einer Ledercouch in Deckung warf.

Das Fenster zerplatzte im selben Moment, als sie auf dem Teppichboden landeten. Glassplitter bohrten sich in die Wand, den Fernseher und die Möbel. Das ganze Gebäude erzitterte unter der Schockwelle. Dann wurde es still.

Lewis rollte sich von Fiona herunter, stand auf und schüttelte die Glasreste von seinem Rücken. Er hatte seine Waffe bereits gezogen. Als er auf Fiona heruntersah, war sein Blick ernster, als sie ihn je erlebt hatte. »Alles in Ordnung?«

Sie nickte.

»Steh auf«, sagte er, während er an das nun glaslose Fenster trat. Die Rauchwolke einer zweiten, schwächeren Explosion stieg in die Luft. Es folgte das entfernte Knattern leichter Waffen. Dann ertönte der Alarm. Einer, den er nie zu hören erwartet hätte. Er bedeutete das Undenkbare.

Fort Bragg wurde angegriffen.

Er warf einen Blick zurück auf Fiona, die in ihrem schwarzen Pyjama sehr zerbrechlich aussah. Sie runzelte die Stirn, ballte die Fäuste, und ihre Mundwinkel zogen sich herab. Sie wusste ebenso gut wie er, was da vor sich ging.

Sie kamen ihretwegen.

11 Mount Meru, Vietnam

Rook stand vor dem Eingang zu der unterirdischen Nekropole, die er, Bishop und Knight vor einem Jahr entdeckt hatten, und lauschte. Er hörte nichts. Kein Neandertalergekreische, das er sofort erkannt hätte. Nichts regte sich innerhalb und außerhalb der Höhle. Absolut nichts. Das bedeutete, man hatte die Urzeitmenschen entweder entdeckt, oder es war niemand zu Hause.

»Das ist es?«, fragte Queen und spähte in das lichtlose, schwarze Quadrat, das aus dem Berghang geschnitten war. Schlingpflanzen wucherten bereits wieder über die Lücke, die Rook und Bishop bei ihrer Flucht aus dem Höhlensystem in die Wand gerissen hatten.

»Ja. Das bringt so schöne Erinnerungen zurück, dass es kaum zum Aushalten ist.«

»Hör mal, ich bin diejenige mit dem Brandmal.«

»He, eine Affenfrau wollte mich zu ihrem Lustknaben machen«, wandte Rook ein, während er mit dem Lauf seines M4 die Schlingpflanzen aus dem Weg schob.

»Das ist ein Argument«, erwiderte sie, bevor sie die Höhle betrat. »Armer Kerl.«

Rook grinste und folgte ihr. Mit leichtem Gefälle führte der Tunnel in den Berg hinein. Dreißig Meter weiter begannen die Wände zu schimmern. »Wir können unsere Nachtsichtbrillen bald absetzen. Die Algen, die hier alles bedecken, leuchten hell genug.«

Das Gefälle endete, und der Gang öffnete sich zu einer großen Kaverne, zwanzig Meter breit, sechs Meter hoch und länger als ein Fußballfeld. »Was zum Henk...«

»So habt ihr das aber nicht beschrieben.«

Was einmal eine richtige Stadt gewesen war, erbaut aus den Schädeln und Knochen ganzer Generationen toter Neandertaler, sah aus wie ein grünglühender Kriegsschauplatz. Viele der Bauwerke waren zerstört. Die Wände eingestürzt. Totenschädel und Knochenfragmente in den steinernen Straßen verstreut. Statuen der alten Neandertaler umgekippt und in Stücke zerbrochen. Rook sah, dass einige der festen und starkknochigen Totenschädel regelrecht zu Staub zermahlen waren, etwas, das er nicht einmal dem stärksten Neandertaler zutraute.

»Keine Kugellöcher, keine Einschlagkrater«, konstatierte Queen.

Rook nickte. »Das war keine militärische ...«

Ein Spritzer dunkler, glänzender Flüssigkeit lenkte seine Aufmerksamkeit ab. Auf Zehenspitzen ging er zwischen den verstreuten Knochen darauf zu, kniete sich hin und richtete seine Taschenlampe auf die Lache. Im gelben Licht verwandelte sich das Schwarz der Pfütze in Rot.

Blut. Und zwar eine ganze Menge.

Die Spur führte zu einem hochaufgetürmten Knochenhaufen. Rook legte sein M4 weg, schaufelte die Knochen beiseite und trat zurück. Das verzerrte Gesicht eines Neandertaler-Hybridmenschen starrte ihm entgegen. Er war von großer und starker Statur, mit dichtem braunen Haar auf Gliedmaßen, Rücken, Brust und Kopf. Ein Männchen. Angesichts der gut ausgebildeten Muskulatur wohl einer der Jäger. Trotz seiner eindrucksvollen Größe und Kraft war seine Leiche in seltsamen Winkeln verrenkt, die Glieder gebrochen und abgeknickt. Diese Kreatur, die einmal kurzen Prozess mit jedem Menschen hatte machen können, war verformt und zusammengefaltet worden wie eine Origamifigur. »Es ist ein Hybrid«, sagte Rook. »Den hat etwas ganz Fieses in die Mangel genommen.«

Er warf einen Blick zu Queen. Sie hatte eine weitere Leiche unter den Überresten eines kleinen Gebäudes entdeckt. »Hier liegt eine der alten Mütter. Gleiche Geschichte.«

Rook schüttelte den Kopf. So gewaltig Körperkraft und Schnelligkeit der Hybriden auch gewesen waren – die alten Mütter hatten sie noch um das Doppelte übertroffen. »Ich denke, wir müssen davon ausgehen, dass man uns zuvorgekommen ist.«

Queen stand auf und aktivierte ihr Kehlkopfmikrofon. »Deep Blue, hier ist Queen.«

Sie wartete, aber es kam keine Antwort. »Deep Blue, können Sie mich hören?«

»Wir sind zu tief unter der Erde«, sagte Rook. »Geh raus und warne die anderen. Ich werde hier noch ein wenig herumschnüffeln und versuchen, mir zusammenzureimen, was passiert ist.«

Mit einem kurzen Blick teilte Queen ihm mit, dass ihr das ganz und gar nicht passte.

»Der Ort hier ist nur eine Geisterstadt voller Leichen und Gerippe«, meinte er.

»Das gefällt mir nicht.«

»Wenn ich in Schwierigkeiten komme, schreie ich um Hilfe.«

»Dreißig Meter unter einem Berg?«

»Ich schreie ganz laut.«

Queen schüttelte den Kopf, konnte sich ein Lächeln aber nicht verkneifen. Sie machte sich auf den Weg. »In fünf Minuten bin ich zurück.« Unter dem großen Bogen, der zum Eingangstunnel führte, sah sie sich noch einmal um. »He, Rook, schön, wieder mit dir im Einsatz zu sein.«

Er nickte. »Gleichfalls.«

Dann war sie verschwunden.

Rook seufzte. Die Sorge um Queen lenkte ihn ab. Sie nahm zu viel Raum in seinen Gedanken ein. Während des vergangenen Jahres, beim Studium und beim Training, hatte er gemerkt, dass er manchmal mehr an sie dachte als an das Ziel der Übung. Im Einsatz konnte so etwas den Tod bringen.

Natürlich hatten sie alle ihre Sorgen. Knights Großmutter lag im Sterben. Bishop blieb nur so lange geistig gesund, wie er seinen Kristall um den Hals trug. Queen hatte einen erdbeerroten Stempel auf der Stirn. Und King musste sich um eine Pflegetochter kümmern. »Aber von den Jungs sieht natürlich keiner im Kampfanzug auch nur halb so gut aus«, murmelte er vor sich hin.

Durch ein Meer von grün leuchtenden Knochen watete er tiefer in die Totenstadt hinein. Gelegentlich blieb er stehen, um zu lauschen, da jeder Schritt eine Kakophonie von Geräuschen auslöste. Er war unüberhörbar. Falls jemand sich dafür interessierte.

Nachdem er in der zerstörten Stadt verteilt fünfzehn weitere Tote entdeckt hatte, kam er zu dem Schluss, dass die Neandertaler allesamt tot oder geflohen waren. Jedoch hatte er noch immer keinen Hinweis darauf gefunden, was hier passiert war. Die Leichen waren zerschmettert, man hatte ihnen Gliedmaßen ausgerissen oder sie mit Knochen gepfählt, und es sah so aus, als wären sie alle mit einem gewaltigen stumpfen Gegenstand getötet worden.

Ein Klappern von Knochen auf Knochen ließ ihn herumfahren, und er riss das M4 an die Schulter. »Bist du das, Queen?«

Keine Antwort.

Er wartete einen Moment, dann sah er einen losen Knochen von einer der halb eingefallenen Mauern rutschen und zu Boden fallen. Er entspannte sich, aber gleich darauf ließ ihn ein erneutes Klappern herumwirbeln.

Irgendetwas versetzte die losen Knochen in Bewegung. Dann spürte er es. Vibrationen.

Etwas Großes kam näher.

Wieder klapperten Knochen, doch diesmal achtete Rook nicht darauf. Er konzentrierte sich ganz auf das Beben unter seinen Füßen und versuchte, dessen Ursprung auszumachen. Erst als das Poltern der Knochen in ein Knirschen überging, wandte er sich um. Der Kopf fiel ihm in den Nacken, und der Mund blieb ihm offen stehen.

»Heiliger Bimbam ... Quee ...!«

Rooks Aufschrei wurde abrupt abgeschnitten, als ihn etwas wie eine riesige Faust in die Seite traf und durch die Wand einer der Knochenhütten katapultierte.

12 Uluru, Australien

Als Knight und Bishop den Eingang der Schlucht erreichten, blinzelte die Sonne gerade über den Horizont. Die Sandsteinoberfläche des Ayers Rock war berühmt für ihre Fähigkeit – für manche eine übernatürliche Fähigkeit –, unter bestimmten atmosphärischen Bedingungen die Farbe zu wechseln, meistens bei Sonnenauf- und -untergang. Sie setzten ihre Nachtsichtgeräte ab und sahen, wie der Stein rot erglühte.

Sie blieben stehen und lauschten, hofften auf einen Anhaltspunkt, in was sie da hineingerieten. Aber inzwischen, nur Minuten nach dem Beginn des Angriffs, war es in der Schlucht still geworden. Bishop schnupperte. »Ich rieche Feuer.«

Knight deutete auf eine dünne Rauchfahne, die über dem roten Felsen aufstieg. »Ich denke, es ist gelöscht worden.«

Eine plötzliche Bewegung ließ sie ihre Waffen hochreißen. Beide hatten sich für kleine, leichte UMP-Maschinenpistolen entschieden statt ihrer üblichen Spezialwaffen. Auf sich allein gestellt, waren Knights Scharfschützengewehr und Bishops schweres Maschinengewehr eine ungeeignete Kombination. Die Finger der beiden Männer krümmten sich um den Abzug, und fast hätten sie ein kleines Schwarzfuß-Felskänguru erschossen, das mit angstgeweiteten Augen aus der Schlucht gehüpft kam. Das kleine

Beuteltier ignorierte die Menschen, vor denen es normalerweise die Flucht ergriffen hätte, und hopste zwischen ihnen hindurch in die Wüste hinein.

Knight tat einen Schritt vorwärts, aber Deep Blues Stimme ließ ihn innehalten. »Knight, Bishop, hören Sie mich?«

»Sprechen Sie«, sagte Knight.

»Ich stelle Queen durch.«

»Knight, Bish…« Queen war außer Atem, was ungewöhnlich für sie war. »Wir sind zu spät gekommen. Die Zielpersonen sind erledigt.«

Knight und Bishop erinnerten sich noch lebhaft an Kraft und Wildheit der Neandertaler-Hybriden und ihrer Mütter. »Im Ernst?«, fragte Knight, die Augen auf die vor ihnen liegende Schlucht gerichtet.

»Sie hatten anscheinend keine Chance. Hört mal, da …« Ein gedämpfter Knall drang durch das Headset, und sie rief Rooks Namen. Dann brach die Verbindung ab.

»Ich versuche, sie wieder in die Leitung zu kriegen«, sagte Deep Blue. »Die Schlucht vor Ihnen liegt jetzt im Schatten der aufgehenden Sonne, daher können wir mit einem optischen Scan nichts erkennen.«

»Infrarot?«, fragte Bishop.

»Da liegt das Problem«, sagte Deep Blue. »Ich sehe nichts außer der Glut des Feuers. Entweder, sie sind alle verschwunden, oder …«

»Tot«, vervollständigte Knight den Satz. »Wir sehen nach.«

Sie schlichen sich mit erhobenen Waffen in das Tal und untersuchten jede Spalte und jeden dunklen Winkel, wo sich jemand verbergen konnte. Knight entdeckte eine Reihe von Felszeichnungen. Uralte Piktogramme, von denen einige Menschen und Tiere darstellten, während es sich bei anderen um konzentrische Kreise handelte, die, wie Knight wusste, Wasserstellen kennzeichneten. Sein Blick folgte einem Streifen dunkler Algen den Fels hinauf, wo einmal ein Wasserlauf herabgestürzt war. Auf halber Höhe wurde die schwarze Oberfläche feucht.

Und rot.

Ein kleines Rinnsal Blut floss die steinerne Rinne herab und tropfte ihm vor die Füße. »Bishop!« Knights Blick folgte der Blutspur und entdeckte einen dunkelhäutigen Arm, der unter einem riesigen Felsblock herausragte. Es sah so aus, als wäre der Brocken auf die Person herabgestürzt, aber es ragten keine Steilwände auf, von denen er stammen konnte.

Bishop drang weiter in die Schlucht ein, während Knight den zerquetschten Arm inspizierte. »Bishop, dieser Felsen muss eine ganze Tonne wiegen. Wie ...«

»Knight.« Bishops Stimme klang kontrolliert, doch beklommen, ungewöhnlich für einen Mann, der weder verletzt noch getötet werden konnte, es sei denn, man enthauptete ihn. Dann schien er zu spüren, dass die Gefahr vorüber war, und senkte die Waffe.

Er stand an einer Stelle, an der die Schlucht einen Knick machte. Als Knight zu ihm trat, öffnete sich vor ihm eine Art großes Atrium. Die Rückwand war bedeckt mit Petroglyphen und wölbte sich über ein großes Wasserloch, gesäumt von Farnen und Mulga und Blutholzbäumen. In einer kleinen Lichtung schwelte die Asche einer ausgetretenen Feuerstelle. Es war ein zauberhafter Ort, doch seine Schönheit wurde getrübt von dem Gemetzel, das hier stattgefunden hatte.

Es war unmöglich, die Leichen zu zählen, weil viele in Stücke gerissen und die Gliedmaßen durcheinandergeworfen worden waren. Etliche waren plattgequetscht wie überfahrene Tiere – die Körper verrenkt, die Gesichter verzerrt. Eingeweide baumelten aus den Bäuchen. Manche Leichen lagen unter Felsklötzen, als wären diese geradewegs vom Himmel auf sie herabgestürzt. Ein Mann hing in sieben Metern Höhe mit mehrfach gebrochenen Beinen über einem Ast. Zwischen den Toten verstreut lagen mehrere Haufen von Sandsteinmehl, die die Brise, die vom Ayers Rock herabströmte, langsam auseinanderblies.

Die Attacke hatte nur wenige Minuten gedauert, war aber von brutaler Effizienz gewesen. Nur ein einzelnes Felskänguru hatte als Zeuge überlebt.

Bishop bückte sich zu einem abgetrennten Kopf und drehte ihn mit dem Lauf seiner UMP um. Er ignorierte den eingefrorenen Ausdruck des Entsetzens in den Augen des Mannes und studierte dessen Züge – er war ein Aborigine mit vorspringenden Augenwülsten, breiter Nase und dunkler Haut gewesen. »Das sind unsere Zielpersonen.«

Knight kauerte neben einer Leiche, zu der vielleicht der Kopf gehörte, den Bishop gerade inspizierte. In einem an der Hüfte befestigten Beutel steckte eine Brieftasche. Er schlug sie auf und entdeckte einen Ausweis. Er war auf Balun Ammaroo ausgestellt. Aber der Mann auf dem Foto trug Anzug und Krawatte. »Das hier war eine Art Corroboree-Zeremonie. Ein Tribut an ihr kulturelles Erbe oder so was.« Knight schaltete sein Kehlkopfmikrofon ein. »Deep Blue, hier spricht Knight.«

»Statusbericht.«

»Wir sind zu spät gekommen. Hier sind alle tot. Gleicher Modus Operandi wie in der Siletz Reservation.«

Die Leitung blieb einen Moment lang stumm, dann sagte Deep Blue: »Fotografiert alles. Nehmt alles mit, was euch wichtig erscheint. Wenn ihr fertig seid, erstatten wir anonym Anzeige, damit die Leichen eingesammelt werden.«

»Verstanden«, sagte Knight. »Und Blue …«

»Ja?«

»Wir haben in den letzten Jahren ja ein paar verrückte Sachen erlebt …« Knight ließ den Blick über die Lichtung schweifen und überlegte, wie lange die Neandertaler oder selbst die Hydra gebraucht hätten, um so viele Opfer zu töten und anschließend spurlos zu verschwinden. Dann dachte er an die großen Schatten, die er in der Schlucht tanzen gesehen hatte, und schüttelte den Kopf. »Ich persönlich hatte gehofft, das läge jetzt hinter uns und es würde wieder eine Art Normalität in der Welt einkehren. Aber dieser Wunsch wird wohl in absehbarer Zukunft nicht in Erfüllung gehen. Wir stecken wieder bis über beide Ohren in der Scheiße.«

13 Fort Bragg, North Carolina

Mit Fiona über der Schulter und der Waffe in der Hand rannte Aleman die Treppe hinunter. Hinter Stein und Beton war der Gefechtslärm nur noch gedämpft vernehmbar, aber er spürte immer noch das Beben von Explosionen unter den Fußsohlen. Die Tür zum ersten Stock sprang auf, und drei Army Ranger stürmten gefechtsbereit ins Treppenhaus. Aleman erkannte sie, und da er der Ranghöchste war, requirierte er sie als Leibwächter.

»Sie sind hinter dem Mädchen her«, schrie er. »Weicht mir nicht von der Seite.«

Der vorderste Mann nickte. Sie wussten Bescheid über Fiona und dass sie unter militärischem Schutz stand, auch wenn sie den Grund nicht kannten. »Wohin, Sir?«

Darüber hatte Aleman sich bereits Gedanken gemacht. Sie hatten nie damit gerechnet, dass jemand tatsächlich versuchen würde, in Fort Bragg einzudringen, und keinen Plan für einen solchen Fall entwickelt. Vor allen Dingen mussten sie sich verstecken. Unauffindbar. An einem geschützten Ort. »Der nächste Atomschutzbunker.«

Die drei Ranger übernahmen die Spitze und eilten voraus. Durch den kleinen Flur am Fuß der Treppe hielten sie auf die Lobby zu. An der Eingangstür angekommen, hob einer der Ranger warnend die Hand.

Aleman blieb stehen und wartete auf das Signal, dass die Luft rein war. Einer der Männer wollte es gerade geben, doch die Worte blieben ihm im Hals stecken. Er hatte etwas außerhalb der Lobby gesehen, und es blieb ihm nicht einmal mehr genug Zeit für einen Warnruf.

Der Raum implodierte, als ein riesiges Projektil durch eine Seitenwand eindrang, die drei Ranger niederpflügte und auf der anderen Seite des Gebäudes wieder hinausschoss. Fiona schrie auf, während Aleman ihren kleinen Körper mit seinem eigenen zu decken versuchte und dabei einen Betonbrocken an den Hinterkopf bekam. Benommen sank er in die Knie, zwang sich aber, das warme Tröpfeln von Blut in seinem Nacken zu ignorieren und wieder aufzustehen.

Er rannte durch die verwüstete Lobby, steckte sein Schießeisen weg und las die MP5-Maschinenpistole eines der toten Ranger auf. Ein weiterer Schrei Fionas ertönte so dicht neben seinem Ohr, dass er sie vor Schreck fallen ließ. Sie landete geschickt auf den Füßen und zerrte aufgelöst an seinem Hemd. Sie deutete durch die Öffnung in der zerstörten Wand, wo das Projektil wieder hinausgeschossen war. »Lew!«

Er fuhr herum und starrte durch das Loch. Eine große graue Masse, vielleicht dreißig Meter weit entfernt, drehte sich gerade zu ihnen um.

Es hat ihren Schrei gehört, dachte Aleman.

Dann griff es an. In dem kurzen Moment, der ihm blieb, sah er, dass der Angreifer auf vier Beinen rannte und entfernt einem Nashorn ähnelte, wenngleich er etwa doppelt so groß war.

Aleman packte Fiona und rannte auf der anderen Seite der Lobby hinaus auf den Parkplatz. Dort gab es eine Garage voller startbereiter Hummer. Saßen sie erst mal in einem der unverwüstlichen Fahrzeuge, konnten sie es bis zum Atomschutzbunker schaffen – falls es ihnen gelang, das Ungetüm abzuschütteln. Aleman hörte, wie es aufholte.

Während er zwischen den engen Reihen der geparkten Autos hindurchrannte, bemühte Aleman sich, den Kopf unten zu halten. Kugeln pfiffen durch die Luft. Gebäude explodierten. Bragg war zum Kriegsschauplatz geworden. Als sie das Meer aus Autos verließen, hielt Aleman Ausschau nach dem großen Ding, das Jagd auf sie machte. Er sah nichts. Doch es war da. Ein Wagen auf der anderen Seite des Parkplatzes wirbelte durch die Luft. Sekundenbruchteile später folgte ein zweiter. Das Ding hielt geradewegs auf sie zu und rammte die im Weg stehenden Autos einfach beiseite.

Aleman packte den Knauf des Garagentors und drehte. Er rührte sich nicht. »Verdammt!« Er setzte Fiona ab und versuchte, die Tür einzutreten. Einmal. Zweimal. Alles begann, sich um ihn zu drehen, während Blut aus der Wunde an seinem Hinterkopf sickerte. Als er erkannte, dass er die Tür nicht rechtzeitig klein kriegen würde, drehte er sich um, um sich der Kreatur zu stellen.

Inzwischen flogen bereits Autos in der Mitte des Parkplatzes himmelwärts. Aleman wandte sich an Fiona: »Wir werfen uns in letzter Sekunde zur Seite, okay?«

Sie nickte mit zitternder Unterlippe und versuchte, tapfer zu sein.

»Wir schaffen das.«

»Nicht sterben, Lew«, sagte sie mit bebender Stimme. »Nicht in echt.«

Aleman konzentrierte sich auf das graue Ungetüm, das auf sie zugestürmt kam, und brachte es nicht fertig, etwas zu versprechen, das er nicht halten konnte. »Spring einfach, wenn ich es sage.«

Ein Wagen in der vordersten Reihe des Parkplatzes

schoss in die Luft, wirbelte um die eigene Achse und gab dem Biest den Weg auf sie frei. Aleman erfasste gerade noch, dass es wie ein Mittelding aus Nashorn und Bulle aussah, mit Stierhörnern auf dem Kopf und einem dritten auf der Schnauze. Die restlichen Konturen wirkten stumpf und verwaschen. Während er versuchte, einen Hinweis darauf zu erhaschen, um was es sich bei dem Ding überhaupt handelte, wurde ihm kurz schwarz vor Augen.

Dann geschah etwas Erstaunliches. Ein Mann, der von Kopf bis Fuß in den schwarzen Drillich der Sondereinsatzkräfte gekleidet war, stürmte von der Seite auf die Kreatur zu. Einen Augenblick lang dachte Aleman, es wäre King, doch der Mann war zu groß, und was er tat, nun, das hätte nicht einmal King geschafft.

Er packte die Kreatur an zweien ihrer Hörner und zwang ihren Schädel zu Boden. Die Schnauze, wenn man sie so nennen wollte, grub sich in den Asphalt. Vom eigenen Schwung weitergetragen, überschlug sich das Biest und landete auf dem Rücken, dass die Erde bebte.

Der Mann lief auf Aleman zu, ohne sich umzublicken. Mit schwindenden Sinnen sah Lewis, dass das Biest versuchte, wieder auf die Beine zu kommen. Als es ihm fast gelungen war, meinte Aleman, etwas wie zwei große Schatten zu erkennen, die sich auf das Untier stürzten. Aber er war sich nicht sicher. Er schob Fiona hinter sich und hob die MP5.

»Lew …«, flüsterte das Mädchen.

Der näher kommende Mann hob die Hände. »Dazu besteht kein Grund.«

»Bleiben Sie stehen.«

»Ich kann das Mädchen beschützen.«

Der Lauf von Alemans Waffe schwankte nur einen Moment, aber mehr brauchte der Mann nicht. Er trat einen

Schritt vor, entwand ihm die MP5 und warf sie beiseite. Aleman spürte die Bewusstlosigkeit kommen. Mit letzter Kraft fragte er: »Wer sind Sie?«

Hilflos musste er zusehen, wie der Mann Fiona aufhob, die in sich zusammengesackt war, vielleicht besinnungslos, und sagte: »King weiß Bescheid.« Er trat zurück, zögerte dann. »Ich hoffe, er weiß zu würdigen, dass ich mein Versprechen gebrochen habe.«

Bevor es schwarz um ihn wurde, sah Aleman noch, wie der Mann sich mit Fiona auf den Armen zurückzog. Sein letzter Gedanke galt King und wie er reagieren würde, wenn er herausfand, dass man seine Pflegetochter entführt hatte.

14 Mount Meru, Vietnam

Ein Kindheitsalptraum, nämlich der, in einem riesigen Pool voller Bälle zu ertrinken, suchte Rook heim, während er sich aus einem Haufen uralter, grünlich leuchtender Knochen zu befreien versuchte. Die glatten Gebeine kollerten unter ihm weg und machten ein Fortkommen fast unmöglich. Dann spürte er den Steinboden unter den Füßen und änderte seine Taktik – er stieß sich nach oben ab und schüttelte einen Haufen zerfallener Skelette ab. Er hatte sich gerade erst ins Freie gearbeitet, als ein weiterer Schlag ihn durch die Luft schleuderte.

Er landete drei Meter weiter mitten auf der Straße und rollte über eine Lage Oberschenkelknochen. Obwohl sein schmerzender Körper ihn anflehte, sich nicht zu bewegen, rappelte er sich auf und wirbelte auf der Suche nach dem … Ding, das ihn angegriffen hatte, herum.

Er konnte nicht sagen, was es war. Er hatte nur eine verschwommene Bewegung wahrgenommen, aus der er nicht schlau wurde. Was immer es war, es schien sich in der Masse aus Gebeinen zu verbergen und sie als Tarnung zu verwenden.

Irgendwo klapperten Knochen.

Rook wandte sich um und merkte erst jetzt, dass er sein M4 verloren hatte. Die Stadt lag still da. Ruhig. Als hätte es das Ding nie gegeben. Er ließ den Blick über die Dächer der Bauwerke schweifen, die noch standen. Sie waren nicht viel höher als er, daher hätte er den Koloss eigentlich sehen müssen. Doch da war nichts.

Das Gebäude neben ihm schwankte. Die Wände waren so durchlöchert, dass er hindurchsehen konnte, aber es befand sich nichts darin. Nichts Lebendiges. Er zog eine seiner geliebten Desert Eagles vom Kaliber .50, die er »die Mädels« nannte. »Komm da raus«, sagte er. »Zeig dich.«

Ein Teil des Gebäudes verschob sich und polterte zu Boden. Rook suchte in der Bewegung verzweifelt nach einem Ziel, sah jedoch immer noch nichts als Knochen.

Sich bewegende Knochen. Von denen einige sich ... erhoben.

Rook taumelte einen Schritt zurück, als ihn die Erkenntnis traf. Das ganze Bauwerk verlagerte sich. Was immer ihn angegriffen hatte, verbarg sich nicht hinter den Knochen oder darin. Es befand sich *darunter*.

Rook eröffnete das Feuer und gab sieben Schüsse in schneller Folge ab, die die Kaverne mit Donner erfüllten. Aber die auferstehende Masse zeigte sich unbeeindruckt, während sie Lagen über Lagen uralter Gebeine abstreifte. Nachdem die Knochen abgefallen waren, blieb eine drei Meter hohe Steinfigur übrig, ungeschlacht und roh, bis auf den Kopf, der von einer Neandertalerstatue stammte. Das Ding stürzte sich auf Rook. Er hatte keine Zeit nachzuladen und tat das Einzige, was ihm übrigblieb.

Laufen.

Die Desert Eagle besaß genügend Durchschlagskraft, um jeden Menschen und jedes Tier mit einem einzigen Schuss umzulegen, gegen einen solchen Steingiganten war sie jedoch nutzlos. Vielleicht hätte er mit dem 40-mm-Granatwerfer seines Sturmgewehrs etwas ausrichten können – doch das hatte er ja leider verloren.

Gebeine zerbarsten, als ein Schlag Rook knapp verfehlte, und Knochensplitter surrten durch die Kammer. Das Schrapnell traf Rook in den Rücken, grub sich in seine Flakweste und warf ihn nach vorne. Er stolperte durch ein Meer uralter Gliedmaßen und kämpfte sich auf den Punkt zu, wo, wie er glaubte, seine Waffe liegen musste. Endlich sah er den Lauf des Gewehrs aus den Trümmern ragen. Er wechselte die Richtung und rannte darauf zu, glitt aber auf einem wegrollenden Oberschenkelknochen aus und fiel.

Die unvermittelte Bewegung rettete ihm das Leben, denn einer der riesigen Arme des Giganten fegte über ihn hinweg, als er flach auf dem Bauch landete. Durch den fehlgegangenen Schlag geriet die Kreatur aus dem Gleichgewicht und taumelte, was Rook Gelegenheit verschaffte, auf Händen und Knien weiterzukrabbeln. Er griff nach dem M4, legte den Finger an den Abzug – und überlegte es sich anders.

Der Steinriese war nur drei Meter weit entfernt, und wenn Rook jetzt feuerte, ging er ebenso drauf wie das Monster. Er kroch hastig weiter, versuchte genügend Abstand zwischen sich und den Angreifer zu bringen, bis er merkte, dass der Koloss ihm folgte. Kurzerhand warf er sich hinter die Überreste einer Knochenmauer und legte an.

Dem Husten des Granatwerfers folgte eine gewaltige Explosion. Sekundenlang regnete es Knochen und Steinsplitter, und die Luft füllte sich mit Pulverdampf und dem Staub der Toten.

Rook stemmte sich hoch und spähte über die Mauer. An der Stelle, wo eben noch das Monster gestanden hatte, klaffte jetzt ein mit Knochen gefüllter Krater. Noch bevor er seinen Erfolg auskosten konnte, merkte Rook, dass er am ganzen Körper zitterte. Waren seine Nerven nach einem Jahr ohne Einsatz so zerrüttet? Doch nicht er war es, der zitterte. Die ganze Kaverne bebte.

Während er den Granatwerfer nachlud, erinnerte er sich an das pulsierende Vibrieren, das er vorher schon gespürt hatte. Was immer das Beben verursachte, es schien ...

Bum!

Die Wand der Kaverne explodierte nach innen, als ein drei Meter fünfzig hoher Gigant hindurchdonnerte. Rook zog den Kopf ein, als Gesteinsbrocken durch die Kammer schossen und einige der noch stehenden Bauwerke zerschmetterten. Dann rappelte er sich hoch und versuchte, durch die Staubwolken etwas zu erkennen. Mit einem Schwall stinkender Luft wogten die Umrisse einer großen Gestalt auf ihn zu. Er konnte keine Details ausmachen, aber im Unterschied zum ersten war dieses Ding nicht aus Stein. Es bestand aus Kristall. Aus den gleichen riesigen Kristallen, die oberhalb der alten Stadt Meru an der Decke hingen. Die Sorte, die Bishop um den Hals trug. Die heilenden Steine hatten sich in eine Mordmaschine verwandelt.

Rook zielte und feuerte. Die Granate durchmaß die dreißig Meter bis zu dem kristallinen Goliath in Sekundenbruchteilen und detonierte. Die Wucht der Explosion warf das Monster aus der Bahn, beschädigte es aber nicht. Die Kristalle waren stabil.

Sehr stabil.

Als er sich zur Flucht wandte, rutschte Rook abermals auf dem Knochenteppich aus und landete auf allen vieren. Der Fels erzitterte unter den schweren Schritten, mit denen die kristalline Kreatur auf ihn zustampfte und die Knochen unter ihren baumstammdicken Gliedmaßen wie trockene Zweige zermalmte. Sie walzte alles nieder auf ihrem Weg durch die Knochenstadt.

Rook rollte sich auf den Rücken und leerte sein ganzes Magazin auf das Biest. Aber die Kugeln prallten einfach davon ab. Eine Staubwolke breitete sich vor der Kreatur aus, während sie durch das Meer von Knochen stapfte. Es konnte nur noch Sekunden dauern, bis sie ihn zertrampelte, und Rook betete, dass Queen rechtzeitig zurück sein würde. Doch es war nicht seine Teamgenossin, die ihm zu Hilfe kam.

Ein verschwommener Schatten sprang vom Dach eines nahe gelegenen Knochengebäudes. Die dunkle Gestalt verschwand in der Staubwolke und stürzte sich auf das Kristallbiest. Der Gigant schwankte unter dem Angriff, hielt sich aber auf den Beinen. Staub stob auf, während wütendes Gebrüll die Höhle erfüllte. Aus dem Brüllen wurde ein gellender Aufschrei. Die kleinere der beiden Gestalten heulte vor Schmerz auf, bevor sie gegen die nächstgelegene Wand geschleudert wurde und reglos liegen blieb. Ein Kristallsplitter ragte aus ihrer Brust.

Obwohl er immer noch nicht mehr als vage Umrisse erkennen konnte, spürte Rook, dass das Kristallmonster sich wieder ihm zuwandte. Er griff nach einer Handgranate und machte sich bereit, sie zu werfen. Aber das war nicht mehr nötig. Ein Klirren wie von zerbrechendem Glas ertönte, und der Kristallgigant kippte um und zerschellte zu einer Masse lebloser Splitter.

Rook widmete dem Kristallhaufen nur einen flüchtigen Blick, bevor er zu der am Boden liegenden Gestalt hastete, die ihm das Leben gerettet hatte. Er erkannte sie sofort wieder, und trotz seiner alptraumhaften Erlebnisse mit ihrer Rasse betrachtete er sie in diesem Augenblick als Menschen. »Red!«

Er kniete neben der Roten nieder. Er war froh zu sehen, dass ihre Brust sich noch hob und senkte, auch wenn er wusste, dass sie nicht mehr zu retten war. Die kleine, aber massige Neandertalerfrau lag in einer Lache ihres eigenen Bluts, das aus der tiefen Brustwunde quoll.

»Red«, flüsterte er.

Ihre rotgeränderten Augen öffneten sich, und etwas wie ein Lächeln, ein grausiger Anblick mit ihren blutbefleckten, fünf Zentimeter langen Eckzähnen, breitete sich auf ihrem Gesicht aus. »Rook. Vater ist zurückgekommen.«

Er nickte. »Ich bin zurückgekommen.«

»Red hat dich gerettet.«

»Das hast du.«

Sie stöhnte und hustete Blut.

»Was wollten die?«, fragte er. »Warum sind die hier?«

Die Rote sah Rook in die Augen, und er erkannte darin etwas, das Zuneigung näher kam als alles, was er bei ihrer Spezies je gesehen hatte. »Schlimme Worte.«

Einen Moment lang dachte Rook, sie meinte damit die saftigen Flüche, die er ihr vor einem Jahr entgegengeschleudert hatte. Doch ihr Gesicht verzog sich zu einer Maske des Entsetzens. Sie packte Rook an den Armen. Er konnte sie fast nicht verstehen, so sehr schmerzte ihr Griff.

»Kann die schlimmen Worte nicht sprechen!«

Rook keuchte vor Schmerz, und die Rote ließ ihn los, sank zurück. Ihre Augen schlossen sich. »Was sind das für schlimme Worte?«, fragte Rook.

»Kann sie nicht sagen«, flüsterte sie. »*Darf* sie nicht sagen.«

Ihr Kopf rollte zur Seite.

Red, die Letzte der Neandertaler, war tot.

Nur Augenblicke später erschien Queen mit gezückter Waffe, zu spät. Sie arbeitete sich durch das Meer aus Knochen zu Rook durch, der immer noch neben der Roten kniete.

»Alles klar bei dir?«

»Dank ihr.«

Er wich beiseite, um Queen den Blick freizugeben.

»Red?«, fragte sie.

Er nickte und fügte hinzu: »Sie sagte, die seien hinter den ›schlimmen Worten‹ her gewesen.«

»Schlimme Worte.« Queen dachte an die Lehrgänge des zurückliegenden Jahres zurück, die sie eigentlich auf seltsame und ungewöhnliche Vorfälle wie diesen hätten vorbereiten sollen. Aber der Hinweis war zu vage, um auch nur darüber spekulieren zu können. »Kann alles Mögliche bedeuten.«

»Tja«, sagte Rook. »Mir fällt zumindest ein schlimmes Wort ein, das sich auf unsere Situation anwenden lässt: Wir sind angeschissen.« Er schloss der Roten sanft die Augen, stand auf und sah Queen an. »Gott sei jedem gnädig, der diesen Dingern im Wege ist.«

15 Fort Bragg, North Carolina

Kings Eltern zuckten nicht mit der Wimper, als er den Wagen auf über 200 km/h beschleunigte, das musste man ihnen lassen. Erst als sie die Ausfahrt nach Fort Bragg erreichten, meinte seine Mutter, es sei ein Wunder, dass sie nicht angehalten worden seien.

King hatte jedes einzelne Mitglied des Teams anzurufen versucht, sogar Deep Blue selbst und auch die Zentrale in Fort Bragg. Niemand ging ran. Das Team konnte sich natürlich mit abgeschalteten Telefonen in einer Besprechung befinden, doch dass Bragg überhaupt nicht antwortete, war unheilverkündend und passte zu der Warnung, die er erhalten hatte. Daher gab es keinen Grund, den Fuß vom Gas zu nehmen.

Unter völliger Missachtung der Geschwindigkeitsbegrenzung brauste King die Zufahrtsstraße entlang, bis er den ersten Kontrollpunkt vor sich sah. Er bremste, um die Posten eine Meldung durchgeben zu lassen. Doch dann sah er, dass das Metalltor verbogen und geborsten am Straßenrand lag. Das Wachhäuschen stand noch, aber eine seiner Wände fehlte. King hielt an und entdeckte die beiden Wachtposten, die reglos im Gras lagen.

»Bleibt hier«, sagte er zu seinen Eltern, bevor er ausstieg.

Sofort hörte er entfernten Gefechtslärm. Er spürte das dringende Verlangen, wieder in den Wagen zu springen und sich ins Getümmel zu stürzen, doch seine sorgfältige

Ausbildung gewann die Oberhand. Zunächst fühlte er den Puls der Soldaten. Als er keinen fand, sammelte er ihre M4s ein. Anschließend ging er zum Wachhäuschen und stieß mit dem Fuß die Trümmer beiseite, bis er das tragbare Funkgerät fand. Er schaltete es ein und hörte wild durcheinanderschreiende Stimmen. Rasch klickte er sich durch die Kanäle und fand überall dasselbe: Soldaten, die verzweifelt Befehle brüllten, nach Verstärkung riefen und große, sich schnell bewegende Objekte beschrieben, die nicht aufzuhalten waren.

King ließ das Funkgerät fallen. Die Fremdartigkeit des Angriffs bestätigte seine schlimmsten Befürchtungen. Sie waren hinter Fiona her. Er eilte zum Wagen zurück und glitt hinters Steuer. Eines der M4 reichte er seinem Vater. »Kannst du damit umgehen?«

Peter nickte kurz. »Ist eine Weile her, aber ich komme klar.«

King schloss die Tür und legte den Gang ein.

»Warte«, sagte Lynn vom Rücksitz her. Als King sich zu ihr umwandte, warf sie einen Blick auf Peters M4. »Ich schieße besser als unser Davy Crockett hier.«

Kings Vater lächelte schwach. »Das stimmt. Sie könnte es sogar mit Annie Oakley aufnehmen.«

King staunte einmal mehr über die verborgenen Talente seiner Eltern. Wortlos zog er seine Sig Sauer und reichte sie seiner Mutter. Dann raste er durch die Haupteinfahrt des Stützpunkts, wo normalerweise die Statue eines Soldaten stand. King blickte sich zu dem leeren Sockel um, bevor er das Lenkrad herumriss, um einem wild schleudernden Wagen auszuweichen, der von rechts heranschoss.

»Wow!«, stieß Peter hervor, als das außer Kontrolle geratene Auto in das Empfangszentrum des Stützpunkts krachte und explodierte.

King ignorierte den Feuerball, der in seinem Rückspiegel aufflammte, und konzentrierte sich darauf, ihnen einen Weg durch das Chaos zu bahnen. In allen Richtungen rannten Soldaten durcheinander, einige feuerten über den Wagen hinweg auf Ziele, die King nicht sehen konnte. Überall blitzten Explosionen auf, einzelne stammten von Splittergranaten, andere, stärkere und höher auflodernde Detonationen sahen eher so aus, als kämen sie von in die Luft gehenden Fahrzeugen und Treibstoffdepots. Backstein- und Betonbrocken flogen durch die Luft, als ob unsichtbare Abrissbirnen den Stützpunkt von innen einreißen würden.

Was gar nicht so weit von der Wahrheit entfernt lag, wie King klar wurde, als ein undeutlicher grauer Schemen seitlich des Wagens auftauchte. Weil das Ding sich so schnell bewegte, konnte er keine Details erkennen, doch seine Angriffslust war nicht zu übersehen. »Festhalten!«, schrie King und wollte auf die Bremse treten, aber es war schon zu spät.

Ein gewaltiger Schlag traf das Heck des Wagens und wirbelte ihn um 360 Grad herum. Während Gummigestank von den gequälten Reifen aufstieg, konnte King einen kurzen Blick auf eine ziemlich formlose, aber eindeutig vierbeinige Masse werfen, die trotz andauernden Beschusses durch einen Heckenschützen der Spezialkräfte erneut auf sie zudonnerte.

King wirbelte das Lenkrad herum, fing den Wagen ab und brachte ihn unter Kontrolle. Er ließ den Motor aufheulen und schrie seinen Eltern zu: »Alles in Ordnung?«

Lynn hieb ihm dreimal auf die Schulter. »Fahr, fahr, fahr!« Sie warf einen Blick über die Schulter und beobachtete, wie das Ding die Verfolgung aufnahm. Kurze Zeit sah es so aus, als könnten sie dem Monster davonfahren, bis der linke Hinterreifen von der Felge sprang und an den Straßenrand rollte. Der Wagen schlenkerte und wurde langsamer.

King sah, dass die Kreatur aufholte, während er die letzte Kurve zu den Baracken nahm, wo er, wie er wusste, die dichteste Konzentration an Soldaten antreffen würde – und, wie er hoffte, Fiona.

Wenigstens eine seiner Erwartungen erfüllte sich. Gleich hinter der Kurve stand eine Kampflinie von Delta-Soldaten mit einer riesigen Auswahl an schwersten Waffen, vom Granatwerfer bis zu panzerbrechenden Geschossen.

Die Soldaten erkannten, dass der auf sie zurasende Wagen keine Bedrohung darstellte, und ließen ihn durch. King bremste und deutete auf die nächstliegende Baracke. »Versteckt euch da drin. Ich komme euch später holen«, wies er seine Eltern an.

Zu seiner Erleichterung gehorchten sie und verschwanden mit ihren Waffen in dem Gebäude. Sie gingen damit um wie Menschen, die mit Schießeisen vertraut sind. Zum Töten ausgebildet … Er verdrängte den Gedanken daran, dass seine Mutter einen Mann angeschossen hatte, und reihte sich in die Verteidigungslinie ein.

»Wo ist mein Team?«, rief er Jeff Kafer zu, einem anderen Delta-Teamführer mit wirrem blonden Haarschopf und dichtem Schnurrbart. Er kannte ihn nicht besonders gut, doch Rook war mit Kafer befreundet. Beide hatten eine große Klappe und betätigten sich in der Bar gern als Stimmungskanone. Beide hatten mehrere Schwestern. Und beide liebten ihre Waffen, als wären sie ihre Kinder.

»Nicht auf dem Stützpunkt, King«, erwiderte Kafer. »Keine Ahnung, wo sie sind.«

»Hast du Fiona gesehen?«

Kafer deutete auf die Garage fünfzehn Meter hinter ihnen. »Aleman ist irgendwo da hinten. Scheint verletzt zu sein. Vielleicht weiß er mehr.«

»Da kommt es!«, schrie einer der Männer.

Kafer erhob die Stimme, so dass jeder ihn hören konnte. »Auf mein Signal!«

Die Soldaten legten auf den angreifenden Steinkoloss an und warteten.

King nicht. Er machte kehrt und rannte auf die Garage zu, wo er Aleman zusammengesunken dasitzen sah, hinter sich eine lange Blutspur am Garagentor, an dem er heruntergerutscht war. King war noch keine drei Meter weit gekommen, als Kafer brüllte: »Feuer!«

Das Donnern der abgefeuerten Granaten ließ die Luft zittern, dann folgten in rasend schneller Folge die Detonationen der Einschläge. King sah die gigantische Kreatur durch das Sperrfeuer pflügen. Der Asphalt unter ihr flog unter mehreren Explosionen in die Luft. Direkte Treffer sprengten Teile des Körpers ab. Ein paar Fehlschüsse verschrotteten geparkte Fahrzeuge. Doch trotz der überwältigenden Feuerkraft zeigte das Ding keinerlei Reaktion, schien es keinen Schmerz zu fühlen. Es polterte einfach weiter vorwärts. Als eines seiner Beine absprengte, lief es auf den restlichen dreien weiter.

Es war nicht aufzuhalten.

Die Männer in der Verteidigungslinie erkannten, dass sie sich nicht mehr rechtzeitig in Sicherheit bringen konnten, und warfen schützend die Arme über den Kopf. King hob sein M4 und feuerte im selben Moment, in dem das Biest die Linie erreichte.

Die Kugeln, die nicht mehr Wirkung gehabt hätten als ein paar Nadelstiche, fanden jedoch nicht einmal ihr Ziel. Ungehindert flogen sie durch eine dichte Staubwolke hindurch, die sich plötzlich über die Verteidigungskette legte.

Der Gigant hatte sich einfach aufgelöst. Ob das Sperrfeuer der Grund dafür gewesen war oder etwas anderes,
interessierte King nicht. Das Ding war erledigt – und Aleman verwundet.

Während er zu ihm eilte, hörte er überall auf dem Stützpunkt das Knattern des Gewehrfeuers ersterben. Die
Schlacht war vorbei.

Aleman schlug die Augen auf. »King …«

»Was ist passiert?«

Aleman versuchte, sich aufzurichten, aber ein stechen-
der Schmerz zwang ihn zurück. »Hab was am Kopf abbekommen. Splitter, glaube ich.«

»Wo sind die anderen?«

»Weg«, sagte Aleman.

»Ist Fiona bei ihnen?«

Aleman runzelte die Stirn, und King kannte die Antwort bereits, bevor der Kollege sagte: »Sie haben sie erwischt.«

King ballte die Fäuste. Fiona war fort. Seine Tochter
war verschwunden.

Und in diesem Augenblick wurden all seine Ängste Realität – Jack Sigler würde nie und *durfte* nie ein Vater sein.
Und sollte es ihm irgendwie gelingen, Fiona zu retten,
musste er schleunigst ein besseres und sichereres Heim für
sie finden.

King hob seinen Freund hoch und trug ihn in die Kran-
kenbaracke, wo eine erste, provisorische Triage stattfand.
Als er an seinem Vater vorbeikam, sah dieser in Kings Augen etwas aufblitzen, einen urtümlichen Zorn, der nach
Rache schrie.

»Was wird jetzt?«, fragte Lynn ihren Mann, während
er die Tür hinter King zumachte.

»Ich bin nicht sicher«, antwortete er und sah sie mit einem Blick an, der mehr sagte, als Worte es vermochten, »aber wer immer das hier getan hat ...« Er schüttelte den Kopf. »Ich möchte nicht in seiner Haut stecken, wenn Jack ihn findet.«

Sie senkte die Stimme zu einem Flüstern. »Meinst du nicht, dass das zu viel für ihn ist?«, fragte sie.

Peter ergriff ihren Arm. »Er schafft das schon.«

»Ich könnte nicht mehr mit mir selbst leben, wenn ihm etwas zustieße und wir ...«

Peter zog sie an sich. »*Er schafft das*. Wir Siglers sind unverwüstlich.«

»Das hoffe ich«, sagte sie. »Für die beiden.«

SUCHE

16 Fort Bragg, North Carolina

Obwohl alles in ihm danach schrie, herauszufinden, wer hinter dem Angriff steckte und wohin Fiona gebracht worden war, forderte die Pflicht von King, dass er sich an den Rettungsaktionen in Fort Bragg beteiligte. Unter eingestürzten Gebäuden lagen noch Tote und Sterbende. Versorgt wurden vorerst nur schwere Verbrennungen, tiefe Wunden und zerquetschte Glieder, die in manchen Fällen amputiert werden mussten. Außerhalb eines Kriegsgebiets hatte King noch nie ein solches Ausmaß an Zerstörung zu Gesicht bekommen. Ganz Amerika hatte das nicht.

Der Angriff war meilenweit zu sehen und zu hören gewesen und ließ sich vor den Medien nicht geheimhalten. Zunächst waren die Nachrichtenhubschrauber innerhalb der Flugverbotszone gekreist und hatten per Zoom Nahaufnahmen von den Rettungsarbeiten gemacht. Mittlerweile waren sie von Kampfhubschraubern verscheucht worden, die jetzt die Verbotszone sicherten. YouTube wurde mit Aufnahmen aus Fotohandys überschwemmt, die von Besuchern stammten. Und ein paar Reporter, die zufällig gerade auf dem Stützpunkt gewesen waren, als der Angriff stattfand, nützten das Chaos, um sich zwischen den Ruinen zu verstecken und Schnappschüsse von blutenden Soldaten, zerstörten Gebäuden und Parkplätzen voller umgeworfener Fahrzeuge zu machen.

Als das Militär endlich eine umfassende Suche organisiert hatte, um die Presseleute aufzuspüren und von der Basis zu entfernen, war es schon zu spät, um die Geschichte noch zu leugnen. Die Welt wusste von dem Angriff auf Fort Bragg. Die Bilder von zerstörten Bauten und toten Soldaten empörten ganz Amerika.

Sobald die Presse verscheucht war, bekamen die Piloten des großen grün-weißen Hubschraubers, der *Marine One* genannt wurde, Landefreigabe. Der Helikopter des Präsidenten erschien eskortiert von zwei voll bewaffneten AH-4D-Longbow-Kampfhubschraubern über dem Stützpunkt. Eine Staffel von F-22-Raptor-Kampfjets sicherte den Luftraum großräumig ab, und das Donnern ihrer Triebwerke erfüllte den Himmel über der Basis.

Das Gras auf dem zentralen Platz zwischen den Baracken wurde vom Luftstrom platt auf den Boden gepresst, als der schwere Hubschrauber landete. Das *Tschopptschopp* der Rotorblätter verlangsamte sich. Als sie zum Stillstand gekommen waren, versammelte sich eine kleine Gruppe von Soldaten, um den Mann zu empfangen, den man an Bord von *Marine One* erwarten durfte. Die Tür ging auf, Präsident Thomas Duncan stieg mit grimmiger Miene aus, und jeder einzelne dieser erschöpften Männer stand stramm und salutierte.

Bis auf einen.

King stapfte an den Männern vorbei und auf den Präsidenten zu, den er als Deep Blue kannte. Zwei Männer vom Secret Service wollten ihm den Weg versperren, doch Duncan hielt sie mit erhobener Hand zurück.

Den Leibwächtern war der Mann mit dem verstrubbelten Haar, in Jeans und einem schwarzen T-Shirt, der da auf ihren Oberkommandierenden zumarschierte, nicht geheuer. Der unverhüllte Zorn in seinen Augen machte sie misstrauisch, doch sie ließen ihn passieren. King gab sich nicht die Mühe zu salutieren. »Fiona ist verschwunden«, sagte er.

Deep Blue riss erschrocken die Augen auf. »Was?« Duncan war bisher so mit Schadensbegrenzung beschäftigt gewesen, dass er noch gar nicht dazu gekommen war, den detaillierten Lagebericht von General Keasling zu lesen. »Wie?«

»Lewis, bei dem sie zuletzt war, ist noch nicht wieder bei Bewusstsein, daher weiß ich nichts Genaues.«

Duncan warf einen Blick auf die Zerstörungen und wollte sich abwenden, um auf die Reihe der wartenden Generäle und ihrer Eskorte zuzugehen. King hielt ihn am Arm zurück. »Warum wurde ich nicht informiert?«, fragte er mit vor Zorn bebender Stimme.

Duncan sah die Hand des Mannes an, dann hob er den Blick zu seinen Augen.

»Sie haben Fionas Leben in Gefahr gebracht!«, sagte King.

»Es war unmöglich vorauszusehen, dass so etwas geschehen würde«, entgegnete Duncan und wies mit einer Geste auf den verwüsteten Stützpunkt. »Wir dachten, Sie bräuchten nach dem Tod Ihrer Mutter noch etwas mehr Zeit für sich selbst, um …«

»Meine Mutter ist nicht tot«, warf King ein.

Duncan blickte ihn verständnislos an. King deutete auf Lynn Sigler, die dabei half, die Verwundeten mit Wasser zu versorgen. Sie bemerkte seinen Blick und winkte. Duncan lächelte verlegen und hob die Hand zum Gruß. »Ich verstehe nicht.«

»Sie wissen nichts davon?«

»Wovon denn?«

King schüttelte den Kopf. »Ich verstehe nicht, wie diese Geschichte durch die Maschen schlüpfen konnte, aber darüber können wir später nachdenken. Ich muss Fiona finden. Jetzt.«

Duncan sah sich um. Die Generäle, von denen die meisten keine Ahnung hatten, dass ihr Präsident gleichzeitig Deep Blue war, traten näher. Er beugte sich dicht zu King. »Bis sich der Wirbel gelegt hat, bin ich gehandicapt. Alles, was ich tue, wird genauestens registriert werden. Aber ich will, dass Sie tun, was immer nötig ist, King. Keasling hat *carte blanche* in dieser Angelegenheit. Schluss mit den Samthandschuhen. Finden Sie Ihre Tochter. Finden Sie heraus, wer hinter alldem steckt. Stellen Sie fest, was er im Schilde führt, und stoppen Sie ihn.«

King nickte und wandte sich ab, doch diesmal hielt Duncan ihn am Arm zurück.

»Sie und ich betrachten uns als gleichrangig, King, aber bitte denken Sie in der Öffentlichkeit daran, wer Sie sind. Und wer ich bin.« Er warf den Generälen einen Blick zu. »Wir sind nicht allein.«

King salutierte trotz seiner eisigen Stimmung. »Ja, Sir.«

Er ging davon, während ein Schwarm von Marines und Generälen sich um Duncan scharte, um ihn an einen sichereren Ort zu geleiten. Kings Team sollte in einer Stunde auf dem Luftwaffenstützpunkt Pope eintreffen. In der Zwischenzeit musste er sich um Aleman kümmern und seinen Eltern Lebewohl sagen. Dann benötigte er nur noch einen Haufen Waffen und eine Handvoll Freunde, um den Fehdehandschuh aufzunehmen.

17 Luftwaffenbasis Pope, North Carolina

Vierzig Minuten nach der Begegnung mit dem Präsidenten stand King vor Hangar 7, der für Delta reserviert war und in dem normalerweise die *Crescent* stand. Im Moment war er leer, mit Ausnahme von vier Delta-Teams aus je fünf Soldaten. Die Männer, alle in schwarzen Kampfanzügen, luden routiniert ihre Ausrüstung von zwei großen Lastwagen ab und nahmen dann vor King Aufstellung. Die vier Teamführer traten vor.

Jeff Kafer, Codename *Stimme*, weil er ein Timbre wie ein Nachrichtensprecher hatte, sagte: »Wie ich höre, haben Sie einen Auftrag der Art ›Bittet, so werde euch gegeben‹. Nun, Sie haben um uns gebeten, und hier sind wir. Dürfen wir jetzt erfahren, worum es geht?«

King deutete auf den offenen Hangar. »Kommen Sie mit. Sie können Ihre Leute einweisen, wenn wir fertig sind.«

Die vier Teamführer folgten ihm nach Decon, wo ein bandagierter, aber hellwacher Lewis Aleman sie schon hinter seinem Laptop erwartete. General Keasling stand mit verschränkten Armen in einer Ecke. Als die Männer den Raum betraten, wurde die Spannung beinahe greifbar. Sie alle hatten Freunde und Kameraden sterben sehen, und der Schock durch den fremdartigen Angriff dauerte an. Die Teamführer, die gewohnt waren, mit ihren eigenen Teams um diesen Tisch herumzusitzen, nahmen Platz und wandten sich Keasling zu. Er verwies sie an

King, der am Kopfende des Tisches stand. »Er schmeißt hier den Laden.«

»Von jetzt an«, sagte King, »arbeiten Ihre Teams unter der Leitung des Schachteams. Sie werden je einem meiner Leute zugewiesen und dessen Befehlen gehorchen, als kämen sie von Gott persönlich. Sie sind Pawn eins bis fünf, wobei der Codename des Teamführers vorangestellt wird.« Er deutete auf Kafer. »Sie sind Rooks Pawn eins, und Ihre Männer sind zwei bis fünf. Im Einsatz wird das zu RP-eins bis fünf verkürzt. Verstanden?«

Allgemeines Nicken. Sie waren alle hochrangige Soldaten mit großer Kampferfahrung, und doch fühlten sie eine Mischung aus Ehrfurcht und Befangenheit darüber, zumindest vorübergehend Teil des legendären Schachteams zu sein.

»Die Verbindung steht«, sagte Aleman und tippte etwas in den Laptop ein.

Die Wand hinter King, die in Wirklichkeit ein gutgetarnter Flachbildschirm war, erwachte zum Leben. Queen, Rook, Knight und Bishop erschienen im Bild. Sie saßen in der *Crescent* ihrerseits vor einem Laptop. Ihre düsteren Mienen zeigten, dass sie über den Angriff auf Fort Bragg und Fionas Entführung informiert waren.

»Könnt ihr uns hören?«, fragte Rook.

»Klar und deutlich«, entgegnete King und nickte Aleman zu. »Leg los.«

King hatte Aleman aus dem Krankenbett gezerrt und in der vergangenen halben Stunde darauf angesetzt, ein paar Antworten zu finden. Aleman hatte kaum Zeit gehabt, doch er dachte schneller als die meisten Menschen. Und er enttäuschte sie auch diesmal nicht.

»Folgendes wissen wir: Vor ungefähr einem Jahr wurde die Siletz Reservation vollständig vernichtet. Mittlerweile haben wir eine ganz gute Vorstellung von dem Wie. Was der Grund war und wer den Angriff durchführte, entzieht sich jedoch leider nach wie vor unserer Kenntnis.«

»Ein verdammter Haufen Steine, das war es«, sagte Kafer.

Aleman blickte einen Augenblick zur Decke und kniff die Augen nachdenklich zusammen.

»Lew«, mahnte King.

Aleman blickte wieder auf den Bildschirm. »Kürzlich erhielten wir einen Hinweis darauf, dass sich bestimmte Zielpersonen in Australien und Vietnam in Gefahr befänden. Bedauerlicherweise wurden sie noch vor Ankunft unserer Teams getötet. Oder, in Rooks Fall, unmittelbar darauf. Das letzte Opfer konnte aber noch etwas sagen, das mich auf einen Gedanken brachte. Sie sagte – korrigiere mich, wenn ich mich irre, Rook –, dass unser Feind hinter ›schlimmen Worten‹ her sei, die man nicht aussprechen dürfe. ›Kann sie nicht sagen. Darf sie nicht sagen.‹«

»Richtig«, bestätigte Rook.

»Angesichts der Abstammung dieses Opfers muss man davon ausgehen, dass seine Muttersprache sehr alt ist; eine der ältesten, wenn nicht sogar *die* älteste Sprache der Welt. Meine Nachforschungen bezüglich der anderen Opfer ergaben, dass sie allesamt ebenfalls die letzten überlebenden Sprecher von fast ausgestorbenen, uralten Sprachen waren. Den Dialekt der Kurdanji in Australien beherrschten nur noch fünf Menschen. Jetzt sind sie alle tot. Bei den Siletz gab es noch zwei. Fionas Großmutter …«

»Und Fiona selbst«, ergänzte Queen. »Mist.«

»Ich habe eine Liste aller aussterbenden Sprachen der Welt zusammengestellt und einen beunruhigenden Trend festgestellt. Viele ihrer letzten Sprecher sind entweder verschollen, oder sie wurden kürzlich tot aufgefunden. Jemand ist dabei, sie auszulöschen. Da es sich um eine relativ kleine und über die ganze Welt verstreute Personengruppe handelt, zum Teil in abgelegenen Gegenden, ist bisher niemandem ein Muster aufgefallen. Ich habe die noch lebenden Sprecher der gefährdetsten Sprachen identifiziert. Beim Tinigua gibt es noch zwei. Beim Taushiro einen. Uru einen. Vilela zwei. Alle vier Sprachen sind in Südamerika beheimatet. Dann gibt es noch das Chulym in Sibirien, das von seinen drei verbliebenen Sprechern Ös genannt wird. Bevor sie vor drei Jahren einer schweren Grippeepidemie zum Opfer fielen, waren es noch fünfzehn. Dann gibt es noch das Pazeh mit einem Sprecher, der von den Philippinen stammt, aber in Taiwan lebt.«

»Haben wir den Auftrag, diese Leute zu entführen?«, fragte Kafer.

»Das ist Ihre Mission«, erwiderte King. »Ja.«

»Und Sie haben so etwas schon einmal gemacht?«

»Einsacken und abschleppen«, meinte Bishop, was ihm seltsame Blicke von den anderen vier Teamführern eintrug, aber Rook ein Lächeln entlockte.

»Passt Ihnen etwas nicht an Ihren Befehlen?«, fragte King mit stählerner Stimme. Sein Blick blieb starr auf Kafer gerichtet.

Einen Augenblick lang schien es, als wollte Kafer Einwände erheben, dann lehnte er sich bequemer zurück. »Reine Neugierde.«

Aleman räusperte sich. »Queen und Bishop gehen mit zwei Teams nach Südamerika. Knight mit einem nach Taiwan. Rook übernimmt Sibirien.«

»Ich muss Ihnen ja nicht erst sagen, dass wir weder wissen, mit *wem* wir es hier zu tun haben, noch *womit*«, sagte King. »Sie und Ihre Männer sind mit konventioneller Kriegführung vertraut, aber die zählt hier nicht. Werfen Sie alle taktischen Konzepte über Bord und verlassen Sie sich niemals, niemals darauf, dass der Gegner durch eine Kugel zu töten ist.«

»Was *wissen* wir denn?«, fragte einer der Teamführer. »Ich habe gesehen, wie diese verdammte Statue am Haupteingang von Bragg *zum Leben erwachte* und einen Mann tötete.«

»Damit haben Sie unser Wissen so ziemlich zusammengefasst«, antwortete Aleman. »Und wenn die Dinger ihre Mission, falls man es so nennen darf, erfüllt haben, kehren sie in den unbelebten Zustand zurück. Was der Grund dafür ist, dass besagte Statue sich jetzt in der Lobby einer Baracke befindet.«

»Sie müssen schnell und unauffällig vorgehen. Ich will, dass Sie die Zielpersonen aus diesen Ländern herausbringen, ohne dass jemandem ein Haar gekrümmt wird. Bleiben Sie unter dem Radarschirm und vermeiden Sie Feindkontakt.« King blickte hoch zum Bildschirm, musterte die Mitglieder des Schachteams und sah dann die anderen Teamführer am Tisch an. »Denn so gut Sie alle auch sind, Sie hätten einfach keine Chance.« Er blickte wieder zum Bildschirm. »Geschätzte Ankunftszeit?«

»Wir sind im Endanflug«, sagte Knight. »Landung in drei Minuten.«

King schaltete den Flachbildschirm aus und sagte zu den Teamführern: »Ich will, dass Sie alle in vier Minuten an Bord des Vogels sind. Weisen Sie Ihre Männer während des Flugs ein. Alles klar?«

»Verstanden«, sagte Kafer und stand auf. »Eine letzte Frage.«

»Ja?«

»Wohin gehen *Sie*?«

King rümpfte die Nase. »Im Moment« – er warf einen

Blick zu Aleman, der die Achseln zuckte – »nirgendwohin«.

Die Männer gingen hinaus. Keasling folgte ihnen, um dafür zu sorgen, dass Kings Vier-Minuten-Zeitplan eingehalten wurde. King setzte sich Aleman gegenüber. Seine Miene war grimmig.

»Hast du gestern Nacht Fionas Insulinpumpe aufgefüllt?«

Aleman erbleichte. An dieses Problem hatte er noch gar nicht gedacht. »Ja. Ich habe die Pumpe diesmal an ihrer Hüfte angebracht.«

Das Insulin reichte für drei Tage. Danach konnte der Blutzuckerspiegel gefährlich ansteigen und zum Koma oder gar zum Tod führen. Doch im Moment war das Problem noch nicht akut. Was King viel mehr quälte, war die Tatsache, dass sich Fiona in der Gewalt eines Mannes befand, von dem er so gut wie gar nichts wusste.

Nach Alemans Beschreibung hatte King gleich vermutet, dass es sich um keinen anderen als Alexander Diotrephes handeln konnte. Wenigstens war Alexander unter anderem auch Arzt. Theoretisch sollte er in der Lage sein, Fiona mit Insulin zu versorgen. Verdammt, wahrscheinlich könnte er sie sogar heilen. Aber was wussten sie schon von ihm? Gut, er hatte das Team im Kampf gegen die Hydra unterstützt. Er hatte Fiona auf der Siletz Reservation das Leben gerettet, aber niemand kannte seine wahren Motive und Ziele. Womöglich steckte er selbst hinter den Angriffen? Solange King nicht mehr wusste, musste er davon ausgehen, dass Fionas Leben in Gefahr war. »Nehmen wir an, dass ihr Diabetes nicht behandelt wird.«

Aleman nickte. »Du glaubst wirklich, dass Fiona bei Herkules – Alexander – ist?«

»Ja. Klingt verrückt, ich weiß. Die Frage lautet: Warum

hat er sie mitgenommen? Und was hat er mit diesen zum Leben erwachten Statuen zu tun?«

Aleman schüttelte den Kopf. Es gab so viele offene Fragen, dass er allmählich den Überblick verlor, dabei spürte er, dass die Antwort auf zumindest eine davon greifbar vor ihm lag.

Dann fiel es ihm siedend heiß ein. *Lebende Statuen.* »Oh mein Gott«, flüsterte er und setzte laut hinzu: »Ich weiß, was das für Kreaturen sind.«

King setzte sich ruckartig auf. »Und was?«

»Golems.«

18 Unbekannter Ort

»Stai bene, tesoro?«

Fiona schlug die Augen auf und blickte in das besorgte Gesicht einer Frau in mittleren Jahren mit dunklen, lockigen Haaren. Sie verstand kein Wort, aber sie erkannte die Sprache am Klang. »Ich spreche kein Italienisch.«

»Tut mir leid«, sagte die Frau. »Mittlerweile sollte ich mich daran gewöhnt haben, Neuankömmlinge auf Englisch zu begrüßen. Das sprechen die meisten von uns gut genug.«

Fiona versuchte, sich aufzusetzen, aber in ihrem Kopf drehte sich alles, so dass sie auf das mit weißen Laken bezogene Feldbett zurücksank. Die Frau half ihr, sich aufzusetzen. »Es ist das Betäubungsmittel. Du wirst dich noch ein paar Minuten schwindelig fühlen und etwa einen Tag lang schläfrig. Vielleicht auch länger, weil du so klein bist.«

»Betäubungsmittel?« Fiona sah an sich herab und entdeckte keine Verletzungen, aber das Bild verschwamm ihr vor den Augen. Sie hob den Kopf zur Decke, und der Raum begann, sich um sie zu drehen. Ihr wurde schlecht. Sie senkte den Blick und entdeckte braunen Felsboden. »Das ist kein Krankenhaus.« Sie musterte die Frau. »Und Sie sind keine Schwester, oder?«

Die Frau schüttelte den Kopf. »Ich bin Linguistin. Und nein, das ist kein Krankenhaus.« Sie streckte Fiona die Hand hin. »Elma Rossi.«

Fiona schüttelte ihr die Hand. »Fiona Lane.« Sie musterte Elma und fragte sich, ob sie ihr trauen konnte, kam zu dem Schluss, dass sie ohnehin keine Wahl hatte, und fragte: »Wo bin ich?«

»An welchem Ort der Welt ... ich weiß es nicht. Es gibt keine Fenster. Keine Anhaltspunkte. Das Einzige, was wir wissen, ist, dass wir uns unter der Erde befinden.«

Unter der Erde? Fiona kämpfte mit einer erneuten Welle von Übelkeit, während sie sich umsah. Die Wände gingen nahtlos in den Felsboden über. Wieder verschwamm ihr der Raum vor den Augen, doch sie zwang sich, genauer hinzusehen.

Da waren viele Menschen. In kleinen Gruppen zusammenstehend. Manche schienen sich nach Rassenzugehörigkeit abzusondern. Andere lagen auf Feldbetten und starrten an die Decke – die ebenfalls aus Fels bestand. Der Raum war etwa so groß wie die Cafeteria ihrer Schule vor der Zerstörung der Siletz Reservation.

Plötzlich bemerkte sie einen dumpfen Schmerz an der Hüfte. Sie hob den Hemdsaum an und sah die Insulinpumpe an ihrem Hosenbund. Sie drehte sie herum, so dass sie das digitale Display erkennen konnte, das ihren Zuckerspiegel, den Ladezustand der Batterie und den Insulinvorrat anzeigte. Alles in Ordnung.

»Was ist das?«, fragte Elma.

»Eine Insulinpumpe. Ich bin Diabetikerin.«

»Das ist nicht leicht, vor allem, wenn man so jung ist. Aber ich würde mir darüber keine Sorgen machen«, sagte Elma. »Man kümmert sich hier um die Kranken. Ich bin sicher, du wirst gut versorgt.«

»Ein paar Tage ist sowieso noch alles okay«, sagte Fiona. Wie um es zu beweisen, stand sie auf. Dabei überfiel sie abermals eine Welle von Übelkeit, und sie taumelte. Elma hielt sie fest.

»Langsam, mein Kind, du …«

Fiona riss sich los. »Lassen Sie mich«, sagte sie, und ihre helle Stimme klang dabei fast wie ein Knurren. »Ich schaffe das schon.« Sie wollte so unbeugsam sein wie King, also tat sie das, was sie ihn oft nach einem Langstreckenlauf hatte tun sehen oder wenn er einen harten Schlag eingesteckt hatte. Sie stützte die Hände auf die Knie, ließ den Kopf hängen und atmete in langen und tiefen Zügen. Mit einem lauten Stöhnen richtete sie sich schließlich auf. Sie fühlte sich gestärkt, auch wenn ihr immer noch flau war. Aber das ließ sie sich vor Elma nicht anmerken. Rook hatte ihr erzählt, dass man auf einer Mission oft Schmerz und Leid ertragen musste, um sein Ziel zu erreichen. Das hatte immer so einfach geklungen.

War es aber nicht.

Elma wenigstens schien sie überzeugt zu haben. Fiona schloss die Augen, streckte sich und ließ den kleinen Kopf von einer Seite zur anderen rollen. Als sie die Augen wieder aufschlug, hatte Elma verblüfft die Hand vor den Mund gelegt. »Kindchen, jemanden so Zähes wie dich habe ich hier noch nicht erlebt.«

Das half Fiona, sich auf den Beinen zu halten, obwohl ihr Körper zusammenklappen wollte. Sie schluckte und setzte ein verwegenes King-Lächeln auf. »Ich komme eben nach meinem Vater.«

Elma sah sie groß an. »Und … wer ist dein Vater?«

»Das können Sie ihn selbst fragen, wenn er …« Fiona taumelte nach vorne und übergab sich auf das Fußende ihres Feldbetts. Nach drei Konvulsionen und einem Hustenanfall spuckte sie den galligen Geschmack aus und richtete sich mit Tränen in den Augen wieder auf. Elma nahm sie in die Arme, und Fionas Schutzwall brach. »Doch nicht so zäh«, meinte sie kläglich.

»Blödsinn«, meinte Elma und strich Fiona über das glatte schwarze Haar. »Ein paar von den Leuten haben tagelang geheult. Manche haben nie damit aufgehört.«

Fiona blickte zu ihr hoch. »Wie lange sind Sie denn schon hier?«

»Drei Monate.« Sie deutete auf die verschiedenen Gruppen im Raum, von denen einige zu ihnen hersahen. »Manche sind Neuankömmlinge wie du. Andere sind schon seit einem Jahr hier.«

Fiona sackte entsetzt in Elmas Umarmung zusammen. »Ein *Jahr*?«

»Wir werden gut versorgt«, sagte Elma. »Schau, da«, sie deutete auf eine Tür am entfernten Ende des Raums, die Fiona bei ihrem benommenen Rundblick entgangen war. »Wir bekommen dreimal am Tag zu essen. Und das Essen ist nicht schlecht.« Sie zeigte zur anderen Seite, wo mehrere herabhängende Tücher den Raum unterteilten. »Es gibt eine Toilette mit funktionierender Spülung und eine Dusche. Das Wasser ist kalt, aber es ist schön, sauber zu sein. Sogar die Beleuchtung wurde sorgfältig ausgewählt.«

Fiona sah nach oben, wo im Abstand von drei Metern gleichmäßig Lampen über die ganze Decke verteilt waren.

»Es sind Tageslichtlampen, die dem Sonnenlicht ähneln, ein gewisser Ausgleich dafür, dass wir nicht ins Freie können. Es ist kein Ersatz, aber besser als normales Neonlicht.«

»Warum sind wir denn hier?«

Elma zuckte die Achseln. »Das wissen wir nicht. Aber unsere Kidnapper wollen uns nichts Böses.«

»Noch nicht«, sagte Fiona.

Elma verzog das Gesicht und nickte. »Ja. *Noch* nicht. Wir werden mit Spielen, Wasser, Lesestoff und auch medizinisch versorgt, wenn nötig.«

Das Gespräch hatte Fiona beruhigt, und ihr Körper kehrte langsam in den Normalbetrieb zurück. Sie löste sich von Elma und konnte sich wieder selbst aufrecht halten. »Wer bringt denn das alles? Das Essen?«

»Das wissen wir nicht«, sagte ein hochgewachsener, hagerer Schwarzer, der in der Nähe stand. »Die Sachen werden im Dunkeln gebracht. Bei Nacht. Wenn das Licht gelöscht ist. Wir können sie nicht sehen. Aber sie klingen unheimlich.«

»Buru«, wies Elma ihn zurecht. »Mach dem Mädchen keine Angst.«

»Sie wird sich weniger fürchten, wenn sie weiß, was auf sie zukommt.« Er wandte sich an Fiona. »Was glaubst du, wer dich hierhergebracht hat? Keiner von uns hat deine Ankunft bemerkt. Wir sind morgens aufgewacht, und du warst auf einmal da.«

Elma murmelte ein paar verärgerte Worte auf Italienisch vor sich hin und gestikulierte: »Sie ist doch gerade erst angekommen!«

Dabei rutschte ihr Ärmel zurück, und ein schwarzes Symbol auf dem Handrücken wurde sichtbar. Es war klein, etwa von der Größe eines 25-Cent-Stücks, aber Fiona erkannte es sofort. Sie wich zurück.

Elma erstarrte mitten in der Bewegung. Sie hatte Fionas Erschrecken bemerkt und folgte ihrem Blick zu dem Symbol auf ihrer Hand – einem Kreis, der von zwei vertikalen Linien durchschnitten wurde. »Was ist denn los, meine Kleine?«

Fiona starrte sie groß an, während ihr Verstand die Teile des Puzzlespiels zusammensetzte.

»Es ist eine Art Brandzeichen«, meinte Elma und streckte Fiona die Hand hin.

Buru zeigte Fiona seine eigene Hand. Auf seiner schwarzen Haut war das Symbol schlechter zu erkennen, aber doch war es da. »Alle von uns tragen es.« Er deutete auf Fionas rechte Hand. »Du auch.«

Fiona betrachtete ihre eigene Hand, auf der das schwarze Symbol frisch und kräftig leuchtete. Sie versuchte, es abzuwischen, doch es ließ sich weder verschmieren noch abreiben. *Tätowierungen*, dachte sie. Sie hatte einmal ihrer Großmutter geholfen, Schafe im Reservat so zu markieren. Es hatte sie angewidert. Doch das Erlebnis hatte sich unauslöschlich in ihr Gedächtnis eingeätzt. Die Tätowierungen markierten einen Besitzanspruch. Und hier in diesem Raum war sie die Einzige, die den Namen des Schäfers kannte.

Alexander Diotrephes.

Dieses Wissen gab ihr Kraft. Sie strich mit dem Daumen über die Tätowierung und fragte Buru: »Sie kommen nur im Dunkeln?«

Er nickte, erstaunt, dass das kleine Mädchen das Thema weiterverfolgte. »Es fällt ein schwaches Licht aus dem Gang hinter der Tür herein, aber das ist alles.«

»Haben Sie einen von denen gesehen?«

Buru sah Elma an, die die Hände über dem Kopf zusammenschlug und sich vor sich hin murmelnd abwandte.

»Nur Schatten«, meinte Buru. »Aber andere haben sie gesehen.«

»Dunkle Umhänge und graue Haut?«

Elma erstarrte und drehte sich langsam wieder zu ihnen um. Ihre Augen waren weit aufgerissen. Buru schien gleichermaßen verblüfft zu sein. »Du weißt etwas über diese – Dinger?«

Fiona dachte zurück. »Mein Vater nennt sie Schemen, aber das trifft es nicht ganz, weil das Wort eigentlich ein Schattenbild bezeichnet, und das sind keine Schattenbilder.«

»Und was genau sind sie?«, fragte Buru.

Fiona zuckte die Achseln. »Keine Ahnung, aber zwei Dinge kann ich euch versichern: Erstens, wir kommen hier nicht ohne Hilfe raus. Und zweitens, Hilfe ist unterwegs.«

Buru wirkte ungläubig, als wäre ihm gerade erst wieder bewusst geworden, dass er mit einem jungen Mädchen redete. »Woher willst du das wissen?«

Fiona war überzeugt, dass King jeden Stein auf der Erde nach ihr umdrehen würde, und legte alle Überzeugungskraft, die sie aufbrachte, in ihre Stimme: »Ihr kennt meinen Vater nicht.«

19 Luftwaffenstützpunkt Pope, North Carolina

King stützte die Ellenbogen auf den Tisch und ließ das Wort probeweise über die Zunge rollen. »Golem.« Es schmeckte ihm nicht. »Wie in der legendären jüdischen Variante?«

»Die kennst du?«, fragte Aleman.

»Nur in groben Zügen«, erwiderte King. »Es sind aus Lehm modellierte Figuren, die zum Leben erwachen, wenn ein Rabbi ihnen ein Stück Papier mit dem Wort ›Emet‹ in den Mund legt. Das bedeutet ›Wahrheit‹. Manchmal wird das Wort stattdessen in den Leib des Golems eingeritzt. Um den Golem zu zerstören, wird das ›E‹ ausradiert, wodurch das Wort ›Met‹ übrig bleibt, Tod.« King hob den Blick zu Aleman, der auf seinen Laptop eintippte, während er zuhörte. »Weißt du eigentlich, wie bescheuert das klingt?«

»Du hast die wiedergeborene Hydra erlebt und die Neandertalerfrauen, die sich mit Rook paaren wollten. Solche Dinge sollten uns nicht mehr überraschen. Was wissen wir sonst noch?«

King lehnte sich zurück und dachte nach. Während ihres Studienjahrs waren sie neben vielen anderen Mythen aus allen Kulturen und Religionen der Welt unter anderem auch auf Golems zu sprechen gekommen. Er rief sich ins Gedächtnis, was er über Golems wusste, und Bilder begannen, die Lücken auszufüllen.

»Die bekannteste Geschichte über einen Golem dreht sich um einen Rabbi aus dem Prag des 16. Jahrhunderts. Er benutzte einen Golem, um sein Getto vor antisemitischen Attacken zu schützen. Der Golem wurde gewalttätig. Tötete eine Menge Menschen. Nichtjuden. Und das Pogrom wurde gestoppt.«

»Sind sie intelligent?«, fragte Aleman.

»Nein«, antwortete King. »Sie sind nicht in der Lage, von sich aus zu handeln, sondern folgen lediglich den Instruktionen des Rabbis, der sie zum Leben erweckt. Sie können nicht sprechen. Ich vermute, sie müssen über ein gewisses Maß an Intelligenz verfügen, um Befehle zu verstehen und auszuführen, aber vielleicht handelt es sich dabei ja auch nur um die Gedanken und Gefühle ihres Schöpfers?«

Aleman hob langsam den Kopf.

»Was ist?«, fragte King.

»Ich bin beeindruckt, das ist alles. Ich glaube nicht, dass ich das vor einem Jahr schon von dir zu hören bekommen hätte.«

»Danke für die Blumen, aber ich muss vor allem wissen, auf wen ich schießen soll. Irgendwelche Ideen?«

Aleman zuckte die Achseln. »Keine Ahnung. Aber wenn wirklich jemand unbelebte Objekte zum Leben erweckt, dann hat er vielleicht einen Weg gefunden, eine Art von uralter Schöpfungskraft anzuzapfen. Gott. Aliens. Intelligente Capybaras aus einer anderen Dimension? Theoretisch ist alles möglich.«

King breitete die Hände aus. »Gut, na schön. Nennen wir sie einstweilen Golems, aber das bringt uns keinen Schritt weiter bei der Suche nach Fiona, und nur aus dem Grund bin ich noch hier. Erzähl mir noch mal, was genau passiert ist. Wie sie entführt wurde.«

Aleman schürzte die Lippen und starrte ins Leere. »Das Ding ... der Golem ... griff uns an. Dann tauchte plötzlich ein Mann auf, ganz in Schwarz gekleidet wie ein Mitglied der Sondereinsatzkräfte, den ich erst für dich hielt, bis er das Ding am Kopf packte und es zu Boden warf, eine gute Tonne Stein. Ich konnte sein Gesicht nicht sehen, aber er hatte eine tiefe, volltönende Stimme und sagte, du wüsstest schon, wer er ist.«

»Was ja auch stimmt. Aber er könnte überall sein.« King schüttelte frustriert den Kopf. »Sonst hat er nichts gesagt?«

»Doch ... warte ... irgendetwas über ein Versprechen.« Aleman blickte zur Decke, während er darauf wartete, dass die Erinnerung zurückkehrte. »Ein gebrochenes Versprechen. Er sagte: ›Ich hoffe, er weiß es zu würdigen, dass ich mein Versprechen gebrochen habe.‹«

»Sein Versprechen gebrochen?«

»Hat er dir etwas versprochen?«

King schüttelte langsam den Kopf. »Nein.«

Aleman durchsuchte das Internet nach allem, was er über Herkules in Verbindung mit dem Stichwort »Versprechen« finden konnte. Null Treffer. »Weder in der Literatur noch online wird ein Versprechen erwähnt. Wenn er uns damit einen Hinweis geben wollte, ist es nichts allgemein Bekanntes.«

»Also etwas Persönliches«, sagte King. »Aber ich bin dem Mann nie begegnet.«

»Queen und Rook schon«, merkte Aleman an.

»Kannst du ihre Berichte durchsuchen?«

Die Teams fertigten detaillierte Berichte über ihre Missionen an, die nach bestem Wissen auch jedes Wort enthielten, das gesagt worden war. Es handelte sich um eine mühselige Prozedur, die oft zu einem halben Roman ausartete. Doch häufig entpuppte sich etwas, das erst wie ein nebensächliches Detail ausgesehen hatte, in der Zukunft als wichtig.

Alemans Antwort bestand darin, dass er zu tippen begann. Dreißig Sekunden später: »Bingo! Laut Queens Bericht sagte Herkules: ›Ich habe vor langer Zeit jemandem, den ich liebte, versprochen, dass ich mich nicht mehr in die Probleme der Welt einmischen würde.‹ Er sagte das im Zusammenhang damit, dass er sich nicht persönlich an der Hydra-Mission beteiligen wollte.«

»Aber jetzt mischt er sich ein.«

»Und bricht jenes Versprechen … aber wem hat er es gegeben …?«

King hieb mit der Faust auf den Tisch. »Acca Larentia!«

Aleman war es nicht gewohnt, derjenige zu sein, der Fragen stellte. Üblicherweise lieferte er die Antworten. »Wer ist das?«

»Acca Larentia. Sie war Herkules' Geliebte. Angeblich gewann er sie beim Würfelspiel, und nachdem er sie satthatte, heiratete sie einen etruskischen Großgrundbesitzer namens Carutius, den sie nach seinem Tod beerbte. Seine Latifundien wurden später unter dem Namen Rom bekannt.«

Kings Gedanken wanderten bereits weiter, denn er wusste, dass man der offiziellen Geschichtsschreibung, wenn es um Herkules ging, nicht trauen durfte. Seine Geheimorganisation, die Gesellschaft des Herkules, hatte während der letzten paar tausend Jahre systematisch alle Hinweise auf Herkules' Einfluss und Existenz entweder getilgt oder mit Legenden umwoben. Tatsächlich war Herkules kein Halbgott gewesen, wohl aber ein Genie. Er hatte seine Lebensspanne durch genetische Manipulationen verlängert und konnte seine physische Leistungsfähigkeit bei Bedarf durch adrenalinsteigernde Mittelchen um ein x-faches erhöhen. Unsterblich, ja. Ein Gott, nein.

Erregt ging King auf und ab. Seine Energie kehrte zurück, während die Puzzleteilchen sich zusammenfügten. »Ich wette, dass Herkules und Carutius ein und dieselbe Person waren. Und ich denke, man darf davon ausgehen, dass er dazwischen noch viele andere Identitäten angenommen hat. Wenn er mit Acca verheiratet war, dann galt das Versprechen möglicherweise ihr.« Er wandte sich zu Aleman um. »Gibt es irgendwelche bildlichen Darstellungen von ihr?«

Nachdem er kurz die Tastatur bearbeitet hatte, erwiderte Aleman: »Keine einzige.«

King runzelte die Stirn. Er dachte daran, welche Angst Fiona gerade empfinden musste. Nie im Leben hatte er sich derart hilflos gefühlt. So verletzlich.

»Warte mal«, sagte Aleman. »Angeblich wurde sie im Velabrum begraben, das liegt zwischen dem Palatin und dem Kapitol in Rom. Früher war es ein Sumpfgebiet, aber jetzt befinden sich dort die Ruinen des Forum Romanum.«

»Das würde passen«, sagte King. »Zuletzt versteckte er sich unterhalb des Felsens von Gibraltar, einer der beiden Säulen des Herkules. Es würde Sinn machen, sein Hauptquartier an einem Ort zu aufzuschlagen, den er besonders gut kennt, vor allem wenn die sterblichen Überreste der großen und einzigen Liebe seines zweieinhalb Jahrtausende währenden Lebens dort ruhen.«

Er klappte sein Handy auf und wählte. Einen Moment später sagte er: »Bringt mir meinen fliegenden Teppich. Ja. Rom.« Er legte auf, wählte erneut und wartete, dass sein Gesprächspartner abhob. Aber es war nur ein Anrufbeantworter dran: »Jack hier. Ich bin auf dem Weg nach

Rom, und ich brauche deine Hilfe. Geschätzte Ankunftszeit in zwölf Stunden. Danke, George.«

Niemand wusste besser über Rom oder Herkules Bescheid als George Pierce, der Mann, der durch seine Forschungen schon einmal zur Zielscheibe der Gesellschaft des Herkules und der geheimnisvollen Schemen geworden war. Pierce würde bestimmt nicht gerade begeistert sein, King aber trotzdem helfen.

Das Donnern einer zweisitzigen F/A-18 Hornet wurde im Hangar laut – Kings fliegender Teppich traf ein.

»King«, sagte Aleman und hielt ihn in der Tür zurück. »Wegen der Golems. Falls es sich um solche handelt. Sie mögen keinen Verstand besitzen, aber vergiss nicht, dass du nicht einfach gegen einfältige Riesenfelsen antrittst. Hinter all dem steckt eine hohe Intelligenz. Und ihre Agenda reicht weiter. Weit über Fiona hinaus.«

»Ich komme schon zurecht«, gab King zurück, aber er war erst einen Schritt weit gekommen, als Aleman ihn abermals zurückhielt.

»Da bin ich nicht so sicher, King. Diesmal nicht. Die letzten drei Attacken ereigneten sich exakt zur selben Zeit auf drei verschiedenen Kontinenten. Wer immer hinter dem Ganzen steckt, er ist nicht allein und verfügt über erstaunliche Ressourcen.«

King blickte zurück. »Was willst du damit sagen?«

»Ich meine, dass Herkules nicht damit rechnet, dass wir herausfinden, wo er ist. Und wenn du ihn wirklich unterhalb von Rom entdeckst, wird er vielleicht nicht allzu glücklich sein, dich zu sehen.«

»Ich werde verdammt noch mal dafür sorgen, dass er *gar* nicht glücklich darüber ist. Wir nennen uns zwar nach Schachfiguren, aber er wird uns nicht länger nach Belieben auf dem Spielbrett herumschieben.«

Das Donnern der F/A-18 traf ihn wie eine Druckwelle, als er Decon verließ und den Hangar betrat. Er hob den Zeigefinger, und der wartende Pilot nickte, während er den Jet zum Stillstand brachte und die Triebwerke ausschaltete. King ging zu seinen Eltern, die in metallenen Klappstühlen auf der anderen Seite des Hangars saßen. Seine Mutter wirkte besorgt und hielt sich die Ohren zu. Sein Vater dagegen schien sich sehr für den Jet zu interessieren.

Er deutete darauf und sagte zu King: »Weißt du, wenn es eine MiG wäre, könnte ich dich persönlich fliegen, wo immer du hinwillst.«

King musterte ihn mit fragendem Gesichtsausdruck. Seine Eltern waren ihm in vieler Hinsicht fremd geworden. Früher hätten ihm die Lachfältchen um die Augen seines Vaters verraten, ob er scherzte, aber jetzt kannte er sich nicht aus.

Peter winkte ab. »Bloß ein Witz, Jack.«

»Ja«, sagte King, war sich aber keineswegs sicher, ob es tatsächlich einer gewesen war. Schließlich waren seine Eltern ehemalige Spione. Seine Mutter hatte einen Menschen angeschossen. Dass einer von ihnen, wenn nicht gar beide, einen Jet fliegen konnte, würde ihn kaum noch überraschen.

Lynn legte eine Hand auf Kings Rücken und rubbelte ihn, wie sie es bei irgendwelchen langweiligen Veranstaltungen getan hatte, als er noch ein Kind war. »Mein Kleiner«, sagte sie, nahm sein Gesicht in beide Hände und zog es mit einem Blick auf den Jet zu sich herab. »Du scheinst ja eine wichtige Persönlichkeit geworden zu sein.«

King konnte sich ein leises Grinsen nicht verkneifen. Seine Eltern mochten ihre Geheimnisse haben – er hatte mindestens genauso viele. Sie wussten ebenso wenig von ihm wie er von ihnen. Schöne Familie.

Er drückte seine Mutter an sich. »Was ich tue ... niemand wird je davon erfahren. Ich bin ein Niemand, Mom.«

»Du bist Vater«, stellte sie fest.

»Pflegevater«, berichtigte er, löste sich aus ihrer Umarmung und richtete sich auf. »Und kein besonders guter dazu.«

»Blödsinn«, sagte Peter. »Wird es gefährlich, da, wo du hingehst?«

»Ja«, sagte King und spürte, dass sein Vater keine Details wissen wollte.

»Du könntest getötet werden?«

»Ja, Dad.«

King sah die Sorge in den Augen seiner Mutter. Hoffentlich brach sie nicht in Tränen aus.

»Und du tust das für deine Tochter?«

King dachte über die Frage nach. Es war sein Job, für sein Land sein Leben zu riskieren. Aber diesmal war es anders. Diesmal war es persönlich. Für Fiona. »Ja.«

»Sohn, es gibt keine größere Liebe als die eines Vaters, der bereit ist, sein Leben für seine Kinder zu opfern.« Er nahm King bei den Schultern. »Verstehst du?«

Die Worte hallten in King nach. Er wusste, dass er kein guter Vater war. Wie sollte ein alleinstehender Mann aus dem elitärsten und geheimnisumwittertsten Delta-Team der Welt sich um ein dreizehnjähriges Mädchen kümmern können? Aber darum war es seinem Vater nicht gegangen. Sondern darum, dass er sein Leben für Fiona geben würde.

Seltsam, dass ein Mann, der die letzten zehn Jahre im Gefängnis verbracht hat, so weise Worte finden kann, dachte King, und dann traf es ihn wie ein Schlag. Peter war ins Gefängnis gegangen und hatte die Verachtung seines Sohnes ertragen, damit dieser eine normale Kindheit verleben konnte. Er hatte sein eigenes Leben aufgegeben, um King vor dem Schatten der Vergangenheit zu schützen. Der zähe alte Ex-Knastbruder und Ex-Spion hatte ihm gerade auf seine Art gesagt, dass er ihn liebte.

»Ich verstehe, Dad. Danke.« Er ging zum Jet und blickte mit einem Grinsen zurück. Seine Mutter hatte Tränen in den Augen, während er hinaufkletterte. Er winkte Aleman, der in der Tür von Decon stand, und rief: »Such ihnen eine Unterkunft.«

Aleman salutierte. King kletterte in den hinteren Sitz im Cockpit des Jets und schnallte sich an. Dann tippte er dem Piloten auf den Helm, und sie rollten aus dem Hangar auf die leere Startbahn.

Während der Jet sich entfernte, ging Aleman zu Kings Eltern. Peter sah auf Lynns tränennasses Gesicht hinab. »Alles okay?«

Sie nickte und sagte: »Mir gefällt das nicht.«

Peter drückte ihren Arm. »Er kommt schon klar.«

Aleman erreichte sie und fragte: »Was halten Sie vom Best Western?«

»Solange sie da ein kontinentales Frühstück servieren, bin ich dabei«, sagte Peter.

Die drei traten gemeinsam vor den Hangar und sahen zu, wie Kings F/A-18 abhob und nach Osten davondonnerte. Ein lauter Knall rollte über sie hinweg, als der Jet die Schallmauer durchbrach und zu einem winzigen Punkt am Himmel verschwamm.

20 Unbekannter Ort

Er saß sechzig Meter unter der Erdoberfläche in tiefer Dunkelheit, und doch konnte er sehen. Der große, runde Raum hatte einmal als eine Art Wohnzimmer gedient, vielleicht auch als Bad. In den letzten anderthalb Jahren war es sein Laboratorium gewesen, selbst wenn manche es eher als Folterkammer bezeichnet hätten. Als Testobjekte verwendete er Insekten und Tiere aus der Wüste oben, aber auch Menschen aus den umliegenden Dörfern und sogar die Erde selbst. Sie alle waren wie Ton in den Händen des Künstlers, doch seine Fertigkeiten bedurften noch der Verfeinerung, und seine Manipulationen brachten den Lebenden oft genug den Tod, während das Unbelebte zum Leben erwachte – zumindest zeitweise.

Die Erweckten waren von unterschiedlicher Art. Die rasch belebten Steinsubjekte waren groß, stark und ungeschickt. Doch sie befolgten Befehle ohne Zögern oder Skrupel. Unglücklicherweise hielten sie nicht lange. Wenn er nicht innerhalb von fünfzehn Minuten die Worte wiederholte, die ihnen das Leben einhauchten, kehrten sie in ihren vorherigen Zustand zurück. Lehm hielt am längsten, ohne zusätzlicher Einhauchungen zu bedürfen, weshalb seine besten Kreationen daraus bestanden.

Aber es gab noch viel zu tun. Sehr viel. Er verstand sich bereits vortrefflich auf die Manipulation des Unbelebten, doch Belebtes entzog sich ihm immer noch. Und darin lag der Schlüssel. Ein Computerexperte konnte einen Softwarecode nur umschreiben, wenn er die verwendete Programmiersprache kannte. Dann konnte man den Code hacken und verändern. Das galt auch für den menschlichen Verstand, den raffiniertesten organischen Computer der Welt. Er war nahe daran, die ursprüngliche, codierte Sprache zu entziffern. Sobald er sie beherrschte, konnte er den Code des menschlichen Gehirns verändern. Nur wenige Fragmente des nötigen Wissens fehlten ihm noch, und beinahe wären sie im Lauf der Zeit verlorengegangen.

Irgendwann, in ferner Vergangenheit, hatte die menschliche Art eine einheitliche Sprache gesprochen. Doch plötzlich, als wäre sie aus den Gehirnen gelöscht worden, war sie verschwunden – wenn auch nicht vollständig. Fragmente überlebten versteckt in neuentstandenen Dialekten und wurden mündlich von Generation zu Generation weitergegeben. Ganz vereinzelt hatten die Menschen, die weise genug waren zu erkennen, dass ihr Wissen mit ihnen sterben würde, Teile davon in Stein geritzt. Diese verlorengegangenen Texte zu identifizieren war ein langwieriger Prozess gewesen. Aber wenn man erst einmal wusste, wonach man suchen musste, war es gar nicht so schwer, den Spuren der Urväter zu folgen. Es fehlten zwar noch die letzten dieser in Stein gehauenen Fragmente, doch auch ohne sie konnte er bereits ein paar der neuen Tricks ausprobieren.

Er studierte seine Notizen ein letztes Mal. Was er versuchen würde, konnte verhängnisvolle Auswirkungen haben. Er durfte sich nicht die geringste Fehlintonierung leisten. Zu leicht geriet sonst sein eigenes Leben in Gefahr. Und obwohl er keinerlei Zweifel an seinem Überleben hegte, konnte selbst die kleinste Erschütterung seinen Feinden an der Oberfläche seinen Standort verraten.

Er nippte an seiner Teetasse und bemerkte, dass es schon spät war. Die anderen würden sich gleich melden. Ein blauer Schein erhellte den Raum, als der Mann seinen Laptop einschaltete. Im Licht tauchten Labortische voller Käfige mit Nagetieren und Reptilien auf. Verschiedene Arten von Felsgestein, Sand, Ton und Kristall lagerten in Schalen. Daran schloss sich eine Reihe von Metallbarren an – ein Sammelsurium von Erdelementen.

Einen Moment später zirpte der Laptop. *Seth.* Der Mann nahm das Gespräch an und blickte in ein Spiegelbild seines eigenen Gesichts. »Alles ist gutgegangen, Alpha«, sagte Seth. »Die lebenden Exemplare wurden ausgelöscht und alle Spuren der geschriebenen Sprache eliminiert. Keine Störungen diesmal.«

Ein weiteres Zirpen kündigte einen zweiten Anrufer an. *Enos.* Alpha öffnete ein zusätzliches Fenster auf dem Bildschirm und stellte eine Netzwerkverbindung zwischen allen dreien her. »Und wie steht es in Australien?«

»Keine Probleme«, erwiderte Enos. »Hast du schon etwas von Kenan gehört?«

Seinetwegen waren sie alle nervös. Zwar hatten sie rund um die Welt bereits erfolgreiche Operationen durchgeführt, aber die Ansammlung von Spezialeinheiten in Fort Bragg war ein echter Test für ihre Schlagkraft gewesen.

Alpha sah auf die Uhr und bemerkte, dass Seth und Enos auf dem Bildschirm das Gleiche taten. Wie sehr sie sich doch glichen.

Der Computer zirpte. *Kenan.*

Alpha nahm den Anruf entgegen und klinkte ihn in das Netzwerk ein, so dass sie alle miteinander sprechen konnten, als wären sie im selben Raum, obwohl Welten sie voneinander trennten. »Kenan.« In Alphas Stimme schwangen all die Fragen mit, die er nicht stellen musste.

»Bragg liegt in Trümmern. Die US-Spezialkräfte erlitten schwere Verluste und waren nicht in der Lage, einen erfolgreichen Gegenangriff durchzuführen.«

Alpha merkte genau, dass Kenan um den Kern der Sache herumredete. Er hüstelte. »Und das Mädchen, Fiona?«

»*Er* war dort.«

»King?«

»Nein, der andere«, sagte Kenan. »Der Stachel in unserem Fleisch. Er hat sie entführt.«

Alpha verzog das Gesicht. Der Mann, dessen Identität und Aufenthaltsort sie trotz unermüdlicher Nachforschungen immer noch nicht hatten herausfinden können, war ihnen erstmals in der Siletz Reservation in Oregon in die Quere gekommen. In dem entstandenen Chaos hatten sie das Mädchen an Delta verloren, hinter die starken Mauern von Fort Bragg. Derselbe Unbekannte hatte seitdem etliche ihrer Versuche vereitelt, die zu eliminieren, die – bewusst oder unbewusst – über ein Wissen verfügten, das alles zunichtemachen konnte, wofür Alpha ein halbes Leben lang gekämpft hatte. Viele seiner Experimente waren zwar geglückt, doch wenn er an die vereinten Kenntnisse all jener dachte, die jetzt an einem geheimen Ort in Sicherheit waren …

Er schob seine düsteren Gedanken beiseite und nahm das aktuelle Problem wieder auf. »King wird nach ihr suchen. Wo immer er hingeht, folge ihm.«

Enos nickte. »Er ist einfallsreich. Er wird sie finden.«

»Wird er überwacht?«, fragte Alpha.

Kenan nickte. »Es hat sich ausgezahlt, unseren Joker auszuspielen. King sitzt in einem Jet über dem Atlantik.«

»Allein?«

»Die anderen Schachfiguren sind vor ihm abgeflogen, jeweils mit einem ganzen Team. Wohin, weiß ich nicht.«

Alphas Augen weiteten sich kurz, dann schmunzelte er. »Sie sind auf der Suche. Findet heraus, welche aussterbenden Sprachen die wahrscheinlichsten Ziele sind.«

»Du willst nicht, dass wir eingreifen?«, fragte Kenan.

Alpha grinste. »Wir nicht. Aber ich denke, wenn wir die richtigen Staaten davon informieren, dass amerikanische Spezialkräfte die Absicht haben, in ihr Territorium einzudringen, um ihre Staatsbürger zu entführen, wird das eine Atmosphäre schaffen, die uns in die Hände spielt. Sollten ein paar der Deltas nach Russland unterwegs sein, werden unsere dortigen Freunde ihnen mit Vergnügen einen äußerst herzlichen Empfang bereiten. In Zukunft hätten wir es dann nur noch mit King zu tun.«

»Und wenn er uns findet?«, fragte Enos.

Alpha stand lächelnd auf und hob eine kleine Eidechse hoch. »Ich breche in Kürze nach Pontus auf. Und sollte er uns hier suchen ...« Er hielt die Eidechse in die Höhe und sprach die uralten Worte, welche er unzählige Male in Gedanken rezitiert hatte. Die Eidechse fing an, sich in seiner Hand zu winden, und verwandelte sich vor ihren Augen. »Dann findet er den Tod.«

Seth, Enos und Kenan betrachteten mit großen Augen das Bild, das auf ihre Laptops in Vietnam, Australien und den Vereinigten Staaten übertragen wurde. Ihre Lippen verzogen sich zu einem identischen Grinsen.

Nachdem er die noch nicht vollständig verwandelte Eidechse in einen der großen Käfige gesperrt hatte, kehrte Alpha an seinen Platz zurück und überlegte. Irgendwie war es unbefriedigend, King einfach nur zu töten. Der Mann hatte ihm alles genommen außer dem einen, das kein Mensch ihm rauben konnte: das Leben. King hatte Schlimmeres verdient. Er sollte denselben Schmerz spüren wie er. »Kenan, greif dir das Mädchen. Bring sie zu mir.

Falls King die Reise überleben sollte, werden wir ihn hier willkommen heißen.«

Er unterbrach die Verbindung und warf den Blick auf ein Klemmbrett. Es listete eine lange Reihe von Kommunikationseinrichtungen auf – Satellitenschüsseln, Server, Router, kilometerweise Kabel und genügend Rechnerleistung, um ein weltweites Netzwerk zu verwalten. Die Schrift war kyrillisch. Seit er eine Allianz mit Teilen des russischen Militärs eingegangen war, hatte er sich die Mühe gemacht, Russisch zu lernen. Die Russen lieferten ihm die Mittel, die Welt zu verändern, und er revanchierte sich mit fortschrittlichster Technologie. In ihrer eigenen Sprache mit ihnen zu kommunizieren, betrachtete er als reinen Akt der Höflichkeit. In Kürze würde sie ausgestorben sein.

Sobald er die fehlenden Bruchstücke der uralten Sprache besaß und die Ausrüstung der Russen verkabelt hatte, würde er Zugang zu den Weltmedien erlangen – Fernsehen, Internet, Radio, alles – und das korrigieren können, was der Menschheit vor so vielen Jahrtausenden angetan worden war. Die Welt war zerstückelt worden. Jemand hatte den Quellcode umgeschrieben.

Man *konnte* ihn umschreiben.

Er würde die Menschheit neu erschaffen. Nach *seinem* Bild.

Er drehte sich zu der Sammlung von Insekten um, die auf dem Tisch hinter ihm in ihren Behältnissen saßen. »Aber erst mal wollen wir sehen, was man mit euch anstellen kann.«

21 Rom, Italien

Nach fünfstündigem Flug zu dem im Mittelmeer stationierten Flugzeugträger USS *Enterprise,* einer zweistündigen Bootsfahrt nach Porto Cesareo und einer sechsstündigen Reise nach Rom stellte King fest, dass er erschöpft war. Um wieder wach zu werden und sich dem Strom der nächtlichen Touristen anzupassen, genehmigte er sich einen großen Becher *Gelato cioccolato fondente*, von dem Rook so schwärmte, seitdem Queen ihn bei ihrer zweiten Fahrt nach Gibraltar dazu überredet hatte. Das Zeug mit dunkler Schokolade schmeckte nicht nur gut, es war auch so von Koffein und Zucker gesättigt, dass King zu fühlen meinte, wie seine Augenlider auf der Stelle wieder aufklappten.

Er schob sich durch die Scharen der Touristen und Einheimischen, die sich vor den Läden und Cafés der Piazza d'Aracoeli drängten, und blieb nur kurz stehen, um eine Familie vor einem Renaissancebrunnen Fotos schießen zu lassen. Alle lächelten, während ein Student sie mit ihrer eigenen Kamera knipste. Das Blitzlicht weckte King endgültig wieder auf. Er wandte sich ab und ging schneller.

Die Straße führte bergan zur Piazza Venezia, die er überquerte. Vor ihm lag jetzt die Rampe zum Kapitol mit ihren flachen und langen Stufen. Oben erwarteten ihn die Statuen zweier berittener Männer – die Dioskuren Castor und Pollux, Söhne des Zeus. Von dort gelangte er auf einen großen, von Michelangelo entworfenen Platz mit einem bronzenen Reiterstandbild von Mark Aurel. Die Piazza war gesäumt von großen Gebäuden aus dem dreizehnten und vierzehnten Jahrhundert. Jenes, zu dem King unterwegs war, lag direkt vor ihm – der Palazzo Senatorio, der Senatorenpalast, heute das Rathaus Roms. Er stieg die Stufen des von einem Glockenturm gekrönten Gebäudes hinauf, vorbei an einem Brunnen, dessen Figuren große Flüsse verkörperten.

Hier erwartete er, Zutritt zu den Ruinen des Forum Romanum zu erlangen. Als er näher kam, öffnete sich die Eingangstür einen Spalt weit. Er vergewisserte sich, dass niemand ihn beobachtete, schlüpfte hinein und schloss das Portal hinter sich.

Die Eingangshalle des Palastes war nur von einer einzelnen Taschenlampe erhellt, in deren Schein George Pierce ihn mit einem Lächeln begrüßte. King hatte ihm während der langen Fahrt nach Rom am Telefon die Lage erklärt. Er hoffte, dass Pierce' scharfem Verstand inzwischen ein Lösungsansatz eingefallen war, wie sie das Versteck der Gesellschaft des Herkules ausfindig machen konnten.

Sie hatten sich ja bereits bei der vorgetäuschten Beerdigung von Kings Mutter gesehen, daher sparten sie sich die Begrüßungsfloskeln. Pierce gab mit einer Kopfbewegung die Richtung an und sagte: »Komm mit.« Sie gingen zum Hinterausgang, der direkt zu den Ruinen des Forum Romanum führte.

»Wie hast du es geschafft, einen Freifahrschein zu den Ruinen zu bekommen?«, fragte King, während sie eine Treppe hinunterstiegen.

»Das war ich nicht. Bürgermeister Alemanno schuldete Agustina noch einen Gefallen.« Agustina Gallo, eine Freundin und Kollegin von Pierce, hatte wesentlich dazu beigetragen, das Versteck der Gesellschaft des Herkules unterhalb von Gibraltar ausfindig zu machen und damit nicht nur das Team zu retten, sondern auch dafür zu sorgen, dass Pierce, dessen genetischen Code Manifold Genetics mit dem der legendären Hydra gekreuzt hatte, wieder zu seinem ursprünglichen menschlichen Selbst zurückfand. »In fünfzehn Minuten wären wir nicht mehr hereingekommen.«

»Und wie kommen wir wieder raus?«

Pierce blieb vor dem Ausgang stehen und blickte sich zu King um. »Keine Ahnung, aber sollten wir verhaftet werden, können deine Chefs doch sicher ein paar Fäden ziehen, oder?«

»Ein paar«, bestätigte King.

Die Tür schwang auf und ließ die Dunkelheit der Nacht hereinfallen. Mit der warmen Luft strömten die Gerüche der Stadt heran. Das Licht der Straßenlaternen am äußeren Rand des Geländes drang kaum bis zu den Ruinen. Der Mond versteckte sich hinter den Wolken, so dass Pierce' Taschenlampe wie ein Suchscheinwerfer wirkte. Sie waren leicht zu entdecken, doch das schien Pierce nicht zu stören, denn er zog eine zweite Taschenlampe hervor, schaltete sie ein und reichte sie King. Dem gefiel es nicht, so auf dem Präsentierteller zu sitzen, aber was blieb ihm übrig? Die Zeit war wie üblich knapp, und eine Suche bei Tageslicht inmitten der Touristenscharen hätte noch mehr Aufsehen erregt.

Erst als sie das Ruinenfeld betraten, wurde ihm klar, was für eine unmögliche Aufgabe er sich gestellt hatte. Das Forum Romanum umfasste mehrere Tempel, Basiliken und Atrien in etlichen Schichten übereinander. Am anderen Ende der Anlage lag das hell erleuchtete Kolosseum. Es schien ein geeigneter Platz für ein Versteck des

Herkules und seiner Schemen zu sein, aber wie sollten sie mit nur zwei Mann den Einstieg finden? King seufzte. Er wusste nicht einmal, wo er anfangen sollte.

Pierce klopfte ihm auf die Schulter. »Keine Angst. George ist bei dir. Hier lang. Ich habe eine Idee.«

King folgte dem Archäologen über einen abfallenden Weg aus großen Steinplatten, zwischen deren Spalten Grasbüschel wuchsen – die Reste einer antiken Straße. Sie wurde zu beiden Seiten von niedrigen, schwarzen Metallzäunen gesäumt, die eher eine Warnung darstellten, die Ruinen zu betreten, als ein echtes Hindernis. Die Ruinen mochten bei Tag sehr eindrucksvoll wirken, in der Nacht empfand King sie eher wie eine unheimliche Unterwelt, in der die Kreaturen der Nacht hausten. Vielleicht lag er damit gar nicht so weit daneben. Die Haare standen ihm zu Berge, so exponiert fühlte er sich. Er wurde das Gefühl nicht los, beobachtet zu werden. Es gab keinerlei Anhaltspunkt dafür. Nur seinen Instinkt.

Einen Instinkt, auf den er sich normalerweise verlassen konnte.

Er zog die Sig Sauer und zielte damit in dieselbe Richtung wie mit der Taschenlampe. Gegen regenerative Capybaras, Hydras, Neandertaler oder gigantische Felsmonster half das vielleicht nicht viel, aber selbst der kleinste Vorteil konnte lebensrettend sein.

22 Washington, D. C.

Präsident Duncan saß auf der Rückbank der ›Bestie‹, eines schwarzen Stretch-Cadillacs mit zwölfeinhalb Zentimeter dicker militärischer Panzerung, Notlaufreifen und schusssicherem Glas. Der Wagen konnte ihn vor fast jedem Feind schützen, vor einem jedoch nicht: der Presse.

Seit dem Attentat auf ihn vor einem Jahr, das fast zu einer globalen Pandemie geführt hätte, kreisten die Reporter wie Geier über ihm. Und jetzt auch noch Fort Bragg. Das war kein terroristischer Angriff auf Zivilisten gewesen wie beim World Trade Center oder in der Siletz Reservation. Sondern eine Attacke auf ein Herzstück des Landes, seine elitärste militärische Einrichtung. Ein kriegerischer Akt. Schlimmer noch, ein erfolgreicher kriegerischer Akt.

Zu den Pluspunkten seiner Präsidentschaft hatte es gehört, gegen Terrororganisationen in aller Welt vorzugehen, daher interpretierte die Presse den neuerlichen Angriff als Racheakt. Es sah so aus, als hätte er die Schlagkraft des Feindes sträflich unterschätzt. Beleg dafür war die Zahl der Todesopfer und Verletzten auf amerikanischer Seite, während der Feind ungeschoren davongekommen war.

Duncan und die Soldaten in Fort Bragg wussten natürlich, dass der ›Feind‹ einfach zu Staub zerfallen war und deswegen gar keine Verluste verzeichnen konnte, doch das ließ sich schlecht im Fernsehen verkaufen. Die amerikanische Öffentlichkeit würde ihn schlicht für verrückt und unfähig erklären. Darum musste er etwas tun, was er hasste. Und in seiner Amtszeit erst ein einziges Mal getan hatte.

Lügen.

Die Attacke auf die Siletz Reservation war als terroristischer Anschlag dargestellt worden. Da niemand die Verantwortung übernahm und die Ermittlungen im Sande verlaufen waren, hatte das Land seinen Zorn hinuntergeschluckt. Aber er brodelte weiter und wartete nur auf ein geeignetes Ziel.

Und jetzt also Fort Bragg. Wieder ein Angriff ohne Feind, auf den man mit dem Finger zeigen und den man seinen Zorn spüren lassen konnte. Leider gab es in solchen Fällen immer irgendjemanden, der diesen Zorn gegen den amtierenden Präsidenten zu lenken versuchen würde. Staatsoberhäupter wurden gerne für alle Probleme der Welt verantwortlich gemacht, vor allem, wenn jemand es auf ihren Job abgesehen hatte. Ein Wahljahr stand bevor, und die Wölfe der Politik hatten Blut gerochen. Lance Marrs, der Senator aus Utah, der bei der letzten Wahl gegen Duncan angetreten war (und verloren hatte), schoss aus vollen Rohren gegen ihn. Er war in allen Medien präsent und bezichtigte Duncan, die Attacken nicht nur nicht verhindert, sondern geradezu herausgefordert zu haben. Marrs versuchte es immer wieder mit der gleichen Masche, und diesmal hatte er Erfolg damit.

Über einen kleinen Flachbildschirm, der sich aus dem Dach des Wagens herunterschwenken ließ, verfolgte Duncan Marrs' letztes Interview. Der Mann gab sich staatsmännisch. Glatt zurückgekämmtes Haar. Flaggenanstecker gut sichtbar am Revers. Knapp, aber nicht zu knapp neben ihm seine Vorzeige-Ehefrau mit honigsüßem Lächeln. »Tom Duncan hat das amerikanische Volk verraten, nicht einmal, nicht zweimal, sondern dreimal. Als die braven Bürger dieses Landes ihn zum Präsidenten wählten, respektierte ich diese Entscheidung. Das Volk hatte gesprochen, und als einer aus dem Volk akzeptierte ich meine Niederlage.«

»Pferdekacke«, murmelte Duncan. Der Kerl hatte ihm vorgeworfen, die Wahlen manipuliert zu haben, die Neuauszählung der Stimmen verlangt und sogar von einer Strafanzeige gesprochen. Aber da Duncan beinahe sechzig Prozent der Stimmen auf sich hatte vereinigen können, war Marrs damit nicht durchgekommen.

»Als Präsident Duncan den Amtseid ablegte und seine Hand auf jene Bibel legte, da wurde er zum Hüter unserer Nation. Wenn etwas zerbricht, ist es an ihm, es zu reparieren. Und wenn in unser Haus eingebrochen wird, nicht nur einmal, sondern zweimal, dann wäre der erste und wichtigste Schritt gewesen, die nötigen Sicherheitsvorkehrungen zu treffen!« Beifall brandete auf. »Aber er hat seine Pflichten gegenüber den Menschen dieses Landes sträflich vernachlässigt. Ich hatte eine hohe Meinung von Präsident Duncan. Ich hielt ihn für einen guten Mann. Aber jetzt muss ich erkennen, dass er unfähig ist, sein Land zu bestellen!«

Noch mehr Beifall. Duncan war sicher, dass die Menge mit ehemaligen »Marrs for President«-Unterstützern gespickt war, aber die zornige Begeisterung war trotzdem beunruhigend. In Krisenzeiten, wenn die Menschen Angst haben, hören sie gerne auf den, der den Mund am weitesten aufreißt. Und das war im Moment Marrs. Die letzten Umfragen zeigten es. Ein wachsender Prozentsatz glaubte mittlerweile, dass Duncan zumindest eine Teilschuld an den Attacken traf.

Er schaltete den Fernseher aus und rief sich ins Gedächtnis, dass er schon Schlimmeres durchgestanden hatte, sowohl als Army Ranger als auch im Wahlkampf. Er vergaß Marrs, warf einen letzten Blick auf das Manuskript in seiner Hand und stieg aus.

Vier seiner Secret-Service-Leute begleiteten ihn mit grimmigen Mienen zum Podium, wachsam, die Hände an die Waffen gelegt. Es hatte in den letzten vierundzwanzig Stunden mehr als zweihundert Morddrohungen gegeben. Niemand wollte ein Risiko eingehen. Duncan ließ den Blick über die Dächer von Fort Bragg streichen und zählte zehn Scharfschützen. Die Wiederaufbauarbeiten hatten bereits begonnen. Es würde keine Verzögerung geben wie beim World Trade Center. Das Militär beabsichtigte, den Stützpunkt innerhalb eines Monats nicht nur wieder voll funktionsfähig zu machen, sondern auch wesentlich stärker zu befestigen.

Sicheren und zuversichtlichen Schritts ging Duncan auf die Reporter zu, die man zur Pressekonferenz wieder auf die Basis gelassen hatte. Die Fotografen zückten die Kameras. Duncan hielt den Kopf aufrecht, seine gutgeschnittenen Gesichtszüge blieben unbewegt. Sein Blick war gelassen und ernst. Die militärisch kurzgeschnittenen Haare und die straffe Haltung wiesen ihn als Mann der Tat aus. Während seine Körpersprache die eines Mannes war, der bereit ist, den Krieg zu erklären, litt er innerlich darunter, dass er letztlich nur leere Worte im Gepäck hatte.

General Keasling und Domenick Boucher, der CIA-Chef, erwarteten ihn vor dem in der Mitte des Exerzierplatzes aufgestellten Podium. Im Hintergrund arbeiteten schwere Baumaschinen. Der Blickwinkel war strategisch so gewählt, um zu demonstrieren, dass der Wiederaufbau bereits in vollem Gang war. Die beiden Männer waren

Duncans engste Berater. Er nickte ihnen im Vorübergehen zu und stieg die Treppe zum Podium hinauf.

Die versammelten Pressevertreter hielt es nicht länger auf ihren Sitzen, und ein Kreuzfeuer von Fragen prasselte auf Duncan ein. Er ließ das Stimmengewirr über sich hinwegfluten, hob um Ruhe bittend die Hände und ignorierte die aufgeregten Rufe.

Nur langsam beruhigten sich die Journalisten und ließen ihn zu Wort kommen. Er hielt seine Rede mit vollendeter Theatralik. Er bat um Geduld, während man die Verantwortlichen für die Attacke aufspürte. Er versprach schnelles und gerechtes Handeln. Und er forderte das Volk zu Ruhe und Besonnenheit auf und dazu, alle seltsamen Vorkommnisse den Behörden zu melden, anstatt das Heft des Handelns in die eigenen Hände zu nehmen.

Manches davon entsprach der Wahrheit, anderes war reiner Humbug. Duncan wusste, dass der beste Schwindel auf 99 Prozent Wahrheit beruhte, daher flocht er Fakten über die Opfer, die Kosten des Wiederaufbaus und den zeitlichen Ablauf ein. Die Lüge bestand darin, dass er die arabische Welt verantwortlich machte. Namentlich erwähnte er den Iran, Saudi-Arabien und den Jemen. Er ließ die Namen allgemein bekannter Terrororganisationen einfließen und spielte die Osama-bin-Laden-Karte. Gleichzeitig beschuldigte er niemanden direkt, und natürlich bekannte sich auch niemand als Verantwortlicher.

Das Schlimmste an seinem Bluff war, dass er die Spannungen in aller Welt verstärkte. Die Zahl der Hassverbrechen gegen Amerikaner arabischer Abstammung würde steigen. Die Gewalt im Nahen Osten und in Israel konnte eskalieren. Und die echten Terroristen würden durch den Irrglauben, dass es ihnen gelungen war, mitten in Amerika zuzuschlagen, scharenweisen Zulauf bekommen.

Als Duncan Luft holte, nutzte ein wagemutiger Reporter die Pause, um ihm eine Frage zuzurufen. »Senator Marrs macht Sie für den Tod von mehreren tausend US-Bürgern verantwortlich. Wie stehen Sie zu ...«

Duncans Verärgerung gewann die Oberhand. »Senator Marrs ist ein scheinheiliger Aasgeier«, sagte er. Augenblicklich bereute er, dass sein Zorn mit ihm durchgegangen war. Er hasste es, hier zu stehen und diese Leute anlügen zu müssen und PR für seine Wiederwahl zu betreiben. Scheiß auf die Wahlen, er wollte handeln.

Aber ihm waren die Hände gebunden. In einer Krisensituation wurde jeder Schritt des Präsidenten genauestens unter die Lupe genommen. Er konnte nicht so viel Zeit wie nötig in seine Rolle als Deep Blue investieren, sonst lenkte er unerwünschte Aufmerksamkeit auf das Schachteam, für das Geheimhaltung essenziell war. Jedes Mal, wenn die Deltas, wenn die Welt, Deep Blue am dringendsten brauchte, kamen ihm seine Amtspflichten dazwischen.

Während das Heer der Journalisten sich begeistert das Zitat notierte, das morgen die Titelseiten zieren würde, sagte er: »Vielen Dank. Das wäre alles für heute.«

Zwei Stufen auf einmal nehmend lief Duncan die Treppe vom Podium herunter und überrumpelte damit die Presse. Einen Moment lang herrschte Stille, dann brach eine Kakophonie von Fragen los. Duncan ignorierte das Stimmengewirr. Als er an Keasling und Boucher vorbeikam, grollte er: »Reine Zeitverschwendung.«

Boucher fiel mit dem Präsidenten in Gleichschritt, während sie zur ›Bestie‹ zurückgingen. »Das ist Ihr Job, Sir.«

Duncan stieg in das dunkle Innere des Wagens und verschmolz mit den Schatten. Bevor der Mann vom Secret Service die Tür hinter dem Präsidenten schließen konnte, glitt Boucher neben ihm hinein.

Duncan seufzte. »Was ist denn?«

Während die ›Bestie‹ losfuhr, strich sich Boucher über den Schnurrbart und sagte: »Tom, der Sturm geht vorüber.«

»Da bin ich nicht so sicher.«

»Marrs steckt voll heißer Luft. Das merken die Leute, sobald sich der Staub gelegt hat. So ist es immer.«

»Falls der Staub sich legt.« Duncan blickte aus dem getönten, kugelsicheren Fenster. Die Ruinen von Fort Bragg glitten vorbei, während sie den Weg zum Luftwaffenstützpunkt Pope einschlugen. »Wir wissen nicht einmal, gegen was wir da antreten.«

»Aber bald«, sagte Boucher voller Zuversicht. »Sie haben das beste Team …«

»Ein unvollständiges Team.«

Boucher nickte. Deep Blue war nur durch eine ganze Gruppe von CIA-Analysten und Strategen zu ersetzen. Ohne seine direkte Mitwirkung hatte das Team nicht seine volle Schlagkraft. Die CIA-Leute brauchten für alle wichtigen Entscheidungen die Genehmigung von ganz oben – und die ließ sich nicht vom Podium einer Pressekonferenz aus geben. Dabei konnte jede Verzögerung Leben kosten. Nur mit Deep Blue besaß das Team Entscheidungsgewalt in Echtzeit. Ein ganzer Flottenverband konnte umgeleitet oder Luftunterstützung angeordnet werden. Ein Telefonanruf reichte, um politischen Druck zu erzeugen.

»Sie sind die Besten. Sie werden den Job auch ohne Sie erledigen.«

»Und wenn nicht? Wenn Marrs in den Medien die Oberhand behält?«

»Das wird er nicht.«

»Wollen Sie ihn etwa verschwinden lassen?«, fragte Duncan mit schiefem Grinsen.

»Gar nicht nötig«, sagte Boucher und schaltete das Fernsehgerät ein. Es war nicht Marrs, der den Bildschirm füllte, sondern Duncan. »Senator Marrs ist ein scheinheiliger Aasgeier.«

»Sie haben zurückgeschlagen. Sie haben dem amerikanischen Volk gezeigt, dass Sie ein Kämpfer sind. Und auch Marrs weiß das jetzt. Er wird das Handtuch werfen.«

»Ich hoffe, Sie behalten recht, Dom.«

»Ich bin ein Schlapphut. Ich habe immer recht.«

23 Rom, Italien

»Der Tempel des Saturn«, sagte Pierce, während sie um die Ecke eines antiken Gebäudes bogen, das nur noch aus den Grundmauern und acht Säulen bestand, welche ein verwittertes, aber immer noch imposantes Giebeldreieck trugen. »Der Senat und das Volk von Rom bauten wieder auf, was das Feuer verschlang.«

»Hä?«, fragte King und sah zu den eindrucksvollen Säulen hoch.

»So lautet die Inschrift«, sagte Pierce und ließ den Kegel seiner Taschenlampe über den in das Giebeldreieck gemeißelten Text wandern. »Der ursprüngliche Tempel stammte aus dem Jahr 498 v. Chr. und war das älteste Bauwerk Roms, sehr wichtig für die Stadt. Als er niederbrannte, baute man ihn rasch wieder auf. Tatsächlich in solcher Eile, dass eine der Säulen kopfstehend eingesetzt wurde.«

»Pech.«

»Weniger für den Tempel als für die Baumeister. Angeblich wurden sie im Kolosseum getötet.«

»Der Zorn des Saturn«, sagte King.

Pierce schüttelte den Kopf. »Der Zorn Roms. Saturn war der Gott des Ackerbaus.«

Mit gedämpfter Stimme erzählte Pierce die Geschichte Roms, während sie einen Weg einschlugen, der sich an den kläglichen Überresten des Milliarium Aureum vorüberschlängelte. Hier hatte einmal eine Statue von Augustus Cäsar gestanden, an der Stelle, an der der Legende nach alle Straßen des Römischen Reichs zusammenliefen. Aber schon seit langem war nur noch der Marmorsockel übrig.

Als Nächstes passierten sie die Ruine des Tiberiusbogens, dessen Bedeutung im Dunkel der Geschichte verborgen lag. An der Basilica Julia entlang gingen sie weiter. Eine lange Reihe von Marmorstufen führte hier zu einem großen, rechteckigen Gelände mit Reihen von Säulenbasen und einem Gewirr verstreuter Steinblöcke und Geröll empor. Das Gebäude mit seinen Läden, Höfen und Banken war einst ein beliebter Treffpunkt der alten Römer gewesen. So populär, dass man an einigen Stellen in die Stufen geritzte Schachbretter entdeckt hatte. Doch es war nicht Pierce' Ziel, und er lief daran vorbei.

An der Ecke der Basilica Julia hielt er an und deutete mit dramatischer Geste auf drei hohe, kannelierte Säulen, die in der nächtlichen Beleuchtung orangefarben schimmerten. Sie sahen aus, als könnte eine steife Brise sie zum Einsturz bringen, trugen aber immer noch ein Stück Gebälk. »Darf ich vorstellen: der Tempel von Castor und Pollux.«

»Castor und Pollux«, wiederholte King, während er sich die griechische Mythologie ins Gedächtnis rief. »Das waren die Zwillinge, die halfen, die Tarquinier zu besiegen.« Er zog die Augenbrauen hoch. »Außerdem die Söhne des Jupiter alias Zeus alias legendärer Vater des Herkules. Das wäre möglich.« Ohne Zeit zu verlieren, schwang er sich über den Zaun, stieg die zertrümmerten Stufen hinauf und betrat die Ruinen. Pierce zögerte – das war ein entschiedener Bruch jeglichen archäologischen Protokolls –, doch dann kletterte er hinterher.

King suchte die freie Fläche im Zentrum der Ruine

gründlich ab. Steinfundamente, Treppenfragmente, Überreste von Wänden – nichts entging seinem scharfen Blick. »Irgendwelche interessanten geschichtlichen Details, von denen ich wissen sollte?«, fragte er.

»Nichts Spezielles. Der Tempel soll sich an dem Ort befinden, wo Castor und Pollux nach der siegreichen Schlacht ihre Pferde tränkten. Eine Weile kam der Senat hier zusammen, und später waren verschiedene römische Ämter hier untergebracht, aber nichts Ungewöhnliches.«

»Nichts, was mit Herkules in Verbindung steht?«

»Nur die gemeinsame Abstammung.«

»Wonach soll ich denn Ausschau halten?«

»Ehrlich gesagt, ich hoffte, wir würden ein eingemeißeltes Zeichen finden wie das unterhalb von Gibraltar.«

»Das Symbol der Gesellschaft des Herkules.« King runzelte die Stirn. Er hatte gehofft, Pierce könnte etwas Substantielleres vorweisen. Sie suchten nach einem Ort im Herzen Roms, dessen Geheimnis seit Tausenden von Jahren bewahrt worden war. Ihn aufzuspüren würde nicht derart einfach sein.

Immer wieder aufgeschreckt durch das Gelärm ausgelassener nächtlicher Partygänger in der Ferne, durchsuchten sie in der nächsten Stunde jeden Winkel der Anlage.

Und fanden nichts.

Schweißnass von der schwülen römischen Hitze und entmutigt, setzte King sich schließlich auf einen Stein und sah zum bewölkten Himmel empor. Der Mond gewann langsam die Oberhand gegen die dünner werdende Wolkendecke. In seinem Schein zeichneten sich die Silhouetten der drei verbliebenen Säulen des Tempels deutlich ab.

Pierce setzte sich neben King. »Tut mir leid. Etwas Besseres ist mir nicht eingefallen.«

»Mach dir keine Vorwürfe. Ich habe dich aufgrund einer vagen Vermutung gebeten, nach etwas zu suchen, das vielleicht nicht einmal existiert. Es war meine Idee.«

»Deine vagen Vermutungen retten gewöhnlich eine Menge Leben.«

»Aber nicht immer die, auf die es ankommt.«

Pierce stand auf. »Tja, wir haben hier alles durchsucht. Ich denke, wir sollten uns den Tempel des Jupiter vornehmen. Uns bleiben noch ein paar Stunden Dunkelheit.«

Nach einigen Schritten sah Pierce sich um und bemerkte, dass King immer noch saß. Sein Blick war unverwandt auf die drei Säulen gerichtet. »Was ist denn?«

»Wir haben nicht *überall* gesucht«, antwortete King, bevor er aufsprang und auf die Säulen zuging.

Pierce begriff, was er vorhatte, und protestierte. »King, warte mal. Du kannst doch nicht …«

Aber King erklomm bereits im Stil eines Holzfällers eine der äußeren Säulen. Pierce zuckte zusammen, als er kleine Steinchen herunterbröckeln hörte. *Wenn Agustina das herausfindet*, dachte er, *liefert sie mich höchstpersönlich der Polizei aus.*

Am oberen Ende der Säule angelangt, kletterte King auf das Gebälk, um es mit der Taschenlampe abzusuchen. Unten wartete Pierce wie ein nervöser Teenager, der bei einem Dummejungenstreich Schmiere steht, und trippelte von einem Fuß auf den anderen. Er konnte King droben herumscharren hören. Dann folgte ein dumpfer Schlag, als etwas herunterfiel. Pierce fluchte innerlich und begann sich zu fragen, ob es nicht ein Fehler gewesen war, den Anführer einer militärischen Spezialeinheit hierherzubringen. Er hielt in seinen Verwünschungen inne, als ihm plötzlich bewusst wurde, dass King seit einer Weile verstummt war. Er blickte nach oben, Kings Taschenlampe war erloschen.

Einen Moment lang hörte Pierce nur seinen eigenen, zitternden Atem, doch dann ertönte ein weiteres lautes Scharren von oben, und ein Schauer kleiner Steinbrocken prasselte herab. Er sah undeutlich, wie King an der Säule herabrutschte und schließlich neben ihm landete. King griff nach Pierce' Taschenlampe und schaltete sie aus.

»Stimmt etwas nicht?«, fragte Pierce, dem das Herz bis zum Hals schlug.

»Wachen. Vier. Sie kommen auf uns zu. Zwei von Norden. Zwei von Osten.«

»Was sollen wir tun?«

»Weitersuchen.«

Pierce war überrascht. »Was?«

»Ich habe etwas entdeckt.«

»Da oben?«

»Ein Stück nordöstlich von hier, gegenüber der Basilica Julia. Es sieht aus wie eine abgedeckte Grube.«

Pierce sog scharf die Luft ein und flüsterte: »Der Lacus Curtius.«

»Du weißt, was es ist?«

»Das weiß niemand so genau. Es ist ein Schacht, der schon in der Antike mit Steinen zugeschüttet wurde und erst noch erforscht werden muss. Falls es je dazu kommt.«

»Warum sollte es nicht?«

»Politik. Es gibt Leute in Rom, die glauben, der Schaden einer Ausgrabung sei größer als ihr Nutzen. Soweit ich weiß, ist bisher jeder Antrag zur Erforschung des Lacus Curtius abgelehnt worden. Es heißt, dass es der Eingang zu einer Erdspalte ist. Es existieren verschiedene Legenden über Ursprung und Namen des Orts. Nach einer Version ist Mettius Curtius während eines Kampfes mit Romulus in die Spalte gefallen. Nach einer anderen stürzte sich ein Reiter namens Marcus Curtius mit Pferd und allem Drum und Dran hinein, weil ein Orakelspruch weissagte, dass Rom dadurch gerettet würde. Noch eine andere ...«

Pierce holte abermals schnell Luft, was King als Erleuchtung interpretierte. »Was?«

»In einer dritten Fassung heißt es, dass Gaius Curtius 445 v. Chr. den Ort so genannt hat, nachdem ...« Er sah King an, den er in der Dunkelheit kaum erkennen konnte. »Nachdem ein Blitzschlag die Erde gespalten hatte.«

»Ein Blitz ...«

»Die bevorzugte Waffe des Zeus«, sagte Pierce. »Zur damaligen Zeit hätte man Zeus als den Urheber betrachtet. In historischen Berichten steht allerdings nichts davon ...«

»Weil sie gefälscht wurden.« Ein leises Rascheln drang an Kings Ohren. Er legte Pierce die Hand auf die Schulter und drückte ihn zu Boden.

»Was ist?«, fragte Pierce mit heiserem Flüstern.

»Ich muss zwei von denen übersehen haben.«

Pierce lauschte und versuchte mit schierer Willenskraft, seine Ohren weiter aufzusperren. Dann hörte er es. Zwei Paar Schritte, die sich durch die geröllübersäten Ruinen näherten. Das Geräusch kam ganz aus der Nähe.

King beugte sich zu Pierce. »Wenn es einem von denen gelingt, einen Schuss abzufeuern oder einen Warnruf auszustoßen« – er machte eine Kopfbewegung zum Forum hin –, »haben wir sie alle am Hals und eine Armee von Polizisten dazu. Und selbst wenn wir entkommen, werden sie die Sicherheitsmaßnahmen für lange Zeit verstärken. Wann warst du das letzte Mal in einen Kampf verwickelt?«

Pierce fühlte sich hundeelend. »Du hast all meine Kämpfe für mich ausgetragen.«

»Diesmal nicht«, sagte King. »Ich kann nicht an zwei Orten zugleich sein. Du musst mir ein paar Sekunden Zeit verschaffen.«

Die langsamen Schritte kamen immer näher, und jetzt vernahm man auch zwei leise, italienische Stimmen. »Wenn ich dir auf die Schulter tippe, zähle bis drei, dann leg los. Und zwar volle Pulle.«

»Okay.«

Dreißig Sekunden später, als die Schritte nur noch ein, zwei Meter weit entfernt waren, direkt auf der anderen Seite der Mauer, hinter der sie sich versteckten, spürte Pierce das Tippen auf der Schulter. Er begann zu zählen.

Einundzwanzig ...

Zweiundzwanzig ...

24 Chaco-Provinz, Argentinien

Das schultertiefe Wasser des Rio Negro machte das Vorankommen für Bishop beschwerlich, ermöglichte jedoch eine lautlose Annäherung. Die Nerven seines Teams waren zum Zerreißen gespannt. Zwei der Männer, die ihm als Bishops Pawn eins bis fünf unterstanden, waren dazu abgestellt, nach Krokodilen Ausschau zu halten. Allerdings konnten ihre Nachtsichtgeräte die Oberfläche des Flusses nicht durchdringen, der ebenso schwarz war, wie sein Name besagte.

Bei Tageslicht hatten sich Bishop und seine Leute als Touristen verkleidet in drei Teams nach einem 67-jährigen Mann namens Miguel Franco und seinem fünfundvierzig Jahre alten Sohn Nahuel erkundigt. Wie sie wussten, teilten sich die beiden eine Wohnung in der Innenstadt von Resistencia, und der alleinstehende Sohn unterstützte den arbeitslosen Vater. Unauffälliges Nachfragen bei Nachbarn, in Bars, Läden und Kirchen der Umgebung hatte ergeben, dass sie oft über Nacht am Rio Negro kampierten, wo der Vater Fische fing, um sie auf dem Markt zu verkaufen.

Bishop spürte, wie einige dieser großen Fische seine Beine streiften. Er schob sich durch sie hindurch und näherte sich dem Lagerfeuer, an dem die Zielpersonen saßen und ihre Angelruten in den Sand gesteckt hatten. Ein halb geleerter Zwölferpack Bier stand zwischen ihnen, was die

Tatsache, dass der jüngere Mann eine Schrotflinte quer über den Schoß gelegt hatte, gefährlich machen konnte. Vermutlich diente die Waffe dem Schutz vor Krokodilen, und Bishop zweifelte nicht daran, dass alles, was aus dem Wasser kam und größer war als ein Fisch, mit einem Schrothagel empfangen werden würde.

Er beschloss zu warten, bis die beiden sich von der Feuerstelle entfernten, und blieb neben einem versunkenen Baumstamm stehen, während das Team sich hinter ihm sammelte. Er wollte gerade seinen Schlachtplan erklären, als das Knacken eines Zweiges durch die nächtlichen Laute im Dschungel zu ihnen drang.

Sein erster Gedanke war, dass sich ein Jaguar oder ein Krokodil vom Land her an die Gruppe heranschlich, aber die dichte Vegetation am Ufer verbarg sie zu gut. Es konnte auch ein Wildschwein gewesen sein …

Das Team verharrte regungslos. Dreißig Sekunden lang herrschte Stille. Dann wurde sie durchbrochen vom betrunkenen Gelächter des älteren Franco. Während sein Lachanfall zu einem Glucksen abebbte, hörte Bishop wieder eine Bewegung.

Diesmal hob er die Pistole und richtete sie auf den Dschungel. Umgebungsgeräusche zu nutzen, um das eigene Anschleichen zu übertönen, war eine Jagdtechnik, die nur ein Raubtier auf dem Planeten beherrschte.

Der Mensch.

25 Taipeh, Taiwan

Knight wirkte ausgesprochen elegant in seinen schwarzen Hosen und dem dunkelblauen Seidenhemd mit Button-down-Kragen. Während er flankiert von zwei der ihm zugewiesenen Delta-Agenten auf das Mackay Memorial Hospital zuging, setzte er ein breites Grinsen auf, das zu seiner Tarnidentität passte. Als reicher Wohltäter, der dem Krankenhaus und der presbyterianischen Gemeinde, der es gehörte, eine große Spende machen wollte, hatte er die Absicht, so lange die Runde durchs Krankenhaus zu drehen, bis er einen außergewöhnlichen, fünfundneunzig Jahre alten Mann fand: Walis Palalin, der seit einem Vierteljahrhundert drei Tage pro Woche freiwilligen Dienst in der Kinderstation tat. Anscheinend hatte er vor fünfundzwanzig Jahren in genau diesem Hospital seinen Sohn verloren und zollte ihm auf diese Art Tribut.

Sobald er den Mann gefunden hatte, wollte Knight mit einem Scheck von einer Million Dollar wedeln – unter der Bedingung, dass Mr. Palalin mit ihm zu Abend aß. Auf der Stelle. Ohne Verzögerung. Nur sie beide und Knights Leibwächter.

Hatten sie den alten Mann erst mal im Wagen, würde es ein Leichtes sein, ihn auf ein Schiff nach Amerika zu verfrachten … falls seine Gesundheit mitspielte. Er schien zwar kerngesund zu sein und hatte sicher noch zehn Jahre vor sich – wenn nicht mehr –, doch für einen Mann seines

Alters konnte der emotionale Stress einer Entführung gefährlich sein, besonders, wenn er auf Medikamente angewiesen war. Um das Risiko möglichst gering zu halten, durchsuchten drei Mitglieder von Knights Team gerade Palalins Wohnung nach Arzneimitteln oder sonstigen Präparaten.

Das Krankenhaus war ein nicht gerade einladender Zweckbau. Umgeben von Taipehs Neonpracht, wirkte seine Fassade öde und langweilig. Kurz vor der schlichten Betontreppe, die zum Eingang hinaufführte, entdeckte Knight eine absolut umwerfende Frau. Als sie sich umdrehte, trafen sich ihre Blicke, und sie lächelte.

Noch während er ihr Lächeln erwiderte, merkte Knight, dass es eingefroren und künstlich wirkte. Und unter dem offenen Jackett ihres eleganten Hosenanzugs erkannte er plötzlich zwei Gegenstände.

Ein Abzeichen. Und eine Waffe.

Mit einer Hand zog die Frau die Pistole. Mit der anderen sprach sie in ein Funkgerät, das Knights Aufmerksamkeit bis dahin völlig entgangen war.

26 Asino, Sibirien

Der unverwechselbare Geruch nach Kuhweide sickerte über den Grashügel herab und zog über Rook hinweg. Für viele Leute wäre es einfach Gestank gewesen, aber in Rook weckte es Kindheitserinnerungen an New Hampshire, wo er neben einer Rinderfarm aufgewachsen war. Der eigentliche Hof war nicht zu sehen, aber dem entfernten Muhen nach zu schließen, musste der Stall irgendwo jenseits des Hügels liegen. Auf der anderen Straßenseite erstreckte sich ein Mischwald, in dem wahrscheinlich Bären und Rentiere hausten. In der Ferne hörte man Kettensägen kreischen, anscheinend florierte die Holzwirtschaft. Die Gerüche und die kühle Morgenluft belebten Rook.

Gekleidet wie ein einheimischer Arbeiter in schmutzige Arbeitshosen und einen dicken grauen Pulli, folgte er der Straße, während sein Team auf einem parallelen Kurs im Wald durch ein Meer aus hellgrünen Farnen watete. Glücklicherweise wohnten die drei Zielpersonen am Stadtrand in einem Haus, das direkt an den Wald grenzte. Rook wollte eine Autopanne vortäuschen. Sobald man ihn hereinbat, damit er telefonieren konnte, würde er die letzten Überlebenden des Volks der Chulym – zwei Frauen und einen Mann – betäuben und mit Hilfe seiner Leute durch den Hinterausgang fortschaffen. Ein Lastwagen stand drei Kilometer entfernt im Wald versteckt, um sie zu einem kleinen Flugfeld zu bringen, wo ein Kleinflugzeug mit dem lokalen CIA-Verbindungsmann im Cockpit bereitstand. Nach zwei Zwischenlandungen zum Tanken würden sie das benachbarte Georgien erreichen. Dort erwartete sie ein Jet zum Rückflug in die USA.

Für Rooks Geschmack war der Fluchtplan zu umständlich. Weil sie jedoch drei Personen aus einem Land schmuggeln wollten, das nicht gerade auf freundschaftlichem Fuß mit den Vereinigten Staaten stand, war leise und vorsichtig besser als laut und schnell.

Er erreichte ein Schild mit kyrillischer Aufschrift: »Willkommen in Asino. Bevölkerungszahl 28 000«. Zu der Straße, in der die Zielpersonen wohnten, waren es nur noch anderthalb Kilometer. Rook beschleunigte seinen Schritt, denn er wollte es hinter sich bringen und sich auf den langen Nachhauseweg machen.

Die Bäume am Straßenrand wogten im Wind. Ein halb umgestürzter Baum, der an einem zweiten lehnte, quietschte laut, als die ineinander verschränkten Äste gegeneinanderrieben. Das unerwartete Geräusch riss Rook aus seinen Gedanken, und er spürte, dass sich etwas verändert hatte. Die Kühe waren verstummt. Vielleicht wurden sie gerade gefüttert? Aber auch von dem entfernten Kreischen der Kettensägen war nichts mehr zu hören.

Kafers Stimme ertönte im Ohrhörer. »Rook, hier RP-Eins. Können Sie mich …«

Rook schaltete den Ohrhörer stumm, als ein neues Geräusch an sein Ohr drang. Es war ein tiefes Bass-Stakkato, zwar noch weit entfernt, aber unschwer zu identifizieren. Mehrere Hubschrauber befanden sich im Anflug.

Und zwar große.

27 El Calvario, Kolumbien

Im Schutz der Dunkelheit beobachteten Queen und ihr Team durch Nachtsichtbrillen das kleine Bergdorf El Calvario. Nur wenige Lichter brannten, und die meisten davon ließen sich am typischen Flackern als Fernsehgeräte identifizieren. Das Dorf schlief. Und wenn es am Morgen erwachte, würden zwei seiner Einwohner fehlen. Doch die Ruhe war trügerisch, denn überall sah man die Narben einer gewalttätigen Vergangenheit. Zuletzt war das Dorf 2008 Epizentrum eines Erdbebens der Stärke 5,9 gewesen, bei dem sechs Menschen ums Leben kamen und hunderte verletzt wurden. Die Gewalt des Erdbebens hatte die Gebäude des Ortes schwer mitgenommen. Viele waren nur noch Trümmerhaufen, andere, darunter die große gelbe Kirche, hatten Risse in den Wänden und verzogene Türrahmen.

Die zwei Männer, die sie suchten – die letzten, die Tinigua sprachen –, hatten ihr ganzes Leben in El Calvario verbracht. Der eine, Edmundo Forero, war mit neunundsechzig Jahren der älteste Einwohner des Orts. Der andere, Tavio Cortes, war vierundsechzig Jahre alt und im Nachbarhaus von Edmundo aufgewachsen, so dass er die Sprache aufgeschnappt hatte, in der sein Freund und dessen Mutter sich miteinander unterhielten. Die Sprache, die jetzt nur noch sie beide beherrschten.

Die logistische Herausforderung für Queen und ihr

Team bestand darin, dass Edmundo und Tavio zwar eng befreundet waren, mittlerweile aber an verschiedenen Enden des Dorfes wohnten – was nicht nur die Schwierigkeit der horizontalen, sondern auch die der vertikalen Entfernung beinhaltete. El Calvarios Hauptstraße führte nämlich direkt die steile Bergflanke hinauf.

Naheliegend wäre gewesen, das Team aufzuteilen und die beiden Männer gleichzeitig zu schnappen. Doch Queen hatte die zahllosen Einschusslöcher in den Wänden gesehen und wusste, dass es im Ort immer wieder zu Schießereien kam. Die Darstellung Kolumbiens in den Medien als Brutstätte des Terrorismus und Drogenhandels war zwar übertrieben, aber es *gab* beides, und das Dorf hatte offenbar seinen Teil an Feuergefechten abbekommen. Das Problem für das Team lag darin, dass die Menschen hier wahrscheinlich bewaffnet und auf alles gefasst waren.

Sie bewegten sich im Gleichklang. Wie eine schwarze Anakonda, die sich in der Dunkelheit an ihre Beute anschleicht, schlängelte sich Queens Team im Gänsemarsch durch die engen Gassen zwischen den türkisfarben und weiß gestrichenen Häusern hindurch. Unter der von hohen Pfosten gestützten, rückwärtigen Veranda der ersten Zielperson sammelten sich die Männer. Drei blieben zurück, um Wache zu halten, zwei folgten Queen die Treppe hinauf.

Vor der Hintertür warteten sie dicht zusammengedrängt, bis Queen das Schloss geknackt hatte. Sie zog eine Betäubungspistole und schlich voraus zum Wohnzimmer, wo der Fernseher flackerte. Wie sie gehofft hatte, saß Edmundo schlafend in einem Fernsehsessel, ein Bier in der einen, eine bis zum Filter heruntergebrannte Zigarette in der anderen Hand.

»Der Kerl hat Glück, dass er nicht verbrannt ist«, flüsterte QP-zwei.

Queen zielte und schoss Edmundo in die Brust. Der alte Mann riss die Augen auf, und die ledrig braune Haut seiner niedrigen Stirn legte sich in verwirrte Falten. Er stand auf und starrte auf die schwarzen Masken und Nachtsichtbrillen, aber bevor er begreifen konnte, wie ihm geschah, kippte er mit dem Gesicht nach vorne in Queens Arme. Sie reichte ihn an QP-eins und -zwei weiter, die den Mann die Verandatreppe zu den anderen hinuntertrugen.

Queen folgte ihnen, aktivierte ihr Kehlkopfmikrofon und sagte: »Hier Queen. Wir haben Edmundo Forero. Unterwegs zum nächsten Ziel.«

»Verstanden, Queen«, ertönte die Stimme von Domenick Boucher, der Deep Blue vertrat, solange die Schmutzkampagne der Medien gegen Präsident Duncan andauerte.

»Ende«, sagte sie und unterbrach die Verbindung. Mit einem kurzen Handzeichen bedeutet sie dem Team, sich wieder in Marsch zu setzen. Zu ihrem Glück wog der alte Mann so wenig, dass sie bergab in normalem Tempo vorankamen.

Am anderen Ende des Dorfes angelangt, blieben sie kurz stehen, um die Lage zu sondieren. Das Haus der zweiten Zielperson lag auf der anderen Seite der Hauptstraße, die sie ohne Deckung würden überqueren müssen. Noch bevor sie allerdings einen Schritt setzen konnten, hörten sie Fahrzeugmotoren am oberen Ende der Straße aufheulen. Reifen quietschten, Rufe wurden laut. Das Team zog sich in die Häuserschatten zurück, während Queen einen schnellen Blick um die Ecke warf und drei Jeeps mit schweren Maschinengewehren zählte. Fünfzehn Männer strömten in Edmundos Haus am Berghang.

Sie duckte sich zurück und aktivierte ihr Kehlkopfmikro. »Mission gefährdet. Örtliche Sicherheitskräfte informiert.«

Queen wartete nicht auf die Antwort, sondern machte ihre UMP-Maschinenpistole schussbereit. Sie befürchtete, dass es nicht ohne Kampf abgehen würde, und hörte bereits weitere Motorengeräusche, die sich ihrem Standort näherten. Queen wandte sich an ihre Leute und deutete auf Edmundo. »Hierlassen. Bereitmachen für schnellen Rückzug.«

Sie legten den alten Mann auf den Boden, wo er friedlich den Tumult verschlief, der seinem Dorf in Kürze weitere Narben zufügen würde.

28 Rom, Italien

Dreiundzwanzig!

Mit erhobener Faust sprang Pierce aus der Deckung. Er wusste, dass er nur zu einem einzigen Schlag Gelegenheit bekommen würde. In der Dunkelheit konnte er undeutlich die Umrisse eines Kopfes ausmachen und versuchte, direkt darunter zuzuschlagen. Auf den Hals ... auf den Hals ... auf den – getroffen.

Der Aufprall war hart, Knöchel auf Knochen. Kein weicher Hals.

Es erforderte Pierce' ganze Selbstbeherrschung, nicht laut aufzuschreien. Seine Hand schmerzte höllisch, und der Arm wurde bis zur Schulter hinauf taub. Aber er hatte getroffen.

Mit einem dumpfen Plumps brach der Angegriffene zu seinen Füßen zusammen. Pierce spürte einen Adrenalinstoß, als ihm klar wurde, dass er die Wache mit einem einzigen Faustschlag besiegt hatte. Eine Sekunde lang begriff er, welches Hochgefühl King manchmal bei seinen Missionen empfinden musste. Dann flammte Kings Taschenlampe auf und beleuchtete den Mann, den der Delta-Chef ausgeschaltet hatte.

Er war jung, trug ein elegantes, pinkfarbenes Hemd und hielt ein schwarzes Jackett über den schlaffen Arm gelegt. Kein Wachtposten.

Der Lichtkegel wanderte weiter zu der Gestalt vor

Pierce' Füßen, und der Archäologe trat erschrocken zurück. »Mein Gott.«

King beugte sich zu der hübschen jungen Frau hinunter und fühlte ihren Puls. »Sie lebt«, sagte er und packte sie bei den Armen. »Nimm du den Knaben.«

Sie schleiften das Pärchen, das sich zum falschen Zeitpunkt am falschen Ort aufgehalten hatte, hinter die Überreste der Tempelmauern. King bemerkte, wie Pierce damit haderte, eine Frau niedergeschlagen zu haben. »Es musste sein«, sagte er. »Wenn nicht du, dann hätte ich es getan.«

»Du meinst: Wo gehobelt wird, da fallen Späne?«

King nickte. »Manchmal muss man ein schlechter Vater sein, um ein guter zu sein.«

Pierce stieß ein stummes »hah« aus, als ihn die Erinnerung an Kings Schwester überfiel. »Das hat Julie immer gesagt.«

Grinsend fügte King hinzu: »Mein Dad auch.«

Pierce betrachtete seine Faust. »Es war ein guter Schlag.«

King klopfte ihm auf die Schulter. »Julie wäre stolz auf dich gewesen.«

Sie mussten gegen einen plötzlichen Lachreiz ankämpfen. Julie war überzeugte Feministin gewesen und hatte daran geglaubt, dass Männer und Frauen in jeder Hinsicht absolut gleich behandelt werden sollten, auch im Kampf. Darum hatte sie so hart daran gearbeitet, das System zu besiegen und Kampfpilotin zu werden. Sie wäre tatsächlich stolz gewesen.

King ging zur Nordwestecke des Tempels. Von Norden und Osten konnten sie die Sicherheitsleute auf sich zukommen sehen – leicht sichtbar durch ihre Taschenlampen. King kniete sich hin und deutete auf die Stelle, wo sie die Bewusstlosen versteckt hatten. »Ich glaube, sie sind wegen denen da hier.«

»Bist du sicher?«

»Na ja, vermutlich erwarten sie, einen Herren der feinen Gesellschaft beim Anpinkeln einer Säule zu ertappen, aber nicht …« King beendet den Satz damit, dass er seine Waffe in die Höhe hielt. »Gehen wir.«

Im Schutz der Mauerreste der langen, rechteckigen Ruine der Basilica Julia schlichen sie sich an den Wachtposten vorbei. Gegenüber vom Lacus Curtius sahen sie sich um. Zwei der Wachen entfernten sich von ihnen in Richtung des Dioskurentempels, ohne sie bemerkt zu haben. Doch die Posten, die von der anderen Seite herkamen, blickten jetzt direkt in ihre Richtung, auch wenn sie noch dreißig Meter weit entfernt waren. Rasch schätzte King Distanz und Stärke ihrer Taschenlampen ab und entschied, dass es zu riskant war, sich weiter vorzuarbeiten.

Dann sah er, wie alle vier Taschenlampen zum Dioskurentempel herumschwenkten. Er packte Pierce am Hemd und zog ihn hoch. »Los jetzt!«

Sie sprangen über den niedrigen schwarzen Zaun und liefen geduckt den Fußweg entlang. Die Ruinen und ein kleiner Baum mit tiefhängenden Ästen schützten sie vor neugierigen Blicken. Unbemerkt erreichten sie den Lacus Curtius. King war überrascht, dass eine moderne Konstruktion aus Stahlträgern und Balken über der Grube errichtet worden war. Ein großes, sanft geneigtes Dach bot Schutz vor Regen. Sie schlüpften darunter und sahen sich um.

Verwitterte, zu drei Kreisen angeordnete weiße Marmorblöcke bildeten zwei Stufen, die zu einer Steinplatte hinabführten. Ein Block im oberen Kreis auf der gegenüberliegenden Seite der Grube stand quer und unterbrach die kreisförmige Anordnung.

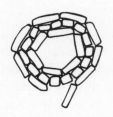

Die Anlage war wenig bemerkenswert. Außer ihrem geheimnisumwitterten Ursprung konnte King nichts Interessantes daran entdecken … nichts, was eines Regenschutzes bedurft hätte, während man die wesentlich spektakuläreren Ruinen den Elementen aussetzte. »Warum die Abdeckung?«, fragte er.

Pierce kratzte sich am Kopf. »Ich habe gehört, dass der Regen sich da drin sammelte …« Er deutete auf das flache Becken. »Und versickerte. Sie hatten Angst, die Erosion würde die Anlage beschädigen und eventuell andere Ruinen in der Nähe destabilisieren, also haben sie es einfach abgedeckt. Warum fragst du?«

»Kommt mir einfach komisch vor. Was, glaubst du, befindet sich da unten?«

»Abgesehen von der Spalte, die durch Zeus' Donnerkeil geschaffen wurde? Die Umgebung dieses Hügels war Sumpfland, bevor Rom erbaut wurde. Heute wäre es ein geschütztes Feuchtbiotop. Aber die Römer legten die Sümpfe trocken und erbauten die Stadt darauf. Mittlerweile liegt da unten vielleicht ein unterirdischer See, eventuell zieht sich auch ein ganzes Netz aus ehemaligen Wasserläufen unter der Stadt entlang. Genauso gut könnte das ganze System inzwischen ausgetrocknet sein, wer weiß?«

King seufzte. Das half ihnen nicht weiter. Er stand auf, um sich einen besseren Überblick über die Grube zu verschaffen, und stieß sich den Kopf an dem niedrigen Dach.

Das Wellblech dröhnte wie ein Gong. »Scheiße«, flüsterte er, denn nun wussten die Wachen, dass sie hier waren.

King ignorierte Pierce' aufgeregtes Geflüster und die Rufe der Wächter und versuchte, sich zu konzentrieren. Sein Blick wanderte zum Dach, das auf den ersten Blick genauso unauffällig wirkte wie die ganze Grube, aber dann fielen ihm die beiden Doppel-T-Träger auf, die es trugen. Sie lagen etwa einen Meter fünfzig auseinander und verliefen parallel über der Grube. Im Geiste blendete King das Dach aus und stellte sich die Träger über der kreisrunden Vertiefung vor.

Er sprang hinunter und untersuchte die steinerne Bodenplatte nach weiteren Hinweisen.

»Hast du etwas entdeckt?«, drängte Pierce und stieg zu ihm hinunter. »Die Wachen müssen jede Sekunde hier sein.«

»Die Träger«, sagte King. »Von oben gesehen durchschneiden sie den Kreis.«

Pierce sah es vor sich. Das Symbol der Gesellschaft des Herkules. Aber nur fast. Der Kreis war unterbrochen. »Hilf mir mal mit dem hier«, sagte er und packte den quergestellten Steinblock. »Wir müssen ihn in den Kreis zurückschieben.«

Die Stimmen der Wächter wurden lauter. Befehlender. Sie hatten das bewusstlose Pärchen entdeckt und festgestellt, dass jemand es niedergeschlagen hatte. Das Heulen von Sirenen ertönte in der Ferne – Polizei und Krankenwagen – und bewegte sich von allen Seiten auf das Forum zu, auf dem es bald von Uniformierten wimmeln würde.

Und der Stein rührte sich nicht.

»Vielleicht sollten wir es nicht mit Gewalt versuchen«, keuchte Pierce. »Vielleicht ist es ein komplizierterer Mechanismus.« Er legte die Hände von oben auf den Stein, als würde er jemandem eine Herzmassage geben. »Du ziehst. Ich drücke.«

Die Füße und Beine der näher kommenden Wachen kamen in Sicht. King nickte.

Pierce lehnte sich mit vollem Gewicht auf den Stein und fühlte, wie er sich um ein paar Millimeter senkte. King zog, und diesmal ließ der Block sich mühelos in den Kreis einreihen und vervollständigte das Symbol der Gesellschaft des Herkules. Sie ließen los und traten zurück. Sofort glitt der Stein in seine alte Position zurück. Er rastete in dem Moment ein, als ihn der gelbe Lichtkegel einer Taschenlampe traf.

Der vorderste Wachmann zog seine Pistole und zielte unter das niedrige Dach, wo er meinte, sich bewegende Schatten gesehen zu haben. Doch die Grube war leer. Er richtete sich wieder auf und blickte sich um, entdeckte jedoch lediglich seinen Partner. Sollte jemand hier gewesen sein, dann war er jetzt verschwunden.

29 Washington, D. C.

Domenick Boucher hatte sich geirrt.

Marrs warf keineswegs das Handtuch, sondern reagierte auf Duncans Aasgeier-Kommentar wie der tasmanische Teufel aus dem Zeichentrickfilm. Er wirbelte von einer Kundgebung zur nächsten, gab ein Interview nach dem anderen. Mit krebsrotem Gesicht posaunte er seine Botschaft hinaus. Vor Zuschauermengen. Vor dem Fernsehpublikum. Aber obwohl er geiferte und buchstäblich Schaum vor dem Mund hatte, hörten ihm die Leute zu.

Er kehrte Duncans Aasgeier-Kommentar gegen dessen Urheber. »Wenn der Präsident schon die Nerven verliert, weil ein einzelner Senator von ihm Rechenschaft verlangt, wie will er dann erst diese Nation führen?«, fragte Marrs. Wenn er darauf hingewiesen wurde, dass er selbst ja auch im Zorn spreche, spann er sein Garn weiter: »Ich rede hier von einem Mann, der sein Land mehrfach verraten hat. Einem Mann, dessen Untätigkeit zum Tod unserer Kinder geführt hat. Ich habe allen Grund zum Zorn. Jeder gute Bürger sollte zornig sein. Auf Duncan, weil er diese Angriffe nicht verhindert hat, und auf die Verbrecher, die dahinterstecken. Aber worüber regt unser Präsident sich auf? Über mich! Sein Amt verlangt Transparenz. Es erfordert Verantwortung. Wenn er damit nicht umgehen kann, nun ja …« Mit diesen Worten warf er in gespielter Verzweiflung die Hände in die Luft.

Marrs Hasstiraden und Vorwürfe nahmen kein Ende, so dass das Interesse der Medien und der Öffentlichkeit nicht nachließ und Duncan erst recht die Hände gebunden waren. Eine endlose Flut von Medienanfragen ging ein. Demonstranten umringten das Gelände des Weißen Hauses, und mit jeder Stunde wurden es mehr.

Duncan, der vor einer Konferenz mit seinen Beratern über die gegenwärtige Krise noch ein paar Minuten Zeit hatte, saß allein im Oval Office und sah aus dem Fenster. Vor ihm erstreckte sich eine Rasenfläche, kurz und sauber geschnitten wie die Haare eines Marines. Er ärgerte sich. Nichts war mehr eindeutig. Als er noch bei den Rangers diente, hatte es eine klare Trennung von Gut und Böse gegeben. Schwarz und Weiß. Recht und Unrecht. Diese Tradition hatte er mit dem Schachteam weiterzuführen versucht. Doch jetzt ... jetzt musste er ständig überflüssige Scheingefechte austragen. Mit Marrs. Mit den Medien. Mit der öffentlichen Meinung.

Die Mission des Schachteams war so sensibel, dass er sich nicht verteidigen durfte. Er konnte nicht zugeben, dass seine Spezialeinheiten überall auf der Welt in das Hoheitsgebiet souveräner Staaten eindrangen, um die letzten Sprecher aussterbender Sprachen zu entführen. Wenn das herauskam, konnte es Krieg geben. Damit wäre seine Präsidentschaft gescheitert, und Marrs hätte unerschöpflichen Stoff für seine Schmierenkampagne. Verdammt, am Ende würde der Kerl noch als Held dastehen und der nächste Präsident werden.

Viel Spaß, dachte Duncan. Wenn der Bursche erst einmal die Wahrheit über die Bedrohungen herausfand, denen das Land ausgesetzt war – mythische Monster, genmanipulierende Irre, Neandertaler-Viren und Stein-Golems –, würde er mit eingekniffenem Schwanz zurücktreten.

Doch momentan hielt Marrs das Heft des Handelns in der Hand. Er konnte sagen, was und zu wem immer er wollte. Er konnte verschwinden, wann er wollte. Etwas, worum Duncan ihn beneidete.

Es klopfte an der Tür.

»Herein.«

Er hörte die Tür aufgehen, drehte sich aber nicht um. Eine Frauenstimme sagte: »Sie werden erwartet, Sir.«

»Nur noch eine Minute.«

Nachdem die Tür sich geschlossen hatte, sah Duncan auf seine rechte Hand herab. Sie hielt eine M9 Beretta; dieselbe, die er als Army Ranger getragen hatte. Die Waffe hatte ihm ein paarmal das Leben gerettet, aber jetzt konnte sie ihm nicht helfen. Er musste eine Lösung finden. Eine, die nicht nur die unheimlichen Attacken beendete und deren Hintermänner dingfest machte, sondern auch das Team entlastete, so dass es wieder als Einheit funktionieren konnte. Erst dann würde das amerikanische Volk sicherer sein.

Duncan zog eine Schublade des Resolute-Schreibtisches auf, warf die Waffe hinein und sperrte ab. Bevor er zur Tür ging, ließ er den Blick noch einmal durch das Oval Office schweifen. Zum ersten Mal seit seinem Amtsantritt fühlte er sich darin eingeengt.

30 Rom, Italien

Das Letzte, was King sah, bevor ihn stockfinstere Dunkelheit verschlang, war eine schmaler werdende Lichtsichel über sich. Er begriff, dass er durch eine Falltür gestürzt war, die sich schnell und lautlos über ihm schloss. Er schlug auf kaltem Steinboden auf. Der Aufprall brach ihm beinahe die Rippen und presste die Luft aus seinen Lungen.

Selbst unfähig zu sprechen, hörte er Pierce seinen Namen flüstern: »Jack … Jack, wo bist du?«

Einen Augenblick später schaltete Pierce seine Taschenlampe ein, und ein heller Lichtschein traf Kings Gesicht. Geblendet kniff er die Augen zusammen. Pierce sagte: »Tut mir leid« und schwenkte die Taschenlampe zur Seite. Jetzt beleuchtete sie die kahle Wand eines Steintunnels. Nach und nach kam King wieder zu Atem, rappelte sich auf und stellte fest, dass Pierce unverletzt war.

Der bemerkte Kings fragenden Blick und grinste: »Ich bin auf den Füßen gelandet.«

King schüttelte den Kopf. Der Bücherwurm und Archäologe entpuppte sich als katzengewandter *Tomb Raider*, und er, der Elitesoldat, plumpste wie ein Kartoffelsack zu Boden. Als Pierce' Grinsen immer großspuriger wurde, brummte King: »Immerhin haue ich keine Mädchen.«

Pierce setzte zu einer Entgegnung an, schnaubte dann aber bloß: »He, und was ist mit ›man muss ein schlechter Vater sein, um ein guter Vater zu sein‹?«

King zuckte die Achseln. »Damit wollte ich dich bloß aufheitern.«

Pierce lächelte schief. »Quatsch mit Soße. Du hast auch schon Mädchen geschlagen.«

»So nicht«, meinte King. »Du hast die Kleine richtig umgenietet.«

»Die Kleine!« Pierce lachte auf und hob die Faust. »Pass bloß auf, sonst bist du der Nächste.«

»Zwing mich nicht, Queen zu erzählen, dass du Mädchen haust«, sagte King. Er hatte seine Taschenlampe auf dem Boden entdeckt, hob sie auf und schaltete sie ein.

Der Schein tauchte George Pierce in grelles, weißes Licht. Sein Gesicht war wieder ernst. »Das ist gar nicht komisch«, sagte er.

King versetzte ihm einen Klaps auf den Rücken. »Komm, lass uns herausfinden, in welchem Kreis der Hölle wir gelandet sind.« Mit gezückter Waffe ging er voraus. Der Tunnel war eine einfache Röhre, hoch genug, um stehen zu können, und gerade breit genug für zwei Personen. Er führte gleichmäßig in die Tiefe.

»Wir müssen inzwischen unter der Lacus Juturnae sein«, flüsterte Pierce.

Aber King war nicht daran interessiert, was über ihnen lag. Er wollte wissen, was sie unten erwartete. Die Farbe des Tunnels wechselte plötzlich von Dunkelbraun zu einem schmutzigen, mit Farbflecken gesprenkelten Weiß. Pierce' Augen weiteten sich, als er erkannte, um was es sich handelte, und er drängte sich an King vorbei.

Die Wände waren mit Mosaiken bedeckt, und auch wenn viele Teile angeschlagen oder abgefallen waren, blieben dennoch genügend übrig, um die Bilder zu erkennen. Blockhafte Formen, nicht viel detaillierter als ein 16-Bit-Nintendo-Spiel, setzten sich zu piktographischen Geschichten zusammen. King sagten sie nichts, aber Pierce interpretierte sie für ihn.

»Hier, sieh mal, dieser Sumpf«, sagte er. »Das muss das Land sein, auf dem Rom gegründet wurde.« Er zählte die Hügel auf dem Bild und flüsterte vor sich hin. »Die sieben Hügel Roms. Die ersten Siedler bewohnten getrennte Dörfer auf den sieben Hügeln, aber am Ende legten sie den Sumpf trocken und bauten die Stadt.«

Er ging weiter und betrachtete das Bild einer Frau, deren Schönheit trotz des schlechten Zustands des Mosaiks unübersehbar war.

»Wer ist das?«, fragte King.

Nur Fragmente von altgriechischen Buchstaben über ihrem Kopf waren noch erhalten, aber das genügte. »Acca Larentia. Wir haben sie gefunden.«

Sie gingen schneller und achteten kaum mehr auf die Bilder von den Triumphen und Schlachten des frühen Roms. Der Tunnel mündete an einer T-Kreuzung in einem Gewölbebogen. Dahinter führte zur Linken ein weiterer Bogen in eine kleine Kammer, nach rechts zweigte ein Gang ab. King wollte nichts übereilen und inspizierte den kleinen Raum. Der Strahl seiner Taschenlampe huschte durch die Kammer, bis er an ihrem einzigen Einrichtungsgegenstand hängen blieb – einem marmornen Sarkophag. Sie traten näher und fanden auf dem Deckel das Relief einer Frau. Wieder Acca Larentia.

»Sie war die ganze Zeit hier«, sagte Pierce mit demselben ehrfürchtigen Staunen, das man an Rook beobachten konnte, wenn er eine neue Waffe zusammensetzte. Er streckte die Hand aus, um das Gesicht der Frau zu berühren, doch ein gutturales, klickendes Knurren ließ ihn erstarren. Der Laut klang lebendig, aber nicht menschlich.

King wirbelte herum, ließ sich auf ein Knie fallen und richtete Waffe und Taschenlampe auf den Eingang.

Eine verhüllte Gestalt zuckte vor dem Licht zurück und verbarg ihr Gesicht hinter dem losen schwarzen Stoff ihres Ärmels. Die Kreatur fühlte sich im Hellen offensichtlich unwohl und wich zurück, machte aber weder Anstalten zu fliehen noch anzugreifen. Sie stand einfach da, geduckt und sich sachte von einer Seite auf die andere wiegend.

Wartend.

King erkannte das Wesen. Der Umhang und die graue Haut entsprachen genau der Beschreibung, die Rook und Queen von den »Schemen« gegeben hatten. Herkules' geheimnisumwitterte Laufburschen. Obwohl das Wesen von einer Aura des Bösen umgeben war, wusste King, dass es ihnen nicht übelwollte. Er senkte Waffe und Taschenlampe.

Erlöst von der Intensität des weißen Strahls, richtete der Schemen sich höher auf und ließ den Arm sinken. Im düsteren Schein des von den braunen Wänden reflektierten Lichts konnte King die untere Hälfte seines Gesichts sehen. Er hatte keine richtige Nase, nur einen horizontalen Schlitz in der Haut. Und der Mund, nun – an seiner Stelle befand sich lediglich ein Stück runzeligen grauen Fleisches.

Einen Moment lang empfand King Mitleid mit der Kreatur. Anscheinend war sie einmal ein menschliches Wesen gewesen, doch jetzt … ein Monster. Der Schemen machte kehrt, gab ihnen mit dem verhüllten Kopf einen Wink, ihm zu folgen, und schwang sich empor an die Wand des Ganges. Dort kroch er davon wie eine vierbeinige Spinne. *Oder*, dachte King, *wie ein Gecko*.

Er hielt die Waffe schussbereit und folgte dem Wesen, das immer wieder wartete, wenn sie zurückblieben. Es führte sie durch ein verwirrendes Labyrinth von Tunneln, aus denen sie allein nie zurückfinden würden. Manche waren völlig kahl. In anderen gab es Teile von antiken Säulen, zerbrochenen Büsten und halb zerbröckelten Bögen.

»Das müssen die ältesten Schichten der Stadt sein«, sagte Pierce. »Wir hatten so viel Angst davor, zu zerstören, was sich an der Oberfläche befindet, dass wir nie daran dachten, darunter nachzusehen. Alte Städte sind in Schichten erbaut. Das hier ist der Stoff für Legenden.« Er sah King an. »Es ist das Rom, das Herkules gekannt hat. Vor den Cäsaren. Vor dem Kolosseum. Vor dem riesigen Römischen Reich.«

King wollte etwas erwidern, als ein Geräusch an sein Ohr drang. Eine Frauenstimme. Er blieb an der nächsten Kreuzung stehen, um zu horchen. Der Laut kam eindeutig aus dem rechten Tunnel. Pierce legte den Kopf schief.

»Klingt nach einem italienischen Akzent«, sagte er.

Eine zweite, ebenfalls weibliche, aber höhere Stimme antwortete auf Amerikanisch. Kings Herz schlug schneller. Fiona! Doch bevor er mehr als einen Schritt in den Gang hineintreten konnte, fuhr etwas Dunkles über ihn hinweg und versperrte ihm den Weg wie eine Wand aus Schatten. King richtete die Pistole auf den Kopf des Schemens und hob langsam die Taschenlampe.

Während der Lichtkegel höher glitt, stieß die Kreatur ein gequältes Quieken aus. King sah ihren Nasenschlitz vibrieren. Pierce, der eine gewalttätige Auseinandersetzung befürchtete, wich zurück.

Dann tat der Schemen etwas Unerwartetes. Statt zurückzuweichen beugte er sich näher zum Licht und setzte ihm sein ganzes Gesicht aus. Die Pupillen seiner ovalen Augen hatten die Größe von 25-Cent-Stücken. Die Helligkeit schien ihm Qualen zu bereiten, denn eine tiefe Furche grub sich zwischen seine Augenbrauen. Dennoch machte er keine Anstalten, zurückzuweichen, und King wusste, dass sich der Schemen durch das Licht trotz aller Schmerzen nicht einschüchtern lassen würde. Und das Schießeisen beunruhigte ihn anscheinend noch weniger.

Pierce wich einen weiteren Schritt zurück und fühlte sich plötzlich von zwei großen Händen gepackt. Er schrie auf, und King wirbelte zu ihm herum. Ein Mann, den er noch nie gesehen hatte, stand hinter Pierce. Er war groß und kräftig und trug einen eleganten schwarzen Freizeitanzug. Sein Gesicht war wie aus Stein gemeißelt, seine letzte Rasur lag sicher eine Woche zurück. Er hatte einen Brustkorb wie ein Fass, und in seinen Augen stand ein zuversichtliches Glitzern. Offenbar war er es gewohnt, die Situation unter Kontrolle zu halten oder wenigstens so zu tun, als ob.

King senkte die Pistole. Sie würde ihm nichts bringen. »Herkules.«

»Aber ich bitte Sie«, sagte der Mann. »Nennen Sie mich Alexander.«

31 Chaco-Provinz, Argentinien

Bishop wartete, dass sich das Geräusch wiederholte, aber der gesamte Dschungel war verstummt – als wären alle Lebewesen darin in Furcht erstarrt. Wie die fünf Delta-Soldaten, die hinter Bishop im schwarzen Wasser standen, schienen sie zu spüren, dass sich Unheil näherte. Doch sie wussten nicht, was es war.

Bishop schloss die Augen und konzentrierte sich allein auf sein Gehör. Er lauschte dem Dschungel. Die großen Palmwedel über ihm raschelten und klapperten. Der Fluss gluckerte über die Felsen in Ufernähe. Nichts zu hören von seinen Männern. Lautlos. Lauernd.

Und die Zielpersonen, Miguel und Nahuel Franco? Bishop öffnete die Augen. Auch sie waren verstummt.

Er spähte über den Baumstamm, hinter dem sie sich versteckten, und sah die beiden Männer auf dem sandigen Uferstreifen sitzen. Aber Nahuel hielt die Schrotflinte inzwischen schussbereit, und Miguel hatte einen Revolver gezogen. Erst dachte Bishop, die Männer hätten dieselben verdächtigen Geräusche vernommen wie er, doch dann wurde ihm die schreckliche Wahrheit bewusst.

Sie starrten in seine Richtung. Nicht in den Dschungel.

Bishop drehte sich zu seinen Männern um und flüsterte: »Legt die Waffen und die Nachtsichtgeräte ab. Kein Kampf. Kein Wort. Ich komme zurück.« Er tauchte im dunklen Wasser unter und verschwand.

BP-eins blinzelte zweimal überrascht. Dann nickte er und gab den Befehl weiter. Das Team ließ Waffen und Nachtsichtbrillen rasch unter Wasser auf den schlammigen Grund sinken. Man hatte sie gewarnt, dass das Schachteam manchmal ungewöhnlich operierte, doch jetzt erlebten sie es am eigenen Leib. Bishops »Bauern« würden einen ersten Geschmack von *wirklich* unkonventioneller Kriegführung bekommen.

Nachdem eine Minute verstrichen und Bishop noch nicht wieder aufgetaucht war, dachte BP-eins: *selbstmörderische Kriegführung*. Dann sah er die Reihe von Gewehrmündungen, die sich aus dem Dschungel schob. Auf sein Kommando hob das Team die Hände.

Zehn dunkel gekleidete Soldaten der argentinischen Gendarmería Nacional traten aus dem Urwald, die Waffen auf die Eindringlinge gerichtet. Gleißende Lampen tauchten das sandige Ufer und den Fluss in taghelles Licht. »Mantengan sus manos arriba y salgan del agua. Ahora mismo«, forderte einer der Männer sie mit befehlsgewohnter Stimme auf.

BP-drei sprach fließend Spanisch, befolgte aber strikt Bishops Anweisung und blieb stumm. Er stieg einfach aus dem Wasser und bedeutete den anderen, ihm zu folgen. Während BP-eins ans Ufer watete, warf er einen letzten Blick zurück und fragte sich, wie Bishop so lange unter Wasser bleiben konnte. Egal, wie weit er untergetaucht schwamm, der Fluss war breit und übersichtlich – beim Auftauchen hätte man ihn sehen müssen.

Während das Delta-Team mit Kabelbindern gefesselt wurde, behielten drei der GNA-Soldaten den Fluss im Auge. Sie leuchteten mit ihren Taschenlampen jeden Winkel der Wasseroberfläche und der Uferstreifen ab.

Nachdem fünf Minuten verstrichen waren, warf BPzwei BP-eins einen nervösen Blick zu. Sie fragten sich alle: *Wo bleibt Bishop? Ist er tot?*

Bevor Bishop untertauchte, stieß er sämtliche Luft aus seinen Lungen aus, dann ließ er sich auf den Grund sinken. Er fand einen versunkenen Baumstamm, schlüpfte darunter, und klammerte sich mit aller Kraft daran fest. Sein Körper begann bereits nach Sauerstoff zu schreien, als die GNA-Soldaten aus dem Dschungel traten. Bishop sah, wie helle Lampen die Szenerie über Wasser erleuchteten, doch sie reichten nicht bis zu ihm herunter. Als die Kegel der Taschenlampen über die Oberfläche strichen, zitterte sein Leib unter dem unbezähmbaren Wunsch, einzuatmen.

Das war vor fünf Minuten gewesen. Unter Wasser befand er sich jetzt seit sieben.

Nach vier Minuten hatte er den natürlichen Drang seines Körpers nicht mehr unterdrücken können. Sein Mund öffnete sich, und seine Lungen füllten sich mit Wasser. Keine Blasen stiegen zur Oberfläche. Da er keine Luft in den Lungen hatte, ertrank Bishop, ohne dass es jemand mitbekam. Während sein Körper sich zusammenkrampfte, konzentrierte er sich nur auf eines – nicht loszulassen. Sein Ertrinken dauerte drei Minuten, während denen sein Körper sich immer wieder regenerierte. Es waren Folterqualen, wie er sie noch nie erlebt hatte. Man hatte ihm Gliedmaßen ausgerissen und einmal sogar fast den Kopf abgetrennt, aber nichts hatte ihn auf diese Agonie vorbereiten können. Denn obwohl er genau *wusste,* dass er überleben würde, *glaubte* sein Körper, im Sterben zu liegen.

Eine Minute später erloschen die Lichter am Ufer, und die Soldaten entfernten sich mit ihren Gefangenen. Bishop wartete noch eine Minute, bis der letzte Schimmer verblasst war, dann ließ er den Baumstamm los und schwamm zur Oberfläche. Es kostete ihn seine ganze Willenskraft, das Wasser erst vollständig aus seinen Lungen abfließen zu lassen, bevor er Luft holte, aber es gelang ihm. Seine Wiederauferstehung aus dem nassen Grab erfolgte still und unbemerkt. Mental und physisch ausgelaugt kroch er ans Ufer. Dank seiner regenerativen Fähigkeiten stand er zehn Sekunden später auf und fühlte sich frisch und energiegeladen – als wäre nichts geschehen.

Doch psychisch war er angeschlagen. Er hatte nicht nur einen Vorgeschmack auf den Tod bekommen, er hatte mit ihm persönlich zu Abend gespeist. Bishop rollte mit dem Kopf, holte tief Luft und versuchte, die Erfahrung des Ertrinkens aus seinem Gedächtnis zu streichen. Angst vor dem Tod half ihm wenig, wenn er seine Männer befreien wollte. Es bestand eine erhöhte Wahrscheinlichkeit, dass er noch mehrfach sterben würde, bevor die Nacht vorüber war.

Um beweglicher zu sein, streifte er seine nassen Kleider größtenteils ab. Dank seiner Hautfarbe war er in der Dunkelheit trotzdem fast unsichtbar. Auch die Nachtsichtbrille ließ er zurück, da sie ihn beim Laufen behindert hätte. Die einzigen Waffen, die er behielt, waren seine schallgedämpfte Pistole und ein KA-BAR-Messer.

Der Dschungel peitschte seinen Körper, während er losrannte, doch er achtete nicht auf den Schmerz, da jede oberflächliche Verletzung von einer Sekunde auf die andere verheilte. Er wurde erst langsamer, als er zornige spanische Stimmen vor sich hörte. Die GNA-Soldaten hatten haltgemacht, um die Gefangenen einem spontanen Verhör zu unterziehen, bevor man sie offiziell inhaftierte. Bishop spähte durchs Gebüsch. Als er seine Männer mit auf den Rücken gefesselten Händen auf dem Boden knien sah, fragte er sich, ob das vielleicht eher eine Hinrichtung als eine Befragung werden sollte. Als der, der das Verhör leitete, die Pistole hob und BP-eins ins Bein schoss, wusste Bishop genug.

BP-eins' Schmerzensschrei übertönte das Geräusch von Bishops durch die Luft sausendem KA-BAR Messer. Aber jeder sah, wie die achtzehn Zentimeter lange Klinge sich ins Bein des Verhörführers bohrte. Der schrie auf und kippte um, die Finger um den Messergriff gekrallt.

Mit erhobener Sig Sauer brach Bishop aus dem Dschungel hervor. Er zielte auf den Körperpanzer eines der Soldaten, feuerte zwei Schüsse ab, und auch dieser Mann stürzte zu Boden. Die Kugeln hatten ihn nicht getötet, ihm aber wie die Schläge eines jungen Mike Tyson Atem und Kampfgeist geraubt. Die restlichen vier Soldaten eröffneten das Feuer und durchsiebten Bishop mit Kugeln.

Fleischfetzen flogen durch die Luft. Blut spritzte.

Doch Bishop stand noch immer und schoss um sich.

Während er mit blutüberströmtem Gesicht vier weitere Schüsse abfeuerte, sah er jämmerliche Furcht in den Augen der verbliebenen GNA-Soldaten aufkeimen. Drei der vier Männer gingen zu Boden, als Bishops Pawn-eins bis fünf, die sich blitzschnell von ihren Plastikfesseln befreit hatten, kurzen Prozess mit ihnen machten. Sie folgten Bishops Beispiel und überwältigten sie lediglich, statt sie zu töten.

Der letzte Soldat, der noch auf den Beinen stand, feuerte auf Bishops Brust. Als Bishop die Kugeln vorne eindringen und am Rücken wieder austreten fühlte, fürchtete er, dass eine davon den Kristall treffen könnte, der ihm seine geistige Gesundheit erhielt. Mit einem Wutschrei warf er sich nach vorn, größere Angst vor dem Wahnsinn als vor dem Tod, und schlug mit voller Kraft zu. Obwohl drei Kugeln seinen Arm getroffen hatten, regenerierte er sich, bevor der Hieb den Mann am Kopf traf. Trotz Helm brach der Argentinier bewusstlos zusammen.

Bishop stöhnte auf, als der Schmerz seiner zahlreichen Schussverletzungen den Adrenalinstoß übertönte. Er ließ sich auf die Knie sinken, presste die Augenlider zusammen und wartete auf den Heilungsprozess. Der Qual folgte ein wütendes Jucken, dann ging auch das vorüber. Er stand auf, blutüberströmt, aber heil und gesund, und musterte seine Leute. Sie starrten ihn an.

BP-eins blickte zwischen den bewusstlosen GNA-Soldaten und Bishop hin und her. Dann grinste er. »Ist Ihnen eigentlich klar, wie scheiße abgefahren das war?«

Bishop nickte. »Nur die Spitze des Eisbergs.« Er deutete auf BP-eins' verletztes Bein. »Schaffen Sie es?«

»Von alleine heilt es nicht, aber ich komme schon zurecht.«

Bishop wandte sich ab. Sein Team hatte überlebt, doch die Mission war ein kompletter Fehlschlag. Und er hätte beinahe alles verloren. Wenn der Kristall zersprungen wäre … Er machte sich im Geiste eine Notiz, für einen besseren Schutz des Steins zu sorgen, dann machten sie sich auf den langen Nachhauseweg.

32 Taipeh, Taiwan

Die Frau im Hosenanzug richtete ihre Waffe auf Knights Kopf. Er tauchte seitlich weg, als sie abdrückte. Die Kugel pfiff an seinem Ohr vorbei – er konnte ihre Hitze fühlen – und schlug in ein vorbeifahrendes Taxi ein.

Während er sich abrollte, hörte Knight Reifen quietschen und die Schreie flüchtender Passanten. Der Fahrer des Taxis hatte die Kontrolle über den Wagen verloren, möglicherweise hatte ihn die für Knight bestimmte Kugel getroffen. Die Frau schrie etwas auf Chinesisch, das er nicht verstand. Er kam auf die Füße, wirbelte herum, zog seine Waffe, und sobald die Frau in seinem Visier auftauchte, schoss er ohne Zögern. Das lautlose Projektil traf sie in den Hals. Das eigentlich für Wallis Palalin bestimmte Betäubungsgift wirkte schnell, während sich die Frau verblüfft an die Kehle fasste. Sie rutschte rücklings die Treppe herunter und blieb auf dem Bürgersteig liegen.

Knight rannte zu ihr, schlug das Jackett zurück und inspizierte ihr Abzeichen. Polizei. *Woher wusste die taiwanesische Polizei von unserer Mission?*, fragte er sich.

Ihm blieb keine Zeit, darüber nachzudenken. Mit aufheulendem Motor schoss ein großer, grauer Van heran, an dessen Seite in chinesischen Schriftzeichen ein Text stand, der sich mit »SWAT« übersetzen ließ.

Die taiwanesischen SWAT-Teams waren Elitekämpfer, die nicht nur mit brutaler Effizienz vorgingen, sondern auch Meister im Kung-Fu waren. Jede Sekunde würde eine ganze Truppe schwerbewaffneter und bestens ausgebildeter Männer aus dem Heck des Vans hervorbrechen. Verzweifelt sah sich Knight nach einer Fluchtmöglichkeit um.

Das zerschossene Taxi stand verlassen und mit laufendem Motor da. Der Fahrer war ausgestiegen und humpelte, eine Blutspur hinter sich herziehend, eilig auf das Krankenhaus zu – und überließ Knight den perfekten Fluchtwagen.

Er schrie seinen beiden Teammitgliedern zu: »Ins Taxi!«

Reifen kreischten, Blech schepperte, und zornige Rufe wurden laut. Der SWAT-Van hatte seine Männer ausgespuckt, und sie brüllten Knight hinterher, er solle stehen bleiben. Doch das ging nicht, erstens, weil er sich nicht erwischen lassen durfte, und zweitens, weil er gerade durch die Luft über die Motorhaube des Taxis flog.

Er landete auf der Fahrerseite und schwang sich hinters Lenkrad. Während seine Teamkollegen die hinteren Türen aufrissen und hineinsprangen, brach hinter ihnen ein Getöse wie von Donnerschlägen los, als zwanzig Männer das Feuer aus automatischen Waffen eröffneten. Einer der Delta-Agenten auf dem Rücksitz schrie getroffen auf. Der Kugelhagel fraß sich ins Heck des Wagens, und Knight wusste, dass von den Männern im Fond gleich nur noch Hackfleisch übrig sein würde. Er knallte den Gang ins Getriebe und gab Vollgas.

Die Kugeln folgten dem davonschießenden Wagen, bis Knight links abbog und sich unter den Verkehr mischte. Von allen Seiten näherten sich Sirenen. In dem Taxi mit seinem zerschossenen Heck zu bleiben war unmöglich. Als der linke hintere Reifen von der Felge sprang und an ihnen vorbeirollte, ließ Knight den Wagen mitten auf der

Straße stehen und rannte zu einer schwarzen Limousine, die am Rinnstein parkte.

Er riss die Fahrertür auf, warf sich auf den Fahrersitz und startete den Motor. Es war der Wagen des Teams, den sie hier abgestellt hatten. Knight sah sich nach seinen Kollegen um, während sie einstiegen. Einer blutete an der Schulter. Nichts Ernstes. Weitaus schlimmer war, was er durch die Heckscheibe um die Kurve hetzen sah: Das SWAT-Team hatte die Verfolgung zu Fuß aufgenommen und schwärmte fünfzehn Meter weiter hinten auf der Straße aus. Knight ließ sein Fenster herunterfahren und warf einen kleinen Gegenstand in das zerschossene Taxi.

Er gab Gas und zog damit die Aufmerksamkeit des SWAT-Teams auf sich, das sich bisher auf das Taxi konzentriert hatte. Gewehrläufe schwenkten zu Knight herum, doch bevor sie ihn aufs Korn nehmen konnten, ging das Taxi in einem Feuerball in die Luft, und Metallteile zischten nach allen Seiten davon. Das SWAT-Team ging in Deckung und verpasste damit, wie Knight links abbog.

Er fuhr um mehrere Ecken und mischte sich schließlich unter den dichten Stadtverkehr. Allerdings war ihr Wagen gesehen worden, und sie mussten ihn in Kürze stehenlassen. Polizeifahrzeuge schwärmten in Richtung der Explosion an ihnen vorbei, und sie waren froh über die getönten Scheiben, die sie verbargen. Knight steuerte den vereinbarten Treffpunkt an einem der zahlreichen Häfen der Stadt an. Er aktivierte das Kehlkopfmikrofon und informierte die übrigen Teammitglieder. »Hier ist Knight. Mission abgebrochen. Treffpunkt Hafen in dreißig Minuten. Wir ziehen ab.«

»Verstanden, Knight. Wir hatten keine – oh, Scheiße!« Knight erkannte das Geräusch von Kugeleinschlägen in Metall und Glas. Er hörte Schreie. Erst wütend. Dann verzweifelt. Das Abwehrfeuer seiner Leute machte ihn fast taub. Dann wurde es still. Und er wusste, was das bedeutete.

Der Rest seines Teams war tot.

33 Rom, Italien

»Ich fürchte, das ist unmöglich«, sagte Alexander, während er King und Pierce in einen nahe gelegenen Lagerraum führte. Er setzte sich auf eine mit einer Plane abgedeckte Kiste, während Pierce die Überreste einer alten, verwitterten Statue inspizierte. King ging in unterdrücktem Zorn auf und ab. Der Schemen war verschwunden, aber sie wussten, dass er in der Nähe lauerte.

»Nichts ist unmöglich«, erwiderte King.

Alexander lachte. »Nachdem Sie ein paar der Merkwürdigkeiten kennengelernt haben, die unsere Welt zu bieten hat, halten Sie sich bereits für einen Experten für das Mögliche und Unmögliche?«

»Lassen Sie mich mit ihr sprechen«, bat King in weniger barschem Ton als die ersten beiden Male, als er verlangt hatte, Fiona zu sehen. »Sie ist Diabetikerin und braucht Insulin.«

»Ich habe die Insulinpumpe bemerkt und dafür Sorge getragen, dass sie bei Bedarf neu aufgefüllt wird. Wenn ich Ihnen erlauben würde, sie zu sehen, bekämen die anderen neue Hoffnung auf Rettung. Enttäuschte Hoffnung führt zu Bitterkeit, Aufsässigkeit und Zorn. Im Augenblick sind sie zufriedene Gefangene. Und sie sind in Sicherheit.« Alexander verschränkte die Arme. »Daher bleibt es dabei: unmöglich.«

»Die anderen?«, fragte Pierce und wandte sich von der Statue ab. »Wie viele Menschen haben Sie gekidnappt?«

»Siebenundfünfzig. Aber Kidnapping unterstellt böse Absicht«, sagte Alexander. »Ich rette ihnen das Leben.«

»Indem Sie sie in einer unterirdischen Gruft einsperren?«, fragte King.

»Sie waren für die Sicherheit von nur einer einzigen Person verantwortlich«, meinte Alexander. »Und wir wissen ja, wie das ausgegangen ist. Bis die Vorgänge aufgeklärt sind, bleiben sie unter meinem Schutz. In Sicherheit sind sie nur hier und an anderen geheimen Orten, die nur ich und meine Leute kennen.«

»Die Gesellschaft des Herkules?«, fragte Pierce.

Alexander nickte und lächelte. »Ihre alten Freunde, ja.«

Widerstrebend musste King Alexander recht geben. Er mochte sich dubioser Methoden bedienen, wie schon in der Vergangenheit, doch was er tat, unterschied sich nur unwesentlich von der Mission des Schachteams: die letzten Sprecher uralter Sprachen zu ihrem eigenen Schutz zu entführen. Der Unterschied lag darin, dass sich Alexander nichtmenschlicher Helfer bediente und die Entführten im Dunkeln ließ, wörtlich und im übertragenen Sinn.

Alexander lehnte sich zurück und stützte sich mit seinen gewaltigen Ellenbogen auf die Kiste. »Allerdings entlarvt Ihre Anwesenheit hier meine Theorie von einer sicheren Zuflucht als Unfug.« In seinen Augen brannte eine Mischung aus Großspurigkeit und Zorn, während er King anfunkelte. »Wie haben Sie mich aufgespürt?«

»Sie wollten gar nicht gefunden werden?«, fragte King. »Nicht im Geringsten.«

King erklärte, wie sie von Alexanders zweimaliger Erwähnung eines Versprechens, das er gebrochen hatte, indem er sich in die Probleme der Welt einmischte, auf Acca Larentia und ihre letzte Ruhestätte geschlossen hatten. Als er geendet hatte, wirkte Alexander bestürzt.

King bemerkte dessen konsternierten Ausdruck. »Was ist?«

»Ich ... ich bin beeindruckt.« Alexander setzte sich aufrecht hin. »Ich dachte, Sie wären einfach nur ein Mann, der sich gut aufs Töten versteht.«

»Das auch«, bestätigte King.

»Darf ich fragen, ob man Ihnen gefolgt sein könnte?«

King dachte daran, dass er sich in den Ruinen des Forum Romanum beobachtet gefühlt hatte. Aber wahrscheinlich hatte er nur die Anwesenheit der Wächter gespürt. »Nein, niemand.«

Alexander sah nicht überzeugt aus. »Wir leben in seltsamen Zeiten. Selbst die Steine können Augen haben.«

»Nur Lewis kannte mein Ziel«, sagte King. »Wir wurden nicht verfolgt.«

»Hmm«, meinte Alexander, immer noch zweifelnd, doch er ging darüber hinweg. »Und sie kamen über den Lacus Curtius herein?«, fragte er.

Pierce nickte. »Eine Leiter wäre keine schlechte Idee.«

Alexander lächelte. »Diesen Eingang benutzen nur die Vergessenen. Sie brauchen keine Leitern.«

»Die was?«, fragte Pierce.

»Die verhüllten Männer, denen Sie begegnet sind. Sie sind ebenso alt wie ich, aber sie haben ihre Stimmen und Seelen vor langer Zeit verloren.«

»Wer sind sie?«

»Versuchspersonen«, erwiderte Alexander. Als er die entsetzten Blicke von King und Pierce bemerkte, fügte er hinzu: »Erst das ewige Leben hat mir mit der Zeit meine eigene Unmoral vor Augen geführt. Ich sehe die Dinge nicht mehr so wie in meiner Jugend. Als ich noch sterblich war, habe ich mich nicht allzu sehr von Richard Ridley unterschieden.«

King dachte an Ridley zurück, den Chef von Manifold Genetics, der versucht hatte, das Geheimnis der Unsterblichkeit zu entschlüsseln. Er hatte ohne jeden Skrupel nach Gottähnlichkeit gestrebt. Seine Menschenversuche hatten die Opfer wahnsinnig und gleichzeitig unverwundbar gemacht. Tausende waren gestorben, bis Ridleys Untaten in der Wiederweckung der mythischen Hydra gipfelten. Kein Preis war ihm zu hoch gewesen, und am Ende hatte er sein Ziel erreicht, die Unsterblichkeit, dabei aber seinen Konzern, seine Helfer und sein Vermögen verloren. Leider war er selbst entkommen und hatte nun alle Zeit der Welt, sein Comeback vorzubereiten. King verglich Alexander mit Ridley, und das Bild erschreckte ihn. *Gott sei Dank, dass er auf unserer Seite steht.*

Alexander fuhr fort: »Die Vergessenen sind der beste Beleg dafür. Ich habe sie als stete Mahnung bei mir behalten. Dafür, was ich hätte werden können. Was ich war. Und wie hoch der Preis ist, wenn ich einen Fehler mache.«

King wusste nicht, worauf Alexander hinauswollte, doch Pierce hatte es sich schon zusammengereimt. »Die Vergessenen haben Acca getötet?«

Eine plötzliche Traurigkeit überfiel den einstigen Halbgott. Er starrte zu Boden. »Kaum zu glauben, dass es immer noch weh tut, nach all der Zeit.« Er hob den Blick wieder. »Die Vergessenen leiden unter ihrer eigenen Art des Irrsinns. Sie werden wahnsinnig vor Gier. Hunderte von Menschen sind in den ersten Jahren unter ihren Händen gestorben, und schließlich traf es auch Acca. Seitdem verabreiche ich ihnen ständig einen Ersatzstoff, der ihren Blutdurst stillt.«

»Wollen Sie damit sagen, dass es Vampire sind?«, fragte King.

Alexander schüttelte den Kopf. »Nicht im üblichen

Sinn, aber möglicherweise sind sie der Ursprung aller Vampirlegenden.«

»Mein Gott ...«, sagte Pierce.

»Ihre Hände sind mit Poren übersät, in die kleine, kräftige Hohlfasern münden. Tausende davon. So können sie sich an Wänden und Decken entlangbewegen. Aber auch das Blut ihrer Opfer durch die Haut absaugen.« Er demonstrierte es, indem er seinen Arm mit einer Hand umschloss. »Ich wünsche Ihnen, dass Sie nie ihre Umarmung zu spüren bekommen. Es ist furchtbar.«

King überlegte kurz, ob das eine versteckte Drohung sein sollte, doch dann sah er den verlorenen, kummervollen Ausdruck in der Miene des Mannes. Er war *Zeuge* von Accas Tod gewesen.

»Wie konnte es dazu kommen?«, fragte King. »Mit Acca?«

»Sie hatte zufällig mein Labor entdeckt. Sie war ein neugieriger Mensch. Immer auf der Suche nach Antworten. Das liebte ich so an ihr. Die Vergessenen waren eingeschlossen und hatten seit Wochen nichts mehr getrunken. Sie waren ausgehungert und sahen jämmerlich aus. Acca glaubte, sie hätten Durst, und reichte ihnen eine Tasse Wasser. Dieser Akt des Mitleids besiegelte ihr Schicksal. Statt das Wasser zu trinken, saugten die Vergessenen ihr das Blut aus den Adern.«

Alexander holte tief und zitternd Luft und stand auf. Seine mächtige Gestalt ragte hoch über King und Pierce auf. »Aber genug davon. Ich lasse Sie von einem der Vergessenen zu einem sicheren Ausgang bringen.«

King zog die Augenbrauen hoch. »Wenn ich Sie zitieren darf: ›unmöglich‹.« Um seine Entschlossenheit zu demonstrieren, legte er die Hand an den Griff der Pistole, die vorne unter seinem Hosenbund steckte.

»Es ist Ihnen doch klar, dass die Ihnen hier nichts nützt?«, meinte Alexander furchtlos.

»Aber es wird weh tun«, grinste King. »Und zwar sehr.«

Alexander lachte leise und entspannte sich. »Was wollen Sie?«

»Was jeder will, der in Ihren Verliesen eingesperrt ist«, erwiderte King. »Hoffnung. Und ein paar Antworten – falls Sie welche haben.«

Alexander trat vor King und Pierce in den dunklen Gang hinaus. »Ich weiß nicht alles. Aber ich kann Sie auf den richtigen Weg bringen.«

King schloss sich ihm an. »Mehr verlange ich gar nicht.«

34 Asino, Sibirien

Rook rannte die Straße entlang auf die Abzweigung zu, die zum Haus seiner Zielperson führte. Er hatte nicht vor, die Mission abzubrechen, nur weil zufällig russisches Militär in der Gegend herumflog. Die Hubschrauber konnten nicht mehr weit entfernt sein, das *Tschopp-tschopp* ihrer Rotorblätter pulste durch den Wald. Rook setzte den Ohrhörer wieder ein und nahm Kontakt zu seinem Team auf. »Lagebericht.«

»Rook, wir sind aufgeflogen«, meldete sich RP-zwei. »Diese Vögel fliegen nicht vorbei. Die kreisen.«

Was zum Henker soll das?, dachte Rook. Das erklärte, warum er die Helikopter schon eine Weile hörte, aber noch keinen zu Gesicht bekommen hatte. »Womit haben wir es zu tun?«

»Unbekannt. Wir können Schatten durch die Bäume erkennen, haben aber keine freie Sicht. Vermutlich sind es drei.«

In Rooks Ohrhörer knisterte es, doch die Stimme, die sich meldete, gehörte keinem seiner fünf Deltas. »Rook, hier ist Domenick Boucher. Queen meldet Mission gefährdet. Die Verbindung zu Bishop ist abgerissen. Wir haben Berichte von einer Schießerei und zwei Verlusten in Taipeh. Mission abbrechen. Mission ab…«

Bouchers Stimme ging im Donner einer Explosion unter. Eine Druckwelle schoss durch den Wald und schob eine

Wolke von Kiefernnadeln vor sich her. Nach dem Knall hörte Rook seine Männer rufen: »Rook, das sind Werwölfe! Volle Kampfausrüstung. Scheiße, die haben uns!«

Gewehrfeuer knatterte durch den Wald, als das fünfköpfige Delta-Team zurückschoss. Aber Rook wusste, dass es hoffnungslos war. ›Werwolf‹ lautete der Spitzname des russischen Ka-50 Kampfhubschraubers »Schwarzer Hai«, und man nannte ihn so, weil ihn anscheinend nur eine Silberkugel vom Himmel holen konnte. Es waren schwer gepanzerte Militärhelikopter zur Panzer- und Luftabwehr. Ihre Bewaffnung umfasste panzerbrechende Raketen, normale Raketen, Luft-Luft-Raketen und ein Sortiment von Maschinenkanonen. Drei von diesen Kriegsmaschinen, um ein Fünfmannteam auszuschalten, war ein entschiedener Overkill.

Es sei denn, sie wussten, wer wir sind, dachte Rook.

»Mission abbrechen!«, rief er. »Schüttelt sie zwischen den Bäumen ab und ...«

Das Dröhnen zweier Minikanonen zerriss die Luft.

Rook hielt den Atem an. Ein lautes Knacken ertönte, als ein Baum umstürzte. Der Stamm rauschte zu Boden und prallte mit einem dumpfen Schlag auf.

Mühsame Atemzüge drangen aus Rooks Ohrhörer. »RP-zwei bis fünf sind erledigt! Zwei Vögel sind hinter mir her. Einer kommt in Ihre Richtung!«

Der Kampf, der im Wald tobte, hatte Rook so überrascht, dass er immer noch wie angewurzelt mitten auf der Landstraße stand. Nirgends war ein Versteck in Sicht. Auf die Hubschrauber zuzulaufen bedeutete Selbstmord, denn offenbar verfügten sie über Wärmesensoren, wenn sie Menschen im dichten Wald aufspüren konnten. Die Straße erstreckte sich endlos in beide Richtungen. Und auf der dem Wald gegenüberliegenden Seite befand sich die offene Weidelandschaft der Rinderfarm. Nur mit einer Handfeuerwaffe und drei Granaten bewaffnet, würde Rook sich gerade so lange halten können, wie der Kanonier brauchte, um ihn mit dem Visier zu erfassen und den Abzug zu drücken.

Da es keine Versteckmöglichkeit gab, beschloss Rook, sich unsichtbar zu machen. Er sprang über den niedrigen Stacheldrahtzaun der Weide und rannte den Hügel hinauf. Während er durch den weichen, lehmigen Boden pflügte, zerriss eine zweite Explosion den Wald. Die Raketen, die eigentlich für Panzer bestimmt waren, mussten seinen Freund Jeff Kafer zerfetzt haben. Sein Zorn trieb Rook im selben Moment über die Hügelkuppe, als ein einzelner Hubschrauber über dem Wald aufstieg und in seine Richtung flog.

Rook bremste auf gemütliches Schritttempo ab und bewegte sich am Rand einer großen, unruhigen Rinderherde entlang. Er blickte über die Schulter. Der obsidianschwarze Helikopter näherte sich wie eine Verkörperung des Bösen. In seinen beiden Stummelflügeln führte er genügend Feuerkraft für einen kleinen Krieg mit. Rook zwang sich zu Gelassenheit; er hoffte, seine offensichtliche Furchtlosigkeit und die einheimische Kleidung würden den Kanonier zögern lassen. Als der Hubschrauber scharf abkippte und den Hügel umkreiste, wusste er, dass sein Plan funktionierte. Jedenfalls fürs Erste.

Doch dann wendete der Helikopter und kam zurück, flog direkt auf Rook zu. Er schwebte so tief, dass die Herde in Panik geriet und durchging. In ihrer Kopflosigkeit rannten die Rinder sich gegenseitig über den Haufen und veranstalteten ein fürchterliches Durcheinander, während ihr panisches Muhen im *Tschopp-tschopp* des Koaxialrotors des Hubschraubers unterging.

Rook sah, wie der Pilot und der Kanonier ihn musterten, und nutzte seinen Zorn über den Tod seines Teams, um den wütenden Besitzer der in Panik geratenen Rinderherde zu spielen. Mit krebsrotem Gesicht stieß er einen Schwall von russischen Verwünschungen hervor und gestikulierte heftig zu den durchgehenden Tieren hin. Als er damit keine Reaktion erzielte, wurde er dreist, hob einen kleinen Stein auf und schmiss ihn nach dem Helikopter. Er traf die Windschutzscheibe und brachte die Männer dahinter zum Lachen.

Die Maschine stieg höher, sauste dicht über seinen Kopf hinweg und kehrte zu den beiden anderen zurück, die immer noch über dem Wald kreisten. Rook blickte ihnen einen Moment lang nach, bevor er zwei Militärtransporter voller Soldaten die Straße entlangrumpeln sah und sich zu den Hofgebäuden zurückzog. Er hoffte, dort irgendeine Art von Fahrzeug zu finden, stieß stattdessen jedoch auf einen Mann, der aufgeregt in ein Handy sprach und gleichzeitig mit einer doppelläufige Schrotflinte auf ihn zielte.

Die Waffe ließ Rook erstarren. Er versuchte zu verstehen, was der Mann sagte, doch das zurückkehrende Geräusch der Rotorblätter übertönte seine Worte. Nicht nur einer, sondern alle drei Hubschrauber näherten sich. Bevor Rook einen klaren Gedanken fassen, etwas sagen oder sich auch nur bewegen konnte, ging der anschwellende Lärm der Kriegsmaschinen im Donner von zwei Schrotläufen unter.

35 El Calvario, Kolumbien

Tief in den Schatten verborgen, beobachteten Queen und ihr Team, wie vier weitere Fahrzeuge auf die steile Dorfstraße einbogen und auf sie zurollten. Nur fünf Meter von ihnen entfernt hielten sie an. Es waren schwarze SUVs aus den 1980er Jahren, schlammbedeckt vom Offroadbetrieb im Dschungel – definitiv kein Militär. Zwanzig Männer stiegen aus, ausgerüstet mit einer Mixtur aus halbautomatischen und automatischen Waffen, die das kolumbianische Militär nicht verwendete. Die meisten trugen olivgrüne Kleidung, genau wie die fünfzehn Männer am oberen Ende der Straße, aber der Mischmasch von Uniformteilen roch nach Miliz. Die erbosten Mienen der Männer waren ein Hinweis darauf, dass das Militär hier nicht willkommen war.

Vermutlich handelte es sich um Drogenhändler, und falls die Soldaten nicht wussten, dass sie in der Nähe einen Stützpunkt unterhielten, würden sie es bald herausfinden. Dafür würde Queen schon sorgen.

Die Drogenhändler schienen nichts von der Anwesenheit der Deltas zu wissen, wohingegen das Militär offenkundig auf der Suche nach ihnen war. Vielleicht bereits mit Verstärkung im Anmarsch. Queen musste ein massives Ablenkungsmanöver veranstalten, damit sie die Straße überqueren und in den Dschungel entkommen konnten, wo ein UH-100S-Stealth-Blackhawk-Transporthubschrauber darauf wartete, sie schnellstens in Freundesland zurückzubefördern. Der streng geheime Hubschrauber war außer für das bloße Auge völlig unsichtbar und wurde von einem »Nachtjäger« vom 160th Special Operations Aviation Regiment geflogen. Es waren die besten Piloten der Welt, und Delta hatte die erste Wahl unter ihnen.

Doch selbst der beste Pilot der Welt half nichts, wenn man von Kugeln durchlöchert war.

Queen erklärte ihren Plan. Das Team hörte mit weit aufgerissenen Augen zu, dann sahen sich die Männer gegenseitig an und nickten. Zum ersten Mal in ihrem Leben konnte Queen deutlich Gedanken lesen. Sie hielten sie für durchgeknallt. Die kleine Delta-Agentin mit dem Totenkopf-Brandmal auf der Stirn war lebensmüde und würde sie alle ins Grab bringen.

Was nicht ganz falsch war. Zumindest hatte sie keine Angst vor dem Tod. Die hatte sie schon lange vor den Ereignissen des letzten Jahres und dem Brandmal besiegt.

Sie ließ das Team zurück und huschte in ein benachbartes Haus mit zwei Stockwerken, dessen Böden sich in merkwürdigen Winkeln abgesenkt hatten. Beim nächsten Erdbeben würde es wohl in sich zusammenfallen. Doch im Moment erfüllte es seinen Zweck.

Im Erdgeschoss entdeckte Queen nur ein älteres Paar, das in einem Schlafzimmer im rückwärtigen Teil schlief – wo es wohl in Sicherheit war. Behutsam, nur ganz außen auf die Stufen tretend, arbeitete sie sich lautlos in den ersten Stock vor. Eine schnelle Inspektion der beiden Räume förderte keine weiteren Bewohner zutage.

Ein Fenster gewährte ihr freie Sicht auf die Militärjeeps am oberen Ende des Dorfes. Die Männer verließen gerade mit erhobenen Waffen das Forero-Haus und marschierten die Hauptstraße herunter in Queens Richtung. Sie wusste nicht, ob das Militär mit den Drogenschmugglern zusammenarbeitete oder sie einfach ein Stillhalteabkommen getroffen hatten, jedenfalls war bis jetzt kein Schuss gefallen. Queen hatte die Absicht, das zu ändern und die beiden Gruppen aufeinanderzuhetzen. Sie hob ihre UMP, zielte auf einen der Jeeps und feuerte zwei getrennte Dreiersalven ab. Die sechs Kugeln surrten als Querschläger davon, und die Militärs gingen in Deckung. Einen Augenblick später reagierten sie und erwiderten das Feuer.

Queen ergriff die Flucht.

Das Fenster hinter ihr explodierte, und Kugeln und Glasscherben gruben sich in die gegenüberliegende Wand. Unmittelbar darauf brach ganz in der Nähe das Knattern von automatischen Waffen los. Die Drogenhändler, die sich angegriffen fühlten, schossen zurück. Ein heftiges Gefecht entbrannte.

Als Queen den Flur erreichte, hörte sie eine furchtsame Stimme aus der Dunkelheit. »Papa?«

Verblüfft sah sie einen kleinen Jungen in der Schlafzimmertür stehen, der sicher nicht älter war als sieben und sich verschlafen die Augen rieb. Er sah verängstigt aus. Es war ihr ein Rätsel, wie sie ihn hatte übersehen können. Zurücklassen konnte sie ihn jedenfalls nicht. Wenn er hierblieb, würde er sich früher oder später eine Kugel einfangen.

Mit zwei schnellen Schritten war sie bei dem Kleinen, warf ihn sich über die Schulter und schwang sich über das Treppengeländer. Mit einem harten Aufprall landete sie in der Mitte der Stufen und sprang den Rest hinunter. Am Fuß der Treppe erwartete sie der Vater des Jungen mit gezückter Schrotflinte.

Ihre Blicke begegneten sich, und sie schlossen stillschweigend einen Waffenstillstand. Er sah, dass sie dem

Jungen helfen wollte, und beschloss, ihr zu vertrauen, vielleicht auch, weil sie eine Frau war. Er senkte die Flinte und trat einen Schritt zurück. Queen legte ihm den Jungen in die Arme und sagte: »Permanezca abajo hasta que la batalla ha terminado.« In der Tür wandte sie sich noch einmal um und fügte hinzu: »Gracias.«

Der Mann neigte den Kopf, während er sich mit dem Jungen in das hintere Zimmer zurückzog. »Y a usted.«

Als Queen um die Ecke der Gasse bog, in der ihre Leute sich versteckten, hielt ihr einer von ihnen die Mündung seiner Maschinenpistole unter die Nase. Dann erkannte er sie und richtete die Waffe wieder auf die Hauptstraße. Wenn jemand in die Gasse eindrang, würden sie ihn in Stücke schießen. Sie tippte den Männern auf die Schultern und führte sie von hinten um das nächste Gebäude herum. Etwa anderthalb Meter von dem letzten Fahrzeug der Drogenbande entfernt stießen sie wieder auf die Hauptstraße. Die Männer benutzten die offenen Türen der Autos als Deckung und sahen in die andere Richtung.

An der Ecke hielt Queen inne und flüsterte: »Kopf runter, macht schnell und versucht, euch nicht erschießen zu lassen.« Sie schloss den Befehl mit einem teuflischen Grinsen, das ihren Leuten gleichzeitig Angst und Zuversicht einflößte. Queen *war* verrückt, aber sie hatte Erfolg damit. Und das verlieh dem Team ein geradezu übernatürliches Selbstvertrauen.

Tief geduckt huschten sie über die Straße. Da die Drogenhändler sich ganz auf den oberen Teil des Dorfes konzentrierten und die Deltas in der Dunkelheit fast unsichtbar waren, blieben sie unbemerkt.

Bis einer von der Bande seine Waffe nachladen wollte und sich dabei umwandte.

Er fing sich eine schallgedämpfte Kugel in die Stirn ein,

mit freundlicher Empfehlung von Queen. Noch bevor er auf dem Asphalt zusammengesackte, verschluckte die Dunkelheit das Team. Zwei Minuten später führte Queen ihre Leute durch den Urwald. Nach weiteren fünfzehn Minuten flogen sie dicht über dem Dschungeldach nach Norden und fragten sich, in welche Hölle der Rest des Schachteams wohl hineingeraten war.

36 Rom, Italien

»Warum fangen wir nicht mit dem an, was *Sie* wissen«, schlug Alexander vor, während er King und Pierce in eine große, kreisrunde Kammer führte. Der Raum maß fünfzehn Meter im Durchmesser, besaß drei überwölbte Ausgänge, indirekte Beleuchtung, und seine lohfarbenen Wände und der Boden waren auf Hochglanz poliert.

Doch es war nicht das edle Ambiente, das King und Pierce beeindruckte, sondern die Kunstsammlung, die die Kammer beherbergte. Wie in einem Museum reihten sich Glasvitrinen aneinander, Podeste mit gläsernen Kuppeln und selbst ein paar ausgezeichnet erhaltene Statuen. King erkannte einige sicherheitstechnische Finessen, die man sonst nur in den großen Museen fand – Überwachungskameras, Infrarot- und Ultraschallsensoren, Bewegungsmelder. Er musterte den Eingang, durch den sie gekommen waren, und entdeckte mehrere runde, im Boden und in der Wölbung des Bogens versenkte Stahlstangen. Für den Fall eines Diebstahlsversuchs konnte der Raum, der eher einer Tresorkammer glich, hermetisch abgeriegelt werden.

King dachte über Alexanders Frage nach, während Pierce fasziniert von einem Ausstellungsstück zum anderen schlenderte. »Wir wissen, dass es sich um eine Art von Golems handelt«, meinte er zögernd. Der Gedanke, dass sie tatsächlich gegen *Golems* kämpften, kam ihm immer noch reichlich absurd vor.

Alexander hingegen schien sich nicht daran zu stören. Er setzte sich auf einen uralten Stuhl aus massivem Holz. Die lederne Rückenlehne und das Sitzpolster waren abgeschabt und rissig. »Sprechen Sie weiter.«

»Golems sind ein Teil der jüdischen Überlieferung. Sie werden durch das Wort ›Emet‹ zum Leben erweckt, wohingegen ›met‹ sie zerstört. Alle unbelebten Objekte können animiert werden, vorzuziehen ist jedoch Lehm.«

Alexander blickte King erwartungsvoll an und zog die Augenbrauen hoch, als der Führer des Schachteams nichts mehr hinzufügte. »Das ist alles?«

Pierce warf dazwischen: »Sind das Apfelkerne?« Er beugte sich über ein Podest und spähte durch die schützende Glaskuppel.

»Allerdings«, erwiderte Alexander.

Atemlos fragte Pierce: »Doch nicht etwa aus dem Garten der Hesperiden?«

»Doch. Und um Ihrer Frage zuvorzukommen: Sie haben große Heilkräfte, aber sie machen nicht unsterblich.«

Pierce murmelte aufgeregt vor sich hin, während er seine Wanderung durch den Raum fortsetzte.

»Was gibt es noch?«, fragte King. »Was wissen wir alles *nicht*?«

»Eine Menge«, antwortete Alexander. »Die Berichte über Rabbis, die die Kraft der Worte nutzen, um Golems zum Leben zu erwecken, beziehen sich nur auf die eher neuzeitliche Anwendung einer sehr, sehr alten Macht. Es geht hier um etwas, das unsere Welt fast vollständig vergessen hat und das nur noch in einigen uralten Sprachen verborgen liegt. Die Fähigkeit, aus Unbelebtem Leben zu schaffen, ist die verbreitetste Anwendungsform dieser Macht und lässt sich leicht durch die Geschichte verfolgen – aber sie ist nur ein Bruchteil von etwas viel Gewaltigerem.

Im sechzehnten Jahrhundert, so heißt es, erweckte Jehuda ben Bezal'el Löw, ein Rabbi aus Prag, einen Golem zum Leben, um seine Gemeinde vor dem Heiligen Römischen Reich zu schützen, welches dekretiert hatte, dass alle Juden vertrieben oder getötet werden sollten. Das ist die Geschichte, die Sie kennen, ja?«

King nickte.

»Entweder hatten ihn seine Vorgänger diese Fähigkeit gelehrt, oder der Rabbi stieß in einem alten Text darauf. Wie auch immer, das Wissen geht auf das alte Israel zurück, wo ein allseits bekannter Jude die Elemente mit seinen Worten zu manipulieren verstand. Doch sein Ursprung ist wesentlich älter. Die Juden nahmen das Wissen bei ihrer Flucht aus Ägypten mit, angeführt von einem Mann, der ebenfalls die Grundlagen dieser uralten Macht beherrscht zu haben scheint.«

»Sie sprechen von Moses?«

Alexander nickte zustimmend.

»Und der allseits bekannte Jude, der die Elemente manipulieren konnte?«

»Jesus. Der auf dem Wasser wandeln, Stürme abwenden und, wenn man es glauben darf, von den Toten auferstehen konnte.«

»*Das* glaube ich erst, wenn ich es sehe«, sagte King.

Alexander schmunzelte. »Sie hätten ihm gefallen, King. Sie haben viel mit Thomas gemeinsam.«

King starrte ihn ungläubig an. »Sie *kannten* Jesus?«

»Wir sind uns begegnet.«

»Und Sie waren Zeuge, wie er jene Sprache verwendete?«

»Nein, aber andere waren es. Manche behaupteten, sie zu verstehen und seine Worte als einfache Kommandos zu erkennen. Andere standen einfach da wie vom Donner gerührt.«

»Soll das heißen, das Christentum geht auf einen Scharlatan zurück?«

»Ebenso wie Moses verbrachte Jesus seine Kindheit in Ägypten. Es wäre also möglich, dass beide Zugang zu einer uralten Quelle des Wissens besaßen und das Erlernte dazu benutzten, Wunder zu wirken. Aber die Beherrschung der antiken Sprache und ihrer Macht ging weit über die Erschaffung von Golems hinaus. Statt es Scharlatanerie zu nennen, könnte Sie mit demselben Recht behaupten, dass beide unter übernatürlicher Anleitung standen.«

»He!«, stieß Pierce auf der anderen Seite der Galerie hervor. Er stand vor einem an der Wand hängenden Löwenfell und fasste mit den Händen in die dichte Mähne. In seiner Aufregung hätte er es beinahe heruntergerissen. »Ist das ... ist das?«

»Das ist das Fell, das ich in Nazca getragen habe«, sagte Alexander. »Aber es ist nur eines von vielen. Aus der Zeit, als ich noch ein Jäger war.«

King räusperte sich. »Die Quelle dieser Macht liegt also in Ägypten?«, kam er wieder auf das Thema zurück.

»Die Spur führt nach Ägypten, wo Golems neben den Juden beim Bau der Pyramiden als Sklaven eingesetzt wurden. Wenn Sie sich erst einmal klargemacht haben, dass Golems in der Welt der Antike ziemlich verbreitet waren, können Sie ihr Wirken und ihre Bedeutung in Kulturen in aller Welt erkennen. Die Pyramiden von Zentralamerika, Stonehenge, die Osterinsel ...«

»Die Zikkurate von Sumer.« King begriff endlich, worauf Alexander hinauswollte. Die Zikkurate von Sumer waren die ersten imposanten Großbauwerke der Menschheit gewesen. In Sumer lag die Wiege der gesamten modernen Zivilisation. Dort waren die ersten Städte entstanden, die erste Schriftsprache, das erste Gesetzbuch.

»Genau dort in Babylon – der sumerischen Haupt-stadt – finden wir auch den Grund, warum die Mensch-heit das Wissen um diese Ursprache verlor und seine Überreste sich auf eine Vielzahl von Sprachen verteilten, welche unmittelbar danach entstanden.«

King wusste, was Alexander meinte, und kam ihm zu-vor: »Der Turm von Babel.« Natürlich kannte er die bib-lische Version der Geschichte. Gott, erzürnt darüber, dass die Menschen einen Turm bauten, der bis zum Himmel reichen sollte, verwirrte ihre Sprache und verstreute sie über den ganzen Planeten. King glaubte kein Wort davon.

»Sie klingen nicht überzeugt.«

»Das ist nur ein weiterer jüdischer Mythos, der mit ein paar Versen in der Bibel erwähnt wird.«

»Nicht nur in der Bibel oder genauer gesagt dem Pen-tateuch. Die Legende taucht auch im Buch der Jubiläen auf, in Josephus' *Jüdische Altertümer*, der griechischen *Apokalypse des Baruch*, dem Midrasch, der Kabbala und dem Koran. Die Sumerer nannten es die *Geschichte von Enmerkar und dem Herrn von Aratta*. Vielleicht am inter-essantesten sind jedoch die zentralamerikanischen Über-lieferungen. In einer davon wird von einem Turm berich-tet, der es Xelhua, dem Überlebenden einer großen Flut, ermöglichte, den Himmel zu erstürmen. Doch der Turm wurde zerstört, und die, die ihn gebaut hatten, zersplitter-ten in verschiedene Sprachgruppen. Oder bei den Tolte-ken: Ein *Zacuali* genannter Turm wird von den Überle-benden einer Sintflut gebaut, und abermals werden ihre Zungen verwirrt und die Menschen über die ganze Erde verstreut. In den meisten Kulturen gibt es Berichte über eine große Flut und einen Turmbau, doch vor allem über eine Protosprache, die allen Menschen seit Anbeginn des Homo sapiens gemeinsam war.«

Es war nicht ganz einfach, bei dem schwachen Licht zu lesen, aber besser als gar nichts. Ähnliches ließ sich über Fionas Lesestoff sagen – ein drei Wochen altes Exemplar der *New York Times*. Nachdem sie die Filmkritiken und Buchbesprechungen durchhatte, suchte sie nach dem Comic-Teil, fand aber keinen. *So ein Schundblatt!* Sie hatte gehofft, sich mit einem bisschen Spaß von den wachsenden Spannungen abzulenken, die sie in ihrer Umgebung spürte.

Seit sie verraten hatte, schon vor ihrer Gefangennahme von den Schemen gewusst zu haben, behandelten die anderen sie wie eine Aussätzige. Und ihre Zuversicht, dass ihr Vater sie retten würde, dessen Identität preiszugeben sie sich weigerte, machte sie nur noch verdächtiger. Manche hielten sie für eine Spionin. Nur Elma sprach noch mit ihr.

Eine Hand mit dem eintätowierten Emblem der Gesellschaft des Herkules drückte die aufgeschlagene Zeitung herunter. Elmas Kopf erschien über dem Rand. »Interessante Neuigkeiten?«

Fiona ließ die Zeitung sinken. Sie saß in eine Decke gewickelt im Schneidersitz auf ihrem Feldbett. Sie trug immer noch ihren schwarzen Pyjama und sah aus wie ein Allerweltsmädel, das gleich von seiner Mutter ins Bett gebracht werden wird. Doch sie war kein gewöhnliches Mädchen, und Elma war zwar nett, aber nicht ihre Mutter. So freundlich sie auch war, es fehlte ihr an Geduld, Sinn für Humor und Phantasie. King übertraf sie um Längen, selbst mit auf den Rücken gebundenen Händen. »Wenn du Filmkritiken als Neuigkeiten bezeichnest, ja.«

Elma pustete Luft durch die Lippen, ein nichtssagender Laut, der weder Lachen noch Missbilligung war. Sie setzte sich aufs Bett, und die Matratze schien sich unter ihrem Gewicht tiefer zu senken als sonst. »Die anderen reden«, sagte sie.

Fiona hatte ihre Umgebung seit ihrer Ankunft mit scharfen Augen und gespitzten Ohren analysiert. Es gab eine subtile Hierarchie, die die Ordnung aufrechterhielt, aber auch eine Art von Kastensystem schuf. Bestimmte Gefangene aßen als Erste, badeten als Erste und trafen Entscheidungen für die Gruppe. Da sehr unterschiedliche Kulturen präsent waren, schien man sich für die mit der dominantesten Sozialstruktur entschieden zu haben. Daraus hatte sich eine Art Untergrundgesellschaft entwickelt, in der der soziale Status vom Zentrum nach außen hin stetig abnahm. Elma bewegte sich ganz am Rand, vor allem wegen ihrer Freundlichkeit Fiona gegenüber. Buru, der sich gerade mit einer Gruppe von Männern unterhielt, hatte sich von Fiona zurückgezogen und so seine Position im Zentrum gefestigt.

Doch er hatte Fiona nicht fallengelassen. Die Informationen, die ihr Elma gelegentlich überbrachte, stammten direkt von ihm. Gerade darum waren ihre nächste Worte so beunruhigend: »Sie wollen dich loswerden.«

Fiona setzte sich steif auf. »Was? Warum?«

»Sie haben Angst vor dir.«

»Ich bin doch bloß ein Kind.«

»Seit deiner Ankunft hast du mehr Stärke, Umsicht und Widerstandsfähigkeit bewiesen als die meisten von ihnen. Sie glauben, dass du uns entweder ausspionieren sollst oder sogar die Ursache des ganzen Elends bist.«

»Was wollen sie denn tun? Es ist ja nicht so, dass ihr mich einfach in eine andere Zelle verlegen lassen könntet.«

Elma sah sie nur mit ernstem Blick an.

Die wollen mich umbringen, dachte Fiona. Furcht trat in ihre Augen, aber nur einen Augenblick lang. Dann gewann der Zorn die Oberhand. »Das sollen sie nur versuchen«, zischte sie zwischen zusammengebissenen Zähnen.

Elma hob frustriert die Hände. »Siehst du? Selbst während diese Leute planen, dich zu töten, entlarvst du sie noch als Feiglinge.« Einen Moment lang saß sie stumm da, dann fragte sie: »Woher nimmst du nur diese Kraft?«

Fiona hatte sich nie für stark gehalten. Sie kam einfach zurecht. Sie passte sich an. Und das Leben im Reservat war kein Zuckerschlecken gewesen. »Meine Eltern starben, als ich noch klein war. Ich wuchs bei meiner Großmutter in der Siletz Reservation auf. Aber ich glaube, ich habe mich ebenso um sie gekümmert wie sie sich um mich.«

»Es ist schwer, ohne Eltern groß zu werden«, sagte Elma, »aber du …«

»Vor einem Jahr gab es einen Angriff auf das Reservat. Mehr als dreitausend Menschen wurden getötet, darunter meine Großmutter.«

Elma schlug die Hand vor den Mund. Die Attacke auf die Siletz Reservation galt auf der ganzen Welt als der verheerendste Terroranschlag seit dem World Trade Center. »Es hieß, es hätte einen Überlebenden gegeben, aber seine Identität wurde nie genannt. Das warst *du*?«

Als Fiona nickte, streckte Elma die Hand aus und berührte ihr Gesicht, als müsste sie sich vergewissern, dass es dieses kleine Mädchen tatsächlich gab. »Kein Wunder, dass du so zäh bist …« Sie stand auf. »Das ändert alles. Du musst dir keine Sorg…«

Die Kammer erzitterte. Die von der Decke hängenden Lampen schwangen hin und her.

Als das Stampfen gigantischer Füße laut wurde, schob

Fiona sich dicht an die Wand zurück. Sie kannte das Geräusch. »Die wollen mich holen«, sagte sie.

Elma sah sie mit schreckgeweiteten Augen an. »Wer will dich holen?«

Fiona deutete zum hinteren Ende der Kammer, von wo die Geräusche herkamen. »Die wollen uns alle!«

Die Rückwand zerbarst. Dahinter kam ein Tunnel zum Vorschein. Ein seltsames Flüstern drang heraus. Die Trümmer der Wand teilten sich in zwei Schutthaufen. Als sie sich zu zwei kolossalen Steinkörpern formten, begann Elma zu schreien.

Alexander fuhr mit seiner Erklärung fort: »Womit wir wieder ganz am Anfang, beim ersten Bericht über die Erschaffung eines Golems wären: ›Da formte Gott, der Herr, den Menschen aus Erde vom Ackerboden und blies in seine Nase den Lebensatem. So wurde der Mensch zu einem lebendigen Wesen.‹

»Adam?« King versuchte gar nicht erst, seine Skepsis zu verbergen.

»Adam taucht in den antiken Schriften vieler Kulturen auf. Lassen Sie sich von dem ganzen jüdisch-christlichen Brimborium nicht irritieren. Neben der Bibel sagen auch andere Quellen, dass Gott *sprach*, und das Universum entstand. Licht, Erde, Wasser, Leben – alles entsprang aus seinen *Worten*. Und den Menschen schuf er aus Staub. Wir alle sind Golems, nur dass uns das eingehauchte Leben geblieben ist.«

»Wovon reden wir hier? Der Sprache Gottes?«

»Nennen Sie es, wie Sie wollen«, meinte Alexander. »Es ist jedenfalls die menschliche Protosprache, und richtig angewandt, kann sie erstaunliche und fürchterliche Dinge bewirken.«

»Ist das der Grund, warum Sie Ihr Versprechen« – King deutete auf den Durchgang, durch den sie eingetreten waren – »ihr gegenüber gebrochen haben?«

»Was die Menschheit sich selbst antut, interessiert mich nicht«, sagte Alexander unvermittelt schroff. »Ich bin, im Gegensatz zu einigen anderen« – er warf Pierce einen Seitenblick zu –, »ein Bewahrer der Geschichte.«

Die neue Wendung des Gesprächs ließ Pierce aufmerken, und er trat näher. »Nein, Sie löschen Geschichte aus.«

»Um sie zu bewahren, muss manches vergessen werden. Die Geschichte ist nicht Eigentum der Gegenwart. Sollte Ihr Grab in tausend Jahren exhumiert werden, würden Sie dann wollen, dass Ihr Körper seziert, ausgestellt oder Opfer von zig anderen Verbrechen gegen die Toten wird?«

King dachte daran, wie er sich am Grab seiner Mutter gefühlt hatte. Er konnte Alexanders Argumentation nachvollziehen. Das Leben war heilig, und das Gleiche galt für den Körper im Tod. Er verstand die Motive des Mannes. »Sie kannten viele von ihnen«, riet er.

Alexander senkte den Blick auf den spiegelglatten Boden. »Menschen, die ich gekannt habe, sind heute in Museen ausgestellt. Menschen, die es skandalös finden würden, wie mit ihrem Leichnam umgegangen wird.«

»Aber was ist mit dem, was wir aus der Vergangenheit lernen können?«

»Was immer der Mensch lernt, setzt er zur Zerstörung ein. Die Faszination für Rätsel und Geheimnisse ist lediglich eine Form der Gier nach Macht. Und die gegenwärtige Situation ist nicht viel anders. Die Protosprache wurde aus gutem Grund in viele Einzelteile zersplittert. Sie sollte der Kontrolle des heutigen Menschen entzogen bleiben. Was jetzt geschieht, ist eine Vergewaltigung der Geschichte, die so nicht stehenbleiben darf.«

»Darum geht es Ihnen also?«, fragte Pierce. »Darum sammeln Sie Leute auf dem ganzen Planeten ein? Um jemanden davon abzuhalten, diese antike Sprache zu erlernen?«

»Und um ihr Leben zu schützen«, sagte Alexander. »Sie sind die letzten Sprecher uralter Idiome. Ihr Wissen – ihr Leben – bedeutet mir etwas. Wer immer für die Morde an ihnen verantwortlich ist, entweiht alles, das zu schützen ich geschworen habe.«

»Sie wissen also nicht, wer dahintersteckt?«

»Nein«, erwiderte Alexander. »Und ich weiß auch nicht, wie diese Sprache funktioniert. Aber ich habe einen Mann ausfindig gemacht – einen genialen Physiker und ehemaligen Rabbi, der sich auch mit Genetik und Biologie befasst. Er könnte in der Lage sein ...«

Pierce trat plötzlich näher. Er wirkte beunruhigt. »Fühlt ihr das auch?«

King tauchte aus seinen Gedanken auf. Er spürte so etwas wie ein leichtes Vibrieren, ein Kitzeln an den Füßen. Er war so in die Unterhaltung vertieft gewesen, dass er nichts davon bemerkt hatte. »Gibt es in der Nähe eine U-Bahn?«

Alexander schüttelte den Kopf und stand auf. »Dieser Bereich ist oberhalb und unterhalb der Erde geschützt.«

»Geschützt vor Bauvorhaben«, sagte Pierce. »Aber auch vor Angriffen?«

»Jeder Eingang wird mit Wärmesensoren und Bewegungsmeldern überwacht«, erwiderte Alexander. »Niemand kann herein, ohne dass ich es erfahre.«

»Und wenn jemand einen neuen Eingang geschaffen hat?«, fragte Pierce.

Besorgnis blitzte in Alexanders Miene auf.

»Fiona«, flüsterte King.

Alexander setzte sich ruckartig in Bewegung und rannte den Weg zurück, den sie gekommen waren. King hielt sich dicht hinter ihm, denn er wusste, dass der unsterbliche Mann die Menschen beschützen wollte, die zu verstecken er sich so bemüht hatte. Pierce folgte eine Sekunde später, weil er sich nur schwer von dem Raum mit seinen archäologischen Schätzen losreißen konnte.

Als sie das Labyrinth der Gänge erreichten, wurden die Vibrationen so stark, dass sie sich kaum noch auf den Füßen halten konnten. Als das Rütteln endlich nachließ und das Grollen von Felsen verstummte, drang ein neuer Laut durch die Tunnel – der schrille Schrei einer Frau.

37 Washington, D. C.

Präsident Duncan saß am Kopfende des Tisches in einem Konferenzraum des Weißen Hauses. Siebenundzwanzig Berater aus allen Bereichen, vom Schulsystem bis zum Raumfahrtprogramm, hatten sich versammelt – jeder Sektor des Landes spürte den Druck. Aber keiner mehr als die Wirtschaft.

»Die Leute gehen nicht mehr aus dem Haus«, meinte Claire Roberts. Sie gehörte zu den fünf Top-Wirtschaftsfachleuten. Ihr Spezialgebiet waren Auslandsinvestitionen und Kredite, und sie irrte sich selten. »Die Menschen sehen sich Filme lieber online an, als ins Kino zu gehen. Sie fahren weniger Auto. Kaufen weniger ein. Und wenn sie so weitermachen, verlieren sie irgendwann ihre Jobs.«

»Ach, kommen Sie«, widersprach ein rothaariger Mann. Larry Hussey, der volkswirtschaftliche Berater, war ein ewiger Optimist und grundsätzlich anderer Ansicht als Roberts. »Dafür steigen die Internetverkäufe. Und wie. Der Markt wird sich selbst bereinigen, sobald die Krise überstanden ist. Die Amerikaner konsumieren weiter, nur eben aus der Privatsphäre und Sicherheit ihrer eigenen Wohnung heraus.«

Roberts seufzte und sah Duncan an. »Er hat recht, was die Internetverkäufe angeht. Aber die Konjunktur hängt an einem seidenen Faden. Es geht um Folgendes: Wenn der Durchschnittsamerikaner ein Buch kaufen geht, gibt er nicht einfach acht Dollar für ein Taschenbuch aus. Er verfährt durchschnittlich für etwa drei bis fünf Dollar Benzin. Er trinkt einen Chai Latte oder einen Frappuccino. Der eine geht anschließend noch zum Essen, der andere ins Kino. Ein Buch online zu kaufen kostet weder Benzin, noch gibt es dabei die Gelegenheit, nebenbei Geld für andere Dinge auszugeben.«

»Das könnte das Überschuldungsproblem lösen«, brummte Hussey.

Roberts erhob die Stimme. »Der allergrößte Teil der Onlineeinkäufe wird per Kreditkarte abgewickelt.«

Hussey sank ein wenig in sich zusammen. Seine Körpersprache drückte eine Niederlage aus, die er nie offen eingestanden hätte.

»Bleibt die Frage nach dem ›Warum‹ und den möglichen Lösungen«, fuhr Roberts fort. »Das Warum ist einfach. In normalen Krisenzeiten, im Krieg beispielsweise, geben die Menschen weniger Geld für Unwichtiges aus. Filme, Bücher, Musik. Luxusartikel. Die Unterhaltungsindustrie muss Rückschläge einstecken. Die Leute haben Angst vor der Zukunft und horten instinktiv ihr Geld. Aber was wir hier erleben, ist etwas anderes. Die Menschen fürchten sich, aus dem Haus zu gehen. Sie meiden Menschenansammlungen, weil sie Angst vor Terroranschlägen haben. Wenn die bösen Buben in Fort Bragg zuschlagen können, was sollte sie daran hindern, ein Konzert, ein Fußballspiel oder ein vollbesetztes Kino aufs Korn zu nehmen? Sogar die Zahl der Kirchenbesuche ist zurückgegangen, und die steigt normalerweise während einer Krise.«

»Lösungsmöglichkeiten?«, fragte Duncan. Er hasste die Frage, denn er hatte seine eigene Antwort parat: höchstpersönlich die Hintermänner der Anschläge zur Strecke zu bringen. Stattdessen saß er hier herum und musste entscheiden, was wegen des schleppenden Konsums der Bürger unternommen werden sollte. Sicher ließ sich das Problem irgendwie minimieren, aber die einzige grundlegende Lösung bestand in einer gesunden Dosis von Deep-Blue-Gerechtigkeit.

»Man müsste an ihre Brieftaschen appellieren«, überlegte Hussey. »Natürlich muss man den Leuten zusätzlich Sicherheit geben, aber erst mit Kaufanreizen locken Sie sie hinter dem Ofen hervor.«

»Larry ...«, warnte Roberts. Sie wusste anscheinend, worauf Hussey hinauswollte, und fühlte sich nicht wohl dabei.

Er winkte ab. »Die Idee ist gut, Claire.« Dann fuhr er fort: »Setzen Sie die Verbrauchssteuern für eine Woche aus. Vielleicht zwei. Viele Leute werden nicht widerstehen können. Und wenn ihnen nichts Schlimmes zustößt, werden die anderen folgen.«

»Das erfordert ein großes Maß an bundesstaatlicher Kooperation«, wandte Duncan ein.

»M-hm«, stimmte Hussey zu. »Wir würden den Bundesstaaten die Steuerausfälle vermutlich ersetzen müssen. Aber so könnten wir eine wirtschaftliche Katastrophe verhindern.«

»Sir«, versuchte Roberts ihn zu unterbrechen.

Aber Duncan gefiel die Idee. »Machen Sie es so.«

Roberts seufzte. Jetzt wirkte *sie* bedrückt. »Warum erzählen Sie ihm nicht, wessen Idee das war, Larry?«

Hussey erbleichte.

Die Tür zum Konferenzsaal sprang auf. Duncans Sekretärin kam herein und drängte sich zu ihm durch. Er sah ihr an, dass sie eine wichtige Nachricht für ihn hatte, aber erst wollte er eine Antwort von Hussey. »Spucken Sie's aus, Larry.«

»Ich dachte, Sie wüssten es«, meinte Hussey. »Es kam in den Nachrichten.«

»Ich war ein wenig beschäftigt«, sagte Duncan.

»Es war Marrs' Idee.«

Scheiße. Marrs würde diese Geschichte bis zum Gehtnichtmehr ausschlachten. Aber Duncan hatte sich vor all seinen Beratern zu der Idee bekannt, und sie war noch dazu gut. Er konnte keinen Rückzieher machen, nur weil sie von Marrs stammte.

Duncans Sekretärin beugte sich zu ihm und flüsterte ihm ins Ohr: »Domenick Boucher hat angerufen. Sie möchten umgehend Kontakt aufnehmen.« Er zuckte zusammen. Die Wirtschaftsprobleme des Landes mussten sich hinten anstellen. »Kontakt aufnehmen? Waren das seine genauen Worte?«

Sie nickte.

Es war ein Code, den sie vereinbart hatten. Er bedeutete, dass Boucher schleunigst mit Deep Blue sprechen musste. Es ging also um die Mission, und – er sah auf die Uhr – es war viel zu früh, als dass eines der Teams bereits hätte zurück sein können. Es musste etwas schiefgegangen sein. Duncan stand auf.

Stimmengewirr brandete um ihn herum auf. Es galt, Dokumente zu unterzeichnen, Genehmigungen zu erteilen, das Land zu regieren. Und Marrs' Plan in die Tat umzusetzen. Nichts davon ging ohne seine Unterschrift.

Einen Moment lang stand Duncan unentschlossen da, hin- und hergerissen zwischen seinen Pflichten. Der Manager und der Krieger in ihm rangen miteinander. Sein Puls beschleunigte sich. Er spürte sein Herz bis zum Hals schlagen. Die Stimmen seiner Berater waren wie Nadelstiche in seinen Ohren. Er wollte in den Kampf ziehen. Jede Zelle in seinem Körper schrie danach.

Aber er hatte einen Amtseid geleistet.

Er hob die Hand und brachte die Stimmen zum Verstummen. »Einer nach dem anderen. Schnell.« Während er nach dem ersten Dokument griff, das Larry Hussey ihm vorlegte, dem Dokument, das Marrs' Plan in Gang setzen würde, wandte Duncan sich zu seiner Sekretärin und sagte: »Rufen Sie Boucher an. Sagen Sie ihm, ich grabe mich ein und rufe an, sobald ich hier fertig bin.«

»Sich eingraben« war kein Codewort, aber Boucher würde schon verstehen. Niemand grub sich gerne ein, aber ein Graben konnte einem das Leben retten, sobald erst mal die Kugeln flogen. Und sofern diese Krise nicht bald vorüberging, würden die Geschosse die Sonne verfinstern.

Duncan betrat das leere Lagezentrum im Keller des Weißen Hauses und setzte sich ans Kopfende des Konferenztisches. Mit einer kleinen Fernbedienung dämpfte er die Beleuchtung und lehnte sich zurück. Er rieb sich die Augen, massierte sich die Schläfen. Es hatte ihn fünfundvierzig Minuten gekostet, den Stapel Papiere zu unterzeichnen.

Die Presse hatte bereits Wind davon bekommen, dass Marrs in der Lage zu sein schien, dem Präsidenten seine Politik vorzuschreiben. Ein medialer Feuersturm war losgebrochen. Marrs bezeichnete den Beschluss, die von ihm vorgeschlagene Steueraussetzung aufzugreifen, als Nebelkerze, einen Versuch des Präsidenten, von seinen Fehlschlägen abzulenken. In den Händen dieses Mannes wurde alles zur Angriffswaffe.

Einige TV-»Experten« nannten Duncan dreist einen Verräter. Einen Kriegstreiber, dessen Terrorismuspolitik die Nation gefährde. Beiläufig fielen Vergleiche mit Hitler und Stalin, das erhöhte die Einschaltquoten. Marrs trat auf einer Versammlung in Washington auf, schüttelte die Faust und schrie nach Gerechtigkeit.

Duncan wünschte sich nichts sehnlicher, als dass Marrs hier hereinspazierte und versuchen würde, ihm diese Faust persönlich unter die Nase zu halten. Stattdessen musste er sich staatsmännisch und gelassen geben. »Ziehen Sie die Zündschnur aus dem Pulverfass«, empfahlen seine Berater. Bleiben Sie höflich. Konziliant.

Bockmist.

Der Kerl verbreitete Panik, infizierte die Menschen mit Angst. Wahrscheinlich würde er seine eigene Idee einer Steueraussetzung zu Fall bringen und hinterher Duncan dafür verantwortlich machen.

Sobald die Öffentlichkeit das Interesse zu verlieren begann, kam Marrs mit neuen wilden Anschuldigungen und dem Ruf nach entschiedenerem Handeln daher. Sein neuestes Steckenpferd hieß »Amtsenthebung«. Das hatte Duncan vor einem Jahr schon einmal zu hören bekommen, als mit Hilfe des waffenfähig gemachten Brugada-Virus ein Anschlag auf sein Leben verübt worden war und eine Killer-Pandemie drohte. Duncan hatte drastische Maßnahmen ergriffen – das Weiße Haus und Hunderte von amerikanischen Bürgern gegen ihren Willen unter Quarantäne gestellt. Der Aufschrei der Empörung hatte sich gelegt, sobald ein Heilmittel zur Verfügung stand, doch jetzt ging es wieder los. Die Kanonen des Amtsenthebungsverfahrens feuerten mit neuer Munition.

Duncan hatte keine Angst davor. Der Gedanke war lächerlich, und nur eine Minderheit stand dahinter. Das allerdings ausgesprochen lautstark und hartnäckig. So blieb Duncan ständig im Brennpunkt der Aufmerksamkeit, und seine Handlungsfähigkeit war eingeschränkt. Diese Idioten behinderten jede Anstrengung, die Hintermänner der Anschläge gegen das Land dingfest zu machen.

Er drückte einen zweiten Knopf der Fernbedienung. Eine blaue Leinwand senkte sich hinter ihm von der Decke. Dann ging eine helle Lampe an, die Duncans Silhouette auf das durchscheinende Tuch projizierte und so seine Identität verschleierte. Er schaltete einen Laptop ein und stellte eine sichere Videoverbindung zu Domenick Boucher her, der die Rettungsmissionen des Schachteams koordinierte. Boucher erwartete seinen Anruf in Deltas taktischem Hauptquartier, umgeben von Analysten, welche Satellitenbilder auswerteten und den endlosen Fluss weltweiter Meldungen aus offiziellen und geheimdienstlichen Quellen verarbeiteten. Dort lag das Herz jeder Delta-Operation. Und normalerweise war Duncan ihr Kommandeur.

Bouchers weißer Schnurrbart zuckte, als er sich dem Bildschirm zuwandte. Ein verräterisches Indiz dafür, dass die Dinge nicht gut standen. »Dom, wie sieht es aus?«

Boucher fragte nicht: »Was hat Sie so lange aufgehalten?« In seinen Augen stand keine Ungeduld. Er kannte das Problem: Deep Blue war der Präsident der Vereinigten Staaten, und dazu gehörte eben auch eine Menge Bürokram. Boucher kam gleich zur Sache. »Vier zu null für die Bösen. Wir wurden in die Falle gelockt. Die Behörden in Taiwan, Russland, Kolumbien und Argentinien waren gewarnt.«

Duncans Gedanken rasten. Wer hatte den Plan gekannt? Die Liste war kurz.

»Ich glaube nicht, dass wir einen Spitzel in unseren Reihen haben«, sagte Boucher, als könne er Gedanken lesen. »Wir konnten mehrere Anrufe registrieren, die unmittelbar Truppenmobilisierungen nach sich zogen. Allerdings auch in Ländern, die auf unserer Liste erst an zweiter Stelle kamen. Wer immer dahintersteckt, wusste nur, *dass* wir suchen würden, aber nicht, *wo zuerst*. Es war ein Schuss ins Blaue.«

»Aber ein Volltreffer.«

Bouchers Schnurrbart zuckte wieder.

»Wie schlimm ist die Lage?«

»Bishops Team wurde gefangen genommen, konnte jedoch flüchten, ohne als US-Militär identifiziert zu werden.«

Duncan entspannte sich ein wenig.

Boucher fügte schnell hinzu: »Allerdings wurden dabei sieben Soldaten der argentinischen Gendarmería Nacional verwundet.«

Sofort kehrte die Anspannung zurück und setzte sich in Duncans Rücken fest.

»Queen und ihr Team konnten entkommen, nachdem sie ein Feuergefecht zwischen kolumbianischen Militärs und einer Drogenbande provoziert hatten. Beide Seiten erlitten Verluste, doch es gibt keine Berichte über die Verwicklung unseres Teams.«

Das war immerhin keine Katastrophe. Jeder Vorwurf einer US-Beteiligung konnte problemlos geleugnet werden. Doch Bouchers Miene wurde grimmig. Es kam noch schlimmer.

»Knights Team erlitt beim Zugriff eines taiwanesischen SWAT-Teams drei Verluste. Die Leichen sind nicht zu identifizieren, aber die taiwanesischen Behörden behaupten, es seien unsere Leute. So viel hatte ihnen der Tippgeber anscheinend verraten.«

»Und Rook?«

Bei der Erwähnung von Rooks Namen sah Boucher zu Boden. »Seine Gruppe wurde von drei KA-fünfzig ›Schwarzer Hai‹-Hubschraubern angegriffen. Seine Leute sind tot.

Dieselbe Geschichte wie in Taiwan. Identifizierung unmöglich, aber die Russen behaupten, es wären unsere Männer.«

»Und Rook? Ist er …«

»Unbekannt.« Boucher tippte auf seine Tastatur ein. »Wir hatten zu dem Zeitpunkt keine vollständige Satellitenabdeckung, aber es gibt ein paar Aufnahmen von ihm.«

Duncans Bildschirm füllte sich mit Satellitenfotos. Er blätterte sie durch und sah die drei schwarzen Helikopter aus der Vogelperspektive. Es gab Bilder von Explosionen im Wald, von Rook, der einen Hügel hinaufrannte und dann einem der »Schwarzen Haie« gegenüberstand. Für die folgenden fünf Minuten existierten keine Aufnahmen. Das nächste Foto zeigte eine große Militärabteilung, die über eine Rinderweide rannte. Boucher markierte ein kleines Gebiet auf dem Bild.

Duncan zoomte darauf ein und entdeckte einen roten Fleck auf einem vertrockneten Grasstreifen. »Ist das Blut?«

»Es sieht so aus«, sagte Boucher. »Wir glauben, dass Rook angeschossen wurde. Hier, hören Sie selbst. Das war seine letzte Nachricht, bevor die Verbindung abriss.«

Rooks Stimme ertönte aus dem Computer. Er klang erschüttert und außer Atem. »Sie sind alle tot. Mein Team ist gefallen. Ich blute stark. Sucht nicht nach mir. Sagt Queen …«

Dann brach der Kontakt ab.

»Wir sind nicht sicher, was geschehen ist«, meinte Boucher. »Aber er ist spurlos verschwunden.«

Duncan ließ sich in seinen Sessel zurücksinken. Das würde international hohe Wellen schlagen. Er konnte zwar jede amerikanische Beteiligung abstreiten, doch würde das wenig glaubwürdig klingen und vor allem die Russen nicht überzeugen. Man konnte die verdeckte Operation durchaus als kriegerischen Akt interpretieren.

Gleichgültig, wie die Sache ausging, den medialen Feuersturm würde sie noch weiter anfachen. Trotzdem kümmerte das Duncan augenblicklich nicht. Es ging um die Sicherheit seines Schachteams. Drei waren gerettet. Rook wurde vermisst. Von einem hatte er noch gar nichts gehört.

»Was ist mit King?«

38 Rom, Italien

Was Rom später als kleines, lokales Erdbeben der Stärke vier verzeichnen würde, fühlte sich in den unterirdischen Tunneln nach einer gewaltigen Erschütterung an. Staub rieselte von der Decke in Kings Augen und erschwerte ihm die Orientierung in den ohnehin nur schwach von vereinzelten Glühbirnen erleuchteten Gängen. Es war nicht leicht, mit Alexander Schritt zu halten. Der Mann war flinker, als er aussah, und er kannte die Tunnel in- und auswendig. Der Staub, der King und Pierce in den Lungen brannte, schien ihm nichts auszumachen.

Endlich erreichten sie einen größeren, staubfreien Gang und konnten schneller laufen. Plötzlich übertönte das Kreischen der Vergessenen die Todesschreie der Menschen. Alexanders Wächter hatten in den Kampf eingegriffen. Aber King wusste, dass es zu wenige waren.

Auch sie drei konnten gegen Golems, wie er sie zuletzt gesehen hatte, kaum etwas ausrichten. Doch er würde lieber sterben, als es nicht zu versuchen.

Alexander blieb in einer aus den Angeln gerissenen Tür stehen. Eine Gestalt in einem schwarzen Umhang kam hindurchgeflogen, prallte heftig mit ihm zusammen und warf ihn gegen die Tunnelwand. Der Vergessene schüttelte sich, wirbelte herum und stürzte sich kreischend wieder ins Getümmel.

Während eine Wunde an Alexanders Schulter rasch

wieder verheilte, zog er ein kleines Fläschchen aus der Tasche. Es sah aus wie eines dieser Schnapsfläschchen, die im Flugzeug serviert werden. Er trank es aus und sagte zu King: »Bleiben Sie hier. Für Sie ist es zu gefährlich.«

Eine seltsame Art von Energie schien durch seinen Körper zu pulsieren und ließ seine Augen intensiv leuchten. Mit einem Kriegsschrei stürzte er sich in den Raum.

King zückte die Waffe und näherte sich der Tür. Der Tunnel erbebte unter einem massiven Schlag, so dass er sich festhalten musste. Er sah sich nach Pierce um, der den Kopf schüttelte: Geh da nicht rein. Aber es musste sein. Da drinnen waren Fiona und zahllose andere Menschen festgehalten worden. Und nichts war mehr von ihnen zu hören.

King wirbelte durch die Tür und hob seine Waffe. Sein Verstand brauchte mehrere Sekunden, um das Bild zu verarbeiten, das er vor sich sah. An Fußboden, Wänden und Decke klebten menschliche Körperteile, verschmierte Fleischfetzen und eine dicke Schicht scharlachroten Bluts.

Inmitten des Gemetzels kämpften zwei der Vergessenen und Alexander gegen ein riesenhaftes Steinmonster, das sich aus antiken Marmorsäulen, Teilen von Gewölben und Wandfliesen zusammensetzte und eine verwitterte Büste als Kopf trug. Der Golem wirkte perfekter ausgestaltet als die, die King bisher gesehen hatte. Er war nicht nur humanoid, mit Armen, Beinen und einem Kopf, er hatte sogar Finger zum Greifen. Der Gigant stand gebückt, während ein Vergessener auf seinem Rücken hing. Der Golem griff mit den Armen hinter sich, bekam die verhüllte Gestalt jedoch nicht zu fassen.

Alexander warf sich gegen ein Bein des Kolosses, trat es weg und brachte ihn aus dem Gleichgewicht. Der zweite

Vergessene ließ sich von der Decke auf ihn fallen, und unter dem zusätzlichen Gewicht ging der Golem zu Boden. Die Kammer erzitterte, als der tonnenschwere Koloss aufprallte und King freie Sicht auf den hinteren Teil des Raums gewährte.

Dort stampften zwei weitere Golems auf eine große Tunnelöffnung zu. Sie flankierten einen schwarzgekleideten Mann. Er war groß, kahlköpfig und weiß. Mehr konnte man auf die Entfernung und bei den dauernden Erschütterungen nicht erkennen.

Das war der Feind, der Mann, der gerade mehr als fünfzig unschuldige Menschen und zuvor unzählige andere auf der ganzen Welt ermordet hatte. King brannte vor Zorn. *Der Mann, der Fiona und Alexanders Gefangene allesamt getötet hatte.*

Er legte an. Trotz der Distanz und seines unsicheren Stands wusste er, dass er treffen würde. »He!«, schrie er, denn er wollte das Gesicht des Mannes sehen, bevor er ihm eine Kugel verpasste.

Während der Golem auf dem Boden darum kämpfte, unter dem starken Griff Alexanders und der Vergessenen wieder auf die Beine zu kommen, verlangsamte der Mann seinen Schritt und blieb stehen. Die Golems an seinen Seiten folgten seinem Beispiel.

»Umdrehen!«, befahl King.

Als der Mann mit gesenktem Kopf gehorchte, fiel Kings Blick auf ein Bündel, das er in den Armen hielt. Eine kleine, schlaffe Gestalt mit langen schwarzen Haaren.

Fiona.

Sofort zögerte King. Klar, den Mann zu treffen war kein Problem, aber ob er einen sauberen Kopfschuss hinbekam, konnte King nicht garantieren. Und das Risiko durfte er nicht eingehen.

Er senkte die Waffe.

Der Mann blickte auf und winkte King zu. Während er sich in die Dunkelheit des frisch gegrabenen Tunnels zurückzog, konnte King sein Gesicht für einen Sekundenbruchteil deutlich sehen. »Nein ...«

Pierce blickte über Kings Schulter und sah es auch. »Oh Gott.« Beide erkannten ihn.

Richard Ridley.

Ridley grinste sie an, während seine zwei Golems den Tunneleingang mit ihren Leibern versperrten und in ihre frühere, leblose, steinerne Form zurückkehrten. Ridley, der Irre, dessen genetische Manipulationen Bishop in einen Regenerierten verwandelt hatten, der Pierce gefoltert und der im Namen des wissenschaftlichen Fortschritts – verfügbar für den höchsten Bieter – zahllose Menschen getötet hatte, war zurück.

Kings Gedanken rasten. Ridley musste von seiner Beziehung zu Fiona gewusst haben. Warum sonst hätte er sie entführen sollen? Seine Pflegetochter war gerade zur Geisel des bösartigsten Mannes auf dem Planeten geworden. Er kämpfte gegen die aufsteigende Übelkeit an. Er durfte sich nicht von seiner Sorge überwältigen lassen. Ridley kannte King, er wusste, wozu der Führer des Schachteams fähig war. Er würde Fiona am Leben lassen, jedenfalls lange genug, um das zu vollenden, was immer er vorhatte.

Ein Aufschrei riss King aus seiner Erstarrung, und er stellte fest, dass die Lage alles andere als geklärt war. Der letzte Golem hatte sich wieder aufgerappelt und schleuderte einen der Vergessenen gegen die Wand. Mit einem dumpfen Schlag fiel die Kreatur zu Boden. King bezweifelte, dass sie tot war, aber in den Kampf würde sie so schnell nicht mehr eingreifen.

Als Nächstes wirbelte Alexander durch die Luft und landete vor Kings Füßen. »Laufen Sie!«, brüllte er. »Zur Museumsgalerie.«

King sah, wie der Golem den zweiten Vergessenen mit seinen beiden Steinhänden packte. Der uralte Schemen kreischte. Während King sich abwandte, um Pierce zu folgen, wurde das Kreischen immer schriller, bis es mit einem nassen, reißenden Geräusch abbrach.

»Schneller!«, schrie Alexander hinter King.

Immer stärker anschwellende Vibrationen durchliefen den Tunnel, bis ein furchtbares Poltern ertönte und der Golem hinter ihnen durch die Wand brach. King ließ Alexander vorbei, da er befürchtete, Pierce an der Spitze würde sich sonst verlaufen. Er blickte zurück. Der Golem nahm die Verfolgung auf.

King feuerte über die Schulter. Da er wusste, dass Kugeln der Kreatur nichts anhaben konnten, zielte er auf die Glühbirnen, so dass der Tunnel hinter ihm im Dunkel versank. Er hatte keine Ahnung, ob das Monster Augen zum Sehen brauchte, aber etwas Besseres fiel ihm nicht ein.

Außer zu rennen.

Dreißig Sekunden später ging ihm die Munition aus. Trotz der Dunkelheit, der Enge des Tunnels und seiner Größe von zweieinhalb Metern holte der Golem auf. Er streckte die schweren Hände nach King aus.

King hetzte um eine enge Biegung und warf sich nach vorne, während der Golem nicht schnell genug bremsen konnte und gegen die Wand knallte. Wäre King nur den Bruchteil einer Sekunde langsamer gewesen, hätte der Golem ihn zerquetscht wie einen Frosch unter einer Dampfwalze. Als King sich nach ihm umsah, bemerkte er, dass der Golem dunkelrot glänzte vom Blut des toten Vergessenen. Er hastete auf Alexanders Museumsgalerie zu.

Pierce winkte ihm mit panischem Blick, schneller zu machen. »Er lässt die Gitter herunter!«

King dachte an die im Fels versteckten Metallstangen. Der Boden hinter ihm erzitterte unter den Schritten des Golems. Der Schatten einer gigantischen Hand senkte sich über Kings Kopf. Er sprang durch die Tür.

Alarmsirenen ertönten. Metall kreischte. Der Raum erbebte.

King stolperte, rollte sich ab, kam wieder hoch und wollte weiterrennen. Doch das war nicht nötig. Die Gitterstangen hatten den steinernen Arm des Golems abgetrennt. Er lag als lebloser Schutt am Boden. Der jetzt einarmige Golem warf sich erfolglos gegen die massiven Stäbe. Er kam nicht durch.

Alexander war außer sich vor Zorn. Er stieß einen Wutschrei aus und schlug mit der Faust gegen eine Statue, die ihn selbst darstellte. Sie zerbrach in zwei Teile.

King staunte über die Körperkraft des Mannes. Das Mittel, das er vor dem Kampf getrunken hatte, musste sehr wirksam sein. Doch es machte ihn nicht unverwundbar. Die Hand, mit der er gerade zugeschlagen hatte, war nur noch eine blutige Masse.

»Wie es aussieht, haben wir einen gemeinsamen Erzfeind«, knurrte Alexander, während seine Hand sich selbst kurierte.

King nickte. »Ridley.« Er sah Alexander an. »Sie haben vorhin einen Physiker und Ex-Rabbi erwähnt, der uns helfen könnte. Gilt das noch?«

Alexander betrachtete seine mittlerweile vollständig verheilte Hand und gewann langsam seine Selbstbeherrschung zurück. »Er ist in Haifa. Israel. Am Technion, der technischen Universität. Es dürfte nicht schwer sein, ihn zu finden.«

Er führte sie durch einen anderen Ausgang hinaus, der, wie er erklärte, zu einem seiner Häuser in Rom führte. Dort konnten sie sich erholen und Pläne schmieden.

Abgelenkt durch die schrillenden Alarmsirenen, die blitzenden Lichter und das vergebliche Anrennen des Steingolems gegen die Stahlstangen, bemerkten King und Alexander nicht, dass Pierce kurz zurückblieb, um den uralten Inhalt eines der Schaukästen herauszunehmen und in seiner Tasche verschwinden zu lassen.

39 In sechstausend Metern Höhe

King sah aus dem Fenster von Alexanders Gulfstream-G550-Jet. Sechstausend Meter weiter unten glitzerte das Mittelmeer wie ein azurblauer Kristall. Alexander saß neben King, die Augen hinter einer Schlafmaske verborgen. Der Mann schlief tief und fest und wirkte nicht anders als ein erschöpfter Geschäftsmann. Pierce hatte darauf gedrungen, sie zu begleiten, aber King wollte ihn keiner erneuten Gefahr aussetzen, und so war der Archäologe in Rom zurückgeblieben.

King lehnte sich zurück und schloss die Augen. Trotz der verrückten Ereignisse, deren Zeuge er in den letzten Tagen geworden war, ging ihm seine Familie nicht aus dem Kopf. Er war für den Kampf, fürs Überleben und Spionieren ausgebildet, aber nichts davon hatte ihn auf diese emotionalen Turbulenzen vorbereitet, die ihn allmählich überforderten. Seine angeblich tote Mutter war wiederauferstanden, sein verschollener Vater aus dem Gefängnis zurückgekehrt. Dann die Erkenntnis, dass seine Eltern in Wirklichkeit russische Spione gewesen waren. Und jetzt die Entführung eines Mädchens, das ihn Dad nannte, obwohl er nie Vater werden wollte und bei ihrem Schutz kläglich versagt hatte.

Was waren dagegen schon gigantische Killergolems?

Erinnerungsfetzen an Fiona blitzten in lebhaften Bildern vor ihm auf. Ihr anfängliches Misstrauen, als er sie in der Siletz Reservation auf dem Rücksitz seines Wagens gefunden hatte. Sie erinnerte sich nur bruchstückhaft an den Anschlag und an einen Mann, der sie aus den Trümmern gezogen hatte. Dann war King aufgetaucht. Unsicher lächelnd, weil er mit Kindern nie gut hatte umgehen können. Seine ersten, unbeholfenen Worte – »Es ist ein Mädchen« – brachten sie zum Lachen. Er wusste nicht, warum er das gesagt hatte. Es war ihm einfach so herausgerutscht, als wäre sie gerade zur Welt gekommen.

In den darauffolgenden Monaten, während Fiona unter dem Schutz des Teams auf dem Stützpunkt lebte, war ihre Beziehung rasch enger geworden. Sie brachte die Gesichter der Menschen zum Lächeln, die gezwungen waren, sich mit den übelsten Gestalten der Welt auseinanderzusetzen. Ihre Anwesenheit war ein Segen für das Team.

Nur das Jugendamt hatte Unruhe in das bunte Völkchen gebracht. King war der Job des Pflegevaters zugefallen wie ein Klavier aus dem zwanzigsten Stock. Seine Studien litten unter den ungewohnten elterlichen Pflichten. Die Sparringskämpfe im Training entwickelten sich zu schmerzhaften Erinnerungen an seine eigene Unzulänglichkeit. King hatte die Verantwortung nie gewollt, sondern nur aus Pflichtgefühl auf sich genommen.

Beinahe überrascht stellte er daher jetzt fest, dass er Todesängste um das Mädchen litt. Inzwischen war er völlig vernarrt in Fiona. Auch wenn sie seine Karriereplanung gründlich durcheinandergebracht hatte – er hatte Angst, das Mädchen für immer zu verlieren, das aufzuziehen er eigentlich kein Recht besaß.

Er sah auf die Uhr. Die Missionen der anderen sollten mittlerweile abgeschlossen sein. Er holte sein Handy heraus, das er während der nächtlichen Suche auf dem Forum Romanum ausgeschaltet hatte, und fand acht neue Nachrichten vor. Das war ungewöhnlich, da überhaupt nur sieben Menschen auf der Welt seine Nummer kannten. Er ignorierte die Nachrichten und rief die Person an, von der er Antwort auf alle Fragen bekommen würde.

Es klickte im Hörer, während die Verbindung zustande kam. Nach einem einzigen Klingeln bat ihn eine Frauenstimme vom Band, eine Nachricht zu hinterlassen. Er nannte seinen Namen. »King.«

Die weibliche Stimme fuhr fort mit »Stimmerkennung bestätigt«, dann begann das Telefon wieder zu läuten.

Nach kurzer Zeit meldete sich Tom Duncan, Deep Blue. »King, wo waren Sie?«

King hörte die Anspannung in Duncans Stimme. Die Dinge an der Heimatfront standen also nicht gut. »Rom. Jetzt bin ich auf dem Weg nach Haifa, zusammen mit Alexander Diotrephes.«

Duncan klang sofort lebhafter. »Sie haben Fiona gefunden?«

»Sie war hier, aber ... ich habe sie wieder verloren. Alexander versteckte sie und fünfzig weitere Personen unter dem Forum Romanum, alles Sprecher aussterbender Sprachen. Bis auf Fiona sind alle tot.«

King hörte einen unterdrückten Fluch, bevor Duncan weitersprach. »Was wollen Sie in Haifa?«

»Einen Physiker-Schrägstrich-Rabbi treffen, von dem Alexander glaubt, er könne helfen.«

»Und was meinen Sie dazu?«

»Mal sehen«, erwiderte King. »Wie sieht es bei Ihnen aus? Sind die anderen schon zurück?«

»Knight, Queen und Bishop befinden sich auf dem Rückflug. Innerhalb von vier Stunden sollten sie wieder einsatzbereit sein.«

King merkte sofort, dass etwas nicht stimmte. »Was ist mit Rook?«

Duncan seufzte. »Die Regierungen der Länder, in die wir sie geschickt haben, waren vorgewarnt. Unsere Teams wurden bereits erwartet.«

King zuckte zusammen. Rooks Ziel war Russland gewesen.

»Queen und Bishop sind mit ihren Leuten unversehrt entkommen. Knight musste drei Verluste hinnehmen. Und Rook ... sein Team ist tot, er selbst wird vermisst und ist ... möglicherweise gefallen.«

Gefallen. Das war das Wort, das King am meisten fürchtete. Widerstreitende Emotionen kochten in ihm hoch, und die Maske des abgehärteten Soldaten bröckelte.

Dann sah er die Parallelen. »Ich wurde ebenfalls beschattet. Er hat Fiona entführt und die anderen getötet. Und er kontrolliert die Golems.«

»Dann wissen Sie, wer der Drahtzieher ist?«, fragte Duncan.

»Ja. Richard Ridley.«

»Dieser Mistkerl ...« Duncan schwieg einen Moment lang. »Ich lasse ihn zur Fahndung ausschreiben, für den Fall, dass er versucht, in die USA zurückzukehren. Boucher wird auf internationaler Ebene Entsprechendes arrangieren, jedenfalls in den Ländern, die noch mit uns reden.«

King wollte fragen, was passiert war, zog schließlich aber selbst seine Schlussfolgerungen. Wenn diese Länder einen Tipp bekommen hatten, dass US-Einheiten ihre Staatsbürger zu kidnappen versuchten, bahnte sich gerade ein internationales Drama an. Und Duncan als Präsident würde alle Hände voll zu tun haben. King beschloss, ihn nicht unnötig aufzuhalten. »Ich sage Bescheid, was ich in Haifa herausfinde.«

»Dito, was Ridley angeht«, sagte Duncan. Es klickte, dann ertönte das Freizeichen. Der Mann war *sehr* beschäftigt.

King wählte eine zweite Nummer. Aleman antwortete beinahe sofort. »Aleman hier.«

»Lew, hier ist King. Ich wollte mich nur nach meinen Eltern erkundigen.«

»Ich habe sie im Hotel abgesetzt. Dein Vater ist ganz begeistert, er liebt das kontinentale Frühstück. Sie haben eine Menge Fragen nach dir gestellt. *Jede Menge* Fragen. Wenn sie nicht deine Eltern wären, würde ich denken, sie seien hinter Geheiminformationen her.«

Einen Moment lang war King besorgt, aber dann sagte er sich, dass das ganz normal war. Seine Eltern wussten inzwischen, dass er einem wesentlich interessanteren Job nachging, als sie bisher geglaubt hatten. Vermutlich wollten sie einfach über alles Bescheid wissen. »Und was hast du ihnen gesagt?«

»Die Wahrheit. Dass du im Küchenteam der Spezialkräfte bist – sehen wir's mal realistisch, das klingt ungefähr genauso bedrohlich wie ›Schachteam‹ – und gegenwärtig den Globus nach Trüffeln abklapperst.«

King grinste. Der Humor tat gut. »M-hm.«

»Sobald wir im Hotel waren, konnten sie mich allerdings gar nicht schnell genug loswerden.«

»Komisch«, meinte King.

»Wieso? Sie haben sich zehn Jahre lang nicht gesehen, und jetzt haben sie ein paar Tage ganz für sich allein in einem Luxushotel. Ich denke, sie werden häufig das ›Bitte nicht stören‹-Schild vor die Tür hängen.«

King stieß ein Lachen aus. »Danke, Lew. Du hast es gerade geschafft, all die furchtbaren Dinge, die ich gesehen habe, mit einer noch schlimmeren Vorstellung zu übertrumpfen.«

»Ich habe das mit Fiona gehört. Große Scheiße.«

»Hätte nicht schlimmer kommen können.«

»Du findest sie.«

Darauf fiel King keine Antwort ein. Seine Zuversicht schwand mit jeder neuen Wendung der Dinge.

»Pass auf dich auf, King.«

»Mache ich.«

Er legte auf und dachte an seine Eltern. Es gab viel nachzuholen. Verlorenes Vertrauen wiederherzustellen, alte Wunden zu heilen. Er wollte vor allem, dass sie Fiona kennenlernten. Dann hatten sie ein Enkelkind zum Verwöhnen, und Fiona, die ihre Großmutter sehr vermisste, ein Paar liebevoller Großeltern.

Aber erst einmal musste er sie finden.

Er sah aus dem Fenster. Die blauen Wellen tief unten wurden größer, während das Flugzeug zum Landeanflug auf den internationalen Flughafen Ben Gurion ansetzte.

40 Haifa, Israel

Die anderthalbstündige Fahrt vom Flughafen von Tel Aviv zum Technion verlief ruhig und ereignislos. Das einzig Spektakuläre war der Blick aufs Mittelmeer, und Haifa entpuppte sich als ruhige Studentenstadt voller Cafés. Ein Wermutstropfen war allerdings, dass King seine Waffe nicht hatte mitnehmen können; gegen die ultrascharfen Sicherheitsmaßnahmen auf dem israelischen Flughafen war selbst der große Herkules machtlos.

Im Parkhaus hatte bereits ein schwarzer Mercedes für sie bereitgestanden. Der Mann aus grauer Vorzeit schien sich hier auszukennen wie ein Einheimischer. King erinnerte sich an seine Behauptung, Jesus persönlich gekannt zu haben, und vermutete, dass er diesen Weg in der Vergangenheit schon mehrmals zurückgelegt hatte, vielleicht zu Pferd oder sogar in Sandalen. Möglicherweise war er überall auf der Welt zu Hause.

Während King noch darüber nachdachte, was er mit fünfundzwanzig Jahrhunderten Leben anfangen würde, bogen sie auf einen Parkplatz ab. Die Universität bestand aus einem Meer aus weißen Gebäuden und grünen Bäumen. Doch kein einziger Student war zu sehen. Wie Vampire von Blut waren die meisten von einem wissenschaftlichen Symposium angelockt worden, das am anderen Ende des Campus stattfand.

King stellte fest, dass Alexander auch mit dem Universitätsgelände vertraut war, und kommentierte: »Sie waren schon einmal hier?«

»Ich habe hier sogar studiert«, erwiderte Alexander.

»Bei Davidson?«

»Nein, der muss damals noch ein Kind gewesen sein.« Er hielt King die Tür des Fakultätsgebäudes auf und ließ ihm den Vortritt. Eine Frau am Empfang begrüßte sie.

Alexander trat lächelnd näher und zeigte ihr seinen Ausweis, der im Handschuhfach des Mercedes bereitgelegen hatte. Er wies ihn als Professor der medizinischen Abteilung aus. »Ich suche Professor Davidson«, sagte er auf Hebräisch.

Die Frau erwiderte sein Lächeln und deutete zum Aufzug. »Fünfter Stock. Gehen Sie nach rechts. Dann die zweite Tür links.«

»Danke«, erwiderte Alexander.

Eine halbe Minute später erreichten sie den fünften Stock. Davidsons Tür stand offen. Sie sahen, dass der Mann mit dem Rücken zur Tür telefonierte. King klopfte zweimal an und trat dann ein, gefolgt von Alexander, der die Tür hinter sich zuzog.

Amzi Davidson, in einem leuchtend gelben Hemd mit bis zu den Ellenbogen hochgekrempelten Ärmeln, bedeutete ihnen mit erhobenem Finger, dass er gleich zur Verfügung stehen würde. Die einzigen Möbel waren ein kleiner Schreibtisch, ein Bücherregal auf jeder Seite der Tür und zwei Metallstühle. Ein großes Fenster zeigte auf den Campus und eröffnete den Blick auf eine moderne Skulptur, die wie eine Art Metallobelisk aussah. Zwei riesige weiße Tafeln nahmen die beiden anderen Wände des Zimmers ein. Sie waren mit vielfarbigen Notizen in Hebräisch, Gleichungen und Zeichnungen übersät. Durch häufiges Verwischen, ohne tatsächlich abgewaschen zu werden, sahen sie graufleckig aus.

Davidson legte auf und ließ seinen Drehstuhl mit einem Lächeln zu ihnen herumwirbeln. Seine grauen Augen, verkleinert durch eine dicke Brille, leuchteten erwartungsvoll. Doch das strahlende Lächeln erlosch, als er seine Besucher musterte. Er kniff die Augen zusammen. »Sie sind nicht von der medizinischen Fakultät«, stellte er auf Hebräisch fest.

»Nein, sind wir nicht«, erwiderte Alexander in derselben Sprache. »Könnten wir meinem Freund zuliebe Englisch sprechen?«

Davidson warf King einen Blick zu. »Sicher«, sagte er in perfektem Englisch, und sein Gesicht leuchtete wieder auf. »Sie sind von der Presse?«

»Ich fürchte, nein«, antwortete King.

Der Enthusiasmus des Mannes erlosch. »Worum geht es dann?«

Alexander setzte sich und kam sofort zur Sache. »Golems.«

Davidson lehnte sich langsam zurück. Ein Stift tauchte in seiner Hand auf, und er steckte ihn zwischen die Zähne. »Zu welchem Zweck? Geht es um die Theorie?«

»Anwendung in der realen Welt«, erwiderte Alexander.

Davidson nahm den Stift aus dem Mund. »Nun, ich fürchte, das geschriebene Wort ist zwar mächtig, aber so mächtig auch wieder nicht. Es kann kein Leben einhauchen.«

»Und wie steht es mit dem gesprochenen Wort?«, fragte King.

Ein Lächeln tauchte auf Davidsons Gesicht auf. »Dann wollen Sie also die Meinung eines Physikers *und* Ex-Rabbis hören?«

Kings und Alexanders Schweigen genügte als Antwort. Davidson sah auf die Uhr. »Also gut. Ich habe noch ein paar Minuten Zeit. Aber ich muss Sie warnen, erwarten Sie keine zwei unterschiedlichen Theorien. Meine Forschungen in Religion und Physik haben zu demselben Resultat geführt.«

»Darum sind wir hier«, sagte Alexander.

»Dann lassen Sie uns ganz am Anfang beginnen. Bei der Urknalltheorie. Sie versucht, eine Antwort darauf zu geben, *wie* das Universum entstand, aber sie beantwortet die wichtigere Frage nicht: *Warum* existiert es? Deshalb handelt es sich bei der Theorie um ein leeres mathematisches Modell. Sie behauptet, dass alles aus nichts entstanden sei, *ex nihilo*, und weiterhin, dass das Universum einen Anfang habe. Aber es gibt noch eine andere Möglichkeit: nämlich, dass das Universum *immer* existiert hat.«

Davidson stand auf und wischte einen Teil der weißen Tafel mit dem Hemdsärmel. Er schrieb eine Gleichung hin: $0 = 0 + 0 + 0 + 0 \dots$

»Dies ist die mathematische Aussage, die zeigt, dass der Urknall unmöglich ist. Die Summe von nichts ist nichts!«

Er löschte einige der Pluszeichen und ersetzte sie durch ein Minus: $0 = 0 - 0 + 0 - 0 + 0 - 0$. »Dies ist das Null-Axiom, entwickelt von Terence Witt, welches besagt, dass die Differenz von nichts nichts ist. Das bedeutet gleichzeitig, dass alles aus nichts besteht. Daher hatte das Universum nie einen Anfang, denn es ist nichts, und damit auch grenzen- und zeitlos.«

Davidson sah auf die Uhr. »Grenzenlos beschreibt auch meine Gedanken zu dem Thema, aber ich muss gleich auf dem Symposium eine Rede halten, daher werde ich mich nicht weiter über Nicht-Expansion, kosmische Mikrowellen, zerfallende Photonen oder ewiges Gleichgewicht auslassen, sondern gleich zum theologischen Kern der Angelegenheit kommen.

Die Nullphysik beschreibt auf mathematische Weise, wie Realität zur Existenz *gesprochen* wird. So, wie ein Journalist eine Story künstlich erzeugt, indem er den Kontext der Fakten ändert, wird das Nichtreale durch die Worte eines Schöpfers real, der einen Zusammenhang im grenzenlosen Nichts spinnt und so eine Geschichte erzählt.«

King wiegte den Kopf. »Wenn also ... Gott« – er malte mit den Fingern Anführungszeichen in die Luft – »die Existenz ins Sein gesprochen hat – welche Sprache hat er dabei benutzt?«

Davidson brach in Gelächter aus. Als er merkte, dass keiner seiner Gäste einstimmte, verstummte er. »Sie meinen das ernst? Die Sprache Gottes?«

»Allerdings«, erwiderte Alexander.

Der Stift wanderte wieder zwischen Davidsons Zähne. »Es gibt Spekulationen, dass die DNA die Sprache Gottes sei. Sie besitzt einen Code – ein Alphabet, wenn Sie so wollen –, Rechtschreibregeln und Grammatik, außerdem Sinn und Zweck. In vielerlei Hinsicht ähnelt sie einer Computersprache. Und siebenundneunzig Prozent davon gelten als funktionslos, was nur bedeutet, dass wir den Text erst noch entschlüsseln müssen. Außerdem gehorcht sie Zipfs Gesetz, welches besagt, dass man, wenn man die Wörter in einem Dokument, beispielsweise einem Roman, nach ihrer Häufigkeit gestaffelt in ein Diagramm einträgt, eine gerade Linie erhält. Spaltet man die DNA in ihre Einzelteile auf und ordnet diese nach ihrer Häufigkeit an, erhält man exakt eine solches Ergebnis. Voilá, es ist eine Sprache!«

»Aber man kann die Sprache der DNA nicht sprechen«, sagte King. »Man kann sie nicht verbalisieren.«

»In unserem Fall ist das gar nicht nötig. Sie ist bereits

vorhanden, und wenn Ihre Sprache den Kontext spinnt ...«
Davidsons Augen leuchteten auf. »Forscher am Hado-Institut in Australien haben demonstriert, dass Wörter die physische Welt beeinflussen können. Das gesprochene Wort erzeugt Schallwellen. Jedes Wort hat seine eigene, einzigartige Schwingungsstruktur – sein eigenes Muster. Die Kollegen in Australien haben unterschiedliche Wörter, positiv und negativ belegte, in Wasser hineingesprochen und es anschließend eingefroren, also in seinen kristallinen Zustand überführt. Wasser, das den Wörtern ›Engel‹, ›schön‹ und ›Leben‹ ausgesetzt wurde, ergab atemberaubende schöne Kristalle. Bei Wörtern wie ›schmutzig‹, ›Teufel‹ und ›Tod‹ waren sie missgestaltet, rissig und platzten, fast so, als wäre etwas in ihrem Inneren explodiert.

Eine Schallwelle ist im Grunde nichts anderes als eine Störung, die sich durch ein Medium fortpflanzt und Energie von einem Anfangs- zu einem Endpunkt überträgt. Und wo Energie ist, da ist auch Information. Wir nehmen Schallwellen mit den Ohren wahr. Aber der Schall enthält wesentlich mehr Informationen, als unser Gehirn entziffern kann.«

»Wenn der Schall die physische Welt um uns herum verändert, warum merken wir dann nichts davon?«, wollte King wissen.

»Uns sind durch unsere Sinne Grenzen gesetzt. So, wie unsere Ohren nicht jede Information hören können, die der Schall enthält, entgehen auch unseren anderen Sinnen viele Details. Nehmen Sie als Beispiel Steganographie.«

King nickte. Mit dem Einsatz von Steganographie war er vertraut. Mikropunkte, Morsecodes in Stoffmustern, in Fotografien versteckte Zeichensprache – beim Militär hatte der Einsatz solcher Tricks bereits seine eigene Geschichte. In jüngerer Vergangenheit nutzten Terroristen diese Technologie, um in Internetforen über Avatare Nachrichten zu verschlüsseln.

Davidson klappte seinen Laptop auf, tippte etwas ein und rief eine Website auf. Er zeigte ihnen das Foto auf dem Bildschirm.

»Obwohl das hier wie ein ganz gewöhnliches Foto einer Küstenlandschaft aussieht, ist es viel mehr als das. Wenn man die Pixel entsprechend anordnet, kann man Text oder ganz andere Fotos innerhalb eines Bildes verstecken, so dass das menschliche Auge es nicht mehr wahrnehmen kann. Decodiert sehen Sie auf diesem Foto ...«

Er klickte auf das Bild, und eine Seite mit Text öffnete sich:

> *O Wissenschaft! Du Sproß der Greisin Zeit,*
> *Vor dessen Späherblick nichts sicher ist!*
> *Du Geier, fluglahm vor der Wirklichkeit,*
> *Was spürst du nach dem Dichter so voll List?*

»Poe«, sagte Alexander. »Ein Ausschnitt seines Sonetts an die Wissenschaft. Hübsch.«

Davidson wackelte mit dem Finger. »Noch mehr Bezug zu Ihrer Frage haben vielleicht Spektrogramme.«

King lauschte gespannt. Vieles von dem, was der Professor gesagt hatte, war ihm nicht neu. Aber von Spektrogrammen wusste er nichts.

»Wie bereits erwähnt überträgt der Schall mehr Informationen, als das menschliche Ohr wahrnehmen kann. Ein Spektrogramm ist die visuelle Darstellung einer Schallwelle. Bilder und Nachrichten können in Töne codiert werden und theoretisch auch in Wörter. Es gibt ein Video online ...« Davidson drehte den Laptop zu ihnen herum, um ihnen ein YouTube-Video mit dem Titel »Alien Abduction Caught Live on Ustream« zu zeigen.

King wand sich innerlich, da er befürchtete, der Professor würde sich doch noch als Spinner entpuppen.

Sein abweisender Gesichtsausdruck blieb nicht unbemerkt. »Keine Sorge, das ist nur ein Beispiel für cleveres Marketing.« Davidson spielte das Video ab, das zwei Männer zeigte, die sich über eine Entführung durch Aliens unterhielten, bis einer in die Küche ging, wo ihn eine Sternenkarte und vor dem Fenster ein Alien erwarteten. Was dann folgte, war eine kreativ gedrehte Entführungsszene mit flackernden Lichtern und einem pulsierenden, schrillen Geräusch.

»Die Laute, die Sie da hören, sind wesentlich mehr als wahllose Geräusche. Es ist ein Bild.« Davidson suchte online nach einer Datei, lud sie schnell herunter und öffnete ein kleines Softwarepaket. Er ließ den Ton über die Software laufen, und ein Bild mit mehreren vertikalen und horizontalen Linien erschien. Er zoomte auf ein Teilstück, so dass man die Linien besser erkennen konnte.

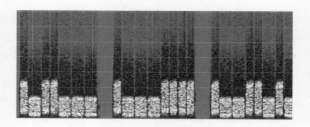

King sagten sie nichts, aber Alexander kam auf die Lösung. »Binärcode. Lange Linien repräsentieren die Eins. Kurze Linien … Null. Oder umgekehrt.«

»Ganz recht«, sagte Davidson. »In die Tonspur ist ein Binärcode eingebettet, der sich ins Englische übersetzen lässt. Eine Website, soweit ich weiß, die wieder zu einer weiteren Seite führt. Alles Teil eines Alternate Reality Spiels, einer Art Schnitzeljagd zwischen Realität und Phantasie.«

Davidson stand auf und wischte die Gleichungen von der Tafel. Er nahm einen roten Stift und schrieb, während er weitersprach: »Wir haben also hergeleitet, dass a) der Schall viel mehr Informationen transportiert, als wir wahrnehmen; b) der Schall in der Lage ist, die physische Welt zu verändern, was ein Hinweis darauf ist, dass besagte Information existiert. Und c) sind uns rund siebenundneunzig Prozent der DNA ein Rätsel. Wer will sagen, ob nicht der richtige Abschnitt des DNA-Codes, als Information von einer Schallwelle übertragen und auf die physische Welt angewandt, Leben in Nichtlebendigem erwecken könnte? Sollte man auf diese Weise allerdings einen Golem erschaffen wollen, gäbe es natürlich noch mehr zu bedenken.«

»Zum Beispiel?«, fragte King und versuchte, sein Interesse nicht zu deutlich zu zeigen.

»In der Überlieferung heißt es, dass ein Golem, den man

für üble Zwecke erschafft, jedes Mal böser wird, wenn er tötet. Und diese dunkle Energie, die den Golem verzehrt, geht nach seiner Zerstörung auf seinen Schöpfer über. Jeder Golem, den jener danach erschafft, ist von Anfang an korrumpiert. Golem-Meister sollen oft mit schwarzem Herzen gestorben sein, verdorben an Körper und Seele. Natürlich ist das nichts weiter als Hörensagen; Sie wissen ja, wie es mit der Geschichte so ist.«

Alexander grinste schief. »Ja, ich weiß.«

»Vielleicht waren einige der Erzählungen als Warnung zu verstehen«, sagte Davidson, »die Leben einhauchende Sprache nicht zu verwenden.«

King wechselte einen Blick mit Alexander. Angesichts dessen, was sie bereits wussten, klang das einleuchtend. Davidson bemerkte den Blickwechsel. Er setzte sich ruckartig auf. »Sie haben diese Sprache entdeckt, nicht wahr?«

»Nein«, erwiderte King.

»Wir recherchieren nur«, fügte Alexander schnell hinzu. »Für einen Film.«

Davidsons Interesse erlosch. Er wollte sie gerade bitten, zu gehen, als Kings Telefon klingelte. Er nahm ab. »Ja?«

»Wir haben Ridley gefunden«, sagte Duncan am anderen Ende.

»Wo?«

»London. Eine Sicherheitskamera am Flughafen in Heathrow hat ihn zufällig eingefangen.«

»War Fiona bei ihm?«

»Auf dem Video ist sie nicht zu sehen, aber das heißt nicht …«

»Ich weiß. Es spielt keine Rolle. Wir fliegen nach London.«

»Ich habe alle verfügbaren Kräfte auf ihn angesetzt. Rufen Sie mich an, wenn Sie angekommen sind.«

»Wird gemacht.« King legte auf und sah Alexander an. »Er ist in London.«

Beide Männer standen auf. Alexander öffnete die Tür. Davidson hielt sie mit einem Räuspern zurück. »Wer ist in London?«

»Brad Pitt. Danke für Ihre Hilfe«, sagte King und ging hinaus.

Der Professor lächelte jetzt wieder breit und sagte: »Wenn Sie auf dem Weg nach unten irgendwelchen Journalisten begegnen, schicken Sie sie herauf.«

King beugte sich durch die Tür ins Büro zurück. Irgendwie beunruhigte es ihn, dass Davidson so begierig darauf zu sein schien, mit der Presse zu sprechen. »Sie haben gar nicht gesagt, warum sie die Presse erwarten?«

»Ich habe meine Theorie veröffentlicht. Nullphysik und die gesprochene Schöpfung. Das Technion hat gestern eine Pressemitteilung herausgegeben. Ich halte in« – er sah auf die Uhr – »fünfundvierzig Minuten einen Vortrag zu dem Thema.«

King spannte sich. Wenn Davidson seine Theorie veröffentlicht hatte und Ridley davon erfuhr, würde ihm augenblicklich klar sein, wohin diese Forschung führen musste. Er hatte fast alle antiken Idiome ausgelöscht, die der Rekonstruktion der sogenannten Sprache Gottes hätten dienen können. Aber wenn die moderne Wissenschaft zum selben Ziel gelangte, indem sie die Wirkung von Schall auf seine Umgebung erforschte, dann …

Davidson sah Kings besorgte Miene. »Was ist? Stimmt etwas nicht?«

»Ich fürchte, Sie sind gerade zur Zielscheibe …«

Aus dem Augenwinkel bemerkte King eine Bewegung vor dem Fenster. Wie ein Speer schoss der metallene Obelisk auf sie zu.

»Runter«, schrie King und warf den Professor zu Boden.

Eine Sekunde später krachte der Obelisk mit der Gewalt einer Abrissbirne durchs Fenster.

41 Washington, D. C.

Tom Duncan saß an seinem Resolute-Schreibtisch im Oval Office. Das Jackett hing über der Rückenlehne, er hatte die Ärmel hochgekrempelt und seine Krawatte gelockert. Blicklos starrte er an die Decke. Trotz aller Macht, die sein Amt ihm verlieh, war er derzeit kaltgestellt. Solange die Augen der Welt jede seiner Bewegungen außerhalb der gerundeten Wände des Oval Office aufs genaueste registrierten, jedes Wort, jede Betonung und jeden Gesichtsausdruck analysierten – auf der Suche nach der kleinsten verräterischen Geste –, war Untätigkeit die sicherste Alternative. Die Wölfe umkreisten ihn und lechzten nach Blut, und es war besser, sie nicht noch mehr zu reizen.

Das fiel Duncan besonders schwer, weil er selbst ein Wolf war. Als ehemaliger Army Ranger funktionierte er am besten, wenn er handeln konnte. Doch jetzt blieb ihm nur untätiges Zusehen. Verhielt er sich zu auffällig, würde er das Team exponieren und gefährden. Das Schachteam agierte im Geheimen, führte aber keine illegalen Operationen durch, weshalb es eigentlich keinen Grund gab, seine Existenz zu verschleiern. Doch in Zukunft …

Es war an ihm, eine neue Richtung einzuschlagen, einem neuen Plan zu folgen. Harte Entscheidungen mussten gefällt, einschneidende Veränderungen eingeleitet werden.

Daher hatte Duncan sich in sein Büro zurückgezogen und seine Gedanken von den Medien und von Marrs losgerissen, um nach Lösungen zu suchen.

Bevor er sich jedoch richtig konzentrieren konnte, läutete das Telefon. Der digitale Klingelton war kaum verklungen, als Duncan sich schon aufgesetzt hatte und auf den Freisprech-Knopf drückte. Die Telefonzentrale des Weißen Hauses hatte strikte Anweisung, nur die Anrufe von ganz wenigen Leuten durchzustellen und jedem einen unverwechselbaren Klingelton zuzuweisen. Dieser gehörte zu Domenick Boucher.

»Was gibt es Neues?«

»Ich schicke Ihnen gerade ein Fax.«

Das Farbfaxgerät hinter dem Schreibtisch begann zu blinken, während es Daten empfing.

»Geht es um Ridley?«

»Ja, Sir«, sagte Boucher. »Zwei bedeutsame Entwicklungen. Er hat in Heathrow ein goldfarbenes Peugeot Cabrio von Europcar gemietet. Die Europcar-Wagen verfügen alle über GPS-Chips, und wir konnten ihn nach Wiltshire County verfolgen.«

Duncan kannte die Gegend. Er war vor langer Zeit als Rucksacktourist dort gewesen. »Stonehenge?«

»Das glauben wir, ja.«

»Aber warum?«

»Das kann ich nicht genau sagen, aber wenn er sich für antike Sprachen interessiert, dann gibt es in Stonehenge vielleicht etwas, von dem wir nichts wissen. Etwas, das noch nicht entdeckt worden ist. Die Anlage ist sehr alt, und wir wissen kaum etwas über die Menschen, die sie erbaut haben. Was immer es ist, es muss wichtig sein, denn Ridley geht unerhörte Risiken ein, um es zu bekommen.«

»Sind Queen, Bishop und Knight einsatzbereit?«, fragte

Duncan. Er hatte Keasling damit betraut, die Einsätze des Teams zu koordinieren und es dorthin zu transportieren, wo King es brauchte.

»Tja, darum habe ich das Fax geschickt. Entwicklung Nummer zwei. Ich bin nicht sicher, ob wir sie zu King schicken sollten.«

Duncan legte die Stirn in Falten. Er sah zum Faxgerät. *Was sendet Boucher da?*

Endlich begannen die Walzen, sich zu drehen, und spuckten ein einzelnes Blatt aus. Duncan schnappte es sich und blickte auf ein zwanzig mal fünfundzwanzig Zentimeter großes Foto. Es zeigte ein lächelndes Paar in ärmellosen Westen und Cargohosen, Hobbyarchäologen dem Anschein nach. Im Hintergrund wimmelte eine ganze Anzahl von Personen herum – einheimische Arbeiter, Praktikanten, Wissenschaftler. Sie alle scharten sich um eine gewaltige, offenbar sehr alte Steintreppe, die teilweise von Vegetation überwuchert war.

»Was ist das?«

»Das Foto wurde vor einer Stunde zu Flickr hochgeladen. In der rechten unteren Ecke sehen Sie den Datumsstempel von heute. Es ist also aktuell. Bei dem Bauwerk im Hintergrund handelt es sich um die La Danta Pyramide in El Mirador, Guatemala – die größte jemals gebaute Maya-Pyramide, gewaltiger noch als die Cheops-Pyramide in Gizeh.«

»Schön und gut, Dom, aber was bedeutet dieses Foto?«

»Ich will Ihnen nicht vorgreifen, falls ich mich irren sollte. Ich möchte, dass Sie unvoreingenommen ...«

»Gottverdammich«, flüsterte Duncan, als er das vertraute Gesicht im Hintergrund entdeckte. Der Mann ging hinter dem Pärchen vorbei, einen Rucksack auf den Schultern. Niemand achtete auf ihn. Er zeigte dasselbe entspannte Lächeln wie damals auf den Werbebroschüren seiner Firma. Doch seine Anwesenheit auf dem Foto ergab keinen Sinn. Wie konnte Richard Ridley gleichzeitig in England und Guatemala sein?

»Ich nehme an, Sie haben ihn entdeckt?«

»Wie ist das möglich, Dom?«

»Ich fürchte, das ist eine der Fragen, die am besten Ihr Team aufklärt. So unmöglich Ridleys Anwesenheit an beiden Orten zugleich erscheint, sie bekräftigt sein Interesse an antiken Stätten in aller Welt. Soll ich Queen, Bishop und Knight nach Guatemala umleiten?«

»Tun Sie das«, sagte Duncan. »Ich verständige King.«

42 Haifa, Israel

Ein Schwall von hebräischen Flüchen ergoss sich aus Davidsons Mund, während er unter King auf dem Boden seines Büros lag. Sie waren übersät mit Glassplittern und Putzbrocken aus der beschädigten Decke, was sie kaum bemerkten, weil ihre Aufmerksamkeit der schimmernden Metalllanze galt, die sich durch das Fenster diagonal in die Decke über der gegenüberliegenden Wand gebohrt hatte. Sechs Meter Edelstahl, unterteilt in vertikale Rippen, die den Eindruck erwecken sollten, dass die Skulptur sich um sich selbst drehte, hatten das Gebäude aufgespießt.

Davidson starrte fassungslos zu dem glänzenden Gebilde hoch. »Es ist der Obelisk!«

Alexander reichte ihm die Hand. »Machen Sie schnell!«

Davidson griff zu und ließ sich unter seinem Schreibtisch hervorziehen und auf den Flur in Sicherheit bringen. King kroch ebenfalls hervor und richtete sich inmitten der Überreste des Büros auf. Instinktiv griff er nach seinem Schießeisen, bevor ihm einfiel, dass er ja unbewaffnet war.

Er watete durch das Meer aus Glasscherben zum Fenster und riskierte einen Blick hinaus. Sechs Meter des Obelisken waren in das Gebäude eingedrungen, die restlichen neunzehn Meter ragten wie ein Speer nach außen. Am Ende hing noch ein großer Brocken Beton vom Fundament. Die Schwerkraft zerrte daran, und der Obelisk bog sich nach unten, während seine Spitze sich tiefer in die Decke grub. Putz bröckelte auf Kings Kopf herab, während er auf den Flur trat.

»Ich verstehe das nicht«, sagte Davidson mit zittriger Stimme. »Warum sollte jemand den Obelisken zerstören wollen?«

»Die wollten nicht die Skulptur«, meinte Alexander.

Davidson verstummte verständnislos.

»Draußen ist nichts zu sehen«, sagte King.

Alexander verzog die Lippen. »Wahrscheinlich glauben sie, er sei tot.«

King war der gleichen Ansicht, aber er wusste, dass sie damit keineswegs aus dem Schneider waren. »Sie werden auf Nummer Sicher gehen wollen.«

»Wovon reden Sie eigentlich?«, fragte Davidson. »Wer sind ›die‹, und wen halten sie für tot?«

King sagte: »Das wollte ich Ihnen gerade sagen, Professor. Sie sind zur Zielscheibe geworden.«

Hinter den dicken Brillengläsern wurden die Augen des Mannes plötzlich groß. Sein Blick war auf etwas hinter King gerichtet. Der wirbelte herum und erblickte eine Art riesiges Reptil. Es kam ihm bekannt vor, aber er konnte es nicht einordnen. Die Kreatur hatte Größe und Statur eines Komodowarans, doch ihr Rücken war sandfarben mit braunen Streifen, der Bauch weiß. Abgesehen von den zwei Metern Körperlänge, den scharfen Zähnen und klauenbewehrten Zehen machte King vor allem der bösartige, mit Intelligenz gepaarte Ausdruck in den Augen Sorgen.

Eine lange Zunge schnellte aus dem Maul der Echse hervor – sie kostete ihren Geruch. King sah sich nach einem Fluchtweg um. Die einzige Tür zwischen ihnen und der Echse führte in ein anderes Büro. Den Flur hinter ihnen versperrte der Obelisk.

Der Hauch einer Brise kitzelte King am Ohr, und er fuhr zu dem zerbrochenen Fenster herum. Der gerippte Obelisk bog sich langsam dem fünf Stockwerke tiefer gelegenen Erdboden entgegen. Es war der einzige Ausweg.

Er wandte sich zu Alexander. »Durchs Fenster. Nehmen Sie Davidson.«

»Ich bringe das Biest um«, gab Alexander zurück und krempelte die Ärmel hoch.

»Tut mir leid, Herkules«, erwiderte King. »Aber ich bin nicht kräftig genug, um ihn zu tragen.«

Davidson erbleichte. »Mich tragen?«

Alexander grunzte unwillig, dann packte er Davidson und warf ihn sich über die Schulter. »Man sieht sich im Elysium, King.« Dann setzte er sich in Bewegung, rannte durch das zerstörte Büro und warf sich aus dem Fenster. Davidson schrie wie am Spieß, bis Alexander eine der Edelstahlrippen zu fassen bekam und sich auf die Skulptur schwang.

King drehte sich wieder zu der Echse um und prallte zurück. Sie war bereits lautlos zum Angriff übergegangen und bäumte sich schlangengleich auf, um zuzuschlagen. Die Krallen, die das Biest zum lautlosen Vorwärtskommen eingezogen hatte, schnellten wieder heraus und schossen auf Kings Hals zu.

Er duckte sich und warf sich zur Seite, so dass die Echse von ihrem eigenen Schwung an ihm vorbeigetragen wurde und gegen den Obelisken prallte. Die Wucht des Zusammenstoßes brachte das Metall zum Schwingen.

Alexander, der Davidson über der Schulter trug und draußen auf der Skulptur entlangbalancierte, geriet ins Taumeln, fing sich jedoch und arbeitete sich auf dem weiter langsam absinkenden Obelisken nach unten.

King hatte keine Ahnung, wie er dem riesigen Reptil

beikommen konnte. Er landete einen harten Tritt auf dessen Rücken und hoffte, ihm damit das Rückgrat zu brechen. Doch die Wirbel federten elastisch zurück und schleuderten King zu Boden. Als er sich wiederaufrichtete, zischte die Echse ihn an und stürzte sich ins Büro. Anscheinend konzentrierte sie sich voll und ganz auf ihre eigentliche Beute.

Davidson.

King nahm die Verfolgung auf. Als die Kreatur auf den Obelisken kroch, sprang er ihr nach und klammerte sich an ihren dicken, aber stummelförmigen Schwanz. Mit der freien Hand bekam er eine Glasscherbe zu fassen. Er holte aus und stieß sie der Bestie in den Rücken, schnitt sich dabei selbst in die Haut.

Die Echse fauchte und zuckte wild hin und her. King dachte, sie wolle ihn abschütteln, doch als er ins Büro zurückrutschte und feststellte, dass er immer noch den Schwanz gepackt hielt, begriff er, dass die Kreatur den Körperteil abgestoßen hatte. Ein paar Blutstropfen quollen aus der offenen Wunde, wo er gesessen hatte, versiegten aber schnell. Wie viele Echsen konnte auch diese ihren Schwanz abwerfen, um Raubtiere zu verwirren und ihnen so zu entkommen. King warf den noch zuckenden Körperteil beiseite.

Während die Echse den Obelisken entlangkroch, stieg er aus dem Fenster und folgte ihr.

Davidson stieß einen Entsetzensschrei aus, als er des Monsters ansichtig wurde, das mit weit ausholenden Bewegungen den Obelisken hinuntereilte. Sein Schrei brach ab, als sich Alexanders Schulter in seinen Bauch grub. Wäre ihm nicht die Luft weggeblieben, hätte er abermals geschrien, als Alexander einen Riesensatz machte und sprang.

Er landete auf dem Betonfundament des Obelisken, das neunzehn Meter vom Physikgebäude entfernt frei über dem Erdboden schwebte. Unter der zusätzlichen Last sank der Obelisk schneller ab. Aber nicht schnell genug. Die Echse holte auf.

King brüllte zornig, doch das Biest beachtete ihn nicht. Er war zu langsam. Alexander würde den Kampf allein ausfechten müssen.

Furchtlos drehte der sich der Kreatur entgegen. Um das eigene Leben machte er sich keine Sorgen, aber ohne zu wissen, wozu das Biest fähig war, hatte Alexander keine Ahnung, ob er Davidson beschützen konnte. In diesem Moment kam ihm die Schwerkraft zu Hilfe, und der Obelisk gab, nur fünf Meter über dem Boden, endlich nach und knickte ab. Kurz bevor das Fundament auf dem gepflasterten Hauptweg durch den Technion-Campus aufschlug, sprang Alexander mit Davidson die letzten anderthalb Meter in die Tiefe. Sie rollten sich zur Seite, während das Betonfundament Sekundenbruchteile später genau dort niederkrachte, wo sie eben aufgekommen waren.

Der Aufprall schleuderte die Echse in die Luft. Sie fiel auf die Seite, rutschte von der Skulptur herunter und stürzte drei Meter tief zu Boden.

King wurde nach vorne gerissen, als der Obelisk unter ihm wegsackte. Er landete auf dem Bauch, und ein scharfer Schmerz durchzuckte ihn, bevor er auf der jetzt steil nach unten hängenden Skulptur abwärtsschoss. Die glatten Metallrippen waren wie eine riesige Rutschbahn. King breitete die Hände aus, um nicht seitlich abzugleiten, und hinterließ eine rote Blutspur aus seiner Schnittwunde.

Er sah Alexander mit Davidson über der Schulter davonrennen. Sein Ziel war anscheinend eine nahe gelegene Baustelle, wo Sandberge und Stapel von Zementsäcken darauf warteten, zum Fundament eines neuen Gebäudes verarbeitet zu werden. Die riesige Echse setzte ihnen nach. Sie bewegte sich schnell, aber ein wenig ungeschickt, vielleicht wegen des fehlenden Schwanzes.

King rollte sich ab und rannte den anderen hinterher. Alexander und Davidson hatten die Baustelle fast erreicht, die Echse dicht auf den Fersen. Als ihm die riesigen Sandhaufen ins Auge fielen, machte es klick in Kings Gedächtnis. Er hatte so ein Tier schon einmal gesehen, wenn auch nur im Miniaturformat. Es handelte sich um einen sogenannten Apothekerskink oder Sandfisch. Er kannte die kleinen Eidechsen und ihre erstaunlichen Fähigkeiten von einem Einsatz im Irak. Daher wusste er eines mit absoluter Sicherheit: Einem Killer-Sandfisch begegnete man besser nicht im Sand.

Die Baustelle war ein Labyrinth aus Maschinen und aufgestapelten Baumaterialien. Doch Alexander suchte weniger nach einem Weg hindurch, als vielmehr nach einem Ort, wo er sich verteidigen konnte. Schließlich entdeckte er zwei Stapel Zementsäcke, die dicht beieinanderlagen. An dieser Engstelle konnte er sich der Echse entgegenstellen und Davidson mit etwas Glück genügend Zeit zur Flucht verschaffen.

Schlitternd kam er im tiefen Sand zum Stehen und wollte Davidson absetzen, doch der Mann klammerte sich voller Panik an Alexanders Rücken wie ein Kind, das nicht von seiner Mutter getrennt werden will. Er hatte das Monster gesehen und wusste, dass er ihm nicht entkommen konnte.

»Warum setzen Sie mich denn ab? Laufen Sie weiter.«

Alexander setzte ihn zu Boden und gab ihm einen Stoß. »Gehen Sie. Ich halte es auf.«

»Aber ...«

»Gehen Sie!«

Alexanders finstere Miene und seine donnernde Stimme brachen den Bann. Davidson setzte sich in Bewegung und hastete weiter. Bald war er außer Sicht, doch seine pfeifenden Atemzüge blieben deutlich hörbar. Alexander war sich sicher, dass die Kreatur auch Davidsons Geruch problemlos folgen könnte. Der Mann schwitzte Angst aus allen Poren.

Dann tauchte die Echse auf. Zehn Meter entfernt hielt sie züngelnd inne.

Als sie angriff, nahm sie nicht Alexanders Kopf oder einen anderen lebenswichtigen Körperteil aufs Korn, wie es jedes andere Raubtier getan hätte, sondern hielt den Kopf gesenkt.

Sie geht auf meine Füße los, dachte Alexander. *Nein, nicht die Füße. Einen Punkt irgendwo davor.*

Bevor er sich einen Reim darauf machen konnte, sprang die Echse in die Luft. Alexander hob die Faust, um sie dem Biest an den Kopf zu schmettern, doch dazu bekam er keine Gelegenheit. Die Echse wölbte den Rücken und stürzte sich kopfüber in den sandigen Boden.

Wie ein olympischer Turmspringer tauchte sie ein und verschwand mit winzigen, rasend schnellen Windungen so elegant im Sand, als wäre er Wasser. Alexander fühlte eine leichte Wellenbewegung unter seinen Füßen.

Die Echse schlüpfte unter ihm hindurch!

Er wirbelte herum und sah die Kreatur sechs Meter weiter wieder auftauchen. Ohne Verzögerung setzte sie Davidson nach. Alexander hetzte hinterher, voller Wut, dass er sich von einem übergroßen Reptil hatte überlisten lassen.

Davidson stolperte in vollem Lauf – wenn man es Laufen nennen konnte. Seine Beine fühlten sich nutzlos an, wie in einem Traum. Mit der Hand versuchte er, sich an einem Stapel Metallträger abzufangen, doch auch seine Arme waren kraftlos, und er schlug sich heftig den Kopf an. Immer noch auf den Beinen, humpelte er benommen weiter. Sein Gesichtsfeld verengte sich. In seinem Kopf drehte sich alles in einer Mischung aus Schmerz und Angst.

Dann durchdrang eine Stimme den Nebel in seinem Hirn. »Davidson, passen Sie auf, hinter Ihnen!«

Es war die Stimme dieses übermenschlich starken Alexander.

Davidson fühlte sein Herz stärker schlagen. Plötzlich konnte er wieder klar sehen. Sein Verstand begann zu arbeiten. Seine Muskeln legten ihre gelatineartige Schwäche ab und zuckten vor Energie. Das Wissen, dass das Biest ihn fast erreicht hatte, löste einen Adrenalinschub aus. Aber es war zu spät.

Die Echse hatte ihn entdeckt. Sie preschte um eine Ecke, die Beine in ausladenden Bewegungen kreisend.

Zwei Umstände retteten Davidson das Leben. Zum einen geriet die Kreatur durch den fehlenden Schwanz aus dem Gleichgewicht. Zum anderen sie war zu schnell und die Kurve zu eng, so dass sie in einen riesigen Sandhaufen taumelte. Der Sand geriet in Bewegung, und eine Lawine begrub das Biest unter sich.

Davidson sah es und blieb stehen. Erleichterung malte sich auf sein Gesicht. Doch nur so lange, bis der große Sandfisch aus dem Sandhaufen auftauchte und unbeirrt auf ihn zukam. Davidson wusste, dass es kein Entkommen mehr gab, und stieß einen Entsetzensschrei aus.

Ein harter Stoß schlug ihn zu Boden.

Er stürzte schwer, war aber immerhin noch am Leben.

Im Aufblicken sah er King an der Stelle, wo er selbst gerade noch gestanden hatte.

In einem Wirbel aus Gliedmaßen stieß das Monster mit King zusammen. Beide fielen auf Davidsons Füße. Festgenagelt unter dem doppelten Gewicht von King und der Echse, krallte er verzweifelt die Hände in den Boden, um sich unter den ineinander verschlungenen Körpern hervorzuziehen. Er kam frei und rappelte sich auf.

Er erwartete, dass die Echse King in Stücke reißen würde, und wandte sich zur Flucht. Doch die Kreatur regte sich nicht mehr. Davidson hielt inne. Eine lange Metallstange ragte aus dem Maul des Sandfisches und trat an der Stelle wieder aus, wo sein Schwanz gesessen hatte. Ein Schisch-Kebab mit Riesenechse …

Ein Stöhnen drang unter ihr hervor. King war am Leben. »Könnten Sie das Ding vielleicht von mir runterrollen?«, keuchte er.

Davidson packte das Ende der Stange, das aus dem Maul der Kreatur ragte, und zerrte daran. Aber er konnte das schwere Reptil kaum bewegen.

Einen Augenblick später war Alexander da und hievte die Echse mühelos hoch. Davidson starrte ihn ehrfürchtig an. Er fühlte sich wie David neben Goliath, nur dass sie diesmal im selben Team spielten.

Alexander half King auf die Beine. »Ich bin beeindruckt.« Er lächelte.

King grunzte. Im Unterschied zu Alexander verfügte er nicht über Schnellheilungskräfte und wusste, dass die Schmerzen, die er jetzt spürte, sich in den nächsten Tagen noch verschlimmern würden. Er sah Davidson an. »Falls Sie nicht irgendwelche ausgefallenen Physikertricks auf Lager haben, um sich unsichtbar zu machen, müssen wir uns wohl auf die altmodische Art um Sie kümmern.«

43 Wieder in 6000 Meter Höhe

Nachdem sie Davidson ein Bündel Geldscheine in die Hand gedrückt, ihn in einem zufällig ausgewählten Hotel unter falschem Namen untergebracht und ihm nachdrücklich ans Herz gelegt hatten, sich nicht von der Stelle zu rühren, waren King und Alexander nach England aufgebrochen.

King schaltete sein Handy aus und tigerte in Alexanders Gulfstream-Jet auf und ab. Er versuchte zu begreifen, wie Ridley an zwei Orten gleichzeitig sein konnte. Einer von beiden musste ein Schauspieler sein. Entweder das, oder es handelte sich – er hasste den Gedanken – um Klone. Das war an sich schon schlimm genug. Aber es bedeutete auch, dass er keine Ahnung hatte, wohin Fiona verschwunden war. Wenn es zwei Ridleys gab, konnte es auch drei geben. Oder fünfzig.

Möglicherweise befand sich Fiona sogar noch in Rom. Die ganze Reise nach England konnte sich als Zeitverschwendung erweisen. Aber es war ihre einzige Spur. Und selbst wenn *dieser* Ridley Fiona nicht hatte, wusste er vielleicht wenigstens, wo sie festgehalten wurde.

Worauf zielte das Ganze ab? Sosehr er sich auch bemühte, King konnte sich nicht zusammenreimen, was Ridley im Sinn hatte. Er beschloss, alles, was er wusste, noch einmal Revue passieren zu lassen. Ridley erschuf Golems, die seine schmutzige Arbeit erledigten, doch waren sie nur

Mittel zum Zweck, nicht das Endziel. *Aber sie geben einen Hinweis darauf*, dachte King. Der Sandfisch war im Grunde nichts Neues. Ridley hatte schon früher genetische Monster erschaffen. Entstammte die Echse jedoch wirklich einem Genlabor, oder wurde sie mittels der seltsamen Protosprache manipuliert? Wie dem auch sei, King kannte nicht mehr als einzelne Erscheinungen von etwas viel Größerem, und er kam einfach nicht darauf, was es sein könnte.

Er überlegte, was er über Ridleys Persönlichkeit wusste. Er war ein Genie, skrupellos ohnegleichen, und er betrachtete keinen Menschen als ebenbürtig. Der Mann litt an einem Gottkomplex, besonders, seit er durch Gentechnik unsterblich geworden war. Und jetzt hatte er auch noch gelernt, unbelebten Objekten zumindest zeitweise Leben einzuhauchen. Davidson hatte ihnen zwar ein paar Hinweise gegeben, warum die Eigenschaften dieser uralten Sprache die Welt verändern konnten, aber …

Kings Gedanken blieben bei den Worten »die Welt verändern« hängen. Genau das war es, was Ridley tat. Lebende Statuen, gigantische Eidechsen, Kopien von sich selbst. Er manipulierte die Realität. Wie weit gingen seine Fähigkeiten? Konnte er ein Gott werden? Sobald die Frage sich in Kings Kopf formte, kannte er auch schon die Antwort.

Ja.

Ridley war unsterblich und hielt die Schlüssel zu Leben, Tod und in gewissem Maß auch der Schöpfung in der Hand. Er würde ein Gott sein, und ein Großteil der Welt würde vor ihm niederknien und ihn anbeten. Aber selbst das konnte nicht alles sein. Nicht für jemanden wie Ridley. Er gierte nach Macht. Nach Herrschaft. Doch er war nur ein Einzelner. Es konnte Jahrhunderte dauern, bis er eine genügend große Gemeinde von Gläubigen um sich geschart hatte, und er war kein geduldiger Mensch. Da musste noch etwas anderes sein.

Während ihm die verschiedensten Theorien durch den Kopf gingen, kehrte King zu seinem Sitzplatz zurück. Alexander saß mit zurückgekippter Lehne und geschlossenen Augen im Heck des Flugzeugs. King staunte über die Fähigkeit, einfach zu schlafen, während es doch so viel nachzudenken gab. Er nahm gegenüber Platz und seufzte.

»Unvorhergesehene Komplikationen?«, fragte Alexander.

King schreckte hoch. Anscheinend schlief der Mann doch nicht. »Könnte man sagen.«

Alexander schlug die Augen auf und stellte seine Lehne senkrecht. Er drückte einen Knopf an seiner Armlehne, und eine Stewardess erschien aus dem Vorderteil des Flugzeugs. »Ja, Sir?«

Er hielt lediglich zwei Finger hoch. Sie nickte und verschwand.

»Bei Ihren Experimenten mit dem Blut der Hydra. Als Sie die Vergessenen erschufen und sich unsterblich machten, haben Sie da je ...« King suchte nach den richtigen Worten. Das klang alles so aberwitzig. Andererseits galt das ja auch für die Unsterblichkeit. »Haben Sie sich da jemals dupliziert?«

Wie immer nahm Alexander die Frage völlig ernst. Für ihn lag alles im Bereich des Möglichen. »Nein. Nie. Den Kopf abzutrennen würde in Ridleys Fall, und auch in meinem, zum Tod des Körpers führen. Die Regeneration findet vom Hals abwärts statt. Das Selbst in zwei Einheiten aufzuspalten ist in den Genen der Hydra nicht vorgesehen.«

»Er könnte sich also nicht einfach ein Körperteil abhacken und es zu einem neuen Ich wachsen lassen?«

»Die DNA der Hydra setzt ihm Grenzen, und wenn er sich auf seinen Job versteht, hat er nur dieses eine Gen auf sich übertragen.«

»Dann ist es also nicht denkbar?«

»Das habe ich nicht gesagt. Es gibt Spezies, bei denen ist die Fortpflanzung durch Zellteilung etwas absolut Normales. Bei Einzellern zum Beispiel. Wenn Ridley seinen genetischen Code immer weiter verändert, nun, dann ist alles möglich. Welche Ressourcen standen ihm denn nach dem Hydra-Vorfall noch zur Verfügung?«

»Seine Firma wurde zerschlagen«, antwortete King. »Sein Vermögen ist eingefroren. Aber er hatte wahrscheinlich geheime Konten. Anlagen, von denen niemand wusste. Es könnte sein, dass Manifold Genetics unterhalb des Radarschirms immer noch tätig ist.« Er rutschte unbehaglich hin und her. Trotz der plüschigen Polster fand er keine schmerzfreie Sitzposition. »Wie Sie sagten, alles ist möglich.«

Die Stewardess kehrte mit einem Tablett zurück. Zwei Gläser Wasser und ein dunkelbraunes kleines Fläschchen standen darauf. Sie stellte das Tablett auf dem herausklappbaren Tisch vor Alexander ab. »Sonst noch etwas, Sir?«

»Nein, danke. Wie lange noch bis zur Landung?«

»Fünfzehn Minuten.«

Er neigte dankend den Kopf, und sie entfernte sich, ohne zurückzublicken. Nachdem sich die Kabinentür hinter ihr geschlossen hatte, fuhr Alexander fort: »Wo ist der zweite Ridley?«

»Danta Pyramide in Guatemala.«

»Interessant.« Alexander rieb sich das Kinn.

»Sie kennen den Ort?«, fragte King und dachte gleichzeitig, *natürlich tut er das.*

»Es ist eine alte, vom Dschungel verschlungene Maya-stadt, die sich über fünfundzwanzig Quadratkilometer er-streckt. Ich wollte sie mir immer mal ansehen, bin aber nie dazu gekommen.«

King fühlte leise Überraschung, dass der Mann aus der Antike doch noch nicht überall gewesen war.

»Interessanterweise gilt es immer noch als ein Rätsel, wie es den Mayas gelang, eine Pyramide dieser Größen-ordnung zu bauen. Ebenso wie bei den ägyptischen Pyra-miden oder dem Turm von Babel. Wir beide wissen natür-lich, dass in der Alten Welt Golems als Arbeitssklaven eingesetzt wurden. Und dass unterschiedliche Architekten mit derselben Methode Weltwunder überall auf der Welt errichteten.«

King sah, wohin das führte. Es gab eine Verbindung. »Einschließlich Stonehenge.«

Alexander schraubte das braune Fläschchen auf und zog einen Tropfenzähler heraus. Eine hellbraune Flüssig-keit, in der winzige Flocken tanzten, füllte die Pipette. Er zählte fünf Tropfen in jedes Glas ab. »Anscheinend be-sucht Ridley diese antiken Stätten aus einem bestimmten Grund, vielleicht auf der Suche nach Informationen oder Relikten, die sein Wissen über die Protosprache erwei-tern.«

Beide Männer schwiegen einen Moment lang. Alexan-der dachte darüber nach, wie sie nach der Landung am besten vorgingen. Kings Gedanken glitten zurück zu Fi-ona. Er sah Alexander an, den ältesten Menschen auf dem Planeten, und fragte: »Haben Sie Kinder?«

Die Frage traf Alexander unvorbereitet. Er erwiderte Kings Blick mit schiefem Grinsen. »Kinder?«

King wartete.

»Es gab eine Zeit, da wünschte ich mir Kinder. Bevor

ich unsterblich wurde. Acca und ich versuchten es, aber sie war unfruchtbar. Ich bekam nie einen Erben. Wie sich schließlich herausstellte, brauche ich aber auch keinen. Außerdem bin ich seitdem keiner Frau mehr begegnet, die würdig gewesen wäre, meine Kinder zu bekommen.«

»Sie ... Sie haben die ganze Zeit enthaltsam gelebt?«, fragte King.

Ein leises Auflachen drang wie ein Schniefen aus Alexanders Nase. »Fünfzehnhundert Jahre lang, ja.«

King konnte es kaum glauben. Alexander war über alle Maßen reich, er beherrschte zahlreiche Sprachen, konnte überall leben und alles tun, wonach ihm der Sinn stand. Und doch hatte er fünfzehnhundert Jahre lang ein einsames Leben im Untergrund gewählt? Das ergab keinen Sinn. Es schien ... unmenschlich.

Alexander ahnte Kings Gedanken und beugte weiteren Fragen vor: »Ich habe alles nur Vorstellbare mit dem anderen Geschlecht angestellt. Nach einem Jahrtausend verlieren einige Dinge ihren Reiz, angefangen mit dem urtümlichen Trieb zur Fortpflanzung.«

»Sie sind *wirklich* ein alter Mann«, lächelte King.

Alexander grinste. »Sehr alt.« Er sah einen Moment lang aus dem Fenster, dann wandte er sich wieder zu King. »Ich bin vielleicht nicht der richtige Ansprechpartner für die Fragen eines frischgebackenen Vaters, aber eines kann ich Ihnen mit Gewissheit sagen: Für Männer wie uns ist nichts unmöglich.«

Kings Lächeln wurde breiter, aber es war nicht ganz aufrichtig. Es schmeichelte ihm zwar, dass der unsterbliche Herkules begann, ihn als ebenbürtig zu betrachten, doch an seinen Zweifeln bezüglich seiner neuen Vaterrolle änderte das nichts.

Alexander griff nach den beiden Gläsern und ließ den

Inhalt kreisen, bis sich die Flüssigkeit im Wasser verteilt hatte, dann bot er eines davon King an.

»Was ist das?«, fragte der.

»Sie sehen müde aus.«

»Das beantwortet meine Frage nicht.«

Alexander lächelte. »Sie trauen mir immer noch nicht?«

»Ich glaube nicht, dass ich das je tun werde«, erwiderte King offen. Im Unterschied zu Ridley war Alexander ein geduldiger Mensch. Er hatte schon mehr Lebensalter hinter sich, als Ridley sich überhaupt vorstellen konnte. Und obwohl King keinen konkreten Hinweis darauf hatte, argwöhnte er, dass hinter Alexanders Beteiligung an der Jagd nach Ridley mehr steckte als Altruismus oder der Wunsch des einen Unsterblichen, die Welt vor einem anderen zu schützen. Der Mann verfolgte seine eigenen Ziele, dessen war sich King sicher. Aber darum konnte er sich später kümmern. Im Moment war Alexander ein wichtiger Verbündeter bei dem Versuch, Ridley aufzuhalten. Immerhin hatte der ehemalige Herkules Tausende von Jahren in friedlicher Koexistenz mit den Sterblichen gelebt, ohne den Versuch zu unternehmen, die Menschheit zu versklaven. Was sich allerdings jederzeit ändern konnte. Und aus diesem Grund musste King ihn genau im Auge behalten.

Alexander lachte verhalten und zog eine Grimasse, die besagte: »Na gut – ich zuerst.«

Er trank das Gebräu aus und grinste. Er wirkte plötzlich erholt und energiegeladen.

»Wenn Sie nicht unsterblich wären«, meinte King, »ergäbe Ihre Geste vielleicht Sinn. Was ist da drin?«

»Eine homöopathische Mischung. Mein eigenes Rezept. Ich verrate es Ihnen nicht. Es könnte sehr gefährlich sein, wenn sie in die falschen Hände gerät.« Alexander sah zu dem großen runden Fenster neben sich hinaus. Die

Kreidefelsen Englands kamen in Sicht. »Wenn wir landen, müssen wir schnell handeln. Und da ich Sie bis jetzt weder schlafen noch sich entspannen gesehen habe, brauchen Sie etwas Unterstützung, um durchzuhalten.«

King wollte widersprechen, fand aber keine begründeten Einwände. So durchtrainiert und fit er war – wenn er sich nicht ausruhte, würde sein Körper ihn irgendwann im Stich lassen. Er fühlte sich jetzt schon ausgelaugt, und wenn es in England hart auf hart kam, konnte das zum Risiko werden. Er nahm das Glas und trank es in zwei Schlucken aus. Die Flüssigkeit schmeckte wie leicht gesüßtes Wasser mit einem Hauch von …

Ein Energieschub durchströmte ihn, und unwillkürlich musste er lächeln. Er fühlte sich verjüngt und hellwach. Seine Gedanken waren klar und fokussiert. Es war sicher nicht vergleichbar mit dem Adrenalinstoß, den Alexander sich selbst in Rom verpasst hatte, aber trotzdem erstaunlich. King sah ein, dass dieses Tonikum in den Händen der Militärs zu einem Problem werden konnte. Eine Armee, die keinen Schlaf benötigte und immer auf dem Höhepunkt ihrer Schlagkraft war, wäre sehr gefährlich.

»Besser?«, fragte Alexander.

»Viel besser«, erwiderte King.

»Gut, denn von jetzt an, bis wir diesen Kampf beendet haben, gibt es kein Nachlassen mehr.«

44 El Mirador, Guatemala

Der Helikopter schwankte und sackte ab. Wind und Regen peitschten gegen seinen schwarzen Rumpf. Dunkle Wolken verdeckten die aufgehende Sonne, während Blitze durch den Himmel zuckten und den Urwald mit einem unablässigen Stroboskopgewitter überschütteten. Ein Blitzstrahl schoss nahe vorbei und schlug mit einem Funkenregen in einen Baum ein. Der Donner folgte augenblicklich, während die supererhitzte Luft um den Blitz sich in einer Schockwelle ausbreitete und den Hubschrauber zur Seite warf.

Die Hölle hatte den Luftraum über dem Norden Guatemalas in Besitz genommen.

Die drei Passagiere blieben unbeeindruckt von dem unfreundlichen Wetter, während der Pilot, Luis Azurdia, Todesängste ausstand. Aber der Bonus, den seine drei wohlhabenden Kunden ihm versprochen hatten, war zu groß, als dass er hätte ablehnen können. In der Regenzeit war El Mirador auf dem Landweg kaum zu erreichen, die Ausgrabungsstätte war morastig, ständig bestand die Gefahr von Blitzfluten, und es gab kaum Übernachtungsmöglichkeiten. Daher floss der Strom der Touristen nur spärlich und unregelmäßig. Das Geld, das Luis mit diesem Flug verdiente, würde ihn über den Rest der Regenzeit bringen.

Ein zweiter Blitz erfüllte das Cockpit mit gleißendem Licht, und einen Sekundenbruchteil später ertönte der

Donnerschlag. Luis schlug das Herz bis zum Hals. Er war noch nie in einem Sturm wie diesem geflogen. Verdammt, wenn es regnete, stornierten die meisten Touristen ihren Flug.

Er warf einen Blick nach hinten auf seine Passagiere und hoffte, sie würden mit Angst in den Augen nervös auf ihren Sitzen herumrutschen. Aber der große Araber hatte die Augen geschlossen und schien zu meditieren. Der hagere Asiate wippte mit dem Kopf zur Musik aus seinen iPod-Ohrhörern. Und die Frau, deren Stirn und glänzende blonde Haare unter einer blauen Bandana verborgen waren, sah mit finsterer Miene einfach aus dem Fenster. Wenigstens sie wirkte so, als wäre sie am liebsten ganz weit weg gewesen.

Was jedoch nicht am Sturm lag.

Queen betrachtete den Dschungel unter sich, dieses endlose Meer aus Bäumen. El Mirador war einer der abgelegensten Flecken Guatemalas, wodurch die alte Mayastadt bis zum Jahr 2003 unberührt geblieben war. Dann hatte ein Team von Archäologen seine Zelte aufgeschlagen und begonnen, die von Vegetation bedeckten Ruinen freizulegen. Aber Queen nahm weder die wilde Schönheit der Landschaft wahr, noch dachte sie an die mysteriöse Ausgrabungsstätte und die potentielle Gefahr, die ihnen dort drohte. Sie war eine halbe Welt weit entfernt.

In Russland.

Bei Rook.

Die Nachricht von der Eliminierung seines Teams hatte sie schwer getroffen. Die Männer waren alle Kameraden und Freunde gewesen. Das Schlimmste war jedoch, dass Rook vermisst wurde. Das verstörte sie. Er war mehr als ein Freund. Sie hatte sich sehr bemüht, ihre Gefühle zu verleugnen, hatte so hart dagegen angekämpft wie gegen die mörderischen, mythischen Kreaturen, mit denen sie es zu tun hatten. Aber jetzt, da Rook möglicherweise tot war, drängten sie an die Oberfläche, und Queen fühlte sich hundeelend.

Sie hatte darum gebeten, von dieser Mission entbunden zu werden, damit sie Rook suchen konnte. Doch Deep Blue persönlich hatte ihr den Wunsch abgeschlagen. Diese Mission hatte Vorrang. Sie wusste, dass Rook das genauso gesehen hätte, aber das löste den Knoten nicht, der sich in ihrem Magen gebildet hatte. Ihn jetzt zu verlieren …

Sie schüttelte den Kopf und zwang sich, nicht daran zu denken. Sie *würde* ihn finden, wenn das hier vorüber war.

Es deprimierte sie, dass sie alle trotz ihrer Tapferkeit im Kampf nicht den Mut besaßen, über ihre Gefühle zu reden. Seit ihrem Kuss vor einem Jahr hatte sie bei Rook immer ein stummes Unbehagen in ihrer Gegenwart gespürt. Sie sprachen nie darüber, verdrängten es ebenso wie die Härten der Schlacht. Begruben es. Weil sie beide wussten, dass Liebe auf dem Schlachtfeld tödlich sein konnte.

Doch mittlerweile war ihr klar, dass Menschen auf dem Schlachtfeld so oder so starben. Diesmal konnte es Rook getroffen haben; und nichts hätte sich daran geändert, wenn sie eine Liebesbeziehung eingegangen wären. *Dann hätte er es bei seinem Tod wenigstens gewusst*, dachte sie und zwang sich schließlich zu optimistischeren Gedanken: *Ich sage es ihm, sobald ich ihn finde.*

Ein Blitz ließ sie die Augen zusammenkneifen und den Blick vom Fenster wenden. Während der Donner über den Helikopter hinwegrollte, sah sie zum Cockpit und merkte, dass Luis sie anstarrte. Er wirkte bleich und verzweifelt.

»Ich … Ist Ihnen der Sturm zu schlimm?«, fragte er hoffnungsvoll.

Sie grinste. »Aber überhaupt nicht.«

Als er die Stirn runzelte, fügte Queen hinzu: »Jetzt haben wir doch schon mehr als die halbe Strecke hinter uns, nicht?«

»Sì«, nickte er. »Es ist nicht mehr weit.«

»Dann sind wir ja bald auf dem Boden, und bis wir wieder abfliegen, ist der Sturm höchstwahrscheinlich vorbei.«

Luis dachte einen Moment lang nach, dann lächelte er und nickte. »Sie haben recht.«

Während er die Augen wieder nach vorne richtete, pflückte sich Knight die Ohrhörer heraus. »Nicht mehr weit?«

»Yep«, erwiderte Queen.

»Alles in Ordnung mit dir?«

»Bestens.«

»Sie macht sich Sorgen um Rook«, meinte Bishop mit geschlossenen Augen.

»Wir machen uns alle Sorgen um ihn«, meinte Knight. »Aber ...«

Bishop schlug die Augen auf und sah ihn an. »Das ist jetzt nicht dein Ernst?«

Knight zuckte verständnislos die Achseln und hob die offenen Handflächen. »Was meinst du?«

Bishops Antwort bestand darin, dass er die Augenbrauen hochzog.

Nach kurzem Nachdenken begriff Knight endlich. »Wirklich?« Er beugte sich vor und musterte Queen. »*Wirklich?* Du und Rook?«

Ein winziges Lächeln stahl sich auf Queens Gesicht. Sie knuffte Bishop gegen die Schulter und sagte zu Knight: »Ich will dir wirklich nicht deinen hübschen Kiefer brechen, Zuckerpüppchen, aber ich werde es tun, wenn du auch nur einen Ton sagst, ich schwör's.«

Knight grinste übers ganze Gesicht, während Luis' Stimme ertönte. »El Mirador bei drei Uhr.« Er bekreuzigte sich. »Wir haben es geschafft.«

Bishop und Knight beugten sich vor, um aus Queens Fenster zu sehen. Meilenweit erstreckte sich der Dschungel wie eine flache grüne Decke, doch unter ihnen ragten steile Zacken in den Himmel, als würden sich Berge mitten in der Ebene auftürmen. Aber es waren keine Berge. Es handelte sich um die Tempel und Pyramiden des alten Volks der Maya. Um den Gipfel der höchsten Erhebung herum war der Urwald so weit gerodet worden, dass man die schmutzig weißen Steine der Anlage darunter erkennen konnte. Auf die meisten Menschen wirkte der Ort unheildrohend und geheimnisumwittert.

Das galt nicht für Queen, Bishop und Knight. Denn sie wussten: Fanden sie den Mann, den sie suchten, würde der Ort Gewalt und Tod erleben wie seit den Zeiten nicht mehr, als die alten Mayas den Urwaldboden mit dem Blut von Menschenopfern tränkten.

45 **Amesbury, England**

Grauer Dunst hing im spätnachmittäglichen Himmel und drohte, die Landschaft in Nebel zu hüllen. Ohne das Flickenmuster aus grünen und gelben Feldern zu beiden Seiten der Straße hätte das Wetter deprimierend gewirkt. Die Fahrt war glatt und angenehm verlaufen, dank eines eleganten schwarzen Mercedes, der King und Alexander am Flughafen Heathrow in London erwartet hatte.

King fand sich wie üblich auf dem Beifahrersitz wieder. Alexander kannte den Weg, und er fuhr gerne schnell, was King normalerweise nicht störte. Allerdings passte ein unsterblicher Fahrer im Verkehr vielleicht nicht ganz so auf wie ein Normalsterblicher.

Um sich von der halsbrecherischen Raserei abzulenken, klappte King sein Handy auf und tätigte einen Anruf, den er bisher vor sich hergeschoben hatte. Nicht, dass er nicht gerne mit seinen Eltern gesprochen hätte. Er wusste einfach nicht, was er sagen sollte.

»Hi, Süßer!«, meldete sich seine Mutter nach dem zweiten Klingeln.

»Hallo, Mom.«

»Hast du sie schon gefunden? Die Hintermänner des Anschlags?«

King grinste. Immer gleich zur Sache, seine Mutter. »Du weißt, dass ich darüber nicht reden darf.«

An der nächsten Gabelung hielt Alexander sich rechts.

Stonehenge lag vor ihnen. Die Megalithen wirkten seltsam fehl am Platz, als hätte es sie aus einer anderen Dimension hierher verschlagen. Alexanders Telefon klingelte. Er warf einen Blick auf das Display und meldete sich mit gedämpfter Stimme.

King versuchte, das Gespräch zu belauschen, aber die Stimme seines Vaters dröhnte ihm aus seinem eigenen Telefon ins Ohr. »Ist er im Irak? Das ist immer noch ein heißer Ofen für Leute wie ihn.«

»Bist du im Irak, mein Lieber?«, fragte seine Mutter.

King seufzte. Es konnte nicht schaden, ihnen zu sagen, dass er nicht im Irak war, dann machten sie sich weniger Sorgen. »Nein, im Irak bin ich nicht.«

»Aber du bist dorthin unterwegs?«

»Nein, Mom, der Irak steht nicht auf meiner Liste.«

»Ah, gut. Gut.«

Das Gespräch ging ihm auf die Nerven und verhinderte, dass er Alexanders Gespräch belauschen konnte. Schnell sagte er: »Hör zu, Mom, ich wollte nur wissen, ob es euch gutgeht.«

»Oh, wir haben hier nichts zu befürchten«, sagte Lynn. »Wir sind in Sicherheit.«

Alexander stellte den Wagen auf dem Parkplatz vor dem Monument von Stonehenge ab. Ein großer, roter Doppeldecker-Ausflugsbus hielt ein Stück entfernt. Als King die Tür des Mercedes öffnete, schlug ihm von dort eine dröhnende Lautsprecherstimme entgegen.

»Willkommen in Stonehenge, Ladies und Gentlemen, und vielen Dank, dass Sie London Hills Tours gewählt haben!«

King schloss die Augen und seufzte. Vielleicht hatte seine Mutter es ja nicht gehört. Jedenfalls gab sie keinen Kommentar ab. »Mom, ich muss Schluss machen.«

»Okay, Süßer. Du rufst aber wieder an, wenn du kannst?«, fragte sie. »Mach uns keine Sorgen.«

»Nein. Ja. Muss auflegen. Hab euch lieb.« King trennte die Verbindung, während auch Alexander seinen Anruf beendete.

»Nur wir beide«, hörte King ihn sagen. »In ein paar Tagen, und sorge dafür, dass es trocken ist. Gut.« Er legte auf, steckte das Handy ein und stieg aus.

»Verabredung zum Abendessen?« King stieg ebenfalls aus.

»Eine Art Reservierung, aber mit Essen hat sie nichts zu tun.« Alexander schlug die Tür zu. »Nichts, worüber Sie sich Gedanken machen müssten.«

Aber King machte sich Gedanken. Alles, was Alexander sagte oder tat, warf neue Fragen auf, und mit jeder unbeantworteten Frage sank sein Vertrauen zu dem Mann aus der Antike. Mit wem hatte er gerade gesprochen? Und was sollte das für eine geheimnisvolle »Reservierung« sein? Da King sich nicht für Geld, Macht, Ruhm oder Unsterblichkeit interessierte, gab es für Alexander nur einen Grund, ihm etwas zu verheimlichen – dass King nicht gefallen würde, was er zu hören bekam.

»Eine Überraschungsparty?«, erkundigte sich King in dem Versuch, mehr herauszubekommen, ohne direkt zu fragen.

Alexander tat so, als habe er ihn nicht gehört. »An meine Eltern kann ich mich kaum noch erinnern«, meinte er. »Aber ich bin froh, dass es damals noch keine Handys gab.« Er schüttelte grinsend den Kopf.

King durchschaute das falsche Lächeln und das Ablenkungsmanöver: Halt dich zurück. Doch war er niemand, der sich zurückhielt, nicht einmal gegenüber Unsterblichen, und er wollte gerade weiterbohren, als eine lautstarke

Horde Touristen aus dem Ausflugsbus strömte. Einige gingen zum Besucherzentrum, um sich Prospekte zu holen, auf die Toilette zu gehen oder etwas zu trinken, während die anderen direkt auf die Unterführung zusteuerten, die unter der Straße hindurch zu dem spektakulären Steinkreis führte. Bis auf die Neuankömmlinge aus dem Bus war nicht viel los. Nach Stonehenge-Maßstäben hatten sie den Ort praktisch für sich allein.

Die Luft roch nach feuchtem Gras und Auspuffgasen – eine seltsame Mischung aus Natur und Zivilisation, die King an all die Kriegsgebiete erinnerte, die er gesehen hatte. Trotz des trüben Wetters war es angenehm, nicht übermäßig kühl.

»Sorry, wenn ich hier so rumgebrüllt habe«, sagte die Reiseleiterin zu King, als sie aus dem Bus stieg. Sie war hochgewachsen, lächelte strahlend und sprach mit unverkennbar britischem Akzent. Die braunen Haare hatte sie zu einem Pferdeschwanz zusammengebunden. Beim Lächeln verengten sich ihre Augen, und die Lippen wurden zu pinkfarbenen Strichen. »Hab Sie in Ihre Telefone quasseln sehen.«

»Ach, nur keine Sorge, meine Liebe«, meinte Alexander.

King starrte ihn verblüfft an. Er klang wie ein Einheimischer, doch sie hatten keine Deckgeschichte vereinbart, so dass King nicht wusste, wie er sich verhalten sollte.

»Sie sind von hier?«, fragte die Busfahrerin.

»Geboren und aufgewachsen in Amesbury«, entgegnete Alexander. »Aber mein Freund hier ist ein Highlander, frisch aus den Bergen. Hat unsere Steine noch nie gesehen.«

»Ooh«, meinte sie kokett und schob sich näher an King heran. »Ein waschechter Schotte, was?«

King bemühte sich, nicht die Augen zu verdrehen. »Aye.«

»Tja, wenn Sie irgendwelche Fragen zu Stonehenge haben, sind Sie bei mir an der richtigen Adresse. Machen Sie keine Führung bei denen mit«, sagte sie mit einer Geste zum Besucherzentrum. »Die sind alle vom Hals aufwärts tot.«

King musste unwillkürlich lächeln. Seinen schottischen Akzent beibehaltend, antwortete er: »Seid ihr Londoner Mädels alle so von oben herab?«

Sie warf King einen schrägen Blick zu und grinste. Er wusste, dass er den Highlander ein bisschen dick auftrug, aber es konnte nicht schaden, ein wenig mit der Lady zu flirten. Und wenn er ihrem strahlenden Lächeln Glauben schenken durfte, schien er Erfolg zu haben.

»Ach, ich kenn den Krempel bloß schon aus dem Effeff«, antwortete sie und deutete auf ihren Bus. »Bin jetzt seit fünf Jahren Kapitän auf diesem roten Kreuzer. Und keiner weiß mehr über die Wunder des Wiltshire County als ich.« Sie knuffte King in die Rippen. »Ihr zwei Hübschen kriegt eine erstklassige Führung auf Kosten des Hauses.«

King streckte ihr die Hand entgegen. »Calum mein Name. Und mein Kamerad hier heißt Humphrey.«

Sie kicherte. »Bisschen altmodisch, was?«

»Er ist älter, als er aussieht«, meinte King.

Sie schüttelte ihm die Hand. »Lauren Henderson. Besitzerin und einzige Angestellte von London Hills Tours.«

»Das trifft sich gut«, meinte King. »Eines wollte ich nämlich schon immer wissen.«

Lauren legte den Kopf schief. »Ach? Und das wäre?«

»Ich habe auch Humph hier schon danach gefragt, aber was Geschichte angeht, ist er ein richtiger Einfaltspinsel.«

Alexander schmunzelte und schlenderte ein Stück voraus. Er behielt den Parkplatz, die Besucher und die Anlage auf der anderen Seite der Straße wachsam im Auge und folgte der Unterhaltung nur mit halbem Ohr.

King fuhr fort: »Sind Ihnen Worte bekannt, also, hm, gesprochene Worte, mit denen sich elementare Kräfte freisetzen lassen?«

Sie starrte ihn einen Moment lang an, dann grinste sie breit. »Ihr Highlander geht ganz schön ran, was?« Sie stieß ihm abermals den Ellenbogen in die Rippen. »Ah, ich zieh' Sie doch bloß auf.« Sie blieben vor einem großen grünen Schild am Tunneleingang stehen. »Nur, damit wir uns nicht missverstehen, sie meinen Magie, richtig? Zaubersprüche und so?«

Er wäre nicht von selbst darauf gekommen, Ridleys Fähigkeiten als Magie zu beschreiben, aber wenn er so darüber nachdachte, handelte es sich genau darum. Und damit kam ihm die Erleuchtung, dass allen Legenden über Magie möglicherweise diese uralte Sprache zugrunde lag. Vielleicht hatte es einige echte Magier gegeben, die bestimmte Phrasen davon beherrschten und damit unglaubliche Dinge zustande gebracht haben.

»Aye«, sagte King. »Aber vor allem Zaubersprüche. Gibt es da eine Verbindung zu Stonehenge?«

»Die existiert tatsächlich«, sagte sie mit glänzenden Augen. »Es heißt, dass die Blausteine in einer entlegenen Gegend Afrikas gebrochen und von Riesen zunächst nach Irland geschafft wurden.«

»Riesen?«, fragte King. »Riesen aus Stein?«

Laurens Lächeln verblasste einen Moment lang. »Weiß ich nicht. Riesen eben.« Dann blitzte ihr Grinsen wieder auf, und sie fuhr fort: »Aber derjenige, der die Steine von Irland nach Britannien brachte, soll kein anderer als der große Magier Merlin persönlich gewesen sein. Das können Sie in Geoffrey of Monmouths *Prophetiae Merlini* nachlesen, den Prophezeiungen Merlins. Stonehenge wird darin als ›Kreis der Riesen‹ bezeichnet, weil es eben von den Riesen erbaut wurde.«

Lauren bestätigte damit eine Menge Verdachtsmomente. Merlins Zaubersprüche. Riesen, die nach Golems klangen. Auf surreale Weise ergab alles einen Sinn. King wunderte sich, dass seine Stimme zitterte, als würde er auf der Rückbank eines hart gefederten Busses durchgerüttelt.

Dann verstand er. Die Erde bebte.

46 El Mirador, Guatemala

Als Queen, Knight und Bishop aus dem Helikopter kletterten, traten sie in einen Alptraum hinaus, der direkt aus der Hölle zu stammen schien. Gleißende Blitze durchzuckten den Himmel. Peitschende Winde jagten ihnen die Regentropfen wie Nadeln gegen die Haut. Das tosende Brausen der Palmwedel und des Regens wurde nur noch von gelegentlichen Donnerschlägen übertönt. Immerhin hatte der Sturm auch sein Gutes. Da keine Touristen vor Ort waren und das Forschungsteam den Sturm in den Zelten abwartete, konnten sie sich ungestört umsehen. Hofften sie jedenfalls.

Die Urwaldlichtung voller stabiler blauer Zelte war ungeschützt dem Toben der Elemente ausgesetzt. Das von den Zeltplanen aufgefangene Regenwasser strömte in regelrechten Sturzbächen durch das Lager und fing bereits an, die obersten Bodenschichten zu erodieren. Hin und wieder drangen die Stimmen der Forscher durch die Zeltplanen nach draußen. Mitten im Lager stand ein sehr großes Zelt auf einer hölzernen Plattform etwa einen Meter über dem Boden. Angesichts seiner Größe und der Sorgfalt, mit der es vor Überschwemmungen geschützt war, hielt Queen es für das Labor und ging darauf zu. Wenn Jon Hudson, der Ausgrabungsleiter, auch nur im Entferntesten den Wissenschaftlern ähnelte, die sie kannte, war er ungeachtet des unangenehmen Wetters noch bei der Arbeit.

Die hölzernen Stufen knarrten unter dem Gewicht der drei Delta-Soldaten, doch als sie das Zelt betraten, sah sich der Mann drinnen nicht einmal nach ihnen um. Er saß mit dem Rücken zur Tür und war in seine Arbeit vertieft. Plötzlich streckte er die Hand aus und schnippte zweimal mit den Fingern. »Gib mir einen sauberen Pinsel.«

Queen erblickte das fragliche Utensil und hielt ihn dem Mann hin. Er nahm ihn ihr ohne hinzusehen aus der Hand und wedelte Staub von einem Mayarelief.

»Danke«, sagte er. »Schön, dass nicht alle vor einem bisschen Wind Schiss haben.«

»Keine Ursache«, erwiderte Queen.

Beim Klang ihrer Stimme stutzte der Mann. Er wandte sich um und musterte sie verblüfft von Kopf bis Fuß. Sie war wie eine Touristin in Cargoshorts, einen grünen Poncho und eine blaue Bandana gekleidet, daher blieben ihm ihre auffallenderen Attribute verborgen. Der Mann strahlte sie trotzdem erfreut an. Dann entdeckte er Bishop und Knight, was seinen Enthusiasmus ein wenig dämpfte. Queens Begleiter wirkten einfach zu einschüchternd, um einen Annäherungsversuch zu wagen.

»Touristen?«, fragte er knapp.

»Gewissermaßen«, antwortete Queen.

»Sind Sie Jon Hudson?«, erkundigte sich Knight, während er unter seinen Poncho griff.

Furcht kroch in Hudsons Augen. »Sie sind doch nicht etwa Grabräuber?«

Knight zog die Hand unter dem Poncho hervor. Sie hielt ein Foto von Richard Ridley. »Wohl kaum«, sagte er. »Wir sind auf der Suche nach einem Bekannten.«

Hudson griff nach dem Foto und betrachtete es. Er bemühte sich derart pingelig darum, keine Reaktion zu zeigen, dass klar war: Er kannte Richard Ridley. »Hier gehen viele Menschen ein und aus«, meinte er ausweichend. »Touristen, Praktikanten, zu viele Gesichter, als dass man sich alle merken könnte. Und ich verbringe meine Tage meistens damit, mir in Stein gemeißelte Gesichter anzusehen. Da wir gerade davon reden, es tut mir leid, Sie enttäuschen zu müssen, aber ich habe wirklich viel zu tun, und bei diesem Wetter traut sich keiner, mir zu helfen.«

Queen ließ ein falsches Lächeln aufblitzen. »Dann überlassen wir Sie wieder Ihrer Arbeit. Wir würden gerne die Ausgrabung besichtigen, wenn sich das Wetter bessert. Unter Ihrer Führung vielleicht?«

»Sicher, sicher.« Hudson wandte sich ab.

Queen blieb so lange stehen, bis die Situation peinlich zu werden begann. Dann machte sie kehrt und verdrehte die Augen. Bishop und Knight antworteten mit einem Grinsen. Sie verließen das Zelt und zogen sich in den Urwald zurück. Außer Sichtweite erklommen sie einen kleinen Hügel, legten sich auf den Bauch und warteten auf das Unvermeidliche.

Hudson fuhr fort, das Fundstück zu säubern, das gleichzeitig schön und unheimlich wirkte, war aber nicht mehr recht bei der Sache. Die drei Fremden gingen ihm nicht aus dem Kopf. Sie suchten nach einem Mann, der in den letzten Monaten sein Freund geworden war: Marc Kaufman. Aber welcher Tourist würde die Reise nach El Mirador mitten in einem der schlimmsten Stürme unternehmen, die die Regenzeit in diesem Jahr gebracht hatte? Er wusste nicht, in welcher Beziehung Kaufman zu den drei Besuchern stand, aber sie strahlten böse Absichten aus.

Ich bin ein guter Menschenkenner, dachte Hudson, *und diese drei führen Übles im Schilde.*

Nachdem er lange genug gewartet hatte, dass die Fremden das Camp verlassen haben mussten, trat er vor die Tür. Das Prasseln des Regens auf die dunklen Zeltplanen erfüllte die Luft mit einem statischen Rauschen. Er konnte niemanden im Camp oder im umgebenden Dschungel erkennen. Geduckt schlich er durchs Lager. Seine Stiefel saugten sich im Matsch fest, Wasser lief über die Ränder und durchweichte seine Socken. Schließlich erreichte er Kaufmans Zelt und kauerte sich vor dem Eingang hin. »Kaufman«, flüsterte er. »Sind Sie da?« Da er keine Antwort bekam, versuchte er es noch einmal. »Schlafen Sie, Mann? Wachen Sie auf!« Von Ungeduld übermannt, zog er den Reißverschluss auf. Er schlug die blaue Zeltklappe zurück und sah hinein. Kaufman war nicht da.

Hudson stand verwundert auf und kratzte sich am Kopf. Als er sich umdrehte, um zum Laborzelt zurückzukehren, fand er sich Auge in Auge Queen gegenüber. Mit einem Aufschrei stolperte er zurück und plumpste halb in Kaufmanns Zelt. Queen, Bishop und Knight drängten ihm nach und hockten sich um den Eingang herum nieder.

»Wer ist Kaufman?«, fragte Bishop. Ein Donnerschlag akzentuierte seine Frage und brachte den Urwaldboden zum Erzittern.

»Ich weiß nicht ...«

Queen räusperte sich. Sie hielt ihre Waffe auf Hudson gerichtet.

Dessen Gesicht verzerrte sich zu einer Fratze der Furcht. »Der Mann auf dem Foto. Er ist ... Journalist. Er schreibt für *National Geographic*. Was ... was wollen Sie von ihm?«

»Was treibt er denn so?«, wollte Knight wissen.

Hudson starrte ihn verständnislos an.

»Gibt es einen Ort, an dem er besonderes Interesse gezeigt hat?«

Hudson dachte kurz nach. »Er hat sich auf der ganzen Ausgrabung umgesehen, aber die meiste Zeit verbringt er in der großen Pyramide.«

»La Danta?«, fragte Queen.

»Ja. Vermutlich ist er jetzt gerade dort.« Hudson nickte bekräftigend. »Ganz sicher sogar. Seit wir den Eingang gefunden haben, ist er ...«

»Wo liegt der Eingang?«, drängte Queen.

»Ganz oben. Er war von Baumwurzeln zugewachsen. Vor ein paar Tagen hat ein Sturm den Baum umgerissen. Sie ... Sie finden doch sicher selbst hin ... oder?«

»Keine Sorge, Chef«, sagte Queen und fasste ihre Waffe fester. »Wir brauchen Sie nicht.« Sie betätigte den Abzug und schoss ihm einen Pfeil in den Hals. Unter dem starken Betäubungsmittel verlor Hudson augenblicklich das Bewusstsein und sank nach hinten ins Zelt. Queen schob auch seine Füße hinein und zog den Reißverschluss zu. Dann stand sie auf und trat zu Bishop und Knight, die einen Lageplan der Ausgrabung studierten.

»Wo geht's lang, Jungs?«

»Nach Osten«, sagte Bishop. »Zweieinhalb Kilometer.«

Als sie in ihren dunkelgrünen Ponchos, halb verborgen hinter Regenschleiern und begleitet von ohrenbetäubendem Donner, durchs Camp rannten, hätte man sie mit Alexanders Vergessenen verwechseln können. Und so verließen sie das Lager unbeobachtet und ungehindert.

47 Wiltshire, England

Das Beben ließ so schnell nach, wie es begonnen hatte, aber King und Alexander waren besorgt. Es hatte sich angefühlt wie ein leichter Erdstoß, doch ihnen war klar, dass höchstwahrscheinlich Ridley dahintersteckte.

Lauren warf ihnen ein nervöses Lächeln zu. »Also, *das* kommt hier selten vor.«

Begierig darauf, einen genaueren Blick auf Stonehenge zu werfen, steuerte King auf die Unterführung zu, doch Laurens nächste Worte hielten ihn zurück. »Nanu, was ist denn das?«

King folgte ihrem ausgestreckten Zeigefinger. In einiger Entfernung stieg eine schwarze Wolke in den Himmel. Sie breitete sich aus, verteilte sich und wurde vom Wind zerstreut. »Was befindet sich dort drüben?«

Lauren blickte sich um und sah zur Sonne, um sich zu orientieren. Die schwarze Wolke war im Nordosten aufgestiegen. Sie zog die Augenbrauen hoch. »Durrington Walls und Woodhenge.«

»Nie gehört«, sagte King.

»Kaum überraschend bei einem Schotten.«

»Woodhenge ist ein Holzkreis«, erklärte Alexander. »Ähnlich wie Stonehenge, nur aus Holz erbaut, das natürlich schon längst verrottet ist. Doch die Pfostenlöcher sind kürzlich mit frischen Balken restauriert worden.«

Lauren war beeindruckt von Alexanders Wissen. »Sie

wären überrascht, wie viele von unseren Landsleuten noch nie davon gehört haben. Durrington Walls liegt nur fünfhundert Meter hinter Woodhenge, ist aber noch bedeutender, weil dort nicht nur ein Holzkreis stand, sondern ein ganzes Dorf. Man hat bereits mehrere Häuser ausgegraben. Manche glauben, es war eine Begräbnisstätte, wo man die Asche der Toten dem Fluss übergab. Allerdings bloß die der Bauern. Religiöse Führer oder Kulturheroen, wie die Schöpfer der Kreise, hätte man eher unter Stonehenge selbst begraben. Das ist einer der Gründe, warum man das Projekt für einen Autobahntunnel, der unter dem Henge hindurchführen sollte, aufgegeben hat. Wie's aussieht, wird niemand so bald erfahren, was darunter liegt – weder die Archäologen noch die Baufirmen.«

Die Erde bebte abermals.

Sie wandten den Blick nach Nordosten und erwarteten, eine weitere Rauchsäule aufsteigen zu sehen. Doch nichts geschah. Trotzdem war King überzeugt, dass beide Erschütterungen zusammenhingen. Beide Beben waren von Durrington Walls ausgegangen.

»Wie weit ist es dorthin?«, fragte er.

»Drei Kilometer Luftlinie, und ein bisschen mehr, wenn man keine Flügel hat.« Ihre Miene hellte sich auf. »Ich kann Sie in drei Minuten hinbringen, wenn es Sie nicht stört, ein bisschen durchgeschüttelt zu werden.« Sie musterte King, der wie üblich ein wenig zerzaust aussah. »Ist wohl kein Problem für Sie.«

Sie marschierte zu ihrem großen roten Doppeldeckerbus, hüpfte hinein, warf den Motor an und ließ ihn zweimal aufheulen. Der Auspuff spuckte eine dicke graue Wolke aus. »Auf geht's, Freunde. Ich habe noch fünfundvierzig Minuten, bevor ich diese Yankees zum nächsten Ausflugsziel bringen muss.«

Alexander ließ King den Vortritt. »Nach Ihnen.«

Sie stiegen ein und nahmen die Plätze direkt hinter Lauren ein. Sie gab Gas, und bald jagten sie über die Straße. Lauren warf den Männern über den großen Rückspiegel einen Blick zu und sagte: »Ich kapiere nicht, warum die Leute sich so für Stonehenge interessieren, aber kaum für die Siedlung in Durrington. Klar, die Steinkolosse machen was her, aber in geschichtlicher Hinsicht ist das Dorf doch viel interessanter. Der Alltag, was die Leute damals gegessen haben, wie sie gekocht und worauf sie geschlafen haben, was für Waffen sie hatten. Für manche sind das vielleicht langweilige Details, aber es sagt einem etwas über die Menschen, die dort gelebt haben. Wer weiß, vielleicht ist sogar Merlins Zauberstab dort irgendwo verbuddelt?«

King dachte, dass sie damit möglicherweise gar nicht so weit danebenlag. Er musste sich festhalten, als Lauren scharf links abbog.

»Besonders interessant ist, dass beide Anlagen zur selben Zeit errichtet wurden wie die Cheopspyramide in Ägypten.«

»Das ist *allerdings* interessant«, meinte King.

»Es liegen viele Tausend Kilometer zwischen den Bauwerken. Sollen die Menschen wirklich gegen 2500 vor Christus an ganz unterschiedlichen Orten unabhängig voneinander die nötige Technologie entwickelt haben, um riesige Steine über große Entfernungen zu befördern? Blödsinn, sage ich. Und wir wissen noch nicht einmal genau, *wie* sie es gemacht haben.«

Alexander deutete nach vorne. »Wir sind da.«

Lauren stieg hart auf die Bremse und hielt neben einem grünen Acker, in dessen Mitte ein dunkler Krater klaffte.

Sie stiegen aus und liefen über das Feld. Das zehn Meter große Loch bohrte sich im Winkel von fünfundvierzig

Grad in die Erde. Man konnte nichts erkennen, aber von tief drunten drang ein dumpfes Rumpeln an die Oberfläche.

King trat einen Schritt vor und wandte sich zu Lauren. »Am besten verständigen Sie die Behörden. Sie sollen Stonehenge räumen.«

»Was? Warum?«

»Weil dieser Tunnel nach Südosten führt und das Rumpeln hier nicht so stark fühlbar ist wie dort. Wer immer diesen Tunnel gegraben hat, er befindet sich jetzt unter Stonehenge.«

Laurens Augen weiteten sich, bevor sie sie misstrauisch zusammenkniff. »Hey, was ist aus Ihrem Akzent geworden? Sie klingen wie ein Yankee.«

Alexander betrat den Tunnel. »Er *ist* ein Yankee.«

King nahm Lauren bei den Schultern und sah ihr eindringlich in die Augen. »Egal, wer ich bin oder woher ich komme, Sie müssen alles versuchen, um Stonehenge räumen zu lassen.«

»Aber ich verstehe nicht, warum.«

»Weil sonst wahrscheinlich alle dort sterben werden.«

Ein Ausdruck von Entsetzen trat auf Laurens Gesicht, als sie begriff, dass King und Alexander wesentlich mehr über die Vorgänge wissen mussten, als sie preisgaben. Sie rannte zu ihrem Bus zurück und hoffte, nur irgendwelchen Irren aufgesessen zu sein. Tief in ihrem Inneren wusste sie allerdings, dass dem nicht so war. Und das ängstigte sie. Denn es bedeutete, dass sich etwas Riesenhaftes, Bösartiges und Tödliches direkt unterhalb von Stonehenge befand.

48 Unbekannter Ort

Fiona kam mit pochenden Kopfschmerzen zu sich. Obwohl sie nicht so benommen war wie bei ihrem letzten Erwachen, war der Schmerz, den sie diesmal spürte, fast schlimmer als die damalige Orientierungslosigkeit. Tatsächlich wünschte sie sich schon nach dem ersten Blick auf ihre neue Zelle, der Realität wieder entfliehen zu können.

Es handelte sich um einen Würfel von etwa zweieinhalb Metern Kantenlänge, der aus feuchtem grauen Fels herausgearbeitet worden war. Es gab keine sichtbaren Fugen, wo der Boden auf die Wand oder die Wand auf die Decke traf. Ein richtiger Eingang existierte auch nicht, nur ein etwas mehr als einen Meter langer und fünfzehn Zentimeter hoher, horizontaler Schlitz, der frische Luft und ein wenig Licht in den ansonsten hermetisch versiegelten Raum ließ.

Sie lag auf dem Rücken auf dem kalten Steinboden. Die Luft war kühl, aber erträglich, obwohl sie nur ihren schwarzen Pyjama trug, der inzwischen völlig verdreckt war.

Als sie die pochenden Kopfschmerzen zurückdrängte, bemerkte sie, dass ihr der ganze Körper weh tat – sie fühlte sich unnatürlich krumm und verrenkt. Sie sah an sich herab und erkannte, dass man ihr die Handgelenke an die Fußknöchel gefesselt und sie dann einfach liegengelassen hatte.

Wieder durchzuckte der Schmerz ihren Kopf, und sie ließ sich auf den Steinboden zurücksinken. Während sie an die kahle Decke emporstarrte, gingen ihr noch einmal all die Gräuel durch den Kopf, deren Zeuge sie geworden war. Die Wände um sie herum waren zum Leben erwacht. Es hatte kein Entrinnen für die Gefangenen gegeben. Fiona hatte mit ansehen müssen, wie einige von ihnen zertrampelt, andere von steinernen Fäusten zerquetscht und wieder andere, darunter die arme Elma, in Stücke gerissen wurden.

Aus irgendeinem Grund war sie selbst als Einzige verschont worden. Einer der Golems hatte sogar bewusst einen Bogen um sie geschlagen. Tränen liefen ihr aus den Augenwinkeln und tropften ihr in die Ohren. Das Kitzeln an den Ohrläppchen machte sie wütend, und ihre Trauer verwandelte sich in Zorn. Sie stieß einen Schrei aus und zerrte an den Fesseln. Ihr Schrei verstummte so schnell, wie der Schmerz wieder zuschlug.

Warum, dachte sie. *Warum verschonen sie mich? Was unterscheidet mich von all den Menschen, die getötet wurden?*

King.

Ich bin ein Köder oder ein Faustpfand. Eine Geisel.

Bevor sie das Bewusstsein verlor, hatte sie einen Augenblick lang gedacht, ihn im Eingang der Höhle zu sehen, in der man sie festgehalten hatte. Er war gekommen, um sie zu holen. Er würde es wieder tun. Das war der Grund, warum sie noch am Leben war. Sie war nur nicht sicher, wie lange noch. Ihre Kopfschmerzen konnten bedeuten, dass sie innere Verletzungen erlitten hatte. Oder sie war stark dehydriert. Oder beides.

Wieder spannte sie frustriert die Muskeln, doch diesmal zog sie die Hände vor dem Körper nach oben. Es gelang ihr, sie mitsamt den Füßen bis fast vor die Augen zu bringen. Deutlich erkannte sie den alten Strick, mit dem sie gefesselt war. Er war dünn und ausgefranst. Vor- und zurückschaukelnd gelang es ihr, sich in sitzende Position aufzurichten.

Sie stöhnte, als ihr das Blut aus dem Kopf absackte und eine neuerliche Schmerzwelle auslöste. Mit fest zusammengepressten Augenlidern wartete sie, bis der Anfall abebbte. Als sie wieder klar denken konnte, betrachtete sie ihre Fesseln. Wäre sie nicht schon zweimal entführt, betäubt, bewusstlos geschlagen und zum Sterben liegengelassen worden, hätte sie glatt lachen mögen. Auf diese Art konnte man vielleicht einen Erwachsenen wirksam fesseln, aber sie war ein gelenkiges, dreizehnjähriges Mädchen. Sie senkte die Knie seitlich beinahe bis zum Boden und beugte dann den Oberkörper dazwischen vor. Unter Einsatz ihrer ganzen Beweglichkeit konnte sie mit ihren scharfen Zähnen die Stricke an den Händen erreichen und fing an, sie durchzunagen.

In ihrem Eifer, sich zu befreien, ignorierte sie den öligen Geschmack des Seils und knabberte daran wie eine Ratte. Sie spuckte ein paar Fasern aus und gestattete sich einen Funken Hoffnung. *Hoffnung ist nicht einfach ein Gottesgeschenk*, hatte King einmal gesagt. *Hoffnung ist etwas, das man sich erarbeiten muss*. Sie erinnerte sich ganz deutlich an die Worte.

Sie würde sich ihrer Fesseln entledigen.

Und dann? Sie wusste es nicht. Aber sie war voll Hoffnung. Nicht unbedingt auf Flucht, aber auf Hilfe. Sie vertraute auf ihren Vater. Er war einmal zu ihrer Rettung gekommen. Er würde wiederkommen.

Die Hoffnung zerstob, als sie das Knirschen von Stein auf Stein hörte. Sie blickte auf und sah, wie die Wand sich teilte. Dahinter kam eine Gestalt zum Vorschein, eine von hinten beleuchtete Silhouette. Schnell legte sie sich zurück und tat so, als wäre sie noch bewusstlos. Ein kurzer Stich in den Arm ließ sie die Augen für einen Moment wieder aufreißen, doch schon begann die Droge zu wirken. Bevor sie das Bewusstsein völlig verlor, hörte sie eine Männerstimme.

»Zeit zu gehen, Kindchen. Babel wartet.«

49 El Mirador, Guatemala

Die Rückseite der La-Danta-Pyramide sah aus, als könnte sie jeden Moment abrutschen und sie unter einer Steinlawine begraben. Ein Gitterwerk aus hölzernen Planken, Plattformen und Leitern zog sich an der Steilflanke empor, wirkte aber völlig überfordert mit der Aufgabe, das massige Bauwerk zusammenzuhalten. Queen, Bishop und Knight standen an seinem Fuß und sahen nach oben. Einzelne, dünne, hell hervorschimmernde Bäume klammerten sich an die Pyramide. Wahrscheinlich hatte man die Gewächse an Ort und Stelle belassen, weil ihre Wurzeln die Mauern stabilisierten.

Während sie sich der Tempelanlage näherten, verstummten die drei Deltas. Da sie am Fuß der Pyramide keine Spuren im Schlamm fanden, umkreisten sie das Gebäude vorsichtig in der Deckung des umliegenden Dschungels. Der anhaltende Gewittersturm machte es unmöglich, etwas zu hören, aber seit Sonnenaufgang war die Wolkendecke etwas heller und wenigstens die Sicht besser geworden. Nachdem sie niemanden gefunden hatten, versteckten sie sich und beobachteten die Anlage.

Die Vorderseite der Pyramide wirkte wesentlich eindrucksvoller als die Rückseite. Der schiefergraue Steinbau bestand aus Stufen, die in mehreren Ebenen bis zur Spitze führten. Ein Großteil der Anlage war noch von Vegetation bedeckt, aber die größte und am besten erhaltene Treppe lag frei. Hinaufzuklettern war höchstens dann ein Problem, wenn jemand völlig außer Form war.

Während Bishop die Pyramide betrachtete, stellte er sich vor, wie sie vor zweitausend Jahren ausgesehen haben musste. Ein Hohepriester auf ihrer Spitze, geschmückt mit leuchtenden Federn und Farben. Sklaven und Tiere, aufgereiht zur Opferung, um Chaac zu besänftigen, den Regengott. Heute schien er äußerst schlechtgelaunt zu sein, nach dem tobenden Sturm zu urteilen; vielleicht, weil man ihm zweitausend Jahre lang seine Opfer vorenthalten hatte, vielleicht auch, weil sein Tempel entweiht worden war. Bishop war es egal. Chaac würde ihm nicht helfen, Richard Ridley zu erwischen, gleichgültig, wie viele Leben ihm geopfert wurden.

»Hier ist niemand«, sagte er.

»Packen wir es an«, meinte Queen und zog ihre UMP-Maschinenpistole unter dem Poncho hervor.

Sie bewegten sich wie *ein* Mann und überquerten rasch die Lichtung zwischen Urwald und Pyramide. Wachsam kletterten sie den steilen Anstieg zu dem uralten Tempel empor. Sie erreichten die oberste Plattform ohne Zwischenfall. Von hier aus hatten sie freie Sicht auf die ganze Pracht der guatemaltekischen Landschaft. Windböen fuhren in Wellen durch die Wipfel der Bäume. Blitze zuckten in Fraktalen über den Himmel. Es war eine ungezähmte Wildnis.

Eine grüne Plane, halb losgerissen von den starken Böen, flatterte wild von einem Baum. Darunter verbarg sich eine rechteckige Öffnung. Eine regennasse, steinerne Treppe senkte sich ins Innere der Pyramide.

Nachdem sie ihre Nachtsichtbrillen aufgesetzt hatten, führte Queen das Team hinein. Der Tunnel erschien im grünen Licht zunächst wenig bemerkenswert. Außer einer gelegentlichen Spinne sahen sie nichts Ungewöhnliches. Die Treppe wand sich in 180-Grad-Kehren wie ein Serpentinenpfad nach unten. Ab der nächsten Ebene waren die Wände mit riesigen Steinfriesen verziert. Szenen von Menschenopfern, Scharfrichtern und zornigen Göttern begleiteten den Weg in die Tiefe. Je weiter sie nach unten kamen, desto gewalttätiger wurden die Szenen und führten den Betrachter durch die gesamte Opferzeremonie, von der rituellen Vorbereitung über das blutige Abschlachten bis zum Tod. Mehrere Todesarten waren dokumentiert – Enthauptung, Herausschneiden des Herzens, Verbrennen.

Queens Nerven spannten sich, als ihr klar wurde, dass die Opfer, die hier herabgeführt worden waren, in den Szenen eine Vorschau auf ihr eigenes, entsetzliches Schicksal bekommen hatten. Sie mussten starr gewesen sein vor Angst. Queen reagierte anders. Zorn pulste durch ihre Adern, Adrenalinschübe durchströmten sie und schärften ihre Sinne.

Die Treppe mündete in einen sanft geneigten, gewundenen Gang, von dem Queen annahm, dass er etwa in der Höhe der Basis der Pyramide lag. Von hier an ging es unter der Erdoberfläche weiter.

Als sie den ersten Schritt in den Tunnel hinein tat, fühlte sie, wie ein Stein unter ihrem Fuß beinahe unmerklich nachgab. Sie erstarrte.

Sie hob die Hand, um die anderen zu warnen. Sie zeigte auf ihren Fuß, und sie verstanden sofort.

Eine Falle.

Sie lauschte auf die verräterischen Geräusche eines Mechanismus, den sie in Gang gesetzt hatte, knirschende Gewichte, mahlende Zahnräder, hörte aber nichts. Sie riskierte ein Flüstern: »Vielleicht ist das Ding zu alt? Kaputt?«

Ein Klacken über ihr strafte sie Lügen.

Queen blickte gerade noch rechtzeitig zur Decke, um den Schauer von scharfen Pfeilen zu sehen, der auf sie herabregnete wie hundert Miniaturspeere.

50 Wiltshire, England

Die kleinen Taschenlampen, die sie bei sich trugen, waren zu schwach für den breiten, zerklüfteten Tunnel. Trotzdem kamen King und Alexander flott voran. Wenn Richard Ridley sich am anderen Ende des Tunnels befand, mussten sie ihn überraschen. Sonst bestand die Gefahr, dass er wieder einen seiner Golems oder einen überdimensionalen Sandfisch auf sie losließ.

Oder mehrere.

Sie hatten nur dann eine Chance, wenn sie Ridley bewusstlos schlagen und knebeln konnten, bevor er sie bemerkte. King war beunruhigt, aber immerhin hatten sie Ridley schon einmal besiegt, und der Mann neben ihm hatte im Alleingang die legendäre Hydra erledigt. Er hielt seine Waffe bereit. Das beruhigte seine Nerven. Auch wenn Ridley unsterblich war, würde ein Schuss in den Kopf ihnen genug Zeit verschaffen, ihm den Mund zu verstopfen.

Zu Beginn des Tunnels war die lose Erde grob abgegraben und durch den Eingang hinausbefördert worden. Zertrümmerte Steine lagen herum. Es sah aus wie ein riesiger Fuchsbau. Nach fünfzehn Metern änderte sich das Bild. Ab hier war der Tunnel rechteckig und grau. Von Menschenhand gebaut. Alt.

»Merlin war ein vielbeschäftigter Mann«, meinte Alexander.

»Sie glauben die Geschichte?«, fragte King.

Alexander warf King ein schiefes Lächeln zu, das besagte: *Denken Sie daran, mit wem Sie sprechen.*

»Okay«, sagte King. »Gehen wir einmal davon aus, dass Stonehenge von Merlin erbaut wurde – was könnte er darunter versteckt haben?«

»Wenn man Ridleys Interesse bedenkt, würde ich sagen, irgendeine Art von altem Wissen über die Ursprache. In welcher Form, darüber lässt sich nur spekulieren.«

King spekulierte nicht gerne, und er hasste das Gefühl, dass Ridley und Alexander ihm immer zwei Schritte voraus waren. Er bekam kein vollständiges Bild von den Motiven der beiden, und das machte ihn nervös.

Sie hielten inne, als sich die Struktur des Tunnels abermals änderte. King richtete seine Lampe auf die Wand. Ab hier bestand sie aus gigantischen, blau getönten Steinblöcken. »Das ist Blaustein«, sagte er. »Genau wie viele der Steine des Henge. Glauben Sie, der Tunnel reicht bis Stonehenge? Drei Kilometer weit?«

»Vermutlich ja. Vielleicht eine sinnbildliche Reise in die Unterwelt.«

»Oder auch ganz wörtlich«, meinte King, während er sich wieder in Bewegung setzte.

»Hoffen wir das Beste«, erwiderte Alexander und verfiel in ein schnelles Joggingtempo.

King war nicht sicher, wie Alexanders Entgegnung gemeint war, aber er folgte ihm wortlos. Er wollte sich nicht zum Narren machen. Sie rannten in beinahe völliger Dunkelheit dahin und schirmten die Taschenlampen mit den Händen ab, um möglichst unsichtbar zu bleiben.

So liefen sie blind weiter, bis King meinte, dass sie jetzt beinahe drei Kilometer zurückgelegt haben mussten, und den Schritt verlangsamte. »Ich denke, wir sind fast unter Stonehenge«, flüsterte er.

Sie gingen noch eine kurze Strecke mit ausgeschalteten Lampen weiter, dann blieben sie stehen, um zu lauschen. Es war absolut still. Im Dunkeln tasteten sie sich weiter, eine Hand zur Orientierung und Balance an die Tunnelwand gelegt. Plötzlich wichen die Wände auf beiden Seiten zurück.

Nachdem er seinem Gefühl nach eine kleine Ewigkeit lang lautlos geatmet und gelauscht hatte, knipste King seine Taschenlampe an. Er schwenkte den Strahl hin und her, die Pistole in der anderen Hand, auf der Suche nach einem Ziel. Doch es gab nichts zu erschießen. Sie waren allein in einem kreisförmigen Raum, der keine lebenden oder künstlich zum Leben erweckten Feinde enthielt, dafür aber eine Menge faszinierender Einzelheiten. Die Kammer bestand ausschließlich aus Blaustein. Sechzig Zentimeter hohe Steinpfosten, die aussahen wie die Stümpfe eines versteinerten Waldes, waren in einem klassischen Glyphen-Muster in konzentrischen Kreisen angeordnet. In ihrer Mitte thronte ein großer Sarkophag.

King und Alexander schoben sich vorsichtig zwischen den Ringen hindurch und ließen den Strahl ihrer Lampen durch den Raum wandern. Als sie sich dem Sarkophag näherten, bemerkte King, dass der Deckel fehlte. Er lag auf der anderen Seite zerbrochen am Boden. Sie richteten das Licht auf den Toten im Sarkophag.

Er war von Kopf bis Fuß mit Leinenbinden umwickelt. Um ihn herum verteilt lagen Goldgegenstände und versiegelte Gefäße. Sein Gesicht, durch den Zahn der Zeit teilweise freigelegt, wies noch Reste eines weißen Bartes auf.

King schüttelte den Kopf. »Das …«, begann er.

»Sieht ägyptisch aus«, vervollständigte Alexander.

»Wäre das möglich?«

»Warum nicht? Vielleicht brachte dieser Mann aus

Ägypten Kenntnisse der Ursprache mit. Um sich ein eigenes Imperium aufzubauen, errichtete er mit Hilfe von Golems dieses Monument, genau wie seine Zeitgenossen in Ägypten beim Bau der Pyramiden.«

King sah sich das Gesicht des Mannes genauer an, die Knochenstruktur, das Haar. »Er sieht nicht ägyptisch aus. Und auch nicht arabisch.«

»Das liegt daran, dass er es nicht ist.«

King sah, dass Alexander ziemlich unglücklich wirkte. »Er war Jude.«

»Wollen Sie damit sagen, dass es …«

»Moses? Nein. Aber wahrscheinlich jemand, der beim Exodus dabei war. Jemand, der Moses nahe genug stand, um Teile der Ursprache zu kennen. Und jemand, der von den Pyramiden gehört, sie aber nie selbst gesehen hatte.«

»Wie kommen Sie darauf?«, fragte King.

»Die ursprüngliche Generation, die in die Wüste floh, soll während der vierzigjährigen Wanderung ausgestorben sein. Selbst Moses hat das Gelobte Land nie erreicht. Er sah es nur aus der Ferne, kurz vor seinem Tod. Wer immer dieser Mann hier war, wusste, dass Golems gewaltige Monumente errichten konnten, verstand aber nichts von deren Architektur.« Alexander drückte die Hände des Mannes herunter, die wie zum Gebet offen dalagen. Sie ließen sich leicht übereinanderlegen.

»Ich kann Ihnen zwar nicht sagen, wer dieser Mann war, aber ich glaube, ich weiß, welchen Namen er bei seinem Tod trug.«

King gelangte zu demselben Schluss, bevor Alexander es aussprechen konnte. »Merlin.«

»Eine Schande«, meinte Alexander. Er bemerkte Kings Verwirrung und erklärte: »Es wird unmöglich sein, diese Entdeckung geheim zu halten. Innerhalb weniger Stunden wird es hier von britischen Beamten nur so wimmeln. In wenigen Monaten werden sie alles weggeschafft haben, was wegzuschaffen ist. Und der Leichnam dieses Mannes, der seit Jahrtausenden in Frieden geruht hat, wird in ein Museum gekarrt werden. Man wird ihn untersuchen, sezieren und irgendwann ausstellen. Millionen werden den Leichnam des großen Merlin sehen wollen, dessen letzter Wunsch es doch war, in einer Gruft, die er selbst geschaffen hatte, mit seinen wertvollsten Besitztümern begraben zu werden ... einschließlich derer, die gestohlen wurden.«

»Gestohlen?«, fragte King. »Es fehlt etwas?«

Alexander ergriff die Hände des Leichnams und klappte sie wieder auf. Sie schwebten in der Luft, als würden sie ein unsichtbares Objekt umfassen. »Man hat seine Hände aufgebrochen. Was immer er darin gehalten hat, ist verschwunden. Und die Diebe mit ihm.«

»Verdammt«, sagte King. Ridley schien ihnen immer eine Nasenlänge voraus zu sein, als wäre er genauestens über ihre Schritte informiert. Seine Augen weiteten sich, als er begriff. »Er weiß, dass wir hier sind.«

Ein mehrfaches Rumpeln von weiter oben erschütterte die Kammer, Staub rieselte durch Risse in der Blausteindecke. Bei einem Einsturz würden sie zerquetscht werden. Aber die Decke der Kammer hielt stand. Der Tunnel dagegen brach ein. King fuhr herum und richtete die Taschenlampe auf die gähnende Öffnung. Geröll und Schutt polterten herunter.

Tonnen von Blaustein, gewachsenem Fels und Erde füllten den Tunnel bis zur Decke und ergossen sich in die Grabkammer. Erst knapp vor ihren Füßen kam die Lawine zum Stillstand, als würden die uralten Kräfte Merlins sie auf Abstand halten. Vom Tunnel war nichts mehr zu sehen. Er war blockiert. King drehte sich im Kreis und hielt Ausschau nach einem anderen Ausgang. Er fand keinen.

Sie saßen in der Falle. Lebendig begraben dreißig Meter unter Stonehenge.

51 El Mirador, Guatemala

Ein mörderisches Gewicht landete auf Queen und zwang sie in die Knie. Doch die Stiche der von oben herabregnenden Pfeile der Falle blieben aus. Queen wälzte sich beiseite und stand auf. Als sie sich umdrehte, sah sie Bishop schmerzgebeugt und zusammengekrümmt dastehen. Fast hundert Pfeile ragten wie Stacheln aus seinem Rücken.

Er kauerte sich stöhnend hin. »Gift«, stieß er zwischen zusammengebissenen Zähnen hervor. Angesichts dessen, was es in Bishops Körper anrichtete, hatte Queen keinen Zweifel, dass sie schon längst tot gewesen wäre. Er hatte ihr das Leben gerettet.

Rasch und vorsichtig pflückten sie und Knight die Pfeile aus Bishops Rücken. Als der letzte heraus war, richtete er sich auf und schüttelte sich; bis auf einen Poncho voller bleistiftgroßer Löcher war er wieder wie neu.

»Ich verstehe nicht, warum die Falle nicht markiert war«, sagte Knight und musterte einen der vergifteten Pfeile, an dessen schwarzer Spitze jetzt eine dünne Schicht von Bishops Blut klebte. »Hudson machte nicht den Eindruck von jemandem, der einen solchen Fund nicht sofort sichert.«

Queen sah die Antwort in einer Nische auf dem Boden liegen, verborgen unter losem Geröll – ein leuchtend orangefarbenes Warnschild mit der Gestalt eines Mannes, der sich mit erhobenen Armen bückte, während ein

Schauer von Pfeilen auf ihn herabregnete. Sie deutete darauf. »Ich denke, da wollte sich jemand den Rücken freihalten.«

Sie kniete sich neben dem Stein hin, der die Falle ausgelöst hatte, und schaltete eine kleine Stablampe ein. Ein schwach gelblicher Rückstand, unsichtbar für ihre Nachtsichtgläser, umgab den Stein. »Da war eine Kreidemarkierung, aber jemand hat sie weggewischt. Wir müssen ab jetzt vorsichtiger sein.«

»Oder ich gehe voraus«, sagte Bishop und stieg über den markierten Stein hinweg.

»Oder das«, bestätigte Queen, löschte die Stablampe und folgte mit ein paar Schritten Abstand.

Die nächste Falle passierten sie ohne Zwischenfall, während der Tunnel spiralförmig weiter nach unten führte. Dann blieb Bishop stehen, weil es vor ihnen plötzlich heller wurde. Eine Lampe brannte.

Sie setzten die Nachtsichtbrillen ab und schlichen lautlos näher heran. Der Tunnelausgang vor ihnen war hell erleuchtet. Wenn sie sich zu nahe heranwagten, saßen sie auf dem Präsentierteller. Knight als der Agilste setzte sich an die Spitze und kroch bäuchlings vorwärts. Da er den Boden sorgfältig nach Anzeichen von weggewischter Kreide untersuchen musste, brauchte er ein paar Minuten, doch seine Geduld zahlte sich aus.

Der Tunnel endete in einer großen, kreisförmigen Kammer von fünfzehn Metern Durchmesser. Sie wurde von einem gleißenden Flutlichtstrahler erleuchtet, der auf einem flachen Steinaltar stand. Oberhalb eines Kreises kleiner Löcher, in denen sich wohl Fackeln befunden hatten, waren die Wände von senkrechten Rußstreifen geschwärzt. Eine Treppe, verziert mit den in Stein gemeißelten Gesichtern der Verdammten, führte zu einer Steinplatte hinab, in deren Mitte ein tiefes Loch im Zentrum der Kammer klaffte. Der hellgraue Stein der vier Rinnen, die das Loch umrundeten und schließlich darin mündeten, war dunkelbraun verfärbt, wo vor Urzeiten ein Blutstrom in den gähnenden Schlund geflossen war.

Auch hier verzierten Reliefs die Wände, doch zwischen den bildhaften Szenen befand sich noch etwas anderes, das wie eine Schrift aussah. In gewisser Weise ähnelte sie der sumerischen Keilschrift, war aber stilisierter.

Da er in der Kammer niemanden entdecken konnte, winkte Knight die anderen zu sich heran. Er deutete auf die einzige Stelle, wo ihre Beute entkommen sein konnte – ein Seil, das an dem anderthalb Meter großen Altar festgebunden war und über den Rand in der dunklen Öffnung verschwand. Von tief unten drangen der schwache Schimmer einer zweiten Lichtquelle und eine Stimme herauf.

Die Worte waren schwer zu verstehen, aber sie erkannten die tiefe, unverwechselbare Stimme. Richard Ridley befand sich am Grund dieses Lochs.

Queen grinste. Sie hatten ihn genau da, wo sie ihn haben wollten. In der Falle, hilflos ihrer Gnade ausgeliefert. Ein Schnitt durch das Seil ließ ihn für alle Ewigkeit gestrandet zurück, genau wie damals die Hydra, der er seine regenerativen Fähigkeiten verdankte.

Sie stiegen die Stufen zur Plattform hinunter und spähten über den Rand des bodenlos erscheinenden Schachts. Das Licht von oben reichte nicht weit, doch der Schein der Lampe, die Ridley am Grund installiert hatte, ließ erkennen, dass die Grube etwa sechzig Meter tief war. Ridley stand fast hüfttief in einem Meer von Knochen. Er wühlte darin herum, wie ein Kind in einer übervollen Spielzeugkiste. In der Hand hielt er ein kleines, digitales Aufzeichnungsgerät.

Sie sahen, wie er eine kleine Tafel aufhob und die Worte darauf ablas, seltsam fremdartig und doch irgendwie vertraut. Als er fertig war, zerschmetterte er die Tafel an der Felswand.

Knight erinnerte sich daran, dass die Mayas neben Menschen und Tieren den Göttern auch ihre wertvollsten Besitztümer geopfert hatten, darunter Gold, Silber, Juwelen und Codices. *Er sammelt die alte Sprache, die auf den Codices geschrieben steht, und zerstört sie dann*, dachte Knight. Er zog sein Messer, legte es an das Seil und nickte den anderen zu.

»Ridley!«, schrie Queen, und trat an den Rand der Grube.

Der Mann legte überrascht den Kopf in den Nacken. Dann stahl sich ein spöttisches Grinsen auf sein Gesicht. »Sieh an, das Schachteam. Ich muss zugeben, ich bin überrascht, euch hier zu sehen. Wie habt ihr mich gefunden?«

»Sie haben dreißig Sekunden, um uns zu sagen, wo Fiona ist, bevor wir das Seil kappen und Sie da unten verrotten lassen«, sagte Queen.

»Fehlt da nicht einer?«, gab Ridley zurück. »Ich weiß, dass King in Rom ist, aber wo bleibt denn Rook? Ihm wird doch nicht etwas zugestoßen sein?« Sein Grinsen wurde breiter.

Queens UMP schnellte hoch. Sie legte an und feuerte eine Dreiersalve ab. Zwei der Kugeln gingen daneben und zerschmetterten ein paar alte Knochen, aber eine traf Ridley mitten in die Stirn. Er zuckte zurück und senkte den kahlen Schädel. Als er wieder nach oben sah, war keine Verletzung mehr zu sehen, nur sein ewiges Grinsen. Nicht einmal ein Blutspritzer war zurückgeblieben.

»Sie machen mir aber Angst«, spottete er.

»Er wird nicht reden«, flüsterte Bishop.

Queen sah zu Knight. »Tu es. Er mag unsterblich sein, aber mal sehen, ob ihn ein paar Wochen Hunger nicht kooperativer machen.«

Knight schnitt das Seil durch und ließ es in die Grube fallen.

Wenn sie wütende Proteste erwartet hatten, wurden sie enttäuscht. Stattdessen begann Ridley zu lachen. Das Team zuckte zusammen.

»Immerhin haben Sie mir eine kleine Armee gelassen«, sagte Ridley. Dann sprach er gedämpfte Worte. Das Meer der Knochen um ihn herum begann zu klappern und zu beben.

Knight begriff und sagte: »Er gibt den Ray Harryhausen.«

»Was?«, fragte Queen.

Knight zeigte auf die in Bewegung gekommenen Knochen. »Golems sind das zum Leben erweckte Unbelebte. Und er hat da unten eine Menge unbelebte Kumpels. Eine Armee von Skeletten.«

»Aber sie sind auf dem Grund einer …« Ein dumpfes Rumpeln aus der Tiefe schnitt Queen das Wort ab. Der Boden der Grube hob sich, während sich eine Horde lebender Mayaskelette zusammensetzte und die leeren Augenhöhlen zu dem verdutzten Team emporwandte.

52 Wiltshire, England

Staub verklumpte die Luft, erschwerte das Atmen und machte es fast unmöglich, etwas zu erkennen. Da zwischen ihnen und der Erdoberfläche Tonnen von Fels lagen, war baldige Rettung nicht zu erwarten.

King konnte Alexander durch die trübe braune Luft nicht sehen, nur das Licht seiner Lampe. Der Mann aus der Antike ließ den Strahl an der Wand von oben nach unten gleiten und arbeitete sich langsam um die ganze Kammer herum. »Wonach suchen Sie?« Kaum waren die Worte heraus, bekam King einen Hustenanfall. Wenn der Staub sich nicht legte, würde er möglicherweise nicht mehr lange bei Bewusstsein bleiben.

Alexander setzte seine Inspektion fort, während er antwortete: »Der Mann in dieser Gruft verstand vielleicht nichts von Pyramidenarchitektur, aber er war bestimmt mit den Begräbnisriten der Pharaonen vertraut. Er hat sich mumifizieren und mit geheiligten Besitztümern beerdigen lassen, eingeschlossen in einer großartigen, kunstvoll gestalteten Grabkammer. Vielleicht hat sein Vater beim Bau der Cheopspyramide mitgewirkt, ich weiß es nicht.«

»Sie suchen nach einem verborgenen Ausgang«, begriff King und machte sich daran, die andere Seite der Kammer zu untersuchen, um schneller zum Ziel zu kommen.

»Die Erbauer der Grabkammern im alten Ägypten versiegelten die Gruft oft von innen und entkamen dann über einen geheimen Schacht. Sehr praktisch für Baumeister, die sich gleichzeitig als Grabräuber betätigten.«

Die Wände der Gruft waren schnell abgesucht, aber sie fanden nichts. Die Steinquader der Decke waren zu massiv. Tatsächlich schien es im ganzen Raum nichts zu geben, das klein genug war, um beweglich zu sein, und gleichzeitig groß genug, um einen Tunnel zu verdecken.

Kings Blick glitt zum Sarkophag. *Das könnte es sein,* dachte er. Hustend eilte er durch den Wald aus Blausteinsäulen und kauerte sich neben dem Sarkophag hin. Er ruhte auf einem kreisförmigen, staubbedeckten Sockel. King blies den Staub weg, was seinen Lungen nicht bekam. Schließlich legte er einen Arm vor Mund und Nase und wischte mit der anderen Hand den Boden sauber.

Alexander trat zu ihm. »Was haben Sie vor?«

King blickte auf. »Sehen Sie das da?« Er deutete auf eine Ecke des Sarkophags, wo ein uralter Kratzer den Boden verschrammte. »Der Sarkophag ist schwenkbar.«

Alexander ging unverzüglich um den Sarkophag herum und schob. Er rührte sich nicht. King trat neben ihn, und gemeinsam versuchten sie es noch einmal. Aber es half nichts. Er saß fest.

»Können Sie ihn zerschmettern?«, fragte King.

Alexander wurde zornig. »Wir werden diese Gruft nicht *noch mehr* entweihen. Lieber würde ich sterben.«

»Sagte der Unsterbliche.« King schüttelte frustriert den Kopf. Affront gegenüber der Geschichte hin oder her, wenn er mit einem Mitglied des Schachteams zusammen gewesen wäre statt mit Alexander, hätten sie einen Weg gefunden, den Sarkophag zu zerstören und zu entkommen. Allerdings half ein bisschen Nachdenken manchmal genauso viel wie Muskelkraft. King kam eine Idee. Er stieg auf einen der nächstgelegenen Säulenstümpfe. Als nichts passierte, versuchte er es mit dem nächsten.

»Was tun Sie da?«, fragte Alexander immer noch ärgerlich.

»Halten Sie sich bereit zu schieben«, sagte King und setzte seine Runde durch den Raum fort, indem er von einer Säule zur nächsten sprang. Er hoffte, dass eine von ihnen einen Mechanismus betätigte, der den Sarkophag freigab. Hoffentlich keine von denen, die unter dem Geröll begraben lagen, das den halben Raum füllte.

King schwang sich auf die nächste Säule und spürte, wie sie unter seinem Gewicht nachgab. Ein lautes Klacken ertönte im Steinboden. »Jetzt!«

Alexander schob mit aller Kraft. Stein knirschte auf Stein. Das Zischen von ausströmender Luft drang durch die Kammer, als die uralte Versiegelung aufbrach. Der Sarkophag glitt zur Seite und gab einen glatten Tunnel frei, der spiralförmig in der Tiefe verschwand. Er war nicht groß genug, um darin gehen oder auch nur kriechen zu können – man musste sich hindurchquetschen.

Als Alexander den Sarkophag um neunzig Grad zur Seite geschwenkt hatte, ging es nicht mehr weiter. Ein zweites Klacken ertönte, und Alexander keuchte: »Er schließt sich wieder! Vielleicht lässt er sich kein zweites Mal öffnen!«

King sprang von seiner Säule. Er sah in den engen, nach unten geneigten Tunnel hinein und schüttelte den Kopf. *Gleich werde ich herausfinden, ob ich unter Klaustrophobie leide*, dachte er.

»Schnell!« drängte Alexander. »Er schließt sich, sobald ich loslasse.«

King klemmte sich die Taschenlampe zwischen die

Zähne und tauchte mit dem Kopf voran in den Tunnel. Er hatte erwartet, sich hinunterrutschen lassen zu können, doch der raue Stein hielt ihn fest wie ein Klettverschluss. Er kam nur mühsam voran. Einen Moment später spürte er, wie Alexander die Hände gegen seine Fußsohlen drückte und ihn weiterschob. Er kroch hastig tiefer und schürfte sich dabei Ellenbogen und Knie wund.

»Ich kann mir zwar Gliedmaßen nachwachsen lassen«, brüllte Alexander, als der Sarkophag seine Beine zusammenzuquetschen begann, »aber ich kann auf das Gefühl verzichten, sie zu verlieren.«

King spürte, wie der Mann sich nach vorne warf und mit dem Oberkörper auf Kings Beinen landete, so dass er ihn am Boden festnagelte.

Mit einem *Rums* schloss sich der Sarkophag über ihnen. Sie befanden sich in einem spiralförmig nach unten führenden Tunnel, der kaum hoch genug war, dass King den Kopf heben konnte. Und solange Alexanders Gewicht seine Beine gegen den rauen Boden presste, kam er nicht vorwärts.

King holte tief Luft und riss sich zusammen, bevor ein Anfall klaustrophobischer Panik ihn überwältigen konnte. Er fand eine Lösung. »Atmen Sie so tief wie möglich aus und stemmen Sie sich hoch gegen die Decke.«

Der Druck auf Kings Beinen ließ etwas nach, doch nicht genug. Es war noch enger, als er befürchtet hatte. Er biss die Zähne über der Taschenlampe zusammen und zog sich so fest er konnte nach vorne. Schmerzlanzen schossen durch seine aufgescheuerten Knie. Er hielt stöhnend inne. »Noch einmal.«

Als der Druck erneut abnahm, gab King sich einen mächtigen Ruck. Er rutschte ein Stück vorwärts, riss sich dabei die Knie endgültig blutig und schrie auf vor Schmerz.

Die Taschenlampe fiel ihm aus den Zähnen und kollerte der Spirale folgend nach unten. King sah das Licht schwächer werden. Dann blieb die Lampe mit einem Klacken liegen.

Das kann gut sein, aber auch schlecht, dachte er. Seine Knie schmerzten bei jeder Bewegung, doch da er jetzt ein wenig mehr Platz hatte, konnte er die Beine so halten, dass die Wunden nicht über den Boden streiften. Je tiefer er kam, desto heller wurde das Licht seiner Taschenlampe.

»Sie bluten«, kommentierte Alexander. Er konnte Kings Verletzungen nicht sehen, aber der Geruch nach Blut erfüllte den engen Tunnel.

»Kein Problem«, erwiderte King. »Wir sind beinahe unten.«

»Können Sie etwas erkennen?«

King erreichte seine Taschenlampe. Ab hier verlief der Tunnel geradeaus und waagrecht. Irgendwann wurde er so eng, dass King nicht einmal mehr den Kopf heben konnte. Trotzdem kroch er weiter ins Ungewisse. Er hatte keine Ahnung, was vor ihm lag. Es konnte ein Ausgang sein, eine Falle, vielleicht blieb er auch einfach stecken. Mit jedem weiteren Meter spürte er jetzt seinen Rücken an der Tunneldecke entlangstreifen. Zehn Minuten lang zog er sich mit den Armen vorwärts, während er mit den Zehen nachschob. Dann zeigte der schräg zur Seite gerichtete Strahl seiner Lampe in einen größeren Hohlraum. Er konnte den Kopf heben und sah, dass er eine kleine Kammer erreicht hatte. Rasch schob er sich aus dem Tunnel und blickte sich um. Der Raum war etwa so groß wie das Innere eines Mittelklassewagens. Es tat zwar gut, wieder ein wenig mehr Platz zu haben, doch eine hellgraue Wand blockierte den weiteren Weg und machte jede Hoffnung auf ein Entkommen zunichte. King ging davor in die Hocke. Während Alexander hinter ihm aus dem Tunnel kroch, betastete er die glatte Oberfläche. Moderner Beton. Sie saßen in der Falle.

Schon wieder.

53 Washington, D.C.

»Sie wollen *was*?!«, fragte Boucher, während er im Oval Office auf und ab stampfte.

Duncan hatte jede wache Minute damit verbracht, seine Möglichkeiten gegeneinander abzuwägen. Die Welt musste verteidigt werden. Das Schachteam brauchte seinen Agentenführer. Die große Bandbreite von Duncans Talenten – brillanter Stratege, Stressresistenz, äußerste Entschlossenheit – machte ihn zu einem vorzüglichen Präsidenten. Aber was nützte das, wenn ihm durch politische Machtspielchen und wortgewandte »Experten« die Hände gebunden waren? Er hatte eine Entscheidung getroffen und gerade die Bombe vor Boucher platzen lassen. Der CIA-Chef würde einer der wenigen sein, die je die ganze Wahrheit kannten.

»Das kann ich nicht machen, Tom«, sagte er.

Duncan sah, dass Boucher trotz allen Widerstands über seinen Vorschlag nachdachte. Er lehnte sich in die Polster der Couch zurück und wartete. Bouchers Schritte wurden langsamer, was bedeutete, dass er sich einer Entscheidung näherte; bis jetzt hatte er nur Dampf abgelassen.

Boucher blieb stehen. Er setzte sich auf die Couch gegenüber von Duncan. Sein Schnurrbart zuckte ein paar Mal. »Verdammt, Tom.« Der CIA-Chef warf einen irritierten Blick auf die Aktenmappe in Duncans Händen. »Sie haben schon alles ausgearbeitet, nicht wahr?«

Duncan reichte ihm die Mappe. »Bis ins Detail.«

»Was sonst«, sagte Boucher und klappte die Mappe auf dem niedrigen Kaffeetisch auf. Er blätterte sie durch. Jede Seite repräsentierte einen separaten Schritt im Plan des Präsidenten. Zu fälschende E-Mails und Dokumente. Datenbanken, die verändert werden mussten. CIA-Desinformation. Erdrückende Beweise dafür, dass Duncan wissentlich ernstzunehmende Drohungen gegen die Siletz Reservation und Fort Bragg ignoriert und die Schlagkraft des Feindes sträflich unterschätzt hatte. Dass er bewusst die Anschläge zugelassen hatte, um den Krieg gegen den Terror durch Invasion in die verantwortlichen Länder tragen zu können. Im Grunde all das, was Marrs in seinen schändlichen Unterstellungen behauptete. Aus den Dokumenten würde hervorgehen, dass Duncan gegen den ausdrücklichen Rat Bouchers gehandelt und dieser daher E-Mails gespeichert, Gespräche aufgezeichnet und Aktennotizen über jede Fehlentscheidung des Präsidenten angelegt hatte. Die Welt würde Duncan für den Tod von dreitausendfünfhundert Amerikanern verantwortlich machen.

Boucher war integraler Bestandteil des Plans. Ohne ihn würde es nicht funktionieren.

Die letzten Seiten interessierten den CIA-Chef am meisten. Er nahm sie heraus und las sie sorgfältig durch. Duncan sah ihn ein paarmal nicken. Domenick begann, das Gesamtkonzept zu erkennen. Als er zu Ende gelesen hatte, fügte er die Seiten wieder in die Mappe ein. Er lehnte sich zurück und schlug die Beine übereinander. »Es könnte funktionieren.«

»Es wird funktionieren.«

»Es ist ein großes Opfer.«

Duncan nickte.

»Jeder wird Marrs' Lügen Glauben schenken.«

Duncan zuckte die Achseln. »Ohne Marrs wäre es nicht machbar.«

»Es könnte sein, dass er nach der nächsten Wahl in diesem Büro landet.«

»Darüber machen wir uns später Gedanken. Vor allem müssen wir die Wahrheit so tief vergraben, dass kein zukünftiger Präsident je darauf stößt.«

Boucher lächelte. »Dann werde ich mal zur Schaufel greifen.«

54 El Mirador, Guatemala

Bevor der Boden der Opfergrube wie ein Aufzug die Oberfläche erreichte, geschahen zwei Dinge. Die wahllos aus
Knochen zusammengesetzten Skelette fingen an, angriffs-
lustig die unebenen Wände zu erklettern. Und Ridley verschwand hinter der wimmelnden Masse ihrer weißen,
spindeldürren Glieder, während immer mehr nachrück-
ten.

Um zu verhindern, dass die untoten Golems den Rand
der Grube erreichten, eröffneten Queen, Bishop und
Knight das Feuer. Funken stoben auf, als die Kugeln spröde
Knochen durchschlugen und an den Felswänden abprall-
ten. Etliche der Skelette wurden zerschmettert und stürzten in die Tiefe, aber was von ihnen noch intakt war, verschmolz mit neuen Knochen und stürzte sich wieder in die
Schlacht. Und die ganze Zeit brachte der aufsteigende Steinboden die Horde näher.

»Wir können sie nicht aufhalten«, sagte Knight, während er nachlud.

»Wenn wir es schaffen, Ridley zu überwältigen, können wir vielleicht …«

Doch schon ergoss sich eine Welle klappernder Gebeine
auf die Plattform, auf der sie standen. Erst jetzt erkannten
die Deltas, wie bunt zusammengewürfelt ihre Gestalten
waren. Gliedmaßen von Kindern hatten sich mit Köpfen
von Erwachsenen verbunden. Arme und Beine passten

nicht zusammen. Teile fehlten. Sie mochten dazu taugen, Furcht und Schrecken zu verbreiten, aber im Kampf waren die brüchigen Gestelle nicht viel wert. Allerdings glichen sie, was ihnen an Schnelligkeit und Robustheit fehlte, durch Anzahl und fehlendes Schmerzempfinden locker wieder aus.

Wie eine Welle des Todes rückten sie vor, strömten aus der Grube und gingen sofort zum Angriff über. Die ersten wurden im Kugelhagel auseinandergerissen, aber mit nur je dreißig Schuss waren die Magazine schnell leergeschossen.

Drei Skelette warfen sich auf Queen und drängten sie zurück. Einem riss sie den Kopf ab. Doch der übrige Körper kämpfte weiter. Sie stachen mit Knochenfingern nach den Augen der Deltas, benutzten ihre Gliedmaßen wie Knüppel und vergifteten die Luft mit dem übelriechenden Staub ihres längst vermoderten Fleisches. Queen verteidigte sich mit geballten Fäusten, weit ausschwingenden Tritten und knochenbrechenden Kopfstößen.

Sie erinnerte sich noch gut an das letzte Mal, als sie einen Kopfstoß angebracht hatte. Er tötete den Mann, der ihre Stirn mit dem Brandmal gezeichnet hatte. Jetzt schien es, als hätte er eine ganze Armee von wiederauferstandenen Toten ausgesandt, um sich zu rächen. Ein neuerlicher Ansturm warf Queen zurück.

Bishop, mit seinem riesenhaften Körperbau und seiner Widerstandsfähigkeit gegen Verletzungen und Erschöpfung, hatte mehr Erfolg gegen die Knochengolems. Unter den weit ausholenden Schwüngen seiner gewaltigen Arme zerfielen sie zu Dutzenden in Stücke. So blieb ihm Zeit genug zu sehen, wie Queen zu Boden ging und Richard Ridley die Flucht ergriff.

Knight hangelte sich an einem großen Wandfries empor. Oben angekommen, konnte er sich auf einem Sims schnell und frei bewegen und seine Agilität ausnutzen. »Hilf Queen. Ich verfolge Ridley!«, rief er. Dann rannte er außerhalb der Reichweite der Skelette auf den Ausgang zu, sprintete die Treppe hinauf, verschwand einen Augenblick später in der Dunkelheit des Tunnels und ließ eine Menge verwirrter Golems zurück.

Bishop watete durch sie hindurch und versuchte gleichzeitig, sie zu Staub zu zermalmen. Aber selbst für ihn waren es letztlich zu viele. Er stolperte über ein abgebrochenes Glied und fiel schwer auf die Hände. Während Schläge auf seinen Rücken herabprasselten, fühlte er ein Rumpeln unter den Handflächen. Der Boden bebte. Die Grube! Ohne Ridley kehrte der Boden zu seiner ursprünglichen Ebene zurück!

»Queen, nicht bewegen!«, schrie Bishop. Eine falscher Schritt, und sie würden sechzig Meter tief abstürzen. Queen würde den Sturz nicht überleben, und er selbst wäre am Grund der Grube gestrandet.

Er stieß sich kräftig mit den Armen vom Boden ab und fühlte, wie die Knochengolems von seinem Rücken abfielen. Mit einem mächtigen Schwinger fegte er die Skelette beiseite, und eine ganze Gruppe von ihnen verschwand in der Öffnung der Grube. Bishop sah seine Befürchtung bestätigt und brüllte: »Die Grube senkt sich wieder ab!«

Er versuchte gar nicht mehr, die wiederbelebten Toten zu bekämpfen, er walzte sie einfach nieder. Er zog die Schultern ein und rannte in die Richtung, wo er Queen zuletzt gesehen hatte. Wie ein NFL-Linebacker gegen eine Mannschaft aus der Jugendliga rammte er sich durch die Masse von Skeletten. Knochen wirbelten unter seinem Ansturm durch die Luft und zerfielen. Über Queen blieb er stehen, zerrte den Golem, der auf ihr lag, zur Seite, und zog sie auf die Füße.

Mit einer Bewegung, die so schnell war, dass er ihr nicht mit den Augen folgen konnte, schleuderte Queen etwas über seinen Kopf hinweg. Der Gegenstand verschwand im Meer der Golems auf der anderen Seite der Kammer.

»Volle Deckung!«, schrie Queen, und er wusste Bescheid.

Eine Handgranate.

Er sah, wie Queen sich zu Boden warf und zusammenrollte, den Rücken der bevorstehenden Explosion zugewandt. Sie hatte die Hände vor die Ohren gelegt, die Augen fest geschlossen und den Mund geöffnet, bereit für eine Detonation im geschlossenen Raum. Aber es lagen so viele Steine und Knochen herum, dass die Splitter sie in Stücke reißen konnten. Er sprang über sie, um sie mit seinem Körper schützen. Doch er war zu langsam.

Eine ohrenbetäubende Explosion erschütterte die zeremonielle Kammer. Bishop wurde durch die Luft gewirbelt und krachte gegen die Felswand. Er knurrte vor Schmerz, doch noch bevor der Staub sich senkte, ebbte das Klingeln in seinen Ohren ab und das Schrapnell, das sich in sein Fleisch gegraben hatte, sprang heraus. Seine Wunden heilten. Er sah sich nach Queen um.

Sie lag auf den Knien und schüttelte benommen den Kopf. Sie schien unverletzt zu sein. Aber es hätte sie in Fetzen reißen können.

»Du hättest mich dir Deckung geben lassen sollen«, sagte er.

Leicht verärgert stand sie auf. »Du magst ja Superman sein, Bish, aber ich bin zum Teufel noch mal nicht Lois Lane!«

Bishop grinste und sagte: »Schon kapiert.« Queen besaß keine Schnellheilungskräfte, doch sie kannte ihre Grenzen und verstand sich aufs Überleben. Sie wollte und brauchte keine Beschützer.

Sie hustete in der staubgeschwängerten Luft, nahm ihre Bandana ab und knotete sie sich vor Mund und Nase. »Wo ist Knight?«

»Hinter Ridley her.«

In diesem Moment erzitterte die Decke der Kammer, die gut hundert Meter tief unter dem Dschungel und der größten Pyramide der Welt lag. Eine extrem große Masse war auf der Oberfläche eingeschlagen. Queen und Bishop hetzten die Stufen hinauf, denn sie befürchteten, dass Ridley inzwischen etwas wesentlich Mächtigeres als Skelettgolems herbeigezaubert hatte. Doch was auch immer es sein mochte, Knight würde allein damit klarkommen müssen.

55 Wiltshire, England

»Tja, die Lage erscheint ein wenig unglücklich«, meinte Alexander, als er aus dem engen Spiraltunnel herauskroch und sah, dass sie in einer Sackgasse gelandet waren.

»Unglücklich ist die Untertreibung des Jahres«, meinte King.

Alexander hockte sich neben ihn. »Da haben Sie wohl recht.«

King lehnte sich gegen die nackte Betonwand, so dass sein Körper sie verdeckte. Er wollte ein paar Antworten. »Da wir jetzt ein wenig Zeit totschlagen müssen, könnten Sie mir doch ein paar Fragen beantworten.«

»Ich glaube nicht, dass …«

»Mit wem haben sie am Telefon gesprochen?«

»Einem Kollegen.«

»Einem Mitglied der Gesellschaft des Herkules?«

Alexander hob achselzuckend die geöffneten Handflächen. »Sonst hätte er meine Nummer nicht gehabt. Aber dies …«

»Worum ging es dabei?«

Kings Fragerei und seine ständigen Unterbrechungen ließen Alexanders Gesicht vor Ärger rot anlaufen. King wusste, dass er sein Glück strapazierte, doch ein zorniger Mann ließ sich leichter zu unbesonnenen Antworten verleiten. »Warum sind Sie wirklich hier?«

Doch Alexander war zu klug und erfahren, um den Köder zu schlucken. Er wollte zwar schon zu einer erzürnten Erwiderung ansetzen, verstummte dann aber und lehnte sich grinsend zurück. Gelassen sagte er: »Dasselbe könnte ich Sie fragen, King. Der Tod Ihrer Schwester hat sie zu einem Mann des Kampfes gemacht. Und jetzt hat ein kleines Mädchen – das Sie sozusagen adoptiert haben – ihnen die Schwester ersetzt, und sie versuchen verzweifelt, es zurückzubekommen. Sie handeln ebenso aus Eigeninteresse wie im Dienste der ›guten Sache‹.«

Diesmal war es King, der unwillkürlich Zorn in sich aufwallen fühlte. Alexander hatte den Spieß umgedreht. Aber Kings persönliche Beweggründe kollidierten nicht mit seiner Mission, und so beruhigte er sich wieder. Er war seinem Ziel, Alexanders Motive zu ergründen, keinen Schritt näher gekommen.

»Vergessen Sie nicht, dass Sie nur hier sind, weil ich Sie mitgenommen habe«, sagte Alexander.

Dem war wenig entgegenzusetzen. Erst hatte Alexander King zur Siletz Reservation und damit zu Fiona geführt. Und seit dem Forum Romanum hätte er King wahrscheinlich zu jedem beliebigen Zeitpunkt abschütteln können. Die Frage lautete: Warum hatte er es nicht getan? Warum erlaubte Alexander, ein Mann von außergewöhnlichen Ressourcen, gewaltiger Intelligenz und Physis, der noch dazu seine eigene Geheimorganisation kommandierte, dass King ihn begleitete? Also fragte King: »Warum?«

Alexander lächelte. »Ich habe einer guten Schachpartie nie widerstehen können.«

Die Anspielung war deutlich. Für Alexander war King ein Bauer im Schachspiel. Pawn. *Das wollen wir erst mal sehen*, dachte King, rang sich jedoch ein Grinsen ab. Er hatte jetzt genug Druck gemacht. Er war mit einem Mann, der ihn mühelos in Stücke reißen konnte, in einer winzigen Höhle eingesperrt und kam sich langsam vor wie ein Frosch in einem Mixer. Es war Zeit, weiterzuziehen. Er deutete auf ein Wassertröpfeln hinter Alexanders Kopf. »Bei regelmäßiger Wasserversorgung, wie lange würde sich Ihr Körper regenerieren?«

»Unbegrenzt«, erwiderte Alexander. »Warum?«

»Falls wir hier lange oder für immer festsitzen sollten, könnte ich Sie also anfressen, um zu überleben.«

Alexander verzog angewidert das Gesicht, während er King ansah, als wäre er übergeschnappt. »Sie würden tatsächlich ...« Er verstummte, als er das leise Lächeln auf Kings Gesicht entdeckte. »Sie machen Witze? Sie ... habe ich etwas übersehen?«

King wich ein Stück beiseite. »Legen Sie Ihr Ohr an die Mauer.«

Alexander beugte sich vor und lauschte an der kalten, nackten Betonwand. Jetzt bemerkte er, dass sie leicht gewölbt war. Und dahinter hörte er ... Wasser!

»Es ist ein Drainagerohr«, sagte King. »Und zwar nicht von Merlin erbaut, was bedeutet ...«

»Dass ich keine Hemmungen habe, es zu zerstören«, beendete Alexander den Satz. »Zur Seite mit Ihnen.«

Er zog eine kleine Phiole mit einer schwarzen Flüssigkeit hervor. Bevor er davon trank, fragte King: »Würde das auch bei mir funktionieren?«

»Der Adrenalinschub würde Ihr Herz sprengen«, antwortete Alexander. »Und falls Sie lange genug leben sollten, um Ihre neuerworbene Körperkraft einzusetzen, würden Sie sich alle Knochen brechen, weil das Gebräu nämlich nicht unverwundbar macht. Nur die Regenerationsfähigkeit meines Körpers erlaubt mir den Genuss.«

Alexander träufelte sich ein paar Tropfen der Flüssigkeit unter die Zunge. »Sie mögen mich um meine Stärke beneiden, aber dazu gibt es keinen Grund. Es ist kein Vergnügen. Der Schmerz ist …« – Alexanders Körper erzitterte, als das Adrenalin zuschlug – »… grausam.«

King wich beiseite, während Alexanders Pupillen sich weiteten. Sich auf beide Hände und ein Bein stützend, trat er mit dem anderen Fuß gegen den Beton. Er stöhnte vor Schmerz, wartete kurz und trat dann abermals zu. Beim vierten Versuch entstand ein kleiner Riss. Beim fünften schoss sein Fuß durch den Beton in den dahinterliegenden Hohlraum. Danach brauchte er nicht mehr lange, um das Loch so weit zu vergrößern, dass sie hindurchpassten.

Mit schmerzverzerrtem Gesicht ließ Alexander sich zurückfallen. »Das Adrenalin klingt ab. Ich brauche jetzt einen Moment Ruhe, um zu regenerieren.«

Erpicht darauf, das enge Gefängnis, das beinahe zu ihrer Gruft geworden wäre, so schnell wie möglich zu verlassen, nickte King und schlüpfte durch das Loch. Sobald er mit der Hüfte hindurch war, rutschte er hinunter und landete im Wasser. Die Drainageröhre war hoch genug, um geduckt darin stehen zu können, und die Luft roch frischer als in der Gruft, wenn auch ein bisschen modrig. Durch einen vertikalen Schacht weiter vorn fiel ein Ring von Sonnenlicht herein, genug, um sehen zu können. »Da ist ein Ausgang«, sagte King.

Aber die Freude über ihr Entkommen war von kurzer Dauer, denn seltsame Geräusche drangen in die Röhre. Erst klang es wie bei einem großen Sportereignis – lautes Geschrei, das mit dem Hin und Her des Spiels auf- und abebbte. Doch in der Kakophonie lag kein Jubel. Sondern nacktes Entsetzen. King vermutete, dass sie sich unter dem Parkplatz von Stonehenge befanden, und das bedeutete …

Er steckte den Kopf in die Gruft zurück, der er gerade

entkommen war. »Alexander! Der Parkplatz wird angegriffen!«

Alexander sprang zu King heraus, und sie hasteten auf den Kreis aus Sonnenlicht zu. Sie stellten fest, dass Metallsprossen zu einem Kanaldeckel emporführten. King trat beiseite.

»Sie zuerst«, sagte er. »Falls das Ding klemmt.«

Alexander erklomm die Leiter und lockerte mit zwei schnellen Schlägen den Kanaldeckel, der mit metallischem Schaben zur Seite glitt. Er streckte den Kopf ins Freie und erstarrte. Mit einem verdrießlichen Aufstöhnen hievte er sich ins Tageslicht. King kletterte ihm hinterher.

Die frische Luft war eine Wohltat. Doch was er sah, entstammte direkt einem Alptraum.

56 El Mirador, Guatemala

Die Wolkendecke war wieder dichter geworden und schirmte das Licht der aufgehenden Sonne ab. Unter dem dicken Blätterdach des Urwalds herrschte düsteres Zwielicht. Doch es flackerten immer wieder Blitze auf, so dass Knight die flüchtende Zielperson im Blick behalten konnte. Mit seinen scharfen Augen sah er Ridley zwischen den hohen, dünnen Stämmen des Dschungels hindurchhuschen. Der große Mann war ein schwerfälliger Läufer, wurde dafür aber nicht müde. Knight musste ihn rasch überwältigen – vor allem, weil er auf direktem Weg zurück zum Camp rannte, wo er massenhaft Geiseln finden würde.

Trotz des üppigen Dschungeldachs voller riesiger Blätter war der Boden so gut wie frei von Vegetation. Knight beschleunigte sein Tempo. Während Ridley in einer Art Zickzackkurs lief, wahrscheinlich aus Furcht vor einer Kugel, wich Knight nur dann von seiner Linie ab, wenn ein Baum oder ein anderes festes Objekt ihm direkt im Weg stand.

Schließlich war er bis auf sechs Meter heran und zog seine Pistole. Er konnte Ridley nicht töten, aber ein paar Kopfschüsse sollten ihn so lange stoppen, bis er ihn überwältigt hatte. Er legte an, stutzte aber angesichts dessen, was er über den Lauf der Waffe sah.

Ridley grinste ihn an.

Warum ...?

Der Urwaldboden explodierte um Knight herum, als etwas mit der Wucht einer Bombe einschlug.

Er rutschte aus und landete mit dem Hintern in einer Schlammpfütze. Vor ihm, halb im Morast vergraben, lag ein langer Stein. Dann ertönte ein lautes, schlürfendes Geräusch, und das Ding begann, sich aus dem Schlamm zu lösen. Knight blickte hoch und sah eine große Silhouette über sich aufragen.

Das ist ein Arm!

Das flackernde Licht eines Blitzes erhellte den Golem. Es war eine sechs Meter große Staue von Chaac, dem Mayagott des Regens. In den vor Tausenden von Jahren gemeißelten Augen loderte der Zorn. Die Mundwinkel hingen herab. Der Körper war von Darstellungen der verstörten Gesichter derjenigen bedeckt, die ihm geopfert worden waren. Der furchterregende Mayastil ließ die zum Leben erwachte Steinskulptur doppelt bedrohlich wirken.

Knights Füße rutschten im Schlamm weg, während er rückwärtsstrampelte. Er bekam einen dünnen Baumstamm zu fassen und zog sich gerade noch rechtzeitig zur Seite, bevor der Golem abermals zuschlug. Die Erschütterung riss Knight nach vorne. Statt sich wieder in den Morast fallen zu lassen, sprang er vorwärts und landete in einer Flugrolle, die ihn gleich wieder auf die Füße brachte. Ohne zurückzublicken, setzte er Ridleys Verfolgung fort.

Allerdings war er jetzt nicht mehr nur der Jäger, er rannte genauso um sein Leben. Wieder flammte ein Blitz auf, in dessen Licht er Ridley ein Stück vor sich weiter in Richtung Camp laufen sah. Unter ihm erzitterte der Boden bei jedem Schritt des Golems, der ihnen folgte.

Ridley umrundete einen kleinen Buckel, unter dem sich ein noch nicht freigelegter Tempel verbarg. Er geriet außer Sicht. Knight nahm die direkte Route über den Hügel, und wusste sofort, dass er einen Fehler begangen hatte. Der Boden war durchnässt und glitschig. Mit jedem Schritt vorwärts rutschte er einen halben zurück. Der Golem kam rasch näher.

Knight blickte sich um. Die seit Urzeiten geballte Faust der Statue sauste direkt auf ihn zu. Da er bergauf nicht schnell genug vorankam, überließ er sich der Schwerkraft und schlidderte den Abhang herunter. Die Faust krachte über ihm in den Buckel und zermalmte Dreck und Ruinen. Knight kam vor den Füßen des Golems zum Liegen.

Er blickte auf und merkte, dass das Ding ihn ansah. Es versuchte, seinen Arm loszureißen, aber der steckte fest.

Gefangen.

Aber durchaus nicht hilflos. Der Golem hob den Fuß und versuchte, Knight zu zertreten. Der sah es rechtzeitig kommen, huschte zwischen den Beinen des Monsters hindurch und blieb in sicherer Entfernung stehen. Er dachte bereits, der Kampf wäre vorüber, als sich der Golem mit aller Gewalt nach hinten warf. Der eiserne Griff des Tempelhügels gab jedoch nicht nach, und wo die Schulter des Golems in den Torso überging, dehnten sich steinerne Sehnen. Mit einem knirschenden Geräusch riss der Arm ab.

Ohne Schmerz zu zeigen, fuhr der Golem mit seinem grässlichen, eingefrorenen Gesichtsausdruck zu Knight herum. Vom Deltasoldaten war allerdings nur noch eine schnell kleiner werdende Gestalt in der Ferne zu sehen.

Da er einen beträchtlichen Vorsprung vor dem Golem hatte, spürte Knight dessen donnernde Fußtritte nicht mehr, aber er hörte die Bäume abknicken, die das Ungetüm im Vorübergehen umwarf. Ein schneller Blick über die Schulter verriet ihm, dass der Gigant fünfzehn Meter zurücklag. Ganze Stämme zersplitterten unter seinen Tritten.

Knight kam nicht so leicht voran. Der Dschungel wurde dichter, und er musste sich zwischen Bäumen und ausgedehnten Wurzelsystemen durchschlängeln, die sich wie Medusas Schlangenmähne ausbreiteten.

Wenigstens hatte er endlich wieder Ridley im Blick. Und weiter vorne das im Licht der Lampen erstrahlende Camp.

Knight erreichte eine Lichtung. Mit brennenden Lungen und Beinmuskeln zwang er sich, schneller zu laufen, und war bald auf Schussweite heran.

Nur eine Baumgruppe trennte die Lichtung vom Camp, wo eine unbekannte Anzahl von Forschern vor dem Unwetter Schutz gesucht hatte. Er musste Ridley *jetzt* aufhalten.

Knight legte aus vollem Lauf an und blendete das Krachen völlig aus, mit dem der Golem auf die Lichtung gestürmt kam. Auch Ridleys vorgetäuschte Hilfeschreie ignorierte er. Den Regen. Die Blitze. Den Donner. Nichts existierte mehr außer seinem Ziel. In dem Sekundenbruchteil, als sein Fuß auf der harten Oberfläche einer Steinstufe landete, drückte er ab. Die Kugel durchschnitt den Regen und fand ihr Ziel.

Ein großes Stück Fleisch explodierte aus Ridleys Kniescheibe. Er stolperte und fiel nach vorne. Es war die Gelegenheit, auf die Knight gehofft hatte. Er blieb stehen und zielte sorgfältig.

Der Golem stürmte auf ihn zu. Schlammgeysire spritzten unter den schweren, stumpfen Füßen auf. Er streckte den Arm nach Knight aus.

Der leerte sein ganzes Magazin in Ridley, traf mehrmals dessen Beine und den Kopf.

Ridley sackte im Gras zu einem schlaffen Haufen zusammen. Mit ihm fiel der Golem.

Mit einem Donnergetöse, das dem Gewitter Konkurrenz machte, landete der Steingigant mitten auf dem Gesicht. Vom eigenen Schwung weitergetragen, glitt er durch Gras und Schlamm und wühlte sich mit dem Kopf in die Erde, bevor er einen knappen halben Meter vor Knight zum Stillstand kam.

Blitze durchzuckten die Szenerie. Der Golem lag reglos da, in Stücke zerfallen.

Und Ridley …

Knight rannte zu dem Grasflecken hin, wo Ridley zusammengebrochen war. Da lag etwas, aber es handelte sich nicht um Ridleys Körper. Knight kniete sich hin und schaltete die Taschenlampe ein. Eine graue Masse in den Umrissen einer menschlichen Gestalt bedeckte den Boden.

»Was zum Teufel …«

Knight stieß einen Finger in die Substanz. Sie fühlte sich kalt und nass an. Er zerrieb etwas davon zwischen den Fingern und schnupperte daran. Der Geruch erinnerte ihn an seine Kindheit, als er das Zeug aus ausgetrockneten Flussbetten gebuddelt hatte. Und da wusste er, worum es sich handelte und was das bedeutete. Hinter sich hörte er Bishop und Queen herankeuchen und drehte sich zu ihnen um.

»Hast du ihn erwischt?«, fragte Queen atemlos.

Knight trat einen Schritt beiseite und zeigte auf die feuchte, graue Masse. »Lehm«, sagte er. »Das war nicht Ridley. Es war ein Golem.«

57 Wiltshire, England

Der Gestank fiel King als Erstes auf – eine Mischung aus Kupfer, Fäkalien und etwas nicht Identifizierbarem, aber ebenso Widerlichem. Schon bevor er ihn sah, wusste er, dass irgendwo ein ausgeweideter Leichnam lag. Es war ein Mann mit Baseballkappe, der eine Kamera um den Hals trug, nur drei Meter entfernt. Man hatte ihn rücklings zusammengeklappt – mit dem Hinterkopf auf den Fersen –, und dabei war sein Bauch aufgeplatzt. King zog die Waffe und ließ den Blick über den Parkplatz schweifen.

Überall sah er Leichen, zerfetzt und zerquetscht. Er erkannte das Massaker als das Werk eines erbarmungslosen Golems. Mehrere Autos standen in Flammen. Aus der Entfernung drangen Hilfeschreie über die Hügel. Es gab noch Überlebende, doch ihre Rufe klangen so schrill und panisch, dass sie entweder gerade umgebracht wurden oder jeden Moment damit rechnen mussten.

»Los!«, rief King und rannte auf den geparkten Wagen zu. Schon bevor er ihn erreichte, bemerkte er, dass etwas nicht stimmte. Das Vorderrad auf der Fahrerseite stand in seltsamem Winkel ab. Die Front war eingedrückt. Etwas Gewaltiges hatte das Auto getroffen.

Die Erde bebte.

Das Ding war immer noch da draußen.

Voll Furcht schloss King die Augen. »Er hat doch nicht etwa …«

»Was denn?«

King gab keine Antwort, sondern rannte in vollem Tempo durch die Unterführung, die unter der Straße hindurchführte. Er gelangte ohne Zwischenfälle auf die andere Seite. Dort fand er seine schlimmsten Befürchtungen bestätigt.

Stonehenge existierte nicht mehr.

Kreisförmige, tiefe Mulden waren alles, was von dem antiken Monument übrig geblieben war. King wusste, dass man einen Golem, bestehend aus den Blausteinen von Stonehenge, kaum übersehen konnte, und wirbelte im Kreis herum. Der Koloss war viel näher, als er erwartet hatte. Ein zehn Meter hohes, graues Monstrum, riesenhaft und gesichtslos. Doch es brauchte kein Gesicht, um Bösartigkeit zu verströmen. Und diese Bösartigkeit richtete sich gerade gegen einen roten Doppeldeckerbus.

Lauren.

Die Fremdenführerin befand sich in tödlicher Gefahr, aber gleichzeitig stellte der Bus die beste Fluchtmöglichkeit dar. Das wurde beiden Männern gleichzeitig klar, und sie setzten über den Maschendrahtzaun, um das Fahrzeug heranzuwinken. Mit quietschenden Reifen hielt es neben ihnen an, und die Türen gingen auf.

»Steigt ein!«, schrie Lauren.

Während Alexander die Stufen emporsprang, rief King: »Lassen Sie mich fahren.«

Lauren gehorchte augenblicklich und schloss die Türen, als King hinters Steuer glitt, den Gang einlegte und losdonnerte. Im Rückspiegel sah er, dass der Golem sie fast erreicht hatte. Er musste das Ungetüm irgendwie ausmanövrieren.

Mein Gott, dachte King. *Mit einem Doppeldeckerbus ...*

Der Bus beschleunigte auf der abschüssigen Strecke schnell und konnte seinen Vorsprung bis zur Senke halten, doch dort tauchte ein neues Problem auf. Der Tunnel, dem sie von Durrington Walls zu der Gruft unter Stonehenge gefolgt waren, war eingebrochen und hatte einen unüberwindlichen Graben quer durch die Straße hinterlassen.

»Festhalten!«, schrie King, riss das Lenkrad herum und warf den Bus in eine scharfe Linkskurve. Einen Moment lang hoben die Reifen auf der Fahrerseite ab, doch King lenkte gegen, und der Bus richtete sich wieder auf. Er krachte durch den Zaun, der die Straße säumte.

King sah den großen Golem hinter sich vorbeischießen, offenbar unfähig, schnell genug die Richtung zu ändern. Das steinerne Ding streckte jedoch einen seiner langen Arme aus und bekam damit das Heck des Busses zu fassen. Mit einem metallischen Kreischen riss die hintere Hälfte des oberen Decks ab.

Lauren schrie auf und duckte sich, die Hände schützend über den Kopf gelegt. »Was zum Teufel ist das?«

King warf einen Blick in den Rückspiegel. Er hatte einen Vorsprung vor dem Golem herausgefahren, aber der gab nicht auf. »Sie erinnern sich an die Geschichte, in der Merlin die Steine mit Hilfe von Riesen nach Stonehenge transportiert hat?«

Lauren blickte ihn ungläubig an. »Ja, und?«

»Sie ist wahr.« King wandte sich um. Der Golem kam näher, während der Bus sich durch den tiefen Mutterboden eines Ackers pflügte. »Allerdings glaube ich, dass niemand die Steine tragen musste, weil sie selber laufen konnten!«

Lauren lachte nervös auf. »Schneller, schneller!«

King lenkte den Bus durch einen zweiten Zaun auf einen langen Feldweg, der Teil eines Straßennetzes war, das kreuz und quer über die Felder verlief. Mit festem Boden unter den Rädern vergrößerten sie ihren Vorsprung vor dem Golem, und das große Fahrzeug beschleunigte auf hundertdreißig Kilometer pro Stunde. Zahlreiche Schlaglöcher rüttelten sie gründlich durch, aber wenigstens konnte das Ding sie so nicht einholen …

»Feindbeschuss!«, rief Alexander.

King riskierte einen weiteren Blick über die Schulter und sah einen großen, rechteckigen Felsblock durch die Luft auf den Bus zu sausen.

»Es wirft mit Teilen von sich selbst nach uns!«, schrie Lauren.

Der Felsen segelte über den Bus hinweg und krachte ein paar Meter weiter vorne auf die Straße. King riss das Steuer herum und pflügte ins Feld hinein. Der Bus geriet ins Schlingern und schoss quer über den Weg auf den Acker auf der anderen Seite, bevor King das Fahrzeug unter Kontrolle brachte und auf festen Boden zurücklenkte. Er trat das Gaspedal voll durch und brüllte: »Komm schon, du elender Schrotthaufen! Komm schon!«

Ein lautes Krachen ertönte, und der Bus schwankte wild hin und her. Einer der kleineren Steine von Stonehenge steckte im Dach. Wäre er nur geringfügig größer gewesen, hätte es sie das Leben gekostet.

»Irgendetwas passiert gerade«, rief Lauren.

Durch den Rückspiegel beobachtete King, wie der Golem in die Knie ging und die Arme nach ihnen ausstreckte. Anscheinend war er nicht mehr fähig, sich zu bewegen. Schließlich zerfiel er in seine Einzelteile. Von Stonehenge blieb nur ein unansehnlicher Haufen riesiger Blausteine übrig. King zweifelte nicht daran, dass man das Monument restaurieren würde, aber zuerst brächte die Zerstörung des Nationalheiligtums eine Menge Schlagzeilen. »Wir müssen auf schnellstem Weg das Land verlassen«, sagte er zu Alexander.

Der klappte sein Handy auf und wählte. »Macht das Flugzeug fertig«, sagte er knapp.

Lauren blickte zwischen den beiden Männern hin und her. »Wer zum Henker seid ihr zwei eigentlich?«

King lenkte den Bus auf die Hauptstraße und hielt an. »Es ist besser, wenn Sie das nicht wissen«, sagte er. »Und Sie sollten sich überhaupt nicht an uns erinnern ... zu Ihrem eigenen Besten.«

Lauren nickte hastig. »Seid bloß froh, dass ich versichert bin, sonst hätte ich euch eigenhändig erwürgen müssen.«

Ein Wagen hielt neben ihnen an. King und Alexander stiegen aus dem Bus. King zog die Waffe. »Raus da.«

Die Augen des Fahrers weiteten sich. Er stellte den Motor ab und stieg aus, die Schlüssel in der zitternden Hand erhoben. King griff danach und sagte: »Sie bekommen den Wagen zurück.«

Der Mann nickte automatisch und trat zur Seite.

King setzte sich ans Steuer, während Alexander auf der Beifahrerseite einstieg.

»Wohin?«, fragte King.

Alexander hielt einen Splitter des Stonehenge-Blaugranits in die Höhe, der im Dach des Busses steckengeblieben war. »Zurück nach Israel.«

»Sie glauben, Davidson könnte uns sagen, wie man einen Golem erweckt?«

»Falls ja, erfahren wir vielleicht, wie man sie töten kann.«

Das klang vernünftig. Wenn man unbekanntes Terrain betrat, kam man mit Forschung und besserem Verständnis gewöhnlich weiter als mit roher Gewalt. Allerdings bezweifelte King, dass Davidson glücklich sein würde, sie wiederzusehen. Er wendete den Wagen und nickte Lauren seinen Dank zu.

Der verdutzte Fahrer des gekaperten Autos trat zu ihr und musterte ihren kaputten Bus. »Wer zum Teufel waren die?«

Lauren zuckte die Achseln. »Keine Ahnung.«

58 Sibirien, Russland

Eine Tür knarrte, und Rook schlug die Augen auf. Desorientiert von Kälte, Schlafmangel und Blutverlust, hätte er beinahe gerufen, besann sich aber noch rechtzeitig. Er zog seine Desert Eagle Kaliber .50 und schob sich zentimeterweise auf die Tür zu. Notfalls würde er sich verteidigen, betete aber darum, der Besucher möge nichts Böses im Schilde führen. Er hatte kaum noch die Kraft, den Abzug zu betätigen, ganz zu schweigen davon, nach einem neuen Versteck zu suchen.

Er war tagelang nach Norden geflohen. Ständig war es kälter geworden. Und je tiefer die Temperaturen sanken, desto weiter waren die Patrouillen, die nach ihm suchten, zurückgefallen – aber jetzt drohte dieselbe Kälte, die ihn gerettet hatte, ihm den Rest zu geben. Erst nach einer endlosen Flucht durch Wälder, über Flüsse und Berge war es ihm gelungen, das russische Militär abzuschütteln. Doch wie es aussah, würde sein sich rapide verschlechternder Gesundheitszustand den Russen die Arbeit abnehmen. Er zitterte vor Kälte und Fieber. Seine Gedanken drehten sich im Kreis. Wenn er nicht tief im Wald diese Hütte entdeckt hätte, wäre er bereits in der vergangenen Nacht erfroren.

Das Häuschen – es bestand aus drei Räumen, einem Wohnzimmer, das auch als Küche und Esszimmer diente, einem Bad und einem kleinen Schlafzimmer – war rustikal eingerichtet, mit Steppdecken, ein paar rissigen Ölbildern und einem Rentierschädel an der Wand. Weiße Spitzenvorhänge hingen vor den Fenstern. In einer kleinen Vase auf einem Zweiertisch standen getrocknete Wildblumen. Es roch nach Kiefernharz, Schimmel und den Tierfellen, mit denen die zwei Stühle in der Ecke neben einem kleinen Bücherregal gepolstert waren.

Er blieb neben der Schlafzimmertür stehen und stützte sich mit einer Hand an der Wand ab. Da immer noch ein paar Schrotkugeln in seiner Seite steckten, konnte er nur mühsam ein Stöhnen unterdrücken. Er lauschte den Geräuschen aus dem Wohnzimmer. Die Schritte einer einzelnen Person auf dem Dielenboden. Dann ein schleifendes Geräusch.

Eine Leiche, dachte Rook.

Er straffte sich, als er die Person näher kommen fühlte. Von der Tür zurückweichend, hob er die Waffe. Ein Dielenbrett knarrte unter seinen Füßen.

Rook hielt den Atem an und wartete ab, ob man ihn gehört hatte.

»Hallo?«, sagte eine weibliche Stimme auf Russisch. Nach Tonfall und Timbre schätzte Rook, dass sie etwa im Alter seiner Mutter war, Anfang sechzig. Keine Gefahr. Er schob die Waffe rasch hinten unter den Hosenbund und antwortete ebenfalls auf Russisch: »Ich dachte, die Hütte wäre verlassen.«

Langsam schwang die Tür auf. Eine Frau mit grauen, zu einem Zopf geflochtenen Haaren stand vor ihm. Sie hielt ein Jagdgewehr auf Rooks Brust gerichtet. Ein totes, ausgeblutetes Rentier lag hinter ihr auf dem Boden.

Doch nicht so harmlos, dachte Rook. *Aber auch keine Bedrohung.*

Sie musterte ihn von Kopf bis Fuß, bis ihr Blick an seinem zerrissenen Pullover und den dunkelroten Flecken um die Wunden herum hängen blieb.

»Sie wurden angeschossen?«

»Ein Jagdunfall.«

»Sie haben sich selbst verletzt?«

Rook überlegte. Er war auf die Hilfe dieser Frau angewiesen. Offenbar handelte es sich um eine Einsiedlerin, die Besucher vielleicht nicht gerade wohlwollend empfing, vor allem Idioten, die sich selbst angeschossen hatten. »Nein«, sagte er. »Es waren zwei Jäger. Ich wanderte durch den Wald. Sie müssen mich für ein Tier gehalten haben. Nach dem Schuss wurde ich bewusstlos. Ich wachte hinten in ihrem Transporter wieder auf und hörte, wie sie darüber redeten, mich zu töten.«

Rook verstummte und suchte in ihren Augen nach einem Anzeichen, ob sie ihm die Geschichte abkaufte. Er sah, dass zumindest ihr Ärger abgeflaut war, und fuhr fort: »Ich sprang aus dem Wagen und flüchtete. Letzte Nacht stieß ich auf Ihre Hütte und habe vor der Kälte Schutz gesucht.«

Sie sah ihn aus zusammengekniffenen Augen an und blickte zum Kamin. »Sie haben kein Feuer gemacht.«

»Ich hatte Angst, sie würden nach mir suchen.«

Sie dachte eine Weile nach, dann senkte sie das Gewehr. »Die Schrotkugeln stecken noch drin?«

Rook nickte und hob den Saum seines Hemdes. Seine Haut war von kleinen roten Einschusslöchern übersät, umgeben von dunklen Blutergüssen.

Sie inspizierte die Wunden und zählte zehn davon. »Hätte schlimmer kommen können. Wäre der Schütze näher gewesen oder hätte er besser gezielt, könnten Sie jetzt tot sein.«

Die Frau hatte recht. Erst hatte ihn das russische Militär überrascht und sein gesamtes Team ausgelöscht, und zu allem Überfluss hatte er sich anschließend noch von einem einfachen Bauern übertölpeln lassen. Das war unverzeihlich.

Während die Frau in die Küchenecke ging und dort in den Schubladen herumkramte, sagte sie: »Ich heiße übrigens Galya.«

Rook tauchte aus seinen Gedanken auf und antwortete: »Stanislaw. Sie können mich Stan nennen.«

Galya kehrte mit einem Tablett zurück, auf dem sich ein scharfes Messer, eine Pinzette, Nadel und Faden, eine Flasche Wodka und ein Glas befanden. »Na dann, Stan, lassen Sie uns mal die Kugeln herausholen, bevor sich die Wunden entzünden.«

59 Unbekannter Ort

Obwohl er niemals wirklich allein war, sehnte sich Alpha nach Kontakt zur Außenwelt. Er hatte so viel Zeit unter der Erdoberfläche verbracht, dass er sich langsam wie eine Kreatur der Unterwelt vorkam. Und genauso sah er auch aus. Adam, der immer bei ihm war, wünschte sich ebenso sehr, aus seiner Existenz im Untergrund befreit zu werden. Sie beide warteten voll Vorfreude auf die Ankunft der anderen – weil es eine Abwechslung war, aber auch wegen der neuen Teilchen des großen Puzzlespiels, die sie mitbrachten.

Kenan traf als Erster ein. Er trat mit weit aufgerissenen Augen und einem Lächeln in die Steinkammer. Sein Schädel war ebenso kahl wie der von Alpha und Adam, aber von einer Sonnenbräune, um die die beiden ihn beneideten. Ehrfürchtig betrachtete er den Ring glühender, golfballgroßer Kugeln, die wie Miniatursonnen im Raum schwebten. Sie tauchten die uralte, kreisförmige Kammer, die im Durchmesser sechzig Meter maß, in gleichmäßigen Lichtschein. Wie in den anderen Verstecken hatte Alpha auch hier im Zentrum seine Laborausrüstung aufgebaut. Sie enthielt antike Artefakte aller Art, die er über Jahre zusammengetragen hatte, und etliche Versuchstiere. Darüber hinaus gab eine Kommunikationsanlage, die die Ohren jedes Mannes, jeder Frau und jedes Kindes auf dem Planeten erreichen konnte.

Ein Laptop würde den Ton verarbeiten und über eine Reihe von miteinander vernetzten Computern in alle Medienkanäle der Welt einspeisen – von den großen Netzwerken bis zum kleinsten Podcast. Kabel schlängelten sich kilometerweit durch die Erde, bevor sie sich in die Telefon- und Kabelfernsehnetze einklinkten. Andere führten durch die Decke zu einer Batterie von getarnten Satellitenschüsseln, die erst dann abgedeckt werden würden, wenn die Übertragung begann. Sobald die Toneinspielung beendet war, gab es für Alpha keinen Grund mehr, eine Entdeckung zu fürchten. Er würde aus der Dunkelheit emporsteigen, wiedergeboren in eine neugeschaffene Erde.

In der Mitte des Raums befand sich eine Art Atrium. Das Deckengewölbe erhob sich hier wie das Innere einer ausgehöhlten Stufenpyramide etwa dreißig Meter hoch, getragen von einem Ring aus zehn dekorativen Säulen. Es waren Statuen, die Hände wie in Anbetung zur Decke erhoben, eine Geste, die nicht recht zu ihrem bedrohlichen, grimmigen Aussehen passen wollte. Die Wand des umlaufenden Gangs war mit Reliefs und Hieroglyphen bedeckt.

Kenan konnte die Augen nicht von den leuchtenden Sphären wenden. Er deutete darauf: »Sind das …?«

»Und Gott sagte: Es werde Licht. Und es ward Licht«, meinte Alpha.

»Und Gott sah, dass es gut war«, fuhr Adam fort. Seine Stimme ähnelte der Alphas, klang aber irgendwie verzerrt, gurgelnd. »Und er trennte das Licht von der Dunkelheit.«

»Bald, Adam«, sagte Alpha. »Bald.«

Kenan hielt eine kleine, in ein schmutziges weißes Laken gewickelte Gestalt in die Höhe und legte das Bündel anschließend vor Alpha und Adam auf den Boden. Er schlug eine Ecke zurück, und das schlafende Gesicht eines dreizehnjährigen Mädchens kam zum Vorschein.

Alpha kniete sich neben Fiona hin und strich ihr die Haare aus der Stirn. »Ist sie die Letzte?«

Kenan nickte leicht. »Und damit ungefährlich. Die größte Gefahr, die im Moment von ihr ausgeht, dürfte sein, dass sie unsere Feinde zu uns führt. Wäre es nicht besser gewesen, sie mit den anderen zu töten?«

»Ich finde Lebendköder immer am besten«, sagte Alpha. »Und eine zusätzliche Testperson zu haben, kann auch nicht schaden.«

»Du willst wirklich, dass King uns findet?«

»Ich will ihm alles nehmen, was ihm lieb und teuer ist. Ich will, dass er hilflos zusehen muss, wie ihm sein Leben entgleitet.« Alpha legte den Kopf schief. »Ich erwidere nur den Gefallen, den er mir getan hat.«

»Von King haben wir nichts zu befürchten«, meinte Adam. »Solange wir das Mädchen haben, wird er sich hüten, mit brutaler Gewalt vorzugehen.«

»Sie ist unsere Trumpfkarte«, ergänzte Alpha. »Folge mir und nimm sie mit.«

Alpha führte Kenan einen kurzen Tunnel entlang und blieb vor einem kleinen, in den Fels gemeißelten Alkoven stehen, in dem einmal Baumaterialien gelagert worden waren. »Hinein mit ihr.«

Als Kenan Fiona in der engen Kammer abgelegt hatte, hockte Alpha sich neben ihr hin und tastete sie ab.

Kenan lehnte sich an die Wand. »Selbst wenn King uns finden sollte, woher willst du wissen, dass er rechtzeitig kommt? Er ist dort draußen« – er gestikulierte zur Höhlendecke, meinte aber die Welt, die hinter ihr lag – »und wenn die Zeit kommt, wird er sich verändern wie alle anderen.«

»Er kommt«, sagte Alpha, bevor er etwas unter Fiona hervorzog. »Er ist ein pünktlicher Mensch, und die Uhr tickt.« Er hielt Fionas Insulinpumpe hoch, stand auf und schmetterte sie gegen die Wand. Er hob das zerstörte Gerät auf und reichte es Kenan. »Sorg dafür, dass King das hier findet.«

Kenan grinste. »Tick, tack.«

Alpha grinste zurück. »Er wird keine Zeit verlieren.«

Sie verließen die kleine Zelle. Alpha flüsterte ein paar Worte zu der Felswand. Der Stein erzitterte, und die Ränder der Öffnung zogen sich zusammen. Bald blieb nur noch ein schmaler Spalt im massiven Fels übrig. Dann hörten sie ein Geräusch aus der zentralen Kammer. Sie eilten zurück und sahen, dass Mahalalel eingetroffen war. Er studierte die Inschriften an den Wänden.

»Das ist faszinierend«, sagte er beim Eintreten der anderen.

»Hast du es?«, fragte Alpha. Jede Silbe triefte vor Ungeduld.

Mahalalel ließ sich nicht drängen. Er wackelte mit dem Finger in Richtung eines der Labortische. »Dort.«

Alpha entdeckte einen gepolsterten Beutel, öffnete ihn und nahm das darin enthaltene Objekt heraus.

»Konntest du das alles entziffern?«, fragte Mahalalel mit Blick auf die Inschriften an der Wand.

»Selbstverständlich«, erwiderte Adam. Er klang verärgert, und weil Alpha damit beschäftigt war, das Päckchen zu auszuwickeln, beantwortete er Mahalalels Frage: »Nichts Neues. Es handelt sich um eine Warnung, die nach der Zersplitterung der Sprache in Stein gemeißelt wurde.« Adam wedelte mit seinem kurzen Arm dramatisch in der Luft herum und rezitierte: »›Die Eine Sprache der Alten ist zerstreut. Möge ihr Wissen in jedem Idiom voll Weisheit weitergeben werden, auf dass nicht der Zorn des Begründers, dessen Wille alle Dinge schafft und zerstört, abermals über die Welt komme. Verfallet nicht der Versuchung. Denn verwendet ihr Seine Worte zum Bösen, sollen die Wächter aus der Höhe herniedersteigen und die Anmaßenden vernichten.‹ So geht es die ganze Wand entlang weiter. Feuer und Schwefel.«

»Wer ist der Begründer?«, fragte Mahalalel.

»Gott«, erwiderte Adam.

»Das ist die Frage«, mischte sich Kenan ein, der die Hieroglyphen ebenfalls betrachtet hatte. »Was, wenn er nicht Gott war?« Alle anderen, sogar Alpha, sahen ihn an. »Was, wenn er ein Mensch war? Schließlich versuchen wir gerade, dasselbe zu tun wie er.«

Alpha nickte und hielt ihm die Steintafel hin, die Mahalalel mitgebracht hatte. Sie enthielt eine Inschrift, die nur jemand mit umfassendem Wissen über die uralte Sprache verstehen konnte. Alpha und Adam verfügten darüber. Der Schlüssel zum Verstand des Menschen lag in Reichweite. »Dank Merlin sind wir unserem Ziel wieder einen Schritt näher gekommen.« Er wandte den Kopf zu Adam um. »Unsere Zeit ist nahe.«

GEFUNDEN

60 Haifa, Israel

Das Crowne Plaza Hotel nahe der Kuppe des Mount Carmel sah aus wie eine Art schneeweiße Modern-Art-Waffel. Es erhob sich fünf Stockwerke hoch über der Straßenebene, und den größten Teil davon nahm die Lobby ein. Fünf weitere Stockwerke im rückwärtigen Teil erstreckten sich, von der Straße aus nicht sichtbar, die Hügelflanke hinab.

King und Alexander hatten einige Blocks weit entfernt geparkt und in dem Gewirr kleiner Straßen und Gassen versucht, potentielle Beschatter abzuschütteln. Als das Hotel in Sichtweite kam, beschloss King, ein Thema anzuschneiden, das ihn schon lange beschäftigte.

Er fuhr sich mit der Hand durchs Haar und fragte: »Sie leben jetzt wie lange, zweitausendfünfhundert Jahre?«

»Plus/minus ein paar Jahrzehnte«, gab Alexander lächelnd zurück, eine glimmende Zigarre zwischen die Zähne geklemmt.

»Und was haben Sie in dieser langen Zeit alles getan? Abgesehen natürlich von den Mythen, für die Sie bekannt sind. Stecken Sie noch hinter anderen historischen Persönlichkeiten?« King erhoffte sich Hinweise auf Alexanders Wesen.

»Sie meinen, ob ich hochrangige Positionen innehatte? König war? General?«

King schwieg und wartete.

»George Washington.«

Als Kings Kopf zu Alexander herumschnellte, brach dieser in Gelächter aus.

»Die Frage war durchaus ernstgemeint«, sagte King. Von Alexander eine direkte Antwort zu erhalten schien schwieriger zu sein, als das Geheimnis der Unsterblichkeit zu lüften. Und das war immerhin schon mindestens zwei Menschen gelungen. Er machte einen schnellen Schritt, um Alexander die Hoteltür aufzuhalten. »Nach Ihnen, Mr. President.« Alexander drückte seine Zigarre im Aschenbecher vor der Tür aus und trat ein. King warf einen schnellen Blick zurück. Sie waren nicht verfolgt worden. Jedenfalls bemerkte er niemanden.

Die Hotellobby erstreckte sich über vier Stockwerke und wurde von einem hohen Gewölbedach gekrönt. Große Fenster und ein System von Wandleuchten durchfluteten den gewaltigen offenen Raum mit Licht. Vier mit weißen Lichterketten bedeckte Palmen standen im Zentrum. Es war halb Hollywood zur Weihnachtszeit, halb opulenter arabischer Palast. Keines von beiden war Kings Stil, trotzdem fesselte ihn die surreale Atmosphäre der Lobby. Da er draußen gewartet hatte, als sie Davidson absetzten, sah er das Innere des Hotels heute zum ersten Mal.

»Sie haben meine Frage nicht beantwortet«, meinte er. Aber Alexander ging einfach weiter zu den Aufzügen und betrat eine der Kabinen. Er drückte den Knopf zum fünften Stock und gab nicht zu erkennen, ob er den Delta-Agenten überhaupt gehört hatte. Der Lift setzte sich in Bewegung.

Ungeduldig fragte King: »Haben Sie *irgendetwas* Sinnvolles mit Ihrem Leben angestellt? Eine Krankheit ausgerottet? Ein unterdrücktes Volk befreit? Irgendetwas?«

Alexander schwieg hartnäckig.

»Haben Sie nicht, was?« Kings Zorn wuchs. Alexander standen unbegrenzte Möglichkeiten offen, er verfügte mit seiner Gesellschaft des Herkules über eine Schar ergebener Anhänger und über einen genialen Intellekt; nichts wäre für ihn unmöglich gewesen. »In zweieinhalb Jahrtausenden haben Sie keinen Finger gerührt.«

Alexander sah ihn lächelnd an. »Eines habe ich getan«, sagte er. »Ich habe gelernt: mich von zornigen Männern, denen jedes Verständnis für die wirkliche Bedeutung von Zeit fehlt, nicht auf die Palme bringen zu lassen. In hundert Jahren werde ich dieses Gespräch so gut wie vergessen haben. Ich lebe außerhalb Ihrer Vorstellungswelt. Wie ein Schachspieler kann ich Dinge in Gang setzen, deren Resultat sich erst mehrere Züge später zeigt, was in meinem Fall Hunderte von Jahren bedeuten kann. Manchmal mehr.«

»Warum kümmern Sie sich dann überhaupt darum, was im Moment passiert?«

»Weil mein Gegenspieler die Karten gezinkt hat.«

Das war wenigstens mal eine Antwort, dachte King, obwohl er wusste, dass es sich lediglich um eine Halbwahrheit handelte, wenn überhaupt.

Eine digitale Melodie ertönte, und die Fahrstuhltüren glitten auf. Nachdenklich folgte King Alexander hinaus auf den Flur. Konnte es sein, dass das Ziel seiner jetzigen Aktionen hundert Jahre in der Zukunft lag? Doch was interessierte das ihn, King? Bis dahin war er schon lange tot, und die menschliche Rasse hatte sich wahrscheinlich in den atomaren Holocaust geblasen. Oder zündete Alexander nur eine Nebelkerze? Lag sein Ziel gleich hinter der nächsten Ecke, und Ridley gefährdete es? Vielleicht ging es Alexander ja jetzt um eine Entwicklung, die er schon zu

Jesus' Zeiten angestoßen hatte. King schüttelte den Kopf. Unwissenheit *war* ein Segen, und darum fühlte er sich mit seinem Halbwissen entschieden unwohl.

Alexander klopfte an Suite 907. Sie hörten ein Geräusch hinter der Tür. Davidson beäugte sie wahrscheinlich durch den Spion. Der Riegel glitt zurück, und die Tür öffnete sich einen Spalt weit, gehalten von der Kette.

Davidson spähte nervös heraus.

»Wir sind es nur«, beruhigte ihn King.

»Richtig. Tut mir leid.« Die Tür wurde geschlossen und die Kette ausgehängt. Davidson ließ sie ein.

Es war ein großes Hotelzimmer, fast in jeder Hinsicht Standard – King-Size-Bett, TV-Gerät, ein einzelner Sessel, kleiner Schreibtisch. Was es einzigartig machte, waren der glänzende Hartholzboden und der überwältigende Blick auf das Mittelmeer. Der Schreibtisch war bedeckt mit Hotelbriefbögen voller Notizen in Hebräisch und mathematischer Gleichungen. Mehrere Tabletts vom Zimmerservice mit halb aufgegessenen Portionen stapelten sich auf der karierten Tagesdecke, die Davidson offensichtlich noch nicht einmal aufgeschlagen hatte.

Er schloss die Tür und versperrte beide Schlösser, bevor er sich an den Schreibtisch setzte. Er wirkte gehetzt. Sein tags zuvor noch glattrasiertes Gesicht war von Bartstoppeln bedeckt, das gelbe Anzughemd sah zerknittert aus und hatte einen großen roten Fleck. King musterte den Fleck besorgt.

»Alles in Ordnung mit Ihnen?«

Davidson folgte seinem Blick. »Aber ja. Das war die Marinara.«

Alexander sah sich um. »Wie ich sehe, genießen Sie meine Gastfreundschaft in vollen Zügen.«

»Ich, äh, ja.« Davidson sah zu Boden. »Ich konnte die

ganze Nacht nicht schlafen und hatte ein paar neue Ideen bezüglich der Golems.«

Alexander setzte sich in den einzigen Sessel und breitete die Arme aus, als wollte er sagen: »Lassen Sie hören.«

King nahm auf dem Bett zwischen den Tabletts vom Zimmerservice Platz. Er schielte nach einem Teller Pommes frites. Seit Tagen hatte er nicht mehr richtig gegessen. Nicht, dass das Zeug ernährungstechnisch besonders wertvoll ausgesehen hätte, aber der Hunger verdrängte jeden Gedanken an ausgewogene Mahlzeiten.

Davidson bemerkte seinen Blick. »Sie sind erst eine Stunde alt.«

Alexander räusperte sich, während King über die Pommes herfiel.

»Tut mir leid«, sagte Davidson. »Also. Was Golems anbetrifft, so muss man wissen, dass sie nicht wirklich leben. Ich schätze, man könnte sie quasilebendig nennen. Auf eine bestimmte Weise, die ich noch nicht vollständig begreife, werden leblose Objekte dabei gewissermaßen animiert, so dass sie Leben nachäffen können, doch sind die Golems nicht intelligent. Ich vermute, ihr Schöpfer stattet sie auf atomarer Ebene mit einem gewissen primitiven Verstand aus – der Fähigkeit zu laufen, dem Wunsch, ein bestimmtes Opfer zu töten –, aber sie sind nicht fähig zur Kommunikation. Sie können sich nicht vermehren. Sie essen nicht und haben keinen Stoffwechsel. Basierend auf den Dokumenten, die Mr. Alexander mir gefaxt hat ...«

»Welche Dokumente?«, unterbrach King scharf. Er warf Alexander einen ärgerlichen Blick zu, während Davidson ihm eine Aktenmappe reichte. King schlug sie auf und fand mehrere Zeitungsartikel über den Angriff auf Fort Bragg sowie einen handschriftlichen, detaillierten Bericht über ihre Erlebnisse in Stonehenge. Was Kings Aufmerksamkeit am meisten erregte, waren mehrere Geheimdokumente des US-Militärs, einschließlich Fotos von Überwachungskameras in Fort Bragg. Er hätte gerne gewusst, wie Alexander dazu gekommen war, aber im Grunde kannte er die Antwort schon. Die Gesellschaft des Herkules hatte Mitglieder in jeder Nation und jeder Regierung.

Das war es, was Alexander in den letzten zweieinhalb Jahrtausenden getan hatte. Gut möglich, dass er die ganze Welt unterwandert hatte und kontrollierte, ohne dass ein einziger Mensch davon wusste. Und seine direkte Einmischung jetzt mochte damit zu tun haben, dass Ridley das Gleichgewicht gefährdete.

Der Gedanke machte King wütend, und er fragte sich, ob Alexanders Einfluss so weit ging, dass er das Schachteam mit Missionen fütterte. Wie weit reichte das Netz, das dieser Mann gesponnen hatte, wie groß war sein Einfluss? *Fragen für später*, entschied er. »Sprechen Sie weiter«, meinte er an Davidson gewandt und legte die Mappe neben sich aufs Bett.

»Auf die Berichte in diesen Dokumenten gründend scheinen die Golems nur für kurze Zeit mit ausreichender Energie ausgestattet zu sein. In jedem Fall kehrten sie nach fünfzehn Minuten wieder in den unbelebten Zustand zurück. Ohne von ihrem Schöpfer ständig neu ›besprochen‹ zu werden, können sie nicht weiterleben, Verzeihung, existieren.«

»Wie eine andauernde Stromversorgung?«, fragte King.

»Nein, eher wie ein Wiederaufladen. Etwas, das sie mit frischer Energie versorgt. Möglicherweise handelt es sich einfach um eine Wiederholung der Phrase, mit der sie erschaffen wurden. Ich bin nicht sicher. Aber der Zeitfaktor scheint ihre Schwäche zu sein. Und der Verstand beziehungsweise der Mangel daran. Ich würde sie mit antiken

Raketen vergleichen. Sie können gestartet und auf ein Ziel ausgerichtet werden, aber irgendwann geht ihnen der Treibstoff aus, und außerdem kann man sie überlisten.«

Die Zusammenfassung des Professors klang zutreffend, aber King hatte sich mehr erhofft. Angesichts der besorgten Seitenblicke, die Davidson Alexander zuwarf, schien er das zu wissen.

»Sie haben eine Probe erwähnt«, sagte Davidson zu Alexander.

Alexander griff in die Tasche und brachte den kleinen Splitter Blaustein aus Stonehenge zum Vorschein. Kings Missfallen wuchs. Alexander schien alles vorauszuplanen, während seine eigene Rolle immer nebensächlicher wurde. Das gefährdete Kings persönliches Interesse daran, Fiona zu finden. Und da Fiona die Zeit davonlief, konnte jede Verzögerung tödlich sein.

Davidson nahm den Stein und untersuchte ihn. »Ist das tatsächlich das Bruchstück eines Golems, der aus den Steinen von Stonehenge erweckt wurde?«

»Allerdings«, bestätigte Alexander.

Davidson hielt sich den Stein dicht vor Augen und starrte ihn fasziniert an. Das Sonnenlicht, das durchs Fenster fiel, schimmerte auf den blauen Flecken. »Wir brauchen ein Labor.«

Alexander erhob sich. »Es erwartet Sie bereits.« Er ging zur Tür.

Davidson folgte ihm enthusiastisch.

King zögerte einen Moment lang. Konnte er Alexander trauen? Konnte er ihn stoppen, falls er sich als Feind entpuppte? Da die Antwort auf beide Fragen ein eindeutiges »Nein« war, nahm er noch eine Handvoll Pommes und schloss sich den beiden an.

Das Labor wirkte imposant und gleichzeitig improvisiert. Die Geräte waren neu oder zumindest kaum benutzt, aber das kleine Lagerhaus, das es beherbergte, lag in einem ziemlich heruntergekommenen Viertel. Die Einrichtung sah so aus, als wäre sie eigens für diesen einen Zweck hierhergebracht worden und könnte im Handumdrehen wieder abgebaut werden.

King gefiel es nicht, dass er seit den Ereignissen in Rom völlig außerhalb des US-Radarschirms agierte, aber er konnte nicht bestreiten, dass er Fortschritte gemacht hatte. Auch wenn die Resultate gerade jetzt auf sich warten ließen. Die heiße Mittelmeersonne brannte auf die Blechwände der Halle herab und heizte sie auf wie einen Backofen. Selbst der mächtige Herkules hatte sein Jackett abgelegt und die obersten Hemdknöpfe geöffnet.

»Zu schade, dass Ihre Leute nicht an eine Klimaanlage gedacht haben«, bemerkte King.

»Beim nächsten Mal werde ich darauf achten«, gab Alexander trocken zurück.

King begriff, dass dies *tatsächlich* ein improvisiertes Labor war.

Seine Ungeduld wuchs. Wenn sie nicht bald eine Spur entdeckten, würden die Nachforschungen im Sand verlaufen. Er sah auf die Uhr. Tag vier seit Fionas Entführung war schon weit fortgeschritten. Er umfasste die Kanten des Labortisches und beugte sich vor, während er mühsam seinen Zorn unterdrückte.

»Ich habe etwas gefunden«, verkündete Davidson schließlich und trat von einem Mikroskop zurück, über das er sich die letzten zehn Minuten gebeugt hatte.

King richtete sich gespannt auf.

»Auf den ersten Blick wirkt die Probe wie jeder andere Stein und verhält sich auch so – nämlich überhaupt nicht.

Aber auf mikroskopischer Ebene, nun, sehen Sie selbst.« Davidson tauschte die Objektträger aus. »Das hier ist ein normaler Stein.«

King kam Alexander zuvor und warf einen Blick durchs Okular. Er sah ein wirres Muster aus aneinandergelagerten Kristallen.

»Steine bestehen aus Mineralkörnchen der verschiedensten Größen. Je nach Mengenanteil setzen sie sich zu Kalk, Granit, Basalt et cetera zusammen. Hier sehen wir Preseli-Dolerit mit Einlagerungen von Plagioklas-Feldspat, was für den bläulichen Farbton sorgt, vor allem in nassem Zustand. Entscheidend ist, dass die Mineralien in einem Stein in einer völlig zufälligen Anordnung vorliegen, die so lange bestehen bleibt, bis der Stein zerbricht.« Davidson tauschte den Objektträger aus, während King zurücktrat. »Dies ist eine Probe Ihres Blausteins.«

King sah erneut durchs Okular. Die Gesamtverteilung der Kristalle war immer noch zufällig, allerdings schienen sie sich zu regelmäßigen Mustern verbunden zu haben. »Das sieht aus wie ein Kettenhemd«, sagte er.

»Genau, und das würde diesem Stein Flexibilität und die Fähigkeit verleihen, sich – zumindest kurzzeitig – mit gleichermaßen veränderten Steinen zu verbinden. Wie durch Klettband. Oder einen Reißverschluss.«

Alexander warf einen kurzen Blick auf die beiden Objektträger. »Sonst noch etwas?«

»DNA-Spuren sind nicht vorhanden, wenn Sie das meinen«, sagte Davidson. »Wie gesagt, die Steine sind unbelebt. Sie werden lediglich durch irgendeine Art von Energie animiert.«

Das brachte eine Saite in Kings Erinnerungen zum Klingen. Er dachte an einen Familienurlaub im Südwesten der USA zurück. Sie hatten mit dem Wohnmobil einen der mysteriösesten Orte der Welt besucht. »So etwas ist in der Natur nicht völlig unbekannt«, meinte er. »Ich denke dabei an die wandernden Felsen im Death Valley. Sie bewegen sich selbständig. Manche sind bis zu 350 Kilo schwer, trotzdem wandern sie anscheinend aus eigener Kraft über den Wüstenboden, sogar bergauf. Sie hinterlassen Hunderte von Metern lange Spuren im Sand, biegen manchmal um 90 Grad ab oder reisen sogar paarweise, bevor sie sich in unterschiedliche Richtungen aufteilen.«

»Höchst erstaunlich«, sagte Davidson. »Gibt es Theorien über die Ursache?«

»Schwere Regenfälle kombiniert mit starken Winden, soweit ich weiß«, meinte King.

»Vielleicht ist es der Wind allein?«, spekulierte Davidson. »Wenn der Stein durch Schall beeinflusst wird, wie bei einem Golem, dann existiert vielleicht eine Felsformation, die bei starkem Wind einen Ton in der richtigen Frequenz abgibt, einen, der so etwas wie ein einfaches Kommando darstellt: bewegen! Hat sich schon jemand mit der mikroskopischen Struktur dieser Felsen befasst?«

»Ich war als Kind in den Ferien dort«, erwiderte King. »Keine Ahnung.«

Alexander begann, die Laborgeräte auszuschalten. »Wenn das alles ist, denke ich, wir sollten ...«

»Wir gehen nirgendwohin«, fiel King ihm ins Wort. Er fragte sich, wie weit voraus Alexander ohne sein Wissen bereits geplant hatte. »Sie mögen die Welt für Ihren persönlichen Spielplatz halten und glauben, dass Sie das Recht hätten, alles zu tun, was Ihnen passt, und die menschliche Rasse wie Spielfiguren zu behandeln, aber da irren Sie sich. Ich dagegen repräsentiere die Wünsche des Präsidenten der Vereinigten Staaten, eines Mannes, der in dieser Welt echte Macht und Autorität ausübt. Ich bin der Leiter dieser Mission. Nicht Sie.«

Eine finstere Wolke legte sich über Alexanders Gesicht. Er drehte sich zu King um und starrte ihn mit Augen an, in denen Mordlust flackerte. King nahm an, dass es seit sehr, sehr langer Zeit niemand mehr gewagt hatte, so mit ihm zu reden. Aber King schreckte nicht zurück. Stattdessen richtete er den Blick auf Davidson. »Gibt es noch mehr, das Sie anhand dieser Steine herausfinden können?«

»Ich … ich bräuchte mehr Proben. Unterschiedliche Proben.«

»So wie diese hier?«, fragte eine tiefe Stimme aus der Dunkelheit des Lagerhauses. Eine Gestalt trat ins Licht und hielt ein Glasgefäß in die Höhe. Darin befand sich ein Klumpen grauer Masse. Der Mann war Bishop; Queen und Knight folgten ihm auf dem Fuß.

King hieß die anderen mit einem Nicken willkommen. Gleich nach Verlassen des Hotels hatte er Deep Blue angerufen und die Entsendung des Teams nach Israel angefordert. Er wusste, dass sie dank der *Crescent* schnell genug eintreffen konnten, und hatte sein Handy eingeschaltet, damit sie seine Position orten konnten. Mit seinen Leuten im Rücken fühlte er seine Ruhe und ein gewisses Maß an Kontrolle über die Situation zurückkehren. King, der Schachkönig, ließ sich nicht zum Bauern umfunktionieren, nicht einmal von einem Unsterblichen.

Alexander funkelte ihn an und hob die Stimme: »Sie hatten kein Recht, sie ohne mein Wissen hinzuzuziehen.«

»Sie scheinen über Zugang zu geheimen US-Quellen zu verfügen. Ich dachte, Sie wüssten Bescheid.«

Alexander verlor die Beherrschung und stampfte auf King zu. Davidson tauchte rasch zur Seite ab.

King zuckte nicht mit der Wimper, als Alexander nur

Zentimeter vor ihm stehen blieb. »Entdecke ich da einen Anflug von Größenwahn?« King stieß dem Mann aus der Antike bewusst den Finger vor die Brust, um ihn zu provozieren. Er wollte hier etwas klarstellen. »Gefällt Ihnen wohl nicht, wenn Sie nicht alles unter Kontrolle haben, was, ... Sie ... kleiner ... Mann?« Er unterstrich jedes Wort mit einem weiteren Stoß vor die Brust.

Auf den Schlag war er vorbereitet. Er duckte sich zur Seite und spürte den Luftzug, als Alexanders Faust an seinem Gesicht vorbeizischte. Sie knallte gegen einen Stahlträger hinter ihm. Ein lauter Glockenton wie von einem Gong ertönte, untermalt vom Knacken brechender Fingerknochen. In einem normalen Kampf hätte King damit die Oberhand gehabt, aber Alexander schien die Verletzung nicht einmal zu bemerken. Auch nicht den perfekten Leberhaken, den King ihm in die Seite pflanzte. Stattdessen packte er Kings Arm, wirbelte ihn herum und wuchtete ihn gegen den Träger. Der Aufprall spaltete King die Lippe, und er hatte das Gefühl, sein Arm würde gleich brechen. Er kämpfte gegen den Schmerz an.

»Seien Sie nicht dumm. Sie können diesen Kampf nicht allein gewinnen«, zischte er.

Der Druck wurde stärker.

»Und Ihre Geheimniskrämerei gefährdet meine Mission.«

»Ihre Mission? Sie sind ein Narr, wenn Sie glauben, mir ebenbürtig zu sein«, presste Alexander zwischen zusammengebissenen Zähnen hervor.

»Ich halte mich nicht für ebenbürtig«, sagte King. »Aber im Gegensatz zu Ihnen bin ich nicht allein.«

Der Lauf einer Pistole tippte gegen Alexanders Hinterkopf. »Hey«, sagte Queen. »Erinnern Sie sich? Wir sind uns vor einiger Zeit mal begegnet. Ich hatte nie die Gelegenheit, mich für Ihre Hilfe zu bedanken, aber wenn Sie dem Jungen hier was tun, werde ich mich mit einer Kugel in Ihren Hinterkopf revanchieren. Und damit wir uns nicht missverstehen, ich habe keinerlei Skrupel, Ihnen den hübschen Kopf abzuhacken und im Sand zu verbuddeln.«

Alexander spannte sich einen Augenblick lang, dann ließ er King los. Er trat zurück und musterte Queen. »Ich erinnere mich an Sie. Sie sind ebenso charmant wie Ihr Freund Rook.«

King bemerkte das wütende Auflodern in Queens Augen. Die Konfrontation zwischen ihm und Alexander hatte sich lange angebahnt und ausgetragen werden müssen. Doch Alexander und Queen bildeten eine explosive Mischung, die sich noch ganz anders entladen würde. King trat zwischen sie und fragte: »Schon etwas von Rook gehört?«

Queen sah ihn an. »Keinen Ton.«

King wandte sich wieder zu Alexander. »Sie sind herzlich eingeladen, sich uns anzuschließen, aber als Teil des Teams. Wenn ich das Gefühl habe, dass Sie ihre eigene Agenda verfolgen, sind Sie draußen.«

Alexander starrte King sekundenlang an, bevor er lächelte: »Sie haben Glück, dass ich Sie mag, King. Einverstanden.« Sein Blick machte deutlich, dass die Vereinbarung nur so lange galt, wie sie ihm zweckdienlich erschien, aber King hatte nichts dagegen. Umgekehrt galt das Gleiche. Im Moment war er auf Alexanders Wissen und seine Ressourcen angewiesen, aber sobald sie Ridley aufgespürt und ausgeschaltet hatten, brauchte er den Mann nicht mehr.

Als er sah, dass die Spannung abebbte, wagte sich Davidson wieder hervor. »Hm, Verzeihung, sagten Sie nicht, Sie hätten eine weitere Probe?«

Bishop reichte ihm das Glasgefäß voll grauer Masse.

»Stammt das von einem Golem?«, wollte Davidson wissen.

»Ehemals bekannt als Richard Ridley«, erklärte Knight. »Jetzt eher Richard von und zu Schlamm.«

Davidsons Augen wurden groß. »Das Ding hatte einen Namen? Es war ein … ein menschlicher Golem? Aus Lehm?«

Knight nickte.

»Völlig menschlich?«

»Bis er wieder zu Lehm wurde«, antwortete Bishop. »Davor schien er den Intellekt, das Gedächtnis und die Persönlichkeit des echten Richard Ridley zu besitzen. Er lebte unter Menschen, die keine Ahnung davon hatten, dass er anders war als sie.«

»Er lebte unter Menschen?«, wiederholte Davidson fassungslos. »Wie lange?«

Knight zuckte die Achseln. »Tage, vielleicht Wochen. Wir sind nicht ganz sicher.«

»So viel zu Ihrer Wiederaufladungstheorie alle fünfzehn Minuten«, meinte King.

»Sie haben recht«, nickte Davidson und fügte hinzu: »Aber das hier war ein Lehmgolem in Form eines Menschen. Vielleicht gelten für etwas so … Raffiniertes andere Regeln als für die kruden Steinkolosse.« Er schraubte den Deckel der Probe ab und roch daran. Sein Gesicht war bleich, aber aufgeregt.

»Was ist es?«, fragte King.

Davidson hielt die Probe in die Höhe, als handelte es sich um eine Reliquie. »Wir sollten diesen Mann nicht Richard nennen.« Er sah King an. »Sondern … *Adam*.«

61 Unbekannter Ort

Fiona erwachte in einer Zelle von ähnlicher Form und Größe wie die letzte, nur dass der Fels diesmal braun und glatt war. Ein schmaler Schlitz in der einen Wand war das einzige hervorstechende Merkmal. Durch ihn kamen Luft und ein wenig Licht herein. Aber wo sie sich befand, war erst einmal zweitrangig. Sie musste sich endlich von ihren Fesseln befreien und richtig zu sich kommen.

Sie spuckte einen blutigen Klumpen Seilfasern aus. Es kam ihr vor, als hätte sie schon seit Stunden die Stricke bearbeitet, fieberhaft nagend und dazwischen immer wieder Pausen einlegend. Ihr Zahnfleisch war wund und blutig, doch diese kleinen Verletzungen waren nichts im Vergleich zu dem Schmerz, der durch ihren Körper tobte. Sie war jetzt seit so langer Zeit krumm zusammengebunden, dass sich Muskelkrämpfe einstellten. Schwindelanfälle plagten sie. Die Kopfschmerzen ließen nicht nach und wurden begleitet von einem furchtbaren Durst. Sie versuchte, das körperliche Unbehagen zu ignorieren, und konzentrierte sich ganz auf ihre Fesseln, die jetzt nur noch von wenigen Zwirnfasern zusammengehalten wurden.

Zitternd zerrte sie die Arme auseinander. Die Fasern spannten sich, und eine nach der anderen gab nach. Endlich riss der angeknabberte Strick mit einem Ruck entzwei. Fionas Arme flogen auseinander, und sie sackte schlaff in sich zusammen.

Die Anstrengung hatte sie erschöpft. Aber ihre Hände waren frei. Sie kämpfte gegen die bleierne Müdigkeit an und fing an, auch ihre Füße loszubinden. Normalerweise wäre das kein Problem gewesen, aber in ihrem Zustand kostete es sie zehn Minuten. Das in die Finger zurückschießende Blut machte jede Bewegung zur Qual.

Als auch ihre Füße frei waren, zog sich Fiona langsam an der Wand hoch. Sobald sie stand, überfiel sie eine erneute Welle von Übelkeit und drohte, sie zu Boden zu zwingen. Sie legte die Wange an die kalte Felswand und nahm sich Zeit, durchzuatmen und sich zu erholen. Als sie sich halbwegs fit fühlte, bückte sie sich vorsichtig und berührte mit den Fingern die Zehenspitzen. Die Dehnübung tat ihr gut. Sie richtete sich wieder auf und holte in tiefen Zügen Luft. Obwohl sie sich anschließend deutlich besser fühlte, ließen das Schwindelgefühl, die Kopfschmerzen und der Durst nicht nach.

So leise wie möglich näherte sie sich der einzigen Lichtquelle der Zelle, dem länglichen Schlitz in der Felswand. Sie spähte hindurch und erwartete, eine Wache zu sehen. Aber da war niemand.

Warum auch eine Zelle bewachen, die keine Tür hat?, dachte sie.

Gegenüber lag die kahle Felswand eines Gangs. Sie schob sich nach links, um in schrägem Winkel durch den Spalt zu spähen. Der Tunnel vor der Zelle mündete drei Meter weiter rechts in einen größeren Raum. Dort kam das Licht her.

Und da waren Schatten. Sie bewegten sich.

Eine Stimme. Sie lauschte, konnte aber die leisen Worte nicht verstehen, die wie ein Sprechgesang klangen. Einen Moment später hörte sie jedoch ein Wort, das sie kannte.

»Verdammt!« Es war eine maskuline, tiefe Stimme, in

der eine Art überirdischer Bedrohung lag, als hätte kein einzelner Mann das Wort ausgesprochen, sondern ein Chor, dessen Stimmen um Sekundenbruchteile asynchron waren.

Der Sprechgesang hob von neuem an. Die Sprache war Fiona unbekannt, doch schlug der Klang eine Saite in ihr an. Einzelne Silben klangen vertraut. Betonungen. Modulationen. Nicht genug, um sich den Inhalt zusammenreimen zu können, doch einen Teil dessen, was der Mann sagte, verstand sie. Es waren Fragmente des Siletz-Idioms, dieser beinahe toten Sprache, die Fiona als einziger lebender Mensch noch beherrschte.

Wieder brach der Sprechgesang ab, gefolgt von einem wütenden Faustschlag. Sie zuckte zusammen, blieb aber still. Sie musste wissen, was außerhalb ihrer Zelle vorging.

Was dann kam, erschütterte sie bis ins Innerste. »Bitte, Sir«, flehte ein Mann mit schwacher Stimme und starkem Akzent. »Ich kann nicht mehr. Ich weiß nichts. Ich weiß nicht, was Sie mich fragen.«

»Ich *frage* dich ja gar nichts«, sagte die tiefe Stimme. Ein verzweifelter Aufschrei folgte, und das Klatschen von Fleisch auf Fleisch.

Obwohl sie nichts sehen konnte, hatte Fiona ein deutliches Bild vor Augen: ein Mann, an einen Stuhl gefesselt. Er dachte, es wäre ein Verhör, doch der andere Mann, der mit der tiefen Stimme, stellte keine Fragen. Was wollte er dann?

Sie hörte ein Ausspucken. Sie war nicht sicher, von wem es gekommen war, bis der Gefangene sagte: »Wenn ich wüsste, was Sie wollen, würde ich trotzdem nichts sagen! Amerikanisches Schwein!« Er spuckte abermals aus.

Zwei weitere Schreie folgten. Einer voll Zorn. Einer voll Furcht. Holz krachte auf Stein. Der Stuhl war umgefallen. Heftiges Atmen. Würgen. Scharren.

Fionas Augen weiteten sich entsetzt, als in ihrem Kopf ein schreckliches Bild auftauchte: Der Gefangene war mitsamt seinem Stuhl umgeworfen und erdrosselt worden. Sein Mörder richtete sich auf, räusperte sich und sprach dann wieder in dieser seltsamen Sprache, doch diesmal mit der Sicherheit langer Übung: »Versatu elid vas re'eish clom, emet.«

Sie wiederholte in Gedanken die Worte, ohne ihre Bedeutung zu verstehen, aber entschlossen, sie sich einzuprägen. King betonte immer, wie wichtig es war, Informationen zu sammeln, bevor man handelte. Und in ihrer kahlen Zelle hatte sie ohnehin nichts Besseres zu tun.

Ein neuer Schatten glitt durch den Raum, bei jedem Schritt begleitet von lautem Knirschen.

»Bring mir Wasser«, befahl die tiefe Stimme.

Die ungeschlachten Schritte entfernten sich und kehrten gleich darauf zurück. Fiona hörte den Mann trinken. Das Wasser lief ihr im Mund zusammen. Sie fragte sich, ob sie um einen Schluck bitten sollte, entschied sich aber dagegen. Sobald der Mann wusste, dass sie wach war und sich ihrer Fesseln entledigt hatte, würde sie ganz bestimmt nichts Wichtiges mehr in Erfahrung bringen können.

»Tisioh fesh met«, sagte der Mann.

Der zweite Schatten erstarrte.

Als ihr klar wurde, dass sie gerade die Schöpfung und das Ende eines der Steinmonster erlebt hatte, packte sie die Angst und löschte die fremdartigen Worte aus ihrem Gedächtnis. Sie verfiel in Schüttelfrost. Sie konnte sich nicht erinnern, sich je im Leben so elend gefühlt zu haben.

Oh nein, dachte sie, als es ihr plötzlich siedend heiß einfiel.

Fieberhaft tastete sie nach der Insulinpumpe. Sie war weg. Mit ihrer Furcht schwoll auch die Übelkeit an und

drohte, sie zu überwältigen. Sie zwang sich, tief durchzuatmen, bis die Angst nachließ und sie wieder einen klaren
Gedanken fassen konnte.

Ich muss sie bei meiner Entführung verloren haben,
dachte sie. Jetzt war ihr klar, warum sie sich so miserabel
fühlte. Der Schwindel. Die Kopfschmerzen. Die Dehydrierung.

Hypoglykämie.

Normalerweise dauerte es ein oder zwei Wochen, bevor
es richtig gefährlich wurde, bevor sie ins Koma fiel oder,
schlimmer noch, starb. Aber das galt bei strenger Diät.
Viel Wasser half dabei, das Stoffwechselsystem zu reini-
gen, aber sie hatte keines. Manche Menschen überlebten
fünf oder sechs Tage, ohne zu trinken, doch die meisten
starben schon nach dreien. Da sie bereits dehydriert war
und die ersten Auswirkungen des Überzuckers spürte, bezweifelte sie, dass sie einen weiteren Tag überstehen
konnte.

Sie versuchte, sich an die seltsamen Worte des Mannes
zu erinnern und sie sich einzuprägen. Zu ihrem Ärger gelang es ihr nicht. Die Übelkeit war übermächtig. Zitternd
vor Anstrengung kämpfte sie gegen den Brechreiz an.

Sie kehrte zu ihrem Beobachtungsposten am Spalt in
der Wand zurück und wünschte sich, dass der Mann noch
etwas Wichtiges sagen und ihr Vater rechtzeitig eintreffen
würde, um die gesammelten Informationen verwenden zu
können. Dann hörte sie eine zweite, gurgelnde Stimme.

»Wir haben nur noch eine Testperson«, bemerkte diese.
»Sollen wir noch mehr besorgen lassen?«

»Noch nicht«, erwiderte die tiefe Stimme. »Das würde
nur unnötig Aufmerksamkeit erregen. Nicht, bevor wir
bereit sind.« Ein Scharren von Füßen, und dann: »Wenn
die nächste nicht überlebt, nehmen wir das Mädchen.«

Fionas Hoffnung schwand. Sie betete darum, dass damit nicht sie gemeint war, obwohl sie insgeheim wusste, dass bald sie auf dem Stuhl des toten Mannes sitzen würde. Die nächsten Sätze ließen ihr das Blut in den Adern gefrieren.

»Aber wie können wir wissen, ob die Verwandlung funktioniert hat?«

Der andere Mann schwieg einen Moment lang, dann lachte er bösartig. »Ganz einfach … es ist absolut perfekt. Was gäbe es Besseres, um Kings Niederlage zu besiegeln, als wenn sein kleines Mädchen ihm ein Messer ins Herz stößt? Darin besteht unser letzter Test. Sie wird King töten.«

62 Sibirien, Russland

Rook saß in dem fellgepolsterten Stuhl in der Ecke. Das Feuer im Kamin wärmte ihn von außen, und der Wodka von innen. Doch die Schmerzen in seinem Oberkörper dämpfte der Alkohol nur unwesentlich.

Galya war eine rücksichtslose Chirurgin. Sie hatte ihn einfach aufgeschnitten und eine nach der anderen die Schrotkugeln aus seinem Fleisch herausgepult. Nach einer zermürbenden Stunde ohne Betäubungsmittel war sie fertig gewesen und nähte ihn wieder zu. Das war jetzt einen Tag her, und er versuchte, sich so wenig wie möglich zu bewegen, während er Wodka schlürfte und Galya bei der häuslichen Arbeit zusah.

Trotz ihres Alters, das sie nicht nennen wollte, wirkte sie fit und energiegeladen. Sie arbeitete effizient und sicher, säuberte die Hütte und setzte einen Eintopf aus Kartoffeln, Karotten und dem Fleisch des Rentiers auf, das sie erlegt und fachgerecht zerteilt hatte.

Mit frischem Feuerholz kehrte sie in die Hütte zurück und blies sich in die Hände. »Es gibt wieder eine kalte Nacht.«

Ein bisschen beschwipst von dem vielen Wodka, warf Rook ihr ein schiefes Lächeln zu und sagte auf Russisch: »Vielleicht fällt mir etwas ein, wie ich Sie wärmen kann.«

Sie stutzte und sah ihn an. Ihr ernstes Gesicht war gefurcht von Jahren harter Arbeit. Aber jetzt breitete sich ein

Lächeln darauf aus, das mehrere Zahnlücken enthüllte. Dann lachte sie lauthals. »Vorsicht, mein Junge. Da würden Sie vielleicht mehr abbeißen, als Sie runterschlucken können.«

Rook gluckste. »Eine echte russische Bärin, was?«

Galya zog sich eine Art Hocker ans Feuer, kaum mehr als ein abgeschnittenes Stück Baumstamm, und streckte die Hände aus, um sie zu wärmen. Sie wurde ernst. »Es gab eine Zeit, da lebte ich nicht allein, und damals mag das zugetroffen haben. Aber diese Bärin hat ihre wilden Jahre hinter sich. Jetzt versuche ich einfach nur weiterzuleben.« Sie sah Rook an und rang sich ein Lächeln ab. »Nicht, dass man das wirklich Leben nennen könnte. Eher Überleben.«

»Es gefällt Ihnen hier nicht?«

»Es ist mein Heim. Seit zwei Jahrzehnten.« Sie sah wieder in die Flammen. »Aber seit Kolyas Tod vor zwei Jahren … Ich mache weiter meine Arbeit und habe seine mit übernommen, doch im Grunde warte ich nur darauf, dass der Tod uns wieder vereint. Mein Pech ist, dass meine Mutter und meine Großmutter beide fast hundert Jahre alt geworden sind.«

»Dann liegen noch, wie viel, fünfzig Jahre vor Ihnen?«, meinte Rook.

Sie schenkte ihm ein schiefes Lächeln. »Versuchen Sie immer noch, mich ins Bett zu kriegen?«

Rook lachte und zuckte zusammen. Selbst bei der kleinsten Anspannung der Muskulatur stießen Schmerzlanzen durch seinen Bauch.

Galya bemerkte es und stand auf. »Vielleicht sollten Sie sich hinlegen.« Sie reichte ihm die Hand und half ihm hoch.

Rook, der mehr als einen Kopf größer war als die alte Frau, sah mit breitem Grinsen auf sie herunter. »Ich wusste doch, dass Sie es gar nicht erwarten können.«

Sie versetzte ihm einen Klaps auf die Brust. »Sie geben wohl nie auf?«

»Nicht bei Mädchen, die ich mag«, sagte Rook, obwohl er wusste, dass die Wahrheit komplizierter war. Ihr Humor und der Alkohol betäubten nicht nur den physischen Schmerz. Die Erinnerung an den Tod seiner Teamkameraden war noch frisch, und er hätte sie gerne vergessen, und sei es nur für eine Nacht.

Sie legte den Arm um Rook und half ihm zum Schlafzimmer. Doch bevor sie die Tür erreichten, merkte er, wie sie sich unruhig umsah. »Da ist jemand«, sagte sie.

Das Brummen eines Motors kam näher, dann quietschten Bremsen.

Adrenalin schoss durch Rooks Adern. Sie suchten noch nach ihm. »Ich klettere hinten zum Fenster hinaus«, sagte er.

»Glauben Sie, es sind die Männer, die Sie angeschossen haben?«, fragte sie.

»Bekommen Sie hier Besuch? Jemals?«

Ihr Stirnrunzeln war Antwort genug. Nein.

Sie ließ Rook in der Schlafzimmertür stehen und spähte nach draußen. Zwei Männer in Tarnuniformen stiegen aus einem schwarzen SUV. Auf den ersten Blick sahen sie genauso aus wie die Jäger, die Rook beschrieben hatte, bis auf die Waffen – AK-74M Sturmgewehre –, wie sie nur russische Soldaten trugen. Galya fuhr zu Rook herum. »Es war das Militär, das Sie angeschossen hat?«

Rook war nicht sicher, ob Galya ihn ausliefern würde, aber es hatte keinen Sinn mehr, sie anzulügen. »Ja.«

»Und sie sind gekommen, um Sie zu töten?«

Rook griff nach hinten und zog sein Schießeisen. »Sie werden es versuchen.«

Galya zögerte. Die Männer näherten sich mit gezückten Waffen der Hütte. »Gehen Sie nicht raus«, sagte sie zu Rook, dann griff sie nach ihrem Gewehr.

»Warten Sie, was wollen Sie denn ...«

»Stanislaw, ich habe das Warten satt.« Sie ging zur Tür. Rook stöhnte auf bei dem Versuch, sich zu bewegen. Der Schmerz war zu stark. »Ich habe einen Bruder, Maxim Dashkow. Er lebt an der Nordküste, in Sewerodwinsk«, fügte sie hinzu. »Er kann Sie außer Landes bringen.«

Rooks Sorge, dass Galya ihn ausliefern könnte, legte sich. Anscheinend wollte sie, dass er sich durchs hintere Fenster verdrückte, wie er es vorgeschlagen hatte. »Ganz sicher?«

»Sagen Sie ihm, es war mein letzter Wunsch.«

Bevor Rook begreifen konnte, trat Galya mit einem freundlichen Gruß vor die Tür, hob ihr Gewehr und schoss. Rook sah eine rosafarbene Wolke vor dem Fenster aufsteigen, als die Kugel den Kopf eines der Soldaten durchschlug. Zu einem zweiten Schuss kam Galya nicht. Der andere Soldat schaltete auf Dauerfeuer. Viele seiner Kugeln gingen daneben und durchlöcherten die Hütte, so dass Rook sich zu Boden warf. Doch fünf davon trafen Galya. Als sie fiel, glitt ihr das Gewehr aus den Händen und rutschte zurück in die Hütte.

Der überlebende Soldat, der von Rooks Gegenwart nichts ahnte, näherte sich vorsichtig Galyas Leiche. Er hielt die Waffe weiter auf sie gerichtet und stieß sie mit dem Fuß an. Sie war offensichtlich tot, aber der Soldat hob das AK-74M und zielte auf ihren Kopf.

»He, Kumpel«, sagte Rook.

Der Soldat wirbelte zu ihm herum, aber er hatte keine Chance. Rook hatte sich Galyas Gewehr herangezogen und schoss ihm in die Brust. Der Mann ließ seine Waffe fallen und sank in die Knie. Mit einer Mischung aus Überraschung und Hass starrte er Rook an, bevor er mit dem Gesicht auf den mit Kiefernnadeln bedeckten Boden krachte.

Rook fühlte Galyas Puls, obwohl er im Grunde schon wusste, dass es sinnlos war. Er legte ihr das Gewehr wieder in die Hand, schloss ihr die Augen und drückte ihr einen Kuss auf die Wange. »Doch, du *warst* eine Bärin. Danke.«

Er hasste sich für das, was er anschließend tun musste, aber Galya hätte es verstanden. Er nahm an Vorräten aus der Hütte mit, was er tragen konnte, dazu eine Landkarte, etwas Geld, Streichhölzer und Kerzen, und machte sich dann zu Fuß auf den Weg. Galya ließ er einfach liegen. Nur, wenn der Tatort unberührt blieb, bestand die Chance, dass seine Anwesenheit unbemerkt blieb. Er konnte sie nicht beerdigen. Die Behörden mussten überzeugt sein, dass es ein tragisches Missverständnis zwischen zwei Soldaten und einer alten, mit einem Gewehr bewaffneten Einsiedlerin gegeben hatte. Sonst wären sie ihm sofort wieder auf den Fersen.

Den SUV konnte er aus dem gleichen Grund nicht nehmen. Rook fühlte sich ein bisschen wie David Banner am Ende einer Episode von *Der unglaubliche Hulk*. Er ging Richtung Norden, wo das Wetter noch kälter war und die Freiheit lockte. Natürlich hätte er um Hilfe rufen und sich aus dem Land ausfliegen lassen können, aber er war nicht sicher, ob er zu seinem alten Leben zurückkehren wollte. Wie Galya brauchte er ein wenig Alleinsein, um seine Seele zu erforschen und, falls nötig, einen ehrenvollen Weg zu finden, sich zu den Toten zu gesellen, die er nach Walhalla vorausgeschickt hatte.

63 Washington, D. C.

Boucher saß an einem großen, antiken Schreibtisch und lehnte sich in einen braunen Ledersessel, der sich über die Jahre der dickleibigen Gestalt seines Besitzers angepasst hatte. Er saß unbequem. Der Sessel gehörte nicht ihm.

Ebenso wenig wie das Büro.

Niemand wusste, dass er hier war. Nicht die Sekretärin, die draußen vor den geschlossenen Bürotüren an ihrem Tisch saß. Nicht seine Untergebenen bei der CIA. Kein Sicherheitsbeamter. Er war ein Geist. Das war nicht besonders schwierig für jemanden, dem seine Sicherheitsfreigabe Zugang zu fast allem in Washington verschaffte, einschließlich Überwachungskameras, Schlüsseln und Terminplänen.

Er saß jetzt seit fünfzehn Minuten hier und wartete. Wenn Marrs sich an seinen morgendlichen Terminplan hielt, würde er in etwa dreißig Sekunden schwungvoll durch die Tür treten.

Boucher vertrieb sich die Zeit, indem er darüber nachsann, was das Büro über seinen Besitzer aussagte. Es gab ein Gemälde vom Arches Nationalpark. Passabel, aber nichtssagend. Auf dem Schreibtisch präsentierten sich Fotos von lächelnden Familienangehörigen. Alle gestellt. Eine Karte von Utah hing an der Wand. Diplome. Auszeichnungen. Urkunden. Hinter dem Sessel stand eine amerikanische Flagge. Mehrere gerahmte Fotos zeigten Marrs zusammen mit internationalen politischen Führern und ehemaligen Präsidenten. Alles in diesem Raum posaunte hinaus: *Seht her, für mich zählen nur Utah und die Vereinigten Staaten von Amerika!*

Reine Show. Keiner, der sich ernsthaft in den Dienst des Volkes stellte, arbeitete so hart daran, es zu zeigen. Marrs spielte seine Rolle überzeugend und verstand sich auf inhaltsleere Worthülsen wie jeder gute Politiker, aber wenn es ans Handeln ging, darum, wirklich etwas zum Wohl der Bevölkerung zu tun, war der Mann impotent.

Boucher wäre am liebsten gegangen. Es gefiel ihm ganz und gar nicht, Marrs in irgendeiner Hinsicht zu unterstützen, selbst wenn es letzten Endes von Vorteil war. Doch schon tauchte die Silhouette des Senators zwischen den beiden Türflügeln auf.

»Maggie, was zum Teufel soll das, warum sind die Jalousien heruntergelassen?«, fragte er.

Boucher vernahm ein »Weiß nicht« aus dem Vorzimmer. Marrs schüttelte den Kopf, trat ein und zog die Türen hinter sich zu.

Mit einem Ruck ließ Boucher die Jalousie hochzischen. Sie wirbelte um die Haltestange und schlug gegen den Fensterrahmen, so dass sie sich fast losgerissen hätte. Marrs quiekte, sprang zurück und ließ seine Aktentasche fallen. Vor der plötzlichen Helligkeit kniff er die Augen zusammen.

»Wer ist da?«

Boucher antwortete nicht. Er genoss den ängstlichen Ausdruck auf Marrs Gesicht. Dann hatten dessen Augen sich anscheinend angepasst, denn er erkannte seinen Besucher. »Boucher?« Marrs ging auf ihn zu. »Sind Sie so unterbesetzt, dass Sie die Büros inzwischen eigenhändig verwanzen müssen?«

»Keineswegs.«

»Was haben Sie dann hier zu suchen?«

»Ich versuche, zu einer Entscheidung zu gelangen.«

Marrs nahm den Telefonhörer ab und tippte eine drei-stellige Nummer ein, die Boucher als die Durchwahl zum Sicherheitsdienst erkannte. Aber er reagierte nicht. Unnö-tig. Er hatte den Stecker gezogen.

»Welche Entscheidung?«, fragte Marrs, bevor er den Hörer ans Ohr nahm. Als er weder einen Wählton noch das Freizeichen hörte, wusste er, dass das Telefon abge-klemmt war.

»Darüber, ob Sie der Richtige sind.«

Marrs wich einen Schritt zurück in Richtung Tür. »Sie können mir das Ergebnis Ihrer Entscheidung aus Ihrer Zelle heraus mitteilen. CIA-Chef oder nicht, das hier ist illegal.«

Als er noch einen Schritt auf die Tür zu tat, schwang sich Boucher über den Schreibtisch und erreichte Marrs im selben Moment, als dieser sich zur Flucht wandte. Er packte den kleinen Finger des Senators und bog ihn zu-rück. Marrs heulte auf. Am Finger führte Boucher ihn zum Schreibtisch und zwang ihn, sich in einen Stuhl zu setzen.

»Hat Duncan Sie geschickt? Ist es das?« Marrs rieb sich den Finger. »Ich werde nicht aufgeben.«

»Ich will gar nicht, dass Sie aufgeben«, sagte Boucher und wandte sich ab, damit Marrs nicht sah, wie schwer ihm diese Worte fielen. »Vor Ihnen liegt eine Aktenmappe. Öffnen Sie sie.«

Marrs senkte den Blick. Auf dem Schreibtisch lag tat-sächlich eine Mappe. Er starrte sie einen Moment lang an. Misstrauisch. Doch seine Neugier gewann die Oberhand. Er schnappte sie sich und schlug sie auf.

Dann erstarrte er und las die erste Seite ein zweites Mal, Wort für Wort. Er fragte: »Ist das echt?«

»Jede Einzelheit, ja.«

Marrs überflog den Rest des Dokuments.

»Wie Sie sehen, habe ich über jede Fehlentscheidung des Präsidenten Buch geführt. Ich kann nicht länger untätig dasitzen und zusehen, wie das Land vor die Hunde geht. Ich, äh … bewundere Ihre Leidenschaftlichkeit und dachte, Sie wären vielleicht der richtige Mann. Ein Mann, der tut, was getan werden muss.«

Wie in Trance klappte Marrs die Mappe zu. Er wirkte zu Tode erschrocken. Einen Moment lang dachte Boucher, er würde umkippen. War das zu viel für ihn? Fehlte ihm der Schneid, um seinen Worten Taten folgen zu lassen?

»Das wird Duncan vernichten«, murmelte Marrs. Es war keine Häme. Er war wie vor den Kopf gestoßen.

Doch dann stahl sich ein Lächeln auf sein Gesicht. »Sie werden alles bezeugen?«

Boucher bückte sich und stöpselte das Telefon wieder ein. »Das werde ich.«

Marrs griff zum Hörer und wählte eine dreistellige Nummer. Ein Apparat im Vorzimmer klingelte einmal, bevor abgenommen wurde. »Berufen Sie eine Pressekonferenz ein«, sagte Marrs. »Holen Sie sie alle zusammen. Sagen Sie ihnen, ich hätte Beweise.«

Boucher konnte die Stimme der Sekretärin durch die Tür hören. »Beweise wofür?«

»Für alles.«

64 Haifa, Israel

»Dafür fehlt uns die Zeit«, brach es aus King hervor. Die Sorge um Fiona und die steil ansteigenden Temperaturen im Lagerhaus machten ihn rastlos.

»Wir finden sie schon«, beruhigte ihn Queen mit unbeirrbarer Zuversicht, aber ihre Gedanken waren eine halbe Welt entfernt bei Rook.

»Sagt mir noch einmal, was wir hier haben«, verlangte King.

Knight betrachtete die Fotos, die er auf dem Tisch ausgebreitet hatte. Sie stammten aus El Mirador und zeigten die Keilschriften an den Wänden der Gänge unter der La-Danta-Pyramide. »Es ist Keilschrift. Wir können sie nicht lesen, aber wir wissen, dass ihr Ursprung in Sumer liegt. Das deutet auf den Irak hin, und der überdimensionale Sandfisch, den du aufgespießt hast, weist in dieselbe Richtung.«

»Der Irak ist groß«, sagte King.

»Und einer der letzten Orte, wo wir ungestört nach jemandem suchen können – bei all den Truppen, die dort noch stationiert sind«, gab Bishop zu bedenken.

King sah zu Davidson, der über einen Laptop gebeugt auf die Testergebnisse wartete. »Wie lange noch, Professor?«

»Ein paar Minuten.« Er sah sich zu King um. »Ich habe nachgedacht. Das Maß an Gewalttätigkeit, das Sie beschreiben, geht weit über alles hinaus, was bisher von Golems berichtet wurde. Sicher, es sind Killer, aber von wahllosen Massenmorden ist nirgendwo die Rede.«

»Worauf wollen Sie hinaus?«, fragte Alexander. Seit seiner Auseinandersetzung mit King schwang stets ein Anflug von Gereiztheit in seiner Stimme mit.

»Ich möchte Sie warnen. Damals in meinem Büro – das nicht mehr existiert, vielen Dank auch – habe ich einen Zyklus erwähnt, den Zyklus des, ja, was ist das richtige Wort dafür? Des Bösen. Das Böse wird bei der Erschaffung des Golems auf ihn übertragen, und nach seinem Tod fällt es wieder zurück auf den Meister. Der Zyklus des Bösen.«

»Schwarze Herzen«, sagte Alexander. »Ich erinnere mich.«

»Nach allem, was ich mittlerweile von Ihrem Mr. Ridley weiß, war seine Seele von Anfang an schwarz.«

»Schwärzer geht es nicht«, meinte Knight. »Er ist bereit, alles zu tun und jeden zu töten, um seine Ziele zu erreichen.«

King musterte Alexander aus dem Augenwinkel. War der Mann aus der Antike anders? Oder hatte er in der Vergangenheit ebenso unverzeihliche Verbrechen begangen? Schwer zu sagen. Herkules hatte sein halbes Leben damit verbracht, seine Spuren zu verwischen und jeden Hinweis auf seine Existenz aus den Geschichtsbüchern zu tilgen.

»Schon Ridleys erste Golems hätten also jene Geringschätzung menschlichen Lebens besessen. Und sie haben im letzten Jahr Tausende von Menschen getötet?«

King nickte. Er sah, wohin Davidsons Gedankengang führte. »All der Tod, all das Böse ist auf Ridley zurückgefallen.«

»Genau«, bestätigte Davidson. »Egal, wie böse Ihr Mann

anfangs war, inzwischen ist er zu etwas unaussprechlich Üblem geworden.«

»Er ist nichts«, murmelte Alexander.

King wusste nicht so recht, wie er diese Bemerkung interpretieren sollte, doch Queen hing bereits einem anderen Gedankengang nach.

»Als Sie sagten, dass wir Ridley Adam nennen sollten«, sagte sie zu Davidson, »meinten Sie damit den biblischen Adam?«

»Der aus Lehm geformt und dem das Leben eingehaucht wurde, ob durch den Atem oder die Worte Gottes, darüber kann man trefflich streiten. Ja, genau diesen Adam meine ich.« Davidson rückte seine Brille zurecht. »Was ich zutiefst beunruhigend finde. Einen Golem zu erwecken ist eine Sache. Es bedeutet, ein lebloses Ding zu animieren. Das tun wir ständig, mit Fahrzeugen oder Robotern. In Verbindung mit künstlicher Intelligenz ist es sogar möglich, animierte Schöpfungen herzustellen, die viel lebensähnlicher sind als ein richtiger Golem. Doch was Sie von dieser Richard-Ridley-Kopie erzählt haben, geht weit darüber hinaus. Seinem Schöpfer scheint es gelungen zu sein, einem Lehmklumpen *echtes* Leben einzuhauchen. Er war intelligent. Er konnte sprechen. Er zeigte Gefühle und interagierte tagelang mit einer ganzen Anzahl von Menschen, ohne Verdacht zu erregen. Das ist erstaunlich, aber es ist auch eine Monstrosität. Dass Ridley mittels der Protosprache quasimenschliche Kopien von sich selbst herstellt, ist auf die Spitze getriebener Narzissmus.«

»Wir wissen bereits, dass er einen Gottkomplex hat«, warf Knight ein.

»Nein«, erwiderte King. »Ein Mann, der Leben spenden und nehmen kann, der in der Lage ist, Nationen zu erlösen oder zu zerstören, der den Akt der Schöpfung selbst vollführt, der hat keinen Gottkomplex. Er will Gott *sein*.«

»Ich verstehe trotzdem nicht, wie aus Lehm ein Mensch entstehen soll«, sagte Knight. »Es klingt unmöglich.«

»Selbst die Wissenschaft sieht eine mögliche Verbindung zwischen Lehm und der Entstehung des Lebens«, sagte Davidson. »Ich bin zwar kein Anhänger der Theorie, wonach sich das Leben zufällig entwickelt hat, aber viele Wissenschaftler meinen, dass Lehm als Katalysator für das erste Entstehen organischer Moleküle gedient haben könnte. Denken Sie an die hydrothermalen Schlote der Tiefsee. Das Leben dort wird nicht nur durch die Hitze dieser Schlote ermöglicht, sondern auch durch die Unmengen Lehm, die sie ausspeien. Es klingt vielleicht weit hergeholt, aber Lehm steht sowohl in religiöser als auch in wissenschaftlicher Hinsicht im Zusammenhang mit der Entstehung des Lebens.«

»Und plötzlich haben wir Golems, die ihrerseits wieder Golems erschaffen können?«, fragte Queen.

»Ich denke, für die Ridley-Duplikate müsste man einen neuen Begriff erfinden. Sie werden zwar wieder zu Lehm, nachdem sie … getötet wurden, aber sie sind nicht einfach unbelebte Objekte, denen die Illusion von Leben verliehen wurde. Sie *leben* tatsächlich. Und sie sind der Sprache mächtig. Damit können sie auch die Protosprache benutzen und weitere Golems erschaffen.«

Kings Handy klingelte. Er nahm rasch ab und hörte zu. »Dann erfahren wir es also, wenn er in andere Länder einreist?«, fragte er schließlich. »Gut. Danke, dass Sie mich informiert haben.« Er legte auf und sah die anderen an. »Das war Boucher. Ridley – beide Ridleys reisten unter anderem Namen mit gefälschtem Pass.« Er sah Knight an. »Der Mann in El Mirador nannte sich Enoch Richardson.« Er wandte sich zu Alexander. »Und unser Mann in Stonehenge Mahalalel Richardson.«

»Sie haben denselben Nachnamen benutzt?«, fragte Knight.

»Richardson«, sagte Bishop. »Sohn des Richard.«

»Er benennt sie alle nach sich selbst«, meinte Queen. »Als wären sie seine Kinder.«

Davidson trat mit düsterer Miene näher. »Ich fürchte, die Namen offenbaren viel mehr als väterliche Gefühle, die Ridley für seine Schöpfungen empfinden mag. Enoch und Mahalalel sind beide Abkömmlinge Adams – des biblischen Adam –, und zwar in einer sehr speziellen Genealogie, die über Abraham schließlich zu König David führt.«

»Und damit, wenn man daran glaubt«, warf Alexander ein, »bis zu Jesus Christus.«

Davidson gab ihm mit einem Nicken recht. »Entscheidend ist, dass er diese Golems nach einer ganz bestimmten Blutlinie benennt, die direkt bis zum Schöpfer zurückreicht.« Er wandte sich zu King. »Ihre Einschätzung war richtig, er hält sich für Gott. Und wenn er diese Genealogie benutzt, können Sie davon ausgehen, dass es noch *mindestens* sechs weitere dieser Ridley-Golems gibt.«

»Noch *sechs*?«, fragte King.

»Enoch ist der siebte in der Reihe«, antwortete Davidson. »Vor ihm kommen noch Jared, Mahalalel, Kenan, Enos, Seth und Adam.«

Etwas daran störte King. Ridley würde nicht so viel Zeit und Anstrengungen investieren und das Risiko einer Entdeckung eingehen, ohne dass ein bedeutender Gewinn für ihn selbst dabei heraussprang. Das ewige Leben besaß er bereits. Wie Alexander hatte er alle Zeit der Welt, konnte alles tun, alles sein. Die Welt war für ihn ein ewiger

Spielplatz. Es musste noch etwas anderes geben, etwas, das sie übersahen, etwas Größeres. Und dann machte es Klick, und er erinnerte sich an etwas, das Alexander einmal gesagt hatte.

Sie haben noch nicht ganz begriffen, was auf dem Spiel steht.

Er drehte sich zu dem Mann aus der Antike um. »Was verheimlichen Sie uns?«

Alexander erwiderte Kings Blick gleichgültig.

»Reden Sie, sonst sind Sie draußen.«

Alexander lachte leise, wurde aber schnell wieder ernst. »Sie müssen in größeren Maßstäben denken, King. Stellen Sie sich vor, die Welt läge zu Ihren Füßen. Sie können sie formen. Sie kann alles sein, was Sie wollen – ein Schachbrett, eine Simulation, eine Flucht. Mit der nötigen Zeit und Intelligenz können sie alles damit machen.«

King spürte, wie er sich verkrampfte. Zum ersten Mal hörte er, wie Alexander die Welt wirklich sah.

»Und jetzt stellen Sie sich einen ungeduldigen Mann vor, der nicht an das Konzept der Ewigkeit gewöhnt ist. Tausend Jahre, um die Welt umzuformen, sind ihm neunhundertneunzig zu viel.«

»Sie meinen, er will die Welt umformen?«, wandte Knight zweifelnd ein. »Die gesamte Welt?«

Alexander starrte ihn hart an. »Wäre ich ein weniger geduldiger Mann, ich würde es genauso machen.«

Schweigen senkte sich über den Raum, während jeder die Allianz zwischen Alexander und dem Team neu bewertete.

»Aber wie?«, fragte Davidson, der nicht verstand, was Alexander andeutete. »Wichtige Politiker durch Kopien ersetzen? Oder die Persönlichkeiten von Schlüsselfiguren beeinflussen? Wie könnte das die Welt verändern?«

»Sie denken in zu kleinen Dimensionen«, sagte Alexander. »Der technische Fortschritt der letzten zwanzig Jahre hat neue Möglichkeiten geschaffen. Es gibt bei der Ursprache keine festen Regeln. Es ist der einzigartige Klang der Sprache selbst, der die Veränderungen in der Realität bewirkt. Nicht der Sprecher.«

»Er hat recht«, murmelte Davidson. »Eine Aufzeichnung würde genauso funktionieren.«

»Oder eine Rundfunksendung«, ergänzte King, dem langsam die ganze Tragweite aufging. Mittels moderner Technologie und der uralten Sprache konnte man wortwörtlich die Welt neu kreieren, und das in wesentlich weniger als sieben Tagen. »Er will die Welt neu erschaffen.«

Der Computer piepste leise, aber alle Köpfe flogen zu ihm herum, als hätte eine Atombombe eingeschlagen. Davidson setzte sich an den Bildschirm. Alexander sah ihm über die Schulter und überflog die Resultate.

»Erstaunlich«, flüsterte Davidson.

»Was ist?«, fragte King.

»Es befinden sich Spuren von menschlicher DNA im Lehm«, erwiderte Alexander an Davidsons Stelle.

»Haben Sie sie mit Ridleys Profil abgeglichen?«, wollte Knight wissen.

»Einen Moment«, meinte Davidson und hieb in die Tasten. »Wenn sie übereinstimmen, sollte es nicht lange dau...«

Die Ergebnisse erschienen auf dem Bildschirm, zwei nebeneinanderliegende Sätze von DNA-Markern. Sie waren identisch. »Sie stimmen überein«, sagte Davidson tonlos. »Ich hatte recht. Dieser Lehm war nicht einfach eine animierte Gestalt, die Richard Ridley ähnelte, es war Richard Ridley selbst.« Er sah erst Alexander an, dann King. »Er war lebendig.«

Die Stille, die sich im Raum ausbreitete, wurde vom Klingeln von Kings Mobiltelefon unterbrochen. Lewis Aleman meldete sich. King fragte: »Was hast du herausgefunden, Lew?«

»Das entscheidende Puzzleteilchen, hoffe ich«, erwiderte Aleman, dessen Antwort mit einer Sekunde Verzögerung eintraf. »Ich habe die chemische Zusammensetzung des Lehms aus El Mirador durch unser System laufen lassen. Und, nun ja, ich fand eine Übereinstimmung.« Schnell fügte er hinzu: »Aber es ergibt keinen Sinn.«

»Sag mir einfach, woher er stammt«, bat King.

»Camp Alpha.«

King wusste sofort, was gemeint war. So lautete der Name der US-Basis in den von Saddam Hussein restaurierten Ruinen von Babylon. Viele Soldaten waren dort stationiert, darunter ein Regiment Marines. Babylon, der Ausgangspunkt der Geschichte des Turms von Babel, und gleichzeitig der letzte Ort, an dem jemand nach Ridley suchen würde. »Bist du sicher?«

»Yep. Der Lehm stammt aus dem Euphrat, und ich kann den Ort wegen seiner einzigartigen Verunreinigungen – eingebracht dank der USA –, auf Camp Alpha eingrenzen.«

Queen bemerkte Kings verdutzten Gesichtsausdruck. »Was hat er herausgefunden?«

»Der Lehm stammt aus Camp Alpha.«

»Babylon«, ergänzte Davidson.

»Der Turm«, meinte Alexander. »Er hat den Turm von Babel entdeckt. Er ist nicht in Camp Alpha. Er ist *darunter*.«

Mit einem metallischen Donnern zerbarst plötzlich das Dach des Lagerhauses. Riesige Stahltafeln lösten sich und flatterten auf sie herunter wie Spielkarten. Nur ihr durch jahrelange Kampferfahrung geschärfter Instinkt rettete ihnen das Leben, als sie zur Seite sprangen, während die Blechtafeln wie gigantischen Klingen herabsausten. Allen, bis auf einen.

Eine der schlanken Metalltafeln hing einen Moment lang hoch über Davidson und schien auf dem Polster ihres eigenen Luftwiderstands zu schweben. Aber Davidson, dessen einzige Reaktion darin bestand, zusammenzuzucken und abwehrend die Hände zu heben, stand immer noch an derselben Stelle, als die Tafel kippte und herabschoss wie eine Guillotine. Sie säbelte ihm die Hand am Unterarm ab. Er öffnete den Mund zu einem lautlosen Schrei, während die Tafel zwischen Hals und Schulter einschlug, seinen Brustkorb durchschnitt und bis zum Bauch eindrang. Das Geschoss hatte den Mann beinahe in zwei Hälften zerteilt. Davidson war tot.

»Hier entlang!«, rief Alexander und führte das Team durch eine Hintertür ins Freie, während ein sehr großer, unbeachteter Angreifer weiter auf das Dach einhieb und kurzen Prozess mit dem improvisierten Labor machte.

Sie kamen in einer schmuddeligen Gasse heraus, wo ein gar nicht hierherpassender schwarzer Mercedes auf sie wartete. Einen Augenblick später stürzte die Rückwand des Lagerhauses nach innen ein. King blickte zurück und sah einen Golem, der aus Metalltrümmern des Lagerhauses, einem Auto und Teilen von Straßenpflaster bestand. Er richtete sich hoch auf, um abermals auf das Gebäude einzuschlagen. »Schnell!«, schrie King, während er die hintere Tür des Mercedes aufriss. Das Team warf sich hinein, und Sekunden später schossen sie mit quietschenden Reifen davon. Der Golem, so groß er auch war, konnte sie nicht einholen.

Alexander, der am Steuer saß, hielt am Ende der Gasse

kurz an, um zurückzublicken. Der Golem versuchte, sich durch das Stahlgewirr des zerstörten Lagerhauses zu kämpfen. Alexander zückte ein Handy und wählte eine Nummer. Einen Moment später verschluckte ein Feuerball den Golem und das gesamte Lagerhaus und vernichtete alles, was darin gewesen war – die Proben, das Labor und Davidson.

Während Alexander anfuhr, gestattete sich King einen Moment der Trauer für den Wissenschaftler, der sein Leben für eine Sache verloren hatte, die ihn gar nicht persönlich betraf. Dann tauchte in seinem Hinterkopf die bohrende Frage auf, die ihn seit dem Beginn der Attacke quälte: *Wie haben sie uns gefunden?* Er wandte sich an Alexander. »Untersuchen Sie Ihre Taschen. Das Telefon. Alles. Einer von uns trägt einen Peilsender.«

Alexander bremste. Trotz des seltsamen Anblicks, den die beiden Männer boten, die da am Straßenrand ihre Taschen leerten, beachtete sie niemand. Alle Augen waren auf die aufsteigende Rauchsäule in der Ferne gerichtet.

King war schon fast fertig, als ihm einfiel, dass er die Taschen an den Unterschenkeln seiner Cargohose übersehen hatte. Er fühlte die kleine Ausbuchtung sofort. Er griff hinein und brachte einen kleinen Gegenstand in Größe und Form einer Tylenol-Kapsel zum Vorschein.

Alexander beobachtete ihn. »Zerstören Sie es.«

King nahm den Sender in beide Hände und brach ihn entzwei. Die empfindliche Elektronik fiel heraus und landete auf der Straße.

Ohne weiteres Wort stiegen sie wieder ein. King saß mit verschränkten Armen da. Jetzt wusste er, wie Ridley es geschafft hatte, ihm und Alexander immer einen Schritt voraus zu sein und sie mit heruntergelassenen Hosen zu erwischen. Er wusste, warum die Angriffe in der Universität und im Lagerhaus so rasch erfolgt waren. Aber eine quälende Frage blieb: Wer hatte ihm den Peilsender in die Tasche gesteckt? Und wann?

65 Babylon, Irak

Die Tür des Hummer schlug mit metallischem Klang hinter King zu, und er schüttelte sich ein halbes Sandbergwerk aus den Haaren. Gleich nach Verlassen des Flugzeugs war ihnen eine Wand von wirbelnden Körnern entgegengeschlagen. Sie klebten an ihrer Kleidung, durchsetzten ihr Haar und knirschten zwischen den Zähnen. Wäre die Republikanische Garde auch nur halb so zahlreich und hartnäckig gewesen, die Invasion des Irak hätte niemals Erfolg gehabt. Zum Glück war der Sand lediglich lästig.

Der wahre Feind war die Hitze. In der trockenen Luft brannten die sengenden Strahlen der Nachmittagssonne beinahe unerträglich. Sie konnten gar nicht so schnell schwitzen, wie die Feuchtigkeit auf ihrer Haut verdunstete. Das Team trank regelmäßig aus Wasserflaschen, um der Dehydrierung einen Schritt voraus zu bleiben. Sie hatten das Gefühl, dass sich ihre Reise dem Ende zuneigte, und das hieß, dass knapp hinter dem Horizont eine Konfrontation lauerte, die jedem seine ganze Kraft abverlangen würde.

Der Flug an Bord von Alexanders Gulfstream-Jet war schnell und angenehm verlaufen. Dank Deep Blue gab es kein Problem mit der Landeerlaubnis, und der Hummer hatte voll betankt und mit der angeforderten Ausrüstung auf sie gewartet. Während der Fahrt nahmen sie neben dem Wasser einige Energieriegel zu sich. Sie hatten Tarn-anzüge angelegt, so dass sie sich in Babylon relativ un-auffällig bewegen konnten. Dazu kam ein Waffenarsenal von fünf XM25-Sturmgewehren. Der offizielle Einsatz des XM25 war zwar erst für 2012 geplant, aber seit 2009 wurde es in Afghanistan und im Irak erfolgreich getestet. Die Gewehre stellten die Zukunft der leichten Kriegfüh-rung dar und konnten sowohl Standardmunition als auch 25-mm-Explosivgeschosse abfeuern, die nach einer von der Laserzielvorrichtung ermittelten Distanz automatisch detonierten. Gegen die intelligenten Geschosse des XM25 half es nicht mehr, sich einzugraben oder hinter Mauern zu verstecken. King hoffte, dass ihre Durchschlagskraft auch für Steingolems reichen würde.

Zwei Stunden nach der Landung bogen sie auf die Straße ab, die zum Haupttor von Camp Alpha führte. King hatte lange gezögert, das Thema anzuschneiden, aber jetzt ließ es sich nicht länger vermeiden. Wenn Alex-ander sich dem Team anschloss, brauchte er einen Code-namen. »Ihr Codename für die Dauer der Mission lautet Pawn«, sagte er zu Alexander, der daraufhin in Gelächter ausbrach.

»Alle zeitweiligen Teammitglieder bekommen densel-ben Codenamen«, erklärte Bishop.

»Es ist die Ironie, die mich erheitert«, sagte Alexander. »Ich habe nichts gegen die Bezeichnung. Pawn soll es sein.«

Sie passierten einen Stand voll buntem Kitsch, gedacht für US-Soldaten, die exotische Geschenke nach Hause schi-cken wollten. Der Verkäufer salutierte lächelnd, während sie vorbeifuhren. Palmen säumten die Straße auf beiden Seiten und erschwerten die Sicht auf die antiken Ruinen zur Rechten. King hielt am Tor zu Camp Alpha und zeigte den Ausweis vor, der für ihn vorbereitet worden war.

Ein junger Soldat mit Bürstenhaarschnitt kam aus dem Wachhaus und stellte sich ihnen mit breitem Südstaatenakzent und dazu passendem Cowboygehabe als Corporal Tyler vor. Er besah sich die Ausweise und bemerkte dabei die seltsame Mischung aus koreanischen, arabischen, kaukasischen und griechischen Gesichtszügen. »Haben Sie etwas dagegen, wenn ich das überprüfe?«, fragte er, während er Kings Ausweis an sich nahm.

»Nur zu«, erwiderte King.

Tyler ging zurück ins Wachhaus und schloss die Tür hinter sich. Sein hagerer Partner, Corporal Stevens, nahm ihm den Ausweis ab und musterte ihn.

»Von wegen Geologischer Dienst«, sagte er. »*Diese* Typen wollen uns weismachen, sie wären Geologen?«

Tyler bearbeitete einen Laptop und gab Kings Daten ein. »Du glaubst es nicht?«

»Blödsinn, Mann. Schau sie dir doch an.«

Beide Soldaten blickten aus dem braungetönten Fenster und sahen, wie King und Queen sie ihrerseits aus dem Hummer beobachteten. Tylers Magen krampfte sich besorgt zusammen.

»Jesses«, flüsterte er.

»Siehst du, wirklich harte Burschen«, meinte Stevens. »Ich wette zwanzig Möpse, dass es Rangers oder Deltas sind.«

Das Ergebnis von Tylers Suche erschien auf dem Bildschirm. »Tja, laut Datenbank sind sie vom Geologischen Dienst. Alle Angaben stimmen, und sie haben die nötigen Freigaben.«

»Traust du dich, sie zu fragen?« meinte Stevens. »Zwanzig Möpse, Mann.«

Nachdem er das Tor geöffnet hatte, grunzte Tyler, nahm den Ausweis und ging zum Hummer zurück. »Alles klar,

Sir.« Als er King den Ausweis reichte, sah er, dass Queen inzwischen ihr Fenster heruntergefahren hatte.

»Haben Sie mal zwanzig Möpse?«, fragte sie und streckte die Hand aus.

Tyler war so verdattert, dass er in die Hosentasche griff und einen Zwanzigdollarschein herauszog. Queen schnappte ihn sich und gab ihn an King weiter. »Er hat gegen mich gewettet, dass Sie nicht den Schneid haben, uns zu fragen, ob wir Deltas sind. Und weil ich kein Geld dabeihabe und Sie meine Wette verloren haben, müssen Sie jetzt blechen.«

Tyler war zu verblüfft, um etwas zu sagen.

»Wir können Lippenlesen«, sagte Queen, während King anfuhr. Sie grinste breit. »So was lernt man beim Geologischen Dienst. Und jetzt gehen Sie rein und bezahlen Ihre Wettschulden.«

Tyler wankte zum Wachhaus zurück und ließ sich auf die Stufe sinken. Stevens trat fassungslos zu ihm heraus. »Unglaublich.«

Tyler nickte. »Yep.«

King fuhr in flottem Tempo und bremste den Wagen erst, als er das Ischtar-Tor vor sich liegen sah. Das Original hatte als eines der sieben Weltwunder der Antike gegolten, bis der Leuchtturm von Pharos es ablöste. Das ursprüngliche Tor war fast fünfzehn Meter hoch gewesen, gebaut aus blauen Ziegelsteinen und verziert mit gelbweißen Mosaiken von mehr als sechzig Löwen und Drachen. Der mittlere Bogen hatte einst das achte Tor zur inneren Stadt von Babylon gebildet.

Während King den Nachbau im Kleinformat betrachtete, den Saddam hatte errichten lassen, wurde ihm bewusst, dass sie schon seit einiger Zeit über die verschütteten Ruinen von Babylon hinwegfuhren. Das Suchgebiet hatte eine gewaltige Ausdehnung, doch sie hofften, noch ein paar genauere Anhaltspunkte zu finden. Hinter dem Ischtar-Tor gelangten sie auf einen unbefestigten Parkplatz voller Militärfahrzeuge und stellten den Hummer ab.

Sie wurden von General Raymond Fowler empfangen, der seine Instruktionen von General Keasling persönlich erhalten hatte. Diese sicherten ihnen freien Zugang zu den Ruinen und den Einrichtungen des Stützpunkts zu, außerdem jegliche Ausrüstung, die sie benötigten, und bei Bedarf die volle Unterstützung jedes dort stationierten Soldaten. Der General hatte gegen diese Anweisungen protestiert, bis er herausfand, dass sie direkt von Präsident Duncan stammten.

King stieg aus dem Hummer und kniff die Augen in der heißen, sandigen Atmosphäre zusammen. Er salutierte kurz vor Fowler und schüttelte ihm die Hand. Da er dessen skeptische Blicke bemerkte, meinte er: »Entschuldigen Sie unser Eindringen, General. Wir werden versuchen, Ihnen möglichst wenig zur Last zu fallen.«

Der General rang sich ein Lächeln ab, das die Narbe auf seiner Wange in ein kopfstehendes Fragezeichen verwandelte. »Das ist nett von Ihnen, mein Sohn. Aber ich wüsste gerne im Voraus, ob sie auf meinem Stützpunkt in irgendeinem Hornissennest herumstochern wollen.«

»Sir?«

»Ich weiß, wer Sie sind. Ich weiß, dass Sie an den Ereignissen in Fort Bragg beteiligt waren. Ich muss wissen, ob uns hier etwas Ähnliches bevorsteht.«

King störte sich nicht an dem barschen Ton des Generals und seiner autoritären Art. »Wir hoffen nicht, Sir. Aber ... es wäre vielleicht das Beste, wenn Sie Ihre Männer in Alarmbereitschaft versetzen. Wir sind nicht sicher, was wir« – King warf einen Blick zu den Ruinen im Sand – »da draußen finden werden.«

Fowler ließ Kings Hand los. »Ich weiß Ihre Offenheit zu schätzen. Brauchen Sie bewaffnete Eskorten?«

King schüttelte den Kopf. »Wir möchten so wenig wie möglich auffallen. Am besten, Sie beachten uns gar nicht.«

»Verstanden«, sagte Fowler. »Was *kann* ich für Sie tun?«

»Sorgen Sie dafür, dass niemand die Ruinen betritt, solange wir da draußen sind.«

»Suchen Sie nach etwas Speziellem? Wir sind hier seit 2003 stationiert und kennen jeden Winkel der Ruinen.«

»Wonach wir suchen, liegt höchstwahrscheinlich darunter.«

Fowler ließ den Blick misstrauisch über die Ruinen schweifen. Dann kam ihm ein Gedanke. »Vor unserer Ankunft hat hier ein Team von Archäologen geforscht. Sie waren Teil von Saddams Projekt zum Wiederaufbau Babylons und suchten nach den berühmten Stätten, zum Beispiel den Hängenden Gärten.«

King versuchte, gleichmütig zu bleiben. Wenn sie nach den Hängenden Gärten gesucht hatten, dann vielleicht auch nach dem Turm von Babel. »Das könnte hilfreich sein. Knight, Bishop, warum geht ihr der Sache nicht nach? Wir fangen inzwischen mit der Suche an. General, wissen Sie, was aus den Archäologen geworden ist, die hier gearbeitet haben?«

»Zwei von ihnen sind tot«, antwortete Fowler. »Einer wird vermisst. Aber der größte Teil der Mitarbeiter ist noch in Bagdad. Mal sehen, wen ich aufstöbern kann.«

King nickte dankend. Er kehrte zum Hummer zurück, öffnete den Kofferraum und verteilte zwei XM25 an Bishop und Knight. »Haltet Augen und Ohren offen. Wenn ihr etwas entdeckt, das uns weiterbringen könnte, sagt mir Bescheid.«

»Alles klar, Boss«, sagte Knight, bevor er sich dem General zuwandte. »Nach Ihnen.«

Fowler widmete den Waffen einen langen Blick, ehe er sich umdrehte und vorausging. »Hier entlang.«

Während Fowler mit Knight und Bishop verschwand, holte King ihren wichtigsten Ausrüstungsgegenstand aus dem Hummer. Durch den Krieg in Afghanistan waren verbesserte Methoden zum Aufspüren von Hohlräumen nötig geworden, und das Militär hatte die entsprechende Technologie dem Marsprogramm der NASA entliehen. Das Ergebnis waren tragbare Quantentopf-Infrarot-Photodetektoren (QWIPs), die durch den Wüstensand sehen und Wärmedaten sammeln konnten. Die daraus resultierenden Bilder hießen Thermogramme. Sie zeigten die Temperaturunterschiede zwischen Wüstensand oder gewachsenem Fels und einem natürlichen oder künstlich angelegten Hohlraum, in diesem Fall einem vom Sand begrabenen Turm. Da der Benutzer das Gerät in der linken Hand trug – den Sensor in der Handfläche nach unten gerichtet, wobei die Bilder auf einem LCD-Monitor am Handgelenk dargestellt wurden –, konnten King und sein Team gleichzeitig problemlos ihre Waffen tragen.

Ausgerüstet mit der höchstentwickelten Waffen- und Spürtechnologie der Welt, machten King, Queen und Alexander sich zwischen den Ruinen Babylons auf die Suche.

66 Babylon, Irak

King trank einen Schluck aus der Halbliterflasche, an der
er jetzt schon seit zwei Stunden nuckelte. Er wusste, dass
er bald mehr Flüssigkeit brauchen würde, aber da Fionas
Insulin-Deadline schon lange abgelaufen war, wollte er
seinen Wasservorrat so lange wie möglich strecken. Ihr
Suchraster deckte ein sehr großes Wüstengebiet ab. Für
den Fall, dass sie Fiona fanden, hatte er noch eine zweite
Flasche dabei. Aber bald blieb ihm keine Wahl, als selbst
daraus zu trinken.

Auf einen zufälligen Beobachter musste er wirken wie
ein delirierender Soldat mit dem Hang, ständig auf die
Uhr zu sehen, da er den Blick auf den LCD-Bildschirm am
linken Handgelenk gerichtet hielt. Er hatte bereits einige
Lufttaschen entdeckt, doch keine Höhlen und ganz bestimmt keine Zikkurat-Überreste. Während Queen und
Alexander das Ruinengewirr des eigentlichen Babylons
durchsuchten, ging King anders vor. Er befand sich auf
dem Gelände eines der vielen Paläste, die Saddam Hussein
hatte errichten lassen, zwischen dem Ufer des Euphrat
und den Ruinen. Eine Straße führte spiralförmig den großen Hügel hinauf, auf dem der Palast stand. Es war eher
ein Zweckbau, bis auf die massiven Bögen, die das Gebäude umgaben und ihm einen babylonischen Anstrich
verliehen. Ein Teil des symmetrischen Hügels war offenbar frisch aufgeschüttet. Wenn es um seine Paläste ging,

hatte sich Saddam wenig um die Vergangenheit geschert. King wollte wissen, wie viel von dem Hügel schon existiert hatte, bevor Saddam ihn aufschütten ließ, und trieb das QWIP an seine Grenzen.

Während er die Hügelflanke hinaufging, aktivierte er sein Kehlkopfmikrofon. »Schon etwas gefunden, Bishop?«

Bishop meldete sich. »Nichts, aber das liegt nicht daran, dass es hier nichts gäbe, sondern dass es einfach viel zu viel ist.«

»Wir ersticken in alten Karten und Notizbüchern«, ergänzte Knight.

King hatte auf neue Informationen gehofft, die die Suche beschleunigten. Doch in archäologischen Archiven etwas Brauchbares zu entdecken ähnelte anscheinend ebenso der Suche nach der Stecknadel im Heuhaufen, wie einen unterirdischen Tempel mittels Thermographie aufzuspüren. Während er weiterging, behielt King das Wärmebildgerät im Auge. Es zeigte überall solide Erde.

Als das Bild monoton gleichförmig blieb, hob er den Kopf. Der Hügel war mit Buschwerk und vereinzelten Palmen bestanden. Er umrundete eine Palme in seinem Weg und blickte nach Westen, über den Euphrat hinweg. Von hier oben konnte er die Wüste in alle Richtungen überblicken. Sie war ein gewaltiger, gelbbrauner Ozean – gesprenkelt von den Inseln der Ruinen und durchschnitten von modernen Straßen. Irgendwo da draußen war Fiona.

King begann das Interesse zu verlieren, als er auf der anderen Seite des Flusses einen Hügel entdeckte, an dessen Fuß eine Gruppe kleinerer Ruinen stand. Er aktivierte sein Mikro. »Sag mal, Bishop, erstreckte Babylon sich auch auf der anderen Seite des Euphrat?«

»Warte mal …« King hörte Papier rascheln und dann

Knights Stimme im Hintergrund. »Ja. Ein relativ großer Teil sogar, wie es aussieht.«

»Das ist alles, was ich wissen wollte.« King kappte die Verbindung und brach seine gegenwärtige Suche ab. Er kehrte um und ging auf eine Bootsanlegestelle des US-Militärs am Fuß des Hügels zu. Drei schwarze, mit fest montierten Maschinengewehren ausgerüstete Patrouillenboote lagen an den Docks vertäut.

Während King näher kam, trat ein einsamer Soldat seine Zigarette aus und blies Rauch aus dem Mundwinkel. »Sind Sie einer von den Geologen-Typen, denen ich jede Unterstützung leisten soll?«

»Woher wissen Sie das?«, fragte King.

»Ich seh' Sie jetzt schon seit einer Stunde mit der Nase am Boden hin und her laufen. Das machen bloß zwei Arten von Leuten: klinisch Depressive und solche, die in Dreck verliebt sind. Sie sind nicht depressiv, oder?«

King grinste. »Noch nicht.«

»Das kommt noch, wenn Sie lange genug hier draußen bleiben, das garantier' ich Ihnen.« Der Soldat lächelte mit nikotinverfärbten Zähnen. »Bowers der Name. Was kann ich für Sie tun?«

»Ich brauche einen Fährmann«, sagte King.

»Auf die andere Seite des Euphrat zu fahren ist dasselbe, wie über den Styx zu setzen«, sagte Bowers.

»Wieso das?«

»Da drüben gibt's keinen, der Ihnen helfen könnte. Sie sind auf sich allein gestellt.«

»Nicht ganz«, grinste King. »Sie werden nämlich auf mich warten.«

Bowers ging an Bord des nächstgelegenen Bootes. »Scheiße, seit Wochen stehe ich mir hier die Beine in den Bauch, und jetzt gleich so viel Stress auf einmal.«

King stieg ein und warf die Leinen los. Schnell hatten sie den Fluss überquert und das Boot ans sandige Ufer gesetzt. Als King an Land ging, bemerkte Bowers das XM25 und bekam den Mund nicht mehr zu. »Geologe am Arsch. Wonach zum Teufel suchen Sie eigentlich?«

»Seien Sie einfach auf alles gefasst«, meinte King mit Blick auf das Maschinengewehr des Bootes. »Wirklich auf alles.«

»Gemacht«, sagte Bowers und begann, die Waffe zu laden. »Und woher weiß ich, auf was ich schießen soll?«

King blickte zurück, während er durch den Sand auf die Ruinen und den kleinen Hügel zuging. »Spricht viel dafür, dass es nichts Menschliches sein wird.«

Bei der spärlichen Beleuchtung der zum Lagerschuppen umgewandelten Baracke konnte man kaum etwas erkennen, weshalb Bishop die Tür offen stehen gelassen hatte, damit etwas Licht hereinfiel. Unglücklicherweise hatte damit auch der feine Sand freie Bahn und wirbelte mit jedem heißen Windstoß neu durch die Luft. Sie bemühten sich, ihn zu ignorieren, und konzentrierten sich darauf, die Boxen voller archäologischer Daten zu durchkämmen.

Damit konnten sie sich noch tagelang beschäftigen. Knight hatte sich die Landkarten vorgenommen. Er sprach zwar kein Arabisch, hätte aber erkannt, wenn auf einer davon antike Zikkurate eingezeichnet waren. Bishop wühlte sich durch die Notizbücher und überflog die Einträge nach bestimmten Schlüsselwörtern. Bis jetzt hatten sie nichts gefunden.

Sie waren so in ihre Arbeit vertieft, dass sie die Männer, die die Baracke betraten, erst bemerkten, als sie die Tür hinter sich schlossen. Knights Hand fuhr zum Gewehrkolben, als das Licht sich verdüsterte. Er sah einen Iraker in braunen Hosen und weißem Button-down-Hemd und dahinter General Fowler.

»Wir haben einen der Männer ausfindig gemacht, die an den Ausgrabungen vor 2003 beteiligt waren. Er kann Ihnen helfen«, sagte der General mit einer Geste zu den Stapeln von Boxen. »Sagen Sie mir Bescheid, wenn Sie fertig sind, dann schicke ich eine Eskorte, die ihn wieder abholt. Und jetzt entschuldigen Sie mich bitte, ich werde anderweitig gebraucht.« Fowler verschwand und ließ den nervös dreinblickenden Iraker zurück.

»Wie heißen Sie«, fragte Knight.

»Rahim, Sir. Mein Englisch nicht gut.«

Ohne aufzustehen oder sich zur Begrüßung des Neuankömmlings umzuwenden, sagte Bishop in perfektem Arabisch: »Sie haben an den Ausgrabungen teilgenommen, Rahim?«

Rahim antwortete in derselben Sprache: »Ich war einer der Grabungsassistenten. Ich habe drei Jahre hier gearbeitet.«

»Sagt Ihnen der Turm von Babel etwas?«

»Wir haben jahrelang danach gesucht«, sagte der Mann mit wachsendem Interesse.

»Und?«

»Er ist nicht hier.«

Bishop klappte das Notizbuch in seinen Händen zu und stand auf. Rahim wich mit ängstlichem Blick zurück. Bishops militärische Härte, seine gewaltigen Muskeln und der kahlgeschorene Schädel brachten die Erinnerung an Zeiten zurück, als man solchen Männern besser aus dem Weg gegangen war.

»Sie sind Iraker?«, fragte Rahim.

»Ich stamme aus dem Iran«, erwiderte Bishop.

Das beruhigte Rahim nicht gerade.

Bishop warf ihm ein entspanntes Lächeln zu. »Aber ich bin in Amerika aufgewachsen. Sie haben nichts von mir zu befürchten.«

Rahims Furcht legte sich ein wenig, doch er ließ Bishop nicht aus den Augen.

Plötzlich ertönte Kings Stimme in Bishops und Knights Ohrhörern. Rahim starrte sie an, als wären sie übergeschnappt, weil sie auf einmal völlig reglos in sich hineinlauschten. Dann sah Bishop ihn an: »Sie sagten, der Turm wäre nicht hier?«

Rahim nickte. »Wir haben die gesamte Gegend mit Bodenradar abgesucht. Dabei machten wir viele faszinierende Entdeckungen, aber es gab keine Zikkurate darunter, die groß genug waren, um in das Profil des Turms von Babel zu passen. Einige im Team glaubten, dass der Turm ganz woanders läge, außerhalb von Babylon.«

»Was befindet sich unter dem Hügel auf der anderen Seite des Flusses?«, wollte Bishop wissen.

Der Mann hob interessiert den Kopf. »Zu Ausgrabungen dort sind wir nicht mehr gekommen, aber die Archäologen glaubten, es könnte sich um die Hängenden Gärten handeln.«

»Die Hängenden Gärten«, wiederholte Bishop auf Englisch zu Knight.

Der gab die Information weiter. »King, ein Mann von der ursprünglichen Ausgrabung ist hier. Er sagt, dass der Turm von Babel sich anderswo befindet und dass es sich bei dem Hügel, den du überprüfst, um die ...«

Ein statisches Knattern schnitt ihm das Wort ab.

»King. King? Hörst du mich?« Knight wechselte einen Blick mit Bishop. Wenn King nicht antwortete, gab es nur einen Grund dafür: Er steckte in Schwierigkeiten.

»Rahim, Sie müssen uns zeigen, wo dieser Hügel liegt«, sagte Bishop.

Achthundert Meter entfernt, auf der anderen Seite des Euphrat, auf einem Hügel, blieb als einzige Erinnerung an Kings Anwesenheit eine Mulde im Sand, die der Wind mit jeder Sekunde weiter auffüllte. Weniger als eine Minute nachdem die Erde King verschluckt hatte, war von ihm keine Spur mehr zu sehen – bis auf sein XM25-Sturmgewehr.

67 Sewerodwinsk, Russland

Die Stadt Sewerodwinsk war nicht das, was Rook erwartet hatte, jedenfalls nicht so hoch oben im Norden. In gewisser Hinsicht ähnelte sie Portsmouth in New Hampshire – einem Küstenort mit U-Boot-Stützpunkt und alter Fischereikultur, die gerade so zum Überleben reichte –, doch die Bevölkerung von Portsmouth zählte etwa dreißigtausend. In Sewerodwinsk lebten fast zweihunderttausend Menschen.

Nicht, dass er etwas gegen die belebten Straßen gehabt hätte. Das erleichterte es ihm, in der Menge unterzutauchen. Aber aufgrund des Marinestützpunkts wimmelte es in der Stadt von Militärpersonal, teils in Uniform, teils in Zivil. Obwohl er sich nach einem steifen Drink sehnte, mied Rook daher die Bars und hielt sich an Cafés, während er nach dem einzigen Mann suchte, der ihm helfen konnte: Maxim Dashkow.

Von Galyas Hütte aus hatte er acht Kilometer weit wandern müssen, bis er eine Durchgangsstraße erreichte. Ein Lastwagenfahrer, der eine Ladung für den U-Boot-Stützpunkt transportierte, nahm ihn mit nach Norden. Vor einer Stunde hatte er Rook in der Stadtmitte abgesetzt.

Die Türglocke des Cafés klingelte beim Eintreten. Rook lächelte der molligen Bedienung hinter der Theke zu und bestellte Kaffee. Schwarz. Er zahlte mit dem Geld, das er in Galyas Hütte gefunden hatte, und suchte sich einen Tisch. Auf halbem Weg dorthin fragte er, als wäre es ihm gerade eingefallen: »Haben Sie ein Telefonbuch?«

Die Frau nickte, bückte sich unter die Theke und brachte ein Verzeichnis zum Vorschein.

Rook griff lächelnd danach. »Danke.«

Die Frau hielt das Buch umklammert. »Hundertfünfzig.«

Hundertfünfzig war nur etwas mehr als fünf US-Dollar, aber immer noch eine ganze Menge für die Benutzung eines Telefonbuchs. Als Rook ihr einen fragenden Blick zuwarf, fügte sie hinzu: »Die Zeiten sind hart. Die Leute trinken mehr Wodka als Kaffee.«

Rook bezahlte. »Ich hätte ihn mit Sahne und Zucker bestellen sollen.«

»Das kostet auch extra«, meinte die Frau, während er sich mit dem Telefonbuch hinsetzte. Dreißig Sekunden später hatte er Nummer und Adresse von Maxim Dashkow gefunden.

Rook wollte gerade gehen, als er drei Männer in Uniform vor dem Café stehen sah. Er bezweifelte, dass sie ihn erkennen würden. Andererseits fühlte er sich kaum in einem Zustand, sich an zweihunderttausend Russen vorbei die Freiheit zu erkämpfen, sollte der unwahrscheinliche Fall doch eintreten. Er schenkte der Frau hinter der Theke sein gewinnendstes Lächeln und fragte: »Was kostet ein Telefonat?«

Die Frau stellte das Telefon vor ihn hin. »Noch mal hundertfünfzig.«

Rook händigte ihr sein letztes Geld aus, nahm den Hörer ab und wählte. Beim dritten Klingeln hob ein Mann mit rauer Stimme ab.

»Maxim Dashkow?«, fragte Rook.

Misstrauisch fragte die Stimme: »Ja. Wer ist da?«

»Ein Freund von Galya.«

»Galya«, murmelte der Mann. »Ich habe seit zwei Jahren nichts von ihr gehört. Wie geht es ihr?«

Rook war nicht sicher, wie der Mann reagieren würde, aber er hatte ein Anrecht darauf, die Wahrheit zu erfahren. »Sie ist tot.«

»Tot? Wie das?«

»Das kann ich am Telefon nicht sagen«, meinte Rook mit einem Blick auf die drei Seeleute vor dem Fenster. »Aber es war ihr letzter Wunsch, dass Sie mir helfen.«

Am anderen Ende entstand eine Pause. Dann sagte der Mann: »Wo sind Sie jetzt?«

68 Babylon, Irak

Das Letzte, woran King sich erinnern konnte, war, dass seine Beine im Sand versanken. Er hatte die Waffe fallen lassen, um sich an einem Busch festzuhalten, bekam ihn aber nicht zu fassen. Schließlich verschluckte ihn die Erde und spuckte ihn nach unten wieder aus. Nach einem drei Meter tiefen Sturz schlug er mit dem Kopf auf und verlor das Bewusstsein.

Er erwachte mit pochenden Kopfschmerzen und trockener Kehle. Außer farbigen Punkten, die vor seinen Augen tanzten, konnte er nicht das Geringste sehen. Er dachte an die letzten Worte, die Knight zu ihm gesagt hatte.

Der Turm von Babel ist anderswo.

Wenn das nicht der Turm ist, dachte King, *wo bin ich dann gelandet?*

Er tastete nach seiner kleinen Maglite-Taschenlampe und knipste sie an. Im schwachen Licht befühlte er die schmerzende Stelle an seinem Kopf. Er spürte ein scharfes Brennen, als Salz von seiner Hand in die Wunde kam. Doch an seinen Fingern war kaum Blut, die Verletzung konnte also nicht schlimm sein.

Er richtete die Lampe auf die Wand, eine solide braune Felsoberfläche. Alle paar Meter reichte eine Säule vom Fußboden bis zur Decke, doch diese schienen mehr dekorative als tragende Funktion zu haben, da sie aus dem Fels herausgearbeitet waren. King leuchtete die Decke an.

Auch die bestand aus massivem braunen Fels, aber über sich sah er eine von Sand verstopfte Lücke. Auch um ihn herum lag Sand verstreut.

Er war direkt auf die schwache Stelle getreten und in den Tunnel gerutscht, bevor der Sand das Loch über ihm wieder versiegelte. Er stand auf und suchte nach seinem Gewehr. Dann fiel ihm ein, dass er es fallen gelassen hatte. *Verdammt*, dachte er und zog die Sig Sauer.

Waffe und Taschenlampe vor sich ins Dunkel des Tunnels gerichtet, ging er los. Er musste unbedingt einen Weg nach draußen finden und die Suche nach Fiona fortsetzen, aber was, wenn Knight sich irrte? Was, wenn dies doch der Turm von Babel war? Er musste sichergehen.

Als eine große Öffnung auf der linken Seite des Tunnels auftauchte, verlangsamte er seinen Schritt. An der Ecke blieb er stehen und lauschte. Er hörte nichts. Die Luft roch nach Stein und etwas Undefinierbarem.

Etwas Frischem.

Etwas Totem.

Er riskierte einen Blick mit der Taschenlampe und sah eine große, offene Kammer. Eine Muscheltreppe senkte sich in ein großes Atrium hinab. In der Mitte befand sich ein trockenes, gekacheltes Becken. Zu beiden Seiten der Treppe hingen große Steinkästen voll rissiger Erde herunter. King war klar, dass sie einmal große Pflanzen oder Bäume beherbergt haben mussten, und er versuchte, sich den Ort in seiner früheren Pracht vorzustellen. Blumen und Bäume hatten das Atrium gesäumt. Wasser floss aus dem Löwenkopf in das Bassin. Von oben schien die Sonne herein und wärmte den Stein.

Er sah hoch zur Felsdecke. Sie war unnatürlich glatt. Dann wurde ihm bewusst, dass der ganze Raum eigentlich voll Sand hätte sein müssen. Die Wüste hatte das Gebäude schon vor langer Zeit zurückerobert, doch jemand hatte das Innere vom Sand gesäubert und die Decke irgendwie verstärkt.

Nicht jemand, dachte King. *Ridley.*

Er ging die Treppe zum Atrium hinunter, dessen Mosaikboden das Bild eines nackten, bärtigen Mannes zierte; er hatte die Arme um zwei Bullen gelegt, die auf den Hinterbeinen standen und deren bärtige Physiognomie der des Mannes ähnelte. Mehrere Marmorstatuen umgaben den äußeren Ring des Raums. Sie waren groß und standen hoch aufgerichtet, die Hände unter den starren Bärten verschränkt. Ihre überdimensionalen Augen waren mit tiefblauem Lapislazuli eingelegt.

Beim Blick in diese blauen Augen überkam King ein Frösteln. Jemand war mit ihm im Raum. Beobachtete ihn. Er konnte es fühlen. Er spähte in jede Ecke, versuchte die Schatten zu durchdringen, sah aber niemanden. Sein Verstand sagte ihm, dass er allein war, doch etwas anderes, vielleicht ein sechster Sinn, schrie ihm das Gegenteil zu.

Drei Türbögen führten aus dem Atrium hinaus, einer nach links, einer nach rechts und einer geradeaus. Jeder war mit antiken Steinfiguren verziert, Darstellungen von Ziegen, Löwen, gigantischen Adlern mit ausgebreiteten Schwingen und großen Eidechsen. Nach kurzer Überlegung eilte King durch den mittleren Ausgang, begierig, das Atrium mit seiner unheimlichen Atmosphäre hinter sich zu lassen. Er erreichte eine weitere Treppe, die tiefer in das versunkene Gebäude hineinführte.

An ihrem Fuß entdeckte er ein großes Wandgemälde. Es war fast zur Unkenntlichkeit verblasst, aber man konnte noch ein helles Gebäude voller Bögen, Treppen und hängenden Pflanzen und Bäumen ausmachen. King erkannte das zentrale Atrium wieder, durch das er soeben gekommen war. Er atmete scharf ein, als ihm klar wurde, dass er sich in den Hängenden Gärten der Semiramis befand.

Mit demselben Atemzug kroch ihm ein übler Gestank in die Nase. Es roch ähnlich wie im Atrium, nur viel stärker. King bog vorsichtig um die Ecke zur nächsten Kammer. Es war ein kreisförmiger Raum, umgeben von einem Säulengang und ähnlichen Statuen wie das Atrium.

Da er keine Bewegungen oder Geräusche wahrnahm, ging King hinein. In der Mitte standen mehrere Holztische. Sie sahen alt aus, aber keineswegs antik. Der schmutzige Boden war von Kratzern übersät. Ein Aufblitzen erregte seine Aufmerksamkeit. Er hockte sich hin und griff nach dem Gegenstand, der es verursacht hatte.

Eine Glasscherbe. *Modernes* Glas.

Dann sah er noch mehr. Einwickelpapier. Weggeworfene Wasserflaschen. Ein ganzer Haufen von Teeblättern. *Definitiv Ridley.* Der Mann liebte frischen Pfefferminztee. King kniete sich neben das Blätterhäufchen hin. Er sah feucht aus, doch eine Fingerprobe ergab, dass die Masse trocken und bröselig war. King trat dagegen, um das Innere freizulegen. Knochentrocken. Ridley war schon eine ganze Weile fort.

»Verdammt«, flüsterte King.

Ein Blatt Papier fiel ihm ins Auge. Es sah aus, als wäre es aus einem Notizblock gefallen und unter einen der Tische geflattert, vielleicht vergessen in der Eile des Aufbruchs. Die Seite enthielt handschriftliche Notizen. King erkannte Ridleys Schrift. Ganz oben auf dem Blatt stand: *WER IST ER???*

Darunter befanden sich ein paar hingekritzelte Zeilen. Er konnte nur hier und da ein Wort entziffern: *Antike, Gott, historische Figuren, menschlich (?), verloren, die Glocke, Dimension, Herkules (?).*

King stutzte. Ridley versuchte, Alexander zu identifizieren. Und da hier der Name Herkules stand, machte er anscheinend Fortschritte. Ein Teil von King wünschte, das Blatt würde mehr enthüllen, während ein anderer Teil es gar nicht so genau wissen wollte. Er faltete es zusammen und steckte es ein. Vielleicht konnte jemand Ridleys Klaue entziffern und dem Text mehr Informationen entlocken.

Er stand auf und sah sich weiter um. Auf einem Tisch erblickte er etwas, bei dessen Anblick er erstarrte. Gleichzeitig stieg Erregung in ihm auf, denn jetzt wusste er, dass er auf der richtigen Spur war. Es handelte sich um die Überreste von Fionas Insulinpumpe. Sein Herz krampfte sich vor Furcht zusammen. Seit wann lag sie hier? Wenn es schon Tage waren, konnte Fiona bereits dem Tode nahe sein. Was war geschehen? Das Gerät war zerschmettert worden. Falls sie es dabei am Leib getragen hatte, konnte sie jetzt schwer verletzt sein *und* sich am Rande eines Zuckerkomas befinden. King ballte die Faust um das kaputte Gerät, bis seine Knöchel weiß hervortraten. Er war so nah dran gewesen.

Das Echo eines entfernten Geräusches hallte durch die Kammer. Lebendig. Wie ein hohes Wimmern. Hatte man ihn bemerkt? Und falls ja, wer oder was? Da war es wieder. King mühte sich, es deutlicher zu hören.

Es klang wie ein Mädchen.

Die Hoffnung, Fiona könnte entkommen sein, flackerte in King auf. Er steckte die kaputte Pumpe ein und lief zu dem Tunnel auf der anderen Seite des Raumes. Er führte abwärts. Diesmal achtete King nicht auf die Reliefs und Bilder an den Wänden. Er hielt Waffe und Taschenlampe nach vorne gerichtet und bewegte sich, so schnell er konnte, ohne Lärm zu machen.

Als der Tunnel in einen größeren Raum mündete, hörte er einen zweiten Ruf. Diesmal aus nächster Nähe, und dieser hier war definitiv nicht menschlich. King spannte sich und schirmte den Strahl der Lampe mit der Hand ab. Er blickte um die Ecke.

Es kostete ihn seine ganze Willenskraft, nicht loszustürmen.

Auf dem Boden lag eine Leiche, blutig und zerfetzt. Darum herum lauerten mehrere große Sandfische. Ihre Schwänze peitschten hin und her, während sie um die beste Position am Futternapf stritten. Sie waren so auf ihre Mahlzeit fixiert, dass sie King gar nicht bemerkten. Er schlüpfte rasch in den Tunnel zurück. Ridley war fort, aber er hatte ein paar seiner Haustiere hinterlassen.

Mit einem Leckerbissen.

Er musste wissen, ob es sich um Fionas Leiche handelte. Er schob sich hinter der Ecke hervor und versuchte, im schwachen Licht Einzelheiten zu erkennen. Als einer der großen Sandfische den kleinsten wegbiss, sprang dieser zurück und gab die Sicht auf den Kopf des Opfers frei.

Es war ein weiterer Sandfisch.

In Ermangelung anderer Nahrungsquellen fraßen sie sich gegenseitig auf. Kings anfängliche Erleichterung wich rasch der Furcht. Er stand voll im Blickfeld einer Echse auf der anderen Seite. Die starrte ihn ungerührt an und kaute auf einem Fleischklumpen herum. Dann, ohne Vorwarnung, griff sie an.

Dadurch wurden auch die anderen Sandfische auf King aufmerksam. Beim Anblick einer frischen Futterquelle vergaßen sie ihren abgeschlachteten Artgenossen und beteiligten sich an der Jagd. Neun zweieinhalb Meter lange Sandfische, jeder mit rasiermesserscharfen Zähnen, der Fähigkeit, die Luft zu schmecken und durch Sand zu schwimmen, waren hinter King her. Nur der Kleinste der Gruppe blieb zurück und erfreute sich am Luxus einer ungestörten Mahlzeit.

King prüfte rasch seine Möglichkeiten. Er konnte ein paar Granaten werfen. Aber er wusste nicht, wie stabil diese Ruinen waren, und wenn er Pech hatte, brachen sie über ihm zusammen. Er konnte versuchen, jedem einzelnen der Monster einen Kopfschuss zu verpassen – Munition hatte er genug –, aber er hatte keine Ahnung, ob eine Kugel im Gehirn sie aufhalten würde. Am Ende formulierten seine Instinkte einen einfachen, drei Worte umfassenden Plan.

Lauf, lauf, lauf!

Es ging bergauf, und King kam viel langsamer voran, als ihm lieb war. Hätte das Sandfischrudel sich nicht gegenseitig von der Beute wegzubeißen versucht, er wäre keine paar Meter weit gekommen.

Wie eine Welle aus Fleisch und Muskeln fluteten sie hinter ihm durch den Tunnel. Beim Laufen schwangen ihre klauenbewehrten Beine seitlich aus und schlitzten Flanke und Gliedmaßen ihrer Nachbarn auf. Der Schmerz und der Geruch nach Blut schienen ihre Raserei noch zu steigern.

King warf einen schnellen Blick zurück und dachte wieder an eine Granate. Vielleicht war es besser, unter Tonnen von Gestein erdrückt, als von diesen Bestien verschlungen zu werden. Sobald er aus dem engen Tunnel heraus war, würde er eine seiner drei Sprengkörper werfen. Falls er so weit kam.

Als der vorderste Sandfisch ihn fast erreicht hatte, feuerte King vier Schüsse auf ihn ab. Drei davon trafen. Die Bestie brach zusammen und brachte die anderen ins Straucheln, was King den dringend benötigten Vorsprung verschaffte. Kurz vor dem Tunnelausgang zog er den Stift aus einer Granate, ließ sie fallen und hinter sich den abschüssigen Boden hinabrollen.

Unmittelbar hinter dem Ausgang warf er sich zur Seite und hielt sich die Ohren zu. Die Detonation der Granate verwandelte den Tunnel in eine riesige Kanone. Ein Feuerstrahl, Steinbrocken und Fleischfetzen schossen aus der Mündung.

Als sich der Staub legte, sah King, dass die Tunneldecke eingestürzt war und der Hohlraum sich mit Sand gefüllt hatte. Aber noch bevor er sich abwenden konnte, geriet der Sand in Bewegung. Er bebte von innen. Eine kleine Lawine ging ab. Und dann, wie aus einer Pore herausgedrückt, schlüpfte der erste der Sandfische heraus, als wäre nichts geschehen. Drei weitere folgten ihm.

King warf die Tische hinter sich um, während er zur Treppe hastete, und hoffte, das würde die Monster etwas aufhalten. Fast rechnete er damit, dass der Ring aus Statuen sich ihm entgegenstellen würde. Aber sie blieben regungslos. Er stürmte die Treppe hinauf und hörte, wie die Tische unter dem Ansturm seiner Verfolger zersplitterten.

Dann klickten ihre Klauen über die Steinstufen.

King hatte fast schon die Atriumebene erreicht, als ihm klar wurde, dass er keinen Fluchtplan hatte, sondern einfach nur wegrannte. Rechts von sich bemerkte er eine Bewegung. Er warf sich nach vorne ins Atrium hinein und rollte sich geduckt ab.

Unmittelbar hinter King glitt der erste Sandfisch aus dem Tunnel. Mit weit aufgerissenen Kiefern schoss er auf Kings Kopf zu. Aber so weit kam er nicht. Etwas, das aussah wie ein langer, gezackter Speer durchstieß den Kopf der Echse und nagelte sie auf dem Boden fest. Einen Moment lang zuckte der Sandfisch wild hin und her, dann lag er still.

Was zum Henker war denn das?, dachte King. Mit den Augen verfolgte er, wie der Speer zurückgezogen wurde, und erwartete, seinen Retter zu erblicken, doch die Waffe verschwand einfach in der Felswand. Ein zweiter Sandfisch stürzte sich voller Blutdurst aus dem Tunnel. Mit einer Schnelligkeit, die King nicht für möglich gehalten hätte, durchstieß der Speer den Schädel auch dieser Echse. Wieder schien er aus einer Art lebenden Wand zu kommen. Eine neue Art von Golem?

Dann bewegte es sich, und King erkannte die schreckliche Wahrheit. Die Kreatur war braun gesprenkelt und perfekt getarnt. In ihrer Reglosigkeit war sie mit der Wand praktisch verschmolzen und unsichtbar.

Das war die Präsenz, die er vorhin gespürt hatte: eine fast drei Meter große Wüstenmantis – eine Fangschrecke.

Sie wandte ihm ihren dreieckigen Kopf zu, in einer gespenstischen Drehung von beinahe dreihundert Grad. Der Blick aus den beiden ovalen Augen bohrte sich in ihn hinein. King spürte, wie das Ding ihn analysierte. Der Kopf zuckte herum, belauerte ihn aus verschiedenen Blickwinkeln. Dann rotierte er zurück in Richtung Tunnel. Die letzten beiden hungrigen Sandfische waren eingetroffen.

Die Gottesanbeterin schleuderte einen der toten Sandfische zur Seite, während einer der Neuankömmlinge sich in ihr Bein verbiss. Doch das gigantische Insekt ließ sich nicht irritieren. Es nahm Maß und durchbohrte den Schädel der riesigen Echse.

Der letzte Sandfisch hatte nur Augen für King, während die Fangschrecke seinen Artgenossen in ein Schisch Kebab verwandelte. Dabei bemerkte das Tier nicht, dass noch eine zweite Mantis auf der Lauer lag. Mit einem Hieb wischte sie den Sandfisch beiseite, so dass er gegen die Wand krachte. Sobald er wieder auf die Füße kam, verdrückte er sich durch einen Seitengang.

Der Kopf der Fangschrecke schwang zu King herum. Er sah, wie sich ihre gefährlichen Vorderbeine spannten. Der Schlag einer Mantis ist einer der rasantesten, gewalttätigsten Vorgänge in der Natur. Schneller, als das menschliche Auge sehen kann, schnappen die Fangbeine zu und klemmen die Beute zwischen Ober- und Unterschenkel fest, beide mit nadelscharfen Stacheln gespickt. Für den Menschen stellen sie normalerweise keine Gefahr dar. Aber bei denen hier waren die kleinsten Stacheln acht Zentimeter lange Klingen. Die längsten kamen an Kings achtzehn Zentimeter langes KA-BAR-Messer heran. Wenn auch nur einer der Schlagarme ihn erwischte, würde er ihn zwanzigfach durchlöchern, vielleicht sogar in zwei Teile schneiden. King hatte nicht vor, es so weit kommen zu lassen.

Er zielte sorgfältig auf die Brust der Kreatur und feuerte einen einzelnen Schuss ab. Sie gab keinen Laut von sich, wich aber einen Schritt zurück. Ihre Glieder zuckten. Der Kopf pendelte hin und her, wie auf der Suche nach dem Verursacher ihres Schmerzes. Als sie nichts fand, blickte sie zurück in Kings Richtung.

Doch der war längst auf und davon.

Der Kopf der Fangschrecke schnellte herum, bis sie ihn entdeckte. King sprang in das trockenen Becken im Zentrum des Atriums und rannte zur gegenüberliegenden Seite. Ein rascher Blick über die Schulter zeigte ihm, dass die Gottesanbeterin eine Art Jagd in Zeitlupe aufgenommen hatte. Bei jedem Schritt schwang der Körper des gigantischen Insekts vor und zurück, als könnte es sich nicht entscheiden. Auch die zweite Mantis hatte die toten Eidechsen liegenlassen und beteiligte sich an der Verfolgung, die einem irren Tanz glich.

King fragte sich, ob sich überdimensionale Gottesanbeterinnen nicht schneller fortbewegen konnten. Doch es erschien ihm unwahrscheinlich. Dies war keine richtige Jagd. Sie mussten etwas wissen, von dem er nichts ahnte. Als er sich nach vorn umwandte, fand er es heraus: Auf der Treppe über ihm wartete eine dritte Fangschrecke, die Vorderfüße wie zum Gebet erhoben.

King tauchte vorsorglich seitlich weg. Das war gut so, denn der Schlag der Gottesanbeterin war so schnell, dass er ihn nicht hätte kommen sehen, bevor sein Körper von messerscharfen Stacheln durchbohrt worden wäre. Selbst seine blitzschnelle Reaktion kam noch einen Tick zu langsam. Der Schlag streifte die Gummisohle seines Stiefels und hätte ihm fast das Bein gebrochen. Er kam aus dem Gleichgewicht und landete unsanft am Fuß der Treppe.

Er ignorierte den Schmerz. Denn die Fangschrecke zog ihre Vorderbeine bereits zum nächsten Schlag zurück. King legte an und schoss, diesmal auf den Kopf, eine Dreiersalve. Alle Kugeln fanden ihr Ziel, drangen in das hervorquellende rechte Auge des Insekts ein und durchschlugen den Schädel. Doch die ersten beiden verfehlten das winzige Gehirn. Selbst mit einem ausgeschossenen Auge und zwei Löchern im Kopf blieben die Vitalfunktionen des Insekts intakt. Erst die dritte Kugel, die das Gehirn zerstörte, machte die Kreatur kampfunfähig. Ohne funktionierendes Kontrollzentrum polterte die Mantis wild zuckend die Stufen herunter.

Sobald nicht mehr die Gefahr bestand, von einem ihrer zappelnden Gliedmaßen getroffen zu werden, stürzte King die Treppe hinauf. Diesmal machten sich die beiden verbliebenen Gottesanbeterinnen ernstlich auf die Jagd. Er hörte das Klicken ihrer Beine schnellfeuerartig auf dem

Steinboden, dazu ein kaum wahrnehmbares Quieken, wie von Mäusen.

Kommunizieren sie miteinander?, fragte sich King, schob den Gedanken aber schnell beiseite. Der einzige Ausgang, den er kannte, war die Stelle, durch die er hereingefallen war. Durch den Sand wieder hinauszuklettern war allerdings unmöglich.

Außer, ich sprenge ihn weg. Während sich ein Plan in seinem Kopf zu formen begann, blickte er zurück und sah zwei Sätze von schnabelartigen Mandibeln hinter sich aufragen. Die beiden Fangschrecken holten rasch auf und machten sich schlagbereit. King sprang ein paar Stufen auf einmal hinauf und entging damit knapp einer doppelten Unterschenkelamputation. Das laute Krachen, mit dem die Vorderbeine der Gottesanbeterinnen auf den Steinstufen einschlugen, hallte wie Gewehrschüsse. King warf sich mit einem Satz in den Tunnel, der von den Insekten wegführte.

Die Augen zur Decke gerichtet, um den Spalt nicht zu übersehen, der ihn in diesem Höllenloch ausgespien hatte, legte er einen Sprint hin. Endlich sah er ihn vor sich liegen.

Er steckte die Waffe ein, holte die zweite Granate heraus und bereitete sich darauf vor, den Stift zu ziehen. Er brauchte exaktes Timing und eine Menge Glück.

Sechs Meter vor dem Spalt in der Decke zog er den Stift.

Als er den Riss erreichte, sprang er so hoch er konnte und rammte die Granate tief in den komprimierten Sand. Federnd landete er auf den Füßen und rannte noch zehn Meter weiter, bevor er stehen blieb.

Er drehte sich um und hob die Taschenlampe. Der Tunnel hinter ihm war ein Gewimmel von skeletthaften Insektengliedern. Die Fangschrecken waren etwas langsamer geworden, da sie nur geduckt in den Tunnel passten.

Doch wenn sie den Spalt passierten, bevor die Granate detonierte …

Sie schafften es nicht.

Die Explosion war ohrenbetäubend. King sank in die Knie, ließ die Taschenlampe fallen und hielt sich die Ohren zu. Als er die Augen wieder aufschlug, verdunkelte eine Wolke aus wirbelndem Staub den Gang. Aber es fiel Tageslicht herein. Wie durch einen Schneesturm erkannte King, dass ein Stück der Decke wie eine Rampe in schrägem Winkel heruntergebrochen war. Sand ergoss sich in den Tunnel.

Und zwar auf seiner Seite des Gangs. Die Decke bebte. Gleich würde der Tunnel einstürzen, und sofern er nicht verschüttet wurde, saß er zumindest fest.

Er rannte auf den Ausgang zu.

Jetzt senkte sich auch auf der anderen Seite die Tunneldecke unter der Last des Sandes, und ein Vorhang aus nachrieselnden Körnern verdunkelte die Sonne. King warf sich hindurch und landete im hellen Tageslicht.

Hinter ihm brach die Tunneldecke vollständig ein, und ein Sandschwall ergoss sich über seine Beine. Er schaffte es, sich frei zu strampeln, und kroch die schräge Rampe hinauf. Atemlos blickte er von der Kuppe des kleinen Hügels zum Stützpunkt jenseits des Flusses hinüber. Nichts rührte sich. Keine Truppen rannten hektisch durcheinander. Sein einsamer Kampf unter der Oberfläche war völlig unbemerkt geblieben.

Der Sand in der neuentstandenen Mulde hinter ihm kam in Bewegung. Ein kleiner Buckel erhob sich und verschob sich in seine Richtung. Ein zweiter folgte.

Die Gottesanbeterinnen wühlten sich hindurch.

King sprang auf und rannte zum Fluss hinunter. »Bowers! Lassen Sie den Motor an!«

Bowers' Kopf tauchte hinter dem Steuerstand auf wie ein Murmeltier aus seinem Loch. Er riss fassungslos die Augen auf. King kam in vollem Lauf den Hügel herabgerannt, während hinter ihm zwei gigantische Insekten aus dem Sand auftauchten. Die Zigarette fiel Bowers aus dem Mundwinkel, als er sah, wie der Kopf einer der Fangschrecken in seine Richtung schwenkte und ihre hungrigen Augen sich auf ihn richteten.

69 Unbekannter Ort

Fionas Gelenke schmerzten, doch sie rappelte sich trotzdem hoch. Tatsächlich gab es mittlerweile kaum noch einen Körperteil, der ihr nicht weh tat. Aber sie hörte erneut Stimmen und musste wissen, was vor sich ging. Sie war das letzte Versuchskaninchen in der Warteschlange und wollte auf alles gefasst sein.

Die tiefe, sonore Stimme sprach wieder. Und auch die feuchte, belegte. Dann kam ein Wimmern. Diesmal war das Opfer offenbar weniger willensstark. Riemenschnallen wurden straffgezogen, begleitet von verzagten Klagelauten, aber es gab kein Wort des Protests.

»Kenan, läuft die Aufzeichnung?«, fragte die tiefe Stimme.

»Noch nicht, Alpha«, erwiderte eine weitere Stimme, die beinahe identisch war mit der ersten. Führte der Mann Selbstgespräche? Oder waren das wirklich zwei Personen? Alpha, der Mann mit der tiefen Stimme, der schon von Anfang an da gewesen war, und Kenan, der fast genauso sprach? Dann gab es noch den mit der feuchten Stimme. Er schien nicht von Alphas Seite zu weichen.

»Film ab«, sagte Kenan.

Das Licht im Tunnel flackerte, während jemand am Eingang vorbeiging. Fiona versuchte, etwas zu erkennen, aber ihr Sichtfeld war zu beschränkt.

Ohne Ankündigung begann Alpha in dieser seltsamen

Sprache zu deklamieren, langsam und sehr deutlich. »Arzu Turan. Vish tracidor vim calee. Filash vor der wash. Vilad forsh.«

Zehn Sekunden lang geschah gar nichts. Währenddessen wiederholte Fiona im Kopf die Worte, wieder und wieder, um sie sich einzuprägen.

Dann fragte jemand: »Hat es funktioniert?«

»Reißt das Klebeband ab«, befahl Alpha.

Sie haben dem Opfer den Mund zugeklebt, dachte Fiona. *Darum hat es nichts gesagt.*

Ein scharfes, reißendes Geräusch folgte, aber immer noch protestierte das Opfer nicht.

»Wie fühlst du dich?«, fragte Alpha.

»Gesegnet«, erwiderte eine Frau mit starkem Akzent. Wenn ihre Entführer Einheimische als Versuchspersonen verwendeten, musste sie sich irgendwo im Nahen Osten befinden.

»Gesegnet?«, fragte Alpha mit einer Spur von Belustigung. »Wie das?«

»In deiner Gegenwart zu sein.«

»Und wer bin ich?«

»Gott der Herr.«

Fiona konnte den Mann nicht sehen, aber sie hörte ihm an, dass er lächelte.

»So ist es.«

»Es hat funktioniert!«, sagte eine weiter entfernte Stimme, die weder Alpha noch Kenan gehörte. Wie viele von denen gab es denn noch?

»Bestand jemals ein Zweifel daran?«, gab Alpha zurück. »Spiel die Aufzeichnung ab.«

Einen Moment später wiederholte eine etwas blecherne Version von Alphas Stimme den Satz. »Arzu Turan. Vish tracidor vim calee. Filash vor der wash. Vilad forsh.«

Fiona hörte genau hin, um sie nicht zu vergessen, doch ein schriller Aufschrei ertönte, gefolgt von einem Schwall von Verwünschungen in einer Sprache, die sie nicht verstand. Was immer mit der Frau geschehen war, die Wiederholung des Satzes hatte es rückgängig gemacht.

Ihr Kreischen wurde immer schriller und panischer. Sie klang wütend und verzweifelt. Schließlich knallte ein Schuss und hallte in den Gängen wider.

Fiona ließ sich zurückfallen und hielt sich die Ohren zu.

Die Frau war tot. Stille folgte.

Fiona kämpfte mit den Tränen, las einen Stein auf und kroch zur Seitenwand ihrer Zelle. Während die Verzweiflung ihr den letzten Tropfen Energie aussaugte, fing sie an, mit dem Stein in die Wand zu kratzen.

70 Babylon, Irak

Zurück an der frischen Luft, fühlte sich King wieder eher in seinem Element, doch auch den überdimensionalen Gottesanbeterinnen war nicht anzumerken, dass der Sand sie behinderte. Rasch und lautlos huschten sie dahin.

Bei jedem Schritt sank King in den lockeren Wüstengrund ein. Aber er hatte schnelle Beine, und zum Fluss war es nicht weit. Dort wartete das kleine schwarze Boot, das ihn auf die andere Seite bringen würde – falls Bowers endlich den Hintern hochbekam und den Motor anwarf.

Als könne er Kings Verärgerung spüren, drehte Bowers den Zündschlüssel, und der Motor sprang donnernd an. Aber dem Soldaten schien nicht ganz klar zu sein, dass das Boot noch aufs Ufer gezogen war.

»Zurück«, brüllte King. »Weg vom Ufer!«

Bowers reagierte, legte den Rückwärtsgang ein und gab langsam Gas. Während sich die Schraubenblätter tiefer und tiefer ins Wasser des Flusses wühlten, wurde schnell klar, dass das Boot nicht freikam. Bowers wollte gerade an Land springen, als King in hohem Bogen über die sandige Böschung setzte, die den Fluss von der Wüste trennte. Er landete direkt vor Bowers.

»Ich schiebe!«, schrie er, während er sich bereits mit vollem Gewicht gegen den Bug stemmte. Kings Kraftakt und der schäumende Propeller genügten, um das Boot zu Wasser zu bringen. King sprang hinein und schwang sich hinter das Maschinengewehr. Noch während er den Finger um den Abzug des gurtgespeisten M240 legte, hielt er nach Zielen Ausschau.

»Fahren Sie rückwärts«, befahl er. So kamen sie vielleicht ein bisschen langsamer ans andere Flussufer, dafür bot es King die Möglichkeit einer unverhofften Übungsstunde auf dem Schießstand, mit den Gottesanbeterinnen als Zielscheibe.

Als die Insekten auf der Böschung auftauchten, eröffnete King das Feuer. Die Schüsse klangen wie Donnerhall, und überall auf Camp Alpha spitzten Soldaten die Ohren. Zwar hörte man in der Umgebung häufig Gewehrfeuer, doch auf der Basis selbst was das eher ungewöhnlich.

Beim ersten Treffer platzte ein Strom von Eingeweiden aus der Seite der Fangschrecke, doch sie reagierte rasch, schnellte zurück und duckte sich. King folgte dem Insekt mit dem Gewehrlauf, konnte aber nur noch einen Treffer landen, bevor es mit seinem Artgenossen außer Sicht geriet.

Einen Moment später erreichten sie die Anlegestelle. Bowers bremste nicht. Er ließ das Boot direkt ins Ufer hineinpflügen. Mahlend grub sich der Motor in den nassen Sand. Doch keiner der Männer machte sich Gedanken um das Boot. Sie sprangen an Land und hasteten den Abhang zur Basis hinauf. Ein paar Meter weiter wandten sie sich um und hielten Ausschau.

»Was zum Henker waren das für Dinger?«, fragte Bowers schwer atmend, weniger vor Anstrengung, als wegen des Adrenalinstoßes.

»Genau das, wonach es aussah«, erwiderte King. »Riesige Gottesanbeterinnen.«

»Okay. Im Ernst. Riesige Gottesanbeterinnen?« Bowers schüttelte hektisch den Kopf.

King nickte, während er das gegenüberliegende Ufer absuchte. »Ich glaube, wir haben es geschafft.«

Bowers begann hysterisch zu lachen. King sah ihm überrascht nach, während der Mann hektisch den Hügel hinaufrannte, obwohl von den Fangschrecken keine Spur mehr zu sehen war. »Ich sag's ja ungern, Kumpel«, rief Bowers über die Schulter. »Aber Gottesanbeterinnen können fliegen.«

King fluchte, während sich jenseits des Flusses ein tiefes Summen erhob. Die Fangschrecken stiegen über dem Euphrat auf und nahmen wie Kamikazepiloten Kurs auf sie.

Verzweifelt blickte sich King nach einem Ausweg um. Rechts von ihnen erstreckte sich der Hauptteil des Stützpunktes. Eine Menge Gebäude, in denen man verschwinden konnte. Und irgendwo in dieser Richtung waren auch Knight und Bishop. Doch die Soldaten hier hatten keinerlei Erfahrung im Umgang mit einem derart ausgefallenen Problem, und es würde wahrscheinlich jede Menge Tote durch die Mandibeln der Mantis und panisches Feuer aus den eigenen Reihen geben. *Ganz schlecht*, dachte King.

Er brauchte die Unterstützung des Schachteams, aber abseits der regulären Truppen.

Die Ruinen.

Queen und Alexander waren beide mit XM25 bewaffnet. Im Gewirr der Gebäudereste gab es reichlich Verstecke und Stellen, wo man sich verschanzen konnte. Andererseits wären die Gottesanbeterinnen zwischen den braunen Steinen perfekt getarnt. Doch es gab keine andere Wahl. Und keine Zeit.

»Bleiben Sie bei mir«, sagte King, als er Bowers einholte.

»Nur keine Sorge«, entgegnete der mit zitternder Stimme.

»Ich klebe an Ihnen wie eine Zecke an einem Hundeschwanz.«

Trotz der Gefahr musste King unwillkürlich grinsen. Bowers blumige Sprache erinnerte ihn an Rook. Er sah sich um, als sie Saddams Palast passierten.

Anscheinend konnten die Gottesanbeterinnen nicht aus der Luft angreifen. Aus ihrer schwerfälligen und unbeholfenen Landung schloss King, dass sie zum ersten Mal geflogen waren. Aber die Fähigkeit war ihnen angeboren, und jetzt befanden sie sich wieder auf festem Boden.

Bowers blickte ebenfalls zurück. Die Fangschrecken holten bereits auf. »Oh verdammt. Oh verdammt.« Er stolperte über Gestrüpp, schlug mit dem Gesicht auf dem lockeren Boden auf und bekam den Mund voll Sand. King zog ihn an der Schulter wieder hoch und stieß ihn vorwärts.

»Bewegung, Soldat!«, rief er. »Ich bleibe nicht noch mal zurück, um Ihnen aufzuhelfen!«

Bowers hetzte den Hügel hinauf. Er hatte einen sinnbildlichen Tritt in den Hintern gebraucht, um nicht ständig an die gigantischen Monster denken zu müssen, die ihn lebendig auffressen wollten. Aber King dachte sehr wohl an sie, denn im Gegensatz zu Bowers musste *er* sich noch etwas einfallen lassen, wie man die Monster erledigen konnte, sonst waren sie *alle beide* tot.

71

Noch bevor King aus seiner sandigen Gruft entkam, waren Knight, Bishop und Rahim unterwegs zum Fluss. Rahim deutete auf den Hügel auf der anderen Seite. »Da drüben. Gleich oberhalb der kleinen Ruinen.«

Knight setzte den Feldstecher an die Augen. »Dort ist er nicht.« Er senkte das Fernglas zum Fluss. »Halt mal. Da drüben ist ein Soldat in einem Patrouillenboot. Sieht aus, als ob er auf jemanden wartet. Aber er wirkt entspannt.«

Dem Flusslauf folgend, gingen sie weiter. Etliche Soldaten musterten sie mit seltsamen Blicken. Sie waren neu auf dem Stützpunkt. Zwei von ihnen waren arabischer Abstammung, einer davon in Zivil, der Dritte Koreaner. Knight setzte sein freundlichstes Lächeln auf. Er wusste, dass sie für die hier stationierten Männer wie eine Miniaturausgabe der Achse des Bösen aussehen mussten.

Seine geschärften Sinne nahmen eine winzige Druckwelle wahr. Er blieb stehen und sah sich um. Niemand sonst hatte etwas bemerkt, nicht einmal Bishop. Er setzte den Feldstecher an die Augen und suchte die andere Flussseite ab. Über dem Hügel stieg eine kleine Staubwolke auf. Dann tauchte King scheinbar direkt aus dem Boden auf, unbewaffnet und in vollem Lauf. Knight sah, dass er dem Mann im Boot etwas zuschrie. Dann erhob sich hinter King eine Gestalt aus dem Sand. Knight konnte zwei große Kreaturen mit spindeldürren Gliedmaßen erkennen, aber im Sand waren sie so gut getarnt, dass er sie gleich wieder aus den Augen verlor.

»Was zum Teufel …« Er senkte den Feldstecher und wirbelte herum. Auf dem Weg zum Fluss waren sie an einem Wachturm vorbeigekommen. Dort musste es ein Scharfschützengewehr geben.

»Geh zum Fluss«, sagte er zu Bishop und reichte ihm den Feldstecher.

Bishop warf einen schnellen Blick hindurch, entdeckte King und rannte los. Knight lief in die entgegengesetzte Richtung und ließ Rahim verdutzt mitten auf der Straße stehen.

Als Knight den Wachturm erreichte, sprang er ohne zu zögern auf die Leiter. Er landete auf der vierten Stufe und kletterte geschickt wie ein Affe hinauf. Oben warf er sich über den Wall aus Sandsäcken und landete unsanft auf der anderen Seite. Die beiden Soldaten, die in einem kleinen, verglasten Raum Wache hielten, zuckten zusammen und zogen ihre Waffen.

Als Knight die Hände hob und zeigte, dass er unbewaffnet war, meinte einer von ihnen: »Sie hätten tot sein können.«

Der andere war weniger freundlich und fragte: »Wer sind Sie, und was zum Teufel haben Sie hier oben verloren?«

»Ich brauche ein Scharfschützengewehr«, sagte Knight, und sein Blick fiel auf eine Waffe, die in der Ecke neben dem knurrigen Soldaten stand. Es war die Standardausführung mit Tageslichtzielfernrohr. Es arbeitete präzise, aber langsam, denn wegen des Kammerverschlusses musste man nach jedem Schuss repetieren.

Der knurrige Soldat spottete: »Das könnte Ihnen so passen!«

»Tun Sie mir den Gefallen und werfen Sie einen Blick auf das andere Flussufer. Durchs Zielfernrohr.«

Die Neugier siegte. Der Griesgram musterte Knight mit zusammengekniffenen Augen, während er zur Waffe griff und die Schutzkappen vom Zielfernrohr wegklappte. Er stützte die Waffe auf das Geländer und suchte das andere Flussufer ab. Einen Moment später zuckte er zusammen und richtete sich steif auf. Unter seiner irakischen Sonnenbräune erblasste er.

»Fühlen Sie, wie Ihr Herz hämmert?«, meinte Knight. »Ihr Atem geht schneller als ein Maschinengewehr. Sie haben eine Scheißangst, zittern und könnten nicht einmal aus drei Meter Entfernung etwas treffen. Also: Werden Sie mir Ihre Waffe überlassen, um diese Männer zu retten?«

Irgendwo in der Entfernung knatterte Maschinengewehrfeuer. Die beiden Soldaten erstarrten. Knight dagegen handelte. Er nahm dem verdutzten Soldaten das Gewehr aus der Hand. In der Ferne fuhr das Patrouillenboot rückwärts über den Fluss. Ein Mann am Maschinengewehr feuerte auf die andere Flussseite.

Knight repetierte und legte an. Durch das starke Zielfernrohr sah er, wie das Boot ins Ufer pflügte. Dann rannten die Insassen den Hügel empor zum Saddam-Palast. Die gigantischen Kreaturen, die er zuvor gesehen hatte, waren verschwunden.

Wo sind sie hin?

Einen Augenblick später sah er, wie zwei riesige Insekten – Gottesanbeterinnen – sich in die Luft erhoben, den Fluss überflogen und hinter King landeten. Knight nahm das vorderste der Biester ins Visier und schoss. Die Kugel ging nach achthundert Metern Entfernung eine Handbreit zu hoch. Knight warf dem mürrischen Soldaten einen ärgerlichen Blick zu. »Wann wurde das Ding zum letzten Mal kalibriert?«

Der Mann zuckte schuldbewusst die Achseln.

»Scheißdreck«, knurrte Knight, während er die Waffe durchlud und erneut anlegte. Die Fangschrecken hatten den Hügel erreicht und waren jetzt hinter Gestrüpp und Bäumen durch ihre Tarnfarbe fast unsichtbar. Knight wollte keine Zeit verschwenden, in dem er auf nicht lebenswichtige Teile schoss.

Er schwenkte das Gewehr höher und sah, wie King auf der Hügelkuppe stehen blieb. »Nicht anhalten«, flüsterte Knight. »Nicht anhalten!«

Das vorderste Insekt bäumte sich mit schlagbereiten Fangbeinen auf. Knight hielt den Atem an, denn King wandte sich um und sah den tödlichen Mordwerkzeugen entgegen.

Als King und Bowers die Hügelkuppe erreichten, blieb King stehen und befahl Bowers, zu den Ruinen weiterzulaufen. Es ging in gerader Linie bergab. *Bowers sollte es schaffen*, dachte King. *Wenn er nicht wieder hinfällt.*

Er drehte sich um und stellte fest, dass eine der Fangschrecken bereits zu nah herangekommen war. Zwei dolchbesetzte Glieder öffneten sich zu einer tödlichen Umarmung. Nur Sekundenbruchteile und Zentimeter von einem gewaltsamen, blutigen Ende entfernt, tat King das Einzige, was ihm noch übrig blieb: Er schloss die Augen.

Der Ton traf erst nach dem Ereignis ein. King hörte ganz in der Nähe ein feuchtes, schmatzendes Geräusch, und kurz darauf den Donnerschlag eines einzelnen Schusses.

Er wurde zu Boden geworfen, doch sein Verstand war noch intakt und sagte ihm, dass das Insekt tot war. Er rappelte sich auf und sah eine kopflose Mantis zu seinen Füßen liegen. Er entdeckte Blutspritzer an der Palastwand und verfolgte die imaginäre Schussbahn zurück bis zu einem Wachturm auf dem Stützpunkt.

King kannte nur einen Menschen, der ein bewegliches Ziel aus dieser Entfernung treffen konnte.

Knight.

Lichtblitze vom Turm übermittelten eine rasend schnelle Botschaft in Morsecode: Lauf.

King reagierte sofort, während das Gestrüpp beim Näherkommen der letzten Gottesanbeterin zu wogen begann. Seine Füße trugen ihn so rasch den Hügel hinunter, dass er sogar Bowers einholte. Hinter sich hörte er weitere Schüsse aus Knights Gewehr, hatte aber keine Ahnung, ob sie ihr Ziel fanden. Als sie am Fuß des Hügels eine fußballfeldgroße Sandfläche erreichten, stieß er Bowers an und drängte ihn, schneller zu laufen.

Hinter ihnen brach die Fangschrecke gerade aus dem dichten Bewuchs an der Hügelflanke heraus. Unmittelbar darauf wurde sie von einer Kugel getroffen, die auf der einen Seite ein- und auf der anderen wieder austrat. Die Mantis strauchelte, schwang sich dann aber in die Luft und bewegte sich in einer taumelnden Flugbahn weiter.

Am Rand des Ruinenfeldes sagte King: »Versuchen Sie, den hinteren Teil zu erreichen. Da sind zwei Leute, die Ihnen helfen können. Bleiben Sie in Bewegung, bis Sie sie gefunden haben.«

Bowers sah King aus angstgeweiteten Augen an. »Was reden Sie da? Zecke am Schwanz, schon vergessen?«

Die Ruinen ragten dicht vor ihnen auf. King wusste, dass sie ein riesiges Labyrinth von offenen Hallen, Kammern und Atrien bildeten. »Ich helfe Ihnen über die Mauer«, sagte er zu Bowers. »Danach sind Sie auf sich allein gestellt.«

Bowers nickte dankbar.

Vor der stumpfbraun gefärbten, etwa zweieinhalb Meter hohen Mauer verschränkte King die Hände und machte einen Steigbügel für Bowers. Mit aller Kraft gelang es ihm, den Soldaten über die Mauer zu hieven. »Viel Glück, Mann«, rief Bowers nach der Landung.

King kam nicht dazu, zu antworten. Die letzte Mantis preschte im Sturzflug heran. Sie schien sich ihrer Beute anzupassen und nun doch einen Angriff aus der Luft zu wagen! Ihre wirkliche Absicht erkannte King zu spät. Als das Summen der durchsichtigen Flügel ohrenbetäubend wurde, gewann das Insekt im letzten Moment wieder an Höhe und überflog die Mauer.

»Nein!«, brüllte King. »Laufen Sie, Bowers!«

Es hatte keinen Zweck mehr. Das riesige Raubinsekt landete auf der anderen Seite, und Bowers stieß einen schrillen Angstschrei aus. Sein Kreischen verwandelte sich rasch in ein feuchtes Gurgeln. Dann folgte kurze Stille, ein reißender Laut, und es wurde wieder ruhig. King hatte die Gottesanbeterin in Aktion gesehen und wusste, was geschehen war. Sie hatte Bowers aufgespießt, an den Boden genagelt und dann liegenlassen. Denn die Mantis war immer noch auf der Jagd.

King rannte nach links in das Labyrinth hinein. Bevor er die erste Biegung erreichte, hörte er bereits das verräterische Klacken ihrer Beine, aber er konnte nicht genau sagen, woher es kam.

Er hetzte um eine Kurve und schlängelte sich durch das chaotische Gewirr der Ruinen. Eine Öffnung rechts wies ihm den Weg in einen Hof. Bowers lag mit glasigen Augen in der Mitte, umgeben von einer Pfütze dunkelroten Bluts. King hielt sich nicht auf. Er sprang drei Stufen auf einmal nehmend in eine ehemalige Küche hinab und hetzte auf der anderen Seite über eine einen Meter hohe Grundmauer ins Freie.

Als er an der nächsten Türöffnung vorbeirannte, fiel

ihm eine Unregelmäßigkeit in der Wand auf. Gleich darauf traf ihn ein Schlag, und er wurde durch die Luft gewirbelt. Er krachte gegen eine Wand, einige antike Ziegelsteine gingen zu Bruch. Die alte und schwache Mauer gab unter seinem Gewicht nach. Er überschlug sich und landete auf dem Rücken.

Lautes Klicken ertönte, während das erregte Insekt mit seinem seltsamen Gang auf ihn zuschaukelte. King schob sich rücklings nach hinten. Aber er kam nicht weit. Der Korridor endete nach knapp anderthalb Metern in einer drei Meter hohen Sackgasse. Er rappelte sich auf und hoffte, dem Schlag der Gottesanbeterin ausweichen zu können. Und dann? Er hatte keine Ahnung.

Ein schriller Pfiff drang an sein Ohr. Hinter der Fangschrecke sah er plötzlich Queen auftauchen. Ihr XM25 war direkt auf den Rücken der Mantis gerichtet. Doch die großkalibrigen Kugeln würden die Gottesanbeterin glatt durchschlagen und ihn ebenfalls treffen. »Runter!«, schrie sie.

King ließ sich fallen.

Die Fangschrecke schlug zu.

Das Donnern von automatischem Gewehrfeuer erfüllte die Luft.

Ein scharfer Schmerz schoss durch Kings Körper. Aber er hätte erwartet, dass es schlimmer war, von einer Unmenge von Dolchen aufgespießt zu werden. Er blickte auf und sah, wie die von Kugeln durchsiebte Mantis sich über ihm aufbäumte und den Rücken im Todeskampf durchbog. Die Dornen an ihrem Vorderbein hatten Kings Bein nur gestreift und einen flachen Schnitt hinterlassen. Er warf sich zur Seite, als das gewaltige Insekt umkippte. Es gelang ihm gerade noch, sich unter den zuckenden Gliedern wegzurollen. Auf dem Rücken blieb er liegen. Jetzt, da die unmittelbare Gefahr vorbei war, loderte Zorn in ihm auf, und er atmete schwer.

»Alles okay?«, fragte Queen und sah auf ihn herunter.

»Das Biest hat Bowers getötet«, sagte er. »Er war ein guter Mann.«

Eine behandschuhte Hand streckte sich ihm entgegen. »Jeden Tag sterben gute Männer«, meinte Alexander.

King ignorierte seine Hand und nahm stattdessen Queens Hilfe in Anspruch. Sie zog ihn mühelos hoch. Er wandte sich zu Alexander. »Nicht unter meinem Kommando.«

Eine Sekunde später traf Bishop ein, kampfbereit und mit gezücktem KA-BAR-Messer. Als er das tote Insekt sah, schob er die Klinge in die Scheide. »Was ist das?«

»Eine Schnitzeljagd«, erwiderte King. »Sie waren hier.« Er zog Fionas zerstörte Insulinpumpe aus der Hosentasche. »*Sie* war hier.«

Nun, da die Gottesanbeterinnen tot waren, kehrten seine Gedanken zu den ungelösten Problemen zurück. »Habe ich Knight richtig verstanden? Der Turm befindet sich woanders?«

Bishop nickte. »Ja.«

»Scheiße«, murmelte King und rollte mit dem Kopf, um seine Nackenmuskeln zu lockern. Wenn sie Fiona nicht bald fanden ...

Bishop legte ihm beruhigend die Hand auf die Schulter. »Aber ich glaube, wir haben jemanden, der uns auf die richtige Spur bringt.«

72

Rahim blätterte fieberhaft in einem Stapel aus Papieren. Er suchte nach einer Landkarte, an die er sich noch genau erinnerte, aber er wusste nicht, ob sie noch existierte. Die vier großen, ernsten Männer und die einzelne Frau, die mit grimmiger Miene und vor der Brust verschränkten Armen hinter ihm stand, wirkten ungemein motivierend.

Als sie zu ihm zurückgekehrt waren, fanden sie ihn noch an derselben Stelle vor, wo sie ihn zurückgelassen hatten. Er hatte sich am Straßenrand versteckt. Da er nicht wusste, was los war, wollte er so unschuldig und harmlos wirken wie möglich. Also wartete er einfach.

Von der Höflichkeit und der Geduld der Fremden war nichts mehr zu spüren. Sie wollten eine Antwort auf ihre Frage, und zwar sofort. Keiner bedrohte ihn, nein, und doch spürte Rahim die Anspannung bis zum Zerreißen, vor allem bei dem, den sie King nannten.

Er öffnete die nächste Box und schlug ein Notizbuch auf. Erleichtert erkannte er die Schrift des Mannes, dessen Assistent er vor drei Jahren gewesen war. Er war auf der richtigen Spur. »Ich glaube, das ist die richtige Schachtel«, sagte er.

King setzte sich neben ihn und erwiderte auf Arabisch: »Ich verstehe das nicht. Die meisten Menschen glauben, dass der Turm von Babel hier in Babylon gebaut wurde, dass vielleicht sogar der Name der Stadt auf ihn zurückgeht. Wie kamen Sie darauf, ihn in der Türkei zu vermuten?«

Während er die Papiere aus dem Karton durchging, erklärte Rahim: »Fotos. Von der NASA. Sie zeigen Spuren eines großen, antiken Bauprojekts. Aber dort, wo man das Zentrum der Bauten erwarten sollte, steht nur ein Berg. Die Theorie lässt sich auch durch Neuinterpretation alter Texte untermauern. Der *Targum Jonathan*, eine aramäische Version der biblischen Geschichte, lokalisiert den Turm im Land Schinar. Das ist die Pontusregion der heutigen Türkei, nahe dem Schwarzen Meer.«

King wandte sich an Knight: »Lass das von Deep Blue abklären. Versuch, Satellitenbilder der Pontusregion zu bekommen.«

»Wird gemacht«, sagte Knight und ging hinaus.

»Viele Akademiker vermuten hier auch den Ursprung der meisten modernen Sprachen. Zahllose Texte und mündliche Überlieferungen lassen sich bis Pontus zurückverfolgen.« Rahim erkannte die zusammengefaltete, mit Rotstift markierte Karte und zog sie aus der Schachtel. Mit breitem Lächeln faltete er sie auseinander. »Da ist sie!«

Er breitete sie auf dem Tisch aus. Es handelte sich um eine moderne Landkarte der Türkei, auf der aber ein kleines Gebiet – ein Berg – rot eingekreist und in arabischer Schrift markiert war. Die Schriftzeichen lauteten: برج‌باب– Turm zu Babel.

»Das ist ein massiver Berg«, sagte King. »Es gibt kein loses Material, das die Zikkurate unter sich hätte begraben können. Müsste man nicht noch Spuren an der Oberfläche erkennen?«

Rahim deutete auf den runden, flachen Gipfel des Berges. »Zu irgendeinem Zeitpunkt in ferner Vergangenheit war dieser Berg ein Vulkan. Möglicherweise wurde der Turm bei einer Eruption verschüttet oder zerstört.«

»Begraben unter einem pyroklastischen Fluss«, mutmaßte King. »Wie in Pompeji.«

»Genau«, bestätigte Rahim.

»Wäre es möglich, dass Ridley zu denselben Schlüssen gelangt ist?«, fragte King und sah dabei Alexander an.

»Vorausgesetzt diese Theorie wurde irgendwo veröffentlicht, wäre er ihr sicher nachgegangen«, erwiderte der.

»Wie sieht's damit aus? Ist die Theorie allgemein bekannt?«, fragte King Rahim.

»Nein, sie ist nicht sehr verbreitet«, sagte der Mann, »aber ich glaube, sie wurde nach Abschluss der Arbeiten hier mehrfach veröffentlicht.« Er war plötzlich nervös und spielte mit seinen Händen herum.

King bemerkte es. »Was ist denn?«

»Sie haben da einen Namen erwähnt«, meinte der Iraker unbehaglich. »Ridley.«

King, Queen, Bishop und Alexander strafften sich. »Ja«, sagte King.

»Der Mann, der unsere Forschungen hier finanzierte. Sein Name lautete Richard Ridley.«

King riss es beinahe vom Stuhl. Ridley hatte bereits nach Babel gesucht, lange bevor er auf ihrem Radarschirm aufgetaucht war, noch vor dem ganzen Hydra-Schlamassel! Und er hatte gefunden, wonach er suchte. »Wie sehr war er engagiert?«

»Er ist ein-, zweimal im Jahr vorbeigekommen. Einmal mit Saddam persönlich. Aber das hörte 2003 auf, als das hier« – er machte eine Geste zu den Stapeln von Unterlagen hin, schien aber den Stützpunkt als Ganzes zu meinen –, »als das hier passierte.«

»Und was ist mit den Hängenden Gärten?«, fragte King. »Wusste er davon?«

Rahim schüttelte den Kopf. »Die Anlage wurde unmittelbar vor dem Krieg entdeckt. Ich glaube nicht, dass er je davon erfahren hat.«

Was der Grund ist, warum er auch dort nach dem Turm suchte, dachte King. *Als er ihn nicht fand, richtete er sich zeitweilig dort ein und zog dann weiter.*

»Und die Stätte in der Türkei? Kannte er die?«

»Es war nur die Theorie einiger Archäologen und hatte nichts mit den Ausgrabungen hier zu tun«, meinte Rahim.

King nickte. Es passte alles zusammen.

Licht fiel in den Raum, als Knight wieder zur Tür hereinkam. »In zwanzig Minuten wird sich ein Satellit über der Region befinden, und wir haben die Freigabe für einen Absprung über der Türkei. Die *Crescent* ist unterwegs. Wir können in weniger als drei Stunden dort sein.«

»Ich danke Ihnen, Rahim«, sagte King. »Wir schicken jemanden vorbei, der Sie nach Hause bringt.« Er nahm die Karte an sich. Knight öffnete den anderen die Tür. King, der als Letzter an ihm vorbeiging, hielt er kurz zurück. »Irgendetwas stimmt zu Hause nicht. Deep Blue klang gar nicht wie er selbst.«

»Sondern?«, fragte King.

»Unkonzentriert.«

King wusste von dem Medienblitzkrieg, der gerade stattfand. Wenn Duncan am Telefon unkonzentriert klang, musste es schlimm stehen. Doch der Mann konnte mit so ziemlich jedem Problem fertig werden. Er würde eine Lösung finden. Das Team brauchte Deep Blue. Es hatte seinen Grund, warum sonst er den Laden schmiss. King überlegte, wie diese Mission wohl gelaufen wäre, wenn sie Duncan als Deep Blue an Bord gehabt hätten. Vielleicht würde Rook dann nicht vermisst. Die toten Delta-Agenten wären möglicherweise noch am Leben. Und er hätte Fiona schon längst wieder in die Arme schließen können.

Aber jetzt war nicht der richtige Zeitpunkt, sich über Duncan Gedanken zu machen. Er konnte für sich selbst sorgen. Fiona dagegen brauchte King, und sie brauchte ihn sofort. Er trat an Knight vorbei ins Freie und stieg in den wartenden Hummer.

73 Unbekannter Ort

In ihrer Zelle war es klamm. Fiona fror, Gänsehaut bedeckte ihren Körper. Trotz der niedrigen Temperatur bewegte sie sich nicht. Sie besaß nicht mehr die Energie dazu, und die Kälte hielt wenigstens das steigende Fieber in Schach. Die nicht behandelte Zuckerkrankheit wurde lebensbedrohlich – Fiona dehydrierte.

Ihre Kehle war so ausgedörrt, dass jede Schluckbewegung höllisch weh tat. Da sie keine Spucke mehr im Mund hatte, versuchte sie, den natürlichen Reflex zu unterdrücken. Ihre Lippen waren angeschwollen und rissig. Die Haut fühlte sich trocken an wie alter Stoff und juckte zum Verrücktwerden. Aber am beängstigendsten waren die Veränderungen, die tief in ihrem Organismus stattfanden.

Immer wieder stolperte ihr Herz. Sie vermutete, dass es Mühe hatte, das dickflüssige Blut durch die Adern zu pumpen. Kein Atemzug schien den Hunger ihres Körpers nach Sauerstoff stillen zu können. Wahrscheinlich nahmen ihre ausgedorrten Lungen nicht mehr genügend davon auf. Und ihr Magen ... obwohl er völlig leer war, empfand sie einen zunehmenden Brechreiz. Wahrscheinlich konnte sie nur trocken würgen, aber sie fürchtete sich schon vor den Schmerzen, die das in ihrer verkrampften Kehle und den aufgesprungenen Lippen auslösen würde.

Sie schloss die Augen und versuchte, sich darauf zu konzentrieren, was sie in den Stunden seit dem Tod der

Frau alles in Erfahrung gebracht hatte. Es hielten sich inzwischen vier Männer in dem Raum vor ihrer Zelle auf. Alpha, Adam, Kenan und Mahalalel. Aus ihren Unterhaltungen schloss sie, dass Kenan derjenige war, der sie hierher verschleppt hatte. Und es war Adams feucht-belegte Stimme, die sie zuvor in unheimlichem Einklang mit Alpha hatte sprechen hören.

Sie führten Diskussionen über Genetik, von denen Fiona nur Buchstücke verstand. Sie sprachen über alte Sprachen und die Macht, die in ihnen enthalten war. Die Macht der Schöpfung. Über eine neuerschaffene, zukünftige Welt.

Sie hatte zugehört, wie Alpha die anderen in der Anwendung der uralten Sprache unterrichtete. Sie hatte versucht, sich all die vielen Sätze einzuprägen, aber es hatte sich als unmöglich erwiesen. Seitdem konzentrierte sie sich auf den einen, den sie für den nützlichsten hielt, einen, den alle vier Männer ganz beiläufig dahinsagten, wenn sie die Dienste der zum Leben erweckten Steinmonster nicht mehr benötigten.

Doch ihre Kräfte ließen nach, und sie würde bald sterben, es sei denn, es gelang ihr, eine Quelle aus dem Fels entspringen zu lassen. Vielleicht war es besser so. Wenn sie tot war, konnten die Männer keine Experimente mit ihr anstellen. Sie konnten sie nicht unter Kontrolle bringen und sie zwingen, ihren Vater zu töten. Da war der Tod allemal vorzuziehen, also lehnte sie sich zurück, schloss die Augen und hieß ihn willkommen.

Langsam wurde ihr schwarz vor Augen. Ein fernes Läuten erklang, verstummte dann. Sie spürte den Schlag ihres Herzens langsamer und langsamer werden. In der völligen Finsternis, die folgte, hörte sie eine Stimme.

Die Stimme des Teufels.

Der sie zurückrief.

Die geflüsterten Worte rissen sie von der Schwelle des Todes. Ihre Augen öffneten sich. Ein großer, kahlköpfiger Mann kniete über ihr. Seine Lippen bewegten sich. Sie wusste, dass es diese alte Sprache sein musste, weil ihr Körper darauf reagierte. Sie fühlte, wie ihre Kräfte zurückkehrten. Die Schmerzen ließen nach. Ihre Gedanken klärten sich.

Und dann wurde ihr eine Feldflasche Wasser gereicht.

Sie nahm sie und trank. Erst brannte die kühle Flüssigkeit in ihrer Kehle, aber dann absorbierte ihr Körper sie unnatürlich schnell. Als die Flasche leer war, stand Fiona auf und war vollständig wiederhergestellt. Sie hatte dem Tod ins Auge gesehen, doch Alpha hatte sie zurückgeholt.

Er hatte sie gerettet.

»Gelobt sei Alpha«, sagte sie und kniete vor ihm nieder.

74 Washington, D. C.

Zum ersten Mal seit sehr langer Zeit war Duncan im Frieden mit sich selbst. Manche Menschen empfanden dieses Gefühl, wenn sie einen stressigen Job gekündigt oder die Beziehung mit einem dominanten Partner beendet hatten. In jedem Fall war das Resultat dasselbe: Freiheit.

»Ich glaube es immer noch nicht, dass wir das tatsächlich durchgezogen haben«, sagte Boucher mit Blick auf den Flachbildschirm. Die beiden hatten sich im Lagezentrum verbarrikadiert, weil sie nicht mehr zusammen gesehen werden durften. Nicht jetzt. Für lange Zeit nicht. Für den Rest der Welt waren sie politische Feinde.

Nachdem Marrs die Pressekonferenz einberufen hatte, war Boucher heimlich ins Weiße Haus zurückgekehrt, um den Beginn des Feuerwerks nicht zu verpassen.

Duncan sah den CIA-Chef an. »Wir haben getan, was getan werden musste. Es wird sich alles zum Besten fügen.«

Dagegen ließ sich nichts einwenden. Duncan hatte an alles gedacht. Und die Welt würde so besser dran sein.

Beim letzten Teil ihres Plans verbot sich jeglicher Papierkram. Keine Unterschriften. Keine Spuren.

Auf diese Weise verliefen schwarze Operationen.

Und das Schachteam würde zur schwärzesten aller schwarzen Operationen werden. Mit einem kleineren, aber immer noch beachtlichen Budget, das zu hundert Prozent inoffiziell war. Der Blankoscheck für militärische Unterstützung würde natürlich wegfallen, dafür konnte es in völliger Anonymität und Freiheit operieren. Ohne Amtsschimmel. Ohne politische Erschütterungen. Eine Flugcrew der Nightstalker würde dem Team erhalten bleiben, zwei Stealth-Blackhawks, die *Crescent* und ein handverlesener Stab aus Wissenschaftlern, Waffenexperten und Geheimdienstanalysten. Zukünftiger Stützpunkt sollte die ehemalige Manifold-Alpha-Anlage sein, die unter einem Berg in der White-Mountain-Region in New Hampshire versteckt lag.

Und niemand, nicht einmal der zukünftige Präsident der Vereinigten Staaten, würde von seiner Existenz erfahren. Außerhalb des erweiterten Schachteams kannten nur Boucher und Keasling die Wahrheit.

Nur noch eines blieb zu tun. Duncan musste seine Rolle als Deep Blue auf Dauer übernehmen und von seiner Position als Oberkommandierender zurücktreten. Damit das geschehen konnte, musste Marrs seinen Part in dieser Farce spielen.

Boucher schaltete den Wandbildschirm ein und setzte sich auf eines der Sofas. Die Pressekonferenz fing soeben an. Dieselben Menschenmassen wie bei den Kundgebungen der vergangenen Tage jubelten Marrs frenetisch zu. Vor allem, als er wieder seine Anschuldigungen vorbrachte. Doch als er Beweise in Form von authentischen Dokumenten und die bevorstehende Zeugenaussage von Domenick Boucher ankündigte, verstummte die Menge. Dass Duncan so jämmerlich versagt hatte, schien sie betroffen zu machen und dämpfte ihre Begeisterung. Selbst Marrs wirkte bedrückt.

»Er hat das nicht verdient«, sagte Boucher. »Er ist ein Scharlatan. Das wissen Sie doch.«

Duncan nickte. »Aber er dient einem guten Zweck, wenn auch unwissentlich.«

»Pawn? Ein Bauer?«

Duncan lächelte. »Exakt.«

75 Sewerodwinsk, Russland

Die Docks lagen verlassen da. Dafür war Rook dankbar. Sein Gesprächspartner gab sich wortkarg. Maxim Dashkow befand sich nicht in geselliger Stimmung, nachdem er vom Tod seiner Schwester erfahren hatte. Er war ein alter Fischer mit roter Nase und der Statur eines sibirischen Braunbären, doch wie seine Schwester besaß er ein weiches Herz. Trotz Rooks Gegenwart hatte er ohne Scheu geweint und dann alles über Galya wissen wollen, wie sie die Winter überstanden hatte und ob sie glücklich gewesen war. Er bedauerte zutiefst, sie seit dem Tod ihres Mannes nicht mehr besucht zu haben, und rechtfertigte sich mit harten Wintern und schlechten Fängen.

Sie standen am alten Fischereidock. Der U-Boot-Stützpunkt lag etwa anderthalb Kilometer entfernt. Rook konnte ein U-Boot der Borei-Klasse erkennen, das wahrscheinlich eine neue Mannschaft und Vorräte an Bord nahm. Ein Patrouillenboot mit schwerem Maschinengewehr kreuzte wachsam.

Dashkow blies sich in die Hände. »Die Zeiten sind hart, und ich war schon mehr als einmal gezwungen, einen eher zwielichtigen Auftrag anzunehmen. Ich vermute, aus diesem Grund hat Galya Sie zu mir geschickt.« Er warf ostentativ einen Blick zu dem Patrouillenboot hin. Rook hatte es etwas zu auffällig im Auge behalten.

»Ich würde Konflikte gerne vermeiden, wenn möglich.«

»Genau wie ich«, erwiderte Dashkow. »Und aus diesem Grund kann ich nicht tun, worum Sie mich bitten.«

Rook hatte ihm, ohne ins Detail zu gehen, erklärt, warum er Russland schnell und heimlich in Richtung Norwegen verlassen musste. Rook runzelte die Stirn. »Warum nicht?«

Der große Mann seufzte. »Ich habe mein Boot bereits verchartert.«

Rook wusste, dass er viel von dem alten Fischer verlangte. Es war unübersehbar, dass Dashkow dringend Geld brauchte. Rook konnte ihm zwar versprechen, ihm seinen Lohn zu schicken, aber das war eben nicht mehr als ein Versprechen. Ohne Bargeld bat er sozusagen um einen Freifahrschein.

Dashkow wandte sich ab und sah auf den grauen Ozean hinaus. »Sie scheinen ein guter Mensch zu sein. Es tut mir leid.«

»Dann lassen Sie mich für Sie arbeiten«, schlug Rook vor. »Nehmen Sie mich als Crewmitglied.«

»Ich kann mir keine Crew leisten.«

»Weiß Ihr Charterkunde das?«

»Nein, aber …«

Rook trat vor Dashkow hin. »Wovor haben Sie Angst?«

Dashkow steckte sich eine Zigarette an, inhalierte tief und ließ den Rauch langsam entweichen. »Diese Männer sind anders als Sie. Es sind keine guten Menschen.«

Da musste noch mehr sein. Rook wartete.

»Manchmal sehe ich Dinge, schaue aber einfach in die andere Richtung. Verstanden?«

Rook verstand sehr gut. Das Schachteam hatte mehr als einmal im Dienst der guten Sache genauso gehandelt. Deals mit Drogenhändlern, Kriegsherren und Waffenschmugglern konnten notwendig werden, um einen mächtigeren

Feind zu bekämpfen. »Dann werde auch ich in die andere Richtung sehen.«

Nach einem weiteren tiefen Lungenzug schüttelte Dashkow den Kopf. »Tut mir leid. Es geht einfach nicht.« Er wollte sich abwenden.

Rook packte ihn am Arm und hielt ihn fest. Er verlor langsam die Geduld. Wenn nur die nackte Wahrheit diesen Mann dazu bringen konnte, ihm zu helfen, dann sollte es eben so sein. »He, warten Sie«, sagte er beschwörend. Er zog sein Hemd hoch und präsentierte eine Reihe von mit roten Bluttupfern gefleckten Bandagen. Er wickelte einen Teil davon ab und zeigte auf eine blau verfärbte Stelle mit mehreren, mit Faden zugenähten Löchern. »Ihre Schwester hat mir das Leben gerettet.«

Dashkow beugte sich vor und studierte die Verletzungen. »Sie hat normalen Faden verwendet?«

»Sie hat ihr Bestes getan mit dem, was vorhanden war.«

»So war sie.« Dashkow wirkte gerührt, aber nicht überzeugt.

»Ich habe Ihnen nicht erzählt, wie sie gestorben ist.«

Daskow verlor die Lust auf Tabak und schnippte die Zigarette ins Meer. »Ich habe nicht danach gefragt.«

»Sie ist gestorben, um mich zu retten. Sie hat eine Kugel aufgefangen, die für mich bestimmt war, und noch vier weitere dazu.« Rook sah dem Mann in die Augen. »Ihr letzter Wunsch in diesem Leben war, dass Sie mir helfen.«

Mit einem tiefen Seufzer fragte der alte Fischer: »Wer hat sie erschossen?«

Rook blickte in Richtung des Patrouillenboots. Daskow verstand und nickte. »Ich setze Sie am ersten Hafen in Norwegen ab. Es ist kein Ort, an dem ich mich länger aufhalten würde, aber mehr kann ich nicht tun. Sie werden sich als mein erster Maat ausgeben und vorgeben, sie wären krank. Verstanden?«

»Keine Sorge«, sagte Rook. »Ich kann Befehle befolgen.«

Dashkow sah ihn aus zusammengekniffenen Augen an. »Da bin ich sicher.«

Eine Stunde später gingen Dashkow und Rook an Bord seines Fischerboots, der *Singvogel*. Während er Rook unter Deck brachte, flüsterte Dashkow mahnend: »Denken Sie dran. Reagieren Sie nicht auf das, was Sie sehen. Sprechen Sie nicht mit diesen Männern. Ich werde Sie lediglich kurz vorstellen, um Ihre Anwesenheit zu rechtfertigen. Wenn Sie die Männer auch nur schief ansehen, werfen sie uns glatt beide über Bord.«

Rook nickte und machte sich auf das Schlimmste gefasst – eine Ladung von Waffen, Drogen oder sonstige Konterbande. Daher war er, als er den Laderaum betrat, wo die beiden Passagiere mit ihrer Schmuggelware die meiste Zeit zubringen würden, völlig unvorbereitet auf das, was er sah. Seine Blicke huschten schnell durch den Raum und registrierten jede Einzelheit. Dann senkte er die Lider und achtete sorgfältig darauf, die scharfen Blicke der beiden Männer zu meiden.

Während Dashkow erklärte, wer Rook war und welche Funktion er hatte, dachte Rook intensiv nach. Die beiden Männer wirkten wie typische Ex-KGB-Agenten – teigige Haut, kalte, stechende Augen, die Narben alter Schlachten. Sie waren zweifellos Killer. Aber es war die dritte Person im Raum, um die sich seine Gedanken vor allem drehten. Es handelte sich um eine Frau, vielleicht Anfang dreißig, die gefesselt und geknebelt auf einem Metallstuhl saß. Aus einem Schnitt über dem Auge lief ihr Blut ins Gesicht. Die Wunde war schnurgerade und dünn, verursacht von einem Rasiermesser.

Während die beiden Männer Dashkows Erklärung grunzend akzeptierten, riskierte Rook einen schnellen Blick. Die Frau sah ihn an. Stumm flehte sie um Hilfe, aber er senkte rasch wieder die Lider. In dem Moment, als ihre Blicke sich trafen, war ein Funke des Wiedererkennens in Rook aufgeflackert, aber er konnte die Frau nicht unterbringen. Etwas an ihr kam ihm bekannt vor, und doch wusste er, dass er sie noch nie im Leben gesehen hatte.

Er folgte Dashkow hinauf ins Steuerhaus. Es tat ihm leid, sein Versprechen gegenüber dem Mann brechen zu müssen, aber er blieb stumm. Was er zu sagen hätte, würde Dashkow nur beunruhigen. Rook musste den Status quo aufrechterhalten, bis sie auf hoher See waren.

Dort waren sie der Gnade von Mutter Natur ausgeliefert. Alles konnte passieren.

Absolut alles.

Normalerweise ließ sich die Zukunft nicht voraussehen, doch in diesem Fall wusste Rook genau, was geschehen würde. Zum Teufel mit Dashkow, er konnte nicht einfach wegsehen.

Diesmal nicht.

76 Pontus, Türkei

Der Flug vom Irak in die Türkei war zu kurz, um für einen HALO-Sprung ausreichend vorzuatmen, daher wollte das Team eine neue Art des Absprungs ausprobieren. Die *Crescent* sollte aus zehntausend Metern Höhe steil nach unten gehen. Ihre Stealth-Technologie machte sie praktisch unsichtbar für Radar und andere Erkennungsmethoden, aber mit bloßem Auge war das schwarze, sichelförmige Flugzeug gut zu erkennen. Der Flug durch den türkischen Luftraum musste also kurz sein. Bei fünfzehnhundert Metern würde die *Crescent* aus dem Sturzflug hochziehen und unter starker Flächenbelastung durch die Horizontale gehen, bevor sie wieder steil aufstieg und das Team neunhundert Meter über dem Boden aus der Heckluke abwarf.

King, Queen, Knight, Bishop und Alexander saßen ganz hinten im Frachtraum des Jets. Sie trugen die für verdeckte Operationen übliche schwarze Kleidung, dazu Nachtsichtbrillen, XM25-Sturmgewehre, ein Sortiment Granaten und genügend C4-Blöcke, um den ganzen Berg wegzusprengen, wozu King durchaus bereit war, wenn er dadurch Ridley unschädlich machen und Fiona retten konnte.

Knight stand auf und kauerte sich vor den anderen hin. Er hielt einen fünfundzwanzig mal dreißig Zentimeter großen Tablet-PC in der Hand. »Die letzten Satellitenbilder bestätigen unser Ziel.« Der Bildschirm zeigte eine

Bergregion aus der Vogelperspektive. »Dies wurde vor einem Monat aufgenommen.« Knight legte Daumen und Zeigefinger auf einen Teil des Bildschirms und zog ihn auf. Das Bild zoomte auf einen Berghang ein. An diesem schlängelte sich ein blasser Zickzackstreifen empor. »Die Linie, die ihr da seht, ist ein in Serpentinen hochführender Pfad. Was uns besonders interessiert, liegt allerdings hier.« Knight zoomte auf eine Zone oberhalb der Serpentinen. Der dunkle Fels wies keine besonderen Merkmale auf.

»Und hier ist das neueste Bild, vor zehn Minuten aufgenommen.« Knight tippte auf ein Icon in der oberen linken Bildschirmecke. Das Foto baute sich neu auf und zeigte denselben Ausschnitt unter anderer Beleuchtung im Schatten einer Wolke. Der gleichmäßig dunkle Fels hatte sich verändert. Anzeichen von umfangreichen Ausgrabungen traten in dem heller gefärbten Abraum zutage, der sich fächerförmig darum ausbreitete.

King verfolgte den Pfad bis zum Ende. Da war kein Eingang. Nur eine nackte Felswand. »Sie haben den Berg hinter sich versiegelt.«

»Wir kommen niemals unbemerkt hinein«, meinte Queen.

»Das dachte ich auch«, meinte Knight. »Darum habe ich Wärmebilder angefordert. Hier, seht.« Er wechselte zur nächsten Aufnahme. Das topographische Bild schaltete auf eine Darstellung in Blauschattierungen um.

»Wonach suchen wir?«, fragte Bishop.

»Kühle Stellen«, sagte Knight. »Es gibt drei davon.« Er deutete auf blaurote Flecken im Bild. »Hier, hier und hier.«

»Luftschächte«, meinte Alexander.

»Warum sind sie blaurot?«, fragte King. »Die Umgebungstemperatur unter der Erde beträgt dreizehn Grad.

Wie hoch sind die Temperaturen in den türkischen Bergen im Frühsommer?«

»Laut Wetterbericht 18 Grad«, antwortete Queen.

»Die Schächte sollten also dunkelblau erscheinen. Nicht blaurot.« King legte die Finger auf den Bildschirm und zoomte auf einen der Schächte. »Was heizt das Innere des Berges so auf?«

»Sturzflug beginnt in zwei Minuten«, kam die Stimme des Piloten aus der Sprechanlage. »Schnallt euch besser an und haltet euch bereit.«

»Auf jeden Fall«, schloss Knight, »sind diese Luftschächte unser Weg nach drinnen.« Er fuhr den Tablet-PC herunter und verstaute ihn in einem Spind. Als der Pilot die Ein-Minuten-Warnung durchgab, nahm er seinen Platz ein und schnallte sich fest.

Ihre Sitze waren von der Seitenwand des Frachtraums abgeschraubt und in der Mitte verbolzt worden, der Heckklappe zugewandt. Wenn die *Crescent* zurück in die Vertikale ging, würden sie sich einer nach dem anderen einfach ins Leere fallen lassen.

»Auf geht's, Leute«, sagte der Pilot.

Die *Crescent* kippte nach vorne weg. Es gab keinen Augenblick der Schwerelosigkeit, wie man ihn in Flugzeugen zur Null-G-Simulation erlebt. Stattdessen wurden sie kräftig in ihre Sitze gepresst, während die *Crescent* auf ihre Höchstgeschwindigkeit von Mach 2 beschleunigte und sie sogar überschritt. Mit Unterstützung der Schwerkraft schaffte das Flugzeug Mach 2,5 und erreichte in zehn Sekunden den Umkehrpunkt.

Als die *Crescent* hochzog, schlug der Anpressdruck mit voller Wucht zu. Sie bekamen kaum noch Luft, während das Flugzeug durch die Horizontale ging und zu steigen begann. Schließlich wurde der Druck so groß, dass den

Teammitgliedern Farbpunkte vor den Augen tanzten. Und plötzlich kippte die Sitzreihe ein Stück nach vorne. King wusste, was das bedeutete. Die Bolzen gaben nach. Er versuchte zu sprechen, doch der Anpressdruck ließ es nicht zu.

Die *Crescent* stieg immer steiler. Als die 70-Prozent-Marke erreicht war, ließ der Druck etwas nach, und King schrie einen Befehl in sein Kehlkopfmikrofon: »Heckluke öffnen!«

»Wir sind noch nicht in vertikaler Position«, erwiderte der Pilot. »Die Verwirbelungen könnten uns ins Trudeln bringen.«

Die Bolzen gaben ein weiteres Stück nach, und die Bank kippte weiter. Wenn sie sich jetzt losriss, würden sie mit unglaublicher Kraft gegen die geschlossene Heckluke katapultiert werden. King hatte keinen Zweifel, dass nur Bishop und Alexander den Aufprall überleben würden.

»Die Sitze reißen sich los!«, brüllte King. »Öffnen Sie die Luke! Jetzt!«

Die rote Lampe über der Tür schaltete unverzüglich auf grün, und ein lautes, mahlendes Geräusch brachte die Kabine zum Vibrieren. Die Tore öffneten sich rasch. Der Wind brauste herein. Ohne die Brillen wären sie blind gewesen.

King spürte, wie die Bolzen weiter herausgezogen wurden. Schwerkraft, Wind und Andruckkräfte arbeiteten gegen sie. Durch die halb aufgeschwungene Luke konnte er die türkischen Berge unter sich sehen.

»Fünfzehn Sekunden«, meldete der Pilot.

Ihnen blieb weniger. Die Sitze lösten sich aus der Verankerung, als die Klappen erst zu sechzig Prozent geöffnet waren.

»Kopf und Beine einziehen«, schrie King.

Mit einem plötzlichen Ruck gaben die Bolzen nach. Im Fallen befolgten die Teammitglieder Kings Befehl, zogen den Kopf ein und rissen die Knie bis zur Brust hoch. Vierzehnhundert Meter über der türkischen Erde schoss das Schachteam auf seiner Sitzreihe festgeschnallt aus dem Heck der *Crescent* wie eine Gruppe Teenager vom Freefall-Turm.

77 Babel

Durcheinandergewirbelt von den starken Turbulenzen, taumelte die Sitzreihe mitsamt dem Team dem Felsengebirge entgegen. Ihnen blieben nur Sekunden, um sich loszuschnallen und die Reißleinen zu ziehen. King, der in der Mitte des Fünfmannteams saß, brüllte Befehle.

»Bishop, Alexander, los!«

Beide Männer konnten ihn deutlich in ihren Ohrhörern hören. Sie klinkten sich aus und rollten zur Seite weg. Unmittelbar darauf zogen sie die Reißleinen und ließen die anderen an sich vorbeischießen.

Ihnen blieben noch Sekundenbruchteile.

»Queen, Knight, los!«

Beide stießen sich gleichzeitig von ihren Sitzen ab und lösten die Fallschirme aus. King schoss mitsamt der Bank unter ihnen hinweg. Er war kaum vierhundertfünfzig Meter hoch, als er seinen Gurt löste und sich mit den Füßen von der Bank wegdrückte. Er zog die Reißleine. Der sich öffnende Schirm bremste seinen Fall ruckartig ab, während die Bank in einem Schauer aus Kleinteilen am Berghang zerschellte.

King biss die Zähne zusammen. Er hatte keine Ahnung, über welche Sicherheits- und Überwachungsgeräte die Anlage verfügte, aber das hier musste ihre Ankunft vom Himmel mit Sicherheit verraten haben. Er machte sich auf Abwehrfeuer gefasst, doch es blieb aus. Die kahle Bergflanke blieb stumm und leer. Sie raste nur mit beachtlichem Tempo auf ihn zu.

King beugte die Knie zur Landung und rollte sich ab. Die am Berg herabströmende kühle Luft packte seinen Fallschirm und zerrte ihn den steilen Abhang hinunter. Er warf sich herum und grub die Fersen in den Boden. Endlich kam er auf die Füße und griff nach den Leinen. Mühsam brachte er den sich aufblähenden Stoff unter Kontrolle, knüllte ihn rasch zusammen, und stopfte ihn in eine Felsspalte. Er sah, wie die anderen weiter oben am Hang das Gleiche taten. Die Lüftungsöffnung lag weitere dreißig Meter höher.

Der Schacht hatte einen Durchmesser von einem Meter und war von Buschwerk getarnt. Er erstreckte sich tief in die Dunkelheit, doch an seinem Grund glomm ein kleiner Lichtfleck.

»Tiefe?«, fragte King.

Knight richtete einen Laser-Entfernungsmesser in das Loch. »Sechzig Meter.«

»Roll es ab bis siebenundfünfzig«, sagte King zu Bishop, der ein Titankabel abspulte.

Bishop ließ das Kabel in den Schacht hinab und behielt dabei den digitalen Zähler im Auge. Bei siebenundfünfzig hielt er an und legte die Spule auf den Boden. Mit einer Art Miniatur-Heftpistole schoss er fünf Titanklammern in die Erde. Ihre langen, mit Widerhaken besetzten Spitzen konnten angeblich je hundertfünfzig Kilo tragen. Aber *angeblich* war Bishop nicht genug. Er feuerte noch fünf weitere ab, bevor er zurücktrat. »Es kann losgehen.«

King klemmte ein Stopp-Abseilgerät auf das Kabel. Der spezielle Hebel gestattete es, den Abstieg zu verlangsamen, indem man den Griff lockerte. Es dauerte seine Zeit, sich an die kontraintuitive Bedienung zu gewöhnen, doch wenn man sie einmal beherrschte, funktionierte das Gerät reibungslos. Allerdings galt das für normales Abseilen am Fels. King jedoch musste in eine vertikale Röhre hinabgleiten – mit dem Kopf voran. Er schlang zuerst die Füße um das Kabel, dann ließ er sich in den Tunnel hinab. Als es finster wurde, zog er sich die Nachtsichtbrille über die Augen. Der Schacht verlief senkrecht nach unten, soweit er sehen konnte. Mit genügend Platz auf beiden Seiten und freier Bahn drückte King den Hebelgriff seines Abseilgeräts zusammen und schoss in die Tiefe. Die anderen folgten im Abstand von jeweils zwanzig Sekunden.

Die Luft wurde zusehends wärmer, je tiefer King kam. Bald war das Licht von unten so hell, dass er die Nachtsichtbrille absetzen musste. Er konnte nur hoffen, dass er nicht mitten in einer Lavagrube oder vor einem Erschießungskommando landete.

Er lockerte den Griff und wurde langsamer. Das gelb markierte Ende des Kabels lag zehn Meter tiefer unter ihm. Wenn er bis dahin nicht zum Stehen gekommen war, würde er weiterfallen und auf den Boden knallen.

Früher als erwartet schoss King aus dem Lüftungsschacht heraus und baumelte in einem großen, halbkugelförmigen Raum. Schnell sah er sich nach möglichen Gefahren um; als er keine entdeckte, ließ er sich auf den Steinboden fallen. Die anderen folgten in kurzem Abstand und ließen ihre Abseilgeräte an dem herunterbaumelnden Seil hängen. Wenn jemand die Dinger entdeckte, waren sie aufgeflogen. Aber sie hatten ohnehin nicht vor, noch lange im Geheimen zu operieren.

Als King sich dem einzigen Ausgang des Raumes, einem hohen Gang, zuwandte, bemerkte er eine seltsame Lichtquelle und blieb stehen. Eine Kugel aus Licht von der Größe einer Pflaume schwebte zweieinhalb Meter über dem Boden. Er sah weder eine Birne noch ein Stromkabel.

Alexander trat zu ihm. »Das ist sehr schlecht.«

Sie betraten langsam den Gang, unfähig, ihre Augen von dem seltsamen Licht zu lösen. King gab Bishop und Knight ein Zeichen. »Übernehmt die Spitze.« Während die beiden vorangingen, blieb King unter dem Licht stehen. Er streckte die bloße Hand danach aus. Aus der Nähe strahlte es eine sengende Hitze aus, die sich mit wachsender Entfernung aber schnell verminderte. Verwundert schüttelte er den Kopf. Diese kleine Kugel erleuchtete und beheizte mehrere große unterirdische Kammern.

Queen bückte sich und las eine Handvoll Staub vom Boden des Gangs auf.

»Was tust du da?«, fragte King, als sie sich wieder aufrichtete.

»Als du in seine Nähe gekommen bist, standen dir alle Haare zu Berge«, erwiderte sie.

»Statische Aufladung?«

Statt zu antworten, warf Queen den Sand nach der Kugel. Die am weitesten entfernten Körnchen fielen zu Boden. Die der Lichtquelle am nächsten kamen fielen hinein wie von einer unsichtbaren Kraft angezogen. Und der Sand dazwischen hing in der Luft, als befände er sich im Orbit um einen Stern. »Keine Statik. Schwerkraft.«

Damit ein so kleines Objekt eine so große Anziehungskraft entwickelte, musste es unvorstellbar dicht sein. »Es sind Miniatursonnen«, schlussfolgerte King.

»*Sehr*, sehr schlecht«, wiederholte Alexander, bevor er weiterging. »Wissenschaftler an der National Ignition Facility versuchen derzeit, mittels Lasern eine sonnenähnliche Fusionsreaktion zu erzeugen, die eine unbegrenzte Energiequelle darstellen würde, aber das hier … das geht über jede Wissenschaft hinaus, die ich kenne.«

»Und ich sehe auch keine Laser«, merkte Queen an.

Sie wussten, was das bedeutete. Ridley hatte nicht nur das Geheimnis der Unsterblichkeit gelüftet, Steine animiert und Lehm zum Leben erweckt oder zumindest zu einer guten Annäherung daran, sondern auch das Geheimnis des Lichts entschlüsselt – nicht im Sinne eines Thomas Edison, sondern in dem eines Schöpfers aller Existenz. Etwas weit jenseits ihres Verständnisses.

King betrachtete sein XM25, ein Hightech-Gerät. Seine Explosivgeschosse waren primitiv im Vergleich zu der winzigen Sonne hinter ihnen. Konnte er wirklich einen Mann aufhalten, der sich zum Gott erhoben hatte? Er musterte Alexander, der die Geschichte so manipuliert hatte, dass die Welt glaubte, er, der mächtige Herkules, wäre ein Mythos, halb Mensch, halb Gott. Ridley hatte diesen Status anscheinend tatsächlich erreicht.

Alexander begegnete Kings Blick. »Er ist immer noch ein Mensch.«

King verstand, dass ihre Gedanken sich in ähnlichen Bahnen bewegt hatten. »Wie töten wir ihn?«

»Wir können ihn nicht töten«, sagte Alexander. »Aber wir können ihn zum Schweigen bringen.«

»Wie?«

»Ihm den Kopf abschneiden. Die Wunde versengen.«

»Wie bei der Hydra.«

Mit erhobener Hand unterbrach Knight vom Ende des Gangs ihre gedämpfte Unterhaltung. Er deutete zum Tunnelausgang und dann an sein Ohr. Er hörte jemanden. King ging ein Stück weiter und lauschte. Die tiefe Baritonstimme war unverwechselbar.

Sie hatten Richard Ridley gefunden.

Eine zweite, identische Stimme antwortete ihm.

Sie hatten *mehrere* Richard Ridleys gefunden.

78

King führte das Team behutsam und lautlos weiter auf die Stimmen zu. An einem abzweigenden Tunnel signalisierte er Queen, Bishop und Knight: »Seht nach, wohin der Gang führt. Haltet die Augen nach Fiona offen.«

Queen zögerte, nickte dann aber. Sie brannte darauf, Ridley auszulöschen, aber King hatte recht. Ihre Chancen, Fiona zu finden, standen besser, wenn sie sich aufteilten. Jedes Teammitglied hatte eine Insulinspritze dabei. Es kam nicht darauf an, wer von ihnen sie fand. Hauptsache, *irgendjemand* fand sie.

Mit Queen an der Spitze folgten Bishop und Knight dem Seitengang, der in seinem Verlauf in regelmäßigen Abständen von Minisonnen erleuchtet war.

King und Alexander schlichen weiter auf die Stimmen zu. Der Tunnelausgang war schmal, und zu beiden Seiten kragten Mauerteile vor, hinter denen sie sich gut verbergen konnten. Sie lehnten sich flach gegen den braunen Stein und spähten in die sich vor ihnen öffnende Kammer.

Es war ein großer, konzentrisch in zwei Ringe unterteilter Raum. Die Felswände der umlaufenden Säulenhalle waren mit Wandbildern und Keilschriftblöcken bedeckt. Der glatte Boden bestand aus massiven Steinquadern, die fast nahtlos aneinandergefügt waren. Mehrere große Statuen mit hocherhobenen Armen trennten die äußere Halle von einer inneren Kammer. Sie schienen das Dach zu tragen, doch King vermutete, dass sie rein dekorativen Zwecken dienten.

Er betrachtete die nächststehende Statue. Der Stil war eindeutig sumerisch – starre Haltung, stockartige Gliedmaßen, gebeugte Gelenke. Der Körperbau schien maskulin zu sein, aber sie trug eine Art knielangen Rock. Steif wirkende Haarrollen reichten bis knapp unter die Schulter. King bezweifelte nicht, dass das Gesicht, das er von seiner Position aus nicht sehen konnte, mit den gleichen überdimensionalen, ovalen, blauen Lapislazuli-Augen vor sich hin starren würde, die er aus den Hängenden Gärten unter Babylon kannte.

Er zeigte auf Alexander und deutete auf die beiden ihnen am nächsten stehenden Statuen. Alexander warf einen schnellen Blick um die Ecke und huschte dann lautlos zu der sechs Meter entfernten Figur. Er verbarg sich dahinter und drückte sich mit dem Rücken dagegen.

King fiel auf, wie leicht es Alexander fiel, sich lautlos zu bewegen. Wie oft hatte er sich schon an einen Feind angeschlichen? An wie vielen Kriegen hatte er teilgenommen? *Oder besser gesagt*, dachte King, *wie viele Kriege hat er angefangen?*

Alexander spähte kurz hinter der Statue hervor, bevor er King zuwinkte.

Der huschte hinter die zweite Statue und duckte sich. Ihre aus einem einzigen Marmorblock gehauenen Beine waren groß genug, um ihn mühelos zu verbergen. Er kauerte sich hin, lugte hinter dem Sockel hervor und warf einen Blick in die Kammer.

Die Decke wölbte sich stufenförmig nach oben, getragen von den neun kreisförmig angeordneten Figuren. Experimentiertische, auf denen Laborausrüstung und Versuchstierkäfige standen, waren über einem dunkelbraunen

Fleck auf dem Steinboden aufgebaut. Doch das alles nahm King kaum wahr. Seine Aufmerksamkeit galt voll und ganz Richard Ridley.

Zweien von ihm.

Sie flankierten einen dritten Mann, dessen Körper und Kopf ein Kapuzenumhang verhüllte. Er schien irgendwie entstellt zu sein, bucklig. Die drei Männer unterhielten sich in gedämpftem Ton, unmöglich zu verstehen. King war nicht einmal sicher, welche Sprache sie verwendeten.

Dann fiel es ihm wie Schuppen von den Augen: Es war die Ursprache!

Aber führten sie ein Gespräch, oder planten sie neue Schandtaten?

Kings Frage beantwortete sich von selbst, als ein Staubwölkchen von oben auf ihn herabrieselte. Er sah, wie es langsam an seinem Gesicht vorbeischwebte und sich auf seinen Arm legte. Er richtete den Blick nach oben.

Zwei fußballgroße blaue Augen starrten ihn voller Wut an. Die Statue hatte den Kopf gedreht! Sie rümpfte ihre mopsartige Nase und fletschte zwei Reihen scharfer Zähne. Obwohl die Figuren offenbar sumerisch waren, sollten sie nicht menschlich wirken. Jedenfalls nicht vollständig.

Bevor er einen Muskel rühren oder Alexander eine Warnung zurufen konnte, erwachte die Statue zum Leben und schlang ihm die gewaltigen Arme in einer zermalmenden Umarmung um die Brust. Er staunte über die Schnelligkeit und Lautlosigkeit, mit der der Golem sich bewegte. Anscheinend hatte Ridley seine Kunst perfektioniert. Dann setzte der Schmerz ein, als seine Rippen in der steinernen Umarmung zusammengequetscht wurden. Waffe und Ausrüstung wurden ihm gegen den Körper gepresst, machten jede Gegenwehr zur Qual und ein Entkommen unmöglich. Er schlug ein paarmal nach dem Golem, aber seine Anstrengungen waren fruchtlos. Das Ding empfand keinen Schmerz. *Teufel noch mal*, dachte King, *wahrscheinlich empfindet es überhaupt nichts.*

Er wurde in die Luft gehoben, und der Golem wandte sich der Mitte des Raums zu. Sechs Meter entfernt erging es Alexander ähnlich, auch wenn ihm die Arme an den Seiten festgeklemmt waren, während King sie frei bewegen konnte. Alexander sträubte sich gegen die Umklammerung. Seine Verletzungen heilten so schnell, wie er sie sich selbst zufügte, aber es gelang ihm dennoch nicht, sich zu befreien.

Die beiden Richard Ridleys und der Kapuzenmann wandten sich zu ihnen um.

Ridleys Stimme dröhnte durch die Kammer. »Willkommen, King.« Doch keiner der beiden Ridleys hatte gesprochen.

Der in der Mitte ist also der echte, dachte King. *Ridley 1.0. Mit seinem Körper stimmt allerdings etwas nicht, nur was?*

»Und unser geheimnisvoller Widersacher, nehme ich an?«, meinte Ridley. Der Kapuzenmann drehte sich in Alexanders Richtung, und seine nächsten Worte bestätigten Kings Verdacht, dass es sich bei ihm um den ursprünglichen Ridley handelte.

»Wir haben viel gemeinsam, Sie und ich«, meinte er. »Obwohl es Ihnen ein wenig an Ehrgeiz zu mangeln scheint.«

Alexander blieb stumm, und seine Arme zitterten vor Anstrengung, während er sich dem Griff des Golems zu entwinden versuchte.

»Oder fehlt es Ihnen an Intelligenz? Schließlich wurden sie in die Welt hineingeboren, als sie noch als flache Scheibe galt. Ich respektiere, was Sie erreicht haben, die Leben, die Sie gelebt haben. Aber Sie haben Tausende von

Jahren lang Ihren Horizont nicht erweitert, sind engstirnig geblieben. Natürlich fehlte Ihnen die Ursprache. Die war schon vor Ihrer Zeit verschwunden. Aber selbst wenn Sie sie beherrscht hätten, das Fehlen der nötigen Technologie hätte logistische Probleme bereitet. Wie hätten Sie einen ganzen Planeten voller Menschen erreichen wollen? Glücklicherweise ist das heute kein Problem mehr.« Ridley griff in die Tasche und zog einen USB-Stick heraus. »Fünfzehn Sekunden Tonaufzeichnung, die die Welt verändern werden. Wenn ich fertig bin, wird es wieder eine einheitliche Sprache geben. Einen Gott. Die menschliche Rasse wird für alle Zeiten unter meiner Führung vereint sein.«

Ridley klappte einen Laptop auf und schloss den USB-Stick an. King verfolgte den Lauf des Kabels, das aus dem Laptop kam. Es hing herunter auf den Boden. Von da aus führte es zwischen zwei der Statuen hindurch und endete an einer Reihe von blinkenden Servern, die ihm bis jetzt nicht aufgefallen waren. Von dort führten weitere Kabel weg, einige verschwanden im Steinboden, andere verliefen durch die Decke nach oben.

»Sie sind mit der ganzen Welt verbunden?«, fragte King.

Während der Computer hochfuhr, drehte Ridley sich wieder zu ihnen um. »Eigentlich eine ganz einfache Sache, wenn auch ohne die Hilfe meiner russischen Freunde nicht machbar. Wie geht es übrigens Rook? Hatte er Schwierigkeiten in Sibirien?«

King blieb ungerührt. Über Rooks Schicksal musste er sich zu einem späteren Zeitpunkt Sorgen machen.

Ridley lächelte, als King nicht anbiss. »Die Russen haben mir Zugang zu ihren Telefonleitungen, Sendemasten und Satelliten rund um die Welt gewährt. Ihre Hacker haben mir einen dreißigsekündigen, unbeschränkten Zugriff auf alle Kommunikationsmittel der restlichen Welt verschafft. Die Russen glauben, dass ich mich in den US-Finanzmarkt hacken und ihn zum Kollaps bringen will, und wenn sie die Wahrheit erfahren, werden sie sich nicht beschweren. Niemand wird sich je wieder beschweren.«

Ridley tippte sich an die Stirn. »Denn der wirkliche Hack passiert hier oben. Im menschlichen Verstand. Wussten Sie, dass es in der menschlichen Geschichte eine Zeit gab, in der der Mensch fügsam war? Nennen Sie es das Unterordnungsgen oder das Naivitätsgen. Ganz wie Sie wollen. Wir waren loyal, liebten bedingungslos und hatten keinerlei Hintergedanken. Wie zweibeinige Kühe. Wir hatten den freien Willen, zu wählen, ob wir beispielsweise einen Apfel oder eine Traube essen wollten, aber wir wussten nichts von Gut und Böse. Bis irgendetwas den Schalter umlegte.« Er schnippte mit den Fingern. »Und wir uns veränderten. Wir wurden Killer, verzehrten uns vor Gier, Lust und Neid. Der ursprüngliche Sprecher der Ursprache hat uns zu dem gemacht, was wir sind. Ich werde die Dinge wieder ins Lot bringen.«

»Sie legen den Schalter also wieder in die andere Richtung?«, fragte King. »Geht es darum? Sie wollen die Welt retten?«

Ridley nickte. »Genau das tue ich. Die Menschheit wird wieder Frieden haben. Keine Kriege mehr. Kein Hass. Keine Furcht. Wir werden wieder unschuldig sein. Ich lenke lediglich die Anbetung der Menschheit für den ursprünglichen Sprecher der Ursprache – auf mich.« Ridley hob die Arme in die Höhe. »›Und Gott wird abwischen alle Tränen von ihren Augen, und der Tod wird nicht mehr sein, noch Leid noch Geschrei noch Schmerz wird mehr sein; denn das Erste ist vergangen.‹ Sehen Sie? Es wurde uns alles prophezeit.«

Ridley lächelte. »Aber Sie fragen sich immer noch, wie

das möglich sein soll? Oh, ihr Kleingläubigen. Manche Dinge übersteigen das menschliche Begriffsvermögen, King. Der Ursprung des Universums. Die Entstehung des Lebens auf unserem Planeten. Dieselbe Wissenschaft, die die Theorien der Evolution und des Urknalls entwickelt hat, sagt uns, dass beide statistisch unmöglich sind. Und doch sind wir hier. Das Universum existiert. Die menschliche Rasse hat sich entwickelt. Und alles entstand … aus einer Sprache. Ob es sich um die Sprache Gottes handelt, einen Alien-Dialekt oder die Schwingungen des Universums, ich weiß es nicht. Ich verstehe ihren Ursprung noch nicht ganz, aber sehr wohl ihre Macht.«

»Wie ein Kind mit einer geladenen Waffe«, meinte King.

Ridley dachte einen Moment über diese Analogie nach, und seine Miene verdüsterte sich. »Verstehen Sie denn, wie ein Atom-U-Boot funktioniert? Stealthtechnologie? Das Aegis-Kampfsystem? Könnten Sie mir wenigstens sagen, wie das Metall gewonnen wird, aus dem Ihre Waffen bestehen?«

In der Tat hätte King die meisten dieser Fragen beantworten können, doch der Griff des Steingiganten um seine Brust verstärkte sich. Waren Ridleys Stimmung und das Verhalten des Golems verknüpft? Würde der Golem King töten, wenn Ridley wütend genug war? »Sie haben recht«, sagte King und versuchte, seine Schmerzen nicht zu zeigen.

Das Lächeln kehrte auf Ridleys Gesicht zurück, und die Umklammerung des Golems lockerte sich. Dann sagte Ridley: »Sie sollten froh sein, dass Sie hier sind, King. Dies ist einer der ganz wenigen Orte auf dem Planeten, der vor den Veränderungen geschützt ist. Um Sie werde ich mich persönlich kümmern. Um Sie und Ihr kleines Mädchen.«

King kochte vor Wut, aber er beherrschte sich. Sein vordringliches Ziel war, den anderen Zeit zum Handeln zu verschaffen. Und wenn er sich opfern musste, damit sie die Anlage zur Hölle jagen und sich mit Fiona davonmachen konnten, würde er das mit Freuden tun. Die Worte seines Vaters kamen ihm in den Sinn. *Es gibt keine größere Liebe als die eines Vaters, der bereit ist, sein Leben für seine Kinder zu opfern.* Wenn es sein musste, würde er genau das tun. Erst in diesem Moment wurde King klar, wie sehr er wirklich an Fiona hing.

Verdammt, dachte er, *ich liebe die Kleine.*

Er sah, dass der Laptop inzwischen vollständig hochgefahren war und eine Software geladen wurde. In der Hoffnung, Ridley abzulenken, fragte er: »Wie ist es Ihnen ergangen, Ridley? Nachdem Sie aus dem Helikopter gesprungen sind?«

Der Kapuzen-Ridley antwortete: »Ich habe einen Arm verloren«, erwiderte er. »Und beinahe den Kopf.«

»Und ich wurde geboren.«

Die zweite Stimme drang ebenfalls unter der Kutte hervor, klang aber anders. Hatte er sich auch die Stimmbänder verletzt? Waren seine regenerativen Fähigkeiten nicht so ausgefeilt wie die Alexanders?

»Das Serum, das ich mir nur Minuten vor unserer letzten Begegnung spritzte, war noch nicht ganz perfektioniert.« Er lachte leise. »Als ich aus dem Hubschrauber sprang, hatte ich keine Ahnung, ob ich überleben würde. Aber das tat ich. Neben dem regenerativen Gen der Hydra hatte ich allerdings noch ein zweites Gen erhalten. Seine Wirkungsweise erkannte ich erst, als ich in den Rückspiegel des Wagens sah, der mich in die Freiheit trug.«

King bemerkte, dass Alexander seinen Widerstand aufgegeben hatte und gespannt zuhörte.

»Es war dieser Nebeneffekt, der mich dazu trieb, mich gründlicher mit der Ursprache zu befassen. Schon Jahre bevor wir uns begegneten, forschte ich in der Vergangenheit nach Hinweisen auf lange vergessene Kräfte – was mich, wie Sie wissen, zu den Überresten der legendären Hydra führte. Uralte Karten, Runen, Texte, Hieroglyphen – ich studierte die Geschichte der Welt und kam zu dem verblüffenden Ergebnis: Die Geschichte des Turms von Babel ist *wahr*. Ich verstehe noch nicht ganz, wie der Mechanismus funktionierte, mit dem die Sprache der Menschheit zersplittert wurde, aber es gab ihn. In den letzten zwei Jahren konnte ich nach und nach mehrere Schlüsselsätze der verlorenen Sprache rekonstruieren, die es mir ermöglichen, die physische Welt ebenso zu verändern und umzugestalten wie die Gedanken und Emotionen der Menschen, die darin leben. Ganz zu schweigen davon, dass ich jetzt über das Werkzeug verfüge, mit dem ich mich von dieser unglückseligen Verunstaltung befreien kann.«

»Das war jetzt aber nicht nett«, sagte die höhere, belegte Stimme.

»Tut mir leid, Adam. Du wirst immer mein Erstgeborener bleiben.«

Adam. Das erinnerte King an etwas. Ridley hatte seine Golemklone nach der Blutlinie von Adam bis zu König David benannt. War dieser Adam etwa der erste seiner lebensechten Golems?

»Ich hoffe, mich jetzt von ihm trennen zu können – von Adam. Glücklicherweise«, sagte Ridley und hielt eine Steintafel in die Höhe, »ist soeben das letzte Teilchen des Puzzles aus Stonehenge eingetroffen.«

King sah, dass eine Reihe ägyptisch aussehender Zeichen eine Seite der Blausteintafel bedeckte. Er hätte vermutlich sein ganzes Leben der Aufgabe widmen und sie doch nicht entziffern können. Ridley dagegen schien es gelungen zu sein. »Einer von Merlins größten Hits?«

Ridley grinste. »Ich fürchte, Merlin kann das Verdienst nicht für sich beanspruchen. Er hat lediglich niedergeschrieben, was man ihn in Ägypten gelehrt hatte. Das hier ist nur einer von vielen Versuchen, die in der Antike gemacht wurden, die Ursprache in Stein zu konservieren – das einzige Medium, das zuverlässig die Zeiten überdauert.«

»El Mirador«, sagte King, dem langsam aufging, wie viele Teile der alten Sprache Ridley in Ton *und* Schrift zusammengetragen haben musste.

»Eine von vielen Stätten mit schriftlichen Aufzeichnungen der Ursprache«, meinte Ridley. »Ihre primitiven Freunde in Vietnam konnten zwar die in die Wände gemeißelten Worte selbst nicht lesen, haben aber ebenfalls zu meinem Wissensschatz beigetragen. Und mit Hilfe von Merlins Fragment werden Adam und ich die Welt da oben als vollständige Individuen betreten können.« Ridley strich zärtlich über die Tafel, bevor er sie auf den Tisch hinter sich legte. »Und Sie kommen gerade rechtzeitig, um Zeuge unserer Trennung zu sein.« Der verhüllte Ridley trat vor und hob die Arme seitlich hoch. »Zeig dich, Adam.«

King holte scharf Luft, als ein dritter Arm über Ridleys Kopf erschien und nach der Kapuze griff. Die Finger, dünn und krumm, schlossen sich um den Stoff und zogen ihn rasch zurück.

Ridley stand mit nackter Brust vor ihnen, blass und mit glänzendem, kahlen Schädel unter dem Glorienschein der Minisonnen. Der dritte Arm legte sich um seinen Oberkörper und schloss sich fest um die Brust. Ein zweiter Kopf erhob sich hinter der Schulter. Es war Ridleys Gesicht, wenn auch leicht entstellt.

»Danke, King«, sagte Adam. »Ohne Sie wäre ich nie geboren worden.«

79

Queen hielt Wache am Eingang zu einer kleinen Neben-kammer, während Bishop und Knight sich darin umsahen. Das Fehlen von Sicherheitsvorkehrungen machte ihr Sorgen. Früher hatte Ridley sich mit einer Hightech-Sicherheitstruppe namens Gen-Y umgeben. Diese hatte letztlich versagt, daher wunderte es Queen nicht, dass er sie nicht mehr beschäftigte. Aber wenn er früher schon paranoid in Sicherheitsfragen gewesen war, sollte er das jetzt eigentlich in doppeltem Maße sein.

Trotzdem waren die Gänge verlassen.

Das konnte nur drei Dinge bedeuten. Ridley brauchte keine Sicherheit mehr, hatte den Verstand verloren, oder seine Sicherheitsvorkehrungen waren einfach zu gut getarnt. Queen hoffte auf das zweite, befürchtete aber eine Kombination aus Ersterem und Letzterem. Vielleicht auch von allen drei Möglichkeiten.

Knight und Bishop kehrten zurück. »Anscheinend eine antike Waffenkammer. Jede Menge alte Schwerter unter einer faserigen Staubdecke. Wahrscheinlich Holzreste.«

»Sieht nicht so aus, als wäre in letzter Zeit jemand hier gewesen«, fügte Bishop hinzu.

»Wahrscheinlich nicht mehr, seit diese Stätte erbaut wurde«, meinte Knight.

Queen ging lautlos weiter. Sie dachte an Rook. *Er sollte jetzt hier sein.* Aber er war entweder tot und kam nicht wieder oder am Leben und in großen Schwierigkeiten. *Natürlich*, dachte sie weiter, *könnte er auch am Leben sein, aber aus freien Stücken nicht zurückkehren*. Falls das stimmte ... Sie verdrängte den Gedanken und ging zum Eingang des nächsten Nebenraums. Sie hörte ein Kratzen. Dann roch sie eine üble Mischung aus Gerüchen.

Sie hielt inne und atmete durch die Nase.

Pisse und Scheiße.

Das XM25 fest an die Schulter gepresst, betrat Queen die Kammer und erstarrte. Große Käfige stapelten sich an den Wänden drei Reihen hoch. Schnell überflog sie die handbeschrifteten Schilder, die in russischer Sprache abgefasst waren. Darunter befand sich jeweils das Manifold Genetics Logo, ebenfalls auf Russisch. »Seht mal«, sagte sie und deutete darauf. »Die Käfige wurden entweder geliefert, bevor wir Manifold ausgeschaltet haben ...«

»Oder die Firma ist noch aktiv«, sagte Knight.

»In Russland«, sagte Queen. Sie waren Zeuge der Vernichtung von Manifold Gamma und Beta gewesen. Und sie hatten das Manifold Labor in New Hampshire erobert, das den Namen Alpha trug. Aber das griechische Alphabet umfasste noch eine Menge Buchstaben mehr, wer wollte also sagen, ob nicht ebenso viele Manifold-Anlagen existierten?

Die Käfige waren nicht leer. Sie enthielten eine Vielzahl von entstellten Gestalten. Manche waren nicht einmal als irdische Lebewesen identifizierbar, mit Gliedmaßen, wo Köpfe sein sollten, behuften Füßen kombiniert mit menschlichen Händen, schuppigen Gesichtern. Manche wirkten leblos, doch hoben und senkten sich ihre Brustkästen mit jedem Atemzug, obwohl nirgends Mund oder Nase erkennbar waren.

Die Kreaturen in der mittleren Ebene schienen gesund zu sein, wichen aber verängstigt in die hintersten Winkel ihrer Käfige zurück. Es handelte sich dabei um große Eidechsen und Raubvögel. Sie waren bedeckt von den Fäkalien der Tiere in den Käfigen ganz oben – verdreckt und bemitleidenswert. Trotz ihrer Größe schienen sie ebenso scheu zu sein wie ihre kleineren Artgenossen in freier Wildbahn.

Vielleicht waren es Wildtiere, bevor mit ihnen experimentiert wurde, dachte Queen. Dann inspizierte sie die oberste Reihe.

Von dort aus beobachteten sie stumm mehrere gigantische, kurzschwänzige graue Katzen. Sie waren größer als sibirische Tiger und hatten Ohren, an deren Spitze lange schwarze Haarbüschel sprossen. Ihre gelben Katzenaugen schienen niemals zu blinzeln. Das sandgraue Fell war mit länglichen dunklen Flecken bedeckt, an Kinn und Bauch aber weiß und blutbespritzt.

Sie wirkten wohlgenährt. In einem der Käfige bemerkte Queen die Überreste einer menschlichen Hand. Man hatte sie mit Menschenfleisch gefüttert.

Am auffälligsten waren die langen, sichelförmigen Zähne, die über den Unterkiefer hinausragten, und die fünf Zentimeter langen Klauen, die die Katzen reflexartig ein- und ausfuhren.

»Sind das Säbelzahntiger?«, fragte Queen.

»Luchse«, antwortete Bishop. »Sie sind in diesen Bergen beheimatet.«

»Wenn das Luchse sind«, sagte Knight, »dann hat sie jemand genetisch ganz schön umgemodelt.«

»Richard Ridleys Markenzeichen«, meinte Queen, bevor sie weiter durch den breiten Gang zwischen den Käfigen schritt, ohne die Katzen aus den Augen zu lassen, die ihr ihrerseits unverwandt nachstarrten. »Verlassen wir diese abartige Menagerie, und suchen wir nach Fiona.«

Der u-förmige Raum mündete in einen Gang. Sie schlüpften schnell hinaus und waren froh, die riesigen Raubtiere hinter sich zu lassen. Von hier aus hörten sie wieder Ridleys sonore Stimme. Sie schlichen weiter, und eine zweite Stimme ertönte, die sie sehr gut kannten.

King.

Queen bedeutete Knight und Bishop zurückzubleiben und schob sich zum Tunnelausgang. Sie lugte in die runde Hauptkammer und erkannte fünf Personen darin. Zwei Männer, die Richard Ridley zu sein schienen oder seine Golem-Klone, und einen Mann im Kapuzenumhang, der ihr den Rücken zuwandte. King und Alexander befanden sich genau gegenüber, ein, zwei Meter über dem Boden in der Umklammerung zweier gigantischer, lebender Statuen. Queen zählte sieben weitere Statuen, die einen Ring um die Kammer bildeten, bevor sie umkehrte.

Auf dem Rückweg bemerkte sie einen dunklen Schlitz in der Wand. Irgendetwas daran kam ihr seltsam vor, und sie blieb stehen. Sie bückte sich und versuchte, in die Dunkelheit zu spähen. Zwei Hände schossen heraus und fuhren auf ihr Gesicht zu. Sie sprang zurück und hob die Waffe.

Doch die Hände wollten ihr nichts Böses. Sie streckten sich ihr flehend entgegen. Verzweifelt. Und sie gehörten einem dreizehnjährigen Mädchen. Fiona!

Queen trat rasch vor und drückte ihr beruhigend die Hand. Kein Wort wurde gesprochen, denn beide wussten, dass sie sich damit verraten konnten. Nach einer langen Sekunde trat Queen zurück. Sie holte eine Wasserflasche und eine Insulinspritze heraus und schob sie durch den Spalt. Fiona wusste schon, was sie damit tun musste. Queen hob den Zeigefinger und formte mit den Lippen die Worte »Bin gleich zurück«.

Fiona richtete den Daumen nach oben und zog sich mit dem Wasser und der Spritze in ihre Zelle zurück.

Bishop und Knight hatten Queen beobachtet, waren aber auf ihrem Posten geblieben. »Wir müssen da rein«, flüsterte sie ihnen zu.

»Wie soll das gehen, ohne sie auf uns aufmerksam zu machen?«, fragte Knight.

»Ich sorge für eine Ablenkung«, meinte Queen und machte sich auf den Rückweg in die Menagerie.

»Wann sollen wir sprengen?«, wollte Knight wissen.

Queen sah über die Schulter zurück. »Wenn der Krach losgeht.«

80

King fand keine Worte. Er empfand eine Mischung aus Abscheu und Mitleid: Abscheu über das Wesen, zu dem Ridley geworden war – eher ein Teufel als ein Gott –, und Mitleid wegen der kränklich aussehenden Version seiner selbst, die sich an ihn klammerte wie ein Kind, das sich nicht entwöhnen lassen will.

»Wie sind Sie aus Stonehenge entkommen?«, fragte einer der zwei Golem-Ridleys.

Das ist Mahalalel, dachte King, antwortete aber nicht. Seine Augen blieben unverwandt auf Adam gerichtet wie die eines Raubvogels.

Ein Anflug von Angst trat in Adams Augen. Der echte Richard Ridley hatte schon einen Zusammenstoß mit King überlebt und trat ihm jetzt mit der Furchtlosigkeit eines unsterblichen Wesens entgegen. Aber Adam ... mit dem war es etwas anderes.

»Sie haben die Vergangenheit entweiht«, blaffte Alexander.

King war nicht sicher, was Alexander damit erreichen wollte, vielleicht hatte er ja einfach die unmerkliche Bewegung von Kings rechtem Arm gesehen. Wie auch immer, der Führer des Schachteams war dankbar für die Ablenkung.

Ridley und Adam lachten schallend und unisono. Das zusammengewachsene Duo ließ Kenan und Mahalalel stehen und ging auf Alexander zu. Dicht vor ihm stoppte es und starrte ihn aus zusammengekniffenen Augen an. »Sollen wir mal gegeneinander aufrechnen, wer was entweiht hat? Hm? Ich bin sicher, King würde das gefallen. Ich weiß mehr über dich, als du denkst, Herkules.«

»Du weißt gar nichts«, schnappte Alexander. »Ich werde dein Untergang sein.«

»Wie komisch. Ich dachte gerade dasselbe über mich.«

Alexander stemmte sich gegen die Steinarme, die ihn umklammerten. Und obwohl er sich nicht befreien konnte, gelang es ihm, die Arme des Golems ein Stück auseinanderzudrücken. Diese Demonstration von herkulischer Kraft reichte aus, um die Aufmerksamkeit aller vier Ridleys zu fesseln, und gab King die Möglichkeit zu handeln.

Während er die Sig-Sauer-Pistole aus dem Clip an seinem Oberschenkel zog, überlegte er, wen von den vieren er aufs Korn nehmen sollte. Möglicherweise konnte eine Kugel die beiden Lehmgolems mit Ridleys Gestalt umwerfen, aber er war nicht sicher, ob sie sie auch töten würde. Das Original hatte so wenig von Feuerwaffen zu befürchten wie Alexander oder Bishop. Auf ihn zu schießen wäre Zeitverschwendung.

Aber Adam. Die Furcht in seinen Augen hatte King einen Gedanken eingegeben. Er dachte zurück an die Hydra. Nur ihr zentraler Kopf war wirklich unsterblich gewesen. Konnte Adam getötet werden? Ridleys Körper enthielt zwei verschiedene Gene der Hydra. Würden die regenerativen Fähigkeiten sich auch auf Adam erstrecken?

Es gab nur einen Weg, das herauszufinden.

In dem Moment, als King die Waffe hob, warf Adam einen Blick in seine Richtung. Er bemerkte die Pistole sofort. Seine Augen weiteten sich. Seine Lippen verzerrten sich vor Angst und entblößten schiefe Zähne. Die tiefe Todesangst in seiner Miene beantwortete Kings Fragen schon bevor er ihn ins Visier nahm.

Er drückte ab.

Den Arm über die Nase gelegt und mit gesenkter Waffe betrat Queen die Menagerie. Sie ging hindurch und musterte die riesigen Katzen, deren Augen ihr mechanisch durch den Raum folgten. In der Mitte blieb sie stehen und sah zwischen den Katzen hin und her. Keine von ihnen rührte sich.

Sie wandte sich einem der unteren Käfige zu, der eine reglose, scheußlich entstellte Gestalt beherbergte. Sie zog ihr KA-BAR Messer und stieß es hinein. Der Körper zuckte konvulsivisch, erschlaffte aber, als sie die Klinge herauszog. Ein Schwall frischen Blutes strömte heraus.

Drei der Katzen sprangen auf und begannen, in ihren großen Käfigen auf und ab zu tigern. Die Käfigtüren waren mit einfachen Riegeln verschlossen. Queen zog den ersten zurück, öffnete die Tür aber nicht. Stattdessen wiederholte sie die Prozedur an den nächsten beiden Käfigen. Dann ging sie zu dem Ausgang, durch den sie ursprünglich hereingekommen waren.

»Wo sind denn die Kätzchen?«, fragte sie, als keine der Katzen Anstalten machte, ihren Käfig zu verlassen.

Schließlich versetzte die größte von ihnen der Käfigtür einen Prankenhieb. Als sie aufsprang, zuckte das Tier zurück. Doch es erholte sich rasch von dem Schrecken und näherte sich vorsichtig der offenen Tür. Die anderen Katzen sahen es und stupsten ihre unverschlossenen Käfigtüren ebenfalls an.

Queen sagte: »Komm, Kätzchen, sei kein Frosch.«

Als die größte der drei sie ansah, rannte sie davon, ohne darauf zu warten, ob die Katzen den Köder schluckten. Sie wusste, dass bei dem Blutgeruch in der Luft und einer schnell davonlaufenden Beute die Raubtierinstinkte einsetzen würden.

Mit seinem schlanken Arm griff Knight durch den schmalen Spalt in der Wand vor Fionas Zelle und brachte mehrere kleine Richtladungen an. Trotz ihrer geringen Größe besaßen die Sprengladungen eine beträchtliche Durchschlagskraft, die sich allerdings zum größten Teil auf den Gang richten würde, nicht in die Zelle hinein. Trotzdem beneidete er Fiona nicht. Höchstwahrscheinlich würde sie Ohrenverletzungen davontragen und auch den einen oder anderen Splitter abbekommen. Aber ihm fiel keine bessere Methode ein, die Wand schnell zu öffnen.

Er sah zu Bishop, der am Ende des Tunnels kauerte und King, Alexander und die Ridleys beobachtete. Er wirkte beunruhigt.

Knight drückte das letzte C4 in eine Felsspalte. Rasch steckte er vier Fernzündkapseln in den knetgummiartigen Sprengstoff und schaltete die Empfänger ein. Jetzt, da das C4 »scharf« war, genügte ein einfacher Knopfdruck, um die Wand wegzusprengen und Fiona zu befreien.

Knight kroch zu Bishop und stieß ihn am Fuß an. Bishop sah sich um. Knight gab das Okay-Zeichen und bedeutete ihm mitzukommen. Vor Fionas Zelle hielten sie an. Sie konnten ihr schmutziges Gesicht dicht an den Spalt gedrückt sehen.

»Was macht ihr da?«, fragte sie.

»Roll dich in der hintersten Ecke zusammen«, flüsterte Knight. »Mach die Augen zu, leg dir die Hände über die Ohren und öffne den Mund. Das hilft.«

»Wird es weh tun?«

Knight hasste es, das sagen zu müssen, aber dieses Mädchen konnte er nicht belügen. »Ein bisschen.«

»Dann wartet«, flüsterte sie. »Lasst mich erst etwas anderes versuchen.«

»Fiona, wir haben keine Zei…«

Aber sie war bereits in die Dunkelheit zurückgetreten. Knight hörte sie mit leiser Stimme etwas sagen, konnte die Worte aber nicht verstehen. *Fiona benutzt die Ursprache!*, dachte er und fragte sich, wie das möglich war.

Die Wände teilten sich und bildeten eine Tür.

Die beiden Männer verloren keine Zeit und traten in die Zelle. Fiona sank geschwächt an der Rückwand zusammen. Sie eilten zu ihr und stützten sie.

»Das war ja vielleicht ein Ding, Kleines«, sagte Knight.

»Wie hast du die Sprache gelernt?«, wollte Bishop wissen.

»Ich bin eine gute Spionin«, sagte sie mit breitem Grinsen.

Knight fiel auf, wie gesund Fiona aussah. Ein wenig schmutzig, aber so fit wie in Fort Bragg. Hatte Ridley sich so gut um sie gekümmert? Wenn ja, warum? Er sah sich in der Zelle um und suchte nach Anzeichen dafür, dass für Fiona gesorgt worden war – Wasserflaschen, Essensreste, irgendwas. Aber da lagen nur die Wasserflasche und die Insulinspritze, die Queen ihr gegeben hatte. Sie hatte das Wasser anscheinend ausgetrunken, die Spritze jedoch nicht benutzt.

Was zum … Knight hob die Spritze auf und hielt sie hoch, damit Bishop sie sehen konnte. Bishop wandte sich zu Fiona um. »Fiona, warum hast du …«

Aber Fiona war verschwunden.

Die beiden Männer wirbelten zum Ausgang herum. Die Wand schloss sich bereits wieder. Fiona stand auf der anderen Seite und lächelte sie an. Sie hielt Bishops KA-BAR-Messer in der Hand. Vergeblich stürzten sie auf den enger werdenden Spalt zu, aber es war zu spät. Sie waren gefangen. Selbst der lange Schlitz wuchs mit fünfzehn Zentimeter dickem, massivem Fels zu.

Einen Moment später vernahmen sie einen gedämpften Schuss.

81

Bei einer Geschwindigkeit von 450 km/h hatte Kings Kugel die Distanz zwischen der Mündung und Adam bereits zurückgelegt, bevor jemand den Knall hören konnte. Die Kugel schoss unter Ridleys Kinn hindurch, streifte ihn und riss ihm die Haut auf, bevor sie Adams Stirn durchschlug und seinen Hinterkopf heraussprengte. Der Klang des Schusses erreichte die Gruppe im selben Moment, als Adams Gehirn in einer Wolke aus Blut und Gewebe explodierte. Ridley wurde von dem Einschlag herumgerissen und sah die Hirnmasse vor seinen Füßen auf den Boden spritzen.

Adams Klammergriff um Ridleys Brust lockerte sich, dann ließ er los. Das einarmige Viertel eines Körpers kippte zurück und baumelte schlaff von Ridleys Rücken herab.

»Adam!«, schrie Ridley entsetzt. »Adam! Nein!«

Mahalalel und Kenan eilten zu ihm. Mahalalel stützte Adams unvollständigen Leib, während Kenan Ridley half, sich halb auf den Tisch zu setzen.

»Es heilt nicht«, sagte Mahalalel. »Er ist tot.«

Dann geschah etwas völlig Unerwartetes, das jeden Plan, den King vielleicht entwickelt hatte, schon im Ansatz zum Scheitern brachte. Fiona betrat die Kammer mit auf den Rücken gelegten Händen. Sie wirkte gesund, kräftig und nicht im Geringsten verängstigt.

Ridley sah sie an.

»Fiona, lauf weg!«, schrie King.

Aber das tat sie nicht. Sie ging weiter, bis sie zwischen King und Ridley stand.

»Was tust du denn da?«, fragte King.

Sie warf über die Schulter einen Blick zu Ridley. Kings Magen krampfte sich zusammen. Da stimmte etwas ganz und gar nicht.

Ridleys Lächeln war wie das eines Wolfes, der die Zähne fletscht. »Sie haben vielleicht Adam getötet, aber ich habe immer noch meine Eva. Die erste ihrer Art.«

»Was haben Sie ...«

»Töte ihn, Eva.«

Fiona trat auf King zu. Sie lächelte schwach. »Ja, Vater«, sagte sie und holte die achtzehn Zentimeter lange Klinge hinter dem Rücken hervor. Ihre kleinen, bloßen Füße patschten über den Steinboden. Ihr schwarzer Pyjama war schmutzverkrustet und voller Löcher. Die langen schwarzen Haare hingen ihr wirr über die Schultern. Doch mit ihren Augen stimmte etwas nicht. Sie waren bar jeden Gefühls, als stünde sie unter Schock.

King spürte die Waffe in seiner Hand. Er konnte Fiona erschießen und sich selbst retten, aber das würde ihn vernichten. Lieber starb er, als sie zu töten.

»Fiona, nicht!«, war alles, was King noch herausbrachte, bevor sie ihm das Messer in die Brust stieß.

Knight knickte einen Leuchtstab. Er tauchte den kleinen Raum in hellgrünes Licht. Sie sahen sich rasch um. Rechts von der Außenwand sah Knight ein paar in den Fels geritzte Zeichen. Hätte er nicht ganz hinten an der Wand gestanden, hätte er sie übersehen. Er kniete sich davor hin, hob das Knicklicht und las.

RETTET MICH
Arzu Turan. Vish tracidor vim calee.
Filash vor der wash.
Vilad forsh.

»Was hältst du davon?«, fragte Knight.

»Es muss ein Satz der uralten Sprache sein«, erwiderte Bishop. »Etwas, von dem sie dachte, es könnte ihr helfen.«

»Etwas, das sie wieder zu sich selbst machen könnte.«

Bishop neigte zustimmend den Kopf. Das Mädchen war ganz offensichtlich nicht sie selbst gewesen. »Wir müssen hier raus.«

Knight öffnete die Hand und zeigte auf den Sender. »Die Ladungen sind jetzt wahrscheinlich im Fels eingebettet, aber sie sollten trotzdem funktionieren.«

Bishop zog eine kleine Kamera mit Digitaldisplay hervor und machte eine Aufnahme von dem Text. »Na los«, sagte er und trat einen Schritt zurück. Aber etwas ließ ihn stutzen. Etwas, das mit der Schrift an der Wand zu tun hatte.

Knight lehnte sich abwartend an die Rückwand. »Was ist los?«

»Arzu Turan«, sagte er. »Das ist ein Name. Türkisch. Wahrscheinlich ziemlich verbreitet unter den Frauen der Region.« Er sah Knight an. »Ich glaube nicht, dass er zu der Ursprache gehört.«

»Dann lassen wir ihn weg?«

»Besser, wir ersetzten ihn«, meinte Bishop. »Durch Fiona Lane.«

Knight verstand. Wenn Fiona einen Satz belauscht hatte, der für jemand anderen bestimmt gewesen war, hatte sie den ersten Teil vielleicht nicht als Namen erkannt. Und wenn es ein Name war, dann vielleicht der der armen Seele, der man das angetan hatte, was immer bei diesen

Worten geschah. Das, was auch mit Fiona passiert war. Zumindest hatte sie das wohl befürchtet, als sie diese Worte in die Wand ritzte.

Bishop trat einen Schritt zurück. »Okay, und jetzt spreng das Ding in die Luft.«

Während Queen an der alten Waffenkammer vorbeirannte, warf sie einen Blick über die Schulter. Die erste der großen Katzen sprang gerade hinter ihr in den Tunnel. Die anderen beiden folgten ihr auf dem Fuß. Ihre Augen richteten sich auf Queen, hefteten sich an ihre Beute.

Mein Gott, sind die schnell, dachte sie. *Viel zu schnell!*

Als sie die erste der beiden Biegungen umrundete, die sie zu der Stelle zurückführen würden, wo sie King und Alexander verlassen hatten, waren die Katzen bereits auf halbe Höhe zu ihr aufgerückt. Queen konnte die Tiere natürlich erschießen, wenn es sein musste, doch sie brauchte sie lebend, um ein Höchstmaß an Verwirrung zu stiften. Daher zwang sie ihre müden Glieder, schneller zu laufen, und betete um ein Wunder.

In vollem Tempo stürmte sie um die letzte Kurve. Sie konnte die riesigen Luchse bereits hinter sich hören, das weiche Tappen ihrer Pfoten auf dem harten Steinboden. Mit einer letzten Kraftanstrengung warf sie sich in die große, kreisrunde Kammer.

Fiona hatte auf Kings Herz gezielt, doch er drehte sich seitlich weg. Das Messer bohrte sich rechts von Herz und Lunge zwischen zwei Rippen.

»Sie mörderischer Mistkerl!«, brüllte King.

Ridleys Erwiderung wurde von einer Explosion hinter ihm abgeschnitten. Eine Wolke aus Staub und Steinen schoss aus dem hinteren Zugang der Kammer.

Zwar desorientiert von der Detonation, aber trotzdem geistesgegenwärtig begannen Mahalalel und Kenan, in der Ursprache zu deklamieren. Die Worte waren für King auf der anderen Seite des Raums kaum vernehmbar, doch sie taten ihre Wirkung, denn die restlichen sieben Statuen setzten sich in Bewegung.

Dann donnerte eine neue Stimme durch die Kammer, laut und gebieterisch. Es war Bishop, und wie Mahalalel und Kenan bediente auch er sich der Ursprache. »Fiona Lane. Vish tracidor vim calee. Filash vor der wash. Vilad forsh.«

Ridley gelang es jetzt erst, die Nachwirkungen der Explosion abzuschütteln. »Töte ihn!«, schrie er Fiona zu.

Aber das Mädchen reagierte nicht. King bemerkte eine Veränderung in Fionas Augen. Sie starrte zu ihm hoch, erst auf das Messer in seiner Brust, dessen Heft sie immer noch mit einer Hand umklammert hielt, dann in seine Augen. Ihre Lippen zitterten. Sie war wieder sie selbst. Aber gleichzeitig versagten ihr die Kräfte. Sie wurde bleich. Dunkle Ringe bildeten sich um ihre Augen.

»Töte ihn! Sofort!«

Fiona starrte das Messer an und flüsterte: »Tut mir leid.«

King wollte ihr sagen, dass alles in Ordnung war, dass es nicht ihre Schuld gewesen sei. Doch dann sah er, dass sie etwas ganz anderes meinte. Ihre Hand schloss sich fester um das Messer. Sie entschuldigte sich nicht für etwas, das sie getan hatte. Sie bat um Verzeihung für das, was sie tun wollte. Und King wusste genau, was das war. Er hatte sie nie eine Waffe auf dem Schießstand abfeuern lassen, ihr aber das Messerwerfen beigebracht. Sie war sehr geschickt darin.

Mit dem letzten Funken Energie riss Fiona die Klinge aus Kings Brust, wirbelte herum und warf.

Das Messer grub sich in Ridleys Oberschenkel und brachte ihn zu Fall.

Fiona sackte ebenfalls zu Boden und rollte sich in fötaler Stellung zusammen.

King nutzte das Durcheinander, um auf Kenan zu schießen, aber plötzlich wurden ihm die Rippen genau über der Stelle zusammengequetscht, wo Fiona ihn verwundet hatte. Der Golem drückte wieder stärker zu. King schrie gequält auf und spürte, wie ihm schwarz vor Augen wurde.

Alexander erging es ähnlich, doch während er sich mit seiner eindrucksvollen Kraft gegen die Umarmung des Golems stemmte, wirkte er eher wütend als schmerzgepeinigt.

Wie ein Wirbelwind schoss etwas zwischen den beiden Männern hindurch.

Queen betrat die Bühne.

Sie rannte dicht an Fiona vorbei und sprang in hohem Bogen über Ridley hinweg. King wunderte sich noch, was sie damit erreichen wollte, als drei gigantische Katzen in großen Sätzen hereingestürmt kamen und sich auf die erstbesten sich bewegenden Objekte stürzten – zwei davon auf die Ridley-Golems, und eine auf Ridley selbst.

Nachdem er die merkwürdigen Worte gerufen hatte, die Fiona in die Wand ihrer Zelle geritzt hatte, wartete Bishop, bis er sicher war, dass sie sich von dem Bann befreit hatte, unter dem sie stand. Dann wandte er sich um und rannte zur Zelle zurück. Knight rappelte sich gerade auf. Die Detonation hatte ihn ziemlich mitgenommen, und im Unterschied zu Bishop brauchte er länger, um sich zu erholen.

Trotzdem verlor er keine Zeit. »Hat es funktioniert?«, fragte er.

Bishop stützte ihn. »Was immer man ihr angetan hat, es wurde rückgängig gemacht.«

»Gut«, sagte Knight. Langsam konnte er sich wieder selbständig auf den Beinen halten und hob seine Waffe. »Stürzen wir uns ins Getümmel.«

Mit gezücktem XM25 wandten sie sich der großen Kammer zu, die jetzt unter dem Lärm eines Kampfes zwischen Mensch und Raubkatze erzitterte. Ein riesiger Steingolem mit Löwenkopf trat ihnen entgegen.

Knight wollte sich in die andere Richtung zurückziehen, doch dort verstellte ihnen ein zweiter Golem mit dem Kopf eines Schakals geduckt den Weg.

»In die Zelle!«, rief Bishop.

Knight sah ihn eine scharfe Handgranate zwischen die Füße des Golems mit dem Löwenkopf rollen und sprang zurück in Deckung.

Während ihm Sterne vor den Augen tanzten, sah King verschwommen, wie eine der gewaltigen Katzen einen Golem zu Boden warf. Der zweite Riesenluchs wurde zur Seite geschleudert, schlidderte über den Boden und blieb reglos an der Wand liegen. Die dritte Katze machte einen großen Satz und segelte durch die Luft auf den echten Ridley zu, der entsetzt aufblickte.

Doch das Raubtier erreichte ihn nicht.

King spürte, wie der Griff um seine Brust sich lockerte, und fiel zu Boden. Nach Atem ringend sah er, wie der Golem, der ihn losgelassen hatte, sich die große Katze aus der Luft schnappte. Das Tier wand sich und kratzte mit seinen langen Krallen. Marmorstücke flogen aus dem Leib des Golems, aber es half der Raubkatze nichts.

King musste sich unter den strampelnden Hinterbeinen des Tiers wegducken. Es kämpfte verzweifelt um sein Leben. Farbflecken tanzten vor King in der Luft. Er musste wieder zu Atem kommen.

Ridley lag nur sechs Meter entfernt auf dem Boden. Fiona befand sich genau zwischen ihnen.

Mit vor Angst und Wut verzerrtem Gesicht riss sich Ridley das Messer aus dem Bein und ratterte eine Abfolge fremdartiger Wörter herunter.

Während Kings Sehkraft langsam zurückkehrte, sah er, wie Adams Körper sich von Ridley ablöste und zu Boden glitt. Er war ein halber Mensch, mit einer schmalen Brust voller verkrümmter Rippen und einem Unterleib, der in einem Fleischknoten endete wie ein zugebundener Ballon. King bezweifelte, dass dieses halb ausgeformte Ridley-Duplikat die Trennung überlebt hätte, selbst ohne ein Kugelloch im Schädel.

Ridley sah das anders.

»King!« Seine Stimme war ein bestialisches Brüllen.

Die beiden Männer durchbohrten sich mit Blicken.

»Töte ihn!«, schrie Ridley und starrte an Kings Schulter vorbei.

Ein heftiger Schlag schleuderte King quer durch den Raum. Lediglich die dämpfende Wirkung des dichten Fells der Raubkatze, die ihn getroffen hatte, und sein instinktives Abrollen retteten ihm das Leben. Er kam wieder auf die Beine und duckte sich, während das tote, als Knüppel missbrauchte Raubtier über ihn hinwegsegelte.

Queen rollte sich ab und kam sofort wieder auf die Füße. Der Labortisch neben ihr explodierte, zerschmettert von einem falkenköpfigen Golem. Während Laborutensilien auf sie herabprasselten und der Golem erneut den Arm zum Schlag hob, zielte sie mit der XM25, ließ die Laserzielvorrichtung die Entfernung bestimmen und drückte den

Abzug. Explosivgeschosse strömten aus der Waffe und detonierten am Marmorkopf des Golems. Seine blauen Augen zersplitterten. Das Gesicht löste sich auf.

Aber er ließ sich nicht aufhalten und vollendete den Schlag, zu dem er ausgeholt hatte.

Queen duckte sich unter dem Arm weg, der ihr den Kopf abgerissen hätte. Der Hieb streifte ihre Waffe und zerstörte sie.

Sie warf einen schnellen Blick auf den Gang, aus dem sie Bishop und Knight erwartete, aber der Eingang wurde von einem Golem versperrt. Dann explodierte der Boden unter dessen Füßen, sprengte ihm das Bein weg, und es hagelte Splitter in Queens Richtung.

Knight bewegte den Kopf hin und her, bis das Klingeln in seinen Ohren nachließ, und stand auf. Staub rieselte ihm aus den Haaren. Er wischte ihn hustend weg und wandte sich zu Bishop. »Lebewohl, perfektes Gehör, willkommen, Tinnitus.«

Der Staub reduzierte die Sichtweite im Gang auf ein, zwei Meter. Da draußen konnte alles Mögliche auf sie lauern, aber sie hatten keine Wahl und traten wieder aus der Zelle hinaus. Der Golem, der ihnen den Weg versperrt hatte, lag reglos und in Stücke zerbrochen am Eingang zu der zentralen Kammer. Aber der zweite tauchte wie ein Schemen aus den Staubwolken auf.

Sie rannten auf die große Kammer zu, ohne zu wissen, was sie dort erwartete. Es war ein Realität gewordenes Worst-Case-Szenario.

King saß an der gegenüberliegenden Wand fest, während ein Golem auf ihn zustampfte und eine der großen Katzen als Knüppel schwang. Zwei weitere der Raubtiere lagen tot am Boden. Alexander wurde immer noch von dem Golem umklammert, dessen unermüdlich zudrückende Arme selbst den Mann der Antike zu zermürben begannen. Queen lag nicht weit entfernt mit blutüberströmtem Gesicht am Boden. Ein großer Steinsplitter von Bishops Granate hatte sie erwischt. Sie war außer Gefecht, aber bei Besinnung.

Und alle drei Ridleys standen im Zentrum des Raums und deklamierten in der Ursprache wie Dirigenten, die die Aktionen der acht verbliebenen Golems orchestrierten.

Einer von ihnen, mit einem Gesicht wie ein Dämon, wandte sich zu Bishop um.

Wenn sie sich nicht bald etwas einfallen ließen, kam keiner von ihnen lebend hier heraus. Bishop wusste natürlich, dass er Ridley nicht töten konnte, daher ließ er die Waffe fallen und griff mit bloßen Händen an. Er hoffte, den Mann ablenken zu können, damit er die Kontrolle über seine Golems verlor oder die anderen Teammitglieder eine Fluchtchance bekamen.

Als er an Queen vorbeistürmte, sah sie, wie er unter sein Hemd griff und den Kristall hervorzog – den Kristall, der verhinderte, dass er zu einer unaufhaltsamen Mordmaschine wurde. »Bishop, nicht!«, schrie sie.

Aber es war zu spät. Er hatte sich den Kristall bereits vom Hals gerissen und ihr zugeworfen. Einen Augenblick später zog sein tierisches Geheul alle Blicke auf sich.

Ridleys Augen weiteten sich, als er in Bishops Wahnsinn den Fluch erkannte, den er selbst geschaffen hatte. Bishop, nun wieder ein Regenerierter, ging auf seinen Erschaffer los.

82

Auch Kenan sah Bishop kommen, aber da er die mörderische Wut in dessen Augen nicht vollständig begriff, stellte er sich ihm in den Weg, um seinen Schöpfer zu schützen. Als Golem fühlte er keinen Schmerz. Und als Ebenbild Ridleys war er von beeindruckender Gestalt. Doch gegen einen regenerierten Bishop hatte auch er nicht die geringste Chance.

Bishop rammte den Lehm-Mann wie ein Footballspieler. Seine Hände krallten sich in Kenans Schultern, während seine Kiefer sich um die Kehle des Mannes schlossen und ein Stück herausbissen, wo die Halsschlagader hätte sein sollen. In Bishops Mund verwandelte sich der Klumpen Fleisch augenblicklich zu Lehm. Bishop griff nach unten und riss Kenan den Bauch auf, so dass die inneren Organe herausplatschten und noch im Fallen ebenfalls zu Lehm wurden.

Kenans Körper begann bereits, seine Form zu verlieren, als Bishop ein zweites Mal zupackte und ihn einfach in zwei Hälften zerriss. Zwei große, nasse Klumpen plumpsten zu Boden.

Bishops irrer Blick heftete sich auf das nächste Ridley-Duplikat, das ihn mit geweiteten Augen anstarrte. Er griff an.

Der Mann rannte davon.

Bishop beharkte Mahalalels Rücken mit den Händen und riss große Fleischklumpen heraus, die sofort zu Lehm wurden. Der Ridley-Golem strauchelte und fiel. Bishop packte das Bein des Mannes und biss hinein. Er spuckte Lehm aus und wandte sich brüllend dem dritten und letzten Ridley zu. Getrieben von Blutdurst und Hass auf alles, was wie Ridley aussah, sprang er ihn an. Die Arme weit ausgestreckt. Die Finger zu Krallen gekrümmt. Die Kiefer weit aufgerissen und Geifer sprühend. Er würde Ridley in Stücke reißen und sein Fleisch fressen, bis ihm der Magen platzte. Da Ridleys Körper sich genauso schnell regenerierte, wie Bishop fraß, konnten sie diesen grausamen Kreislauf endlos fortsetzen.

Ein Anflug von Furcht packte Ridley, doch dann fasste er sich wieder. Er besaß sämtliches Wissen, das er brauchte.

Während Bishop nach seiner Kehle schnappte, stieß Ridley eine Reihe von Wörtern hervor, die denen ähnelten, mit deren Hilfe er Adam von seinem Körper abgestoßen hatte. Es war seltsam widersprüchlich, einem Angreifer Worte der Heilung entgegenzuschleudern, doch nur so konnte er Bishop aufhalten. Es würde ihm seinen Verstand und seinen moralischen Kompass zurückgeben und ihm gleichzeitig die regenerativen Fähigkeiten rauben. Dann konnte man den Mann töten.

Die Wirkung trat augenblicklich ein.

Bishops Beine knickten ein, und er stürzte, bevor er Ridley erreichte. Verwirrt schüttelte er den Kopf, stemmte sich hoch und hielt sich die lehmbeschmierten Hände vor die Augen. Sein Mund war voll mit dem Zeug. Er starrte Ridley an. »Sie … Sie haben mich geheilt?«

Ridley grinste. »Und gerade noch rechtzeitig, wie mir scheint.«

Etwas traf Bishop mit gewaltiger Wucht in die Seite und streckte ihn zu Boden.

Solange Ridleys Leben in Gefahr war, konzentrierten die Golems sich ganz auf dessen Schutz. King sah, wie Knight aus einem Seitentunnel schlüpfte. Schnell und tief geduckt huschte er unbemerkt durch die Kammer. Er nahm Fiona in die Arme, sah, in welchem Zustand sie sich befand, und zog rasch seine Insulinspritze hervor. Er injizierte ihr die volle Dosis ins Bein. Aber er konnte nicht darauf warten, ob sie schnell genug wirken und dem Mädchen das Leben retten würde.

Die Blicke der beiden Soldaten trafen sich.

»Bring sie weg«, formte King mit den Lippen.

Knight nickte kurz und rannte denselben Weg zurück, den er gekommen war.

Beim Anblick von Fionas schlaffer Gestalt stieg ein nie gekannter Zorn in King auf. Er ergriff so vollständig Besitz von ihm, dass es in seinen Gedanken nur noch Raum für den Mann gab, der für den Zustand seines Mädchens verantwortlich war.

Ridley!

King handelte schnell. Er hatte gesehen, wie Bishops Granate einen der Golems gefällt hatte, und ließ eine von seinen eigenen über den Boden kollern.

Die donnernde Wucht der Explosion warf ihn nach vorne. Er landete zwischen Queen, die sich gerade wieder aufrappelte, und Bishops Waffe. Er robbte zu dem Gewehr, riss es hoch und feuerte einen Kugelhagel auf den Golem ab, der Alexander festhielt. Der Golem taumelte zurück, als die Geschosse in seine Arme einschlugen. Ebenso viele Kugeln trafen Alexander. Er schrie vor Schmerz, während sie seinen Körper zerfetzten.

»Was machst du denn da?«, rief Queen.

King gab keine Antwort. Als der Golem sein Gleichgewicht wiederfand, waren Alexanders Wunden bereits verheilt, und er stemmte sich gegen die attackierten Steinarme. Sie gaben nach und brachen in einem Schauer von Steinsplittern auseinander.

Alexander – Herkules – war frei.

Und mehr als sauer.

Er warf den Golem, der ihn festgehalten hatte, zu Boden und hieb ihn in Stücke, während seine Fäuste bei jedem Schlag brachen und rechtzeitig für den nächsten wieder zusammenwuchsen.

Queens kopfloser Golem mischte sich erneut in den Kampf ein und ging auf sie los. Sie duckte sich, während King das XM25 hob und die Bauchregion des steinernen Giganten zerschoss.

Inmitten des Chaos sah King plötzlich eine Möglichkeit, dem Team für die Flucht mit Fiona freie Bahn zu verschaffen.

Es gibt keine größere Liebe als die eines Vaters, der bereit ist, sein Leben für seine Kinder zu opfern.

Das Trommelfeuer übertönend schrie er Queen zu: »Nimm Bishop! Deckt Knight und Fiona den Rücken!«

Queen nickte und schlüpfte an dem kopflosen Golem vorbei. Während zwei weitere der Steinriesen Kurs auf sie nahmen, zog sie Bishop auf die Beine. Er war bei Bewusstsein, aber verletzt.

Verletzt.

»Jetzt reiß dich zusammen, Großer«, schrie Queen ihn an. »Zeit, sich zu verdrücken!«

Bishop ließ zu, dass Queen ihn stützte und ihm zu dem Ausgang half, wo Knight mit Fiona über der Schulter und dem XM25 in der Hand stand. Er hob die Waffe einhändig und feuerte.

Die Geschosse pfiffen an Queen vorbei und trafen den Golem hinter ihr. Die Einschläge bremsten den Koloss, hielten ihn aber nicht auf. Mit Fiona über der Schulter konnte Knight nur jeweils einen Schuss abgeben. Selbst mit einer Dreiersalve hätte er riskiert, das Gewehr so zu verreißen, dass er seine Teamkollegen traf.

Queen und Bishop erreichten ihn, und gemeinsam rannten sie durch den steil abfallenden Tunnel. Der Golem zwängte sich hinter ihnen her. Auf Händen und Knien passte er gerade so durch die Öffnung, doch es kümmerte ihn nicht, dass sein Marmorkörper an den Felswänden entlangschrammte. Er verfolgte sie unerbittlich in Richtung des Ausgangs – der, wie Queen jetzt wieder einfiel, mit einer massiven Felswand versiegelt war.

Der Mittelteil des kopflosen Golems gab unter dem Trommelfeuer explodierender Geschosse nach und zerbrach. Der Torso kippte zur Seite und krachte zu Boden. King sah, wie Queen, Bishop, Knight und Fiona, verfolgt von einem der Golems, verschwanden. King legte auf einen weiteren Golem an, der sich ebenfalls in den Tunnel hineinducken wollte, und nahm ihn unter Beschuss.

Der Golem richtete sich auf.

»Runter!«, hörte King Alexanders Stimme.

Er gehorchte und spürte einen Luftzug an seinem Kopf. Eine marmorne Faust zischte an ihm vorbei und schlug neben ihm in die Wand ein. Als er sich umwandte, sah er Alexanders gewaltige Gestalt durch die Luft auf sich zusegeln. In dem kurzen Moment der Ablenkung – in dem er King das Leben rettete – hatte der Mann der Antike einen mächtigen Schlag einstecken müssen.

Die beiden Kämpfer richteten sich Schulter an Schulter wieder auf, während die restlichen sechs Golems sie vor der gekrümmten Wand der Kammer einkreisten. Das Relief in ihrem Rücken zeigte fünf stilisierte, geflügelte Gestalten im Himmel über einer Zikkurat. Das musste der antike Turm von Babel gewesen sein, bevor er unter dem pyroklastischen Fluss begraben worden war.

Ridley trat in den Halbkreis, den die Golems bildeten, und musterte King und Alexander triumphierend. Dann glitt sein Blick zu dem Relief hinter den beiden Männern. Zorn umwölkte seine zuversichtliche Miene. Wortlos trat er zurück und ging zu dem Laptop, der die Schlacht unversehrt überstanden hatte.

Mit dem Finger über der Eingabetaste wandte Ridley sich zu King um und zischte: »Tja, nicht jede Prophezeiung geht in Erfüllung, King.«

Was zum Teufel meint er damit?, fragte sich King. Er spürte Alexanders Hand auf der Schulter und drehte sich um. Der große Mann deutete auf das Steinrelief hinter ihnen. King betrachtete die Darstellung mit zunehmender Verblüffung. Fünf Engel stiegen über Babel hernieder. Aber waren es wirklich Engel oder vielmehr Menschen? Hatten sie Flügel … oder Fallschirme? Während Kings Augen sich vor Überraschung weiteten, ließ ihn ein Klicken herumfahren.

Ridley hatte die Taste gedrückt.

Und die Golems kamen näher.

83

Da der Golem hinter ihnen mit seiner Körpermasse das Licht abschirmte, konnte Queen nicht erkennen, wie weit der Tunnel sich noch vor ihr erstreckte. Sicher war, dass die gewaltige Gestalt immer näher kam.

Mit einem Arm Bishop stützend, zog sie mit der freien Hand die um ihren Hals hängende Nachtsichtbrille hoch. Über Knights Schulter hinweg sah sie, dass ihnen noch etwa zwanzig Meter bis zum Ende der Sackgasse blieben. Wenn der Golem sie dort erwischte, würde er sie einfach zu Brei zerquetschen. Sie überlegte, welche Möglichkeiten es gab.

C4 dauerte zu lange.

Eine Handgranate in dem engen Tunnel konnte sie alle in Stücke reißen.

Ihr Blick fiel auf Knights Waffe. *Könnte funktionieren*, dachte sie und sagte: »Knight, gib mir dein XM.«

Knight blieb stehen, ließ die Waffe von der Schulter gleiten und reichte sie Queen. Sie nickte in Bishops Richtung. »Kannst du ihn mir abnehmen?«

»Natürlich«, sagte Knight, der schon Fiona über der Schulter trug, und übernahm mit einem Grunzen auch noch die Last von Bishops Körper.

Queen rannte ein Stück voraus, setzte das XM25 an die Schulter und drückte den Abzug. Das verschlossene Ende des Tunnels leuchtete unter dem unablässigen Trommelfeuer der Explosivgeschosse auf. Ein Laut wie Donnerhall rollte durch den Gang. Queen rückte, den Finger am Abzug, immer weiter vor. Sie konnte nur hoffen, dass sie die Wand durchschlagen konnte, bevor ihr die Munition ausging.

»Ich lenke sie ab«, sagte King zu Alexander. »Kümmern Sie sich um Rid …«

Doch Alexander hatte eigene Pläne. Er öffnete eine kleine Phiole mit schwarzer Flüssigkeit und setzte sie an die Lippen. King erkannte den adrenalinsteigernden Trank, den Alexander schon in Rom eingenommen hatte.

»Geben Sie mir auch etwas«, sagte King.

Alexander zögerte. »Es könnte Sie umbringen.«

»Die da bringen mich auf jeden Fall um.«

Alexander träufelte sich die Flüssigkeit unter die Zunge und gab das Fläschchen rasch an King weiter. Ein bisschen war noch übrig. King verlor keine Zeit und nahm es ein.

Zunächst merkte er gar nichts.

Dann spürte er sein Herz wie einen extrem harten Hammerschlag in der Brust.

Und wieder.

Und noch einmal.

Es fühlte sich an, als tobte ein Monster in seinem Brustkasten. Das Blut strömte pulsierend vor Energie durch seine Adern. Während der Druck immer stärker wurde, breitete sich ein heißes Stechen auf seiner Haut aus. Die winzigen Blutgefäße in seinem Körper platzten.

Dann traf die Wirkung seinen Verstand.

Einmal, als Teenager, hatte er LSD eingenommen. Die bewusstseinsverändernde Droge war ein Klacks gewesen gegen dieses Zeug. King erlebte die Welt wie in Zeitlupe, weil sein Verstand jede Sinneswahrnehmung plötzlich wesentlich rascher registrierte und verarbeitete. Und die Energie, die durch seinen Körper floss, ermöglichte es ihm, entsprechend schnell zu handeln.

Der Schmerz von seinen vielen Verletzungen, selbst der tiefen Stichwunde, fiel von ihm ab und hemmte ihn nicht länger.

Das rettete ihm das Leben, als der erste Golem sich auf ihn warf. King sprang in die Höhe, packte den oberen Rand des Steinfrieses hinter sich und zog sich in Sicherheit. Hoch über dem Golem stehend feuerte er seine Waffe in dessen Rücken ab und pulverisierte ihn. Als das XM25 leergeschossen war, warf King es beiseite.

Alexander rammte einen Golem mit einer Wucht, zu der King nie fähig gewesen wäre. Er hatte ja nur ein paar Tropfen des Adrenalinboosters eingenommen, Alexander jedoch fast die ganze Phiole. In Kombination mit seiner Regenerationsfähigkeit war er den Golems an Stärke beinahe ebenbürtig und doppelt so schnell. Während der Golem gegen einen zweiten taumelte, sprang Alexander zurück und suchte nach einer Waffe. Er fand etwas Brauchbares in den zerschmetterten Überresten des Golems, den King in Stücke geschossen hatte. Er las einen abgebrochenen Marmorarm auf, schwang ihn wie eine Keule und lächelte.

Er erinnerte King an eine Skulptur aus Florenz, die Herkules im Kampf mit Caccus dem Zentauren zeigte. Der Bildhauer hatte Alexander so genau getroffen, dass King sich fragte, ob jener die Skulptur selbst in Auftrag gegeben hatte.

Ihm blieb keine Zeit für weitere Überlegungen. Ein echsenköpfiger Golem stürzte sich auf ihn. King reagierte, ohne nachzudenken, und warf sich dem Koloss entgegen. Er segelte über dessen Schulter hinweg und schlang ihm im

Vorbeifliegen einen Arm um den Kopf. Wie an einem Haken schwang King sich herum und stemmte dem Golem die Füße gegen den Rücken. Er legte beide Hände unter das Kinn des Echsenkopfes und riss ihn mit seinem gesamten Körpergewicht nach hinten. Der Golem hob die Arme und versuchte, King zu fassen, doch die Bewegung brachte ihn aus dem Gleichgewicht.

Während die Statue rücklings umkippte, stieß King sich mit beiden Füßen kräftig ab.

Zu kräftig.

Das Elixier hatte seine Schnelligkeit und Stärke gesteigert, seinen Körper jedoch nicht widerstandsfähiger gemacht. Der Sprung trug ihn weiter, als er je zu träumen gewagt hätte, während der Abstoß so heftig geriet, dass sein Knöchel brach.

Der scharfe Schmerz ließ King zusammenzucken und brachte ihn aus der Richtung. Er prallte mit einem teufelsköpfigen Golem zusammen und fiel vor dessen Füßen zu Boden. Halb betäubt registrierte er nur unbewusst, wie dessen riesiger Fuß sich über ihm erhob. Doch selbst das schien seinem auf Hochtouren laufenden Verstand zu genügen. Sein Körper rollte sich im selben Moment zur Seite, als der gigantische Fuß neben ihm auf den Steinboden krachte.

Queen setzte ihren Sturmangriff auf den versiegelten Ausgang fort. Sie hatte keine Ahnung, wie weit die anderen zurück waren und ob der Golem sie schon erwischt hatte. Sie konzentrierte sich voll und ganz auf die Aufgabe, ein Loch in die Felswand zu schießen. Der Schacht war inzwischen so voller Staub und Trümmer, dass sie die Wand selbst nicht mehr erkennen konnte, nur das Aufblitzen der Geschosse aus ihrem XM25.

Dann endlich durchschnitt ein Lichtfinger von außerhalb den Staub wie das Signalfeuer eines Leuchtturms eine stockdunkle Nacht. Sie zielte auf den winzigen Riss und drückte wieder den Abzug. Mit jedem detonierenden Geschoss erweiterte sich das Loch, und der Lichteinfall wurde stärker, bis ein Teil der Wand in sich zusammenfiel und eine Lücke schuf, die groß genug für sie war.

Queen blickte sich um. Knight war dicht hinter ihr, immer noch mit Fiona über der Schulter. Bishop taumelte aus eigener Kraft hinter ihm her. Er sah abgekämpft und erschöpft aus. Aber auch der Golem hatte nicht aufgegeben und rammte sich durch den engen Durchgang. Queen winkte erst Knight durch, dann Bishop. Sie trat als Letzte ins helle Tageslicht.

Knight lief weiter, schien instinktiv zu wissen, dass der Kampf noch nicht vorbei war. Bishop ging in die Knie und fasste sich an die Brust.

»Keine Luft«, keuchte er.

»Halt durch«, sagte Queen. Sie packte ihn unter den Achseln und schleppte ihn den Berghang hinunter. Ein paar Sekunden später explodierten die Überreste der Felsversiegelung des Tunnels nach draußen. Wie ein Hagelschauer prasselten die Steine auf sie herab.

Als es vorüber war, ragte ein viereinhalb Meter großer Marmorgigant vor ihnen auf. Bei Tageslicht sah er noch furchterregender aus als in der Höhle.

»Lass mich los«, sagte Bishop, während Queen, die nur halb so groß war wie er, seine massige Gestalt weiterzerrte. »Ohne mich hast du eine Chance.«

Queen kam nie dazu, Bishop zu sagen, er solle seine verdammte Schnauze halten. Der Golem machte zwei Schritte und halbierte damit die Distanz zu ihnen.

Dann blieb er stehen. Langsam drehte er den Kopf zurück, als könne er spüren, dass unter dem Berg etwas nicht in Ordnung war.

Was geht da vor?, fragte sich Queen, während sie rückwärts weiterlief.

Knight sprach in sein Kehlkopfmikrofon. »Hier ist Knight. Wir haben Dreikäsehoch. Fordere sofortige Evakuierung an!«

Ein UH-100S-Stealth-Blackhawk-Hubschrauber, geflogen von einem Piloten der Nightstalker, kreiste ganz in der Nähe, daher wusste Queen, dass *sie* es schaffen konnten. Aber während sie in die schwarze Tunnelöffnung starrte, dachte sie an King. Würde das Team seinen Anführer verlieren? Und Fiona ihren Vater?

Der Golem bückte sich, seine Hand teilte sich in einzelne Finger und streckte sich nach ihm aus. Verschwommen sah King, wie ein Marmorbrocken auf die Hand herabkrachte und sie zerschmetterte. Einen Moment lang dachte er, die Golems gingen jetzt gegenseitig aufeinander los, doch dann tauchte wie ein Blitz Alexander auf und warf sich mit voller Wucht gegen den Golem. Er war von seinem eigenen Blut überströmt, aber als er King auf die Beine half, schien er unversehrt zu sein.

King schonte den verletzten Fuß und spürte ein schmerzhaftes Pochen in der Brust. Er biss die Zähne zusammen und krümmte sich. *Alexander hatte recht*, dachte er. *Das Zeug bringt mich um.*

Dann sah er, dass sich Ridley im Hintergrund der Kammer davonstehlen wollte. Die Art, wie King und Alexander mit den Steingiganten aufräumten, schien sein Selbstvertrauen erschüttert zu haben. Wenn sie ihn jetzt aus den Augen verloren, tauchte er möglicherweise in der Erde selbst unter.

Aber zuerst gab es noch etwas Wichtigeres zu erledigen. King zog ein Wurfmesser und zielte auf den Laptop, auf dessen Schirm ein blauer Kreis wirbelte. In der Hoffnung, dass die Audiodatei, die die Menschheit in einen gigantischen Ridley-Kult verwandeln würde, noch nicht gesendet war, holte King aus. Weil er wusste, dass es eventuell nicht reichte, nur den Bildschirm zu treffen, und er das Gehäuse aus diesem Winkel unmöglich erreichen konnte, zielte er auf den einzigen Schwachpunkt, der ihm einfiel, und warf.

Die Klinge wirbelte durch die Luft und flog über das Ziel hinweg, doch in der Drehung durchtrennte die rasiermesserscharfe Schneide mühelos das Netzwerkkabel. Die Verbindung zur Außenwelt war abgeschnitten.

King wandte sich vom Computer ab und sah, dass drei Golems auf ihn zukamen. Im Hintergrund ergriff Ridley die Flucht. King rief Alexander zu: »Werfen Sie mich!«

Er deutete auf Ridley, und Alexander verstand sofort. Er packte King an Gürtel und Rücken seiner schusssicheren Weste, drehte sich einmal um die eigene Achse und schleuderte ihn wie ein Hammerwerfer mit einem lauten Aufstöhnen durch die Luft.

Unerreichbar für die Golems, segelte King in hohem Bogen über sie hinweg. An der Decke der Kammer kam er einer der glühenden Kugeln zu nahe und spürte ihre Hitze auf der Haut. Unter sich sah er einen großen, dunkelbraunen Fleck auf dem Fußboden. Es war das Blut eines Mannes, der hier gestorben war. Dann neigte sich seine Flugbahn, und er schoss wie eine Kanonenkugel auf Ridleys Rücken herab. King riss seine letzte Waffe heraus, das KA-BAR-Kampfmesser.

Im Geist hörte er Alexanders Stimme.

Schneiden Sie ihm den Kopf ab. Versengen Sie das Fleisch.

Stoßbereit hob King den Arm.

Ein scharfer Schmerz durchzuckte seine Brust. Mühsam klammerte er sich an die letzten Fasern seines schwindenden Bewusstseins und hielt den Blick unverwandt auf Ridleys Hals gerichtet.

Mit voller Wucht krachte King in einem unentwirrbaren Durcheinander von Bewegungen und Gliedmaßen gegen den Mann. Er fiel schwer zu Boden und kullerte wie eine leblose Stoffpuppe davon. Mit den Beinen quer über Ridleys reglosem Torso blieb er liegen.

Alexander, der den Zusammenprall beobachtet hatte, hielt den Atem an.

Die Golems anscheinend auch. Ihr Angriff stockte.

Dann sah Alexander den Grund dafür. Richard Ridleys Kopf rollte in sein Blickfeld, durch Kings Klinge vom Rumpf getrennt. Eine dunkle Blutlache, die beinahe schwarz wirkte, ergoss sich aus dem enthaupteten Körper.

Alexander eilte an den Golems vorbei, die erstarrt dastanden, und ignorierte Kings leblose Gestalt. Er nahm Ridleys Kopf in beide Hände und sah ihm ins Gesicht. Dessen Augen zuckten wild. Der Mund öffnete und schloss sich, schnappte nach Luft wie ein Fisch auf dem Trockenen. Obwohl sein Geist überwältigt war vom Schmerz des plötzlichen Verlustes seines ganzen Körpers, lebte Ridley noch. Schon bildeten sich erste neue Hautfasern am Hals, und Alexander wusste, dass er sich regenerieren würde, wenn er genügend Zeit und Flüssigkeit bekäme.

Er sprang auf, rannte zu einer der kleinen Kugeln, die den Raum erleuchteten, und hielt Ridleys Kopf dagegen. Fleisch brutzelte und knackte. Ridleys Hals wurde im superheißen Licht durchgebraten. Während Alexander sein Werk begutachtete, erfüllten der Geruch nach verbranntem Fleisch und der flüsternde Klang einer Stimme die Luft.

Auf der Suche nach dem Ursprung des Wisperns wirbelte Alexander herum. King lag immer noch schlaff auf dem Boden. Ridley hatte keine Lunge mehr, um die Luft an seinen Stimmbändern vorbeizupressen. Die Golems rührten sich nicht. Dann sah er es. Einer der Ridley-Lehmgolems, dessen Rücken zerfleischt und ausgehöhlt war, rezitierte seinen letzten Satz in der alten Sprache und grinste höhnisch.

Ein heftiger Erdstoß warf Alexander zu Boden. Der ganze Berg bebte. Als er sich wieder aufgerappelt hatte, sah er, dass die kleine Kugel über ihm schrumpfte. Doch wurde sie nicht dunkler, sondern heller. Plötzlich begriff er, was das bedeutete.

Die kleinen Sterne wurden immer dichter und kleiner, während ihre Schwerkraft sich verstärkte. Ihre Energiedichte würde sich so lange erhöhen, bis jede einzelne als Supernova explodierte.

84

Queen stolperte und setzte sich auf den Hintern. Bishop landete schwer auf ihr. Der Berg wackelte. Als sie sich unter Bishop hervorwand, war sie plötzlich nicht mehr so sicher, entkommen zu können. Der Blackhawk brauchte noch ein paar Minuten, und solange waren sie an der kahlen Bergflanke hilflose Zielscheiben. Im Inneren des Berges musste Ridley etwas Gewaltiges in Gang gesetzt haben, und das bedeutete nichts Gutes.

Sie kam nicht mehr dazu, darüber nachzudenken. Oberhalb des Tunnelausgangs begann es zu bröckeln, und große Felsklötze polterten herunter. Sie hievte Bishop in die Höhe und zog ihn weiter.

Ein großer Felsbrocken sprang über den Tunnelausgang hinweg und sauste auf den Golem zu. Der unternahm nichts, um dem Zusammenstoß auszuweichen, und zersplitterte beim Aufprall. Auch der Felsbrocken zerbarst, und ein Regen von Splitt ergoss sich den Abhang hinunter.

Durch die Wolke aus Staub und Gestein sah Queen etwas, das sie gleichermaßen mit Hoffnung und Furcht erfüllte. Alexander kam aus dem Tunnel gerannt, gesund und munter wie immer. Doch über seiner Schulter lag Kings leblose Gestalt, ein sackartiges Bündel über der anderen. Sie waren entkommen, aber um welchen Preis? Kings Arme baumelten schlaff herab.

Alexander bedeutete ihr, schneller zu laufen, und rief:

»Der ganze Berg geht in die Luft!« Dann packte er auch schon Bishop, hievte ihn hoch und rannte mit beiden Männern beladen weiter bergab.

Obwohl Queen jetzt unbehindert laufen konnte, schaffte sie es kaum, mit ihm Schritt zu halten. Selbst zweihundert Kilo Delta-Agenten auf dem Rücken bremsten den Mann kaum.

Ein tiefes, donnerndes Rumpeln ließ die Luft erzittern. Kleinere Steine am Berghang hüpften wie Springbohnen durch die Luft. Als sie den Fuß des Abhangs erreichten, liefen sie in einen Sturmwind hinein, der sie von den Füßen riss. Die Luft wurde an ihnen vorbeigesaugt – *auf den Berg zu.*

Sie blickten zurück und sahen, dass die Bergspitze in sich zusammensank. Alexanders Augen verengten sich. Das war nicht das, was er erwartet hatte.

»Er ist implodiert«, sagte Knight.

»Aber warum?«, fragte sich Alexander.

Ein mahlendes Geräusch tief aus dem verwüsteten Berg beantwortete seine Frage. Ein mehr als dreißig Meter großer Golem erhob sich langsam, als erwachte er aus einem langen, tiefen Schlaf. Der ungeschlachte, gesichtslose Gigant stieg aus dem Krater und wandte sich ihnen zu. Er bestand aus einer Mischung aus altem Felsgestein, gehärtetem pyroklastischem Fluss und den Ruinen von Babel.

Als er den ersten Schritt tat, sank sein stumpfartiger Fuß in den soliden Fels des Berges ein.

»Er ist superverdichtet«, sagte Alexander.

»Was?«, fragte Queen. »Wie?«

»Die Miniatursonnen. Sie fielen in sich zusammen, als ich flüchtete. Ich dachte, sie würden zu Supernovae werden, aber stattdessen muss ihre Schwerkraft den Fels angezogen und komprimiert haben.«

»War das Ridleys Werk?«, fragte Knight.

»Eines seiner Duplikate.«

»Und Ridley selbst?«, wollte Queen wissen.

»Er hat den Kopf verloren«, sagte Alexander und hielt Queens zweifelndem Blick stand. »Er ist da drinnen. Begraben.« Er wandte sich an Knight. »Für alle Ewigkeit.«

Der Berg erbebte unter den stampfenden Schritten des Giganten. Er würde sie gleich erreicht haben.

Knight versuchte aufzustehen, doch die Erdoberfläche bebte derartig, dass er gleich wieder zu Fall kam.

Es gab kein Entkommen.

Knight merkte, dass Fiona sich zu regen begann, und zog sie an sich. *Nicht jetzt,* dachte er, *wach jetzt bloß nicht auf.*

Doch ein lauter Knall riss sie vollends aus ihrer Ohnmacht. Mit zusammengekniffenen Augen sah sie sich um. Ein Stealth Blackhawk umkreiste den riesigen Golem und schoss aus seiner seitlich montierten Minikanone auf ihn. Dank der Leuchtspurmunition glühte das Sperrfeuer wie ein orangefarbener Laserstrahl. Aber obwohl Tausende von Geschossen ihr Ziel fanden, kratzten sie den Giganten kaum an. Der Golem schlug nach dem Hubschrauber und zwang ihn, abzudrehen.

Fiona fand Knights besorgte Miene auf sich gerichtet. Queen kauerte neben Bishop, dessen Gesicht vor Schmerz verzerrt war. Fionas Blick wanderte weiter zu Alexander und blieb schließlich an King hängen, der mit geschlossenen Augen auf dem Rücken lag.

Sie versuchte aufzustehen, doch Knight hielt sie fest. »Bleib hier. Wir versuchen, den Blackhawk zu erreichen.«

Aber Fiona wehrte sich, schlug um sich und rief: »Nein!« Ihre Stimme klang heiser, aber klar. Sie entwand sich Knights Griff und hinkte zu King. Einen Augenblick lang wurde ihr schwarz vor Augen, während sie sich über ihn warf. Sie presste sich an ihn und legte den Kopf an seine Brust. Sie schloss die Augen und blendete alles aus, Knights Flehen, die donnernden Schritte des Golems, das *Tschopp-tschopp* des Blackhawk.

Da hörte sie das Einzige, was sie hören wollte – Kings Herzschlag.

Mit wackligen Knien stand sie auf und wandte sich zu dem gigantischen Golem um. Ihre dunklen Haare flatterten im Wind. Verblüfft sah das Team, wie das dreizehnjährige Mädchen dem Golem *entgegentrat*.

Der Gigant richtete den Blick auf sie und stampfte weiter. Nur noch fünf Schritte trennten ihn von ihr.

So laut sie konnte, schrie Fiona: »Tisioh fesh met!«

Der Golem reagierte auf der Stelle. Seine Knie knickten ein und brachen entzwei. Seine Arme fielen ab und krachten zu Boden. Torso und Kopf kippten nach vorne, schlugen auf dem steilen Abhang auf und schlitterten weiter bis zum Talboden, wo sie sich durch ihr superverdichtetes Gewicht in die weiche Erde wühlten – nur fünf Meter von der Stelle entfernt, an der Fiona stand.

Sie brach zusammen und warf sich an Kings Brust. Während ihr das Bewusstsein schwand, klammerte sie sich an ihn und lauschte dem Schlag seines Herzens und dem *Tschopp-tschopp* des anfliegenden Blackhawk.

85 Barentssee

Eisige Luft peitschte gegen Rooks Gesicht und ließ die Feuchtigkeit in seinem blonden Bart gefrieren. Aber er blieb am Bug des Schiffes stehen, die behandschuhten Hände auf die Reling gelegt. Sie waren seit drei Tagen auf See, und er hatte die Gegenwart der beiden Passagiere auf der *Singvogel* – und die wimmernden Schreie ihrer Gefangenen – lange genug ertragen. Da ihre Reise nach Norwegen sich dem Ende zuneigte, wurde es Zeit, in Aktion zu treten. Auf dem Weg an Deck hatte er einem der Männer dreist ins Gesicht gelacht. Ihn verhöhnt.

Er hatte keinerlei Reaktion gezeigt, ihm lediglich hinterhergestarrt. Doch die Beleidigung würde nicht unbeantwortet bleiben. Nicht bei diesen beiden. Rook war klar, dass er sie einfach hätte erschießen können. Er hatte noch seine Desert Eagle. Aber er wollte nicht, dass es so aussah, als hätte er die Konfrontation gesucht. Er war nicht sicher, wie Dashkow reagieren würde, falls er die Männer einfach umbrachte. Aber wenn es nach Notwehr aussah …

Einen Moment später hörte Rook die Kabinentür aufgehen. Zwei Paar Schritte schlenderten über das Deck. Die Killer waren zuversichtlich. Entspannt.

Rook hielt ein Päckchen Zigaretten in die Höhe, das er sich von Dashkow ausgeborgt hatte. »Zigarette?«

»Heute nicht«, sagte einer der Männer. Ihre Schritte kamen näher. Zu nah zum Schießen. *Die Jungs sind alte Schule,* dachte Rook. Er wusste schon, was sie vorhatten. Ihm ein Messer in den Rücken jagen. Vielleicht ein paar Abschiedsworte flüstern. Und dann über Bord mit ihm. Wahrscheinlich war es nicht das erste Mal.

Als der vordere der Männer stehen blieb, um zuzustoßen, wirbelte Rook herum. Die Klinge schoss an seinem Bauch vorbei und unter seinem Arm hindurch. Er umklammerte den Unterarm des Angreifers, riss ihn zu sich hin, packte ihn mit der freien Hand am Genick und warf ihn über Bord.

Mit einem Wutschrei stürzte sich der zweite Mann auf ihn. Obwohl er in besseren Tagen vermutlich ein guter Kämpfer gewesen war, bewegte er sich zu langsam. Rook knallte ihm die Faust direkt auf die Nase. Der Mann taumelte zurück, ignorierte aber das Blut, das ihm über das zerschlagene Gesicht strömte, und zog eine Pistole.

Abermals war Rook zu schnell für ihn. Er trat dem Mann die Waffe aus der Hand und trieb ihm den Ellenbogen in die Brust. Der andere stolperte rückwärts gegen die Reling. Rook verlor keine Zeit, packte die Füße des Mannes und schmiss ihn ohne große Umstände in die eiskalte arktische See.

Ein drittes Paar Schritte näherte sich von hinten. Er wandte sich um.

Dashkow knipste sein Feuerzeug an und hielt es Rook hin.

»Ich rauche nicht«, sagte er und gab dem Mann die Schachtel Zigaretten zurück.

Dashkow sah Rook fragend an. Der zeigte auf die Schachtel. Dashkow untersuchte sie und entdeckte eine kleine Spiegelscherbe, die mit Klebeband befestigt war. Als Rook das Päckchen in die Höhe hob, hatte er einen raschen Blick auf die sich nähernden Männer werfen können.

Dashkow lachte und schüttelte den Kopf. »Warum haben Sie so lange gewartet?«

»Sie nehmen es mir nicht übel?«

»Ich bin kein schlechter Mensch, Stanislaw.« Er lächelte. »Und die beiden haben im Voraus bezahlt.«

»Und wenn jemand nach ihnen sucht?«

»Dann sage ich die Wahrheit. Dass sie von Bord gingen und ich sie seitdem nicht wiedergesehen habe.«

Das brachte beide Männer zum Lachen.

»Ich glaube, sie hatten sowieso vor zu verschwinden«, meinte Dashkow. »Zusammen mit dem Mädchen.«

»Wie lange noch bis an unser Ziel?«

»Zwei Stunden.«

Rook lächelte und ging zur Kabinentür. »Ich schneide sie los und verkünde die frohe Botschaft.«

Rook stand wieder an der Reling, diesmal Seite an Seite mit der Frau, die er befreit hatte. Sie hatte lockige schwarze Haare, die ihr bis auf die Schultern fielen. Ihre Gestalt war feminin und durchtrainiert. Aus ihren dunkelbraunen Augen leuchtete Intelligenz, und trotz der Verletzungen, die man ihrem Gesicht beigebracht hatte, war sie immer noch sehr gutaussehend und irgendwie vertraut. Rook konnte jedoch nicht sagen, was ihm bekannt vorkam, und hielt sich nicht lange bei dem Gedanken auf.

Nach ihrer Befreiung hatte sie ein stilles »Dankeschön« gesagt, aber seitdem kein Wort gesprochen. Als Land voraus auftauchte, wandte sie sich zu ihm und wiederholte: »Danke schön.«

»Brauchen Sie Hilfe, wenn wir an Land sind?«, fragte er. Einen Moment lang dachte er, sie würde nicht antworten, dann meinte sie jedoch: »Ich komme schon zurecht.«

Sie sprach mit einem Selbstvertrauen, das Rook überzeugte. »Tut mir leid«, sagte er.

Sie drehte sich verwirrt zu ihm um. »Was denn?«

»Dass ich Sie nicht früher befreit habe.«

Sie zuckte die Achseln. »Solche Dinge geschehen.«

Da war sie wieder. Diese Vertrautheit. Irgendetwas an ihrem gleichmütigen Achselzucken. Oder lag es an ihrem Stoizismus gegenüber Gefangenschaft und Folter?

Sie bemerkte seine Neugier. »Was ist?«

»Es kommt mir so vor, als wären wir uns schon einmal begegnet«, sagte er.

Sie musterte ihn von Kopf bis Fuß und sagte: »Nein.«

Er war nicht überzeugt. »Wie heißen Sie?«

»Asya«, antwortete sie. »Asya Machtcenko.«

Nein. Das brachte keine Saite zum Klingen.

Rook wandte sich wieder nach vorne und betrachtete das unscheinbare norwegische Dorf in der Ferne. Die kleine Ansammlung von Häusern sah nicht so aus, als beherberge sie eine Bevölkerung von mehr als tausend Personen. Eine einzige Stromleitung führte in den Ort, und es gab nur zwei Zugangsstraßen. An einem langen Pier, der in den Ozean hinausragte, lagen zehn Fischerboote.

Dashkow stützte sich rechts von Rook mit den Ellenbogen auf die Reling. »Sie wollen da nicht wirklich hin. Ich fahre Sie noch ein bisschen weiter. In die Zivilisation.«

»Warum?«, fragte Rook mit einem Blick auf den Flachmann in Dashkows Hand. »Ist es eine alkoholfreie Stadt?«

Der Mann lachte nicht. »Es liegt ein Fluch auf dem Ort.«

Rook sah ihn von der Seite an. »Was für ein Fluch?«

»Wölfe«, sagte er. »Selbst hier draußen hört man sie in der Nacht heulen.«

»Wölfe sind nicht so schlimm«, sagte Rook. Da er aus New Hampshire stammte, hatte er eine lang zurückreichende Liebesaffäre mit der freien Natur, und der Gedanke, unter Wölfen zu leben, gefiel ihm, egal, wie viel Angst andere Leute vor ihnen hatten.

»Sie würden nicht so reden, wenn Sie sie gehört hätten«, versicherte Dashkow. »Ich habe nie zuvor so viel Angst verspürt.«

»Aberglauben«, sagte Asya kopfschüttelnd. Sie glaubte auch nicht daran.

»Wenn die Wölfe so eine Plage sind, warum wohnt dann überhaupt jemand hier?«, fragte Rook.

Dashkow zuckte die Achseln. »Ich bin nie lange genug geblieben, um danach zu fragen. Niemand tut das.«

»Dann kommen also nicht viele Besucher hierher?«

Der alte Fischer runzelte die Stirn und nickte widerwillig. Er sah, dass Rooks Entscheidung feststand. Er legte ihm die Hand auf die Schulter. »Bitte, Stanislaw. Ich werde nicht zurückkommen, um Sie zu holen.«

Rook betrachtete das frostige, kahle Ufer. Der Ort wirkte wie ausgestorben, obwohl in ein paar Fenstern Licht brannte. Alles war still und, trotz Dashkows Geschichten von furchterregenden Wölfen, friedlich.

»*Niemand* wird Sie holen kommen«, fügte Dashkow hinzu.

Rook sah seinen neugewonnenen Freund an. »Darum geht es ja gerade.«

Dashkow blickte an Rook vorbei in Asyas Augen. Sie nickte. Das Dorf war der perfekte Ausgangspunkt für sie beide. Dashkow steckte seinen Flachmann ein und machte sich auf den Rückweg ins Steuerhaus. »Ich werde ein letztes Mal in die andere Richtung sehen, Stanislaw. Für Sie. Für Galya.«

Rook neigte dankend den Kopf. »Mehr verlange ich nicht.«

86 Washington, D. C.

Das Fenster im vierten Stock zeigte auf den ovalen Platz vor dem Walter-Reed-Militärkrankenhaus. Queen starrte mit vor der Brust verschränkten Armen hinaus. In Jeans und einem olivgrünen T-Shirt sah sie aus wie ein x-beliebiges, besorgtes Familienmitglied eines Armeeangehörigen, mit einem einzigen, unübersehbaren Unterschied. Das rote Brandzeichen mit dem Stern und dem Totenkopf glühte in der Sonne des Spätnachmittags.

Knight saß neben ihr auf einem Stuhl, die Füße auf die Kante des Krankenhausbetts vor ihm gelegt. Er war ebenfalls leger gekleidet, nach seinen Maßstäben jedenfalls. Er trug schwarze Hosen und ein genauso schwarzes Button-down-Hemd. Sein Blick war nach unten gerichtet, wo Fionas Kopf an seiner Brust ruhte. Fünf Tage waren seit den Ereignissen in der Türkei verstrichen, und Fiona durfte seit heute früh aufstehen. Nach vier Tagen am Tropf, in denen sie Insulin bekommen und pausenlos gegessen hatte, war sie vollständig wiederhergestellt. Sie hatte den heutigen Tag zusammen mit Knight und Queen damit verbracht, an den Betten von Bishop und King Wache zu halten. Die beiden erholten sich nicht so schnell. Verzweifelt versuchte Fiona, sich die heilenden Worte ins Gedächtnis zu rufen, die Ridley benutzt hatte, aber es gelang ihr nicht. Tatsächlich waren alle Spuren der Ursprache vernichtet. Die Sprecher der Idiome, die noch Fragmente davon enthalten hatten, waren tot, mit Ausnahme von Fiona. Alle Steintafeln, die Ridley zusammengetragen hatte, waren mit dem superverdichteten Golem verschmolzen und mit ihm zerstört worden. Auch Bishops Kamera mit dem Foto des Satzes, den Fiona in die Wand geritzt hatte, hatte die Schlacht nicht überstanden. Nichts war geblieben. Die Ursprache lag in den Tiefen der Geschichte begraben.

Fiona hatte den größten Teil des Morgens hoffnungslos an Kings Bett geweint, bevor sie in Knights Armen eingeschlafen war.

Bishop hatte sich mehrere Rippen gebrochen, eine davon war in die Lunge eingedrungen. Dazu kamen ein gebrochenes Schlüsselbein und verschiedene innere Verletzungen. Nach mehreren Operationen war er jedoch stabil und auf dem Weg der Besserung. Er sollte in einer Woche entlassen werden.

King dagegen würde sich nicht so schnell erholen. Wenn überhaupt. Die Prognose war gar nicht gut. Niemand wusste genau, was ihm zugestoßen war – Alexander hatte sich unmittelbar nach ihrer überstürzten Rückkehr aus der Türkei abgesetzt –, aber die Symptome waren mannigfaltig und schwerwiegend. Sein Herz schien vernarbt zu sein. Viele Adern waren geplatzt und hatten zu massiven inneren Blutungen auch im Gehirn geführt. Das Koma, in das er gefallen war, konnte nach Auskunft der Ärzte bleibend sein, da die physischen Schäden an seinem Körper irreversibel waren. Zu allem Überfluss hatte er auch noch einen gebrochenen Knöchel, der jetzt in einer Gel-Orthese fixiert war, und eine zehn Zentimeter tiefe Stichwunde.

Fiona wünschte, sie könnte vergessen, was sie unter Ridleys Kontrolle alles getan hatte, aber es stand ihr überdeutlich vor Augen. Sie hatte Knight und Bishop in die

Falle gelockt. Und auf King eingestochen. Das Schlimmste daran war, dass sie Ridley regelrecht angebetet hatte. Sie erinnerte sich noch gut an die Freude, die sie beim Klang seiner Stimme und beim Befolgen seiner Befehle empfunden hatte. Als sie King das Messer in die Brust rammte, war das der glücklichste Augenblick ihres Lebens gewesen. Bis Bishop den Bann aufhob. Sobald ihr Verstand wieder funktionierte, fiel die ganze Glückseligkeit von ihr ab, und übrig blieben die Erniedrigung und siedender Hass. Fiona setzte sich mit diesen Empfindungen auseinander, suchte Anleitung bei Queen und Knight, machte eine Therapie.

Wegen der geheimen Natur der Mission waren die Angehörigen der Teammitglieder erst am heutigen Morgen von ihrer Rückkehr informiert worden. Rooks Familie traf es besonders hart, da er offiziell als im Einsatz vermisst galt. Aber auch George Pierce und Sara Fogg waren zutiefst betroffen, als sie von Kings Zustand erfuhren. Sara saß noch in Afrika fest, würde aber in ein paar Tagen zurückkehren. Pierce hatte den ersten verfügbaren Flug genommen und musste jeden Moment eintreffen. Nur Kings Eltern waren unauffindbar und gingen nicht ans Telefon.

Queen, Bishop und Knight warteten stumm darauf, dass die nächste Bombe in den Medien platzte. Nur sie und eine Handvoll Leute wussten davon. Angesichts der neuen und immer eigenartigeren Feinde, die überall auf der Welt auftauchten, mussten Deep Blue und das Schachteam ungehindert und ohne öffentliches Aufsehen agieren können. Und dahin führte nur ein Weg. Er bedeutete für Duncan das größte Opfer seines Lebens, doch wenn er die Menschen, die ihn ins Amt gewählt hatten, wirklich schützen wollte, konnte er nicht anders handeln.

Bishop nahm die Fernbedienung vom Bett und schaltete den Fernseher in der Ecke laut. Die Stimme des Reporters auf dem Bildschirm klang erregt. »Es kann nur noch Sekunden dauern, bis Präsident Duncan zu seiner kurzfristig angekündigten Rede an die Nation vor die Kameras tritt. Es ist viel über den Inhalt spekuliert worden. Seit den Enthüllungen durch Senator Marrs', nach denen der Präsident über die bevorstehenden Anschläge auf die Siletz Reservation und Fort Bragg nicht nur im Voraus informiert war, sondern sich sogar weigerte, angemessene Gegenmaßnahmen zu ergreifen, herrschte Schweigen hinter den Wänden des Weißen Hauses. Während die Ermittlungen, unterstützt durch die uneingeschränkte Aussagebereitschaft von CIA-Direktor Domenick Boucher, rasch voranschreiten, bleiben dem Präsidenten immer weniger Optionen. Viele glauben, dass er den Anschuldigungen entgegentreten wird, doch Boucher persönlich hat den Präsidenten zum Rücktritt aufgefordert.«

»So ein Bockmist«, sagte Queen.

»Er tut genau das Richtige«, meinte Knight.

»Es ging nicht anders«, ergänzte Bishop. »Das weiß er.«

Queen verschränkte die Arme vor der Brust. »Aber es muss mir ja nicht gefallen.«

Der Reporter legte die Hand aufs Ohr. »Wie ich höre, tritt der Präsident soeben ans Rednerpult. Wir schalten jetzt live ins Weiße Haus.«

Die nächste Einstellung zeigte Duncan, der mit sehr ernster, aber gefasster Miene ans Mikrofon trat. Er hielt sich aufrecht. Dies war keine Niederlage für ihn, es war ein Übergang. Zu etwas Neuem. Vielleicht etwas Besserem. Er ließ den Blick kurz über die versammelten Journalisten schweifen, dann hob er mit klarer Stimme an: »Als Präsident der Vereinigten Staaten habe ich geschworen, diese Nation vor ihren Feinden zu schützen. In diesem Bestreben habe ich versagt. Ich habe unverzeihliche Fehler begangen.« Er machte eine Pause, bevor er direkt in die Kamera blickte. »Es heißt, der Präsident dieses Landes sei der Führer der freien Welt. Aber das stimmt nicht. Sie, die Menschen dieses Landes, sind die Führer der freien Welt. Und Sie brauchen jemanden, der Sie besser repräsentiert ... besser, als ich es getan habe.«

Wieder schwieg er kurz. »Heute Morgen um neun Uhr bin ich als Präsident der Vereinigten Staaten zurückgetreten ...« Ein überraschtes Raunen steigerte sich zum Tumult, als das Pressekorps durcheinanderzuschreien begann. Duncan erhob die Stimme über das Getöse. »Vizepräsident Chambers hat mich in meinem Amt abgelöst und wird all Ihre Fragen beantworten.«

Mit diesen Worten trat Duncan zurück. Der weißhaarige ehemalige Vizepräsident schüttelte ihm die Hand und stieg auf das Podium.

Bishop schaltete das Fernsehgerät aus.

In der folgenden Stille wurden er, Queen und Knight sich plötzlich bewusst, dass jemand das Zimmer betreten hatte. Sie wandten die Köpfe und sahen, wie George Pierce sich über Kings bewusstlose Gestalt beugte – mit einer leeren Spritze in der Hand.

Queen sprang auf. »Was zum Teufel tun Sie da?«

Pierce hob abwehrend die Hände. »Ich versuche nur, ihm zu helfen.«

Queen riss ihm die Spritze aus der Hand. »Was war das?«

»Sie würden es nicht verstehen.«

»Versuchen Sie's doch mal!«

»Äh ... es waren Apfelkerne. Zerquetscht. Verflüssigt.«

Sie schleuderte die Spritze in einen Papierkorb, wo sie zersprang. »Sie haben King *Apfelkerne* injiziert?«

»Aus dem Garten der Hesperiden. Aber ich bin nicht einmal sicher, ob es sich *wirklich* um Apfelkerne handelt.«

Der Name kam Queen entfernt bekannt vor, aber sie starrte Pierce weiter an, als könnten Blicke töten. Ihr war schon klar, dass der Mann King niemals absichtlich schaden würde. Sie waren wie Brüder. Aber in der Verzweiflung begehen auch Brüder manchmal tödliche Fehler.

»Sie stammen von Alexander.«

Queen explodierte. »Von Alexander!«

Pierce wich einen Schritt zurück. Er fand Queen furchterregender als all die Golems. »Ich habe sie gestohlen. In Rom. Aus Alexanders Museum.«

Queen wusste Bescheid über die Ereignisse unter den Ruinen des Forum Romanum. Sie atmete tief durch und beruhigte sich ein wenig. »Haben Sie sie getestet?«

»Aber ich hatte doch nur genug für …«

»Könnt ihr zwei bitte leise sein?« Fiona stand hinter Queen und rieb sich schlaftrunken die Augen. Knight bedeutete Queen mit den Händen, sich abzuregen.

Sie schüttelte den Kopf und gab nach. »Tut mir leid, Kleine.«

Fiona schlüpfte zu King ins Bett. Ihre drahtige Gestalt sah in ihrer pinkfarbenen Trainingshose und dem Powerpuff-Girls-T-Shirt zerbrechlicher aus denn je. Und doch kannten sie alle ihre Stärke. Sie hatte sie bewiesen, als sie allein einem dreißig Meter großen Golem entgegengetreten war, um ihnen das Leben zu retten.

»Denkt daran, er kann hören, was wir sagen«, mahnte das Mädchen. Sie sah King ins Gesicht und sagte: »Ich liebe dich, Dad.« Sie kuschelte sich an ihn und spürte, wie eine Hand auf ihrem Rücken sie drückte.

Ganz langsam schlug sie die Augen auf, als ihr dämmerte, was das bedeutete. George Pierce stand mit feuchten

Augen auf der anderen Seite des Betts und lächelte breit. Dann hob King auch den anderen Arm und zog Fiona an sich. Aufschluchzend vergrub sie ihr Gesicht an seiner Brust.

King lebte.

Ihr *Vater* war am Leben.

Er öffnete die Augen. Er begegnete Pierce' Blick und grinste. »Ich habe gehört, was du gesagt hast. Alexander wird nicht gerade glücklich sein, wenn er dahinterkommt.«

Pierce zuckte die Achseln. »Was will er schon machen?«

Kings Blick glitt durch den Raum, blieb an Knight und Queen hängen. Dann wandte er den Kopf zu Bishop und musterte seine vielen Bandagen. »Keine Regeneration mehr?«

»Kein Regenerierter mehr«, lächelte Bishop. »Alles futsch.«

»Und Rook?« King sah Queen an.

»Kein Wort von ihm«, antwortete sie düster.

King fuhr Fiona durchs Haar und fragte: »Und mit dir alles in Ordnung?«

Anstelle einer Antwort drückte sie ihn.

»Die Doktores haben sie heute Morgen für kerngesund erklärt«, sagte Knight.

Kings Augen schweiften weiter durch das Zimmer und richteten sich in die Ferne. »Wo sind meine Eltern? Wissen sie Bescheid?«

»Wir konnten sie bis jetzt nicht erreichen«, erwiderte Knight.

King hätte erwartet, dass seine Eltern nägelkauend neben dem Telefon saßen. Diesmal hatten sie doch genau gewusst, worum es ging, da mussten sie doch …

Ein Anflug von Panik stieg in ihm hoch. Er setzte sich steif auf. »Habe ich irgendwelche Klamotten hier?«

Fiona grinste. »Ich habe dir welche bringen lassen. Für alle Fälle.« Sie deutete auf den Kasten gegenüber dem Bett. Obendrauf lagen Jeans und ein schwarzes Elvis-T-Shirt, seine Markenzeichen. King wälzte sich aus dem Bett.

»Was tust du denn da?«, wandte Queen ein. »Du bist gerade aus dem Koma aufgewacht.«

King stand auf, sicher, hoch aufgerichtet und kerngesund. »Was immer George mir verabreicht hat, ich fühle mich wie neu. Ein bisschen besser als neu sogar, und ich muss los.«

King hob das Bein an und schnallte die Gel-Schiene ab. Sie fiel zu Boden, und er bewegte probeweise den Knöchel. Die Apfelkerne waren wie eine Einzeldosis Regenerierung. Er hüpfte auf und ab. Nie besser gewesen.

»Wo willst du denn hin?«, fragte Pierce.

»Höchstwahrscheinlich gibt es da draußen noch mehr Ridley-Golems. Wenn sie von meinen Eltern wissen …«

Er musste nicht weiterreden. Queen trat beiseite. »Ich komme mit.«

»Ich auch«, meinte Knight.

King wandte sich zu Pierce, während er seine Kleider auflas und ins Badezimmer ging. Er deutete auf Fiona und Bishop. »Pass auf sie auf.«

Dreißig Sekunden später war King angezogen, marschierte aus dem Krankenhaus und ließ eine ganze Horde konsternierter Ärzte und Krankenschwestern in seinem Kielwasser zurück. Zwanzig Minuten später erreichten sie das Hotel, in dem Kings Eltern untergebracht waren. Knight fand eine Parklücke und stellte den Motor ab. »Sie sind in Zweihundertzwanzig«, sagte er.

Knight und Queen zogen ihre Pistolen und luden sie durch. »Wie steht's mit Reserve?«, fragte King.

»Handschuhfach.«

King klappte es auf und fand eine Sig Sauer darin.

Sie stiegen aus und sprangen die Treppen zum ersten Stock hinauf. King eilte voraus zu Zimmer zweihundertzwanzig. Vor der Tür wartete er, bis Knight und Queen auf der anderen Seite Stellung bezogen hatten, nur für alle Fälle.

King klopfte.

Keine Antwort.

Er klopfte noch einmal. Fester. Gefolgt von: »Mom. Dad. Hier ist Jack.« Er probierte den Türknauf und stellte fest, dass abgeschlossen war.

»Ich mache das«, flüsterte Queen. Sie stellte sich vor der Tür auf und trat dagegen. Das Holz splitterte unter ihrem wuchtigen Tritt, und die Tür schwang auf. King schlüpfte hinein. Waffe erhoben. Auf alles gefasst.

Außer auf das, was er vorfand.

Im Zimmer standen zwei King-Size-Betten. Auf jedem lag eine blutige Leiche.

King sprang vor und drehte die erste um. Schon seit Tagen tot. Aber der Mann war nicht sein Vater. Und die andere Leiche nicht die seiner Mutter. Es handelte sich um zwei Männer, beide bewaffnet. Beide in den Kopf geschossen. King dachte daran, dass seine Mutter behauptet hatte, einmal auf einen Mann geschossen zu haben, der hinter ihnen her war. Die Geschichte wirkte immer überzeugender.

Aber vielleicht waren diese beiden Männer nicht allein gewesen. King machte sich keine großen Hoffnungen. Seine Eltern konnten jetzt schon tot sein oder im Sterben liegen, im besten Fall waren sie auf der Flucht.

King und Queen durchsuchten die Leichen nach Hinweisen. Knight nahm sich das Badezimmer vor. Während Queen die Taschen des einen Toten durchwühlte, entdeckte sie eine Halskette unter dem Bett. Sie griff danach und musterte sie – ein Silberkettchen mit Kreuz. Ein einfaches Kreuz mit einem schwarzen Stein in der Mitte.

King sah es in ihrer Hand baumeln und griff überrascht danach.

Sie gab es ihm. »Kennst du es?«

»Ja«, sagte King. »Es gehörte Julie.«

Während er die Halskette betrachtete, blitzten Bilder von seiner Schwester vor seinem geistigen Auge auf. Es war ein Geschenk ihres Vaters gewesen. Nach Julies tödlichem Flugzeugabsturz hatte seine Mutter die Kette getragen. Jeden Tag. Er hatte nie erlebt, dass sie sie abnahm. Aber hier war sie.

King öffnete den Verschluss, legte sich die Kette um den Hals und schob sie unter sein T-Shirt. Zu Queen sagte er: »Wir müssen es melden.«

Sie nickte, schaltete ihr Handy ein und ging hinaus.

»King«, rief Knight aus dem Bad. »Das musst du dir ansehen.«

Das Badezimmer wirkte ganz normal, bis Knight zur Seite trat und auf das Waschbecken zeigte. Ein Brett lag als improvisierte Arbeitsplatte quer darüber. Darauf sah King mehrere kleine elektronische Bauteile, Spulen mit unglaublich dünnen Drähten, winzige Mikrochips und ein Vergrößerungsglas, dazu ein Lötkolben und Kapseln in Pillengröße. Knight pickte eines der vervollständigten Geräte auf und gab es King.

Eine Mischung aus Verwirrung, Zorn und Trauer erfüllte King, während er den winzigen Peilsender betrachtete, ein Ebenbild dessen, den er in Israel in der Tasche seiner Cargohose versteckt gefunden hatte. Er erinnerte sich an die feste Umarmung seiner Mutter beim Abschied. Ihre Hand, die unauffällig an seiner Seite herabsank, bevor sie sich trennten.

Seine Mutter hatte ihn verwanzt.

Ihn *verraten*.

»Was denkst du?«, fragte Knight.

Es fiel King schwer, es zuzugeben, doch die Tatsachen sprachen für sich. »Meine Eltern sind immer noch russische Spione, und sie hätten beinahe dafür gesorgt, dass wir getötet werden.«

Seine Gedanken wirbelten, die Rädchen drehten sich. Etwas war ihm entgangen und gab in seinem Hinterkopf keine Ruhe. Da war noch eine weitere unbeantwortete Frage. Dann fiel es ihm ein. Er drehte sich zu Knight um und fragte: »Was ist aus Ridley geworden?«

EPILOG
Irgendwo

Die drei Meter im Quadrat messende Zelle war kahl, bis auf einen einzigen Stuhl mit einem Gefangenen darin und demjenigen, der ihn verhörte. Der Mann auf dem Stuhl war geknebelt – die Kiefer weit gespreizt von einem hineingestopften roten Ball. Brust und Hüfte waren an den Stuhl gebunden. Ihm Arme und Beine zu fesseln war überflüssig, denn er besaß keine.

Der Mann, der die Befragung durchführte, umkreiste ihn gemächlich. »Sie können das hier beenden, wann immer Sie wollen.«

Die Antwort des Mannes klang durch den Knebel gedämpft und verzerrt, aber im Tonfall eindeutig trotzig. Der Verhörende lachte in sich hinein und stieß einen Finger in die offene Wunde, wo die Schulter des Mannes hätte sein sollen.

Der Mann stöhnte in schrecklicher Qual auf, während der Verhörende seine Finger immer tiefer ins Fleisch bohrte, bis er die Rippen des Mannes erreichte.

»Wann immer Sie wollen, dass es aufhört ...« Ein saugendes *Plopp* ertönte, als der Finger ruckartig aus dem Fleisch gezogen wurde.

Der Mann stöhnte wieder.

»Sie fragen sich wahrscheinlich, wie das möglich ist.«

Der Mann antwortete nur mit mühsamen Atemzügen.

»Die Hydra braucht Wasser, um sich zu regenerieren,

wozu an einem schwülen Tag schon die Luftfeuchtigkeit ausreicht. Sie haben genügend Wasser erhalten, dass Ihr Torso sich regenerieren konnte, aber ohne weitere Zufuhr werden sie vierfach amputiert bleiben. Die Schmerzen, die Sie spüren, kommen von den ausgetrockneten Zellen, die nach Flüssigkeit lechzen. Sie können nicht einmal bluten. Wie Ihnen vielleicht aufgefallen ist, ist die Luft in dieser Zelle nicht nur heiß, sondern auch äußerst trocken. Ihre Wunden werden auf unbegrenzte Zeit offen bleiben. Ihre Knochen werden nicht verheilen. Ihr Geist wird keine Ruhe finden. Der Schmerz wird niemals nachlassen.«

Der Verhörende kauerte sich vor den beinlosen Torso hin und betrachtete den Stumpf eines Oberschenkelknochens, der aus dem teilweise ausgeformten Schenkel des Mannes ragte. Er nahm den Knochen zwischen zwei Finger und wackelte daran.

Der Atem des Gefangenen beschleunigte sich.

»Sie *werden* mir alles über die Sprache Gottes erzählen.« Der Verhörende schob seinen Finger in den Knochen und stieß fest zu, presste das Knochenmark zusammen. Der Gefangene brach in krampfartige Zuckungen aus. Seine Stimme wurde zu einem schrillen, gepressten Kreischen. Aber als der Finger zurückgezogen wurde, verzerrte sich sein Gesicht vor Zorn. Ein Schwall unverständlicher Verwünschungen blieb in seinem Knebel hängen.

Der Fragesteller lächelte nur und stand auf. Er beugte sich vor und stützte die Hände auf die Stuhllehnen. Er sah dem Gefangenen in die Augen. »Vielleicht haben Sie Ihre Lage noch nicht vollständig erfasst, Mr. Ridley. Ich bin *nicht* der, für den Sie mich halten. Ich bin *nicht* der, für den Ihre Feinde mich halten. Und ich kann bis ans Ende aller Tage so weitermachen. Sie auch?«

DANKSAGUNG

Code Delta ist mein siebter Roman. Und mein bisher bestes Buch – ich weiß, ich weiß, aber es stimmt! Wenn ich zurückblicke auf die vergangenen Jahre, bin ich verblüfft und begeistert, dass dieselben Menschen, die mich schon unterstützten, als ich mein erstes Buch im Eigenverlag herausbrachte und dabei drei Kreditkartenlimits ausschöpfen musste, mich auch begleiteten, als ich zu Thomas Dunne Books ging, und heute immer noch Teil meines Lebens sind und eine große Stütze. Dafür möchte ich euch von ganzem Herzen danken.

Stan Tremblay und Walter Elly, euch beiden gebührt diesmal die erste Nennung. Es ist unglaublich, wie viel Zeit und Mühe ihr investiert habt, um mir bei Webdesign und Sozialmarketing zu helfen und bei etwas, das mir nicht leichtfällt: mich zu entspannen. Ein Sprichwort lautet: Es braucht ein ganzes Dorf, um ein Kind aufzuziehen. Schön, und ich sage: Es braucht ein ganzes Dorf, um einen Roman zu schreiben. Ihr seid mein Dorf. Kommt her, lasst euch umarmen!

Für vollendetes Korrekturlesen und kluge Kommentare gebührt mein Dank wieder einmal Roger Brodeur.

Ich bedanke mich außerdem bei meinem Agenten Scott Miller von der Trident Media Group, der meinen ersten Roman entdeckte, mich unter Vertrag nahm und seitdem ein cleverer Berater ist. Auch MacKenzie bei Trident Media danke ich für Schnelligkeit, Gründlichkeit und Spaß. Vorwärts, Team Miller!

Und jetzt zu den Menschen bei Thomas Dunne Books, die die Jack-Sigler-Serie bekannt gemacht haben. Mein Dank gilt: meinem Lektor Peter Wolverton – Ihr Rat hat meine erzählerischen Fähigkeiten immens verbessert, ein Geschenk, für das ich ewig dankbar sein werde. Anne Bensson – Sie sind eine außergewöhnliche Quelle für schnelle Antworten auf meine endlosen Fragen und eine große Hilfe. Rafal Gibek und das Produktionsteam – ohne Ihre hervorragende redaktionelle Arbeit würden die Leute mich für einen Trottel halten. Für das unglaubliche Umschlagdesign danke ich dem künstlerischen Leiter Steve Snider und Larry Rosant, Illustrator *extraordinaire*, dessen Arbeiten mich immer beeindruckt und inspiriert haben.

Und, wie immer am Ende meiner Danksagung, aber sonst an erster Stelle, möchte ich meiner tollen Frau Hilaree danken, die mit der Fähigkeit gesegnet ist, einen launischen Autor und Künstler zu ertragen und zu lieben. Und Aquila, Solomon und Norah, meine Kinder: Ihr erinnert mich daran, was es heißt, ein Kind zu sein, und bewahrt meine Phantasie vor dem Gefängnis, das man Erwachsensein nennt. Leute, ich liebe euch.

Wenn diese Mission scheitert, werden wir alle sterben

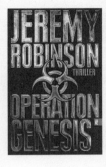

Jeremy Robinson

OPERATION GENESIS

Thriller

ISBN 978-3-548-28178-0
www.ullstein-buchverlage.de

Ein tückisches Virus bedroht die Welt. Ohne jede Vorwarnung brechen scheinbar gesunde Menschen tot zusammen. Das Virus ist hoch ansteckend, nichts kann es aufhalten. Die fieberhafte Suche nach einem Gegenmittel führt Jack Sigler und sein Delta-Team in den Dschungel von Vietnam. Dort stoßen sie auf die Wiege der Menschheit – und auf einen Gegner, wie man ihn aus seinen schlimmsten Alpträumen kennt.

ullstein

Matthew Reilly

DIE MACHT DER SECHS STEINE

Thriller

ISBN 978-3-548-28131-5
www.ullstein-buchverlage.de

Eine tödliche Sonne nähert sich der Erde, die Apokalypse droht. Die Katastrophe kann nur verhindert werden, wenn ein jahrtausende-alter Schutzschild rechtzeitig aktiviert wird. Der Exelitesoldat Jack West steht vor seiner größten Herausforderung. In gnadenlosem Tempo jagt Reilly seine Leser von einer spekta-kulären Actionszene zur nächsten.

»Matthew Reilly ist der neue und unbestreitbare Held des Actionkracherromans!«
Bild am Sonntag

ullstein

Jamie Freveletti

FLIEH

Thriller

ISBN 978-3-548-28120-9
www.ullstein-buchverlage.de

Golf von Aden. Die Biochemikerin Emma Caldridge wird im Auftrag der amerikanischen Regierung auf ein Passagierschiff geschleust, das von schwerbewaffneten Piraten bedroht wird. An Bord: Einhundert Menschen, Special Agent Cameron Sumner – und eine geheimnisvolle chemische Waffe. Emma soll die Waffe entschärfen und mit Sumners Hilfe bergen. Ein Wettlauf gegen die Zeit beginnt, denn die Piraten sind zu allem bereit.

»Einfach grandios – Nervenkitzel pur.« *Lee Child*

ullstein